名著点读

复　活

〔俄〕列夫·托尔斯泰◎著
吴兴勇◎译
张洪美◎主编

青岛出版集团 | 青岛出版社

图书在版编目（CIP）数据

复活 /（俄罗斯）列夫·托尔斯泰著；吴兴勇译；张洪美主编. — 青岛：青岛出版社，2022.9
（名著点读）
ISBN 978-7-5736-0449-1

Ⅰ.①复… Ⅱ.①列… ②吴… ③张… Ⅲ.①长篇小说—俄罗斯—近代 Ⅳ.①I512.44

中国版本图书馆CIP数据核字（2022）第157880号

MINGZHU DIANDU · FUHUO
书　　名　名著点读·复活
著　　者　〔俄〕列夫·托尔斯泰
译　　者　吴兴勇
主　　编　张洪美
出版发行　青岛出版社（青岛市崂山区海尔路182号，266061）
本社网址　http://www.qdpub.com
邮购电话　0532-68068091
责任编辑　秦　玥
照　　排　青岛乐喜力科技发展有限公司
印　　刷　青岛国彩印刷股份有限公司
出版日期　2022年9月第1版　2022年11月第1次印刷
开　　本　16开（710mm × 1000mm）
印　　张　29
字　　数　460千
书　　号　ISBN 978-7-5736-0449-1
定　　价　68.00元

编校印装质量、盗版监督服务电话　4006532017 0532-68068050

目 录

第一部

《马太福音》第十八章第二十一节：“当时，彼得走到他的跟前，问道：‘主啊！我的兄弟对我犯了罪，加害于我，我应当饶恕他几次呢？饶恕七次够了吗？’”第二十二节：“耶稣对他说：‘我没有说只饶恕七次，而是饶恕七十个七次。’”

《马太福音》第七章第三节：“你自然看到了你兄弟眼中有刺，可你感觉到你自己眼中的梁木了吗？”

《约翰福音》第八章第七节：“……你们中谁没有罪过，谁就可向她扔石头。”

《路加福音》第六章第四十节：“学生总不能胜过自己的老师，但是任何人如能不断自我完善，都可达到和他的老师并驾齐驱的地步。”

一

成千上万的人往往集中在一个不大的地点生活，不管他们怎样破坏这片土地，将它搞得遍体鳞伤，不管他们怎样在土地上堆满石头或铺上水泥、沥青，使草木无法生长，不管他们怎样努力铲除各种从夹缝中冒出来的青草，不管他们怎样用煤烟或油烟熏黑、污染这片土地，不管他们怎样不断砍伐树木、驱赶动物，但是春天依然是春天，即使在空气污浊的城市中也能感受到春的来临。艳阳高照，草木飞长，大地又复归绿色。凡是人们没有把草根完全铲光的地方，春风一吹，青草又开始生长，它们不仅生长在城市中心林荫道旁的绿油油的草坪上，而且从铺路的青石板的夹缝中冒出头来。而桦树、杨树、稠李树都伸展开它们的有浓郁香味的黏性的树叶，椴树身上也鼓起众多破皮而出的幼芽。寒鸦、麻雀、鸽子都闻到了春天的气息，在欢乐地筑巢，墙角的苍蝇也被阳光晒热了身体，嗡嗡叫了起来。春天是欢乐的，无论草木、飞鸟、昆虫或孩子都感到欢乐无比。但是那些大人物、成年人并没有因为春天来了而稍稍开心，而是在继续欺骗和折磨自己，或是在继续互相欺骗和互相折磨。在这些人的心目中，神圣而重要的不是这个春天的早晨，也不是上帝赐下的世界的美——这种美为了造福天下众生而存在，它带来和平、协调和爱。人们认为神圣而重要的不是这种美，而是怎样使用阴谋诡计去制服和统治别人。

因此，在省城监狱的办公室里，人们认为神圣而重要的不是大自然赐予一切生物的春天的和谐与欢乐，而是前夜收到的一纸公文，纸上有印刷号码和红头标题，其内容为：今天，四月二十八日上午九点钟之前要提审羁押在狱中的三名侦讯中的囚犯——两名女犯和一名男犯。其中一名女犯是最重要的罪犯，应当单独提审。于是，根据这一纸书面命令，四月二十八日早晨八点，一个年老的男狱卒走进单独关押女犯的监牢那黑暗而臭烘烘的走廊里，随着他步入走廊的还有一个妇女，她一脸哭丧相，鬈曲的头发已经灰白，身穿袖子上绣着金银边饰的女上衣，拦腰处系着有蓝边的腰带。她是个女狱卒。

“您要提玛丝洛娃？”她问道，同时领着这个值班的狱卒走近囚室朝向走廊的一扇门。

男狱卒用铁条将门弄得叮当作响，开了锁，打开了囚室的门，门内涌出一股比走廊更臭的味道，他叫道：

"玛丝洛娃，上堂！"随即他又虚掩上门，等待着。

即使在监狱的院子里，也有城市里的风刮来田野中清新的富有生机的空气。但是走廊里却只有饱含着伤寒病菌，浸透了粪便、焦油和腐烂物气味的空气，它使得任何再次进入这儿的人立刻陷入灰心和忧郁之中。尽管这位女狱卒早已习惯了这种污浊的空气，可从院子里来到这儿对她依旧是一种折磨。她一踏入走廊，就突然感到疲乏、困倦。

监狱中响起一阵忙乱的声音，那是妇女们的说话声和光着脚走路的声音。

"我说打起精神来，好不好？等一下可得动作麻利点，玛丝洛娃。"年老的男狱卒在囚室门旁喊道。

过了两分钟，一个身材不高、胸部隆起的妇女迈着轻快的步子从门里走出来，她穿着白色的上衣和裙子，外罩一件灰色的长袍，她灵巧地一扭身，就到了男狱卒的跟前。她的脚上穿着亚麻短袜，外面套着囚犯穿的女式暖鞋，头上缠着一块白色的三角头巾，头巾下面露出几绺黑色的鬈发。[1] 她的整张脸显得特别白，这种白色常常可以从被羁押很久的犯人的脸上看到，使人联想到地下室里马铃薯的幼芽。她那双短而宽的手和从长袍的大衣领中露出的丰满的脖子也呈现出同样的特殊的白色。人们见了这张脸，不免要感到惊讶，因为在这张苍白的脸上，有一双炯炯有神的、虽有点肿胀却十分鲜活的黑色眼睛，只是其中的一只眼睛带点斜睨的眼神。她将身子站得笔直，挺起胸脯。走出牢门，到了走廊上后，她略微仰着头，抬眼直视着男狱卒的眼睛，似乎在说，她已准备好了，可以做一切要求她做的事。男狱卒正要锁牢门，一个没戴头巾、头发灰白的老太婆从门里伸出一张苍白而严峻的满是皱纹的脸。老太婆唠叨着向玛丝洛娃说着什么，但男狱卒用牢门推压着老太婆的头，那头便缩回去了。牢房里有一个女人哈哈大笑起来。玛丝洛娃也微笑着，转身朝向门旁一扇有格栅的小窗。老太婆将脸贴在小窗上，用嘶哑的声音说道：

"把案情和盘托出——多余的话不说，咬定一个说法不改。"

"只要有个结论就好，反正总不会比现在这局面要糟。"玛

[1] 这里详细描写了玛丝洛娃的动作、外貌，使人物形象变得更加立体生动，拉近了读者和故事人物之间的距离。

丝洛娃说着，摇了摇头。

“谁都知道，结论只有一个，不会有两个。”年老的男狱卒说，在他个人独有的俏皮话里透着一种长官气十足的自信，“跟着我，玛尔什！”

小窗内露出的老太婆的眼睛不见了。玛丝洛娃走到了走廊的中央，迈着很快的小步跟随在年老的男狱卒身后。他们走下监狱的楼梯，经过比女监更臭、更嘈杂的男监，在这些监牢里到处都有一双双眼睛从门旁的气窗里瞅向他们。随即到了监狱办公室，已经有两个荷枪实弹的押解士兵站在那儿等着，坐在那儿的录事将一张满是烟草气味的纸交给一个士兵，一面指着这名被拘留的女犯，说道：

“交给你们啦。”

这个士兵是个来自下诺夫哥罗德的土包子，红脸膛，满脸麻子，他将这张纸藏在军大衣的翻袖口里，微笑着，脸朝女犯的方向，向自己的同伴使了个眼色，那个兵是个大颧骨的楚瓦什人。士兵们押着女犯走下楼梯，走向大门。

主要出口的大门上只敞开了一扇小便门，士兵们和女犯跨过便门的门槛，到了院子里。他们走出院子，便到了用石块铺砌的市中心大街上。[2]

[2] 交代了押送犯人的路线，为后文描写女犯在街上引人注目埋下了伏笔。

那些赶大车的、做小生意的、在店里做厨娘的、做工的、干公务的都停下脚步，十分好奇地打量着这名女犯人。另一些人则摇着头，心中思忖道：“这个女人不像我们一样安分守己，做了坏事，才落到如此地步。”孩子们十分害怕地瞧着这名女暴徒，令他们稍稍心安的是，有士兵跟着她，她现在做不了什么坏事了。一个乡下来的卖煤的庄稼汉，在一间小饭铺喝茶，此时起身走近她，画着十字，施舍一个戈比给她，她脸红了，低下头来，嘴里喃喃地说着什么。

女犯感觉到从各个方向投射到自己身上的目光，虽未转动头颅，但不由自主地斜视着那些看她的人。自己成为众人关注的对象，这令她稍稍感到欢欣。令她欢喜的还有比监狱中更清新的令人愉悦的空气，但是她早已不习惯走路，现在沿着石板路行走使她感到难受，特别是穿着这双不合脚的囚犯鞋，更添了几分痛楚。经过一家面粉店时，她看见一些鸽子在摇摇摆摆地行走觅食，只有这些鸽子不会欺负人，不会惹人伤心，她几乎在一只蓝色的鸽子前停下脚步，那只鸽子扑啦啦飞起，拍着翅膀，紧擦着她的耳畔飞过，使她感受到一阵清风。女犯的脸上绽开了笑容，然后她又沉重地叹了一口气，想起了自己的境遇。[3]

[3] 这里描写了玛丝洛娃的心理、神态和动作，鸽子、清风都是美好的事物，与玛丝洛娃的境遇形成了鲜明的对比，衬托出玛丝洛娃境遇的悲惨、凄凉。

二

女犯玛丝洛娃的身世再平凡不过了。玛丝洛娃是一个未出嫁的女农奴的女儿，这女农奴傍着以农奴身份给地主饲养家畜的母亲住在一个乡村庄园里，这个庄园归地主家的两姐妹所有。这个未出嫁的女人每年要生孩子，这在当时的农村是司空见惯的事。人们给新生儿举行洗礼，可做母亲的不愿喂养孩子，因为她不希望孩子出生，她不要孩子，孩子会妨碍她做事，因此孩子很快就死于饥饿。

就这样一连死了五个小孩。人们给这些孩子都举行了洗礼，可后来因得不到喂养，他们一个个都死了。第六个孩子是这个女农奴和一个路过的茨冈人姘居而生的，是个女孩，她的命运本来也好不到哪里去，可是偶然发生了一件事，使她能延续悲惨的人生。两个地主家的老小姐中的一位顺路来到养牲口的窝棚，由于送来的奶油留存有母牛的气味，她打算将饲养家畜的女奴们严厉训斥一番。这时，恰巧这个产妇带着美丽、健康的新生女婴躺在养牲口的窝棚里。老小姐来后，大发脾气，既为了奶油的事，也为了养牲口的窝棚里容留分娩的产妇。临走时，她又看了女婴一眼，顿时萌生了怜爱之心，便自愿担任她的教母。她亲自给这个女婴举行洗礼，接着，出于对自己教女的怜爱，她给产妇留下了一些牛奶和钱，这女孩得以存活下来。因此，人们称老小姐是女孩的“救命恩人”。

孩子长到三岁时，她的母亲得病死了。忙于饲养家畜的外婆认为这个外孙女是个累赘。老小姐们便把女孩领到身边抚养。黑眼睛的女孩长成了一个特别活泼、格外可爱的小姑娘，老小姐们在教养她时，也缓解了寂寞。

老小姐们是姐妹俩：妹妹心肠比较善，名叫索菲亚・伊万诺芙娜，她就是给小姑娘施洗的小姐；姐姐比较严苛，名叫玛丽亚・伊万诺芙娜。索菲亚・伊万诺芙娜给小姑娘穿漂亮衣服，教会她读书写字，打算将她培养成一个受过教育的女学生。玛丽亚・伊万诺芙娜主张将这个小姑娘培养成一个女工或善听使唤的女仆，所以她对小姑娘要求严格，常常惩罚她，遇上她心情不好，还会鞭打小姑娘。小姑娘始终处于两种权威之间，等她长大之后，她成了一个半女仆、半女学生的中间类型的人。人们用折中的名字称呼她，既不叫卡季卡，也不叫卡捷尼卡，而是称她卡秋莎。她缝补衣服，打扫房间，用白粉擦净圣像，煎烤食物，磨粉，端咖啡，洗小件衣服，有时还陪小姐们闲坐，读书给她们听。

有人向她求婚，但是她谁也不愿嫁。那些求婚者都是靠劳动为生的人，她觉得，和这些人生活在一起是不能忍受的，地主家生活的甘甜已经把她娇养坏了。[1]

[1] 女孩只想嫁给有钱人家做贵妇人，不想嫁给贫穷人家受苦，她再也忍受不了以前的艰苦生活。

就这样，她长到了十六岁，当她满十六岁时，她陪伴的小姐们的一个侄儿远道而来，那是个富有的公爵，又是大学生。卡秋莎爱上了他，她既不敢向他承认自己的爱情，也不敢让自己承认这一点。过了两年之后，又是这个侄儿，在从军上前线的途中，顺道前来看望姑母们，在这儿住了四天。在离去的前夜，他诱奸了卡秋莎，最后一天分手时，他塞给她一张一百卢布的纸币后就走了。他离去五个月之后，她明确地知道自己怀孕了。

从那以后，一切事物都令她感到厌恶。她心中想的只是怎样逃避在不久以后等待着她的羞耻，她不仅心不在焉地、十分草率地服侍着两位小姐，而且，她自己也不知道这是如何发生的，有一天压抑着的感情一股脑儿爆发了。她用极粗鲁的言辞说了两位小姐一通，将心中埋藏多年的怨恨全部发泄了出来。接着，自己又向她们婉言赔罪，同时请求离开。[2]

[2] 卡秋莎终于将积压在心中的苦楚爆发了出来，她的生活也因此发生了巨变。此处交代了卡秋莎离开老小姐家的原因，推动故事情节的发展。

而两位小姐早已对她很不满了，见她主动请辞，就不挽留，打发她走了。离开老小姐后，她在一个区警察局局长家里做女仆，但是在那儿仅仅待了三个月。区警察局局长是个五十多岁的老头，总是纠缠她，有一次，他欲火上升，强行非礼，她勃然大怒，骂他是坏蛋和老色鬼，猛力推开他的胸膛，将他击倒。这家人因她的这一粗暴行为将她赶了出来。再找做事的地方已不可能，因为她马上就要分娩了。她在乡下一个卖酒的寡妇接生婆家里落脚。小孩很容易就生了下来。但是这个接生婆曾在村里一个患病的妇人家中出诊，就将产褥热传染给了卡秋莎，她只好暂时将婴孩送到育婴堂抚养，真不幸，据那位护送孩子的老太婆说，婴儿刚运送到那里就夭折了。[3]

[3] 细节描写，交代卡秋莎分娩的过程以及没有抚养孩子的原因，表现了底层人民生活的困苦和艰难。

卡秋莎入住接生婆家时，身上只有一百二十七卢布，一百卢布是诱奸她的人给她的，二十七卢布是她当女仆挣的工钱。当她离开接生婆家时，身上只剩下六个卢布了。她不会理财，有钱随便花，谁向她伸手，她都愿意给。接生婆向她收取的两个月的住宿费①是四十卢布，为了打发婴孩又花掉二十五卢布，接生

① 包括吃饭和饮茶。

婆以购买奶牛的名义又从她那儿借去了四十卢布，还有二十个卢布花在购买衣服和小礼品上了。这么一来，卡秋莎身体康复时已经没有钱了，急需寻找工作。[4]她在一个林务官家中，找到一份女仆的工作。这个林务官是个已婚男子，但是像那位区警察局局长一样，十分好色，从上门的第一天起，他就开始纠缠卡秋莎。他的行为令卡秋莎憎恶，她竭力回避他。但他比她更有经验、更狡黠，主要是他是主子，可以随意支使她，派她去哪儿她就得去哪儿，等到一个机会，他就占有了她。他的妻子知道了这件事，有一次撞见丈夫和卡秋莎单独待在一个房间里，便扑上去殴打卡秋莎，卡秋莎被迫还手，两个女人打成一团。结果卡秋莎被驱逐出门，未得到分文工钱。于是卡秋莎坐车进城，投靠她的一个姑母，姑父原是个装订工，以前一家子生活还过得去，而现在他已失去了一切主顾，沦落成酒鬼，到手的钱都喝酒花光了。

[4] 这里详细地介绍了卡秋莎身上所有钱的去向，体现了卡秋莎生活的艰难，为她沦为妓女做铺垫。

姑母靠开一家小洗衣店维持生计，以此养活孩子们和酒鬼丈夫。姑母接纳玛丝洛娃是想让她在店里当一名洗衣女工，但目睹住在姑母店里的洗衣女工们的艰辛生活，玛丝洛娃感到心寒，便迟迟没有答应姑母的要求，她还是打算到富贵人家做女仆，于是三番两次跑去职业介绍所。后来她总算找到一个工作，一位带着两个儿子的女东家雇请了她。她踏入这个家庭才一个星期，就又出麻烦了。女东家的蓄着上髭的大儿子和上六年级的小儿子，把学业抛在一边，不断纠缠玛丝洛娃，不让她得到片刻安宁。做母亲的把一切过错都归到玛丝洛娃身上，立刻付清工钱将她解雇了。新的工作一时难找，可是发生了一件事，改变了她的生活轨迹。某天，玛丝洛娃来到女工职务介绍所，遇到一位女财主，此人全身珠光宝气，胖乎乎的手上戴满镶嵌宝石的金戒指和玉手镯。这女财主获悉了寻找工作的玛丝洛娃的境遇后，便将自己的住址告诉她，请她上自己家里做客。玛丝洛娃应邀前往。女财主十分殷勤地接待她，端出馅饼和甜美的葡萄酒请她品尝，并派遣她自己的女仆带一张字条去送信。傍晚，一位留着花白长发、胸前灰白胡须飘拂的高个子男人走进房间，这个老头刚来就挨近玛丝洛娃坐下，对着她笑，色眯眯的眼睛往她全身上下打量个不停，还用言语调戏她。女主人将他唤到另一个房间，玛丝洛娃听见女主人好像在和他说："新鲜货，乡下来的。"然后，女主人将玛丝洛娃也唤到一边，对她说，此人是个作家，手头的钱多得不得了，她如果能令他快活，满足他，他决不会吝惜金钱。她心动了，竭力迎合他，使他快活。事后，作家给了她二十五个卢布，并答应今后经常和她相会。钱到手很快就花光了，她既要支付在姑母家的住宿费，又得添置衣服、女帽和装饰衣物的缘带。几天后作家派人来邀她幽会，她去了。事后，作家又给了她二十五个卢布，并建议她今后搬到一套单独的房子里住。

住在作家租的住宅里，玛丝洛娃有了新欢，她爱上了住在同一个院子里的一个喜笑颜开的商店老板。她把自己另有所爱的事亲自向作家坦白，并搬到另一套较小的住宅里。可是好景不长，原本答应娶她的商店老板不辞而别，坐车到下诺夫哥罗德去了，看样子，将她抛弃了。她想单独在这套房子里住，但管事的不允许。警察分局长说，只有出示妓女身份证和时时接受监督才能住在那儿。于是她又去投奔姑母，姑母看见她身上时髦的衣服、披肩和帽子，莫名惊诧，将她当作宾客相待，再也不敢提起要她当一名洗衣女工的事了，认为她已经跨入了上层社会的生活圈。而对此时此刻的玛丝洛娃来说，做不做一名洗衣女工，已不是一个犹豫不决的问题了。她带着哀悼的心情看着这些住在劣等房间里的面孔苍白、双手干瘦的洗衣女工的苦役般的生活，她们中的一些已经得了肺痨病或其他病症，不管春夏秋冬，她们都待在窗户洞开的房间里，处在三十度的肥皂蒸气中，不停地用肥皂搓洗着衣服，用熨斗熨烫着裤子，一想到自己可能落入如此糟糕的境地，她就害怕极了。

这段时间对玛丝洛娃来说，是走霉运的日子，一个可作为靠山的人物也没捕获到，却被一个专门为妓院物色姑娘的女皮条客捕获了。

玛丝洛娃早就染上了吸烟的习惯，但是在和商店老板同居的最后一段时间以及他抛弃她出走以后，她越来越喜爱杯中物，喝酒成瘾了。美酒之所以吸引她，不仅是因为她觉得酒味道好，更重要的是因为喝酒能解千愁，一端起酒杯，她就有可能忘记她遭受的种种苦难。酒能使她得到解脱，轻松自在，酒能使她壮胆，使她对自己的价值和尊严又有了信心。没有酒喝，她心中就十分压抑，十分自卑。不喝酒的时候，她总是露出灰心丧气、没脸见人的样子。

女皮条客定下一桌酒席，邀请姑母领她赴宴。席间，她将玛丝洛娃灌得酩酊大醉，劝她进入一家全城最好的妓院服务，在她面前列举这种职业的种种好处。这时玛丝洛娃面临选择：要么继续从事地位卑微、不体面的女仆工作，工作中肯定会遭到男主人的追猎和纠缠，被迫偷偷摸摸地和他通奸；要么接受这种有保障的、安定的、合法的职业岗位，进行公开的、法律容许的、有优厚报酬的、连续不断的通奸，她决定选择后者。除了权衡两种职业的利弊外，她这样做也是为了对诱奸她的人、商店老板和一切曾作践她、危害她的人进行报复。除此之外，诱使她做出最终决定的还有一个原因，女皮条客对她说，一切衣服，只要她想要，她都可以定做——天鹅绒的、丝织的，还有裸露肩膀和手臂的跳舞衣裳。当玛丝洛娃想象自己穿着带有黑色天鹅绒绲边装饰的鲜明透亮的淡黄色丝织衣服的情景时，她就飘飘然，按捺不住了，交出了自己的身份证。就在当晚，女皮条客雇了马车将她送进了火坑，把她带到了有名的基塔耶夫妓馆。

从此以后，对玛丝洛娃来说，一种违背上帝和人类的戒律的犯罪生活开始了，有成千上万的妇女过着这样的生活，这种犯罪不仅得到允许，而且是在号称关心自己公民福利的政府的庇护之下进行的，其中十分之九的妇女的结局是患上十分痛苦的疾病，提前衰老和死亡。

在整夜的狂欢暴饮之后，早晨和白天都是在床褥上做着令人烦恼的梦。大约下午两点多或三点多钟，疲乏未消的小姐们从肮脏的床上起身了。由于昨夜饮酒过度，得先喝一瓶德国矿泉水或一杯咖啡提神，接着穿上宽大的罩衫、女短衫或长袍，在房里懒洋洋地无所事事地走来走去，隔着窗帘望着窗外出神，或者彼此之间为了小事无精打采地斗嘴争吵。然后洗脸、抹粉，往身上和头发上洒香水，试穿衣服，为衣服的事和鸨母争论，对镜理妆，端详自己的模样，给脸上涂上胭脂，描画眉毛，吃一些甜美的油腻的滋养品，再穿上裸露身体的光鲜的丝织衣裳。随即踏入装饰得五彩缤纷的灯火辉煌的客厅，迎接坐车来的客人，伴着音乐声陪客人跳舞、吃糖果点心、喝酒、抽烟，然后与各种各样的客人通奸。不论那人是青年、中年、少年或是风烛残年的老人，是单身汉或是已婚者，是老板或是学徒，是亚美尼亚人、犹太人或是鞑靼人，是富人或穷人，是健康人或病人，是醉汉或滴酒不沾者，是狂暴之徒或温雅君子，是军人或文士，是大学生或中学生，无论客人属于何种阶层、眼下什么年龄或具有何种性格，只要付钱，都可和她们通奸。屋子里既有尖叫声，又有嬉笑声；既有打架斗殴，又有柔和的音乐。人们吸完烟，又喝酒；喝过酒，又吸烟，音乐声从傍晚一直到清晨持续不断。只有到早晨，她们的身子才获得自由，才能进入沉沉的梦境。天天如此，整个星期都是如此。临到周末，要坐车到一个政府机关——警察分局去一趟，那儿的厅堂上端坐着办公务的官员们和医生们，都是些男人，他们见到这些女人，有时板着脸，一本正经，有时也嬉皮笑脸，与她们调笑。他们验明一切，就把可以继续犯罪的特许证发给她们，这么一来，就消除了她们的羞耻心，这种羞耻心是人生下来就有的，唯有具有羞耻心，人才不去从事不仅危害人类而且伤害动物的犯罪活动；同时这么一来，她们就可以继续在下周犯罪。每个星期都是这样照章办事，照样犯罪。不管是冬天或夏天，是平常日子或节日，天天如此。

转眼之间，玛丝洛娃就这样过了七年。这期间，她曾两度跳槽，换了两家妓院，还住了一回医院。她堕入风尘后的第七年，也就是被诱骗失身后的第八年、她二十六岁时，她出事了，为了这件事，她进了大牢，在与杀人犯和盗窃犯一起被关了六个月之后，眼下面临审判。

三

正当玛丝洛娃苦于长久的步行，并且和押送她的兵士一起渐渐走到一处花园环绕的建筑时，她的抚育人的侄儿、诱奸她的人德米特里·伊万诺维奇·聂赫留朵夫公爵还没起床。他躺在铺着羽绒床垫的有弹性的揉皱了的高床上，一面抽着上等的俄国烟卷，一面解开从荷兰进口的精致洁净的睡衣的领口纽扣，那睡衣前襟的褶皱被熨烫得十分平整。他眼睛直望着自己前方，思考现在即将要做的事和昨晚发生的事情。

他回忆起昨晚在柯察金家举行的晚会，参加者都是有钱人和有名望的人，大家都认为他应当娶这家的女儿为妻。他叹了一口气，将抽完的烟卷丢掉，准备从银烟盒中再取一支烟抽，但又改变了想法，从床上垂下一双光滑的白色的脚，用脚摸到一双便鞋穿上，往肥胖的肩膀上披上一件丝织的长袍，以迅疾而稳重的步伐走向与寝室相连的更衣室，那儿充溢着甘香酒剂、花露水、发蜡和香水的人造香味。他在那儿用特制的牙粉刷净了填补了多处的牙齿，用芳香的含漱剂将口腔漱洗干净，然后洗脸和洗手，将各个部位都洗干净，用不同的毛巾擦干。他用芳香的肥皂洗手时，特别注意用刷子刷干净蓄起的指甲。他在用大理石做的大洗脸池旁洗完脸和肥厚的脖子后，就走入和寝室相连的第三个房间，那儿安装有淋浴的莲蓬头。他用冷水冲洗他肌肉强健、布满脂肪的白净身体，用长绒的褥单将身体揩净。他穿上熨烫得平整如镜的干净的衬衣和刷得十分光亮的皮鞋，坐在梳妆台前，用两把梳子梳理他不长的鬈曲的黑色胡须和头前部已显得稀疏的鬈曲的头发。

所有他使用的东西，包括内衣、外衣、鞋子、领带、佩针、衬衣的领扣和袖扣等——都是最高级的、名贵的，低调、雅致、坚固耐用且值钱。

聂赫留朵夫的面前摆着十几件领带和胸针，他也不多加选择，就随手拿了两件。曾经某个时候，这些东西是崭新的和令他入迷的，现在则和其他几件一模一样，分不出好坏。聂赫留朵夫穿上洗烫好的摆放在椅子上的衣服，走出更衣室，此时的他虽说不上是全身新装，但至少是整齐洁净和散发香气的。他步入长方形的餐室，昨天夜晚，三个男仆已将餐室的镶木拼花地板擦洗得十分洁净，一尘不染。餐室里陈设着一个巨大的橡木食橱，还有一张同样巨大的可伸缩的餐桌。桌上的餐具真有点威严吓人，因为桌子上规则地摆满狮爪形的锐利的小刀，餐桌上铺的桌布十分精致而且被浆洗过，上面的图案由主人的姓、名和父称的第一个字母交织而成。桌上放着的餐具有：盛着气味芬芳的咖啡的银质咖啡壶，同样做工精巧的银糖罐，盛着煮开了的乳脂的凝乳罐，装满白面包、奶油饼干和含糖糕点的筐子。靠近餐具摆着收到的信、报纸和新的法文杂志《来自两个世界》(Revue des deux Mondes)。聂赫留朵夫正要伸手取一封信来看，忽然从通向走廊的门内现出一个穿着丧服的肥胖老妇人的身影，头上戴着有线状格子花纹的头饰，以遮挡她头发分缝处的光秃的槽沟。她是不久前在这邸宅里去世的聂赫留朵夫的母亲的女仆，名叫阿格拉费娜·彼得罗夫娜，女主人辞世后，她的儿子留用她做女管家。

阿格拉费娜·彼得罗夫娜于不同的时间段陪同聂赫留朵夫的母亲在国外生活了十年，很有贵妇的气派。她从童年起就住在聂赫留朵夫家族的房子里，当人们还以乳名称呼德米特里·聂赫留朵夫，即称他为米京斯基的时候，她就认识他了。

"早上好，德米特里·伊万诺维奇。"

"阿格拉费娜·彼得罗夫娜，有什么新闻吗？"聂赫留朵夫半开玩笑地问。

"有一封信，不知是公爵夫人写来的，还是公爵的女儿写来的，送信的女仆来了很久了，一直待在我那儿等着。"阿格拉费娜·彼得罗夫娜说着，一面呈上信，一面意味深长地微笑着。

"好，我马上看。"聂赫留朵夫说，他接过这封信，察觉到阿格拉费娜·彼得罗夫娜脸上的微笑，不禁皱起眉头。

阿格拉费娜·彼得罗夫娜面带笑容，这意味着这封信是公爵的女儿柯察金娜写来的，按阿格拉费娜·彼得罗夫娜的想法，聂赫留朵夫打算娶柯察金娜为妻，她的微笑表达出这种猜测，这令聂赫留朵夫感到不快。

"那么我告诉她，让她再等一会。"阿格拉费娜·彼得罗夫娜从桌子上抓起一把扫除食物残渣的小刷子，把它放在另一处，然后从餐室里走出去了。

聂赫留朵夫拆开阿格拉费娜·彼得罗夫娜递交给他的气味芬芳的信封，信写在一张边缘不整齐的灰色的厚纸上，能看出笔锋尖细，但字迹却稀稀拉拉。他读了起来：

> 我现在履行自己应承担的义务：增强您的记性。我提醒您，今天，4月28日，您应当出席陪审员组成的法庭，因此，您怎样也不能陪我们以及科洛索夫一家坐车去看画展，您就是这么一个人，行事带着您固有的轻率，昨天您曾许诺去看画展的。当然，如果您不想支付州法院300卢布的罚金，宁肯花这笔钱买一匹马的话。您是不会按时光临我们这儿的。我记起这个诺言是昨天您起身要走的时候许下的，这您总不会忘记吧。
>
> 玛·柯察金娜公爵小姐

信的反面附着一些话：

老母亲吩咐我转告您，为您准备的餐具将摆放到晚上，等您光临。无论什么时候，只要您方便，一定要来。

玛·柯

聂赫留朵夫皱着眉头。这张字条是一项手段高超的行动的继续，公爵的女儿柯察金娜对他开展这项行动已有两个月了，其用心在于用不可见的线将他和她越来越紧地捆绑在一起。可实际上，像聂赫留朵夫这个年龄的人，早已不处在青春期，也不会再有充满情欲的恋爱了，因而在婚姻问题上往往犹豫不决，但除了这个一般人常有的原因外，在聂赫留朵夫那里还有一个重要的原因，出于这个原因，即使他决定娶她，他也不能马上向她求婚。这原因并不是他十年前诱奸了卡秋莎并抛弃了她，这件事他完全忘记了，即使能够记起，他也不认为这对自己的婚姻是个阻碍，真正的原因在于他这段时间同一个结了婚的女人有恋爱关系，即使他马上从自己方面割断这种关系，但也藕断丝连，要断难断，因为很难让那个女人承认这种关系断了。[1]

[1] 这里一方面体现了聂赫留朵夫根本没有将诱奸卡秋莎这件事放在心上，另一方面则揭露了他堕落、空虚的生活状态。

聂赫留朵夫是十分怕女人的，但恰恰是他的这种胆怯引起了这个已婚的妇人想要制服他的心愿。这个妇人是某县贵族会议领袖的妻子，聂赫留朵夫常去该县参加选举。于是，这个妇人有了机会，便使用手腕勾引他，和他有了恋爱关系。对聂赫留朵夫来说，随着妇人一天天将他抓得越来越紧，他就越来越对这妇人产生厌弃心理。最初，聂赫留朵夫因经不住她的诱惑而失足，后来他觉得自己在她面前是有罪过的，他不可能未经她的同意就斩断这种恋爱关系。正是这个原因导致聂赫留朵夫眼下犹豫不决，他认为自己无权向柯察金娜求婚，纵使他想这样做，也不能做。

桌上正好摆着这妇人的丈夫写来的信。一看到这熟悉的笔迹和图章，聂赫留朵夫就禁不住头脑发热，精神亢奋而紧张，每当遇到危险迫近时，他的身体总有这样的反应。[2]但这次他虚惊一场：妇人的丈夫是县的贵族会议主席，聂赫留朵夫的主要地产都在该县，因此，他在信中通知聂赫留朵夫，决定于五月底召开全体缙绅参加的地方自治会议，他请求聂赫

[2] 仅仅是一封信，就使聂赫留朵夫的身体做出如此反应，可见他是个胆怯的人。这段描写揭示了贵族敢做不敢当、假正经的面目，侧面反映出贵族内心空虚。

留朵夫务必坐车前来参加，并且在会上支持他，地方自治会议面临有关学校和铁路专用支线等重要问题，预料他在这些问题上将遭到反对党的有力挑战。

这个贵族会议主席是个自由主义者，他曾和思想一致的同志们一道与亚历山大三世时期的反动政治做斗争。他全心全意地投入这场斗争，以至于他完全没有察觉到他的家庭生活的不幸。

聂赫留朵夫记起他因为与这个人的关系而体验到的一切痛苦。他记起，有一次他觉得，做丈夫的已经发现了这件事，就准备和那位丈夫决斗，他打算在决斗中向空中射击。他还记起她大闹的场面，濒临绝望的她奔跑到花园里去，做出要投池自尽的样子，他跑去寻找她。聂赫留朵夫想道："在她回复我之前，我不能马上就去，也不能采取任何举动。"一个星期之前，他向她写了一封断绝关系的信，在信中他承认自己有罪，准备以任何方式补赎罪过，但是他依然认为，为了她的幸福，他们的关系永远结束了。他等待的就是这一封信，可总等不到回音。没有回信也是一种回答，其中包含着好的迹象。如果她不同意断绝，她早就写信来了，或者会亲自坐车前来，以前她就这样做过。聂赫留朵夫听说，最近有一个军官在向她献殷勤，这个消息使他因嫉妒而痛苦，但同时也令他高兴，因为他有解脱的希望了，不会再受花言巧语的谎言折磨了。

另一封信是他的地产总管理人寄来的。总管写道，聂赫留朵夫必须亲自前来，以便依法取得遗产的继承权，此外还要解决如何继续经营全部产业的问题：究竟是按照公爵夫人在世时的方法经营，还是按照他曾多次向去世的公爵夫人建议而现在仍旧向年轻的公爵建议的方法，即增添生产备用品，增加分给农民的自主耕作的土地。总管认为这样的经营方法将合算得多。同时总管表示歉意说，按时间表本应在这个月 1 日以前上交的三千卢布的田租稍有延迟。这笔钱将和下一笔邮局汇款一起寄来。他迟迟没有寄出是因为从农民们那儿怎样也收不到钱，他们玩弄花招已经达到了这样的程度，为了强迫他们交租，不得不求助政府。这封信有令聂赫留朵夫高兴的一面，也有令他内心不安的一面。高兴的是，他觉得自己有权支配一笔很大的财产了，不安的是，在血气方刚的青年时代，他是赫伯特·斯宾塞[①]的狂热信徒，当时他十分不能容忍自己将是一个大地主，这有违斯宾塞在《社会静力学》一书中申述的原理，即公正性不容许土地私有。于是他以青年人的直率和果断，在口头上宣讲土地不可能是私人拥有的物品，不仅在大学读书时写文章宣传此观点，而且在实际行动上将少部分土

---

①英国哲学家、社会学家、自由主义思想家。

地[1]分给了农民，从而不违反自己的关于土地占有的信念。可现在，根据遗嘱他被迫当上了大地主，他应当二者择一：或者放弃自己的所有权，好像十年前对于他父亲的两百俄亩[2]土地所做的那样，或者默认他自己以前的做法是错误的和虚伪的。

第一种做法他不能采取，因为现在他除了靠土地外，没有任何生存手段。他不愿意上班，靠工资吃饭，同时他已经沉湎于豪华奢侈的生活，他相信自己已无法自拔了。这种做法现在已失去意义的原因还在于，他已丧失了青年时代的那种信仰的力量，那种决断力，那种想要一鸣惊人的虚荣心。可第二种做法呢，等于放弃了私有土地非法这个明白无误、颠覆不了的大道理。当年他从斯宾塞的《社会静力学》中汲取这种大道理并加以实践，时隔多年，他又在亨利·乔治[3]的著作中找到了这个道理的辉煌的证明，因此对于这种做法他也是不能采取的。

所以总管的信使聂赫留朵夫感到不安。

---

① 不属于母亲，而是父亲遗留给他个人的财产。

② 一俄亩约等于 1.09 公顷。

③ 美国经济学家和社会活动家。

四

喝了咖啡，聂赫留朵夫走向书房，以便看一下法院的通知书，弄清楚他应当几点钟到达法院，并且写一张回条给公爵的女儿。去书房会经过美术工作室。工作室里立着一个画架，上面挂着一幅翻转过来的已经开头的图画，还有一些草图悬挂在四处。他为了创作这幅画，奋战了两年，可是这幅画的现状、这些草图以及整个画室都在提醒他，使他又强烈地感受到：他没有能力在绘画领域继续走下去了。他试图用自己太过于精致的审美感来解释这种失意感，聊以自慰，但终究这种意识是令他十分不愉快的。

七年前他抛弃了公职，断定自己有绘画写生的天赋，并且站在艺术事业的高度带着几分蔑视看待其他一切活动。可现在呢，他似乎没有权利做这样的评判。所以任何关于这件事的回忆都是令他不快的。他带着沉重的心情看着画室里的豪华设施，并以抑郁的精神状态步入书房。书房是一个十分大而高的房间，配有各种装饰物、用具和舒适的设备。

他立刻在大书桌的抽屉中一个装紧急文件的包里找到了法院的通知书，上面写明他应当在十一点到达法院。聂赫留朵夫坐下动手写一张便条给公爵的女儿，上面写道："多谢盛情邀请，竭诚于午餐前恭临贵府。"但是，写好这一张后，他又撕掉了，太过分亲切了。他写了另一张——语气是冷淡的，几乎是侮辱性的。他重新撕毁了，伸手按墙壁上的铃，一个中年以上，面相阴沉，穿着灰色细棉布围裙，刮过脸，但留有络腮胡须的仆人走了进来。

"请派人去雇一辆马车。"

"是，老爷。"

"去对那个在此等待的柯察金家的女仆说，我表示感谢，尽力赴约。"

"是的。"

"这有点失礼，但是我写不好回柬。反正马上就要和她会面的。"聂赫留朵夫想着，走去穿衣服。

当他穿好衣服，走到台阶上时，一辆熟识的有橡胶轮胎的马车已经在等他了。

"昨天，您刚刚坐车离开柯察金公爵家。"马车夫说着，将自己裹在白色衬衣领子里结实的晒黑的脖子转过一半来，"我的车就驶来了，可看门人说老爷刚刚走了。"

"连马车夫也知道我与柯察金家的关系了。"聂赫留朵夫想到在他心中悬而未决的一个问题：应不应该同柯察金娜结婚。而他呢，这个问题如同他当下面临的大多数问题一样，无论怎样从利弊两方面再三权衡，都不好解决。

一般来说，结婚是有益的，第一，除了可以用家庭作为愉悦的良港以避免不正当的性生活外，婚姻还赋予其道德生活的可能性；第二，这是聂赫留朵夫主要寄望的一点：家庭、孩子将填补他现在空虚的生活，这也是一般人都结婚的理由。反对结婚的理由大致也有两点：第一，对一切不年轻的单身汉来说，都有担心丧失自由的恐惧；第二，面对女人这种神秘生物时，有种说不出缘由的恐怖。

如果特有所指，他结婚恰恰选择米西①又有什么好处呢？第一，她是天生的贵胄，当然，她在各方面，从衣着到说话、走路、谈笑都与普通人没有什么区别，但她有一种“正派端庄的气质”——他找不出另一个词来形容这种本性，而且他十分看重这种本性；第二，她比其他所有人更器重他，所以，按他的想法，这说明她更理解他。而这种理解他的表现，也就是对他的高贵品质的承认，在聂赫留朵夫眼中，这是她具有非凡智力和正确判断力的证明。再就这个特例来说，他不想和米西结婚的原因又是什么呢？第一，他有条件找一个比米西有更多优良品质的姑娘，这样就更令他称心；第二，她已经二十七岁了，所以，她一定有情史——而这种想法对聂赫留朵夫来说是痛苦的，他的自尊心不能容忍她在过去某个时候可能爱上的人不是他。当然，她过去不可能知道有一天自己将会遇见他，但是一想起她以前可能爱过别人，他就感到屈辱。

于是，既有这么多赞成的理由，也有这么多反对的理由，至少两方面理由的分量是旗鼓相当的，聂赫留朵夫嘲笑自己，将自己比作布里丹笔下的驴子②。他始终留在原地，筑室道谋，不知道从两个纠结中转向何方。

“不过，没有收到玛丽雅·华西里耶夫娜③的回答，这件事没有完全了结之前，我不能采取任何行动。”他对自己说。

他想到自己可以延迟做决定，并且应当如此，心中轻快许多。

“归根结底，这一切留待以后再考虑。”他自言自语地说，当时他乘坐的四轮轻便马车已经无声无息地驶到了法院前面的柏油通道上。

“现在应当满怀善意地履行社会义务，我始终是这样做的，并且我认为应当这样做。再说这样做是有益的啊。”他自言自语，从法院前室的守门人身边走过。

---

① 柯察金娜又叫米西，正如贵族圈子里一切家庭的女孩一样，人们给她起了绰号。

② 比喻极其优柔寡断的人。布里丹是十四世纪的法国哲学家，他写了一个寓言，一匹驴子看到两捆外形和质量完全一样的干草，它犹豫不决，不知道选哪一捆好，结果饿死了。

③ 贵族会议领袖的妻子。

五

聂赫留朵夫步入法院走廊时，那儿已是人来人往，一片忙乱景象。

看守们有时是快步走，有时简直是快步跑，他们双脚不离地，鞋底擦得沙沙响，同时气喘吁吁地，手持文件，来回奔跑。民事执行吏、辩护律师和法官们的身影时而飘过这里，时而经过那里。原告们或者没有遭到拘押的被告们垂头丧气地在墙边漫步，或者坐着等待。

"州法庭在哪里？"聂赫留朵夫问一个看守。

"您要找哪个法庭？有民事法庭，有高等审判庭。"

"我是陪审员。"

"应去刑事法庭。从这里往右，然后往左，进第二个门。"

聂赫留朵夫按他指示的路走。

在看守说的那个门口，站着两个人。一个是位又高又胖的商人，是个仁厚君子，他似乎喝够了酒，吸足了烟，此刻心里很畅快。当时俄国商会中，商人按资本分为三等，他是二等商人。另一个是位犹太籍的商店掌柜。二人正在闲谈着丝绸的价格，此时聂赫留朵夫走近他们，询问陪审员的房间是否在这里。

"在这里，老爷，在这里。您也跟我们一样是陪审员吗？"仁厚的商人欢快地使着眼色，问道。他听到聂赫留朵夫肯定的答复后，继续说道，"哦，是的，那您也要和我们一起劳累一番了，二等商人巴克拉绍夫，"他说着，递出一双柔软宽大的手，"劳累也是应该的。请问您尊姓大名？"

聂赫留朵夫自报了姓名后，步入了陪审员室。

在不大的陪审员室里，已有十个不同等级的人。都是刚到的，一些人坐着，一些人在踱步，彼此打量着，自我介绍着。一个退伍军人还穿着制服，其他的人穿着常礼服和男式短大衣，只有一个人穿着紧腰细褶长外衣。

尽管许多人为了今天的事搁下了重要事务，嘴上说他们嫌陪审工作是件麻烦事，但从每个人的脸上都可看出履行社会重要职责的满意神情。

有些陪审员们早已互相认识，而有些人仅仅在心中揣测面前的人是谁，他们在拉着闲话，谈论天气、早春和即将发生的大事。那些过去不认识聂赫留朵夫的人，现在急于要和他结识，并且把这当作莫大的光荣。聂赫留朵夫像过去一样，处于陌生人当中，保持着分寸感。如果有人问他，他为什么认为自己比大多数人高一等，他就对这个问题不予作答，因为他一生中没有显露出任何特别的过人之处。他能流利地用英语、法语、德语和人交谈，他身上穿着的衬衫、系着的领带、佩戴着的镶着宝石的金制小牌都出自第一流的商家，可是这些光彩都不能作为别人承认自己优越的理由——他自己也明白这一点。可是与此同时，他无疑认为这些是自己的优点，并且把别人表露出的对他的敬意当作理所当然，而当别人没有特别敬重他时，他认为是对自己的侮辱。在陪审员室里，他正好不得不承受由于别人对他不够尊敬而产生的苦楚。陪审员中有一个是聂赫留朵夫的老相识，此人名彼得，父称格拉西莫维奇，过去是聂赫留朵夫的姐姐的孩子的教师。这个彼得·格拉西莫维奇辞去贵族家的教席后，现在执教于一所文科中学。他的狎昵态度和扬扬自得的大笑往往使聂赫留朵夫难以忍受，总之，聂赫留朵夫很反感他的老油条性格，聂赫留朵夫的姐姐称这种性格为“公社习气”。

“哦，您也落到这里来了，”彼得·格拉西莫维奇大声打着哈哈，迎着聂赫留朵夫说，“您没有逃避吗？”

“我不想逃避。”聂赫留朵夫严肃而阴郁地说。

“是的，这是公民的忘我精神。您等着吧，您会饿得两眼发花，他们会不让您睡觉，这可不是宴会！”彼得·格拉西莫维奇不住口地说着，笑得更响亮了。

“这个大祭司的儿子马上要用‘你’来称呼我了。”聂赫留朵夫想着，脸上流露出一种痛苦悲伤的表情，可能只有他获悉所有亲人都已死去的消息时，这种表情才会自然而然地流露出来。他离开了这个令他讨厌的人，走近一个小圈子，这些人众星捧月地围着一个刮过脸的高个子的仪表出众的先生，在听他滔滔不绝地讲述什么。原来，这位先生在讲述民事分庭目前进行的审判，他对这个案子很熟悉，能够一一说出审案的诸位法官和进行辩护的著名律师的名字和父称。他说一名著名的辩护律师使案子发生了惊人的转折，涉案的一方是一位老小姐，尽管她是完全正确的一方，可由于这样的转折，她必须无缘无故地付给对方一大笔财产。

人们带着敬意听他讲，有些人很想发表一下自己的见解，但刚一开口就被这人打断了，仿佛只有他一人知道案子的真相。

尽管聂赫留朵夫到得很迟，可他也不得不等待很久。由于某个法官没有到庭，审判迟迟没有开始。

六

审判长很早就来到法院了。这是一个高大肥胖的男士，蓄着一大把灰白的连鬓胡须。他已婚，但过着十分放荡的生活，他的妻子也像他那样放荡，两人互不干涉。就在今天早晨，他收到了一个瑞士籍的女教师的短信，去年夏天，这名女教师曾住在他们家里，现在她从南方去彼得堡，途经此地，下午3点钟到6点钟她将在城里停留，在“意大利”旅馆等他相会。所以他打算早点开庭，提前休庭，以便在下午6点钟之前赶去看望这个红发女郎克拉拉·瓦西里耶夫娜。去年夏天在别墅里他和她有过一段罗曼史。

一走进房间，他就“咔嗒”一声锁上门，从装文件的柜子底层搁板上取出一对哑铃，做了二十次向上、向前、向侧面、向下的哑铃运动，然后将哑铃举过头顶，三次轻巧地蹲下。

“没有什么事能够像淋浴和做体操那样坚持不懈。”他心里想着，同时用无名指上戴着金戒指的左手按摩肌肉紧张的右手。他还要做一组运动，可是这时门响了，有人敲门要进来。审判长急忙将哑铃放下，打开了门。

“请原谅。”他说。

一个法官走了进来，此人戴着一副金边眼镜，个子不高，双肩高耸，脸色阴沉。

“马特维·尼基季奇又没有到？”法官很是不满地说。

“还没有来。”审判长穿上制服，回答说，“他总是迟到。”

“真令人奇怪，如此不知害臊。”他说着，气冲冲地坐下来，取出一支烟抽。

这个法官是个十分认真、一丝不苟的人，今天早晨他和妻子有一次不愉快的冲突，因为妻子提前花光了他交给她的月钱，现在她要求他给她钱，但他说，他不能违背自己规定的守则，结果发生了一场争吵。妻子说，如果这样，她就不做饭，让他回家吃不到饭。他坐车来到这里后，心中还担心她将威胁自己的话付诸实施，因为她什么事都做得出来。“眼前这个人过着一种满意的生活。”他想，眼睛盯着神采奕奕、健康快乐和心宽体胖的审判长，这人正大大地叉开靠在桌上的双肘，用白嫩的手将浓密的灰白连鬓长胡须分向刺绣衣领的两边，“他总是满意和快活的，而我则痛苦极了。”

书记官走了进来，手里带着某个案子的文件。

"我十分感激您，"审判长说，一面抽着烟卷，"我们先审哪个案子？"

"照我看，应先审中毒死亡案。"书记官漠不关心地说着。

"唔，好吧，中毒死亡案就中毒死亡案吧。"审判长说，心中考虑着这个案子也许能够在四点以前结束，然后他就可以坐车去赴约会。"马特维·尼基季奇来了吗？"

"还没来。"

"那布雷韦在吗？"

"在。"书记官回答说。

"那么，要是您见到他，就请告诉他，说我们从中毒死亡案开始审。"

布雷韦是在这次审判中担任主诉人的副检察官。

书记官一走到走廊里，就遇见了布雷韦。只见他高耸着肩膀，穿着扣子解开的制服，腋下夹着公文包，几乎在小跑。他行进时，两个鞋后跟时不时相碰撞，那只空着的手挥动着，手心对着前面，他就是这样沿着走廊快步走着。

他旁边的书记官问他："米哈伊尔·彼得罗维奇想知道，您准备好了没有？"

"那还用说，我总是准备好了的，"副检察官说，"首先审理哪桩案子？"

"中毒死亡案。"

"好极了。"副检察官说，但他还没有翻看这个好极了的案子的案卷，他一宵未睡，头脑昏沉。昨夜他们一伙人给一个同事送行，喝得烂醉，一直玩乐到两点钟，然后前往青楼泡妞，去的正是六个月前玛丝洛娃在那儿服务的妓院。因此，这宗中毒死亡案的案卷他来不及看，眼下想走马观花地阅读一下。书记官明知他没读过中毒死亡案的案卷，故意建议审判长首先审这个案子。书记官是个自由主义者，甚至是个思想方式激进的人。布雷韦却是个保守主义者，甚至像那些供职于俄罗斯的德国人一样，特别虔信东正教，书记官不喜欢他，并眼红他的地位。

"喂，关于阉割派教徒的案子怎么办？"书记官问道。阉割派是基督教的一个教派，认为生育是罪恶，因而阉割自己。

"我已说过，我不能开审，"副检察官说，"因为缺乏证人，我将向法庭这样宣布。"

"有没有都一样……"

"我不能开审。"副检察官说，就这样将手一挥，朝自己的办公室跑过去了。

他以一个对案件一点也不重要的证人缺席为由，将关于阉割派教徒的案子延搁下来，仅仅是因为他听说案件审理的时候，陪审员班子都是有知识的人，可能使得案子以宣判无罪告终。根据他和案件的审判长的协议，此案应当移交县城的法庭，那儿有较多的农民陪审，所以判决有罪的可能性很大。

走廊里越来越热闹了。民事审判庭附近聚集的人最多，这个审判庭正开审一个案子，审判长先生正在向陪审员们讲解案情。休息时间，从这个审判庭里走出来一个老太太。一个卑鄙的律师为了维护一个商人的利益，夺去了她的财产，而那个商人本没有任何权利得到这笔财产。全体法官都知道事情的真相，原告人和他的律师对真相更加清楚，但是他们精心设计使案子成了定局，不可能不剥夺老太太的财产，也不可能不将其交付给商人。老太太是个肥胖的妇人，身着华丽的服装，头上的女帽上有许多大花朵。她从门里走出来，待在走廊里，将自己肥胖而短小的双手一摊，表示惊讶而束手无策，嘴里不断重复着："这事将怎样完结啊？可怜可怜我吧！这是怎么搞的啊？"她转向自己的律师寻求答案。律师盯着她帽子上的花朵，没有认真听她的话，心中考虑着什么。

尾随着这个小老太太从民事审判庭里快步走出来的正是那个著名的律师，他的燕尾服下面的西装背心袒露着，衬衫上的硬胸衬闪闪发光，脸上一副扬扬自得的神情，他已经完成了这道法律手续，将戴花的老太太剥夺得一个子儿也不剩，而商人却白得了十多万卢布，他从商人那儿获得了一万卢布的酬金。众人的目光齐聚到这个律师的身上，他觉察到了这一点，他的神色似乎在说："我不需要任何仰慕的表示。"他急匆匆地穿过人群走了。

七

马特维·尼基季奇坐的车辆终于驶来了，与他同时到达的还有民事执行吏。民事执行吏是个清瘦的人，长脖子，走路歪歪斜斜，突出的下嘴唇也有点歪，他一来就走进了陪审员室。

这个民事执行吏为官倒还算清廉，且受过大学教育，但是他在任何职位上都不能待很久，因为他好酒贪杯，酗酒无度。三个月前，一个女伯爵，他的妻子的庇护人，设法将他安排在这个职位上，他至今还保持着这个职务，而且喜欢干这行。

“怎么样，先生们，大家都来了吗？”他一面说，一面戴上夹鼻眼镜，通过眼镜往外瞧。

“当然都来了。”那快活的商人说。

“现在点名。”民事执行吏说，从口袋里取出一张纸，开始喊每个名字，时而通过夹鼻眼镜，时而从眼镜的缝隙里看被点到的人。

“五品文官伊·马·尼基福罗夫。”

“我在。”一个对法官们办的案子全部熟悉的外表庄严的先生说。

“退休的上校伊万·谢苗诺维奇·伊万诺夫。”

“到了。”一个身穿退休军官制服的瘦子答应说。

“二等商人彼得·巴克拉绍夫。”

“有，”性格开朗的商人，笑得合不拢嘴，“听候大人差遣！”

“近卫军中尉德米特里·聂赫留朵夫公爵。”

“我在。”聂赫留朵夫答道。

民事执行吏格外恭谨和友善地从夹鼻眼镜的上面看了看，同时弯腰致意，仿佛要用这种礼节表示此人与其他人有别。

“大尉尤里·德米特里耶维奇·丹琴科，商人格里戈里·叶菲莫维奇·库列绍夫……”

除了两个人缺席外，其他人全部到齐。

“现在请先生们到审判庭去。”民事执行吏用一个客气的手势指着门，说道。

大家都起身行走，走到门边，便互相谦让着，他们走入走廊，又从走廊走进了审判庭。

审判庭是一个宽大的长方形房间。它的一头由一个高台完全占据，有三级台阶通向这高台。高台中央摆放着一张桌子，桌面上铺着带有暗绿色穗子的呢绒布。桌子后面摆着三把圈椅，雕刻着花纹的橡木椅背很高。圈椅背后悬挂着一幅装在金色画框里的一位将军的鲜明耀眼的全身肖像，这将军[①]身着制服，佩着勋章带，一只脚略向前伸出，用手捂着军刀。其右边的角落里悬挂着神龛，供奉着头戴受难荆冠的耶稣像，前面摆着读经桌。右边摆着检察官的斜面高写字台。从左面观察，在斜面高写字台对面，远远的是书记官的小桌子，而靠近听众的地方是一排旋得很细的橡木栅栏，栅栏后面是几张空着的被告坐的凳子。从右面观察，高台上摆着两排椅子，也有高椅背，是供陪审员们坐的，从那里往下是几张供律师用的桌子。有一排栅栏将审判庭分为两半，以上所述是法庭前半部分的布置。后半部分为长凳所占满，每一排长凳比前一排都要高，一直排到后面的墙壁。在法庭的后半部分的前排长凳上，坐着四个模样像女工或女仆的妇女和两个像工人的男子，他们明显对法庭的华丽陈设感到十分惊讶，所以在胆怯地交头接耳，低声谈话。

陪审员们到场就座之后，民事执行吏随即以其偏向一边的步伐走向高台中央，大声喊叫着，仿佛要用这样的厉声吆喝吓倒在场者：

“法庭开庭！”

全场起立，法官们在大厅的高台上露面。领头的是审判长，他壮实的肌肉和美丽的连鬓胡须令人惊羡。尾随其后的是那戴着金边眼镜、脸色阴沉的法官。这位法官的脸色更阴沉了，因为临近开庭前，他遇见了自己的内弟，这人是法庭职务的候补者，内弟告诉他，他刚才去他姐姐那儿，姐姐向他表示，她将不做午饭了。

“看来，我们只有一同上饭馆吃饭了。”内弟说，笑了笑。

“这有什么值得笑的。”脸色阴沉的法官说，他脸上更加愁云密布了。

殿后的第三位法官就是马特维 · 尼基季奇，他老是迟到——这个法官留着大胡须，长着一双大而和善但下垂的眼睛。此人患有胃黏膜炎，按照医生的建议，他从今天早晨开始实施新的疗法，而这种新的疗法使他比平日来得更迟。现在，当他步入高台时，他露出聚精会神的神情，但他的心思并非集中于案情，而是因为他有一种占卜的习惯，他使用种种手段占卜他给自己提出的问题。眼下他占卜的是，如果他从办公室门口走到高台上的圈椅席位的步数能被三除尽，那么，新的疗法就可能治愈他的胃黏膜炎，如果步数不能除尽，胃黏膜炎就不可能治好。他走到圈椅边时，本是二十六步，但他又巧妙地多走了一小步，达到二十七步走到圈椅这个令自己满意的结果。

---

① 影射沙皇。

走上高台的审判长和法官都穿着有金线绣花衣领的官员制服，他们堂堂的仪表足以令在场的人产生深刻印象。他们自己也感觉到了这一点，于是，他们三人仿佛都因自己的严肃形象而惶恐，立即谦恭地垂下眼睛，匆忙地在铺有绿色呢绒的桌子后面的镂花圈椅上就座。每张桌子上矗立着一个刻有老鹰的三角形法器，还摆着一些玻璃高脚盘，这样的盘子平常用来盛糖果。桌上还有一个墨水瓶和几支钢笔，放着一些洁净而美丽的纸张和重新削尖、不同型号的铅笔。和法官们一道进入审判庭的有副检察官。他同样显得很匆忙，腋下夹着公文包，同样摆动着一双手，穿过大厅到达靠近窗下的自己的席位，并且立刻埋头阅读和重新察看案卷，抓紧每一分钟做准备，以便在开审后陈词。他是一个功名心很重的人，下决心要做出一番事业，所以认定，凡是他接手办理上诉的案子，都应该达到有罪的判决才罢休。中毒死亡案的来龙去脉他已大致了解，并且已起草好发言稿，但他还需要一些资料，现在他正抓紧从案卷中摘录出一些内容，补充进去。

书记官坐在高台上对面的一头，他将可能需要阅读的文件整理放好后，再浏览一篇违禁的论文，昨晚他找到了它并读了一遍。他想和那个蓄大胡子的法官讨论一下这篇文章，该法官和他观点相同，在和其谈话之前他想先熟悉一下这篇文章。

八

审判长将文件浏览了一遍，向民事执行吏和书记官问了几个问题，都获得了满意的回答后，便吩咐提取被告过堂。栅栏后的门立刻打开了，两个戴着帽子、手持出鞘的军刀的宪兵进入大厅，跟在他们身后首先出来的是一个头发呈火红色、脸上有雀斑的男人，接着出来两个受审的妇女。那男人穿着一件囚犯的长袍，这件衣服对他来说太大、太长了。进入法庭时，他的双手紧贴大腿，同时跷起大拇指，用这样的方法阻止过长的衣袖垂下。他没有抬眼看法官和听众，神情专注地看着那板凳，他正绕着板凳走。绕了一圈后，他小心翼翼地坐在板凳的边缘，留下位置给别人坐，坐好后，眼睛凝视着审判长，仿佛要诉说什么，脸颊上的肌肉开始微微颤动。尾随着他进来的是一个年纪不小的妇人，同样穿着囚犯的长袍。妇人的头上系着囚犯的三角头巾，一张脸呈灰白色，没有眉毛和睫毛，但有一双美丽的眼睛。这个妇人表现得非常镇定。她朝着自己的位置走去时，长袍被什么东西挂住了，她不慌不忙，用劲将其扯出，并坐了下来。

第三个受审的人是玛丝洛娃。

她一走入法庭，全场男人的眼神都集中在她身上，眼球跟着她转，长久地观察着她那张苍白的脸，那张脸上有一双晶莹透亮、楚楚动人的眼睛，还仔细打量着她的囚衣下面隆起的乳房。[1]连宪兵也不例外，当她从他面前走过并且往板凳上坐的时候，他的眼睛一直盯着她，直到她完全落座，身子坐稳，他才仿佛意识到这样看是不得体的，连忙转过头来，打起精神，紧紧盯住自己面前的窗户。

审判长耐心地等待着，直到被告们一一就座，特别是玛丝洛娃坐好后，他才向书记官下指示。[2]

例行的司法程序开始了：宣读陪审员名单，查出无故缺席的人，对他们一一处以罚金，对那些事先请了假的人则做出准假的决定，又用候补人员补上陪审员的缺额。然后审判长将陪审

[1] 作者详细介绍审判人员后，终于将镜头转向了主人公玛丝洛娃身上。此段既承接上文，点出玛丝洛娃是“第三个”接受审判的人，又引出后文大家的表现。

[2] 审判长自然不是一个有耐心的人，这一点从前文便可得到印证。然而，此时他“耐心地等待着”，这全是因为玛丝洛娃。准确地说，是因为玛丝洛娃的美貌，侧面反映出审判长的不专业、好色。

员的证书整齐地叠放在一起，将其放入一个玻璃高脚盘中，他稍微卷起制服的绣花袖子，裸露出生满浓毛的手，开始用魔术师的手势一一抽出这些证书并打开宣读。然后他垂下衣袖，请神职人员带领陪审员去宣誓。

这个神职人员是个年老的东正教司祭，有一张肿胀的黄白色的脸，在他的窄腰长袖的棕色长法袍的胸口上，佩着金十字架，还有一个小勋章别在法袍的侧面。他缓缓迈动法袍下的肿胀的双腿，走近置于圣像下的读经台。

陪审员们纷纷起立，凑成一群，向读经台移动。

“请到这儿来。”司祭说，他用一只圆润的手摸着胸前的十字架，等待所有的陪审员走近。

这个司祭担任此神圣的职务已有四十六年了，再过三年，他打算庆祝自己的周年纪念日，就像不久前他庆祝自己荣任大教堂的大司祭一样。从州法院创立时起，他就在此服务，回想起来，他颇为得意，因为他曾引领成千上万的人走到读经台前，向神宣誓，再者，他在垂暮之年，仍在为教会、祖国和家庭操劳不息，他也以此为荣。他对家庭的贡献的确很可观，除了住宅外，还给家人留下至少十万有息证券的资产。可是，他在法院中从事的这项工作，是引领着人们在《福音书》上宣誓，按东正教的教规，这样的宣誓是违禁的，因而他这项工作也是不良善的。但他从没有想到这一点，他不仅不因为违反教规而苦恼，而且很喜欢这项习以为常的服务，常常借此机会和一些有身份的先生们结识。眼下他能够和这位著名的律师结识，他感到十分高兴，这位律师使他产生由衷的敬意，仅仅因帽子上插花的老太太的案件，该律师就赚了一万卢布。

当全体陪审员沿着台阶登上高台时，司祭将他的秃顶的灰色的头歪着下垂，让头从一块项巾的涂了油的窟窿里钻过去，又用手抹正稀薄的头发，才面对着陪审员们。

“请举起右手，把手指这样合并在一起。”他用衰老的声音慢慢地说着，同时举起一只手，手上每个手指都有窝，他把大拇指、中指、食指撮在一起画十字。“现在跟着我念，”他说道，开始念誓词，“以全能的上帝的名义，在他的神圣的福音书和主赋予生命力的十字架前面，我宣誓，我将按着事实，根据事实……”他念着，每念完一个句子就停顿一下。“不要垂下手，这样保持着，”他对一个垂下手来的年轻人说，“我将按着事实，根据事实……”

有络腮胡子的仪表出众的先生、上校、商人，还有几个人都按照司祭的要求将手指合并在一起，似乎十分高兴地、准确而高声地跟着念，其他人似乎不太高兴，念得也不准确。有一个人念誓词的声音太大，像一个好斗、愤激的人一样吼叫着：“我将始终根据事实说话。”另有几个人只是小声重复着，语速落后于司祭，然后，又似乎很惊恐，赶忙加速追上去。一些人一字一顿、坚定地念着，似乎生怕漏掉字句，同时以激烈的姿势使自己的手指撮在一起保持不变，另一些人读时漏掉一些字，又重新读一遍。大家都读得不顺畅，只有司祭老头一人坚信他在做着十分有益而重要的事情。宣誓完毕，审判长提议陪审员们选举一名首席陪审员。陪审员们开始行动，聚成一堆，前往一间议事室。在那儿几乎所有人都取出香烟，抽了起来。有人提议那位仪表出众的先生当首席陪审员，全体一致附议，并都熄灭和丢弃了烟头，回到审判庭。仪表出众的先生向审判长报告了选举结果，大家重新迈着着整齐的步伐，走向有高靠背的分成两排的椅子上坐下来。

他们走回座位的步伐没有停顿，而且是很迅速的，行进中表情庄重，这种代表公正、守法和威严的行进无疑使这些参与者感到高兴和满足，在他们的意识中更明确地认识到他们在从事一项庄严而重要的社会事业。甚至聂赫留朵夫也有此感觉。[3]

[3] 这里是动作描写和细节描写，凸显陪审员的虚荣。

陪审员们刚一坐定，审判长就向他们宣布他们的权利、义务和责任。审判长在宣讲时，不断变换着身体的姿势：时而将身子的重心落在左手上，时而落在右手上，时而将身子靠在椅背上，时而将胳膊肘支在椅子的扶手上，时而伸手将一叠纸弄整齐，时而摸摸裁纸刀，时而摸一下铅笔。

按他的说法，陪审员的权利如下：他们可以通过审判长向被告提问，可以拥有铅笔、纸张等工具，可以审视各种物证。陪审员的义务为：他们判定案件时不能弄虚作假，而应该大公无私。陪审员的责任是：如泄露会审的机密或和外人通信息，他们就会受到惩罚。

大家都专心致志地听着。唯独那个浑身发散着酒气的商人，不时发出响亮的打嗝声，每逢审判长说完一句，他就赞许地点一下头。

九

审判长宣讲完后，就转身向着被告们。

“西蒙·卡尔津金，请站起来。”他说。

西蒙神经质地跃起，脸颊上的肌肉迅速地颤动了一下。

“您的名字？”

“西蒙·彼得罗夫·卡尔津金。”他用炒豆子般的声音快速地说着，显然事先已经准备好了怎样回答。

“您的身份？”

“农民。”

“来自何省，何县？”

“图拉省，克拉皮文斯克县，库皮亚尼乡，波尔基村。”

“您多大岁数？”

“三十四岁，生于一八……”

“何种信仰？”

“信仰俄国东正教。”

“婚否？”

“从未结过婚。”

“干什么工作？”

“我在毛里塔尼亚旅馆里当茶房，为旅客服务。”

“以前曾受过审讯吗？”

“从没有受过审讯，因为我们从前住在……”

“从前没有受过审讯？”

“饶恕我吧，上帝，从没有受过。”

“起诉书的副本收到了吗？”

“收到了。”

“请坐下。叶甫菲米雅·伊万诺娃·包奇科娃。”审判长转向下一名被告。

但是他继续站着，屈身向着包奇科娃。

“卡尔津金，请坐下。”

卡尔津金依然站着。

“卡尔津金，请坐下！”

但卡尔津金还是站着，直到民事执行吏跑到他跟前，他才坐下来。这个法警将头歪向一边，异乎寻常地睁大眼睛，用悲惨的声调低声说：“坐下，坐下！”

卡尔津金坐下了，动作和他站起时一样快，随即用长袍裹紧自己的身体，又重新无声息地微动着双颊。

“您的名字？”审判长发出一声疲倦的叹息，转向第二名被告，他的眼睛没有看她，而是看着他面前的一张纸，在上面查阅着什么。对审判长来说，审案是例行公事，他已习惯了，为了加快审判的进度，他可以同时做两件事。

包奇科娃已有四十三岁了，身份是科洛梅亚城的小市民，职业是同一个毛里塔尼亚旅馆里的服务员，没有受到侦查和审讯的前科，起诉书的副本收到了。包奇科娃在回答讯问时，显得十分大胆，从她的口气判断，她对每一项讯问事先都有准备。诸如：“是的，我名叫叶甫菲米雅，还叫包奇科娃。起诉书的副本收到，我以此事出名而骄傲，不允许任何人嘲笑我。”讯问一结束，包奇科娃不待叫她坐下，就径自坐下了。

“您的名字？”好色的审判长特别和蔼地问第三个被告。“您应当站起来。”他发现玛丝洛娃还坐着，就柔和而亲昵地补充。

玛丝洛娃迅速站了起来，露出准备接受任何审问的神情，挺起自己高耸的胸脯，没有回答问话，却用她那微带笑意的有点斜视的黑眼睛直勾勾地盯着审判长的脸。

“怎样称呼您？”

“柳博芙。”她迅速说道。

这时候，聂赫留朵夫已带上夹鼻眼镜，当被告过堂受审时，仔细打量每一名被告。“这不可能是她，”他想着，但并没有将视线从这名女被告的脸上移开，“但是怎么也叫柳博芙呢？”他想着，倾听着她的回答。

审判长打算继续往下问，但是一个戴眼镜的法官，有点气愤地向他嘀咕了几句，阻止他往下问。审判长点头表示同意，便对被告说：

“怎么叫柳博芙呢？”他说，“您签字时用的是另一个名字。”

被告沉默无言。

“我问您，您的真实名字是什么？”

“受洗时用什么名字？”那个激愤的法官问道。

“从前人们称我为卡捷琳娜。”

“这不可能是她，”聂赫留朵夫继续自言自语，但他已经毫不怀疑地认定这就是她，就是那个既是中学生又是女仆的姑娘，他曾一度爱上了她，而就是这种该死的爱情，后来酿成了极不理智的恶果，他诱奸了她后，又抛弃了她，后来他再也不愿回忆起这段往事，因为这段回忆太令他痛苦，也太明显地揭破他君子的面具，露出他小人的本性。他一向认为自己是个正派人，并以此为荣，可他对待这个女子的往事表明他不仅称不上正派，而且十分卑鄙。[1]

[1] 这里是心理描写，指出了聂赫留朵夫和玛丝洛娃之间的关系，交代了聂赫留朵夫不愿意回忆这段往事的原因。

是的，这就是她。现在他已经明显地看出了那些格外隐秘的特征，这样的特征使这张脸和其他的脸不同，使这张脸成为独具一格的唯一的不可复制的脸。尽管脸上带有不自然的苍白和浮肿，但这些特征，美好的独具一格的特征，依然呈现在这张脸上，在两片嘴唇上，在略有斜视的眼睛上，更主要的是表露在这种质朴的带笑意的目光中和准备好承受一切的神态里。而且，不仅在脸上，其整个身影都带有这种令人难忘的特点。

"您早就应当如实说出来，"审判长又特别温存地说道，"您的父称？"

"我是私生子。"玛丝洛娃说道。

"根据您的教父的名字，您仍然有父称，是怎样的呢？"

"米哈伊洛娃。"

"可她也会做出什么犯法的事来吗？"这时候聂赫留朵夫继续想，费力地嘘了一口气。[2]

[2] 在审判长审问的过程中插入聂赫留朵夫的心理描写，不但不冲突，反而吸引着读者的注意力。

"您的姓，还有外号是怎样的？"

"按我母亲的姓，登记时写玛丝洛娃。"

"您的身份？"

"市民。"

"信仰东正教吗？"

"信东正教。"

"您的职业？干什么工作？"

玛丝洛娃沉默不语。

"您从事什么工作？"审判长重新问道。

"我在一家商店里服务。"她说道。

"什么样的商店？"戴眼镜的法官严厉问道。

"您自己知道是怎样的商店，"玛丝洛娃说，笑了笑，随即迅速环视了一下四周，又直勾勾地盯着审判长的脸。

在这张脸上的表情中，有某种非同寻常的成分。并且，在她说出的字句的含义中，在这种笑容中，以及落到这个厅堂里的她向四下里扫视的迅疾的目光中，有一种可怕的酸楚和令人怜悯的成分，以致连审判长也垂下了眼睛，审判庭里有一片刻异常寂静。这种难得的寂静被听众中的笑声打破了。有人发出嘘声，要求保持严肃。审判长抬起头来，继续审问：

“以往没有受过审判和侦讯吗？”

“没有。”

“起诉书的副本收到了吗？”

“收到了。”

“请坐下。”审判长说。

这名女被告人从后面提起自己的裙子，这种动作很像那些盛装华服的妇人将后拖裙弄端正。她坐下后，将长袍衣袖里不大的白嫩的手交叉放着，没有将视线从审判长的脸上移开。

开始给证人点名，又下令那些用不着的证人退场，做出关于聘请谁为鉴定医生的决定，并派人邀请他到审判庭来。然后书记官起身开始宣读起诉书。他清晰而洪亮地读着，但是读得太快，以致在他的发音中，Л 和 P 两个字母无法分辨，以致声音融合成一种不停顿的令人昏昏欲睡的嗡嗡声。法官们时而将胳膊肘支在椅子的一个扶手上，时而支在另一个扶手上，时而将身体靠在桌子上，时而靠在椅背上，时而闭耳倾听，时而睁开眼睛，交头接耳。有一个宪兵好几次想打呵欠，但极力忍住了。

被告当中，卡尔津金的脸颊不停地颤动着。包奇科娃十分安静地挺身坐着，偶尔用手指搔搔裹在围巾下的头。

玛丝洛娃时而一动不动地坐着，倾听朗读，眼睛注视着朗读人，时而全身颤抖，似乎想要反驳，脸孔发红，然后沉重地吐出一口长气，将左右手互换位置，扫视一下四周，重新盯着朗读人。

聂赫留朵夫坐在第一排第二张高背椅上，他取下夹鼻眼镜，凝视着玛丝洛娃，此刻进行着复杂而痛苦的心理活动。

十

起诉书内容如下：

188× 年 1 月 17 日，一名客人突然死于毛里塔尼亚旅馆，死者是库尔冈[①]的二等商人费拉篷特·叶梅利亚诺维奇·斯梅里科夫。

第二区的地方法医检查证实其死于因过度饮用酒精饮料而导致的心力衰竭。斯梅里科夫的遗体已经入土安葬。

几天后，斯梅里科夫的伙伴和同乡、商人季莫欣从彼得堡回来了，此人了解斯梅里科夫逝世前后的一些情况，宣称斯梅里科夫之死有被下毒谋杀的嫌疑，谋杀动机是盗劫他所带的钱财。

这项嫌疑在预审中得到证实，通过初步侦讯查明：（一）斯梅里科夫死前不久，曾从银行取出 3800 银卢布。但据查对，以保管遗产方式封存的死者的财产中仅仅有 312 卢布 16 戈比现金。（二）斯梅里科夫死亡的前一天，以及他在世的最后一个夜晚，他都是和妓女柳布卡[②]在一家妓馆里和在毛里塔尼亚旅馆中度过的。按照斯梅里科夫的委托，在他不在场的情况下，叶卡捷琳娜·玛丝洛娃从妓馆坐车到旅馆里取钱，当毛里塔尼亚旅馆的仆役叶甫菲米雅·包奇科娃和西蒙·卡尔津金在场时，玛丝洛娃使用斯梅里科夫交给她的钥匙，打开他的钱箱的锁，从里面取了钱。当玛丝洛娃打开钱箱的时候，在场的包奇科娃和卡尔津金看见斯梅里科夫的钱箱中有数叠每张票面价值为 100 卢布的钞票。（三）就在最后一个夜晚，斯梅里科夫带着妓女柳布卡从妓馆返回毛里塔尼亚旅馆，柳布卡听从了仆役卡尔津金的主意，让斯梅里科夫喝下一杯带有白色粉末的白兰地，这种粉末是卡尔津金交给她的。（四）第二天早晨，妓女柳布卡将一个镶嵌有钻石的戒指卖给她的女主人，即妓馆的所有者、此案的见证人基塔耶娃，并声称此物是斯梅里科夫赠送给她的。（五）斯梅里科夫死亡的次日，毛里塔尼亚旅馆里跑堂的女仆叶甫菲米雅·包奇科娃前往当地商业银行，在她的活期账户中存入 1800 银

① 西伯利亚一城市名。

② 即叶卡捷琳娜·玛丝洛娃。

卢布。

通过法医检验、尸体解剖和对斯梅里科夫的内部器官的化学分析查明，死者的身体内无疑存在着毒物，有理由断定，死者是中毒身亡。

受到追究而作为犯罪嫌疑人被控告的玛丝洛娃、包奇科娃和卡尔津金都不承认自己有罪，他们的申辩如下。玛丝洛娃说她的确曾受斯梅里科夫派遣，从妓馆前往毛里塔尼亚旅馆为这个商人取钱，使用给她的钥匙打开了钱箱，按其吩咐从其中取出了40银卢布，她没有拿更多的钱，包奇科娃和卡尔津金可以证实这一点，她打开和锁上钱箱以及取钱时，这两人都在场。她还往下供述说，她再度坐车来到商人斯梅里科夫在旅馆开的房间时，她的确在卡尔津金的唆使下让商人喝下一杯掺和了一种粉末的白兰地酒，她认为这种粉末是催眠药，可以让商人熟睡，尽快放开她。至于那个戒指，她说是商人自己送给她的，那是因为他打了她，她哭哭啼啼闹着要坐车离开，他才用这个戒指赔礼。

叶甫菲米雅·包奇科娃供述说，她压根儿不知道那笔不知去向的钱财的事，她也没有进入商人开的那个房间，柳布卡独自一人在那儿处理一切，如果商人的钱财被盗，那么这只能是柳布卡一人所为。柳布卡本来就是带着商人的钥匙坐车来取钱的。

起诉书念至此处时，玛丝洛娃全身颤抖，张开嘴巴，转头看着包奇科娃。书记官继续念道。

当预审法官向叶甫菲米雅·包奇科娃出示她在银行存有1800银卢布的账户证明，并问她这笔钱财是怎样得来时，她供述说，十二年来，她和西蒙·卡尔津金一直在攒钱，准备结婚，成家立业。西蒙·卡尔津金本人在第一次的供词中承认自己曾伙同包奇科娃作案，在带着钥匙从妓馆坐车来的玛丝洛娃的唆使下，盗窃了这笔钱，并和玛丝洛娃、包奇科娃均分。

听到此处，玛丝洛娃再度全身颤抖，甚至稍微跃起，涨红了脸，想要申辩，但民事执行吏制止了她。

书记官继续念道。

此外，卡尔津金承认他曾给予玛丝洛娃粉末，为了让该商人入睡。在其第二次的供词中，他否认自己曾参与盗窃这笔钱，也否认曾给玛丝洛娃粉末，将一切罪过都归咎于她一人。至于包奇科娃存入银行中的那笔钱，他在供述时同意她的说法，他和她一同在这家旅馆工作了十二年，一起攒钱，各位顾客老爷都赞赏他们服务周到。

起诉书中还有每次对质的笔录、各位证人的证词、各种鉴定人的意见等。

起诉书做出结论如下：

根据以上所述，波尔基村33岁的农民西蒙·彼得罗夫·卡尔津金、43岁的女市民叶甫菲米雅·伊万诺娃·包奇科娃和27岁的女市民叶卡捷琳娜·米哈伊洛娃·玛丝洛娃因为下面的事实被起诉有罪。188×年1月17日，他们在一起预先商量好，窃取了商人斯梅里科夫的钱和戒指，其中现金总共有2500银卢布，然后蓄意让斯梅里科夫喝下有毒的饮料，以害他的性命，由此导致斯梅里科夫死亡。

这种罪行在《刑事惩治法典》第一千四百五十三条第四款和第五款中已有规定。因此，根据《刑事诉讼法》第二百〇一条，农民西蒙·卡尔津金、叶甫菲米雅·包奇科娃和女市民叶卡捷琳娜·玛丝洛娃应该受到州法院的有陪审员们参加的审判。

书记官就这样结束了他的长篇起诉书的宣读，他将文件收拢到一起，整齐叠起，回到自己的座位，用双手抚平自己的长头发。

大家都轻松地长吁一口气，而且都愉快地意识到，马上就要开始审判了，案情很快会全部澄清，正义将得到伸张。唯独聂赫留朵夫不感到愉快，他对玛丝洛娃可能犯下的罪行感到震惊，百思不得其解。十年前，他认识她的时候，她还是一个纯真可爱的小姑娘。

十一

起诉书宣读结束后，审判长和法官们商量了一阵，决定先审卡尔津金。审判长面朝卡尔津金的时候，脸上露出一副胸有成竹的神情，这种神情仿佛在说：现在我们已经查明了你们犯罪的全部过程，天网恢恢，疏而不漏，案情无论多么复杂，都逃不过我们的侦查。

“农民西蒙·卡尔津金。”他俯身向着左边，开口说道。

西蒙·卡尔津金站起来，挺直身子，垂手而立，身子向前探，双颊的肌肉依然无声地不停地微动着。

“您被控犯了下列罪行：188× 年 1 月 17 日，您和叶甫菲米雅·包奇科娃、叶卡捷琳娜·玛丝洛娃结成一帮，从商人斯梅里科夫的皮箱里窃取了本来属于他的钱财，然后您拿来了砷制剂，劝说叶卡捷琳娜·玛丝洛娃在酒中掺和这种毒物，让商人斯梅里科夫喝下，因此造成了斯梅里科夫的死亡。您承认自己有罪吗？”他说着，俯身向着右面。

“这怎么可能，因为我的职责是为客人服务……”

“这些话您留着以后再说，您承认自己有罪吗？”

“无论怎样都不会有这样的事，老爷。我仅仅……”

“多余的话请您以后再说，您承认自己有罪吗？”审判长心平气和地，但坚定地重复说。

“我不可能做这样的事，因为那样做……”

民事执行吏再次跃向西蒙·卡尔津金，用悲悯的低语制止他说下去。

审判长脸上带着一种神情，表示对这个人的审问就此结束。他一只手上拿着一张纸，他移动这只手的胳膊肘，使它支在另一个地方，面朝叶甫菲米雅·包奇科娃说：

“叶甫菲米雅·包奇科娃，您被控犯了下列罪行：188× 年 1 月 17 日，您和西蒙·卡尔津金、叶卡捷琳娜·玛丝洛娃一道，在商人斯梅里科夫的房间里，从他的皮箱里窃取了他的钱财和戒指，并将赃物瓜分，为了掩饰你们的罪行，你们让商人斯梅里科夫喝下毒物，造成了他的死亡。您承认自己有罪吗？”

“我没有犯任何罪，”这个被指控的女人泼辣而顽强地说道，“我根本没有进入房间……走进房间去的是这个娼妇，在那儿做出事情来的也是这名娼妇。”

“这些话您留着以后再说，”审判长仍旧那样柔和而坚定地说道。“那么您不承认自己有罪了？”

“我没有拿钱，也没有给谁喝酒，我压根儿没有在那个房间里。如果我在那儿，我会赶她走。”

“您不承认自己有罪？”

“无论什么时候都不会承认。”

“很好。”

“叶卡捷琳娜·玛丝洛娃，”审判长开始转向第三名被告，“您被控犯了下列罪行：您带着商人斯梅里科夫的皮箱钥匙，从妓馆坐车来到毛里塔尼亚旅馆内的一个房间，从这只箱子里偷窃了钱财和戒指，”他说着，好像在呆板地讲课，同时侧身将耳朵挨近左边的一位法官，该法官告诉他说，在物证登记表上还少一个酒瓶。“您从箱子里偷窃了钱财和戒指，”他重复说着，“并且与同伙瓜分了赃物，后来再度和商人斯梅里科夫一道坐车来到毛里塔尼亚旅馆，您让斯梅里科夫喝下掺有毒药的酒，从而导致他死亡。您承认自己有罪吗？”

“我在任何事情上都没有犯罪，”她急速地说着，“我最初是这样说的，现在也这样说。当时我没有拿，没有拿，真没有拿，我什么东西也没有拿，那戒指是他本人给我的……”

“您不承认自己有偷窃 2500 卢布的罪行吗？”审判长说。

“我说过，除了那 40 卢布外，我什么也没有拿。”

“好，那么在让商人斯梅里科夫喝下掺有药粉的酒这件事上，您承认自己犯了罪吗？”

“我承认有这回事。我当时只以为，正如别人告诉我的，这药粉是催眠药，服用它没有任何危害。我没有想到会出事，也不希望出事。我当着上帝说——我不希望出事。”她说道。

“这样一来，您不承认自己有偷窃商人斯梅里科夫的钱财和戒指的罪行，”审判长说，“但是，您承认你们让他服用了药粉？”

“是这样的，我承认，我仅仅认为这是催眠药。我让他喝，只是为了让他睡熟——我不希望出事，也没料到会出事。”

“很好，”审判长说，显然他对取得的口供结果感到满意，“那么请您说说，事情是怎样发生的。”他说，将胳膊肘支在椅背上，一双手则平放在桌子上。“请您将事情的经过全部说出来。您可以讲出真相以缓解自己的困境。”

玛丝洛娃依然用眼睛直勾勾地盯着审判长，但没有开口。

“请您说清楚，事情是怎样发生的。”

“怎样发生的？”玛丝洛娃突然流利地说起来。“我坐车来到旅馆，他们引领我进入那个房间，他住在那儿，并且已经喝得醉醺醺的了。”她说“他”这个词的时候，面呈惊恐之色，圆睁着双眼。“我想坐车离开，他不让我走。”

她不作声了，仿佛突然迷失了谈话的线索，或者记起了另外的事。

“就算是这样吧，可是以后呢？”

“还有什么以后的事啊？后来我待了一会儿，就坐车回家了。”

这时副检察官耐不住了，他很不自然地用一个胳膊肘撑在桌上，让身体处于半站立的姿势。

“您想要提问吗？”审判长说，在副检察官做出肯定的回答后，他用手势向副检察官示意，表示给他发问的权利。

“我想提一个问题：该女被告人以前是否认识西蒙·卡尔津金？”副检察长说的时候，眼睛不看玛丝洛娃。

审判长复述了这个问题。玛丝洛娃惊恐地盯着副检察长。

“西蒙·卡尔津金？我认识他。”她说。

“现在我想知道的是，该女被告人和西蒙·卡尔津金的交情如何。他们常常会面吗？”

“交情怎么样？他常邀我去见客人，这算什么交情呀？”玛丝洛娃回答，不安地将眼睛从副检察官转向审判长，又转过眼睛看副检察官。

“我想弄清楚的是，为什么西蒙·卡尔津金格外眷顾玛丝洛娃，老是给她拉客，而不给其他的姑娘。”副检察长说，同时眯缝着眼，但脸上带着轻浮的狡黠的微笑，其表情活像《浮士德》中的恶魔美菲斯托菲尔。

“我不知道，我怎么会知道。”玛丝洛娃回答说，惊恐地环顾四周，刹那间她的目光落在聂赫留朵夫身上。“他想要把客人给谁，就邀约谁。”

“难道他认出我来了吗？”聂赫留朵夫惊惶地想，感到血液直往脸上涌，但是玛丝洛娃没有发现他和其他人有区别，立刻掉转目光，仍旧带着惊恐的表情看着副检察长。

“那么，该女被告人否认她和卡尔津金有某种亲昵关系了？很好，我再没有什么要问的了。”

副检察长立刻将胳膊肘从斜面高写字台上移下来，动手记下什么，事实上他什么也没记下，只是在自己的笔记本上将一个个原先写好的字母用笔圈起来，他看见一些检察官和辩护律师就是这样做的：他们在一次巧妙的提问之后，往往在自己可能置对手于死地的发言提纲上进行圈点。

“随后又怎样呢？”审判长继续问道。

“我坐车回到家中，”玛丝洛娃继续说，她稍微胆大地望着审判长一个人，“将钱交给女老板，就躺下睡了。我刚刚入睡，我们一伙的姑娘别尔塔唤醒了我。‘快去接客，你那位商人又来了。’我不想出去，但鸨母之命不可违背。他就在那儿，”她再次用十分害怕的神色说出这个“他”字，“他老是缠着我们，要我们喝酒，后来他想打发人再取一瓶酒来，可他身上的钱已经花光了。女老板不答应他赊账。这时他派我到他在旅馆里开的房间里去。他告诉我钱在哪儿，要我取出多少。我就奉命坐车去了。”

这时候，审判长正和左边的法官交头接耳，嘀咕什么，他没有专心听玛丝洛娃的供述，但为了显示他一字不漏全听到了，他就重复她最后说的几个词。

“您坐车去了。就算这样吧，可还有呢？”他说。

“我坐车到了那儿，按他的吩咐做好了一切事情。我进入了房间。不是一个人进入的，我叫来了西蒙·卡尔津金和她。”她指着包奇科娃说。

“她说谎，我连门口都没有跨入……”包奇科娃开口申辩，但被制止了。

“当着他们的面，我取了四张红色的十卢布钞票。”她皱着眉头，眼睛不看包奇科娃，说道。

检察长又插嘴问道：“就算这是事实，可当女被告人取四十卢布的时候，她有没有察看箱子里有多少钱？”

一待检察长面朝着她，玛丝洛娃就全身颤抖。她不知道这是什么原因，但她感到他想要害她。

“我没有数钱，我看见其中只有几张一百卢布的钞票。”

“女被告人看见了几张一百卢布的钞票——我再没有什么要问的了。”

“就算您说的是事实，可随后呢，您将钱带到他的手上了吗？”审判长继续问道，同时看了看手表。

“我带到了。”

“好啦，然后呢？”审判长问道。

“然后他又纠缠我。”玛丝洛娃说。

“嗯，您是怎样给他喝掺有药粉的酒的？”审判长问道。

“怎样给他喝的？我将药粉撒在酒中，就端给他喝了。”

“为什么您要给他喝这样的酒？”

她没有回答，沉重地长长叹了一口气。

“他死活不放开我，”沉默了一阵，她说道，“我被他烦死了。我走到走廊里，向西蒙·卡尔津金诉苦：‘但愿他能放开我，我困极了。’而西蒙·卡尔津金说：‘他令我们大家都很烦，我们最好让他喝点安眠药粉。他一睡熟，你就可以走了。’我说：‘好吧。’我认为这不是有害的药粉。他就给了我一小包。我走进房间，商人躺在隔壁，立刻呼叫我给他端白兰地酒来。我从桌上取了一瓶上等香槟酒，倒了两杯，一杯给自己喝，一杯给他，往他的杯里掺了粉末，端给他喝了。假如我事先知道这粉末有问题，难道我还会给他喝吗？”

“好吧，而那只戒指怎么会出现在您手上呢？”

“这只戒指是他本人给我的。”

“他什么时候给您戒指？”

“那是我和他一起坐车来到他开的房间的时候，我想离开，他殴打我，打我的头，打碎了我的梳形首饰。我十分生气，打算立刻坐车走。他婉言赔不是，从手指上取下这枚戒指，赠送给我，挽留我别走。”她说。

这时，副检察长又稍微抬起身子，仍然伪装出纯真的外表，请求允许再提几个问题，在得到许可后，他低下绣花衣领上的头，问道：

“我想知道的是，女被告人在商人斯梅里科夫的房间里待了多长时间。”

恐惧感再度控制着玛丝洛娃，她用眼睛在检察长和审判长两人身上来回扫射，匆忙地说：

“我不记得待了多长时间。”

“好吧，但女被告人是否记得，她从商人斯梅里科夫那里出来后，有没有去过旅馆里其他地方呢？”

玛丝洛娃想了想。

“我去过并排的一个空房间。”

“您为什么要去那间房呢？”检察长说，他对这个问题很感兴趣，急于得到答案，因而将脸直接朝向她。

“我去那儿把自己的头发和衣服弄整齐点，等待马车来。”

“可卡尔津金是否和女被告人一同待在那间房里，或者他没进去？”

“他也去过那个房间。”

“为什么他也要去那个房间？”

“商人喝的那瓶上等香槟酒还剩下半瓶，我们一起将它喝光了。”

“哦，一起喝光那瓶酒。很好。”

“女被告人在那儿和卡尔津金讲了些什么呢？”

玛丝洛娃突然皱起了眉头，脸涨得通红，飞快地说道：

“讲了些什么？我什么话也没有讲。事情的经过我已全盘讲述了，其他的我不知道。您想把我怎么办就怎么办吧。总而言之，我没有犯罪。”

“我没有更多的事要提问了。”检察长对审判长说，不自然地耸了耸肩，并在自己的发言提纲上奋笔疾书，记下女被告人已承认她曾和卡尔津金待在一间空房间里。

全场静默。

“您没有更多的话要说了吗？”

“我说完了。”她说道，叹了一口气，坐下了。

接着审判长在一张纸上写了些什么，一面倾听着坐在左边的法官用耳语向他报告，随即他宣布审判会中断十分钟，便急匆匆地起身从大厅里走出去了。审判长左边的那个法官是个长着一双友善的大眼睛、下巴有胡须的高个子，刚才他向审判长汇报的不是什么了不得的大事，而是他的胃有点不舒服，必须出去请人按摩一下，喝点融雪时采集的水。审判长准其所请，就宣布休会片刻。

跟随法官们起身离座的还有陪审员、辩护律师、见证人等，他们都愉悦地意识到审判的重要部分已经完毕了，便分散到四处活动一下身子骨。

聂赫留朵夫离开大厅，进入陪审员室，在靠窗的地方坐下沉思。

十二

对，她就是卡秋莎。

聂赫留朵夫和卡秋莎的关系史是这样的。

聂赫留朵夫初次遇见卡秋莎是他上大学三年级，为了写好一篇关于土地所有制的论文，而在自己的姑妈们家中度夏的时候。往年的暑期，他是在母亲的庄园里和母亲、姐妹在一起度过的。但是该年他的姐妹出嫁了，而母亲也坐船出国去了。聂赫留朵夫必须找个好去处潜下心来写论文，于是他决定到姑妈们那儿去度夏，她们那儿的园林深处一片静寂，远离乱人心思的世俗娱乐。[1] 而姑妈们也十分疼爱她们的侄儿和财产的继承人，当然他也敬爱她们，敬重她们古朴的生活方式。

[1] 这里交代了聂赫留朵夫认识卡秋莎的时间、起因和地点。

在姑妈们家度过的这个夏天，聂赫留朵夫体验到一种非常兴奋的情绪。当时，正值青春年华的他，第一次不受旁人的指点，独立地认识到人生的一切美好和重要意义，也认识到人在一生中所应该做的工作的全部意义。他看到自我完善的无限可能性，也看到全世界变得完美的无限可能，他将献身于这种使自身和世界完美化的工作中，这不仅仅是希望而已，他此时此刻有充分的信心达成他理想中的完美。[2] 这一年，还在大学里的时候，他读了斯宾塞的《社会静力学》，斯宾塞关于土地所有制的见解在他心中留下了很深的印象，尤其是因为他是一个大量土地拥有者的儿子。他的父亲并不富有，但母亲的嫁妆却有将近一万俄亩的土地。当时他第一次懂得了土地私有制的残忍和不公正性，从而加入了一个志同道合者组成的队伍。对他们来说，以道德要求的名义做出牺牲是崇高的精神享受，他决定不再拥有土地私有权，当时他就以父亲遗产的名义将他手中的土地分给了农民。他就以这个题目写自己的论文。

[2] 此处介绍了青年时代的聂赫留朵夫的思想、意识、信仰，可见那时他能够独立思考，且非常有理想。

这一年，他在乡下姑妈们家里的生活是这样度过的：每天起床很早，有时三点钟就起床了，太阳升起前他走到山下的河中游泳，有时晨雾很浓，回来时，露珠还存留在草上和花朵上。有时，他一面喝着咖啡，一面坐着写论文，或者为了写论文而读资料，但是更多的时候他没有写和读，而是又走出屋门，沿着田野和林中的小路漫步。午餐以前，他会在花园中的某处小睡一会儿，然后高兴地用午餐，用自己的风趣逗得姑妈们发笑，然后骑马和划船。晚上再读书，或者和姑妈们坐在一起，把纸牌摊开玩单人纸牌游戏。夜晚，特别是有月光之夜，他常常不能入眠，这仅仅是因为他体验到太多令他激动的生活中的快乐。他有时干脆不再睡觉，怀着自己的理想和思考在黎明前一直在花园中行走。

他就是如此幸福而平静地度过了在姑妈们家中的第一个月，根本没有注意到那个半中学生半女仆、眼睛乌黑、走起路来快步如飞的卡秋莎。

当时，在母亲的培养教育下成长的聂赫留朵夫年方十九，纯粹是个天真烂漫的青年。他想象中的妇女仅仅是作为妻子的妇女。按他的理解，所有将来不能成为他妻子的女人对他来说就不是女人，而是中性的人。但是，这个夏天，发生了一件事，使他情窦初开。那天是耶稣升天节①，姑母的田庄里来了一群客人，为首的是相邻田庄的女主人，她带着几个孩子：两个是小姐，一个男孩是体操运动员，还有一位农民出身的青年艺术家，此人原在相邻田庄做客，现在一起来拜访。

年轻人多了，就可玩乐了。喝过茶后，大家在房屋前面割过草的小草坪上做捉人游戏，卡秋莎也被邀参加。在几轮换人之后，聂赫留朵夫轮到和卡秋莎配对一起跑。聂赫留朵夫每次看见卡秋莎时，心里总感到愉悦，但他头脑中从来没有想到，他和她之间会有某种特别的关系。

“这么一来，现在你怎么样也捉不到这一对了，”担当“捉人者”的欢乐的艺术家说，他用自己短小弯曲但有力的庄稼人的双腿飞快地跑着，“除非他俩被什么东西绊倒了。”[3]

“即使那样，您也捉不到！”

“一、二、三！”

三声拍掌，游戏重新开始。勉强忍住笑声的卡秋莎领着聂

[3] 这里是语言描写和动作描写，塑造了一个鲜明活泼的艺术家形象，营造了一种轻松、愉快、自然、美好的氛围。

① 复活节后的第四十天。

赫留朵夫迅速变换位置，用她结实而粗糙的小手握住他的大手，鼓劲朝左跑，弄得身上浆硬了的裙子窸窣作响。

聂赫留朵夫奔跑得飞快，他不想让艺术家捉到，便鼓足全身之力飞奔。当他回头一看，只见艺术家正在追逐卡秋莎，但她用一双矫捷、轻快的脚灵巧而有节奏地跑动，使对方捉不到，又一口气朝左跑去。她前面是一个长着一丛丛丁香花的花坛，谁也没有跑到那花坛后面去过，但卡秋莎回头看聂赫留朵夫，向他点头示意，邀他到花坛后面会合。他懂得她的意思，就向丁香花后面跑去。可是花丛后面的某处有一条他不熟悉的长满荨麻的浅而窄的水沟，他失足踩在那里面绊倒了，荨麻刺刺伤了他的双手，已经降下的傍晚的露水将他的手弄得很湿，他立刻爬起来，一面取笑着自己，一面站稳身子，又跑到洁净干燥的地方。

卡秋莎容光焕发，闪着一双笑盈盈的好像黑穗醋栗那么黑的眼睛，飞快迎着他跑。他俩会合，一齐用手揪着对方。[4]

[4] 将卡秋莎的黑眼睛比作黑穗醋栗，生动形象地展现了卡秋莎的精神面貌。

“我想你的手大概刺伤了。”她说，用一只空着的手扶正落下的发辫，沉重地呼吸着，笑着，自下而上直盯着他。

“我不知道那儿有一条沟。”他说，也笑着，不放开她的手。

她的身子向他靠拢，他自己也不知道这是如何发生的，他竟将脸伸向她，她并不回避，他紧紧抓住她的手，亲吻她的嘴唇。

“只允许你一次！”她说着，飞快地将自己的手挣脱开，跑着离开了他。

她跑到丁香花丛下，从那上面摘了两枝白色的已经凋谢的丁香花，用花枝拍打着自己燥热的脸庞，又回头看他，大胆地将一双手在自己前面来回摆动，走回游戏的人群中去了。[5]

[5] 这里是动作描写，充分表现了卡秋莎的害羞、尴尬，与当时纯真的她十分贴切。

从这个时候起，聂赫留朵夫和卡秋莎之间的关系就改变了，他们之间形成了一种特殊的心心相印的关系，这种关系在彼此爱慕的纯真的男士和同样纯真的姑娘之间常常会发生。

只要卡秋莎进入房间，或者只要能从远处看见她的白色的围裙，对聂赫留朵夫来说，一切就好像沐浴在灿烂的阳光下一般，万物都变得有趣、令人愉悦、富有意义，生活就变得欢乐。而她也有相同的体验。然而，卡秋莎的出现和走近不仅仅对聂赫留朵夫产生这样的影响力，这种影响力是双向的，即他心中有个卡秋莎，而她心中也有一个聂赫留朵夫。有时聂赫留朵夫会收到母亲充满责备语气的信，或者在写论文时遇到难题，或者体验到年轻人的无名的忧愁，但只要想起卡秋莎，或者看见她，一切愁闷顿时烟消云散。

卡秋莎在宅院里有很多事情要做，但她手脚麻利地将事情全部做好，有空就读书。聂赫留朵夫将他刚读过的陀思妥耶夫斯基和屠格涅夫的小说给她读。她最爱读的是屠格涅夫的《寂静》。他俩若是遇见了也交谈几句，有时是在走廊上，在阳台上，或在院子里，有时是在姑妈们的老仆妇马特廖娜·巴甫洛芙娜的房间里，卡秋莎和老仆妇同住一个套间，聂赫留朵夫有时来这儿喝不放糖的茶。这种当着马特廖娜·巴甫洛芙娜的交谈是挺欢欣愉悦的。当只有他们两人在屋里的时候，这种谈话的结果反而相当不佳。[6]他们四目相对，眼睛开始交流一些另外的意思，说出好多比用嘴说更加重要的东西，他们撅起嘴，预感有某种可怕的事要来临，于是他们急忙分开了。

[6] 独自相处时，因为对彼此有好感，所以二人显得更加羞涩。

聂赫留朵夫第一次在姑妈们家中居住的全部时间里，他和卡秋莎之间的这种关系一直保持着。姑妈们也看出他们之间关系不寻常，感到恐慌，甚至将这种情形写信告知聂赫留朵夫的母亲，即在国外的女公爵叶连娜·伊万诺芙娜，姑妈玛丽亚·伊万诺芙娜生怕德米特里和卡秋莎发生肉体关系。但是她这种害怕是多余的。聂赫留朵夫自己不知道他爱上了卡秋莎，这种爱是纯真的男女之间的爱，他的爱无论对他还是对她来说，都是避免堕落的主要屏障。他心中并非没有想占有她肉体的欲望，但一想到以这样的态度对待她，他心中就发紧，十分害怕。感情丰富的索菲亚·伊万诺芙娜担忧的是，德米特里凭着他一贯的敢作敢为的性格，会不顾及她的出身和境况就爱上她，并和她结婚。这个姑妈的担忧倒是很有见地的。

他深信，他对卡秋莎的感情只是当时充溢他全部身心的欢乐感的一种表现，他应该和这个美好而欢乐的小姑娘分享这种感情。当他坐车离开当地时，卡秋莎和姑妈们站在台阶上送他，她用自己充满泪水的有点斜视的黑眼睛向他道别。他这才感到自己正在抛弃某种美丽宝贵而且再也不能复制的东西。

他不由得感到十分忧郁。

“别了，卡秋莎，衷心感激你的一切好意。”他坐在四轮马车上，隔着索菲亚·伊万诺芙娜头上的软帽对她说道。

“别了，德米特里·伊万诺维奇。”她用自己愉悦的柔和的声音说道，强忍住夺眶而出的泪水，跑到屋里去了，只有在那儿才能大哭一场。

十三

从那时起连续三年，聂赫留朵夫没有见过卡秋莎。他再次见到卡秋莎是在他晋升为军官、前往军队服役的路上顺便来探望姑妈们的时候，和三年前他在那儿度夏时相比，他已经是另一个人了。

当年，他是一个纯真忘我的青年，心怀为任何真善美的事业献身的志向，可现在呢，他已成了一个堕落的恶毒的利己主义者，所爱所想的仅仅是享受。当年上帝创造的世界在他看来包含着许多秘密，他欢欣鼓舞地想方设法要揭破这些谜，可现在呢，对他来说，存在于当前生活中的一切已经十分明了，他已通过自己所处的种种生活环境看透了其本质。当年，他需要和看重的是同大自然交往，同那些生活在他之前的曾经对生活进行思考的哲学家和对生活有很深感受的诗人进行思想交流，可现在呢，他需要和醉心的是种种人工建造的东西以及和酒肉朋友们进行交往。当年女人显得神秘而迷人，可现在呢，女人的意义、任何女人的意义[①]都已十分明确了：女人是一件最好的享乐工具。当年，他需要的不是金钱，他可以不拿母亲给予他的那三分之一的钱财，也可以放弃他父亲的庄园，将其分给农民，可现在呢，虽然有母亲每月给他的一千五百卢布的生活费，但他总嫌不够，常常因钱的问题和母亲进行不愉快的交谈。当年，他认为真正的“我”是自己在精神上的存在，可现在呢，他认为代表自己的是健康的精力充沛的具有动物本能的“我”。

而这一切奇怪的转变之所以能够在他身上完成，仅仅是因为他不再相信自己，而开始相信其他人。因为如果相信自己则会活得太辛苦：相信自己，就得亲自解决一切问题，而那种解决总是不利于动物性的“我”，而几乎违背这个动物性的“我”，因为动物性的“我”只追求轻松的快乐享受；相信其他人，就没有什么问题需要解决了，因为人家已经把一切问题都解决好了，而这种解决方式都是违背精神的“我”，有利于动物性的“我”的。除此之外，相信自己，他总是遭到旁人的指责，相信其他人，他能得到周围人们的赞扬。

事实就是这样的：当聂赫留朵夫思考、阅读和说的都是关于上帝、真理、财富、贫穷的时候，他周围的一切人都认为这是不合时宜的，在某种程度上是可笑

---

① 自己家里的女人和朋友的妻子除外。

的，而母亲和姑妈则带着宽容的讽刺称他为“notre cher philosophe[①]”；而当他看浪漫的小说，讲淫秽的笑话，乘车去法国剧院看那些可笑的独幕喜剧，回来后快活地复述其内容时，大家都称赞和附和他。当他认为自己应该节约消费，身穿旧大衣，不喝酒时，大家都认为这是怪癖，是用标新立异来突显自己；当他花费大量金钱去打猎，或者将自己的书房装修得十分豪华时，大家都赞赏他的审美力，抢着赠送贵重的礼物给他。当他固守自己的童贞，打算一直保持到结婚以前时，亲人们都为他的健康担心；而当他成了真正的男子汉，将某个法兰西女士从他的伙伴手中抢夺过来时，他母亲看到此事，非但不发怒，反而十分高兴。至于他和卡秋莎交朋友甚至可能会和她结婚，身为女公爵的母亲考虑此事时不惊骇万分才怪呢。

下面的事实更准确地说明了这个问题：聂赫留朵夫为了完善自身，将父亲遗留给他的不多的地产分给农民，因为他认为拥有地产是不公正的，但他完成此举后，他的母亲和亲戚大为惊骇，他成了大错特错的被责备的对象，他所有的亲戚都嘲笑他。人们不停地告诉他，得到土地的农民不但没有成为富人，而且越来越穷，他们成天泡在酒馆里，不再耕种土地了。当聂赫留朵夫加入了近卫军，同社会地位一样高的同伍们一起过日子，以致叶连娜·伊万诺芙娜不得不从她的存款中取钱供他挥霍时，她几乎没有生气，甚至认为这是很自然的事，是好事，当时这种奢侈的风气盛行于青年中，流行于上层社会里。

最初聂赫留朵夫努力奋斗，但通过奋斗以摆脱环境的牵扯缠绕太难了，因为他如果相信自己，那么一切他认为是好的东西，别人则认为是坏的，凡是他认为是坏的东西，他周围所有的人都认为是好的东西。临了，聂赫留朵夫顺从了，不再相信自己，转而相信其他人。在开始的一段时间里，这种否定自己的做法是令他不愉快的，但日子一久，这种不愉快的感觉也渐渐淡薄了，于是，在这段时间里，聂赫留朵夫开始抽烟喝酒，不再体验不愉快的感觉，甚至感到格外轻松。

于是，生性热情的聂赫留朵夫全身心投入到这种得到周围人赞许的新生活当中，完全扑灭了自己心中要求的另一种生活的热情。这种转变是他迁居彼得堡之后开始的，而在进入军队服役后完成。

军队服役总是使得人们堕落，一进入其中就完全处于游手好闲的环境中，也就是说，缺乏有理性的造福社会的劳动，免除了一般人的义务，代之出现的是团队、军服、军旗之类虚设的荣誉，从一方面来说，这使得担任军职的人享有无限的权力，从另一方面来说，这迫使他们对级别高于自己的首长保持奴隶般的服从。

伴随军营生活而来的是对自己身上的军服和自己队伍军旗的荣誉感，同时准

① 我们宝贵的哲学家。

许自己行使暴力和杀戮，这是一种普遍的堕落，自不用说。然而，和其连在一起的还有豪华奢侈造成的堕落以及与沙皇的宗族接近交往带来的堕落，这样的堕落发生在上等的近卫军团中，只有富有和高贵的军官才能在这样的军团服役。如果这几种堕落同时产生作用，那么总的堕落就将沉沦其中的人们带到彻底的利己主义的疯狂状态中。由以上分析可见，从进入军营服役、开始像他的同伍们那样生活的时候起，聂赫留朵夫就处于这样的利己主义的疯狂状态中。

军务不外乎下面这些：穿上刺绣精美、不是自己而是他人洗净的军服，戴上盔形帽，佩上也是由他人造好、擦干净和送来的武器，骑上也是由他人饲养、训练和喂饱的骏马和同伍一起去操练，或参加检阅，在马上驰骋，越过障碍，挥舞军刀，射击，将这些军事知识教会其他人。另外的工作是没有的，而最显贵阶层的人士，无论老少，还有沙皇和他的亲信，不仅仅赞成这样的军务，而且还称赞表彰。在这些军务之后，人们认为好的和重要的是挥霍掉不知从哪儿弄来的钱财，聚在军人俱乐部或豪华的餐馆里吃喝，特别是喝酒，然后是上剧院、跳舞，然后重新骑着骏马，挥舞军刀，在马上驰骋，又重新挥霍钱财、喝酒、打牌。

这样的生活特别对军人有腐蚀作用，原因在于，如果某个非军人过这样的生活，他的内心深处不能不因为生活如此荒唐而感到羞耻。可军人们则认为这样过是理所当然的，他们拿这种生活来吹嘘，以此为骄傲，在战争时期，更是如此，聂赫留朵夫的情况就是这样，他是在对土耳其宣战后参军的。“我们准备在战争中牺牲生命，所以这种无忧无虑、欢乐的生活不仅仅是情有可原的，而且对我们来说是必不可少的。我们就要这样过。”

聂赫留朵夫在自己生活的这一时期就是这样糊涂思考的。在这整个时期，他感到一种解脱了道德束缚的快乐，原先他是为自己设置了道德规范的，因此这时期他处于慢性病一般的利己主义疯狂状态中。

当三年后他顺便来看望姑妈们时，他正处于这种状况。

十四

聂赫留朵夫顺路去看姑妈，是因为她们的庄园位于他去往部队目的地的途中，还因为她们非常盼望他去，不过他这一次去，主要是为了和阔别已久的卡秋莎见面。或许，他的内心深处已经有一个对卡秋莎不良的念头，眼下放荡的动物性人格正在用这样的念头低声诱惑他。然而他没有意识到自己有这样的念头，他只是想到那个他曾经过得很惬意的地方去转一圈，探望一下有点可笑，但宽容慈祥的姑妈们。当年，姑妈们往往不待他察觉，就会用爱和赞许的气氛包围着他，他还想看看在他心中留下如此愉悦回忆的可爱的卡秋莎。

在三月底的一个星期五，他冒着倾盆大雨，沿着泥泞路坐车到达，因此到达时他全身湿透，感到发冷，但他仍然显得勇猛而激昂，觉得自己在这种时候应当如此。"她还在他们这儿吗？"当他坐车进入熟悉的、四处堆满从屋顶上落下来的雪、砖墙围绕的旧式地主庄院时，他想。他等待着，盼望她听见他的铃声跑到台阶上来迎接，但是从女仆居住的房间走到台阶上的是两个光着脚的、把衣襟掖在腰里的、提着桶的粗鲁仆妇，显然她们是在擦洗地板。在正门庭阶上也不见她的影子，走出来的仅仅是系着围裙的仆人吉洪，不用说，他也在干清洁工作。在前厅里，迎着他走出来的是穿着丝绸衣服、头戴包发帽的索菲亚·伊万诺芙娜。

"你看多好，你来了！"索菲亚·伊万诺芙娜说着，吻了吻他，"玛申卡[①]有点不舒服，在教堂里累坏了。我们举行圣餐礼来着。"

"索雅姑妈，我祝贺您领了圣餐，"聂赫留朵夫说，吻着索菲亚·伊万诺芙娜的手，"请您原谅，我把您弄湿了。"

"快到你的房间里去吧。你全身都湿透了。原来你已经有上髭了……卡秋莎！卡秋莎！赶快给他准备一杯咖啡。"

聂赫留朵夫的心欢乐地收紧了。"她就在这儿！"他心中愁云顿扫，仿佛又见到了阳光。聂赫留朵夫高高兴兴地跟着吉洪走到他以前住过的房间里去换衣服。

聂赫留朵夫有心向吉洪问一问卡秋莎的情况：她怎么样了？她生活得怎么样？没有出嫁吧？但吉洪那副毕恭毕敬、一本正经的样子，又抢着给他扭开悬壶洗脸器的龙头让他洗手，使他不好意思，实在难以启齿问卡秋莎的事，他仅仅问：

---

① 玛利亚的爱称。

他的孙子长得可好？那匹名叫“老兄”的老马怎样了？那条名叫波尔坎的看院子的狗怎样了？这些生灵都活得顶好，只是波尔坎去年染上了狂犬病，死了。

聂赫留朵夫脱下所有湿衣服，刚要穿上干净衣服，就听见匆忙的脚步声，有人来敲门了。聂赫留朵夫从脚步声和敲门声听出了来人是谁。这样走路和敲门的，只有她。

他拿起淋湿的军大衣，披在自己身上，往门口走去。

“请进！”

这是她，卡秋莎，她的相貌比以前更可爱了。一双天真的有点斜的黑眼睛依然从下往上笑盈盈地看着他。她像以前一样系着清洁的白围裙。她从姑妈们那儿带来的仅仅是一块刚去掉纸包装的芳香的肥皂和两块毛巾：俄国出产的大毛巾和长绒的浴巾。无论肥皂也好，毛巾也好，她本人也好——这一切都是同样的洁净、新鲜、纯朴、美好。她那两片可爱的、抿紧的红嘴唇依旧因抑制不住的欢乐而皱起来，就像以前她见到他的时候那样。

“祝您平安到达此地，德米特里·伊万诺维奇！”她好不容易才说出这句话，脸上闪现出玫瑰色的红晕。

“你好……您好，”他说。不知道对她该称呼“你”还是称呼“您”，也像她一样脸红了。“您身体好吗？”

“托上帝的福……这是您的姑姑叫我给您送来的玫瑰香皂，是您爱用的。”她说着，把香皂放在桌上，把毛巾搭在一把圈椅的扶手上。

“他有自己的盥洗用品。”吉洪为了维护客人的独立气派，得意地指着聂赫留朵夫的一只打开的露出许多银瓶盖的大化妆箱，箱子里有大量有颈的小玻璃瓶、刷子、发蜡、香水，各种化妆用品一应俱全。[1]

[1] 这里是细节描写，通过描写吉洪的话语、神态和化妆箱里的各种化妆品等，反映出聂赫留朵夫的精神状态，暗示他与此地格格不入。

“我向姑妈表示感谢。我来到了这里是多么高兴。”聂赫留朵夫说道，他感到心情愉快，和以前在这里时一样。

她仅仅微笑了一下，作为对他的回答，就走出去了。

姑妈们总是钟爱聂赫留朵夫的，这次遇见他，她们比往常更欢乐。聂赫留朵夫坐车上前线作战，可能受伤或战死。这触动了姑姑们的心。

聂赫留朵夫原来打算只在姑妈家里待一个晚上，但是看见卡秋莎后，他改变了主意，他同意在姑妈家里过复活节，两天后就要过节了。他发电报给自己的朋友和同伍申博克，他俩本应一起去敖德萨的，现在他约他顺路来姑妈家相会。

从看见卡秋莎的第一天起，聂赫留朵夫就生出了旧时对她的那种爱慕。和当年一样，他现在看到了她的白围裙就不能不感到激动，听到她的脚步声、说话声和银铃般的笑声就不能不欢喜，瞧着她那像湿润的醋栗一样黑的眼睛，特别是在她微笑的时候，就不能不动心，主要是他们忽然遇见的时候，她一下子就脸红了，此时的他感到心旌摇荡，六神无主。他感到自己爱上了她，但已不是当年那种初恋了，三年前，这种爱情对他来说是个谜，对于自己是否真的在恋爱，他自己也没有把握，当年他深信人一生中的爱情只能有一次，爱上了谁就应当海枯石烂不变心。可现在呢，他也在堕入情网，他自己清楚地知道这一点，而且为此高兴。他已是个久经情场的老手，知道爱情就是寻欢作乐，即使瞒着自己的良心，他也模模糊糊地知道现在的爱是怎么一回事，由这种爱很可能做出越轨的事来。

在聂赫留朵夫身上，正如在一切人那里一样，有双重人格，也就是有两个人。一个是精神上的人，他给自己寻求福利，但仅仅寻求在他人那儿也有的福利；一个是兽性的人，他仅仅给自己寻求福利，为了获取这种福利，他准备牺牲全世界所有人的福利。[2] 在他生命的这个时期，彼得堡的生活和军营生涯引发了他的利己主义的疯狂性，兽性的人在他身上占了上风，完全压倒了精神上的人。眼下，和卡秋莎的重逢，使他又重温起当年对待她的那种体验，精神上的人又抬起头来，开始坚持自己的权利。于是，在复活节的前两天中，在聂赫留朵夫身上一刻也不停地进行着一场他自己也没察觉的内心斗争。

在他明智的内心深处，他知道他应当坐车走，他知道眼下实在用不着在姑妈家多作逗留，他知道这样逗留不走无论如何不会有好的结果，但是他当时已经高兴和愉快得入迷了，结果他没有用良心深处的这些话警醒自己，继续住下来了。[3]

星期六的晚上，也就是基督复活照亮天下的前夜，一名东正教司祭带着一名助祭和一名执事，来到这儿举行晨祷。据他

[2] 这里指出了聂赫留朵夫具有双重人格，并对他所具有的双重人格的特点进行了分析和解释，目的是为了揭示更多兽性的、疯狂自私的人的本质。

[3] 三个“他知道”强调了聂赫留朵夫不应该在姑妈家逗留，也暗示了继续逗留将会导致不好的结果，为后面的故事情节埋下了伏笔。

们说，他们乘着雪橇经过水塘和干地，费了九牛二虎之力，才走完从教堂到姑妈家的三俄里的路程。

聂赫留朵夫和姑妈们以及仆人们站在一起做晨祷，他心不在焉，眼睛只盯着卡秋莎，她站在门口，送来了手提香炉。他按照复活节的规矩同司祭、姑妈们互相吻过三次后，正要走去睡觉，却忽然听到玛丽亚·伊万诺芙娜姑妈的老女仆马特廖娜·巴甫洛芙娜和卡秋莎正在做前往教堂的准备，为了给复活节的甜面包和甜奶渣受净化礼。“我也去。”他暗想。

去教堂的路，不论是坐雪橇还是坐马车，都不好走。他在姑妈们家中，和在自己家里一样，可以随意使唤仆人，因此，他吩咐人把那匹名叫“老兄”的马备好了鞍子，他自己换上华丽的军服和紧身的马裤，外面还加上军大衣。那匹老公马养得很肥，身体笨重，不住地嘶叫着，他翻身上了马，摸着黑路穿过水塘和积雪到教堂去了。

十五

这次晨祷在聂赫留朵夫的一生中留下了最鲜明、最深刻的回忆。

当时他处在一片漆黑当中，只有个别地方显现白色的雪照亮暗处，他骑马在水里走，马蹄拍水作响，他进入教堂的院子时，教堂周围目光所及之处的油灯碟子燃着火光，胯下的公马警觉地侧竖起耳朵。礼拜已经开始了。

有些农民认得他是玛丽亚·伊万诺芙娜的侄子，就把他领到一块干燥的地方下马，牵着他的马拴好，带他走进教堂里去。教堂里已经满是过节的人了。

右边都是农民：老年人穿着土布长衫和树皮鞋，脚上裹着干净的白色包脚布；青年穿着粗呢的新长衫，腰上系着颜色鲜艳的宽腰带，脚上穿着高腰皮靴。左边都是农妇，头上扎着红色的丝绸头巾，上身穿着棉绒的坎肩，配着大红的衣袖，下身穿着蓝色的、绿色的、红色的或者杂色的裙子，脚上穿着打铁掌的半高腰靴子。站在他们后面的，是衣服朴素的老太婆，头系白头巾，身穿灰色长外衣和旧时的毛织裙子，脚上穿着平底鞋或者新树皮鞋。这两群人中间夹杂着一些衣服考究、头发上抹了油的孩子。农民们在胸前画十字，鞠躬，把头发甩向后面去。女人们，特别是那些老太婆，都用黯淡的眼睛盯住一个有许多蜡烛照着的圣像，捏紧她们并拢的手指头，先点一下额上的头巾，再点两个肩膀和肚子[①]；她们嘴里不住地念叨，弯腰站着，或者跪下。孩子们学大人的样子，一见有人瞧着他们，就使劲做祷告。金色的圣像壁被众多蜡烛照得放光发亮，这些蜡烛从四面八方围绕着几根金线盘绕的大蜡烛。枝形大烛架上插满了小蜡烛。从唱诗班那边传来志愿者歌手欢畅的歌声，其中夹杂着粗重的男低音和尖细的男孩们的高音。

聂赫留朵夫走到前面去。上等人站在教堂的正中，其中有一个地主带着他的妻子和穿着水兵制服的儿子，有警察分局局长，有电报员，有一个穿着高腰皮靴的商人，有一个佩戴着徽章的村长。读经台右边，在一群地主太太的身后，站着马特廖娜·巴甫洛芙娜，穿着亮闪闪的雪青色的布拉吉[②]，披着有流苏的披巾。还有卡秋莎，她穿着白色连衣裙，衣裳的束腰包胸部分有皱褶，还系一根浅蓝色腰带，黑头发上扎着一个红花结。

---

① 画十字。

② 连衣裙。

一切都充满了节日气氛：庄严、欢畅、华美。司祭们都穿着绘有许多金十字架的浅色发亮的银丝线法衣。另外还有一名助祭和几名执事，都穿着带有宽大衣袖的节日长法衣，法衣由银丝线和金丝线织成。打扮得很漂亮的志愿者歌手的头发上都擦了油。节日赞美歌的欢乐的音调，听起来像是舞曲。司祭们举着插了三支蜡烛、装饰着花朵的烛架，不停地为人们祝福，反复叫道："基督复活了！基督复活了！"一切都很美，然而最美丽的却是穿着白色连衣裙、系着浅蓝色腰带、黑头发上扎着红花结、眼睛快活得发亮的卡秋莎。

聂赫留朵夫感到她虽然没回过头来，却看见他了。这是他往祭坛那边走过去，经过她身边的时候看出来的。他本来没有什么话要对她说，不过他想一想，在走过她身边的时候说：

"姑妈说，她做完晚午祷后就开斋了。"

如同平时见到他一样，年轻的热血涌上了她整张可爱的脸，一双黑眼睛笑着，充满欢乐，目光纯真地从下往上看，落在聂赫留朵夫身上。

"我知道。"她说，微微一笑。

这时候，一个教堂执事拿着装圣水的铜咖啡壶从人群里挤过来，经过卡秋莎身边，眼睛没有注意到她，他的祭服的衣襟却擦着她了。这个执事分明出于对聂赫留朵夫的尊敬，要从他旁边绕过去，才擦到了卡秋莎。聂赫留朵夫却暗自觉得奇怪：他，这个教堂执事，怎么这样麻木，竟不明白这儿的一切东西，以至全世界的一切东西，都是众星捧月一样围绕着美女卡秋莎转动的，都只是为了她才存在的，人对世界上的一切东西都可以怠慢，唯独不能轻慢她，因为她就是万物的中心。为了她，黄金色的圣像壁才光彩夺目，为了她，圣像前的那枝形大灯架和那些烛台上的所有蜡烛才熊熊燃烧，为了她，这些欢乐的曲调才发声："主的复活节又来了，欢乐吧，人们。"世界上的一切东西，只要是好的、善的、美的，都是为了她而存在的。他感到，卡秋莎似乎也明悟到这一点，知道眼下的一切都是为了她而存在的。聂赫留朵夫之所以有这样奇怪的感觉，是因为他当时正打量着她那包裹在有皱褶的白连衣裙里的匀称的身材，瞧着她沉浸于欢乐中的脸蛋，从她脸上的表情，他可以看出卡秋莎的灵魂里所唱的歌和他灵魂里的歌声完全一样，即"心有灵犀一点通"。

在早午祷和晚午祷中间的那段时间里，聂赫留朵夫步出教堂，人们都给他让路，对他鞠躬。有的人认得他，有的人却问："这是谁家的少爷？"他在教堂门前的台阶上驻足不前。乞丐们围上来，他就把钱夹里所有的零钱通通散给他们，从大门台阶走下去。

天已经亮了，四周的景物历历可见，但太阳还没有露脸。人们三五成群，在教堂周围的墓园里散步或坐着。卡秋莎还在教堂里没有出来，聂赫留朵夫停下来等她。

人们陆陆续续从教堂里走出来，他们皮靴底上的钉子把石板踩得叮叮作响。他们走下台阶，分散到教堂的院子里和墓园里去。

玛丽亚·伊万诺芙娜的做糖果点心的厨师是个老头，这时候，他摇着颤巍巍的头，拦住聂赫留朵夫，和他互吻三次以示祝贺复活节[①]。他的妻子是个老太婆，戴着绸子的三角头巾，头巾下边露出她那皮肤起皱的喉部，这时候她从手绢里取出一个番红花色的鸡蛋，递给聂赫留朵夫。这当儿，一个体格强壮的青年庄稼汉，身穿一件崭新的紧身外套，腰里束着一条绿色宽腰带，笑嘻嘻地走过来。

“基督复活了。”他说，眼睛里笑意盎然，他贴近聂赫留朵夫，带来一种庄稼人特有的令人感到亲切的乡土气味，他把鬈曲的胡子拱上来，搔得聂赫留朵夫的脸上发痒，再把他那有力的嫩嘴唇正对着聂赫留朵夫的嘴唇吻了三次。

正当聂赫留朵夫跟这个农民亲吻，然后收下他送的一个深棕色的鸡蛋的时候，马特廖娜·巴甫洛芙娜的亮闪闪的连衣裙和那个黑头发上扎着花结的可爱脑袋出现了。

她立刻从走过她面前的人们的头顶上望过来，瞧见了他。他看到她脸上容光焕发。

她跟马特廖娜·巴甫洛芙娜一块儿走出来，在教堂门前的台阶上站住，赏给乞丐们一些钱。有一个乞丐，脸上没有鼻子，那儿只有一块伤口痊愈后留下来的红疤，这时候也走到卡秋莎跟前来乞讨。她就从手绢里拿出一个什么东西，送给他，然后凑到他跟前去，吻了他三次，没有表现出一丝一毫的厌恶表情，正相反，她的眼睛仍旧快活地放光。正当她吻那个乞丐的时候，她的眼睛遇到了聂赫留朵夫的目光。她仿佛在问：这件事她做得好吗？做得对吗？

“做得对，做得对，亲爱的，样样都好，样样都美，我爱你。”

他们从教堂门前的台阶上走下来，他挨她更近些。他不想按东正教习惯和她互吻三次，仅仅想走得离她近些。

“基督复活了。”马特廖娜·巴甫洛芙娜说，低头致意，微笑着，她的口气似乎在说，今天我们大家都平等了。她把手绢揉成一小团，擦干净她的嘴唇，把嘴唇送到他跟前去。

“真的复活了。”聂赫留朵夫回答说，吻她。

他们说的是东正教徒在复活节见面时候的一种套语。一个说：“基督复活了。”

---

① 按东正教习惯，在复活节任何人都可行此礼。

对方就回答道："真的复活了。"

聂赫留朵夫转过头来，看卡秋莎。她因激动而突然脸红了，同时向他靠拢。

"基督复活了，德米特里·伊万诺维奇。"

"真的复活了。"他说。他们深情地吻了两次，仿佛在考虑需不需要继续接吻，又仿佛决定需要再吻，他们吻了第三次，两人都微笑了。

"你们不是要去找司祭为甜面包受净化礼吗？"聂赫留朵夫问。

"不，我们就在这儿，德米特里·伊万诺维奇，我们坐一会儿。"卡秋莎说，仿佛刚做完一件令人愉快的劳动，用整个胸膛沉重地吐出一口长气，用她那柔顺的处女的含情脉脉、有点斜视的眼睛望着他的眼睛。

在男人和女人的爱情中，常常有一个时刻到达了顶点，这时的爱情中没有任何有意识的、理性的成分，也没有任何肉欲的成分，对聂赫留朵夫来说，基督复活照亮天下的这个夜晚正是这样的时刻。后来他每次回忆起卡秋莎，他自然会记起他和卡秋莎会面的各种各样的场合，可是这个顶峰时刻的情景总是盖过其他任何时候。那黑乎乎的平滑发亮的小脑袋，那白色的带褶皱的连衣裙，裙服包裹着她那匀称挺秀的身躯和不高的胸脯，这绯红的面色，还有那双由于彻夜未眠而稍稍歪斜的温柔的水灵灵的黑眼睛，总之她周身上下，都表现出两个主要特征：她那清白贞洁的爱情不但在爱他①，而且在爱所有的人和所有的东西，不但爱世界上所有美好的事物，而且还爱她刚才吻过的那个乞丐。

他明白她心里有这份爱情，因为他也意识到了这份爱，而且意识到他和她在那样的爱情里合二为一了。

唉，要是一切都停留在那天夜里，一直保持那种感情，该多好啊！"是的，那件可怕的事是在基督复活照亮天下的这个夜晚之后发生了的！"现在他坐在陪审员室里的窗子旁边，暗自想着。

---

① 这点他已经知道了。

十六

聂赫留朵夫从教堂回到家里以后，跟他的姑妈们一块儿开斋，并且按照在军队里养成的习惯，为了提一提神而喝了白酒和葡萄酒，然后回到他自己的房间里，连衣服也没有脱，立时就睡熟了。一阵敲门声把他惊醒。他从敲门声中听出是她来了，就坐起来，揉一揉眼睛，伸了个懒腰。[1]

[1] 敲门、惊醒、坐起来、揉眼睛、伸懒腰等一连串的动作一气呵成，给人一种既自然又不符合聂赫留朵夫身份的感觉。

“卡秋莎，是你吗？进来吧。”他下了床说。

她把房门略微推开一点。

“请您去吃饭。”她说。

她仍旧穿着那件白色连衣裙，但是头发上的花结不在了。她看一下他的眼睛，喜笑颜开，倒好像她是来通知他一个天大的喜讯似的。

“我马上就去。”他回答说，拿起梳子，想梳一下头发。

她站在那儿停留了片刻。他发觉了这一点，就丢下梳子，往她那边走过去。可就在这当儿，她敏捷地转身，用往常那种又轻又快的步子，沿着走廊上的花条布地毯走开了。

“我这个人真傻，”聂赫留朵夫对自己说，“我为什么不把她拉住呢？”

他就跑着在走廊上追她。

究竟他打算把她怎么样，他自己也不知道。不过，他觉得，她到他的房间里来的时候，他本来应该做点什么，在这种情形下大家都会做，可是他错过了，没有做。

“卡秋莎，请你留步。”他说。

她回过头来看他。

“您有什么事？”她暂时停下来，说。

“没什么，我只想……”

他振作起精神，鼓起勇气，记起了在这种场合下，一切男子通常会有什么举动，就伸出胳膊去搂住卡秋莎的腰。

她站住没动，瞧着他的眼睛。

“别这样，德米特里·伊万诺维奇，别这样。”她说，涨红了脸，几乎要哭了，同时用她粗糙有力的手推开他那只搂住她的胳膊。

聂赫留朵夫放开了她，有一刹那，他良心发现，不但感到别扭、害臊，而且觉得自己可恶。这时，他本应相信自己的良心，可是他并不认为这种别扭和羞臊正是他灵魂里表现出来的最善良的感情，因此，这一刹那过去以后，他反而认为放开她的举动说明他笨，他应该按照大家所做的那样去做。[2]

[2] 这段描写充分地揭示了聂赫留朵夫的举动是按照别人的做法去做的，而他的内心对这种举动是感到别扭、害臊和可恶的，这也说明了聂赫留朵夫的本质并不坏，为他的“复活”埋下了伏笔。

他就再一次追上她，又搂住她，吻她的脖子。这一吻完全不同于前两次的吻，也就是以前在丁香花丛后面那情不自禁的一吻和今天早晨在教堂那儿的又一次接吻。这一吻是粗鲁而可怕的，不怀好意，这一点她也感觉到了。

“您这是干什么呀？”她叫起来，从她的声调听来，倒好像他打碎了一件无比珍贵的东西，无法挽回了似的。她躲开他，加快步子跑掉了。[3]

[3] 这个比喻看似在突出卡秋莎的声调，实际上则暗示了卡秋莎和聂赫留朵夫之间纯洁而美好的爱情的破碎，也是卡秋莎当下生活的破碎，为下文的故事情节埋下伏笔。

他走进饭厅里。他的姑妈们穿着节日的盛装，就餐的还有客人：一个医师和一个女邻居，大家已经在一张放冷荤的小桌旁边站着，就等他来了。入席后大家按规矩进餐，一切都是那么平常，可是聂赫留朵夫的灵魂里却起了风暴。凡是别人对他说的话，他一概没有听懂，他回答的话牛头不对马嘴。他一心想着卡秋莎，回味他刚才在走廊里追上她吻她时的感受。他没心思去想别的事情。每逢她走进房间里来，他没用眼睛看她，但整个身心都感觉到她就在身边，他必须极力克制自己，才能不抬起眼睛看她。

吃过饭后，他立刻回到他自己的房间，心情极为兴奋，在房间里久久地走来走去，仔细地听着这所房子里的响声，等着她的脚步声。在他身上活着的兽性的人，现在不但已经抬起头来，而且把他第一次做客期间，以至今天早晨在教堂里的时候还在他身上活着的那个精神的人踩在了脚下，那个可怕的兽性的人如今独自霸占了他的灵魂。尽管他不住地跟踪她，可是那一整天他都没有找到机会跟她单独见面。多半她在躲他。不过到了傍晚，事有凑巧，她不得不到他的隔壁房间去。因为医师留在这儿过夜了，卡秋莎得为这个客人布置床铺。聂赫留朵夫听见她的脚步声，就放轻脚步，屏住呼吸，仿佛打算干什么犯罪的事似的，跟着她走进那个房间里去。

她已经把她的两只胳膊伸进一个清洁的枕头套里，用手揪住枕头的两个角，这时候回过头来看他一眼，微微一笑，然而这不是以前那种欢畅快乐的笑容，却是惊恐的、央求的笑容。这个笑容仿佛在对他说：他要做的事是恶劣的。他一时处于休止状态。他现在还有从滑向堕落的过程中挽回的余地。他对她的纯真的爱情的声音，虽然微弱，可是毕竟响起来了，正在对他述说"她"，述说"她的"感情，述说"她的"生活。然而，另外一个声音却在说：注意，你要错过"你自己的"享乐，"你自己的"幸福了。第二个声音盖过了第一个声音。[4]于是，他毅然决然，壮起色胆，走到她跟前去。可怕的和无法抑制的兽性感情已经把他抓住了。

[4] 两个声音在述说不同的内容，一个是纯真的爱情，一个是贪图眼前的享乐，两者形成了鲜明的对比，代表了截然不同的人性。

聂赫留朵夫搂住她不放手，硬要她在床上坐下。他觉得接着还有别的什么事要做，就在她的身旁坐下。

"德米特里·伊万诺维奇，好人，劳驾，放开手吧，"她用哀求的声调说，"马特廖娜·巴甫洛芙娜来了！"她叫道，挣脱了身子。果然有人往门口这边走过来。

"那么我晚上去找你，"聂赫留朵夫说，"你不是一个人在屋里吗？"

"您在说什么呀？万万使不得！您别这样。"她只是口头上这样说，她那激动慌张的身子却说出了另外一些话。

走到门口来的真的是马特廖娜·巴甫洛芙娜。她走进房间里，胳膊上搭着一条被子，用责备的目光看了聂赫留朵夫一眼，生气地责备卡秋莎不该拿错被子。

聂赫留朵夫一言不发地走出去。他甚至没有感到害臊。他通过马特廖娜·巴甫洛芙娜的脸色看得出她在责怪他，而且责怪得有理，因为他自己也明白待在这里不对，然而兽性的感情已经从他往日对她的纯洁的爱情下面挣脱出来，控制住他，独自称霸，不承认其他任何感情，毫无顾忌了。现在他知道，应该怎样做才能满足这种感情，正在想方设法照那样做。

整个傍晚他六神无主，一会儿走到姑妈们的房间里去，一会儿又走出来，回到他自己的房间里，后来又在大门口的台阶上站住，脑子里只盘算着一件事，那就是怎样才能跟她单独见面。可是，不但她在躲着他，马特廖娜·巴甫洛芙娜也像守护神一样，极力不许她离开身边，使他无法下手。

十七

整个傍晚就这样度过去，黑夜来临了。那个医师去睡觉了。姑妈们躺下安歇了。聂赫留朵夫知道马特廖娜·巴甫洛芙娜目前在姑妈们的卧室里，只有卡秋莎一个人待在女仆房间里。他就又走出去，在台阶上站住。门外漆黑，潮湿，温暖。空气中弥漫着白茫茫的大雾，在春天，这样的雾能消融残雪，或者正是因为残雪在融化，才升起了这样的雾。房子前面，百步开外，有一个陡坡，陡坡底下有一条河，从河边传来一种奇怪的响声：那是冰层在碎裂。

聂赫留朵夫从大门口的台阶上走下去，踩着冻成冰的雪，穿过一片水洼，来到女仆房间的窗子跟前。他的心在胸膛里跳得那么响，他自己都听见了。他时而屏住呼吸，时而费力地深深吐一口气。女仆房间里点着一盏小灯。卡秋莎独自坐在桌旁，思考着什么，望着前方出神。聂赫留朵夫一动不动地瞧了她很久，想看一下她一个人的时候会做些什么。有两分钟光景，她坐在那儿不动，然后抬起眼睛来，微微一笑，仿佛责备自己似的摇一摇头，然后变换一个姿势，把两条胳膊猛地往桌上一放，两眼直瞪着前面。

他站在那儿瞧着她，不由自主地听着自己的心跳声和从河上传来的古怪响声。那边，在河上，在雾里，正在进行一种不停的、缓慢的自然变化，不知是一个什么东西时而呼哧呼哧地喘气，时而噼啪响地迸裂，时而哗啦一声崩塌下来，时而薄的冰块像玻璃似的碰得叮当响。

他站在那儿，瞧着卡秋莎心事重重的、由于内心斗争而苦恼的脸。他不由得怜惜她，然而，说来奇怪，这种怜惜反而加强了他对她的欲念。

这种欲念已经完全控制住了他。

他敲敲窗子。她仿佛触了电似的，全身一震，脸上露出了惊恐的表情。然后她一跃而起，走到窗前，把她的脸凑近窗玻璃。甚至在她伸出两个手掌，像护眼罩似的放在她的眼睛两旁，然后认出他的时候，那恐惧的神情仍旧没有离开她的脸。她的脸色异常严肃，他以前从没见过她这个样子。直到他微微一笑，她才开颜一笑，而且仿佛只是为了迎合他才微笑的，她心里并没有笑意，而只有害怕。他对她招手示意，要她到院子里来。可是她摇头，意思是说她不出来。她仍旧站在窗子那儿不动。他再一次把他的脸凑近窗玻璃，想要对她喊一声，叫她出来，可是这时候她回过头去看房门口，那里有人在叫她。聂赫留朵夫就从窗子跟前走开了。雾那么浓，离开房子只要五步远，房子的许多窗子都看不见了，只有变黑了的一个大轮廓，在一片黑乎乎中发亮的只有一处红色灯光，因在黑暗中，这灯光看起来似乎很亮。河上仍旧传来奇怪的呼哧呼哧的喘气声、沙沙声、爆裂声、冰块相碰的叮当声。院子里，不远的地方，在浓雾中，有一只公鸡啼起来，附近立刻有别的公鸡接应，随后远处村子里的鸡叫声一音未落，另音又起，合成一片鸡鸣声。周围的自然界，除了那条河以外，倒十分肃静。这时候已经是第二遍鸡叫了。

聂赫留朵夫在房子的墙角那儿来回走了两趟，有好几次不小心把脚踩进水洼里去，后来又回到女仆房间的窗子跟前。里面的灯仍旧点着，卡秋莎独自一个人，依旧靠着桌子坐着，好像心里左右为难拿不定主意似的。他刚刚走到窗子跟前，她就抬起眼睛看他。他敲了敲窗子。她也没细看是谁在敲窗子，就立刻从女仆房间里向外奔。他听见门扣"咔"的一响，然后通向外面的门慢慢地开了。这时候他已经在外屋的门廊等她，一句话也没说，立刻伸出胳膊去搂住她。她偎紧他，扬起她的头，用她的嘴唇去迎接他的吻。他们站在外屋的一个墙角后边，那儿的雪已经化掉，土地是干的。他周身充满一种煎熬着他的、没有得到满足的欲望。忽然，开向外面的房门又"咔"的一响，吱吱扭扭地开了，传来马特廖娜·巴甫洛芙娜生气的声音：

"卡秋莎！"

她从他怀抱中挣脱出来，回到女仆房间里去了。他听见门扣又"嗒"的一声响，扣上了。一切都归于沉寂，窗子里的红光不见了，只剩下一片迷雾和河上的喧嚣声。

聂赫留朵夫往窗子跟前走过去，然而看不见里面的佳人。他敲窗子，也没有人回答他。聂赫留朵夫绕到前门的台阶上，从那里走回自己住的正房里，可是辗转反侧，睡不着觉。他心生一计，便脱掉靴子，光着脚，顺着走廊往她的房门口走过去，她的房间同马特廖娜·巴甫洛芙娜的房间紧挨着。起初他听见马特廖娜·巴甫洛芙娜发出平稳的鼾声。他正想往前走，直闯卡秋莎的房间，忽然马特廖娜·巴甫洛芙娜咳嗽起来，并且翻了个身，把她的床弄得嘎吱嘎吱响。他吓得心停住了跳动，一动不动地站了大约五分钟。等到一切又沉寂下来，平稳的鼾声又响起来，他才小心翼翼地行进，力图避免将地板踩得嘎吱作响，往前走去，来到她的房门口。什么声音也听不见。她分明没有睡着，因为听不到她的鼾声。他刚刚压低喉咙叫一声"卡秋莎"，她就跳下床，走到房门口来，他感到她似乎生气了，她劝他快走，不要纠缠她。

"这像什么话？哎，这怎么行？姑妈他们会听见的，"她嘴上这样说着，而她的全身却在说，"我整个人都是属于你的。"

这一点只有聂赫留朵夫懂得。

“得了，你开一会儿门吧。我求求你。”他说着这些毫无理性的话。

她不出声，然后他听见一只手摸索着找门扣的声音。门扣“咔”的一响，他就顺着推开的门缝溜进去。

这时候，她只穿着一件硬粗布做成的衬衣，裸露着胳膊。他抓住她，抱起她来，把她带走。

“哎呀！您这是干什么呀？”她小声说。

可是他不理睬她的话，一直把她抱到他自己的房间里。

“哎，别这样，放开我吧。”她说，可是她的身子更偎紧他了。

……

当全身战栗、沉默的她，不回答他的问话，离开他的时候，他才来到台阶上，伫立沉思，他反复琢磨着刚才发生的这件事的意义。

院子里渐渐亮了，河那边冰块的碎裂声越发响起来，而且在原有的这些响声之外，还添上了流水的潺潺声。大雾开始往下降，下弦月从雾幕后面升起来，朦胧地照着一个乌黑而可怕的东西。

“我这是干了什么，这件事的后果是大福还是大祸？”他问自己。“唉，男女偷情做爱，从古至今一直都在发生，大家都是这样做的。”他用这样的解释宽恕自己，然后就回房安然就寝。

十八

第二天，风度翩翩的快乐公子申博克到聂赫留朵夫的姑妈们家里来找他。申博克凭借自己的文雅、殷勤、欢畅、慷慨，以及对德米特里的友爱之情，把姑妈们完全迷住了。他的慷慨虽然使得姑妈们很喜欢，可是又未免太过分，弄得她们简直有点困惑不解。门外来了几个瞎眼的乞丐，他一出手就施舍一个卢布。仆人们给他上茶，他一下子就拿出十五卢布赏钱。他待在这儿的时候，凑巧索菲亚·伊万诺芙娜的小狮子狗秀泽特卡的爪子受了伤，出了血，他就自告奋勇替它包扎，一分钟也没犹豫就把他的花边的麻纱手绢取出来，撕成一条一条，给秀泽特卡做了绷带。索菲娅·伊万诺夫娜知道后啧啧称奇，因为像那样的手绢每打的价钱不会低于十五卢布。姑姑们从没见过这样出手大方的阔少，却不知道这个申博克已经欠下二十万卢布的债，这笔债，他知道，是永世也还不清的，因此二十五卢布左右的钱在他看来也就算不得一回事了。

申博克只逗留了一天，当天晚上就同聂赫留朵夫一起告辞走了。他们不能再多耽搁，因为到军队报到的最后期限已经到了。

聂赫留朵夫在姑妈们家里度过的最后一天当中，前一天夜里的事在他的记忆里还很新鲜，因而有两种心情在他的灵魂里激荡着，相持不下：一种是兽性的爱情所留下的烈火般的、色情的回忆，虽然这种爱情远不及原来盼望的那样美满，不过他总算达到了目的，多少得到了一点满足；另一种心情是他意识到他自己做了一件很坏的事，这件坏事必须弥补一下才行，然而这种弥补却不是为她，而是为他自己。[1]

在聂赫留朵夫当时所处的那种利己主义的疯魔状态里，他只顾及他自己，所考虑的是如果人家知道了他对她干的事，会不会责难他，这种责难会达到什么程度，而不是设身处地替这个弱女子着想，考虑她目前的心境怎样，她以后会有什么样的际遇。

[1] 聂赫留朵夫的两种心情看似不同，实则又有相同之处，那就是它们都是自私的，都是人性的丑陋之处。

他觉得申博克猜出他同卡秋莎的关系了，这使得他的虚荣心得到了满足。

“怪不得你对姑姑们忽然起了这么大的孝心，居然在她们家里住了一个星期，”申博克见到卡秋莎以后，对他说，“如果我是你，我也会饱享艳福，不肯走了。多可爱的小妞儿啊！”

他还想到，虽然他没有充分享受到同她做爱的快乐，现在就走掉未免可惜，不过既然非走不可，倒也未尝没有好处，这样就可以把这种难于保持下去的关系马上扯断。他另外又想到，应当给她一笔钱，这倒不是为她着想，不是因为这笔钱对她可能有用，而是因为大家历来都是这样做的，因为他在玩了她以后，假如不给她一笔钱，别人就会认为他是个不正直的人。他也真的给了她一笔钱，而且就他和她的身份来说，他认为那笔钱算是相当丰厚了。

离别的那天，午饭后，他在前厅里守候着，等她出来。她一看见他，脸就因激动而发红，打算从一旁走过去，一面用眼神示意女仆的房间开着，行为应检点些，但是他拦住了她。

“我希望我们能互相宽恕，”他说，将一个装着一百卢布的信封在手中揉成一团，“这是我……”

她猜到了他的用意，皱起眉头，摇着头，一面推开他的手。

“不，你拿着吧。”他喃喃地说，把信封塞入她的怀中，同时，他仿佛被火烧着了一样，哭丧着脸，嘴里发出哼叫声，跑入自己房间里去了。

这以后他久久地在自己的房间里走来走去，只要一想起刚才那个场面，他的身体就蜷缩成一团，甚至跳了起来，大声呻吟着，好像身体疼痛一般。[2]

[2] 这里是动作描写和神态描写，突出了聂赫留朵夫内心的不安。

“但是我能用什么来补救呢？这是十分常见的事情。申博克就和一个保姆兼家庭教师的女性发生过肉体关系，他曾讲述过这件事，格里沙叔叔也干过这样的风流事，连我的父亲也有一笔风流账，当年他在乡下居住的时候，就曾和一个农妇生下一个私生子米坚卡，这孩子至今还活着。如果大家都这样做，那么，自己这样做也是合情合理的。”他常常这样安慰自己，但无论怎样也不能使自己心安理得。这段回忆烧灼着他的良心。

在他心灵深处，最深的深处，他觉得自己是如此龌龊、卑劣、残忍，以致他不仅无权指责别人，还不敢正眼看人，更谈不上以优秀、高尚、宽容的青年自居了，而过往他总认为自己是这样的人。可为了继续潇洒而欢乐地过日子，他又非认为自己是这样的人不可。为达到这个目的只有一个方法：不再想这件事。他一直就是这样做的。

他踏入的新生活包括新的地方、新的战友、新的战争，这些都有助于他做到这一点，他生活的面越来越新，越来越多，就越易于忘却往事，最后他把这段往事完全忘却了。

只有一次他曾希望看到她，那是战后的事，他顺路来姑妈家探望，才知道卡秋莎已经不再住在那儿了。他那次路过探亲后不久，她就离开了姑妈们，离开的原因是为了生孩子，姑妈们好像听说她在什么地方把孩子生了下来，就完全落入底层社会了——这消息使他的内心感到痛苦。按孩子出生的月份推算，她生下来的孩子可能是他的，但也可能不是他的。姑妈们说她堕落了，成了一个和她母亲一样的品性淫荡的妇人。姑妈们的这种评价对他颇有好处，因为这仿佛说明他没有罪过。最初他依然想寻找她和孩子，可后来呢，一想起这件事，他的心灵深处就太痛苦和太惭愧了，所以他没有为这方面的寻访做必要的努力，而更多的时间是干脆忘记自己的罪过，不再想她。

但眼下这桩令人吃惊的偶然事件使他记起了一切往事，要求他承认自己是个没有心肝、残忍、卑鄙的人，正因为他是一个卑鄙小人，他才能带着这种良心上的罪责安然自得地生活了十年。但此时此刻他还远远没有如此深刻地自省自责，他考虑的只是现在怎样不让外人知道这件事，使她或者她的辩护人不把这件事完全揭穿，使他不致在公众面前大失面子。

十九

正是在这样的心理状态下，聂赫留朵夫从审判庭里走出来，进入陪审员室。他倚窗而坐，耳际传来周围人的谈论，不断地抽着纸烟。

那个商人显然很快活，他非常赞赏商人斯梅里科夫消磨闲暇时间的方法。

“是呀，兄弟，多高明的生意人呀，按西伯利亚的作风寻找快乐。眼力真不错，看上了这个美女。”

首席陪审官在发表一种高见，他说整个案子应依据专家的鉴定来判定。彼得·格拉西莫维奇正在跟那位犹太掌柜说着笑话，说着说着，他俩都捧腹大笑起来。聂赫留朵夫对于人家的询问，都只作一两个字的简单回答，他希望一个人待着——让自己能安静地思考。

当民事执行吏以其偏向一边的步态走来，邀请陪审员们重新进入审判庭的时候，聂赫留朵夫感到心惊肉跳，好像他不是去审判别人，而是被领着去接受审判似的。他内心深处已经感到自己是个恶棍，像他这样的坏人在众目睽睽之下本应羞愧得无地自容，可与此同时，他在老习惯的驱使下，竟堂而皇之地走到大厅的高台之上，在仅次于首席陪审官的第二把交椅上安坐，架起二郎腿，手里悠闲自得地摆弄着夹鼻眼镜。

刚才被告们也被押往他处，现在又押送回法庭。

在审判庭里出现了新的面孔——证人们。聂赫留朵夫发现，玛丝洛娃好几次抬起眼睛，她的视线似乎不能离开那个穿着华丽的丝绸和天鹅绒衣服的胖女人，这个女人头戴扎着大蝴蝶结的高帽子，裸到肘部的胳臂上挂着一个雅致的手提包，聂赫留朵夫后来才知道这个女人也是证人，她是玛丝洛娃所在的妓院的鸨母。

开始讯问证人们，审判长一一问了他们的姓名、信仰等情况，两旁的法官也提出讯问，他们想了解证人们是否进行过宣誓，得到否定的答复后，那个司祭又来履行自己的职责了，他步履艰难地走了出来，扶正挂在丝绸衣服前胸上的金色十字架，带着先前那种严肃而坚信的神情，以表明他在做一件十分有益和重要的事情，引领着证人们和鉴定专家们进行宣誓。宣誓完毕后，所有的证人都退场回避，只留下一个女人，她就是那个妓院的鸨母，名叫基塔耶娃。法官要求她将所知道的有关此案的情节通通说出来。基塔耶娃装出一副笑脸，每说一句话，她头上的帽子就一起一伏，仿佛在鞠躬似的，她以浓重的德国口音，详细而流利地述说着。

据她说，首先，她熟悉的旅店茶房西蒙来到店里，要为一个富有的西伯利亚商人物色一个姑娘。她派柳芭莎[①]去了。过了不一会儿工夫，柳芭莎领着那个商人回到店里来了。

“当时这个商人处在极度兴奋的状态中，”基塔耶娃微微一笑，“他在我们店里连续不停地灌酒，还请姑娘们喝，但他身上带的钱很快用完了，他就打发柳芭莎去他在旅店开的房间里取钱，他格外喜欢这个柳芭莎。”她说着，眼睛看着女被告玛丝洛娃。

聂赫留朵夫察觉到，这时玛丝洛娃脸上浮现出笑容，这个微笑令他厌恶，一种奇怪的模糊的憎恶感，还夹杂着几分怜悯，升上他的心头。

“在您的心目中，玛丝洛娃的人品怎样呢？”一个司法职位的候补者，受法庭的委托做玛丝洛娃的辩护人，红着脸、怯生生地问道。

“一个挺不错的姑娘，”基塔耶娃回答说，“受过教育，长相美丽大方。她在一个良好的家庭环境中长大，可以阅读法文书。她有时稍微多喝点酒，但从未喝醉过。真是一个好姑娘。”

卡秋莎看着鸨母，可后来突然将眼睛转向陪审员们，并且视线停留在聂赫留朵夫身上，她的脸这时显得正气凛然，甚至是森严可怖的。她用其森严的眼睛中的一只斜睨着他。这两只在奇怪地探索着的眼睛长久地打量着他，尽管恐惧感攫获了他，他也不能将自己的视线从这双带着纯白眼白的斜睨的眼睛上移开。他记起了那个伴随着折裂的冰块和浓雾的奇异之夜，特别是那个夜晚残缺的下弦月，它在凌晨时分升起，照着一个乌黑而可怕的东西。这两只看着他或从他身上扫过的眼睛，使他想起了那个乌黑而可怕的东西。

“她认出我来了！”他想道。于是聂赫留朵夫好像在等着人家当头一击似的，全身紧缩成一团。可是她没有认出他来。她平静地出了一口长气，眼睛又看着审判长。聂赫留朵夫也吐出一口长气。他想：“总算平安无事，但愿这审判快点结束。”他此时此刻心中的感触，和一次狩猎时的感触类似，当时一只中弹受伤的鸟落到他的手里，他看到它那鲜血淋漓的模样，心里既厌恶，又怜悯，又懊恼。受伤未死的鸟在网中扑打着，既令他讨厌，又令他怜悯，他很想立即弄死它，忘却它。

眼下，聂赫留朵夫双耳听着对证人的审问，心中却交织着这样的感情。

---

① 玛丝洛娃的爱称。

二十

[1] 审判原本是一个神圣、严肃的过程，可是作者通过寥寥数语，就将审判的荒唐，参与审判的审判长、副检察长、陪审员等人心不在焉、装模作样、走过场的情形刻画得淋漓尽致。法庭尚且如此，其他地方岂不是更荒唐，这是对整个社会荒唐风气盛行的揭露。

可是，他心里越急，案件的审判反而拖得越久，使他如坐针毡。在一个个地讯问完证人和鉴定人之后，副检察长和辩护律师们又一个个地站起来，摆出惯常煞有介事的模样，提出些毫不必要的问题，接着审判长拟请陪审员们查看物证，其中包括一枚硕大无比的戒指，很明显，只有最粗壮的食指才能佩戴它，戒指上镶着一颗梅花形的钻石，还有一个过滤器，其中装着化验出来的毒药，这些东西都密封着，上面贴有纸条，作为标志。[1]

陪审员们已经起身，要去察看物证了，可是副检察长又添花样，他半立起身子，要求在察看物证以前，先听一听医生的验尸报告。

审判长只想尽快审完这个案子，以便及时和他的瑞士女郎相会，可是事与愿违。即使他非常清楚地知道宣读这份报告不会有任何有益的效果，只会令人感到厌烦和推迟午饭的时间，他也十分明白副检察长要求宣读仅仅因为知道自己有这份权利，他反正不能拒绝，于是表示同意。

书记官取出报告，重新用他无法分辨 Л 和 Р 两个字母的令人沮丧的声音读起来：

经外部检查，表明：

（1）费拉篷特·斯梅里科夫身长 2 俄尺 12 俄寸①。

“好魁梧的大汉啊。”那个商人很惋惜地凑在聂赫留朵夫耳边低声说。

（2）从外表判断，死者年龄大约四十岁。

（3）尸体浮肿。

（4）全身皮肤呈深绿色，好多地方布满黑色斑点。

（5）尸体表皮上长出大小不等的水泡，多处皮肤已脱落，挂在身上，像较大的碎纸片。

①1 俄尺约等于 0.71 米。2 俄尺 12 俄寸约合 1.95 米。

（6）头发为深褐色，很浓密，稍一触摸就会脱落。

（7）眼球突出眼眶之外，角膜浑浊无光。

（8）从鼻孔、双耳和口腔中流出有泡沫的带脓血的液体，嘴微张。

（9）由于面部和胸部肿胀，颈部几乎不复能见。

等等，等等。

四页纸上罗列了二十七项，如此这般描述一具可怕而巨大的、肥胖而浮肿的正在腐烂的尸体的外观，详细到细枝末节，而且这是一个在城市里寻欢作乐的商人的遗体。聂赫留朵夫心头早已产生的无法言明的憎恶感，在宣读这份尸体报告时增强了。卡秋莎的生活、从鼻孔流出的脓血、突出眼眶之外的眼球、他聂赫留朵夫对她干的那些缺德事……这一切，他感到都是同一类的东西，他已经被这些东西从四面八方包围，甚至被吞没了。[2]当外部检查的宣读终于结束时，审判长沉重地嘘了一口气，抬起头来，真想宣读至此为止。谁知书记官马上开始宣读内部检查报告。

[2] 这里是心理描写，写出了聂赫留朵夫的心理活动，表现出这些证据对他的冲击，以及他的震惊和悔恨。

审判长再次低下头去，用一只手托住脑袋，闭上眼睛。坐在聂赫留朵夫旁边的商人竭力支持着，以免打瞌睡，间或晃一晃身子。被告们却同他们身后的宪兵一样，坐着一动不动。

经内部检查，表明：

（1）颅骨的皮肤覆盖层很容易从颅骨上剥离，任何地方都没发现瘀斑。

（2）头盖骨厚度中等，完整无损。

（3）坚硬的脑膜上有两处色素沉积的斑点，大小约四英寸，脑膜呈浊白色。

等等，等等。另外还有十三条。

接着宣读见证人的名字和其签名，又宣读了一个医生下的结论。通过这份结论可以看出，在解剖时已发现胃中和部分肠子及肾脏中有异变，并记录在案，而这样的异变使人们有权做出具有最大程度可能性的结论：斯梅里科夫死于中毒，毒药是随着酒液进入他胃中的。根据现有的肠胃异变来看，难以判断随酒进入胃中的是何种毒药，但毒药是随着酒进入胃中的这一假设可以认定，因为在斯梅里科夫胃中发现大量酒液。

“看来他喝得可凶了。”刚从瞌睡中醒过来的商人又在喃喃地说话了。

这份记录的宣读长达一个小时，但副检察长仍不感到满足。该记录读完时，审判长对他说：

“我看内脏检查的各项记录就用不着读了。”

“我想请求读完这些检查记录。”副检察长严正地说，他眼睛不看审判长，侧着身子，稍微跃起，按他话中的含义，要求宣读乃是他的权利，他不会放弃这项权利，若遭到拒绝，他就有理由上诉。

那个蓄着大胡子、有一双和善的向下耷拉的眼睛的法官为胃炎所苦，感到自己实在支撑不下去了，对审判长说：

“干吗还要读这些，这只会耽误审判，好比人们用新扫帚扫地，扫不干净地面，白费功夫。”

那个戴金边眼镜的法官什么话也没有说，以阴郁而执拗的目光看着自己的前面，无论对自己的妻子或生活他都没有什么好的指望。

开始宣读内脏记录了。书记官提高嗓门，仿佛想帮助所有在场者驱赶不断缠上来的睡意。

188× 年 1 月 17 日，本人（签名如下）受医务局委托，遵照第六三八号指令，在副医务检查官的监督下，做以下内脏检查：

（1）右肺和心脏（盛于六磅玻璃瓶内）。

（2）胃内所有物（盛于六磅玻璃瓶内）。

（3）胃（盛于六磅玻璃瓶内）。

（4）肝脏、脾脏和肾脏（盛于三磅玻璃瓶内）。

（5）肠（盛于六磅陶罐内）。

宣读一开始，审判长就向旁边的一位法官垂下身子，在其耳边喃喃地说了些什么，然后又转向另一位法官，在获得他们的赞同后，他就打断了书记官的宣读。

“法庭认为该记录的宣读是不必要的。”

书记官闭住了嘴，收拾文件。副检察官怒气冲冲地记下了什么。

“诸位陪审员先生可以检查物证了。”庭长宣布。

首席陪审员和其他几个陪审员纷纷起立，这下子他们又要劳碌一番，必须用双手做各种动作，或摆出各种姿势。他们走到桌子旁边，依次察看戒指、可装半俄升酒的玻璃瓶和过滤器。那个商人还把戒指戴在手上试了试。

“嚯，手指好粗，”他惊叹道，一面走回到他的座位，“活像一条粗黄瓜。”他补充说，显然，他揣测那个中毒的商人一定像个大展雄风的斗士，这种想法令他挺开心。

二十一

物证检查完毕后，审判长宣布法庭侦讯结束。他想快点从公事中脱身，也不让大家休息一下，就请公诉人发言。他期望这个公诉人也是一个人，也要抽烟和吃饭，也会怜惜别人。然而担任公诉人的副检察官却既不怜惜自己，也不怜惜别人。这个副检察官本来就天性粗暴，而更加不幸的是，在中学毕业时他得过金质奖章，在大学里他写了一篇关于罗马法的文章，论述各种地役权，得过奖金，因而极端自信，唯我独尊①，这么一来，他的性格就变得极其专横粗暴了。审判长让他发言时，他慢腾腾地站起来，卖弄一下他那穿着绣花制服的优雅身材，双手按住写字台，微微低下头，扫视一下法庭，视线避开被告人，开始发言。[1]

[1]细节描写，突出强调副检察官极端自信、专横粗暴、唯我独尊的性格特征。

“诸位陪审员先生，你们现在审理的案子，”他开始念自己趁宣读各项检查记录时起草好的发言稿，“是一个典型的——如果可以这样形容的话——犯罪案件。”

依他看来，一个副检察官的发言应当具有社会影响力，就像那些一举成名的律师发表的著名演说一样。不错，旁听席上的听众寥寥无几，只有三个女人，即一个女裁缝、一个厨娘以及西蒙的姐姐，外加一个马车夫。不过这没有关系，那些社会名流也是从这样的小场面开始的。副检察官所要遵循的原则是要永远站在自己立场的高度，深入探索犯罪的心理学意义，揭露导致社会溃疡的祸根。

“诸位陪审员先生，你们发现没有，你们现在审理的案子是一个典型的——如果可以这样形容的话——世纪末的罪行。这种罪行带有一种可以说是可悲的腐败现象的特征。在我们的时代，我们社会上的某些分子常常和这样的腐败现象相遭遇，而这些人就处在这种社会病变的可以说是灼热的光线的照射之下……”

① 他在女人方面的成功更助长了他的自负。

副检察官口若悬河地讲下去，他一方面要极力做到不把自己已经想好的那些聪明的警句落掉；另一方面，也是主要的，他不能有所停顿，要使演说十分流畅地讲上一小时零一刻钟。他只停顿了一次，咽了好久的唾液，但又立刻缓了过来，说得更加娓娓动听，以弥补这个停顿。他时而采用柔和婉转、曲意逢迎的语调，不停地调换着两只脚站着，眼睛盯住陪审员；时而使用低沉的公务式的郑重口气，瞧着自己的笔记本；时而采取高昂的揭露性的调子，眼睛一会儿看看旁听者，一会儿看看陪审员，就是不看那三个被告，虽然他们都睁大眼睛望着他。他在演说里引用了当时他们圈子里流行的种种最新学说，这些学说不仅在当时，就是现在也被认为是科学智慧的新理论。这里有遗传学、先天犯罪说、龙勃罗梭[①]、塔尔德[②]、进化论、生存竞争、催眠学、暗示说、沙尔科[③]、颓废论。

按照副检察官的判断，商人斯梅里科夫是强壮、纯贞、生性宽宏的典型俄国人。由于他过于轻信他人，豪爽慷慨到一掷千金的地步，以致沦为一伙道德败坏的男女的牺牲品，落入他们的掌握中，任其摆布。

西蒙·卡尔津金是农奴制度的隔代遗传的产物，一生备受压迫却没有反抗的胆量，从未受过教育，不遵守做人的基本原则，甚至不信宗教。叶甫菲米雅是他的情妇，是生物遗传性的受害者，在她身上可以看出道德堕落者的种种特征。但作恶犯罪的主要动力是玛丝洛娃，她是文化堕落现象的最恶劣代表。

“这个女人，”副检察官陈述道，但眼睛不看她，“可不寻常，我们刚才在这个法庭里听到她的女主人的证词，知道她是受过教育的。她不仅会读会写，还懂法语，她是一个孤儿，也许在胚胎里就带有犯罪的基因，可她是在一个有知识的贵族家庭里长大的，本来可以靠诚实的劳动生活，然而她抛弃了她的恩人，放纵情欲。为了满足这种情欲而进入了妓院。在妓院里，她靠卖弄自己的学识，比别人更走红，不过她成为红牌妓女的主要秘密在于，诸位陪审员先生，正如你们刚才听到她的女主人说的，她会用一种神秘的特异功能来影响、控制嫖客。这种神秘的特异功能近来已由科学，特别是沙尔科学派研究出来，这就是众所周知的‘暗示法’，一种通过授意和开导影响别人的方法。她就是用这种特异功能控制了那个俄国勇士，那个宽厚善良、轻信别人、家财不下于萨特阔[④]的客人，利用他的信任，先是窃取他的钱财，然后残忍地杀死了他。”

---

① 意大利精神病学者、刑事人类学派的代表。他认为犯罪是从有人类以来长期遗传的结果，提出“先天犯罪说”。他否认犯罪的社会原因，认为犯罪是天生的、由继承而来的品质，这种品质是具有某种心理和生理特征的人所固有的。按照龙勃罗梭的见解，这种人不论犯罪与否，都应当加以隔离和消灭。

② 法国社会学家、刑事学家。

③ 法国神经病理学家，曾著书论述催眠学。

④ 俄罗斯一首民间勇士歌里的主人公。

“嗬，看样子，他简直胡扯起来了。”审判长微笑着，侧身对那个严厉的法官说。

“十足的自以为是的大老粗。”严厉的法官说。

“诸位陪审员先生，”副检察官这时优雅地扭扭他的细腰，继续往下说，“这些人的命运就掌握在你们的手里，而且全社会的命运也或多或少操纵在你们的手里，因为你们的判决将影响全社会。你们要深入考虑这种罪行的影响，洞察玛丝洛娃之流——可以说是病态人物——对社会所构成的危害，使社会免受其毒害，使这个社会中纯洁、健康的分子免受毒害，不致遭到不幸。”

副检察官显然因自己的演说而深深陶醉，颇有点飘飘然，不过又似乎被即将宣判的庄严气氛镇住似的，在椅子上坐了下来。

他的发言的意思，如果剥去华丽的辞藻，无非是说，玛丝洛娃使这位商人屈从于她的美色，骗取了他的信任，拿着他的钥匙坐车来到他开的旅馆房间里取钱，本想将他所有的钱都攫为己有，但被西蒙和叶甫菲米雅撞见，只好共同分赃。这以后，为了掩盖犯罪痕迹，她又同那商人一起回到旅馆，在那里把他毒死。

继副检察官发言之后，一位律师从椅子上起身发言，这是一个中等年纪的人，身着燕尾服，露出浆硬的衬衫的宽大的半圆形的白色胸衬，他口齿伶俐，振振有词，为卡尔津金和包奇科娃辩护。这是他们花了三百卢布雇来的辩护律师。他将他们两人的罪行推得干干净净，全部罪责都落在玛丝洛娃一人身上。

他认为玛丝洛娃的供词是不能接受的，她供称，她偷窃钱财时，包奇科娃和卡尔津金在场，但他坚决主张，既然她已经被揭发为投毒杀人犯，那么，她的这份供词就一点价值也没有了。这位律师说，那两千五百卢布[①]，很可能是这两个勤劳忠厚的人长年积攒下来的，他们往往一天就可从客人那儿收到三到五个卢布的小费。商人的那笔钱是被玛丝洛娃偷去了，她又转交给其他人，或者甚至遗失了，因为她当时不是处在神志清醒的状态中。而下毒杀人，则全是玛丝洛娃一人干的。

所以他要求陪审员们裁定卡尔津金和包奇科娃在偷窃案中是清白无罪的；假如陪审员裁定他们犯了偷窃罪，那么，至少他们没有参与投毒杀人，也没有事先策划犯罪的意图。

律师在发言的结尾为难副检察员说，副检察员先生的有关遗传的宏论固然能解释遗传科学的问题，但在此案中并不适用，因为包奇科娃的父母身份不明。

副检察员受到冒犯，十分生气，在一张纸上记了些什么，露出轻蔑又略带惊讶的神情，耸耸肩膀。

---

① 起诉书上是一千八百卢布。

接着玛丝洛娃的律师站起来，他显然有点胆怯，结结巴巴地宣读自己的辩护词。他不否认玛丝洛娃曾参与偷窃，仅仅坚持说她没有毒死斯梅里科夫的意图，在酒中撒药粉给他喝只是为了让他熟睡。他想施展一下口才，对玛丝洛娃的人生经历进行一番概述，说她曾经受一个男人的引诱，和他通奸，她失身后，才逐渐走上了放纵淫荡的不归路，可那个最初让她失身的男人至今逍遥法外，与此同时，她却不得不承受因堕落而造成的恶果。可是他这番心理分析的题外话没有取得应有的效果，以致在场的人听了，都因为他拙劣的口才而替他害臊。他说话既慢，又不清楚，讲述什么男人凶恶残暴啦，女人软弱无助啦，啰唆个没完，以致审判长插话帮他打圆场，劝他发言要把握住案情的要领。

这个辩护人发言完毕后，副检察官又站起来，为自己申述的遗传学原理进行辩解，他批驳第一个辩护人说，即使包奇科娃的父母身份不明，遗传学说的正确性也丝毫不受损害，因为遗传学的规律已为科学充分证实，我们不仅可以通过遗传因素探讨犯罪的原因，也可以逆向探本求源，从犯罪情节推断出遗传的因素。至于另一个辩护人的凭空推测，说什么玛丝洛娃是受一个虚构的①男人的引诱才堕落的，那么眼前的一切事实却不如说明她才是一个引诱者，她本是祸水，许许多多男人都被她勾引，落在她的手里，成为无辜的牺牲品。他说完这话，得意扬扬地坐下。

之后，法庭让被告自己辩护。

叶甫菲米雅·包奇科娃一再说自己什么都不知道，什么事也没参与，一口咬定是玛丝洛娃一人干的。西蒙只是反复说：

“你们要怎么办就怎么办，反正我没罪，我是冤枉的。”

玛丝洛娃什么也没有说。当审判长示意她可以为自己辩护时，她只是抬起眼睛看了看他，然后环顾四周，好像一头被追捕的野兽，并马上垂下眼睛，哭了起来，大声呜咽不止。[2]

[2] 抬起、环顾、垂下、哭等动词充分地展现了玛丝洛娃的弱小、无助。

“您怎么啦？”坐在聂赫留朵夫旁边的那个商人，听见聂赫留朵夫嘴里突然发出古怪的声音，问道。这种声音是勉强忍住

---

① 他用特别恶毒的口气说了“虚构的”三个字。

的抽泣声。

聂赫留朵夫一时还没有领悟到他目前落入的处境的全部意义和影响，因而把强行克制的抽泣和夺眶而出的泪水看作自己神经脆弱的表现。为了掩饰眼中的泪水，他戴上夹鼻眼镜，接着掏出手绢，动手擤掉鼻涕。

假如这儿的一切人，这座法庭里的所有法官和法警，都知道了他的罪行，那他的脸面就真没有地方放了，对可能蒙受的耻辱的恐惧暂时压制了他心中的思想斗争，在最初的时间里，这种恐惧比什么都要强烈。

二十二

被告人都做了最后陈述之后，审判长便和坐在他左右两边的法官商讨就本案向陪审员们提问的方式，这又花了相当长的时间。该提出的问题都拟定好了，审判长便开始作总结发言。

在介绍案情之前，他花费了很长时间，用谈家常的方式，以亲切的语调，向陪审员们解释抢劫就是抢劫，偷窃就是偷窃，应该区分开来。还有，从锁着的地方破锁偷走东西就是从锁着的地方偷东西，从没有锁着的地方顺手牵羊地带走东西就是从没有锁着的地方偷东西。二者在情节上有轻重之别。他在进行解释时，常常特意抬眼瞧瞧聂赫留朵夫，仿佛特别想向他提醒这个重要的道理，希望他领会他的话后，再向自己的同伴们解释清楚。然后，他推测陪审员们已经深入了解了这些道理，他开始陈述另一个道理：杀人指的是由于某种行为而致人丧命，所以投毒致人死亡也是杀人。当他认为这种道理已经为陪审员们领会之后，他就向他们解释说，如果偷窃和杀人是在一起完成的，那么在这项罪行的构成中，既有偷窃罪，又有杀人罪。

尽管他自己也想早点脱身，那瑞士女人早就在等他了，但他是如此习惯于自己的公事，以致一讲开了，就收不住嘴。于是，他不厌其烦地说着大道理，苦口婆心地要让陪审员们懂得：如果他们发现被告们是有罪的，那么就有权判他们有罪；如果他们发现被告们是无罪的，那么就有权判他们无罪；如果发现他们在某件事上是有罪的，而在另一件事上是无罪的，那么，就可以判他们在某件事上有罪，而在另一件事上无罪。随后他还向他们宣布，既然社会将这项权利交给他们，他们就要理智地使用它。他还想向他们解释清楚的是，如果他们对提出的问题给予肯定的回答，那么他们就用这样的回答承认了问题中提出的全部罪行，如果他们不承认问题中提出的罪行，那么就应当及时发表保留声明，说自己不承认。但是他看了看怀表，只差五分钟就三点了，便决定马上转入案情的陈述。

“这桩案件的情节如下。”他开始陈述，把辩护人、副检察官和证人们已经说了好多遍的全部情况又讲了一遍。

审判长演说着，坐在他两旁的法官们都装出沉思的样子在听着，并偶尔看看怀表，他们认为他的讲话还算不错，也就是讲得像应有的那样好，但是未免太长。

副检察官也有这样的看法，法庭上其他官员和在场的人都有同感。最后，审判长结束了总结发言。

要说的话似乎都已说了。可是审判长对自己发言的权力恋恋不舍——他心里也在愉悦地聆听着自己的有感染力的语调——觉得有再说几句话的必要，说一说关于社会赋予陪审员的权力的重要性呀，关于他们应当认真和谨慎地使用这项权力呀，不要滥用呀，关于他们已经接受了誓词呀，他们是社会的良心呀，关于议事室的秘密应当视为神圣，不可泄露呀……老生常谈，没完没了。

审判长一开始讲话，玛丝洛娃就目不转睛地盯着他，仿佛怕听漏一个字。这样，聂赫留朵夫不用担心跟她的目光相遇，就得以仔细观察她。他不禁浮想联翩，心理活动中出现了一种常有的现象。阔别了这么多年后，乍一见到这张可爱的人的脸，最初他因她的外表的变化大吃一惊，但渐渐地，和许多年以前一模一样的那副面容出现了，一切发生的改变都消失得无影无踪，在他那双充满想象力的眼睛面前，呈现出来的仅仅是独一无二的不可复制的意中人的主要神态。

这正是聂赫留朵夫头脑中正在产生着的印象。

不错，尽管她身穿囚犯的长袍，整个身体长宽了，胸部变大了，尽管她的脸的下半部分发胖了，额头上和鬓角出现了皱纹，眼睛微肿，但毫无疑问的是，她就是卡秋莎本人，就是在复活节黎明时分，用她那双情意绵绵的、由于生命的充实和欢乐而笑盈盈的眼睛，天真地仰面瞅着他这个意中人的卡秋莎。

“居然有如此奇异的意外事件！你看，这件案子恰恰落在我陪审的开庭期内，十年来我都没见过她，今天见到她却是坐在这里的被告席上！这事将怎样收场啊？快点啊，哎呀，但愿快一点收场！”

他依然没有屈服于悔恨的感情，这种感情本已在他心中萌动。他把眼前的情景当成一次偶然事件，事情会过去，不会破坏他的生活。他感到自己落到了一个狗崽子的境地，这小狗在各房间内乱闯，犯了事，主人揪住它的项背，把它的鼻子按在闯祸的地方。小狗尖声嚎叫，四脚抵住地面，身子向后退，想远远离开自己闯祸的地方，并且把它忘掉，但主人铁面无情，揪住它不放。就这样，聂赫留朵夫已感到了他惹出的全部卑污罪责，感到了主人强有力的手，但他还不理解他犯下的罪责的严重性，不明白冤有头，债有主，因果相报，不承认冥冥之中有一个支配他命运的主人。他仍不愿相信眼前的这个案件和他密切相关，他就是造成此案的原因。但那只哀求不动的不可见的手紧紧揪住他，他已预感到了他无法回避的责任。为了给自己壮胆，他仍硬充好汉，按照早已养成的习惯，架起二郎腿，漫不经心地玩弄着自己的夹鼻眼镜，以自信的姿态坐在第一排第二把椅子上。与此同时，他内心深处已经感到，自己不仅在这件事上无情无义、卑鄙和恶劣，而且在自己游手好闲、浪荡、残忍和自负的全部生活中，表现无不如此，而那块可怕的遮羞布，在整个这段时期里，在整整十二年中，以某种奇迹般的力量掩盖着一切，使他看不见这项罪行和他之后的全部生活的荒唐，现在遮羞幕布已动摇，他已偷看到了幕布后的部分情景。

二十三

审判长终于结束了发言，用优雅的动作拿起一张纸，将它交给走到他跟前的首席陪审员，纸上写着向陪审员提出的问题。陪审员纷纷起立，因为可以退庭而高兴，但又仿佛害臊似的，两手不知往哪儿搁才好。他们鱼贯而行，进入议事室。等他们全部进去并关上门，就有一个宪兵来到门口，从刀鞘里拔出军刀搁在肩上，在门外站岗。法官们也从座位上起身，走出去。被告们也被带走了。

陪审员走进议事室，像原先一样，头一件事就是掏出烟卷，开始吸烟。刚才在法庭里，他们坐在各自的座位上，举止言行都得装模作样，一本正经，因此每人或多或少都感到拘束。但是一走进议事室开始吸烟，这种感觉就过去了。他们如释重负，在议事室里分头坐下，顿时兴致勃勃地交谈起来。

“那个姑娘是无辜的，一时糊涂，”好心肠的商人说，“应当从宽发落。”

“这正是我们要讨论的，”首席陪审员说，“但我们不能凭个人印象办事。”

“审判长的总结发言挺精彩。”那个上校说。

“哼，挺精彩，我听着想打瞌睡。”

“问题的关键在于，要不是玛丝洛娃找他们商量，那两个仆人也不会知道房间里藏有现金。”那个脸型像犹太人的商店掌柜说。

“您的意见是，钱是她偷的？”一个陪审员说。

“我怎么也不相信，”好心肠的商人叫起来，“肯定是那个红眼睛的女骗子包奇科娃见财起意，盗取钱时将商人杀死。”

“全是一路货，都喝得醉醺醺的。”上校说。

“可她说从没踏进那个房间。”

“你太相信她了。我可一辈子也不会相信这个贱婆娘。”

“你不相信是你的事，和弄清案情关系不大。”犹太掌柜说。

“钥匙在她手里。”

“在她手里又怎么样？”商人反驳说。

“那么戒指呢？”

“她不是说过好几遍了吗？”商人又叫了起来，“那个大个子老板脾气暴躁，又喝醉了酒，稍不如意，就痛打了她一顿。真够她受的，可后来呢，据我们所知道的，他又感到懊悔，怜悯她，就说：‘给你这个戒指吧，别哭了。’要知道这是一个什么样的人啊，刚才听了验尸报告，我想，他有2俄尺12俄寸的个头，8普特[1]的体重呢！”

“这些与案情无关，”彼得·格拉西莫维奇打断了他的话，“问题在于，是她暗中唆使并亲自动手作案的呢，还是那两个仆役？”

“单只有两个仆役是作不了案的。钥匙在她手里。”

这种七嘴八舌的议论进行了很久。

“喂，请原谅，诸位先生，”首席陪审员说，“请坐到桌子旁边来讨论吧。请。”他说着就在主席的位子上坐下来。

“这些妓女也都是坏蛋。”犹太掌柜说。为了证明玛丝洛娃是主犯这一看法，他讲了一个妓女如何在林荫道上偷了他一个同事的怀表的事。

上校趁这个场合，也讲了一个偷窃银茶炊的案子，更令人啧啧称奇。

“诸位先生，请你们按问题的顺序讨论吧。”首席陪审员用铅笔敲敲桌子说。

大家安静了下来。法官所提的问题是这样表述的：

（一）西蒙·彼得罗夫·卡尔津金，克拉皮文斯克县波尔基村农民，三十三岁，他是否犯有下列罪行：188×年1月17日，在某城，他见财起意，图谋杀害商人斯梅里科夫的性命，从而串通他人在酒中放毒药，致使斯梅里科夫死亡，并偷盗他的钱财约二千五百卢布和钻石戒指一枚？

（二）叶甫菲米雅·伊万诺娃·包奇科娃，小市民，四十三岁，她有没有犯第一个问题中所列举的罪行？

（三）叶卡捷琳娜·米哈伊洛娃·玛丝洛娃，小市民，二十七岁，是不是犯了第一个问题中所列举的罪行？

（四）如果被告叶甫菲米雅·包奇科娃没有犯杀人的罪行，那么她是否犯了下述罪行：188×年1月17日，她在某城毛里塔尼亚旅馆当侍役时，从投宿该旅馆的商人斯梅里科夫房内锁着的皮箱里秘密窃取现款二千五百卢布，为了打开放在原处的皮箱，她随身带去事先配好的钥匙？

首席陪审员把第一个问题重复了一遍。

“你们的意见怎么样，诸位先生？”

对这个问题大家很快做了回答。大家一致同意说：“是的，他犯了罪。”——认定他既参与下毒杀人，又结伙盗取钱财。只有一个上了年纪的劳动组合[2]领袖不同

①1普特合16.38公斤，8普特等于131.04公斤。

② 当时在俄国的一种工人组织。

意认定卡尔津金有罪，他在任何问题上都为被告开脱。

首席陪审员以为他不明白案情，就向他解释，不论从哪方面看，卡尔津金和包奇科娃无疑都是有罪的，但他回答说他对案情全盘知悉，但总觉得最好以宽恕为本。“我们自己也不是圣人。”他说，就这样保留自己的意见。

至于同包奇科娃有关的第二个问题，经过长时间磋商讨论和说明解释以后，得出一致的回答：就这个问题的范围而言，“她无罪。”因为说她参与毒死人命案缺乏确凿的证据，她的律师也特别强调这一点。

商人想替玛丝洛娃开脱罪责，坚持说包奇科娃是一切犯罪事实的主谋。好几个陪审员都同意他的意见，但首席陪审员要严格按法律办事，他说，没有证据断定她参与了下毒杀人，经过长时期争论以后，首席陪审员的意见胜利了。

有关包奇科娃的第四个问题，大家则回答说：“她确实有罪。”经过劳动组合领袖的坚持，大家加上了一句：“但可以从宽发落。”

第三个关于玛丝洛娃的问题则引起了激烈的争论。首席陪审员坚持她既犯有毒死人命罪，也犯有抢劫罪。商人不同意他的意见，上校、犹太掌柜和劳动组合领袖也站在商人一边。其余的人则似乎有些摇摆不定。但是首席陪审员的意见慢慢地占了上风，特别是因为全体陪审员都疲倦了，就更乐意附和那种能较快取得一致的意见，然后大家都好散会休息。

聂赫留朵夫根据法庭的整个审讯情况，根据他对玛丝洛娃的了解，深信她既没有犯盗窃罪，也没有犯毒死人命罪，而且他从一开始就拿准大家都会承认这一点。但是此时此刻他察觉到，因为商人拙劣的辩护明显源于他对玛丝洛娃的好感，而他又毫不掩饰地表露出自己的好色，首席陪审官正是针对这一点对他进行反击，但主要是因为大家都已疲倦了，因此就倾向于判玛丝洛娃有罪，聂赫留朵夫想拍案而起，扭转这个趋势，但他又害怕发言替玛丝洛娃辩护，偏袒她——他诚惶诚恐地感到，纸包不住火，大家会意识到他同她有特殊关系。而同时他又感到不应当就此罢手，这案子本就应该推翻。他脸上红一阵、白一阵，正要说话，忽然彼得·格拉西莫维奇起身表态了。在这之前，彼得·格拉西莫维奇一直沉默着，他显然被首席陪审员专横独断的口吻激怒，就发言反驳他。他要说的话也正是聂赫留朵夫想要说的话。

“容我说几句，”他开口了，“您说是她偷了钱，因为她有钥匙。难道她走后，旅馆的仆役们不能另配一把钥匙？”

“是啊，是啊。”商人附和。

“再者，她也不可能拿那钱，以她的处境，钱是没地方放的。”

“是的，我也是这么说。”商人支持他说。

“多半是她取了钱后，旅馆里的两个仆役起了坏心，然后乘机作案，又把罪责推到她的头上。”

彼得·格拉西莫维奇说得很激动。他的激动越发刺激了首席陪审员，因此他特别顽强地坚持相反的意见。但是彼得·格拉西莫维奇的发言很有说服力，因而大多数人都同意了他的意见，认为玛丝洛娃没有参与盗窃钱财和戒指。戒指是人家送给她的。当话题转到她参与毒死人命时，热心袒护她的商人说，在这件事上也应当判她无罪，因为她没有必要毒死他。首席陪审员则说，不可能判她无罪，因为她本人已承认她投放了药粉。

“她投放了药粉，但是她认为那是鸦片。”商人说。

“她用鸦片也能剥夺一个人的生命。”上校说，他总爱使谈话离开本题，在此场合他也开始讲述他的内弟的妻子有一次吃鸦片中毒的故事，要不是附近的医生及时采取措施抢救，那女人早一命呜呼了。上校讲得如此生动、如此自信，再加上他威严的外表，谁也没胆猝然插嘴。唯独那个老板，受这个事例的感染，决定要打断他，以便陈述自己的故事。

“有一些人可习惯了这种毒品，”他讲了起来，“一次就能服四十滴鸦片。我有一个亲戚……”

但上校不让他打岔，继续讲鸦片对他的内弟妻子造成的后果。

“哦，诸位先生，现在已经四点多了。”一个陪审员说。

“这样吧，诸位先生，”首席陪审员面向大家说，“我们裁定她有罪，但没有蓄意抢劫，也没有偷钱，好不好？”

彼得·格拉西莫维奇见自己的发言产生了效果，有几分满足，就同意了。

“但应当从宽处理。”商人补了一句。

大家都同意，只有劳动组合成员一人坚持：“不，她没有罪。”

“反正结果就是这样，”首席陪审员解释说，“没有劫财的意图，也没有偷窃钱物，由此可见，没有犯罪。”

“就这样吧，再加上从宽发落：这意味着，对她有利的评判依然留着，除去了那些对她较不利的评判，这样就万无一失了。”商人欢乐地说道。

大家是如此疲劳，如此纠缠于争论之中，以致谁也没想到要在答词中加上一句：是有罪，但没有杀人害命的意图。

聂赫留朵夫是那样激动，以致他也没有觉察到这个疏忽。答词就以这样的形式被记录下来，并呈送给法庭。

拉伯雷写道，有一个精通法律的人，人们来到他那儿，请他去参加一次审判，他在煞有介事地引证了各种法律条款，念了二十页莫名其妙的拉丁文法典之后，却建议法官掷骰子，看是单数还是双数。是双数，就是原告有理；是单数，就是被告有理。

在这里发生的是同样的情况。做出这样的判词而不是其他判词，并非因为大家都一致从心底同意，而是由于下列原因。第一，审判长作总结发言虽冗长而周到，可这一次却漏掉了他平时常常提到的一个法律常识，唯有具备这个常识，陪审员们在回答问题时，才会说："是有罪，但没有杀人的企图。"；第二，上校讲述他的内兄弟的妻子的故事，情节繁复，又很枯燥，徒然耗费听众的时间和精力；第三，聂赫留朵夫的心情太激动了，七上八下，以致没有发觉答词中的一个漏洞：缺少没有杀人企图的补充说明，他心里以为，既然存在没有抢劫意图的附加说明，就不会判罪了；第四，彼得·格拉西莫维奇当时没有在室内，当首席陪审员宣读全部问题和答词时，他恰巧走出去了，而最主要的是因为大家都疲劳了，所有的人想很快休息，因而都附和这个能导致一切都很快结束的判词。

陪审员摇了摇铃。捐着出鞘军刀的宪兵把刀放回鞘里，身子闪到一旁。法官纷纷就位。陪审员一个跟着一个从议事室里走出来。

首席陪审员郑重其事地拿着一张纸，他走近审判长，将这张纸递给了他。审判长阅后，露出大吃一惊的样子，双手一摊，转身向两边的同事征求意见。审判长发现陪审员们附加了第一项条件："没有抢劫意图"，却没有附加第二项："没有杀人的企图"。按陪审员们的判词，由此得出一个结论：玛丝洛娃没有偷东西，没有抢劫，可是下毒杀了一个人，并且没有明显的目的。

"您瞧，他们送来了一份多么荒谬的东西。"审判长对左边的一位法官说，"要知道，这要判苦役的，可她又没有罪。"

"真的吗？她怎么会没有罪啊。"那位严厉的法官说。

"她简直就没有罪。我看，这种情况适合应用第八百一十八条[①]。"

"您觉得怎么样？"审判长对那位和善的法官说。

那位和善的法官没有立即回答。他的眼睛却盯着放在他面前的那张公文的号码，用心算将那几个数字加在一起，所得的结果不能用三除尽。原来他是在占卜，要是其结果能被三除尽，就很吉利，他也就表示同意。但是，他毕竟心地善良，尽管不能除尽，他还是同意了审判长的意见。

"我也认为，应当这么办。"他说。

"那么，您呢？"审判长问那位好生气的法官。

"我无论在何种场合都不能同意这种姑息的做法，"他断然回答道，"报纸上已

① 第八百一十八条规定，法庭若发现原告方面不公正，可以取消陪审员的判词。

经在议论，说陪审员们往往随意宣布罪犯无罪；如果法庭也随意为他们开脱，人家会怎么说呢？我无论如何不能同意这种做法。”

审判长看了看表。

“很遗憾。但有什么办法呢！”于是他无可奈何地把那份写着问题和答词的表交给首席陪审员去宣读。

全体起立。首席陪审员两只脚轮换地站着，咳了两声，把各个问题和答词都读了一遍。所有的法庭成员——书记官、律师，乃至检察官听明白后，都显出惊讶的表情。

被告们平静地坐在那里。他们显然还不明白这些答词的含义。大家又坐下来。审判长问副检察官，他建议对被告判什么刑。

副检察长心花怒放：在玛丝洛娃的案子上他获得了意想不到的成功，并把这种成功归因于他的雄辩的口才。他翻了翻法典，在座位上欠起身来说：

“对西蒙·卡尔津金，我认为应根据第一千四百五十二条和第一千四百五十三条第四款加以处罚，对叶甫菲米雅·包奇科娃，应根据第一千六百五十九条加以处罚，对叶卡捷琳娜·玛丝洛娃应根据第一千四百五十四条加以处罚。”

这几条都是法律所能判处的最重刑罚。

“法官们要离开一下，去商议判决。”审判长一边说，一边站起来。

大家都随着他起立，带着办完一件好事的轻松心情纷纷走出法庭，或者在法庭里来回走动。

“老兄，坏了，我们做错了一件事，真让我们丢脸。”彼得·格拉西莫维奇走到聂赫留朵夫面前说，这会儿首席陪审员正在向聂赫留朵夫讲述什么，“要知道我们已经把她送去做苦役了。”

“你说什么？”聂赫留朵夫高声喊叫道，这会儿他完全不计较这位教师不拘礼节的态度。

“是这样的，”他说，“我们没有在答词中注明‘她犯了罪，但她没有杀人的动机和企图。’刚才书记官对我说，副检察官要判她服十五年苦役。”

“要知道我们就是做了这样的裁定。”首席陪审员说。

彼得·格拉西莫维奇开始争论，他说既然她没有偷钱，那么，她就不可能有杀人的意图，这是天经地义的道理。

“刚才离开议事室以前我不是把答词念了一遍吗？”首席陪审员辩白说，“当时谁也没有反对。”

“刚才我正好离开了议事室，”彼得·格拉西莫维奇说，“倒是您怎么也没有看出答词中的疏漏？”

“我万万没有想到这里面存在问题！”聂赫留朵夫说。

“哼，您没有想到！”

“真没想到，这事还可以补救吗？”聂赫留朵夫说。

“不行了，全完了。”

聂赫留朵夫瞧了瞧那三个被告。他们，这几个命运已定的人，仍旧一动不动地坐在士兵前面的铁栏杆之内。玛丝洛娃还若无其事地微笑。聂赫留朵夫的心里又开始活动了，一丝卑劣的感情在蠢蠢欲动。在此刻以前，他原本以为她会无罪开释并将留在城里，因此他一时拿不定主意，真不知今后该怎样对待她才好。处理同她的关系是一件很棘手的事。如今呢，她要去西伯利亚服苦役了，这样就一笔勾销了同她保持任何关系的可能。那只负伤而没有死去的鸟也就不会再在猎物袋里扑腾，也就不会使人想起它了。

二十四

彼得·格拉西莫维奇的推测是正确的。

审判长从议事室里回来，手里拿着公文，宣读起来。

“188×年4月28日，州法院刑事庭遵奉皇帝陛下圣谕，按照诸位陪审员先生的判定，根据《刑事诉讼法》第七百七十一条第三款，第七百七十六条第三款及第七百七十七条裁决如下：农民西蒙·卡尔津金，年三十三岁，小市民叶卡捷琳娜·玛丝洛娃，年二十七岁，褫夺公民身份的一切权利，流放服苦役；卡尔津金八年，玛丝洛娃四年，并根据《法典》第二十八条，二人应承担各种后果。同样是小市民的叶甫菲米雅·包奇科娃，年四十三岁，褫夺一切特有的、个人的以及按公民身份享有的权利和财产，处徒刑三年，并根据《法典》第四十九条承担后果。本案诉讼费用由被告平均分担，如被告无力缴纳，由政府接过来用官费支付。本案物证全部变卖，戒指追还，盛毒酒的小玻璃瓶销毁。”

卡尔津金仍旧挺直身子站着，一双手伸直，用凸出的手指贴住裤腿上的接缝，脸颊上的肌肉不断抖动。包奇科娃看上去没什么反应。玛丝洛娃听到判决，脸涨得通红。[1]

[1] 作者对三个被告在听到判决后的神态、反应做了相应的描述。这些细节、动作都折射了人物各自的性格，暗示了人物不同的命运。

“我没有罪，没有罪！”她忽然对着整个法庭大声叫嚷，“这样判是违反教规的罪孽！我没有罪！我根本没有起过坏心，连想都没想过。我说的是实话，实话！”她说完往长凳上一坐，放声痛哭起来。

卡尔津金和包奇科娃走出法庭，可是玛丝洛娃还坐在那里号啕不已，弄得宪兵只好拉拉她的长袍的衣袖。

“不，可不能这样了结。”聂赫留朵夫已完全忘了自己刚才的卑劣感情，自言自语地说。他自己也不知道是为什么，赶忙走到走廊里，想再看她一眼。各个门口都挤满了等待出去的陪审员和律师，他们都为办完了案子而高兴，因此，聂赫留朵夫只好在门口耽搁几分钟。而等到他步入走廊里的时候，玛丝洛娃已经走远了。他已顾不到别人是否注意他，快步追上去，直至赶上并超过了她才停下来。她已经不哭了，只是一声一声地抽噎，用头巾角擦拭她那红一块白一块的脸。她从他面前走过去，并没有转过脸来看他。等她走过以后，他又急忙地往回走，想去见审判长，但审判长已经走了。

聂赫留朵夫拔脚直追，追到法院门卫室，才追上审判长。

“审判长先生，”聂赫留朵夫走到他跟前说，这时审判长已经穿上浅色大衣，并且从门卫手里接过了上端有银镶头的手杖，“我可以和您谈一谈刚才宣判的那个案子吗？我是陪审员。”

“好的，当然可以，您不是聂赫留朵夫公爵吗？见到您十分高兴，我们曾经见过面呢。”审判长说着，一面和他握手，他高兴地回想起晚会上他和聂赫留朵夫见面的情景，他跳舞跳得多么好和多么欢乐啊，比所有的青年都跳得好。“有什么事可以为您效劳吗？”

“在关于玛丝洛娃的答词中偶然出了错。她没有犯毒死人命罪，可同时她又被判了苦役。”聂赫留朵夫哭丧着脸说。

“法庭是根据你们提供的答词做出判决的。”审判长一面说一面朝大门走去，“虽然法庭也觉得答词不符合案情。”

他记起，他原本打算向陪审员们说明一下，如果他们回答“是的，她有罪”，却没有否定谋杀的意图，这样就使谋杀意图成立，肯定了预谋杀人罪，但是急于结案，话到了嘴唇边，没有说出来。

“是的，但难道就不能纠正错误了吗？”

“上诉的理由总是可以找到的。应该找律师谈谈。”审判长说，把帽子稍歪地戴在头上，继续向门口走去。

“但这就太棘手了。”

“您明白吗，眼下玛丝洛娃面临两条出路，”审判长说，他显然想尽可能地讨好和敬重聂赫留朵夫，将络腮胡子理到大衣的衣领外面，轻轻地挽着他的胳膊向大门走去，继续说，“您也要走吗？”

“是的。”聂赫留朵夫说，连忙穿上大衣，跟他一路出来。

他们走到令人愉快的明媚的阳光下，由于马路上车轮的辘辘声，说话就得提高嗓门了。

“您不妨细想一下，这个局面真有点怪，”审判长提高嗓门继续说，“这个玛丝洛娃面前只有两条出路：或者几乎是无罪，坐一段时间的牢，而且这坐牢的时间可以从她先前监禁的时间中扣除，甚至只要短期拘留一下就开释了；另一条路则是服苦役。中间的道路是没有的。如果你们当时补上一句：‘但没有杀人的意图’，那她就可以被判无罪而很快获释。”

“我正好忽略了这一点，真犯了不可原谅的错误。”聂赫留朵夫说。

“瞧，关键就在这里。”审判长笑了笑说，看看表。

这时离克拉拉约定的时间只剩下三刻钟了。

“现在，您要是愿意的话，就去找找律师吧。需要找一个上诉的理由。这总是可以找到的。”审判长转身回答前来兜生意的马车夫说，“到贵族街去，三十戈比，决不多给。”

“老爷，请上车。”

“祝您顺利。如果有什么要我为您效劳的话，请到贵族街德沃尔尼科夫的房子找我。这地方很好记。”

他亲切地鞠了一躬，就上车走了。

二十五

和审判长的谈话以及室外的新鲜空气使得聂赫留朵夫的情绪多少平静了一些。他现在想，他刚才的心情是他自己将问题看得太严重的结果，天下本无事，庸人自扰之，这与他整个上午都处在极不习惯的气氛中有关。

“当然，这确是一次奇怪的、惊人的巧遇！必须尽可能地减轻她的不幸，而且要快点动手，马上就做。对，就在这儿，在法院里打听一下法纳林或米基申的住址。”他想起了这两个著名的律师。

聂赫留朵夫回到了法院，脱掉大衣就上楼去。在头一条走廊里他就碰上了法纳林。他叫住法纳林，说有件案子要找他商量。法纳林认得他，也知道他的姓名，便说很高兴为他效劳。

“虽然我很累了……但如果时间不长的话，您就对我说说您的案子吧。我们到这儿来。”

法纳林把聂赫留朵夫领到某个房间里，大概是某法官的办公室。他们在一张桌子旁坐下来。

“那么，是什么案子呢？”

“首先我要请求您，”聂赫留朵夫说，“不要让任何人知道我在插手这个案子。”

“这当然。那么……”

“我今天担任陪审员，我们判了一个女人服苦役，可她没有罪。我为这件事感到很难过。”

聂赫留朵夫自己也没料到，竟然脸红起来，说不下去了。

法纳林扫了他一眼，又垂下眼睛听着。

“真的吗？”他只是微含讥讽地问道。

“我们把一个无罪的女人判了罪，我希望对此案提出上诉，把它呈交给上级法院。”

“呈交给枢密院。”法纳林纠正他说。

“我就是要求您承办这件事。”

聂赫留朵夫想赶快把这项最难启齿的谈判说完，因此马上说：

“至于这件案子的酬谢费和开支，不管多少，全由我负担。”他说的时候脸红了。

“得啦，这事我们以后好商量。”律师说，同时宽厚地笑了笑，对他的缺乏经验表示抚慰。

“问题到底出在哪里呢？”

聂赫留朵夫给他讲了一遍。

“好吧，明天我会着手办，查一下案卷。后天，不，星期四晚上六点钟请您来找我一下，我会给您一个答复。这样好吗？那我们走吧，眼下我还有点事要去查询一下。”

聂赫留朵夫向他告辞后，就走了。

和律师的谈话，再加上他已着手为玛丝洛娃申诉无罪，这使得他良心稍安，情绪更趋平和。他走出了法院。天气很好，他舒心地吸了一口春天的空气。马车夫纷纷要他租自己的车，但他愿意步行。俄而，一连串关于卡秋莎，以及他对她的轻薄负情的种种回忆，又在他的头脑里萌动翻腾。于是他又感到很沮丧，周围一切都变得黯淡无光。[2]“不行，这些事等以后再细细回味吧，”他暗自想道，“相反，现在我要抛开一切难受的回忆，散散心去。”

他想起了柯察金家的午餐，看了看表。现在还不晚，还能赶上午餐。正好有一辆公共有轨马车响着铃开过来，他跑了几步就跳上了车。到了广场上，他又跳下车，另雇一辆阔气的马车，十分钟后，就来到柯察金家的大门口了。[3]

[2] 聂赫留朵夫因着手为玛丝洛娃申诉无罪而感到舒心，可一想起他对她的轻薄负情，就又感到沮丧，这两种截然不同的心态都展现了他心中有愧，也有爱。

[3] 细节陈述，聂赫留朵夫中途跳下公共有轨马车，另雇了一辆阔气的马车这个细节，这是他为了在柯察金家面前维持自己的形象。

二十六

“欢迎大驾光临，公爵大人，大家在等着您呢。”守卫柯察金家宏大的邸宅的亲热而肥胖的门房说，一面打开装着英国铰链无声转动的橡木大门。“大家都已入席了，不过早已吩咐过，您一到，就请您上去。”

门房走近楼梯，按了按通到楼上去的铃。

“吃饭的还有谁？”聂赫留朵夫一面问，一面脱大衣。

“有科洛索夫先生，还有米哈依尔·谢尔盖耶维奇，其余的全是自家人。”门房回答。

从楼梯上现出一个长得很帅的男仆，身着燕尾服，戴白色手套。

“谢谢光临，公爵大人，”他说，“我奉命恭请您上楼。”

聂赫留朵夫上了楼，穿过熟悉的宽阔堂皇的客厅，进入餐室。一家人都围坐在餐室的餐桌旁，唯有公爵夫人索菲娅·瓦西里耶芙娜不在，她任何时候也不会从自己的房里出来。餐桌上首坐着柯察金老头，和他并排坐在左边的是医生，右边是客人伊万·伊万诺维奇·科洛索夫，此人过去担任省城的贵族会议的首席，现任一个银行董事会的董事，是柯察金的自由主义派同志。依次往下，坐在左边的是米西的妹妹的家庭教师蕾德小姐，还有米西的妹妹——一个四岁的小姑娘；其对面的右边坐着米西的兄弟、柯察金家唯一的男孩、六年级中学生彼佳，为了等待他通过考试，全家人都留住在城里，一个担任他的补习教师的大学生坐在他身旁；再往下右边坐着卡捷琳娜·阿列克谢耶夫娜，一个四十岁的老姑娘、斯拉夫主义者；其对面是米哈依尔·谢尔盖耶维奇，又名米沙·捷列金，是米西的表哥，餐桌的下方坐着米西本人，她的旁边摆着一套未动用的餐具。

“哟，来得正好。请坐，我们正在品尝鲜鱼。”柯察金老头一面用他的假牙吃力而小心地咀嚼着，一面喃喃地说，同时抬起充血的眼睛看了看聂赫留朵夫。“司捷潘！”他将塞满食物的嘴转向那个肥胖而魁梧的餐厅仆役，并用眼睛示意那套空着未用的餐具。

尽管聂赫留朵夫十分熟悉柯察金老头，而且多次在餐桌旁看见他，可现在老头那张发红的脸特别令他反感，那脸上的两片正在细细品尝着美味佳肴的嘴唇，嘴唇下面塞在男式西装背心下面的餐巾和多脂肪的脖子，都使他看不惯，而引起他反感的主要是那整个靠美食养肥的伟岸的身躯。聂赫留朵夫不由记起，他早已耳闻此人的残忍，当年他担任边区的首长时，常常鞭挞老百姓，甚至将人们送上绞架，只有老天才知道他这样做为的是什么，因为他已大富大贵，官也做得够大，实在用不着谋取升迁了。

"马上给你安排好一切用餐的物品，公爵大人。"司捷潘说，同时从一个摆满银质高脚杯的食橱内取出一个硕大的舀汤的匙子，并向那个留着络腮胡子的很帅的男仆点头示意，那帅哥此刻正在摆正米西身旁的那套未触动的餐具，餐具上原来盖着一块折叠齐整、浆洗过的上面有家族徽章的餐巾。

聂赫留朵夫出于礼节，绕餐桌走了一圈，和大家握手致意。所有的就餐者，除了老柯察金和女士们外，一等他走到身边，都起身答礼。即使他和在场进餐的大多数人以前从未交谈过，也要一一握手，这种绕桌一圈的套路，此刻真使他感到特别不能适应。他为迟到表示道歉，然后想在餐桌末端，在米西和卡捷琳娜·亚历山大耶夫娜之间的空位上坐下来，但柯察金老头请求他说，即使他早已不爱喝伏特加了，也得先站在餐桌旁仔细品尝一下大鳌虾、鱼子、乳酪、鲱鱼等下酒冷盘菜，聂赫留朵夫没意识到自己的肚子已经很饿了，不过，当他吃了一片涂乳酪的面包后，就控制不住自己，竟狼吞虎咽起来。

"嘀，怎么样，你们这不是从内部破坏司法的基础吗？"科洛索夫借用反动报纸上抨击陪审员司法制度的表述讥讽地说，"把有罪的人判成无罪，把无罪者判成有罪，是不是？"

"人们从内部破坏司法的基础……从内部破坏司法的基础……"公爵笑着，重复地说，他对他这个自由派同志和朋友的学问、智慧怀着无限的信任感。

聂赫留朵夫冒着失礼的危险，对科洛索夫的话完全不理睬，在那盘刚端来的热气腾腾的菜汤旁边坐下，继续吃着。

"让他吃吧。"米西微笑着说，使用"他"这个代词，提醒人们她和他之间有亲密关系。

科洛索夫仍在口齿伶俐、声音洪亮地讲述那篇抨击陪审员制度的文章的内容，该文令他很愤慨。公爵的表侄米哈依尔·谢尔盖耶维奇也附和着他，讲起了该报的另一篇文章的内容。

米西像往常一样打扮得很雅致，穿着很时尚，但又不刺眼。

"您一定是累坏了，饿坏了。"她等聂赫留朵夫吃完了才对他说。

"没事。而您呢？去看了画展吗？"他问。

"没有，我们改期了。我们到萨拉马托夫家去玩草地网球了。真的，克鲁克斯先生的网球玩得很棒。"

过去，聂赫留朵夫坐车到这里来，是为了解除生活中的压力和愁闷。而且他每次都能如愿以偿，一来到这个邸宅里，他就感到轻松愉快。这不只是因为那种能对他心中的情感产生良好影响的上等的豪华的生活方式，而且因为那不知不觉中围绕着他的并使他感到满足的温情气氛。可眼下呢，真是一件大怪事，这个豪宅里的一切都令他反感——一切落入眼中的，从门房开始，到宽大的楼梯、鲜花、仆役们、桌上的摆设，直至米西本人，他都感到不是滋味儿，米西今天也不那么招他喜欢了，其逢迎做作反而使他生厌。他感到讨厌的还有科洛索夫那种自以为是的鄙俗的自由派腔调，还有柯察金那种对自身绝对有把握的充满肉欲的公牛似的躯体，他看着多不顺眼啊！还有斯拉夫主义者卡捷琳娜·阿列克谢耶夫娜的法国话，他听着真不顺耳，还有家庭教师和辅导教师脸上的拘谨的表情，他真瞧不起他们，而特别使他不快的是米西提到他时竟用代词“他”……聂赫留朵夫对待米西总是摇摆在两种态度之间：有时他好像是眯着眼睛或者好像是在月光下看她，看到了她身上一切美好的东西，觉得她又鲜艳、又美丽、又聪慧、又自然……有时则好像是在灿烂的阳光下看她，突然看到了，而且不能不看到她的缺陷。今天好像就是这种情况。今天他看见了她脸上的所有皱纹，看见她头发蓬松欠梳理，看见她过分尖削的胳膊肘，特别是看见她大拇指上的宽指甲，简直就和她父亲的指甲一样丑。

“一种十分乏味的英国游戏，”科洛索夫谈到网球时说，“记得童年时代我们玩俄式棒球游戏，那种有趣劲才够味儿。”

“不，您没有尝试过，这种球好玩死了。”米西不同意他的话，不过，聂赫留朵夫觉得，她用“死了”这个词来形容，特别别扭。

于是争论了起来。米哈依尔·谢尔盖耶维奇和卡捷琳娜·阿列克谢耶夫娜也参加了舌战。只有家庭女教师、辅导教师和孩子们保持沉默，看来，他们感到很烦。

“唇枪舌剑，没有个完。”老柯察金哈哈大笑地说，把塞在男式西装背心里的餐巾取下，从桌子旁边站起来，把椅子推得哗啦响，仆人们赶忙把那张椅子接过来。其他人也跟着他站起来，走到一张小桌子近旁，上面放着一个盛漱口水的缸子，里面盛满了带芳香味的温水。大家漱了口，又继续那谁也不感兴趣的谈话。

“我说的对不对？”米西转过脸来问聂赫留朵夫，想要他认可她的意见。她的意见是在游戏中最能看出一个人的性格。但她在他脸上看见的却是一种沉溺于自我的表情，而且在这种表情里，她还看出自我谴责的意味。他的这种神态使她感到害怕。她想弄明白他的失态是什么原因造成的。

“说真的，我不知道，而且我从来没有想过这个问题。”聂赫留朵夫答道。

“我们去看看妈妈好吗？”米西问他。

“好，好。”他一边说，一边取出一支烟，他的语调却显然是说，他不想去看她。

她没有作声，猜疑地看着他，他也感到有点难为情。“这的确不好，来到人家这儿做客，反而令人家烦恼。”他心中暗自想着，并极力做得客气些，便说，如果公爵夫人肯接待的话，他很高兴去。

“对，对，妈妈会高兴的，而且在那里您可以吸烟，伊万·伊万诺维奇也在那里。”

这家的女主人索菲娅·瓦西里耶芙娜公爵夫人是一位长期卧床不起的贵妇，七年多来她都躺在床上接见客人，为了美，她全身仍佩戴着花边、缎带等饰物，五光十色，床帷周围仍摆满天鹅绒制品、镀金饰物、象牙雕刻、青铜器、上漆工艺品和鲜花。她从不乘车出门，而且只接待她所谓的“自己的朋友”，也就是各色按她的标准是超脱凡俗的那些人。聂赫留朵夫被看作是属于这一类的朋友，因为她认为，他是一个聪明的年轻人，也因为他的母亲是她家的好朋友，还因为，他是她心目中的乘龙佳婿。

索菲娅·瓦西里耶芙娜公爵夫人的房间在大客厅和小客厅的后面。走在聂赫留朵夫前面的米西走进大客厅后，突然停住脚步，双手扶着镀金的椅背，意味深长地看了看他。

米西很想出嫁，而聂赫留朵夫是个好对象，而且她也很喜欢他，她总是使自己习惯于这样的思想：他是属于她的[①]，她使用一种无意识但却是很固执的花招手段来达到自己的目的，其固执达到了精神病患者常有的程度。她现在同他说话，就是要他说出他的心事来。

“我看出来，你心里一定有什么事，”米西说，“您究竟怎么啦？”

他想到法庭上同卡秋莎的奇怪相逢，便皱起眉头，脸红了。

“是有点事，”他说，想把真相和盘托出，“一件奇怪的、不寻常的、而且是重要的事情。”

“是什么事呢？能告诉我吗？”

“不，这会儿不能，请您别追问我。所发生的事情，我现在还来不及充分考虑。”他说，脸涨得更红了。

“您连我都不愿告诉吗？”她脸上的肌肉抖动了一下，自己扶着的椅子也挪动了一下。

“是的，我不能说。”他答道，感到这样回答她，也就是回答自己，承认自己生活中真正发生了一件十分重要的事情。

---

① 不是她属于他，而是他属于她。

"好吧，那么我们走吧。"

她脑袋一甩，就像要把不必要的思想甩掉似的，用比平常更快的步子向前走去。

他觉得她不自然地紧抿着嘴，以便忍住眼泪。他感到羞愧，也感到痛苦，因为自己惹得她伤心，但他知道，只要有一点点软弱，就会把自己毁掉，也就是说，会被她缠住。如今他最怕的就是这一点。于是，他继续保持沉默，跟着她来到公爵夫人的私室里。

二十七

索菲娅·瓦西里耶芙娜公爵夫人已经吃完了她那顿十分精致又营养丰富的午餐。她总是独自一人吃饭，免得有人看见她这种纯粹为了满足口腹之欲、毫无诗意的吃相。在她的小沙发床旁边有一张放咖啡的小桌子。她在抽一支用玉米叶卷的细烟卷，这种纸烟的烟味比较平和。索菲娅·瓦西里耶芙娜公爵夫人身材瘦高，是个依旧将自己打扮得很年轻的黑发女人，生有一口很长的牙齿和一双又黑又大的眼睛。

人们说过不少她和医生的暧昧关系的坏话，聂赫留朵夫对这些难听的流言蜚语已经忘记了，但现在他不仅记起来了，而且，当他见到这个挨在她的轮椅旁边的医生，看见他那涂了发油、闪闪发亮、分成两撇的胡子时，不由得感到非常恶心。

科洛索夫坐在一张低矮的柔软的安乐椅上，与索菲娅·瓦西里耶芙娜的位置并排，他靠近那张小桌子，正在搅动手中的咖啡。小桌子上还放着一杯供他饮用的烈性蜜酒。

米西和聂赫留朵夫一起走进妈妈的房里，但她没有在房里留下来。

"等妈妈累了，赶你们走时，你们就来找我。"她对科洛索夫和聂赫留朵夫说，那语调听起来就像是她和聂赫留朵夫之间没有什么别扭似的。她快活地微微一笑，轻巧无声地踩着厚地毯，离开了房间。

"喏，您好，我的朋友，请坐，说点什么吧。"索菲娅·瓦西里耶芙娜说，她那人为的假意的微笑真能骗人，使对方以为是发自内心的自然的笑容，同时露出两排非常好看的长牙，这一口假牙做得非常精巧，也完全像是真的。"人们对我说，您刚从法院回来，心情阴沉不快。我想，从事这种事情对于一个心肠好的人来说，是很难受的。"她用法语说。

"是的，这话一点也不假，"聂赫留朵夫说，"一个人常常会感到自己没有……感到自己没有权利去审判别人……"

"您这话多么正确啊。"她好像被他的箴言的正确性深深打动似的，大声感叹道。其实她一向都是这样巧妙地讨好自己的交谈者的。

"那么，您那幅画呢？我对它很有兴趣呢，"她又说，"要不是我身体虚弱，早就到您家里去欣赏了。"

"我已经完全把它放弃了。"聂赫留朵夫生硬地答道。他感到，今天她的奉承话的虚伪程度，和她要掩饰的老态一样明显。他无论怎样也不能调整好自己的情绪，使自己成为可爱的人。

“这可不行！您知道吗。列宾亲自对我说过，他很有才华。”她扭过头对科洛索夫说。

“她怎么撒谎也不脸红呢。”聂赫留朵夫紧皱着眉头想。

当确信聂赫留朵夫心情不好，已不能吸引他加入愉快而机智的谈话时，索菲娅·瓦西里耶芙娜也不勉强，便转过身去问科洛索夫，想听听他对新上演的一出戏的意见。按她对他的阿谀奉承的语气，似乎科洛索夫的意见可以解答任何疑问，而且他评论的每一句话都应当流芳百世似的。科洛索夫对这出戏批评了一通，并利用这个机会陈述了自己对艺术的见解。索菲娅·瓦西里耶芙娜公爵夫人对他的意见的正确性佩服得五体投地，她试图为其作者辩护几句，但立刻就败下阵来，或者只能说一些折中的意见。聂赫留朵夫在一旁看着，听着，但是真正察觉到的和真正听入耳的却同他眼前的表面情景是两码事。

聂赫留朵夫时而听索菲娅·瓦西里耶芙娜说话，时而听科洛索夫说话，他所察觉到的是，第一，不论是索菲娅·瓦西里耶芙娜还是科洛索夫，他们对戏剧理论都是外行，根本没有摸到边，而且互相不了解对方的观点，他们之所以要说说话，无非是为了满足饭后活动舌头和喉咙肌肉的生理要求罢了；第二，科洛索夫喝了酒，伏特加、葡萄酒或烈性蜜酒他都喝了几口，有了几分酒意，但不像难得喝酒的庄稼汉那样烂醉如泥，而是像每天要饮几杯、有酒瘾的人那样微醺，他身子并不摇晃，嘴里也不胡言乱语，只是情绪有点反常，激昂而兴奋，扬扬自得；第三，聂赫留朵夫看到，索菲娅·瓦西里耶芙娜公爵夫人在谈话时总是心神不定地望着窗子，因为有一道斜射的阳光通过窗口射进屋内，这样就可能把她的老态照得一清二楚。

“这话真对。”她就科洛索夫的一句评语说，接着按了按床边的电铃。

这时医生站起身来，一句话也没说就走了出去，仿佛是这个家里的人一样。索菲娅·瓦西里耶芙娜公爵夫人边说话边目送他出去。

“菲利浦，请您把这块窗帘放下来。”听到铃声的召唤，一个模样很帅的侍仆走进来，公爵夫人用眼睛向他示意那块窗帘。

“不，不管您怎么说，这出戏中总有点神秘的地方，没有神秘就没有诗意。”她说，同时用一只黑眼睛烦恼地追踪着那个正在放窗帘的侍仆的动作。

“没有诗意的神秘主义是迷信，而没有神秘主义的诗就成了散文。”她忧郁地微笑着，眼睛没有离开那正在拉直窗帘的侍仆。

“菲利浦，您不该放那块窗帘，要放大窗子上的窗帘。”索菲娅·瓦西里耶芙娜公爵夫人痛苦地说，显然，她觉得自己很可怜，因为为了说出这两句话她必须费很大的劲。接着，她提起戴满戒指的手，把那支香气扑鼻的玉米叶卷的细烟卷送到嘴边，使自己平静下来。

菲利浦的确长得帅，胸膛宽阔、肌肉发达，他微微鞠了一躬，仿佛表示歉意，轻捷地挪动他那腿肚子圆满鼓起的有力的双腿，顺从地沉默地沿着地毯走到另一个窗口，一面留神观察公爵夫人的脸色，一面使窗帘展开，做到不让一丝光线照在她的身上。可是这样做还是不能如她的意。又一次觉得自己很可怜的索菲娅·瓦西里耶芙娜不得不中断她关于神秘主义的谈话，去纠正欠伶俐的、对她的恐慌不安无怜悯心的菲利浦。在这一瞬间，菲利浦的眼里冒火。

"'鬼才能辨别出你需要的是什么！'——他心里大概是这样说吧！"聂赫留朵夫想，他观察着这一幕作弄人的游戏。不过，菲利浦这个帅哥和大力士很快地掩饰了自己的不满动作，沉住气，照着这位疲惫不堪、有气无力、完全是虚伪做作的索菲娅·瓦西里耶芙娜的吩咐去做。

"当然，达尔文的学说也有一大部分是真理。"科洛索夫伸开手脚懒洋洋地坐在低矮的安乐椅上，醉眼蒙眬地看着索菲娅·瓦西里耶芙娜公爵夫人。"不过他说得过头了。确实如此。"

"那么您相信遗传吗？"索菲娅·瓦西里耶芙娜公爵夫人问聂赫留朵夫，她对他的默默无语感到苦恼。

"遗传？"聂赫留朵夫反问道，"不，我不信。"这一刹那，他正醉心于各种离奇古怪的形象，他自己也不知道这些形象是怎么在他脑海里出现的。他想象孔武有力的帅哥菲利浦如果裸体，就是个标准的模特儿，但旁边坐着的科洛索夫如果同样一丝不挂，就会露出他西瓜一样的肚子，光秃的脑袋，像两根藤条的没有肌肉的手臂。同样，他还模糊地想象被丝绸和天鹅绒盖着的索菲娅·瓦西里耶芙娜的肩膀实际上是什么样子，但是这样的想象太可怕了，他努力将这种怪念头驱除。

索菲娅·瓦西里耶芙娜用眼睛打量着他。

"米西可是在等着您，"她说，"您到她那里去吧，她想给您弹舒曼[①]的新曲子哩……那会很有趣的……"

"她什么曲子也不想弹，这都是她不知为什么而有意撒的谎。"聂赫留朵夫想，站起来握了握索菲娅·瓦西里耶芙娜戴满戒指的洁净的消瘦的手。

老姑娘卡捷琳娜·亚历山大耶夫娜在客厅里迎着他走来，并立刻同他交谈

① 德国作曲家。

起来。

“不过，我看得出来，陪审员的职务叫您受累了。”她照例用法语对他说。

“是的，请原谅，我今天心情不好，但也没有权利使别人烦恼。”聂赫留朵夫说。

“您为什么会心情不好呢？”

“请原谅，我不愿意说为什么。”他一面说，一面找自己的帽子。

“记得吗，您曾经说过，永远都要说真话，而且您当时就对我们大家说过一些很严酷的实话。为什么今天就不愿意说了呢？你记得吧，米西？”卡捷琳娜·亚历山大耶夫娜转过身对朝他们走来的米西说。

“因为那是在游戏中说的话，”聂赫留朵夫一本正经地说，“说着玩是可以的，而在现实中我们却很坏，我是说，我很坏，至少我不能说实话就很坏。”

“您不要修正您的话，您最好说说，我们在哪方面都很坏吧。”卡捷琳娜·亚历山大耶夫娜故意玩弄字眼说，好像没有注意到聂赫留朵夫的正经态度似的。

“再没有比承认自己心情不好更坏的了，”米西说，“我从来没有承认过这一点，因此我的心情总是好的。怎么样，到我的房间里去好吗？我们将尽力替您排除坏心情。”

聂赫留朵夫此刻正体会到一种感受，这种感受和一匹马被迫拉车前的感受类似，当时，人们抚摩着它，要给它戴上笼头、套上车。而今天他却最不愿意“拉车”。他道歉说他要回家，便同他们告别了。米西同他握手，比平时握得要更久一些。

“您要记住，您的要事，也就是您朋友的要事，”她说，“您明天来吗？”

“多半不能来。”聂赫留朵夫感到有点难为情地说，但他自己也不知道这是为自己还是为她感到难为情。他红着脸，匆匆地走了。

“这是怎么一回事？这可让我感兴趣啊。”当聂赫留朵夫走出去后，卡捷琳娜·亚历山大耶夫娜说，“我一定要问个究竟，准是一件有关体面的事，使我们亲爱的米佳[①]怄气了。”

“也许是一件不体面的桃色事件吧。”米西本想这样说，但没有说出来。她呆呆地望着前方，脸色阴郁，跟刚才看着他时全然不同。不过她甚至对卡捷琳娜·亚历山大耶夫娜也没有说这句难听的双关俏皮话，而只是说了一句：

“我们大家有快活的时候，也有不快活的时候。”

“难道连米佳也欺骗我？”她想道，“我们的关系已经到了这个份儿上了，他还

---

① 聂赫留朵夫的爱称。

有事瞒着我，就太不好了。”

如果要米西来解释一下她所说的“到了这个份儿上了”是什么意思，她说不出一个所以然来。不过她无疑知道，他不仅让她抱有希望，而且差不多已经答应她了。这不是说他说过明确的话，她不过是从他的眼神、微笑、暗示和默认中知道的。近年来，她始终认为米佳是属于她的，如果失掉了他的话，那她就太难堪了。

二十八

“既羞愧又卑劣，既卑劣又羞愧。”聂赫留朵夫顺着熟悉的街道步行回家时不禁想道。同米西谈话时产生的那种沉重心情到这时候还没有消失。他觉得，形式上——如果可以这样说的话——他没有负她，在她面前问心无愧：他没有对她说过任何能够束缚自己的话，没有向她求过婚。但实际上他又觉得他已经同她连在一起，已答应她了。然而今天他却从自己的实际情况考虑，感到自己不能跟她结婚。“我感到既羞愧又卑劣，既卑劣又羞愧。”他自言自语地重复说，这不仅指他跟米西的关系，而且指他生活中的所有事情。“一切都是令我感到既卑劣又羞愧的。”他走进自家的门廊时，又重复了一遍。

“晚饭我不吃了，”他对跟着他走进饭厅来的侍仆柯尔涅尔说，这时饭厅里已经准备了餐具和茶，“您去吧。”

“是。”柯尔涅尔说，但没有走，而是动手收拾桌上的东西。聂赫留朵夫瞧着柯尔涅尔，觉得很不愉快。他希望大家都不去打搅他，让他安静一会儿，可是大家都似乎故意为难他，偏要缠住他不放。当柯尔涅尔拿着餐具出去以后，聂赫留朵夫正要到茶炊跟前去斟茶，却又听见了阿格拉费娜·彼得罗夫娜的脚步声。为了不再见到她，他连忙走进客厅里去，随手把门关上。三个月前，他母亲就是在这间客厅里去世的。这是个明亮的房间，里面有两盏带有反光镜的灯，一盏照着他父亲的画像，一盏照着他母亲的画像，而今他走进这房间时，就想起了他同母亲最后一段时间的关系。他觉得这种关系是不自然的、十分讨厌的。这也是令他感到自己既羞愧又卑劣的原因之一。他回想起在她生病的后期，他简直就希望她死去。他对自己说，他希望她死是为了让她解除痛苦，其实，他希望她死是为了免得自己看见她那痛苦的样子。

他为了唤起自己对母亲的美好回忆，就仰面观看她的画像。那是花五千卢布请一位名画家画的。她被画成一个穿着黑色天鹅绒连衣裙、裸露着胸部的贵妇。显然，画家使出其精到的功夫突出描绘她的胸脯、两个乳房之间的肌肤，并借助她的肩膀和脖子的美突显她令人倾倒的丰姿。这才是令他感到羞愧和卑劣的事情。花重金聘请画师以半裸体的美人的形式来描绘他的母亲，其中真有点令人厌恶和亵渎的意味。更令人厌恶的是，就在这个房间里，三个月前曾躺着他的干枯得有如木乃伊的母亲，她依然用其痛苦又沉重的呼吸声充塞整个房间，无论用什么办法也不能使这种声音减弱，它不仅充塞整个房间，也充塞整个屋子。他感到，他现在还能听见这种呼吸声。他也记得，她临终的前一天，她伸出瘦骨嶙峋的发黑的手，握住他有力的洁白的手，看着他的眼睛，说道："不要责怪我，米佳，如果我有什么事没有做好的话。"她的因病痛而失色的眼睛里涌出连串的泪珠。"多么卑劣呀！"他自言自语地说，抬眼看那半裸的妇人，她的肩膀和手雍容华贵，珠光宝气，像大理石一般洁白而光滑，她脸上露出得意的笑容。画像上裸露的胸部令他想到另一个年轻的女子，几天前他从她身上也看到同样的裸露胸部，这个女人就是米西。有一个晚上，她想出一个借口，把他叫去，为的是让他看看她参加舞会时穿上舞衣的模样。他带着厌恶的心情回想起她美丽的肩膀和胳膊。至于他那个粗鲁的兽性的父亲及其可耻的往事和残忍的行为，还有他那自以为聪明的母亲的不光彩的名声，所有这一切都令他感到厌恶，同时也感到羞愧。真是既可羞又卑劣，既卑劣又可羞。

"不行，不行，"他想道，"必须摆脱，摆脱这一切虚伪的社会关系，从柯察金一家人、玛丽雅·华西里耶夫娜，以及其他一切人的纠缠中获得自由……对，要自由地呼吸，要到国外去，到罗马去，从事自己的绘画事业……"他想起他一直对自己的绘画才能没有把握。"咳，做什么都无所谓，只要能自由地呼吸就行，先到君士坦丁堡①，再到罗马，只是要快点辞掉陪审员的职务，还要同律师把这个案子办妥。"

突然，他的脑海中以异乎寻常的鲜明程度浮现出那个有着斜视的黑眼睛的女囚犯的形象。在被告最后陈述的时候，她哭得多么伤心啊！想到这里，他立即捻熄抽完了的烟头，揉成一团，丢入烟灰碟中，点燃另一支猛抽起来，同时在房间内不停地来回走过。同她一起度过的那些片刻时光一幕接一幕在他脑海中闪现。他记起和她最后一次会面的情景，当时支配着他的兽性的情欲，以及欲望得到满足后他体验到的失望。想起了那雪白的连衣裙和浅蓝色的腰带，想起了那次晨祷。"要知道，我爱过她，那天晚上我怀着美好而纯洁的爱情真心爱着她，而且早在那天以前就爱上她了，头一次住在姑妈家写论文时就爱她了！"他记起自己当年是个什么模样。那时他的心中充满了新鲜感、青春感和生命的充实感，可现在呢？于是他开始痛苦地忧郁起来。

当年的他和现在的他，这中间的区别实在太大。这个区别，比起在教堂里的卡秋莎和那个陪商人酗酒而今天上午受审的妓女之间的区别，即使不是更大，至少也是同样的。当年他是个勇敢无畏、朝气蓬勃的自由人，他面前展开无限的可能性——可现在呢，他感到自己整个人都被愚昧、空洞、无目的、渺小的生活方式

① 土耳其的大城市和港口伊斯坦布尔的旧称。伊斯坦布尔在 1923 年前是土耳其的首都。

所捕获，落入陷阱，而且在里面他已看不见任何出路，多半也不想跳出这个陷阱了。他回想起，他当年曾以自己的直爽而自豪，信誓旦旦地要永远说实话，而且也真的做到了说实话，而如今他却完全陷进了虚伪里，陷进了最可怕的虚伪里，而周围的所有人却把这种虚伪认作是真理。这样的虚伪习气严重腐蚀着每一个人，使他蜕化变质，无法摆脱，至少他看不到任何摆脱的方法。他深深地陷在里面，已不能自拔，甚至觉得很自在了。

“怎样才能解开跟玛丽雅·华西里耶夫娜的关系的死结，使自己不受束缚，并且跟她丈夫的关系也找到和解的办法，使自己能正视他和他的孩子们而不至于羞愧呢？怎样才能不说谎地解开同米西的关系的乱麻，使自己脱离她的羁绊呢？怎样才能解决那种一方面承认土地私有制不合理，一方面又占有母亲过继给他的地产的矛盾呢？怎样才能在卡秋莎面前赎自己的罪呢？不能丢下这个案子不管。不能抛弃这个我爱过的女人，不能只满足于多付给律师一些钱，去免除她本来就不应该受的苦役。不能拿金钱去赎罪，就像我先前所认为的那样：给她一点钱，就尽了我应有的责任。”

于是，他清晰地回想起那一刻，当时他在走廊里追上她，把钱塞给她后就跑掉了。“啊，那笔钱！”他带着恐惧和厌恶的心情回想起那一刻，其感受和当时丝毫不差。“啊，啊，多么卑劣！”他也像当时那样出声说道。“只有无赖、流氓，才会干出这种事来！而我，我就是那个无赖，那个流氓！”他大声地说。“难道我真的是……”他停住脚步，“难道我真的是无赖，难道我是彻头彻尾的无赖？不然的话，在这件事中，还有谁是呢？”他自言自语道。“而且难道只是这一件事吗？”他继续自我揭露道，“难道你同玛丽雅·华西里耶夫娜，同她丈夫的关系就不卑劣、不下流吗？还有你对财产的态度呢？你借口钱是你母亲遗留给你的，于是你就可以心安理得地享用连你自己也认为是不合理的财产。于是你全盘生活都是游手好闲的、龌龊的。你对卡秋莎的行为是你恶行的顶峰！流氓、无赖！他们[1]爱怎样评判我就怎样评判我吧，我可以欺骗他们，但可欺骗不了自己。”

于是他恍然大悟：原来，近段日子来他感到的对人们的嫌恶，特别是今天对柯察金公爵、对他的妻子索菲娅·瓦西里耶芙娜、对他的女儿米西，以及对自家的仆人柯尔涅尔的嫌恶，其实也就是对自己的嫌恶。真是件怪事：有了这种承认自己卑劣的感觉，虽然多少近乎病态，但欢欣和快慰也随之而来。

聂赫留朵夫生平已不止一次地进行过这样的自我反省，他将其称之为“灵魂净化”。他所说的灵魂净化是指这样一种精神状态，即常常在过了一大段时间之

---

① 人们。

后，他突然感到内心生活的节拍减慢了，有时甚至停滞了，于是就着手清除一下他灵魂里堆积着的糟粕，因为这些糟粕正是使其精神生活停滞的原因。

常常，聂赫留朵夫那样觉醒之后，他就给自己定下一些守则，他打算永远遵循它们：写日记，开始过一种新的生活，他希望永远不再改变——诚如他对自己说的那样，打开新的一页。但每一次都是花花世界的诱惑使他又脱离了正道，不知不觉中他又堕落了，而且往往堕落得比前一次更深。

他这样净化自己、振作自己已经有好几次了。那年夏天他到姑妈家去时，是第一次这样做。那是最有生气、充满激情的一次觉醒，而且持续了相当长的时间。后来，战争发生了，他毅然辞去文职，愿意献出自己的生命而去服军役时，也有过这样的觉醒，但不久灵魂里又充满了污垢。后来还有一次觉醒，那是在他辞去了军职，出国去学画的时候。

从那时到现在已经过了很长一段时间，这段时间里他一直没有净化自己，以致他达到了从未有过的肮脏的地步，他良心上的要求同他所过的生活也从来没有这么不协调，以致当他发现二者之间的差距时，不禁大吃一惊。

这个差距是那么大，积垢是那么深，以致他一时感到心灰意冷，好像不可能净化自己了。“须知，你已经尝试过自我完善，想变得好一些，却毫无结果，”他从心底里听到了魔鬼的声音，“又何必再试一次呢？又不是光你一个人这样，大家都这样嘛，生活本身就是这样嘛。”魔鬼这么说。但是，自由的精神的生命已经在聂赫留朵夫的身上觉醒了，唯有这样的生命才是真实的、强大的、永恒的。他不能不相信这样的生命。不管他现在是什么人和他想成为的新生命之间的距离有多么大，对于一个已经觉醒了的精神的生命来说，一切事情都是可能办到的。

“对我来说，不管付出多大的代价，也要挣脱束缚着我的谎言的桎梏。我要承认一切，向一切人说实话，做诚实的事情，”他毅然决然地大声对自己说，“我要对性格单纯的公爵小姐米西说实话，我是个贪淫好色的人，不配和她结婚，如果继续交往，只会使她徒然地惊惶不安；我要对某县首席贵族的妻子玛丽雅·华西里耶夫娜说实话。不过，对她似乎无话可说，倒是要告诉她丈夫：我是个恶棍，玩了他的妻子，我是有罪的。我要合乎正义地处理财产。对于卡秋莎，我更是个不折不扣的恶棍，我有罪，我要对她，对卡秋莎说，我是个无赖，我对她犯了罪，我将尽自己的可能，帮助她减轻痛苦。对，我要去见她，请求她饶恕我。对，我要像小孩那样去求她宽恕。”他止步停下来，“如果有必要，我就娶她。”

他站着，双手放在胸前，像当他还是一个孩子时所做的那样，向上抬起眼睛，面向着冥冥中的某种超自然的力量，说道：

“主啊，帮帮我，教教我吧，驾临并移居到我的心中，把我身上一切龌龊的东西清除掉吧！”

他祈祷，请求上帝帮助他，移居到他的身内和心中，净化他的灵魂。事实上，他的请求已经如愿以偿。上帝已经活在他心里，并且在他的意识中活跃起来。他感觉到了上帝的存在，因此他不仅感到了自由、勇敢和生活的乐趣，而且感到了善的全部威力。他现在觉得，凡是人能够做的一切最美好的事情，他都能够做到。

他默想和自言自语时，泪水滚滚脱眶而出。这泪水既有好的成分，又有坏的成分。之所以好，是因为这是那个精神的生命在他身上遽然觉醒的欢乐的眼泪。这些年来，精神的生命一直在他心里沉睡。之所以坏，是因为这是一种自怜的眼泪，以为自己还有什么美德呢。

他觉得身上发热，便走到一个已经卸掉冬季套窗的窗口，打开了窗户。窗口面向一个花园。这是一个有月光的静谧又清新的夜晚，街上传来车轮滚过的辚辚声，然后一切重归静寂。直对着窗下，一棵光秃的高大的杨树若隐若现，其枯干的枝丫纵横交错，在洁净的广场的沙地上清晰地投下了自己的阴影。左边是板棚的房顶，在明亮的月光下显得白乎乎的。前面是好些树木的枯干的枝条，交织在一起，在树枝的掩映下可以看见一道围墙的黑影。聂赫留朵夫看着月光洒照的花园和房顶，看着杨树的影子，呼吸着令人精神焕发的新鲜空气。

“多好啊！多好啊，我的上帝，多好啊！”他自言自语，意在赞美发生在自己灵魂中的更新过程。

二十九

玛丝洛娃傍晚六点才到牢房，她已经不习惯走远路，而今在石板路上走了十五俄里，走得筋疲力尽，两条腿酸痛。但更大的打击是，她想不到有这么严厉的判决，这种打击盖过了饥饿难忍的感觉，她简直就要不行了。

在一次休庭的时候，看守们在她的身旁吃面包和煮老的鸡蛋，她口中充满了口水，她感到饥饿，但她认为，向他们讨东西吃是不体面的事情。这以后又过了三个小时，此时她已不再想吃东西，她感到的仅仅是软弱无力。在这样的状况中，她听到了出乎她意料的宣判。起初她以为自己听错了，一时不能相信自己听到的话，不能把自己同苦役犯联系起来。但是，她看见法官和陪审员们都露出平静的事务性的面孔，他们把这个消息当成某种完全自然的事情，她很激愤，对着整个大厅高喊她没有罪。但是她看见人们将她的叫喊也当作某种自然的、预料中的、不可能改变判决的事情，她就痛哭起来，感到唯有顺从这种严酷的令她吃惊的强加在她身上的不公正，没有别的路可走。特别令她惊奇的是，如此严酷地给她定罪的男人们，都还年轻，或不太老，他们就是那些总是温存关爱地看着她的人。唯有副检察官这个人，她看出他完全是另一种心情。在她坐在拘留室里等待审判的时候，或是庭审休息时，这些男人们都假装起身有其他事要办，以便从门口经过，或者进入室内，仅仅是为了瞧她一眼。可就是这些男人竟判她服苦役，不顾她没有犯她被控诉的那些罪。开始她放声大哭，但后来安静下来，以一种完全呆滞的状态坐在拘留室里，等待被押走。现在她想要的只有一项：抽烟。在这样的心态下，她正好遇见了包奇科娃和卡尔津金，他们在宣判以后被押到同一间房间了。包奇科娃立刻开始辱骂玛丝洛娃，称她为苦役犯。

“怎么样，你赢了？又可重振雌风了？这回恐怕逃不掉了吧，下流的娼妓，你犯下的事现在总算受到了惩罚，恐怕只有到流放地去梳妆打扮勾引囚犯了。”

玛丝洛娃坐在那儿，将一双手揣在囚袍的袖子中，垂着头，眼睛呆呆地盯着离自己两步远的那被踩脏的地板，只是说道：

“我没有惹您，您也放过我吧。要知道我没有惹您。”她重复说了几遍，然后完全不作声了。等到人们将卡尔津金和包奇科娃带走，有一个看守给她三个卢布的时候，她才稍稍恢复生气。

“你是玛丝洛娃吧？”看守问道，“拿去吧，一位太太托我给你的。”他说道，将钱递给她。

“哪个太太？”

“你拿去好好用吧，我没有时间和你们犯人啰唆。”

这些钱是妓院的鸨母基塔耶娃送来的。她离开法庭时，向民事执行吏提了一个问题：她能不能请他转交少许钱给玛丝洛娃。民事执行吏说可以。在得到许可后，她从胖得圆乎乎的白手上取下有三个纽扣的麂皮手套，从丝裙的皱褶口袋中取出一个摩登的钱夹，从其中取出一大沓息票，这是刚从她经营妓院赚来的证券上剪下来的，她将一张值两卢布五十戈比的息票，连同两个二十戈比的银币和一个十戈比的银币交给民事执行吏。民事执行吏叫来一个看守，当着这个女施舍人的面将钱交给看守。

“请您一定交到她手中。”卡罗利娜·阿尔贝托夫娜对看守说。

看守因这种不信任而受了委屈，所以也气呼呼地对待玛丝洛娃。

玛丝洛娃很高兴收到钱，有了钱她就可以用来买她急需的东西了。

“只要能弄到一支带纸嘴的香烟，深深地吸一口就好了。”她想，全部念头都集中在这吸烟的欲望上。她是如此想吸烟，当她感到空中有烟草味时，就如饥似渴地吸空气，这有烟味的空气是从办公室的门里面进入走廊的。但她不得不长久地等待，因为那个有权令她离开的书记官忘记了被告们，正同一个律师谈论一篇被查禁的文章，甚至争辩起来。一些年轻和年老的人在审判完结后顺便走过来看她一眼，还互相议论着什么。但她现在无心注意他们。

最后，到四点多钟的时候，人们才准许她离开，两个押送兵——诺夫哥罗德人和楚瓦什人——领着她从法院的后门走出去。还没离开法院的范围，她就拿出二十戈比，求兵丁给她买两个白面包和带纸嘴的香烟。楚瓦什人笑了笑，拿了钱说：

“好的，我们给你买。”并且说话算数，如实地买回了香烟和面包，还交还了找的零钱。

路上不许抽烟，因此玛丝洛娃必须忍着烟瘾，一直走到牢狱。当她被押送到牢门之前时，从火车站押来一队被拘留的犯人，约一百人。她走到牢狱的前室时，刚好和他们相遇。

这些犯人有的留着胡子，有的剃了胡子，有年老的，有年轻的，有俄罗斯人，有其他民族的人，有些人剃了半个头，他们将脚镣弄得哐啷作响，前室里充满了尘土、脚步声、说话声和难闻的汗臭味。这些犯人从玛丝洛娃旁边走过时，全都色眯眯地盯着她，有几个脸上带着本性难改的淫欲表情，故意走得挨她近一点，甚至稍稍碰到她的身体。

“嘿，这妞儿，真漂亮。”一个犯人说。

“小妞儿，您好哇。”另一个犯人挤眉弄眼地说。

有一个肤色很黑的犯人，其剃光的后脑壳呈蓝色，刮过脸，但仍留有小胡子，铁镣绊着他的脚，他仍拖着叮当响的脚镣，跳到玛丝洛娃的跟前，一把将她搂住。

“难道你不认得老朋友了？咳，就别装蒜了！”他喊叫道，当她把他使劲推开时，他仍然龇牙咧嘴，一双眼睛闪着好色的光。

“你想干什么，混蛋？”副典狱长从后面走过来，喝道。

那犯人缩着身子，连忙跑开了。副监狱长则骂起玛丝洛娃来。

“你待在这儿干什么？”

玛丝洛娃本来想说明一下她是刚从法院被解送回来的，但她太疲倦了，所以懒得开口。

“她刚从法院回来，长官。”那个年纪大些的押送兵从过路的人群中挤出来，举手敬礼说。

“那就把她交给看守长吧。让她待在这里真不成体统！”

“是，长官。”

“索科洛夫，把她带走！”副典狱长喝道。

看守长走过来，生气地推了一下玛丝洛娃的肩膀，对她点了点头，就领她进了女监狱的长廊。在长廊里对她进行全身检查，没有搜到什么[①]，她又被送进了今天早晨离开的那个牢房。

---

① 那包香烟已被塞在白面包里了。

三十

关押玛丝洛娃的牢房是个长方形的房间，九俄尺长，七俄尺宽，有两个窗子，房里最显眼的是一个泥灰已经剥落的炉灶，以及几张床板已经干裂的木板通铺，这些板床占了房间三分之二的地方。牢房中央，正对着门，有一幅乌黑的圣像，上面粘着一支蜡制的烛，下面挂着一束布满灰尘的蜡菊花。房门左面有一块地板已变成黑色，上面放着一个散发着臭气的便桶。看守刚才已经点了名，女犯们就被锁在里面过夜。

牢房里总共关着十五个人：十二个妇女和三个孩子。

天还没有黑，只有两个女人躺在木板通铺上：一个用囚衣蒙着头睡觉的小女傻瓜，是由于没有身份证而被逮捕的，她几乎一直在睡觉。另一个是害肺痨病的女人，她因盗窃在此被执行惩罚。这个女人没有睡，只是躺着，头下枕着囚衣，睁着一双大眼睛，强忍着咳嗽，抑制着一口在喉咙里上下涌动而令她感到发痒的黏痰。[1] 其余的妇女都没有戴头巾，只穿着粗麻布衬衣。有的在做针线活，有的则站在窗口边，看着在院子里来回走动的男犯人。做针线活的女人中，有一个就是今天早晨送别玛丝洛娃的老太婆柯拉勃列娃。她阴沉着脸，一副眉头紧皱、皱纹满布之相，下巴皮肉松弛，好像挂着一个口袋似的。她是个身材高大而强壮的妇人，头发编成了短小的辫子，呈淡褐色，两鬓已经花白，脸颊上有一个汗毛丛生的小硬瘤。这个老太婆因用斧头砍死丈夫，而被判服苦役。她之所以砍死了丈夫，是因为他死缠着她的女儿。她是这个牢房里犯人的牢头，仍旧在卖私酒。她戴着眼镜在做针线活，那双做重活的大手拿着一根针，像农妇那样，用三个手指捏针，针尖对着自己。

[1] 作者分别介绍了躺在木板通铺上的两个女人当前的状态和她们被监禁的原因，揭示了当局者监禁无辜妇女和残酷的暴政。

她身边坐着一个女人，也在用帆布缝制口袋，这是个身材不高、鼻子翘起、皮肤较黑的妇人，生有一双细小的黑眼睛，心地善良，比较多嘴，她原是个铁路道口看守人的妻子。俄国铁路线上每隔一定的距离就有一个看守人的小屋，看守人或他的妻子必须接每一班火车。这个看守的妻子由于没有及时走出来向列车举旗，致使列车发生了车祸，被判处三个月的监禁。第三个做针线活的女人是费多霞，女伴们都叫她费尼奇卡，她皮肤白里透红，生就一双明亮的带着孩子气的深蓝色眼睛，扎着两根长长的淡褐色的辫子，盘卷在小小的脑袋上。这是个十分年轻、容貌姣好的女子，是因为蓄谋毒死丈夫而坐牢的。她刚嫁到夫家，就想谋害丈夫，可她出嫁时还是一个十六岁的不懂事的小姑娘啊。在取保出狱、等待开审的八个月里，她不仅和丈夫和好，而且深深爱上了他，审判临到她头上时她已同丈夫亲密无间了。尽管丈夫和公公，特别是很喜欢她的婆婆都替她向法庭求情，证明她无罪，但她还是被判处流放西伯利亚服苦役。费多霞善良、快乐、笑脸常开，和玛丝洛娃在木板通铺上相邻而卧，她不仅很喜欢玛丝洛娃，而且甘愿承担关心她和替她服务的责任。在板铺上闲坐的还有两个妇女，一个四十岁，脸孔苍白而瘦削，也许从前某个时候她是一个十分美貌的妇人，可眼下却苍白瘦削得厉害。她手中抱着一个孩子，她正袒露出长长的雪白乳房给孩子喂奶。她犯的罪是这样的：她村子里被抓走一名壮丁。村民们都认为抓这个壮丁是不合法的，于是就拦住警察局长，把壮丁夺了回来。这个女人就是被抓的小伙子的姑妈，她带头勒住带走壮丁的马的缰绳。另一个坐在板床上无所事事的是个个子不高，满脸皱纹，心地善良的老太婆，满头银丝，背也驼了。这老太婆坐在炉子旁的板床上，摆出一副架势，想要捉住一个从她身旁跑过的穿小衬衫的四岁小男孩，那男孩肚子很大，头发剪得很短，正笑哈哈地在她的面前跑来跑去，嘴里不断地说："瞧，你逮不着！"这个老太婆和她的儿子一起被控犯了纵火罪。[2]她对自己坐牢毫不在乎，只是替同她一起入狱的儿子担心。更使她犯愁的是留在家中的老头子，没有人照应老头子洗澡，他会全身长满虱子的。

[2]外貌、动作、语言、细节描写，塑造了一个典型的老太婆形象，揭示了她悲惨的生活状况。

除了这七个女人外，还有四个女人站在一扇打开的窗子旁，手扶住铁窗棂，用手势和喊话与在院子里走来走去的男囚犯交谈，这些男犯就是玛丝洛娃在大门口撞见的那一批。四个女人中一个是因盗窃而在此坐牢的，她身材高大，而且胖得出奇，全身是肉，头发火红色，黄白色的脸上生满雀斑，从解了纽扣、敞开的衣领里露出粗大的脖子。她用沙哑的嗓门对窗外大声嚷着不堪入耳的粗话。和她并排站着的那个女犯身材奇矮，只有十岁小姑娘那么高，皮肤带黑色，身材不匀称，背脊骨倒很长，可一双脚却很短。她的脸孔虽红润，但有多处面疱，一双黑眼睛大大张开，嘴唇厚而短，遮不住她那暴出的白牙齿。她观看着院子里的情景，不时发出刺耳的笑声。这个女犯因爱好穿戴打扮，同监都戏称她为“美人儿”，法庭判她犯了偷窃罪和纵火罪。这两个女犯的身后站着一个穿着十分肮脏的灰色衬衫、模样可怜、瘦得皮包骨、青筋毕露的怀孕的妇女，她犯的是窝藏贼赃罪。这个女人默默无语，但看着院子里的情景，脸上始终露出赞许和会心的微笑。在窗前的第四个女人是由于贩卖私酒被判刑的，她是一个身材不高但很结实的农村妇女，生着一双明显鼓起的眼睛，面容和善。她就是那个跟老太婆玩耍的小男孩的母亲，她还有一个七岁的小女孩，因为外面没有人照顾，所以小女孩也跟她一起来坐牢了。[3] 她也和别人一样，正在往窗外看，但手里还不停地织着袜子，她听到走过院子的犯人所说的话，不以为然地皱皱眉头，闭上眼睛。她七岁的小女儿，散披着一头浅色头发，穿着一件小衬衣，站在火红头发女人的身旁，一只瘦小的手揪住她的裙子，目光迟钝，留心地听着那些女人和男犯人对骂，然后小声地重复着这些话，好像要把它们记住似的。[4] 这间牢房里第十二个女犯人是教堂诵经士的女儿，她把她的私生子丢在井里淹死了，因此被抓进来。这是个身材修长、体态匀称的姑娘，浅褐色的头发扎成一根不长的粗辫子，但辫子松开了，头发蓬乱地披散开来。她那双鼓起的眼睛有点发呆，她对周围发生的事情漠不关心。她穿着一件肮脏的灰色衬衣，光着脚，在牢房里的空地上走来走去，每当走到墙根时，便急遽地转回身来。

[3] 外貌、细节描写，既刻画了女犯的独特的人物形象，又交代了小男孩、小女孩和她的关系以及他们也坐牢的原因。

[4] 这里对小女孩的外貌、神态、动作做了描写，刻画出孩子的不幸，令读者为之心痛。

三十一

当锁哗啦一响，狱卒将玛丝洛娃又送进牢房时，全体犯人都朝她转过脸来。甚至那诵经士之女也驻足片刻，打量着进来的人，抬起眉毛，但什么也没说，立刻又迈着自己决断性的大步行走起来。柯拉勃列娃把针扎在粗麻布上，从眼镜上面狐疑地盯着玛丝洛娃。

“哎呀，你回来了。我还以为你会被无罪释放呢，”老太婆用沙哑的、低沉的，几乎是男性的嗓门说道，“看样子，他们要把你长久监禁起来了。”

她摘下了眼镜，把针线搁在旁边的板床上。

“好姑娘，我刚才还跟大婶唠叨来着，说人家也许当场把你释放了。听说，常有这样的事，而且还给好多钱呢，这就得看你的造化了，”铁路看守人的妻子立即用一种唱歌的声调说，“唉，没想到是这样的结果，看来，我们全猜错了。看来上帝有他的意旨，好姑娘。”她口若悬河，亲切的好听的话源源不断。

“莫非是判你有罪？”费多霞问道。用她那孩子般明亮的蓝眼睛瞧着玛丝洛娃，眼光里现出一种怜悯的柔情，她那快活而年轻的脸完全变了样，好像就要哭了。

玛丝洛娃一句话也没有回答，默默地朝自己在通铺上的位置走去，从离门最远的地方数起，她的床铺是第二张，同柯拉勃列娃的床挨着。她走到后，就坐在床板上。

“我想，你还没吃饭吧。”费多霞说，走到玛丝洛娃跟前。

玛丝洛娃没有回答，而是把两个白面包小心地放在床上摆枕头的那一端，开始脱衣服。她脱下满是灰尘的囚外衣，从卷曲的黑头发上取下头巾，便坐下来。

在板床的另一头，那个同孩子玩耍的驼背老太婆这时也走了过来，站在玛丝洛娃对面。

“啧，啧，啧！”她怜惜地摇摇头，让舌头发出感叹的声音。

小男孩也尾随着老太婆走了过来，眼睛睁得很大，鼓起上嘴唇的嘴角，死死盯着玛丝洛娃带来的白面包。玛丝洛娃在经历了这一整天所有的事后，现在看到这些同情的脸孔，她真想哭，她的嘴唇颤动起来。但是她竭力忍抑住，一直忍抑到老太婆和小男孩走近的时候。当她听到老太婆善良且富有怜悯心的啧啧声，尤其是当她遇到小男孩的目光，连男孩也将严肃的目光从面包转到她身上的时候，她再也不能忍抑了，一张脸抽动着，接着放声大哭起来。

"我说过，得物色一个好律师才行，"柯拉勃列娃说，"怎么，判你流放吗？"

玛丝洛娃想回答，又没有作声，她一面号啕，一面从面包中取出一个装纸烟的烟盒，将其递给柯拉勃列娃，柯拉勃列娃打量着盒面上描绘着的绯红色的女士，见其梳着十分高的发式，敞开的领口上露出一片三角形的胸部，便不赞许地摇了摇头，其意思多半是怪玛丝洛娃不该这样胡乱花钱，她取出一支纸烟卷，就着油灯点燃了烟，自己吸了几口，然后塞给玛丝洛娃，玛丝洛娃没有停止哭泣，一口接一口地贪婪地抽烟，吐出一团团的烟雾。

"服苦役。"她呜咽着说。

"他们不害怕上帝，这帮吸血鬼，该受诅咒的残忍成性的恶人，"柯拉勃列娃说，"他们平白无故就给姑娘判了罪。"

这时待在窗户旁的妇女们中间响起一阵阵的哈哈大笑声。小姑娘也跟着笑，于是她尖细的笑声和其他三人嘶哑且刺耳的笑声融合在一起。原来，一个男犯在院子里做了某个怪动作，对在窗口观看的妇女们都产生了作用，使她们春心萌动。

"呸，这个不留胡须的淫棍，想干什么呀！"红头发的女人说，她摇晃着整个肥胖的身体，把脸贴在窗栏杆上，嘴里喊出一些不成体统的粗鄙的话。

"真是些婊子，闹声如鼓响！有什么值得哈哈大笑的！"柯拉勃列娃说，对火红头发的女人摇摇头，又向玛丝洛娃转过身来，"判了很多年吗？"

"四年。"玛丝洛娃说，面色凄苦，泪如泉涌，滚滚而下的泪水中有一滴落在纸烟上。

玛丝洛娃生气地把那支烟揉成一团扔掉了，又点了另一支。

铁路看守人的妻子虽然不会抽烟，却连忙把那支烟捡起来，一边把它弄直，一边不停地说话。

"看来，世事的确如此，好姑娘，"她说，"那些大腹便便、动作笨拙的肥佬将真理嚼碎后吃掉了。他们想怎么干就怎么干。玛特维耶芙娜[1]说会放了你，而我说不会。我说，好姑娘，我的心感觉得出来，他们会咬死她。可怜的人儿，果然是这样。"她说，满意地品味着自己的声音。

这时候男囚犯们已经全部从院子里走过去了，和他们交谈的妇女们离开了窗口，也凑到玛丝洛娃近旁来，第一个走过来的是眼睛鼓起的卖私酒的妇人，还带着她的女儿。

"怎么判得那么重呢？"她问道，挨着玛丝洛娃坐下来，手里继续很快地织着

---

① 柯拉勃列娃的父称，这里含有尊敬意味。

袜子。

“为什么判得那么重？没有钱呗。如果有硬币在手，雇请一个顶呱呱的机灵人来辩护，恐怕会判无罪。”柯拉勃列娃说，“我记起来了，有个这样的律师，全身的毛发长而浓密，大鼻子……咳，我的太太，那个大律师准能把你从水里捞上来，身上还不带一点湿的。把他请来就好了。”

“她怎么请得起啊？”“美人儿”咧嘴笑着说，在她的旁边坐下来，“那种人，没有大把银子，少于千把卢布，他就藐视你，不会接受你的委托。”

“是真的啊，看来，你只有这么走运。”因纵火罪坐牢的老太婆也来过问了，“我的命运也不轻松：他们夺走我的儿媳妇，把我的儿子关在牢里喂虱子，连我这把年纪，也受株连坐牢。”她又开始讲她那已经讲了成百次的身世了。“我给自己算命，坐牢或者要饭是躲不了啦。不是要饭，就是坐牢。”

“看来，这些官老爷都是一丘之貉，”卖私酒的女人说，她仔细观察小姑娘的头，看见有虱子，连忙把手里的袜子放下，把小姑娘拉过来夹在两腿中间，手指快捷地在她的头上找虱子，“他们审问我：‘为什么要卖私酒捞钱？’可是，我没有钱怎么能养活我的孩子们呢？”她一边说，一边做她习惯性的捕捉虱子的动作。

酒贩子的这些话使得玛丝洛娃的酒瘾又发作了。

“现在能喝口酒才好。”她对柯拉勃列娃说，用衬衣袖口擦了擦眼泪，偶尔还抽噎一下。

“要喝酒吗？行，拿钱来吧！”柯拉勃列娃说。

三十二

玛丝洛娃从白面包中取出隐藏的钱，将那张息票交给柯拉勃列娃，柯拉勃列娃取过息票，端详了一下，即使她不认识票面上的文字，她却相信天通地通的"美人儿"。"美人儿"告诉她，此票值两卢布五十戈比。于是柯拉勃列娃便爬到通风口，取出藏在那里的一个盛酒的玻璃瓶。看到这种情况，凡是铺位不挨着玛丝洛娃的妇女都很知趣，都退避三舍，回到自己的床位上去了。这时玛丝洛娃抖掉头巾和囚衣上的尘土，爬上了木板通铺，自个儿吃起面包来。

"我给你留了一壶茶，大概凉了。"费多霞对她说，从墙架上取下一个用包脚布包着的白铁壶和一个带把的杯子。

饮料已经完全凉了，铁味比茶味还重，但玛丝洛娃还是倒了一杯茶，就着吃起了面包。

"费纳什卡，过来。"她叫了一声，掰下一块面包，递到那个眼巴巴地望着她的小孩的嘴里。

这时柯拉勃列娃把盛酒的玻璃瓶和杯子递给了玛丝洛娃。玛丝洛娃请柯拉勃列娃和"美人儿"一块喝酒。这三个女犯就是这牢房里的贵族，因为她们有钱，而且谁有好东西都拿来一起分享。

几分钟以后，喝了酒的玛丝洛娃显得活跃起来，生动地讲起了审判的经过，滑稽地模仿检察官的腔调，还讲起法庭上一个特别使她吃惊的现象。她说，法庭上的所有男人都用明显满意的眼光看她，为了多看她一眼，时不时有人借故跑进拘留室里来。

"就连押解兵也说：'他们这都是来看你的。'一个人跑来，说是要拿文件或什么东西，但我看得出，他并不是要拿文件，而是为了用一双好色的眼睛好好看看我，其馋涎欲滴的模样，好像要把我一口吞下去似的，"她说着，破颜一笑，又仿佛困惑莫解似的，摇了摇头，"也就是说，他们都是伪装的君子。"

"是的，真是这样，"铁路看守人的妻子附和着，立刻她那唱歌似的声音滔滔不绝地响起来，"这就像苍蝇见到了糖。他们对别的不在乎，可见到女人就不要命了。面包喂不饱他们这些男人……"

"在这儿也是一样，"玛丝洛娃打断了她的话，"在这儿我碰上的也是这类事。我刚被押回来，就有一批男犯人从火车站押到这。他们死乞白赖地缠住我，我简直不知怎么才能脱身。幸好副监狱长把他们赶走了。有一个人死缠住我不放，我费了老劲才挣脱了。”

“那家伙长得怎么样？”“美人儿”问。

“黑黑的，留着小胡子。”

“一定是他。”

“他是谁？”

“是谢格洛夫。瞧，他刚走过去。”

“谢格洛夫是什么人？”

“连谢格洛夫都不知道！谢格洛夫两次从服苦役的地方逃走。这回又被逮住，不过他还会逃走的。甚至连看守都敬畏他三分，”“美人儿”说。她跟男犯人互相通条子，监狱里发生的一切事她都知道，“他不会长久待在狱中，准会再次逃掉。”

“他会逃走，可不会把我们带走，”柯拉勃列娃说，“你最好还是给我们讲一讲，”她转过脸对玛丝洛娃说，“关于上诉的事那律师跟你说了些什么？你现在总得去上诉吧？”

玛丝洛娃说她毫无头绪，不知道该这么办。

这时，红头发女人把长满雀斑的双手伸进了浓密、蓬乱的红头发里，用指甲搔着头皮，走到正在喝酒的三个“贵族”跟前。

“叶卡捷琳娜，我来告诉你怎么办，”她开口说，“头一桩，你得写个呈子，说你对判决不服，然后就对检察官提出。”

“干你什么事？”柯拉勃列娃用充满怒意的低沉的声音对她说，“你闻着酒味了。用不着你多嘴，不用你说人家也知道怎么办。这方面用不着你。”

“我没有跟你说话，你打什么岔儿。”

“你想喝点酒才凑过来了吧？”

“好哇，就给她喝一点吧。”玛丝洛娃说。她是向来有东西都愿意分给大家的。

“让我来给她点厉害……”

“好，来吧！”红头发女人说着，向柯拉勃列娃逼近，“我才不怕你呢。”

“臭囚犯！”

“你才是臭囚犯。”

“骚货！”

“我是骚货，你是苦役犯，杀人凶手！”红头发女人嚷道。

“听见没有，滚开！”柯拉勃列娃板起脸说道。

但是红头发女人反而逼得更近了。于是柯拉勃列娃就势在她敞开的胖胸脯上推了一下。红头发女人好像正等着她这一招似的，出其不意地用一只手很快地揪住柯拉勃列娃的头发，想用另一只手去打她的脸，但这只手被柯拉勃列娃抓住了。玛丝洛娃和“美人儿”都拉住红头发的双手，竭力想把她拖开，但是红头发女人揪住柯拉勃列娃的辫子，不肯放手。刹那间红头发女人稍稍放松了一下对方的头发，那只是为了把那头发缠在她的拳头上。柯拉勃列娃则歪着头用一只手捶她的身体，并用牙齿咬她的手。妇女们围着这两个打架的人，有的劝架，有的叫喊，甚至那个害痨病的女人也走了过来，一面咳嗽，一面瞧着这两个扭打在一起的人。孩子们彼此拥挤着，啼哭着。女看守听到打闹声，就找来一个男看守，一起进来把打架的人拉开。柯拉勃列娃解开自己的花白辫子，拉掉被扯下的几绺头发。红头发女人则拉拢被完全撕破了的衬衣，遮住其枯黄的胸脯。两个女人都叫嚷着，诉说自己的冤屈。

“不用说了，我知道，这都是由于喝酒闹出来的，我明天要告诉典狱长，他会来收拾你们的。我闻得出来，这儿有酒味。”女看守说，“当心点，快把那违禁的东西统统扔掉，否则你们会倒霉的。我可没有时间来给你们评理。都回到自己铺位上去，不许再作声。”

可是有很长时间还没有静下来。两个妇女对骂了很久，相互争辩着事情是怎样开头的，是谁不对。最后男看守和女看守走了，妇女们才安静下来，躺下睡觉。那个老太婆也在圣像前跪下来，开始做祈祷。

“两个苦役犯凑在一起了。”红头发女人突然又从房间的另一头的板床上用沙哑的声音说，每说一句话都插进几个刁钻古怪的骂人的字眼。

“当心，别再挨一顿揍。”柯拉勃列娃立即回敬了一句，也夹杂一些骂人话。于是双方又不作声了。

“要不是有人拉住我的话，我早把你的眼珠子挖出来了……”红头发女人又骂了一句，柯拉勃列娃又立刻回敬她一句。

然后又静下来，静默的间隔更长了，但接着又对骂一阵，最后才完全安静下来。

大家都躺下睡了，有几个人已发出了鼾声，唯有那个一向要祈祷很久的老太婆，仍旧跪在圣像面前叩头。诵经士女儿等两个看守一走，便爬起来，又在牢房里来回踱起步来。

玛丝洛娃睡不着，老想着她已经是一个苦役犯了，人家已经两次这样称呼她了：一次是包奇科娃，一次是这个红头发女人。但对这一点她还想不通。背朝着她躺着的柯拉勃列娃这时转过身来。

“我既没有想到，也没有料到，”玛丝洛娃小声说，“别人干了坏事，倒什么事也没有，而我平白无故，却要受这份罪。”

“别难过，姑娘。就是在西伯利亚，人们也照样生活。你到了那里也不会没有活路的。”柯拉勃列娃安慰她说。

“我也知道不会没有活路，但我感到委屈。我不应该到那儿去受罪，我已经过惯好日子了。”

“你拗不过上帝呀！”柯拉勃列娃叹一口气说，“你拗不过上帝。”

“我知道，大婶，不过还是很难受。”

她们沉默了一会儿。

“你听见了吗？又是那个烂货。”柯拉勃列娃说，要玛丝洛娃注意从板床的另一头发出的怪声音。

这是红头发女人压抑着的哭泣声。红头发女人之所以哭，是因为她刚才挨了骂，挨了打，她想喝点酒，却一滴酒也没有喝到。她之所以哭，还因为她这一辈子除了挨骂、受嘲笑、受辱和被打外，什么也没见到。她想安慰一下自己，就回忆她同工人费吉卡的初恋。不过，一回忆初恋，她就要想起这次恋爱的结局。这个费吉卡有一次喝醉了酒，为了开玩笑，把明矾抹在她身上最敏感的部位上，然后看着她痛得浑身抽搐，就同伙伴们哈哈大笑起来。她的初恋就这样结束了。她一想起这件事，就非常伤心。她以为没有人会听见，就像小孩一般哭起来，抽噎着，呼哧着，咽下带有咸味的泪水。

“她很可怜。”玛丝洛娃说。

“是可怜，不过她也不该来捣乱嘛！”

三十三

聂赫留朵夫第二天醒来，首先意识到的是生活中发生了一件事，甚至在还没有弄清发生的是什么事之前，他就断定这是一件重要的好事。“卡秋莎，审判。”对，再不能撒谎，要把全部真话说出来。说也恰巧，就在这天早晨，聂赫留朵夫接到了等待已久的某县首席贵族夫人玛丽雅·华西里耶夫娜的信。这封信如今对他来说是格外的重要。她给了他完全的自由，祝愿他和米西的婚姻美满幸福。

“婚姻！”他嘲讽地说，“我现在离这种事多么遥远啊！”

聂赫留朵夫想起了昨天曾打算把全部真相告诉她丈夫，向他悔过，愿意听他随便发落。但今天早晨他又觉得事情并不像他昨天所想的那么容易。“再说，既然人家不知道，又何必叫他难受呢？如果他问到我，我就对他说。何必特意去对他说呢？不，没有必要。”反正他不再到她家里去了，从此和这个女人斩断关系，决不藕断丝连。

把全部真相都告诉米西，如今他也觉得同样困难。这种话也是不便于启齿的，说出来是要得罪人的。世界上有些事只能心照不宣。今天早晨他作了一个决定：他不再到她家里去了，如果这家的人向他盘根究底，他就说实话。

而在对待卡秋莎的问题上，他却不能推卸责任。他想：“我要到监狱里去，告诉她，请求她宽恕我。必要的话，我就和她结婚。”

这种为了道德上的满足而牺牲一切，并同她结婚的想法，今天早晨使他特别感动。[1]

关于钱财方面的事，他决定处理得合乎他的信念。那就是拥有地产是不合理的。即使他不够坚强，还不能放弃一切，他也要尽他的能力去做，不欺骗自己，不欺骗别人。

他很久以来都没有如此精力充沛地迎接白天了。既然要和身处下层的妇女卡秋莎结婚，他就得从此告别贵族生活。因

[1] 即便和卡秋莎的事情已经过去了多年，聂赫留朵夫依然勇敢地承担了责任，说明他的内心还是善良的。不过，作者无情地揭示了聂赫留朵夫和卡秋莎结婚的初衷：为了使自己在道德上获得满足。这样的初衷显然是卑劣的。

[2] 从聂赫留朵夫把事情原原本本地告诉自己的女管家这个行为，可以看出他承担责任的决心。

此他将女管家阿格拉费娜·彼得罗夫娜唤来，[2] 立刻带着连他自己也意想不到的果断心情向她宣布说：他不需要这么大的住宅和这么多仆人了，也不再需要她服侍他了，请她帮助辞退仆人，清点一下这住宅里的东西，以后交给聂赫留朵夫的姐姐娜塔莎处理。阿格拉费娜·彼得罗夫娜原是聂赫留朵夫母亲的养女和贴身女仆，现在见聂赫留朵夫做出如此唐突的决定，十分不理解。于是聂赫留朵夫将昨天在法庭里的奇遇原原本本地告诉她，一次奇遇改变了他的人生道路，他决定放弃一切财产，从此做一个靠劳动为生的平民。阿格拉费娜·彼得罗夫娜从小生活在聂赫留朵夫的贵族家庭里，要她从此舍弃这个贵族环境，当然很难，但既然主人做出如此决定，她只好认命了，准备搬到她侄女家去住。

这件事的详细经过是这样的：本来聂赫留朵夫和阿格拉费娜·彼得罗夫娜之间有一种默契，他守着这所租金昂贵的大住宅是为了结婚用的。因此，退掉这所住宅就具有特殊的含义。阿格拉费娜·彼得罗夫娜惊讶地瞧着他。

“非常感谢您对我的一切关照，阿格拉费娜·彼得罗夫娜，非常感谢您。不过现在我已不需要这么大的住宅，也不需要仆人了。如果您愿意帮助我的话，就劳驾您清理一下东西，暂时像妈妈原来做的那样把它们收好。娜塔莎将要到这里来，她会处理这些东西。”娜塔莎是聂赫留朵夫的姐姐。

阿格拉费娜·彼得罗夫娜不赞成地摇摇头。

“怎么随便处理呢，这些东西不是都要用的吗？”她说。

“不，用不着了，阿格拉费娜·彼得罗夫娜，大概用不着了，”聂赫留朵夫看见她在摇头，就回答说，“请您费心，替我辞退柯尔涅尔，我多给他两个月的工资，以后就不用他了。”

“德米特里·伊万诺维奇，您这样做可不行啊，”她苦口婆心地规劝说，“就算您要到国外去，您以后回来也还是要房子的。”

“您想错了，阿格拉费娜·彼得罗夫娜，国外不是我要去的地方。即使我要离开此地，也是到别的地方去。”

说到此，他的脸突然涨红了。

“对，应该向她坦白承认，”他想，“没有什么可以隐瞒的，应该全都说出来。”

“昨天我遇到了一件既奇怪又重要的事情。您还记得玛丽亚·伊万诺芙娜姑妈家的养女卡秋莎吗？”

“那还用说，我还教过她做针线活呢。”

“啊，就是这个卡秋莎，昨天她在法庭上因犯罪受审，我正好做陪审员。”

“哎呀，我的天，多么可怜！”阿格拉费娜·彼得罗夫娜说，“她犯了什么罪受审呢？”

“杀人罪。这全都是我干的。”

“您怎么会干这种事呢？您这也说得太奇怪了。”阿格拉费娜·彼得罗夫娜说，她那双老眼里燃起了调皮的火花。

她洞悉他同卡秋莎所发生的风流韵事。

“是的，我是罪魁祸首。就因为这个，我改变了我的全部生活计划。”

“那件事怎么会弄得您改变生活中的全盘打算呢？”阿格拉费娜·彼得罗夫娜忍住笑，说道。

“既然是我害她走上这条路的，我就该尽我所能去帮助她。”

“这是您心肠好，其实这方面您并没有什么了不起的大错。这种事谁都免不了。要是冷静下来想一想，这一切也就如过眼云烟，会过去的，会忘掉的。大家还不都是这样过，”阿格拉费娜·彼得罗夫娜严肃而认真地说，“您也用不着把一切责任都揽在自己身上。我早就听说她已走上邪路了，这能怪谁呢？”

“是我的过错，所以我要补救。”

“唉，这可很难补救。”

“这是我的义务，责无旁贷的义务。您要是觉得有什么为难之处，那么您就想想，我妈妈生前是怎么希望的……”

“我并不是考虑我自己。先夫人对我的恩德不浅，我已别无他求了。丽扎尼卡[①]叫我去，等这儿用不着我时，我就到她那儿去。倒是您不该把那事看得太认真，人人都有过这种事的。”

“嗯，我可不是这么想的。不过我还是请您帮助我把这所住宅退掉，把东西收拾一下。请您别生我的气。您的种种好处我是常常铭记在心的，我非常感谢您对我所做的一切。”

说来奇怪，自从聂赫留朵夫认识到自己的卑劣，从而憎恨自己以后，他也就不再嫌恶别人了，相反，不论对阿格拉费娜·彼得罗夫娜还是对柯尔涅尔，他都感到

① 这是她已出嫁的侄女。

可亲可敬了。他本想把自己的悔恨心情也对柯尔涅尔说说，但是柯尔涅尔是如此恭顺虔诚，他也就下不了决心这样说了。

在去法院的路上，聂赫留朵夫坐的还是原来的马车，经过的也是原来的街道，但他连自己也感到惊讶，他今天竟完全成了另一个人。

同米西结婚，这在昨天似乎还有点心思，今天他却觉得完全不可能了。昨天他还认为，就他的地位，她同他结婚，她无疑会得到幸福；可今天呢，聂赫留朵夫也打定主意，决不同米西结婚，免得害了天真纯洁的公爵小姐米西。他认为："我不仅不配同她结婚，简直就不配跟她亲近。一旦她晓得我过去的所作所为，她就无论如何不会跟我来往。可笑的是，前几天我还责备她向某位先生卖弄风情呢。即使她现在真的嫁给了我，而我却知道监狱里的那个女人马上要到西伯利亚去服苦役，那么，且不说我和米西的婚姻幸福不幸福，难道我能心安理得吗？那个被我糟蹋的女人就要去服苦役，而我却在这里接受人们的祝贺，带着年轻的妻子去拜客。或者是同那位首席贵族一起去开会，一块在会上数票，统计有多少人赞成、多少人反对由地方自治会监督学校或类似的提案，等等，事后又去同他的妻子幽会，这是多么卑鄙！或者我继续去画画，虽然，明知这幅画将永远画不成。因为我根本就不该去干这种无聊的事，而且现在也根本无法干这些事了。"他自言自语地说，因内心有这种变化而暗自欢喜。

"现在，"他想，"我首先得去见律师，看看他有什么决定，然后……然后到监狱去看她，看昨天的女犯人，把一切事情都告诉她。"

他就要见到她，要把一切事情告诉她，要在她面前认罪，宣布要为她做一切可能做的事，甚至同她结婚来为自己赎罪——一想到这些，他就特别激动，并且热泪盈眶。

三十四

这一天，聂赫留朵夫仍旧来到法庭，履行陪审员的义务。在走廊里，他遇见那位民事执行吏，他详细地向他打听法庭里被判了刑的犯人关在哪里，要同他们见面得找谁批准。民事执行吏告诉他，这些犯人关在不同的地方，在没有最后宣判之前，探望必须得到检察官的批准。

“等审讯结束后，我来告诉您，并亲自陪您去，检察官现在还没有来，等审讯结束后再说吧。现在请您先出庭陪审，马上就要开庭了。”

聂赫留朵夫觉得这个民事执行吏今天的模样特别可怜。他向他道了谢，就往陪审员议事室走去。

他刚走到陪审员议事室，陪审员们已纷纷从议事室出来，到法庭上去。那位商人还像昨天一样快活，同样已吃过东西喝过酒了，并且一见到聂赫留朵夫，就像老朋友一样打招呼。彼得·格拉西莫维奇不拘礼貌的态度和笑声，今天也没有引起聂赫留朵夫的任何不快。

聂赫留朵夫想把自己同昨天那个女被告的关系告诉所有的陪审员。“按理，”他想道，“在昨天开庭的时候我就应该站出来，当众宣布自己的罪状。”可是，当他和陪审员们一起走进法庭时，昨天的那种程序又开始了：又是一声吆喝“开庭”，又是那三个有领章的法官登上高台，又是一片肃静，又是陪审员们在高背椅上坐下，又是那几个宪兵，又是沙皇画像，又是那个司祭，这时候，聂赫留朵夫才感到，虽然他有责任这样做，但今天也和昨天一样，他无力打破这种庄严的法庭气氛。

开庭前的准备工作也和昨天一样，只是陪审员宣誓和审判长对陪审员的讲话免去了。

接着，法庭开庭审案，审理的是一桩盗窃案，被告是一个二十岁的小学徒，因生活所迫，入室偷窃，就要被判刑。正所谓“窃钩者诛，窃国者侯”。聂赫留朵夫对这样的审判十分反感，很同情这被告。

被告由两名手持出鞘军刀的宪兵押着，他身材瘦削，脸色苍白，穿着灰囚衣。他单独坐在被告席上，眉头紧皱，打量着走进法庭的人们。这个小学徒被控同一个伙伴一起撬开了一个仓库的锁，从那里面偷出几条粗地毯，一共价值三卢布六十七戈比。起诉书上写明，这个小学徒跟他的同伴一起扛着地毯走时，被警察截获了。小学徒和他的同伴当时就认了罪，于是双双入狱。小学徒的伙伴是个钳工，已经在监狱里死掉了。所以今天只有小学徒一个人受审。那几条旧地毯就放在物证桌上。

审讯工作跟昨天一样，有各种证据，有罪证，有证人，有证人宣誓，有审问，有鉴定人，有盘根究底的讯问，总之，各种花样无不齐备。那个做证人的警察在回答审判长、公诉人、辩护人的问题时，总是有气无力地说一句“是，大人”，或者“不知道，大人”，然后又是“是，大人”……不过，尽管他表现出当兵的那种傻头傻脑的样子，说着简单刻板的话，但还是可以看得出来，他是同情小学徒的，不大愿意细说逮捕他时的情况。

另一个证人是失主，一个小老头，也就是那房子和旧地毯的所有者，他显然是个肝火旺盛的人。法庭上有人问他那地毯是不是他的，他勉强回答是他的。当副检察官问他，这些旧地毯有什么用，他是不是很需要这些地毯时，他很恼火，回答说：“见鬼去吧，这些破地毯，我根本用不着。要是早知道它们会惹出这许多麻烦来，我非但不会去找它们，还情愿倒贴一张红票子，贴两张也行，只是不要把我拉来受审就行。我坐马车来就差不多花去五个卢布了。我身体又不好，有疝气病，还有风湿痛。”

证人们就说了这样一些话。而被告本人则全部招认，就像一条被逮住的小野兽，茫然地左顾右盼，同时断断续续地把作案的过程从实讲出来。

案情已经很清楚。可是副检察官仍像昨天一样，耸起肩膀，提出一些古怪的、意在引诱狡猾的犯人上钩的问题。

他在发言中证实，这个盗窃案是在有人住的房子里发生的，并且撬了锁，因此小伙子应受到最重的惩罚。

法庭指定的辩护人却证实，这个盗窃案并不是在住人的房子里犯的，因此，罪行固然不能否认，但罪犯毕竟不是像副检察官所断言的那样对社会构成严重危害。

审判长也像昨天那样，表现出不偏不倚、主持公道的样子，向陪审员详细解释和重申一些他们已经知道而且不可能不知道的规矩。同昨天一样，审讯也有几次休会，大家去抽烟，然后民事执行吏又是一声吆喝：“开庭！”于是那两个宪兵又极力克制着睡意，持着出鞘的军刀坐在那里，吓唬犯人。

通过审讯，人们清楚地知道，这个青年本来由父亲送到一个卷烟厂当学徒，在那里待了五年。今年，工厂主和工人发生一次纠纷后，他被厂主解雇了。他找不到活干，便在城里游荡，把最后的一分钱也用来喝酒了。在小饭馆他结识了那个比他更早失业、酗酒很厉害的钳工。一天晚上，他们两人一起喝醉了酒，便去一处门户撬锁，从那里偷走了旧地毯。结果他们被捕了。他们照实招认了罪行，被关进牢里。钳工在开审前病死狱中。现在这个小学徒正被当作一个社会必须加以防备的危险人物受到审判。

“要说他是个危险人物，那也同昨天那个女犯人差不多，”聂赫留朵夫听着法庭上人们所说的这些话，一边想，“他们是危险人物，我们就不危险吗？……我自己就是个荒淫好色之徒，是个骗子，可是所有知道我底细的人不但不藐视我，反而尊敬我，难道我们这班人就不危险吗？再者，就算这个小学徒是这个法庭上在座的全体人员中对社会最危险的人，那么现在他被捕了，按常理该怎么处理呢？

“显然，这个小学徒并不是一个特别的坏蛋，而是个很平常的人，这一点大家都很清楚。他之所以成了现在这个样子，无非是由于他处在会产生这种人的环境里。因此，看来问题很清楚，要小伙子不至于变成这种人，就必须努力消除造成这种不幸的人的环境。

“可是我们又是怎么做的呢？我们抓住这样一个偶然落到我们手里的小学徒，明明知道，还有成千上万这样的人逍遥在社会上，我们却把他关进监狱，使他终日无所事事，或者是做些有害无益、毫无意义的劳动，交结一些同他一样软弱无能而且在生活中迷失了方向的人，然后由国库出钱把他们同一些最堕落的人混在一起，从莫斯科省流放到西伯利亚东部的伊尔库茨克省去。

“我们不仅没有采取任何措施来消除产生这种人的环境，反而一味助长制造这种人的机构。这些机构是众所周知的，也就是工厂、工场、作坊、小饭馆、酒店、妓院。我们不但不去消灭这些机构，反而认为它们是必要的，从而去资助它们，振兴它们。”

“我们用这种方式培养出来的人不是一个，而是千百万个。然后我们逮住一个，就以为做了一件大事，就可以一劳永逸，高枕无忧，再也不用做什么事了，因为我们已把他从莫斯科省发配到伊尔库茨克省去了，”聂赫留朵夫坐在上校旁边的椅子上，听着辩护人、检察官和审判长的各种不同语调，看着他们自以为是的各种姿态，异常激动地思考着，“要知道，搞这一套虚假的名堂，要耗费多少极其紧张的精力啊。”聂赫留朵夫继续思索着，向这个大厅环顾了一眼，看着那些画像、灯盏、圈椅、军服，以及厚墙和窗户，想到这座宏伟的建筑物，还有那些更宏伟的机构以及由官僚、文书、看守、役差等组成的庞大的队伍。这类队伍不仅在这里有，而且在全俄都有。他们由于表演这种谁也不需要的闹剧而领取高额的薪金。“如果我们拿这些力量的百分之一用于帮助那些被抛弃的人，那将会是一种怎样的局面啊？而如今我们却只把他们看作是为我们的安宁和舒适服务所必需的帮手和劳动力而已。其实，当时这小伙子由于贫困从农村来到城市，要是有一个人可怜他，帮他一把就好了，”聂赫留朵夫瞧着那个病态的恐惧的小学徒的脸，想道，“或者当他在城里、在工厂工作了十二小时之后，被年纪比他大的人拉到小酒馆去时，有一个人能对他说一声：‘万尼亚，别去，这不好。’那么，这个小学徒也许就不会去了，更不会因一时头脑发热，去做什么坏事了。

“然而，自从他在城里过着牛马般的学徒生活，为避免长虱子而把脑袋剃光，为师傅们跑腿买东西以来，却从来没有一个人可怜他，相反，自从他在城里住下后，他从师傅们、伙伴们嘴里听到的无非都是‘谁会骗人、谁会喝酒、谁会打架、谁会逛窑子，谁就是好汉’之类的话。

“而当有碍健康的繁重劳动、酗酒、放荡害得他身残志衰后，他就变得傻头傻脑、神志不清、丧魂落魄，漫无目的地在城里漂泊流浪，又一时糊涂，钻进人家的板棚里，从那里拿走了几条谁也不需要的粗地毯，而我们这班生活富裕、家里有钱、受过教育的人不仅不去设法消除造成这个小学徒今天堕落的原因，还要惩罚他，想以此来纠正这类事情。

“真可怕！这种情形的发生主要是由于残酷还是荒谬，谁也说不清楚。不过看来，不论是由于残酷还是荒谬，情况已经发展到了登峰造极的地步。”

聂赫留朵夫思考着这一切，已不再听法庭上的审问了。他的思想是如此激烈，连他自己也大吃一惊。他感到奇怪，这一切他以前怎么就看不到，其他人居然也没有看出来。

三十五

法庭第一次休会时，聂赫留朵夫走到走廊上，打定主意再也不回法庭了。他们爱拿他怎么办就怎么办，反正他不能参与这种可怕而又可憎的蠢事了。

他打听到检察官的办公室在什么地方后，就去找他，差役不想放他进去，说检察官现在有事，但聂赫留朵夫没有理他，径自朝门里走去。这时有一个官吏正迎面走来，他就请他通报检察官，说他是陪审员，有十分重要的事情要见他。官吏报告了检察官，凭着公爵的头衔和华丽的穿着，他终于见到了检察官。聂赫留朵夫进去后，检察官站着接待他，对聂赫留朵夫要求见他的执拗态度，显然不满意。[1]

[1] 细节描写，检察官对聂赫留朵夫的执拗态度不满，但依然因为聂赫留朵夫公爵的头衔和华丽的穿着接待了他，突出了检察官对上流人士的巴结嘴脸。

“您有什么事？”检察官厉声问道。

“我是陪审员，姓聂赫留朵夫，我有要事，必须见被告玛丝洛娃。”聂赫留朵夫迅速而坚决地说，满脸涨得通红，感觉到他在做一件对他今后的生活会有决定性影响的事情。

检察官个子不高，脸色黝黑，短短的头发已经花白，两只机敏的眼睛炯炯有神，突出的下巴上留着一撮剪短了的浓浓的胡子。

“玛丝洛娃？我当然知道。她被控犯了毒死人命罪，你究竟有什么事要见她呢？”检察官平静地说，后来，仿佛要缓和一下语气似的，补充说，“我若是不清楚您要见她的理由，是不能批准您见她的。”

“我有一件特别重要的事情要见她。”聂赫留朵夫红着脸说。

“原来是这样，”检察官说，抬起眼睛，仔细打量聂赫留朵夫，“她的案子审过没有？”

“昨天她已受过审，她被判了四年苦役，这个判决完全错了，她是无罪的。”

“原来是这样，”检察官说，对聂赫留朵夫关于玛丝洛娃无罪的申述不予理会，“既然她昨天才被判决，那么，在正式宣判

[2] 语言描写，检察官不理会有关玛丝洛娃的无罪申诉，这是他毫不关心被告命运的体现，他的言语很官方，却没有什么价值，这是他摆架子的表现。

[3]“颤抖的声音”突出聂赫留朵夫说出这句话时所鼓足的勇气和内心的紧张。

以前她仍得关在拘留所里，只有在规定的日期才可以探望。我建议您到那里去问一问。”[2]

“但是我要尽快见到她。”聂赫留朵夫的下巴颤动起来，感到必须宣布真情了。

“您究竟为什么事要见她呢？”检察官有点好奇地扬起眉毛，问道。

“因为她没有罪，却被判了服苦役。我才是这一切的罪魁祸首。”聂赫留朵夫用颤抖的声音说，同时又后悔失言。[3]

“这话是什么意思？”检察官问。

“是因为我欺骗了她，使她落到今天这个地步，要不是我害了她，她也不会遭到这种控告。”

“我还是看不出来，这与探监有什么联系？”

“有联系。因为我想跟她到西伯利亚去，而且跟她结婚。”聂赫留朵夫说，他说到这里，流出了真诚的眼泪。

“是吗？原来是这样！”检察官也被他的真情感动了，评论说，“这的确是一桩异乎寻常的事。您好像是克拉斯诺彼尔斯克地方自治会的议员吧。”检察官问道，面对此时宣布这种奇怪决定的聂赫留朵夫，他想起来好像以前听说过这个来访者。

“对不起，我不认为这跟我的请求有什么关系。”聂赫留朵夫有点冒火了。

“当然没有关系，”检察官带着隐约的微笑，若无其事地说，“不过，您的愿望太离奇，太超出常规了……”

“那么，我能立刻获准探监吗？”

“好，我这就给您写一个许可证。请您稍等一会儿。”

他走到桌子跟前，坐下来写许可证。

“请坐一会儿。”

聂赫留朵夫站着不动。

检察官写好许可证，交给了聂赫留朵夫，好奇地瞧着他。

“我还要声明一下，”聂赫留朵夫说，“我不能继续参加审讯了。”

“这要向法庭提出正当理由。这一点您应该知道。”

“这理由就是：我认为一切审判不仅无益，而且是不道德的。”

“原来如此，”检察官仍旧带着隐约可辨的微笑说。这微笑似乎在说，这样的声明他并不陌生，并且认为这是一种可笑的怪论。“原来如此，不过您显然明白，我作为一名法庭的检察官，不能同意您的意见。因此，我劝您向法庭提出这个问题，法庭会处理您的申请，裁定您的申请是不是正当。如果不正当，就要求您付一笔罚金。您去同法官们交涉吧。”

“我已经声明了，我哪儿也不去了。”聂赫留朵夫生气地说。

“再见。”检察官低下头说，显然是希望赶快摆脱这个奇怪的来访者。

“刚才来找您的是谁？”聂赫留朵夫刚走，就有个法官走进检察官的办公室，问道。

“是聂赫留朵夫，知道吗？这人是克拉斯诺彼尔斯克地方自治会的议员，常常发表奇谈怪论，可是今天他的想法更是不可思议。您猜怎么着，现在他做了陪审员，被告里有一个被判了服苦役的女人或姑娘，据他说，他曾欺骗过她，现在他竟打算跟她结婚。”

“那怎么可能呢！”

“他就是这么对我说的……而且激动得有点奇怪。”

“现在年轻人都有点怪，有点不正常。”

“不过，他已经不大年轻了。”

“喂，老兄，您那个大名鼎鼎的伊瓦申科夫也真叫人讨厌，纠缠不休地说呀说呀，没完没了。”

“对于这种人，干脆制止他说话，要不就真要妨碍议事了……”

三十六

聂赫留朵夫从检察官那里出来，乘车直奔拘留所。可是那里根本没有玛丝洛娃这个人。所长对聂赫留朵夫说，她准是还被关在原来的解犯监狱里。解犯监狱里的犯人都是已经由法院判决了的，必须解往外地去服刑，暂时被关在这儿等待解送。聂赫留朵夫就上那儿去。

玛丝洛娃果然在那里。检察官忘记了，大约六个月以前发生过一次政治案件，宪兵夸大其词，把它说得极其严重，弄得拘留所所有的牢房里都关满大学生、医生、工友、高等女子学院的学生和女医士。

解犯监狱离拘留所很远，聂赫留朵夫傍晚才到那里。他想走到那座阴森森的大楼门口，但岗哨不让他过去，只拉了门铃。看守听到铃响便走出来，聂赫留朵夫出示了许可证，但看守说没有典狱长的准许不能放他进去。聂赫留朵夫就去找典狱长，但典狱长不在家，只有他的女儿在家里弹琴。聂赫留朵夫刚上楼梯，就从门后传来了钢琴声，是一首复杂而雄壮的乐曲。当一个眼睛包着纱布的女仆生气地出来给他开门时，琴声就像从房间里冲出来似的，震得他耳朵难受。这是一首他听腻了的李斯特[①]的《狂想曲》，虽然弹奏得很好，但只弹到一个地方就停住了，然后又从头弹起。聂赫留朵夫问女仆典狱长在不在家。

女仆说主人不在家。

"他很快就回来吗？"

《狂想曲》又停住了，然后又明快、洪亮地从头弹起，又往那个仿佛被魔法定住的地方弹过去。

"我去问一下。"

女仆走了。

《狂想曲》刚刚重新奔放起来，还没有弹到那个被魔法定住的地方就突然中断了。传来一个人的声音。

"去告诉他，典狱长不在家，今天也不回来，他外出做客去了。这些人为什么总是来缠他。"从屋里传来一个女士的声音，接着又响起了《狂想曲》，但突然又停下来，并传来了移动椅子的声音。显然，弹钢琴的女子发火了，要亲自来申斥一下

---

① 匈牙利钢琴家及作曲家。

这个不是在规定的时间里来的、纠缠不休的造访者。

“爸爸不在，”一个头发蓬松、神态忧郁的姑娘走出来，生气地说。她脸色苍白，一双沮丧的眼睛下面有一双发青的眼圈。她看到是一个穿着讲究大衣的年轻绅士，口气立即缓和下来，“请进来吧……您有什么事啊？”

“我要到监狱里去探望一个囚犯。”

“大概是个政治犯吧？”

“不，不是政治犯。我有检察官给我开的一个许可证。”

“哦，我不知道怎样答复您，爸爸没有在家。不过，请进来吧，”她在小小的前厅里又招呼他说，“要不然您去找副典狱长吧，他眼下在办公室里。您去找他谈一谈，您贵姓？”

“谢谢您。”聂赫留朵夫说，没有回答她的问题就走了。

他一走，房门还没有关上，就又响起了雄壮而欢快的琴声，这声音既不像从这所房子里发出来的，也同那个神态忧郁却如此顽强地练琴的姑娘很不相称。聂赫留朵夫在监狱的院子里遇见一个年轻的军官，两撇小胡子抹过油，挺神气的，便向他打听副典狱长在什么地方。原来，他就是副典狱长。这军官接过许可证，看了一下说，这是到拘留所去的许可证，他不敢放聂赫留朵夫进这座监狱，而且时间也太晚了……

“请您明天来吧。明天十点人人都可探监。您明天来吧，典狱长明天也在家。到时候您可以在公共探监室里同她见面，如果典狱长允许的话，也可以在办公室里见面。”

这一天聂赫留朵夫的探监没有办成，便打道回府。聂赫留朵夫走在街上，想到明天就要同她见面，心里十分激动。现在他已不去回想法庭，而回想他同检察官和副监狱长的谈话，想到如何努力设法同她见面，想到如何对检察长说出自己的打算，想到为了和她见面如何找到两个牢房。他心里激动不已，并且久久不能平静下来。一回到家里，他立即拿出他很久没有动过的日记本来，念了其中的几个段落，然后拿起笔来，在日记本上写道：“已经两年没有写日记了，我原以为再也不会回到这种孩子气的玩意儿上来了。可这并不是孩子气的玩意儿，而是同自己交谈，同每个人身上都存在着的真正的、神圣的我交谈。长期以来这个我都在沉睡，我没有一个可以交谈的人……4 月 28 日，在我做陪审员的法庭里发生的非同寻常的事件把真正的、神圣的我，也就是我的良心唤醒了。我看见了她，看见了那个被我欺骗过的卡秋莎，穿着囚衣，坐在被告席上。由于奇怪的误会和我的错误，她被判了苦役。我刚找过检察官，也去过监狱，他们没放我进去见她，但我决定尽一切努力要见到她，向她认罪，甚至跟她结婚，以补救我的罪过。上帝帮助我吧！我要实现我的心愿。”

三十七

这天夜里，玛丝洛娃一直睡不着。她睁大眼睛躺着，瞧着牢房的门出神，听着红头发女人的鼾声，那诵经士之女也没睡，在来回踱步，她的身子时而遮住牢门。玛丝洛娃躺在铺上，想起了自己的过去。

她寻思着，将来即使到了萨哈林岛①，无论如何不能嫁给那儿的苦役犯，总得设法另找个归宿，比如嫁给一个长官、一个文书，哪怕是一个看守或副看守也好。他们都是贪恋女色的。“但愿我不要瘦下去，否则就完了。”她想起法庭上那些色眯眯的眼睛，审判长是如何瞅着她的，法院里那些迎面遇见她和故意走过她身边的人又是如何瞅着她的。她想起某次同院妓女别尔塔来监狱里看她，对她讲起当初她在基塔耶娃妓院里爱过的那个大学生，说他到妓院里来，问起过她并很同情她。她想起了红头发女人同人打架的事，而且可怜她。她想起了面包店老板多给了她一个白面包。她想起了许多人和许多往事，就是想不起聂赫留朵夫。关于自己的童年、青年，特别是自己同聂赫留朵夫的爱情，她从来没有回想过，因为想起来太痛苦了。那些往事她几乎深深地埋在心底，连梦中也没有聂赫留朵夫。如今她在法庭上也没有认出他来，倒不是因为她最后一次跟他见面时，他还是军人，没有胡子，只有小唇髭，卷发很短但很浓密，如今他已显出老态，并留着一大把胡子，而是因为她从来没有想到过他。在那个可怕的黑夜，她已经把她过去同他发生过的事情全部埋葬了，因为在这个黑夜，他从军队里回来，却没有到姑妈家去看她。

在那个夜晚之前，她曾一心一意地等待他，她不仅不嫌恶她心口下怀着的娃娃，而且对肚子里这个轻轻地、有时也激烈地蠕动的小生命感到出奇的亲切。但从那一夜起，一切都变了。这未来的孩子也变成纯粹的累赘了。

两个姑妈都希望聂赫留朵夫顺路来一趟，可聂赫留朵夫来电报说不能回来，因为他必须如期赶到彼得堡。卡秋莎听说后，就决定到火车站去找他，那趟火车夜里两点钟路过此地。卡秋莎服侍两个姑妈睡觉后，便劝说一个小姑娘，厨娘的女儿玛什卡陪她去。她穿上一双旧皮靴，戴上头巾，撩起衣襟就和小姑娘一起跑到火车站。

那是个风雨交加的秋夜，下着雨，刮着风，温暖的大颗的雨点时而哗啦啦地下

---

① 在西伯利亚东面鄂霍次克海中，在帝俄时期苦役犯常被流放到这里做苦工。

一阵，时而又停了。在野外无法看清脚下的路，森林则像炉灶一般漆黑。即使卡秋莎对这条路很熟悉，但还是在森林里迷路了。[1] 火车在这个小车站只停三分钟。卡秋莎本希望尽早赶到火车站，可到了火车站，第二遍铃已经响过，火车就要开了。卡秋莎跑到月台上，一眼就看见坐在头等车厢的聂赫留朵夫，这个车厢的灯光特别明亮，有两个军官面对面地坐在丝绒靠椅上，没有穿上衣，正在玩纸牌。靠窗的小桌子上点着几支淌油的粗蜡烛，聂赫留朵夫穿着紧身马裤和白衬衣，坐在靠椅的扶手上，肘臂靠着椅背，不知在笑什么。她一认出了他，就用冻僵的手去敲窗户，可这时第三遍铃响了，列车徐徐移动，先是倒退了一下，然后车厢一节碰着一节向前开动了。她把脸贴到车窗玻璃上，在两个打纸牌的军官当中，有一个军官手里拿着牌站起来朝窗口望，卡秋莎又敲了一下窗子，这时她面前的车厢也震颤了一下开动了。她就跟着车厢往前走，眼睛瞧着窗子里。那个军官想放下窗子，却怎么也放不下。聂赫留朵夫站起来，推开那个军官，动手把窗门放下。火车加快了速度，卡秋莎也往前跑，快步跟着，不甘落后。但是火车越开越快了。正在窗门放下来的时候，一个乘务员走过来，把她推开，自己跳上了车厢。卡秋莎落在后面了，但她仍旧在月台的湿木板地上奔跑，一直跑到月台的尽头，她才极力收住脚步，以免跌倒，然后沿着台阶跑下来到了地上。她还在跑，但头等车厢已经远远地开到前面去了。二等车厢也从她身边驶过去，接着三等车厢以更快的速度奔驰而过，而她还是不停地跑。当尾部挂着提灯的最后一节车厢驶过来时，她已经跑过了月台、水塔，周围已经没有栏墙了。风刮着她，把头巾从她头上掀起来，连衣裙裹住她的腿。她的头巾被风刮掉了，可她仍旧在跑。[2]

“阿姨，卡秋莎阿姨，您的头巾掉了。”小姑娘在后面一面喊，一面追。

“他在明亮的车厢里，坐在丝绒靠椅上，吃喝说笑，而我却在泥地里打滚，在黑暗中遭受风吹雨淋，呼天抢地地哭喊：他走了！”卡秋莎想着，停住了脚步，脑袋向后一仰，双手抱头大哭起来。

“他走啦！”她喊道。

[1] 这里是环境描写，营造了一种悲伤的气氛，为接下来要发生的事做铺垫。

[2] 这里是细节描写和动作描写，卡秋莎一直不停地追着火车跑，最终追到的只是绝望——她被聂赫留朵夫抛弃了。

小姑娘害怕了，揪住卡秋莎湿淋淋的衣服。

“阿姨，咱们回家吧！”小姑娘说。

“等下一辆列车过来，我往车轮下一钻，就完事了。”卡秋莎想，没有回答小姑娘的话。

她打定主意要这样做，但这时，如同一个人常常在激动之后突然平静下来时那样，她肚子里的孩子突然动了一下，撞击了一下，原来，他的孩子正在轻轻地舒展四肢，又用一种很细很软很尖的东西顶了一下。于是，一分钟之前还在折磨着她，使她几乎无法活下去的苦恼，对聂赫留朵夫的满腔怨恨，要不惜以一死来复仇的念头，突然间都烟消云散了。她的心情复归平静。她扎上头巾，理好衣服，回家去了。

她衣服上溅满泥浆、全身湿透、筋疲力尽地回到家里。从这一天起，她开始了一个精神上的转变，结果就变成了现在这个样子。从这个可怕的夜晚开始，她不再相信善了，从前她本人信善，并且以为别人也相信善，但从这一夜起，她断定谁也不信善，人们口头上谈论上帝和善，都无非是骗人罢了。她爱过他，他也爱过她，这点她知道，但他玩够了她，亵渎了她的感情后，就把她抛弃了。像聂赫留朵夫这样可以信赖的人也抛弃了她，谁还可以相信呢？后来发生的全部事情使她进一步证实了这一点。他的两个姑妈，两位笃信上帝的老太婆发现她已经不能像过去那样服侍她们了，就把她赶了出来。以后她遇到的一切人，凡是女人都想方设法地利用她来赚钱；凡是男人，从年老的警察局长到监狱的看守，都把她看作是玩物。不论什么人，除了玩乐，除了肉体上的淫乐，活在世界上就没有任何别的事了。她被养母从家里赶出来之后的第二年，曾跟一个老作家同居。这个老作家更证实了她的这种看法。他直截了当地对她说，这种玩乐叫作诗和美，是人生的全部幸福。

人人都只为自己活着，为自己的欢乐活着。一切关于上帝和善的话都是骗人的，如果她心里产生了疑问：为什么世间的一切安排得这样糟糕，为什么大家都相互作恶，大家都受苦，那么，最好是不要去想它。她感到烦闷时，就抽抽烟，喝喝酒，同男人去调调情。这样，一切苦闷也就过去了。

三十八

第二天是星期日，早晨五点钟，女牢房的走廊上照例响起了哨声，柯拉勃列娃早已起床，就把玛丝洛娃叫醒了。

"我成了苦役犯。"玛丝洛娃恐惧地想起，揉了揉眼睛，不由自主地吸着早晨臭不可闻的空气，她还想再睡一会儿，躲进那无知无觉的梦乡里去。但心惊胆战的习惯驱除了睡意，她爬起来，盘腿坐着，向四周望了望。妇女们都已起床，只有几个孩子还睡着。生着一双富有表情的眼睛的贩私酒的女人，小心翼翼地把她那件囚衣从孩子们身下抽出来，免得弄醒孩子。那个反抗抓壮丁的女人把孩子的尿布在炉子旁边晾起来，她的小孩由蓝眼睛的费多霞抱着，在她怀里拼命地啼哭。费多霞摇着他，用柔和的声音给他唱催眠曲。害痨病的女人抓着胸口，脸上充血，不停地咳嗽，不咳的时候就大声喘气，喘得差不多跟叫喊一样响。红头发女人醒来后，仰卧在床上，蜷曲着两条粗腿，高声而欢快地讲起她所做的梦。纵火犯老太婆又站在圣像面前，低声地重复着老一套的祷词，在胸前画十字鞠躬。诵经士之女一动不动地坐在板床上，一双睡意未消的混浊的眼睛看着前方。"美人儿"把其油亮的又粗又黑的头发绕在手上，让它卷曲起来。

走廊上响起了大棉鞋走路的啪嗒啪嗒的声音。铁锁哐当一声，走进来两个倒便桶的男犯人，穿着短上衣和裤脚管高出踝骨一大截的灰裤子，板着严肃、生气的面孔，用扁担抬起臭烘烘的便桶，送到牢房外面去。妇女们都到走廊上水龙头边去洗脸。在水龙头旁边，红头发女人同隔壁牢房的一个女犯吵起架来，又是谩骂、叫喊、诉怨……

"你们是否想蹲单人囚室？"男看守大声喝道，朝红头发女人肥胖的光脊背上使劲地拍了一下，声音响得整个走廊都能听见，"别再让我听见你的声音。"

"瞧，老头子也来劲了！"红头发女人说，把这拍打看作是抚爱。

"喂，快一点，收拾好后去做礼拜。"

玛丝洛娃还没有梳好头，监狱长就带着卫兵进来了。

"点名了！"看守吆喝道。

从另一个牢房里又出来一批女犯，所有的犯人在走廊里站成两排，而且后排的妇女还必须把手搭在前排妇女的肩上。一一点名。

点名后，女看守便走过来，领着女犯人到教堂里去。来自各个牢房的女犯有一百多名，排成一个纵队，玛丝洛娃和费多霞排在队伍的中央。女犯全都戴着白色三角巾，穿着白衬衣和白裙子，只有少数几个女人穿着自己的花衣服。这是带着孩子跟丈夫一起去流放的妻子。整个楼梯都被这些人挤满了。可以听见穿着棉鞋走路的脚步声、说话声，偶尔还有笑声。在楼梯拐角上，玛丝洛娃看见了自己的冤家对头包奇科娃的凶狠面孔，她走在前面。玛丝洛娃指着她，给费多霞看。女人们下楼梯后便静了下来，在胸前画十字，鞠躬，经过敞开的门走进还很空的金碧辉煌的教堂。给她们规定的位置在右边。她们拥挤在一块，相互挨得很紧地站着。跟在妇女后面进来的是穿着灰色囚衣的男犯人，有的是解犯，有的是监犯，有的是经村社判决的流放犯。他们大声咳嗽着，在教堂的左边和中央挤成一团。在教堂上边的敞廊里，已经站着许多首先被带进来的男犯人，一边是剃了阴阳头的苦役犯，哐啷作响的镣铐已表明了他们的身份；另一边是没有剃头也没上镣铐的拘留犯。

这座监狱教堂是一个富商重新修建的，花了几万卢布。整个教堂色彩鲜艳，金碧辉煌。

教堂里一片肃静，只听见擤鼻涕声、咳嗽声、婴儿的哭叫声，偶尔还有镣铐的哐啷声。这时站在教堂中央的男犯人忽然闪在一边，彼此挤紧，让出中间一条道来。典狱长沿这条道走来，站在教堂正中全体犯人的前面。

三十九

礼拜开始了。

礼拜仪式是这样的：一名司祭，身穿一件特别奇怪且极不方便的锦缎法衣，东正教举行领圣餐的仪式时，主持礼拜的教士都穿这样的衣服。他把盘子里的面包切成若干小块，然后把它们放在一个盛着葡萄酒的杯子里，嘴里念着各种各样的姓名和祷词。诵经士先是不停地念各种不同的斯拉夫语祷词，然后又同犯人组成的唱诗班轮流唱这些祷词。这些祷词本身就很难懂，加上念得快、唱得快，就更难听懂了。祷词的内容主要是祈求沙皇和皇室安康幸福。[1]这种祈福的祷词由大家跪着念许多遍，时而跟其他祷词一块儿念，时而分开念。除此之外，诵经士还念《使徒行传》中的几行诗，其声音是那么奇怪、紧张，因此大家一点也听不明白。司祭也念了《马可福音》里的一段，倒是念得很清楚，说的是耶稣复活后，在飞上天去坐在父亲的右边之前，先是向抹大拉的马利亚显灵，从她身上驱除了七个魔鬼，后来又向十一个使徒显灵，吩咐他们向普天下的万民传布福音，并宣布说，凡是不信者必被定罪，凡是相信而受洗礼者就会得救。此外，耶稣还能替病弱者驱赶魔鬼，手一摸病人，病人就好，还会说新的语言，敢于用手捉蛇，喝了毒药也不会死，永远健康。

[1] 此处介绍了监狱里的礼拜仪式，司祭奇怪的法衣和行为，诵经士、司祭、犯人唱的、念的让人很难听懂的祷词，都让这个仪式显得很荒唐。祷词的内容更是荒谬，在监狱的教堂里祈求皇帝和皇室安康幸福，可想而知当时的政府有多专制。

礼拜的实质内容是这样的：据说，由司祭切碎后放在葡萄酒里的小块面包，经过某种手法和祈祷，就变成了上帝的肉和血。那操作的方法是这样的：尽管司祭身上那件像口袋一样的锦缎法衣碍手碍脚，他还是从容不迫地向上举起双臂，就这样举着不动，然后跪下，亲吻圣坛和上面的东西。不过最关键的动作是司祭两手拿起一块餐巾，在碟子和金杯上方均匀地、平稳地徐徐挥动。据说，面包和葡萄酒就在这时变成了上帝的肉和血。因此，礼拜的这一部分仪式是特别隆重的。

“最高荣耀属于至圣、至洁、至福的圣母。”司祭做完礼拜仪式后，在一道隔板后面大声喊道。唱诗班便庄严唱道：荣耀应当归于童女马利亚，她生下基督，却没有失去童贞，因此她应当比某些司智天使得到更多的光荣，比某些六翼天使得到更多的荣耀。据说，这以后，变化就完成了。司祭揭下碟子上的餐巾，把碟子中央的小块面包切成四份，先是放在葡萄酒里浸一浸，然后放进嘴里。这就被认为是他吃了一块上帝的肉，喝了一小口上帝的血。这之后，司祭掀开帷幕，推开中间的门，拿着金杯，再从那个门里出来，请那些也愿意进圣餐的人吃杯子里的“上帝的肉”和喝“上帝的血”。

有几个孩子想进圣餐。

司祭先问了每个孩子的姓名，然后小心翼翼地用小勺子从杯子里舀出一小块浸过酒的面包，深深地送进每个孩子的嘴里。这时候，诵经士当场给孩子们擦净嘴巴，用欢快的声音唱道：“孩子们吃上帝的肉、喝上帝的血。”然后司祭端起杯子到隔板的后面去，在那里把杯子里的“上帝的血”全部喝尽，把“上帝的肉”全部吃光，仔细地舔干净小胡子，擦干净嘴巴和杯子，兴高采烈、精神抖擞地从隔板后面走出来，脚上那双小牛皮靴子的薄后跟发出吱嘎吱嘎的响声。[2]

[2]动作、神态描写，嘲讽地刻画了司祭喝尽“上帝的血”、吃光“上帝的肉”时满足的神态。

基督教礼拜的主要仪式到此结束。不过司祭存心要安慰那些不幸的犯人，在通常的礼拜仪式之外增加一个特别的仪式，这就是：司祭站在一个由十支蜡烛照亮的铁铸包金的黑脸黑臂的圣像①面前，用奇怪的假嗓子既像唱又像念似的说出了下面一段话：

> 至亲至爱的耶稣啊！圣徒的荣耀，我的耶稣啊，殉道者的赞美，万能的主耶稣啊！救救我，我的救主耶稣，我的至美的耶稣，拯救前来找你的人吧，救主耶稣啊，饶恕我吧，在所有的圣徒、所有的先知的祷告中诞生的耶稣啊，我的救主耶稣啊！赐给天堂的快乐吧，爱人类的耶稣啊！

念到这里，他停了一下，换了一口气，画个十字，跪下去叩头。大家也照他这样做。典狱长、看守、犯人们都跪下。上面敞廊上，镣铐的哐啷声格外响亮。

① 据认为这就是刚才被他们吃掉的上帝。

他接着念道：

> 天使的创造者，力量的主啊，最神妙的耶稣，天使们的惊奇；万能的耶稣，祖先的救主；至亲至爱的耶稣，族长们的赞美；最光荣的耶稣，皇帝的后盾；至善的耶稣，预言的实现；最神妙的耶稣，殉道者的堡垒；最安详的耶稣，修士们的欢悦；最仁慈的耶稣，神父们的快乐；最宽厚的耶稣，守斋人的克制；最美满的耶稣，圣徒们的欢乐；最圣洁的耶稣，童贞者的贞洁；万古长存的耶稣，罪人的救星；耶稣，上帝的儿子啊，饶恕我吧！

他终于念完了，又反复呼喊“耶稣”，但声音越来越沙哑了。然后他稍稍提起绸里子的法衣，弯着一条腿，跪下去叩头。唱诗班则唱着最后一句话：“耶稣，上帝的儿子，饶恕我吧！”犯人们都匍匐在地，然后又起来，把没有剃掉的半边头发往后甩。那磨伤他们瘦腿的脚镣哐啷哐啷地响起来。

这样的仪式持续了很长时间。总是以赞美词开头，以“饶恕我吧”结束，然后又是赞美词，结尾是“阿利路亚”。那时，犯人们纷纷画十字，跪下匍匐在地。开始时，犯人们每次赞颂都要跪拜，但后来就隔一次才跪拜，甚至隔两次才跪拜。等所有的赞美词都结束时，大家很高兴，司祭也松了一口气，把《圣经》合上，走到隔板后面去了。剩下最后一项仪式是：司祭从大桌子上拿起一个四端镶有珐琅饰物的包金的十字架，举着它走到教堂的中央，先是典狱长走到司祭跟前，吻了吻十字架，然后是副典狱长、看守走过去吻十字架，最后轮到犯人们。犯人们相互拥挤着，低声骂着，走到司祭跟前。司祭一面同典狱长谈话，一面把十字架和自己的手凑到他跟前的犯人的嘴边，有时却戳到他们的鼻子上。犯人们争先恐后地去吻十字架和司祭的手。这次为了安慰和训导迷途兄弟们而做的礼拜就这样结束了。

四十

参加礼拜的人中，从司祭、典狱长到玛丝洛娃，谁也没有想到，司祭声嘶力竭地反复叨念和使用各种古怪的字眼大加赞美的耶稣本人，恰好是禁止这里所做的一切事情的。他不仅禁止这种毫无意义的连篇废话和以师尊自居的司祭利用面包和酒所做的亵渎神的法术，而且以最明确的方式禁止一些人把另一些人称为师尊，禁止在殿堂里祈祷，而是嘱咐每个人单独祈祷。他甚至禁止修建殿堂，要求毁掉殿堂，而且说人不应该在殿堂里祈祷，而应在心灵里和真理中祈祷。更主要的是，他不仅禁止对人进行审判、监禁、折磨、侮辱和惩罚，像这里所做的那样，而且禁止对人使用任何暴力。他说，他是来释放一切囚犯，让他们获得自由的。[1]

[1] 对人进行审判、监禁、折磨、侮辱和惩罚，使用暴力，修建教堂等都是耶稣禁止的行为，耶稣是来释放囚犯，让他们获得自由的，这是作者对宗教的思考。

参加礼拜的人，谁也没有想到，这里所做的一切乃是最严重的亵渎行为，这儿用基督的名义所做的一切正是对基督本人的嘲弄。谁也没有想到，由司祭举着让人们去吻的四端镶着珐琅饰物的包金十字架，不是别的，正是基督受刑的绞架的形象，而他之所以上绞架，恰恰是由于他禁止如今在这里以他的名义所做的这一类事情。谁也没有想到，那些想象自己吃面包和喝葡萄酒就是吃基督的肉和喝基督的血的司祭，确实是在吃基督的肉和喝基督的血。不过并非因为他们吃了面包和喝了酒就大逆不道，而在于他们不仅蛊惑蒙骗那些“弱势者”①，而且剥夺了他们最大的幸福，使他们蒙受最残酷的折磨，向人们隐瞒了基督带给他们的福音。

司祭则心安理得地做这一切，因为他从小就受这样的教育，认为这就是唯一的真正的信仰，以前的圣徒信奉它，现在的神职长官和俗世长官也信奉它。他相信的，不是面包会变成肉，不是说许多空话会有益于灵魂，也不是他真的吃了上帝的一块肉，这

---

① 基督认为“弱势者”同自己一样应受重视。

类事是没法相信的。不过，他相信，人必须有这种信仰。他对这种信仰很有信心的主要原因是，十八年来，他靠做这种圣礼才得到收入，才能养活一家人，送儿子上中学和送女儿进神学校都需要钱啊。诵经士也这样相信，而且其信心比司祭更坚定，因为他压根儿忘记了这一信仰包含的教义的实质，只知道香火、追荐亡灵的法事、诵经、普通祈祷和唱赞美歌的祈祷等，这一切都有一定的价格，而且真正的基督徒都是乐于支付的。所以他叫喊“饶恕吧，饶恕吧”也好，唱赞美诗和念经文也好，总是那么沉着自信，认为这都是必要的，就像人们卖柴火、面粉和土豆时高声叫卖一样。至于典狱长和看守们，他们虽然从来不知道，也不研究这一信仰的教义和教堂里各种神圣仪礼的意义，但却笃信一个人必须有这种信仰，因为最高当局和沙皇本人都信奉它。此外，他们还感觉到，这个信仰在为他们的残酷的职务辩护[①]。要是没有这种信仰，他们恐怕很难执行自己的职责，甚至不可能像现在那样完全心安理得地利用一切力量去折磨人。典狱长倒是个心善的人，如果不从这种信仰中找到支持的话，他是无论如何不能这样生活的。正因为如此，他才能一动不动地站在那儿，挺直身子，又是跪拜，又是画十字，听到大家唱“那些司智天使们”时，就情绪激动，而在给孩子们授圣餐时，他就走向前去，亲手抱起一个领圣餐的男孩，把他举得高高的。

犯人们，除了少数几个人能看穿这类玩意儿纯属骗局，知道这是用来愚弄信徒们的，从而嗤之以鼻外，大多数人都相信，在那些包金圣像、蜡烛、杯子、法衣、十字架中，在多次重复、无法听懂的“至亲至爱的耶稣”和“饶恕吧”的词句中，都蕴藏着神秘的力量，借助这种力量，可以在今世和来世得到很大的好处。虽然其中的大多数人已经有过几次尝试，想借助祈求、祷告、蜡烛等在今世得到好处，结果却一无所得，他们的祷告也没有如愿，但大家还是坚信，这种失败是偶然的，既然这一套跪拜加上画十字的做法受到有学问的人和总教主的赞许，总是很有道理的和重要的，即使对今世没有作用，对来世也一定会有好处。

玛丝洛娃也这样相信。她在做礼拜的时候，也和别人一样，产生了一种既虔诚又厌烦的混杂心情。她先是站在靠近隔板的人群中间，除了同牢的几个女伴外，谁也看不见。而当领圣餐的人往前移动时，她也同费多霞同时向前移动。于是她看到了典狱长，看见了典狱长背后夹在看守中间的一个矮小的农民，长着淡褐色的头发，蓄着淡白胡子。这个人就是费多霞的丈夫。他正目不转睛地看着他的妻子。玛丝洛娃在唱赞美歌时，不断地打量着他，并同费多霞不停地小声嘀咕什么，直到大家画十字和跪拜时，她才跟着大家做。

---

① 至于究竟为什么会有这样的体会，他们自己是无论如何也解释不清的。

四十一

第二天一大早，聂赫留朵夫就从家里出来了。这时一个乡下农民赶着大车从巷子里走过，用奇怪的声音吆喝着：

“卖牛奶，卖牛奶，卖牛奶！”

昨夜下了第一场温暖的春雨。各处，凡是没有修马路的地方，一下子全都长出了碧绿的青草。花园里的桦树长满了绿油油的绒毛，稠李树和杨树抽出了长长的清香的叶子。房屋和商店的冬季套窗已经卸掉，窗玻璃也擦过了。在聂赫留朵夫经过的那个旧货市场上，密密麻麻的人群拥挤在搭起来的一排排货棚的周围。一些衣衫褴褛的人腋下夹着皮靴，肩上搭着熨平了的裤子和西服背心，走来走去。

在一个小饭馆的旁边挤满了人，其中有不必到工厂上班的闲散男人。他们身穿干净的腰部打褶的长上衣，脚下是擦得发亮的皮靴。还有些女人，头上戴着花花绿绿的绸头巾，身上穿着饰有玻璃珠的外套。警察们挎着用黄带子系着的手枪，站在各自的岗位上，留心察看有没有不守秩序的情况，借此可以消解他们难熬难忍的烦闷。在林荫道的小径上，在一片新绿的草坪上，孩子们和狗在奔跑、玩耍。快活的保姆们则坐在长凳上聊天。

街道上，左面半边路面照不到阳光，阴凉而又潮湿，在中间干燥的路面上，沉重的载货马车不停地隆隆驶过；四轮轻便马车辘辘地行驶过去，公共马车不断发出叮当的铃声。四面八方，教堂钟楼里发出音调不同的钟声，震得空气不断颤动，召唤人们去参加类似当时在监狱里举行的礼拜。穿着漂亮衣服的人们纷纷向自己教区的教堂走去。

聂赫留朵夫所坐的那辆出租马车，没有把他送到监狱的门前，而是在通向监狱的路口就停住了。

在这个通往监狱的路口，离监狱大约一百步的地方，聚集着一些男人和女人，他们大多拿着包袱。右边有一些不高的木房子，左边是一幢二层楼房，楼前挂着一块招牌。监狱本身那座用石块和砖砌成的大厦就在前面，不准探监人走近。一个哨兵荷着枪前后来回走动，谁要从他身旁绕过去，他就严厉地叫住谁。

右边一所木房子的小门旁边，即岗哨的对面，一个看守坐在长凳上，身穿镶丝绦的制服，拿着一个记事本。探监的人走到他的跟前，说出他想探望的人的姓名，他就记下来。聂赫留朵夫也走到他的跟前，报了叶卡捷琳娜·玛丝洛娃的姓名。看守就记下来。

“怎么还不让人进去呢？”聂赫留朵夫问。

“里面正在做礼拜。等做完礼拜，就放你们进去。”

聂赫留朵夫回到探监的人群里。从人群中走出一个人来，衣衫褴褛，帽子也揉皱了，光脚上套一双破鞋，脸上布满一道道红色伤痕，他朝监狱走去。

“你往哪儿窜？”带枪的哨兵向他吆喝道。

“你嚷嚷什么呀？”衣衫褴褛的人没有被哨兵的吆喝吓到，顶嘴说，然后走了回来，“你不放我进去，我就等着。何必叫喊，仿佛是个将军似的。”

人群中发出了赞许的笑声。探监的人大都穿得很寒酸，但其中也有一些衣冠楚楚的男人和女人。聂赫留朵夫旁边的一个男人，服饰讲究，胡子剃得光光的，体态丰盈，脸色红润，手里拿着包袱，看来是几件内衣。聂赫留朵夫问他是不是头一回来这里。拿着包袱的人说，他每个星期日都来。于是他们就攀谈起来。原来这个穿得很好的人是一个银行的看门人，他是来探望他的兄弟的，他兄弟犯了伪造证券罪。这人和蔼可亲，把自己的身世全都告诉了聂赫留朵夫，也想问问聂赫留朵夫的情况，但这时来了一辆胶轮轻便马车，它由一匹高大的良种黑马拉着，车上坐着一个大学生和一个戴面纱的女人。于是大家的注意力便被吸引了过去。大学生双手抱着一大包东西，准备在这里施舍，他走到聂赫留朵夫的跟前，向他打听是否可以散发他的施舍品——白面包，是否要办什么手续。

“我这是按未婚妻的心意办。这是我的未婚妻。她的父母要我们把东西发给犯人。”

“我也是头一次来这里，也不知道，不过我认为您应当去问一下那个人。”聂赫留朵夫说，指了指在右边坐着、穿着镶丝绦的制服、手里拿着本子的看守。

就在聂赫留朵夫同大学生谈话的时候，那扇正中开有小窗洞的监狱大铁门打开了，从里面出来一个穿军服的军官和另一个看守。那个手里拿着小本本的看守就宣布说，现在开始放探监的人进去。哨兵闪开了。所有的探监人都争先恐后地涌向监狱大门，有的甚至跑了起来。门边站着的看守给进去的人点数，高声报道：“十六个，十七个……”监狱里面的另一个看守则用手拍着每一个进入第二道门的人，也在数着人数，为得是在探监人出来时，可以核对人数，不让一个探监者留在监狱里，也不让一个犯人跑出去。这个点数的人并不看走过去的人是谁，在聂赫留朵夫的背上也重重地拍了一下。起初看守的这一拍使聂赫留朵夫感到屈辱，但很快他就想起了他是为什么到这里来的，于是又为这种不满意和屈辱的心情感到害臊。

二道门后面的头一所房子是一个拱顶的大房间，房间里有几个小窗口，上面装有铁栅栏。在这个被叫作“聚会室”的房间里，聂赫留朵夫全然没有料到，其壁龛里竟也有钉着耶稣的十字架巨像。

“挂这像干什么？”他想，在他的下意识里，耶稣的形象是同自由人而不是同囚犯联系在一起的。

聂赫留朵夫慢慢地走着，让急于探监的人走到自己前面去。他百感交集，一方面害怕遇见关在这里的恶人，另一方面又同情像昨天那个小学徒和卡秋莎一类的无辜者。他想到就要同卡秋莎见面，不禁感到胆怯和高兴。他走出第一个房间的时候，一个看守告诉他应怎么走，但他只顾想心事，没有听见看守的话，继续随大流行进，便走到男监狱那里去了，而不是到他要去的女监狱。

聂赫留朵夫让着急的人先进入探监室，自己最后一个进去。当他推开门，走进房间里时，首先使他吃惊的是几百个嗓门汇成一片的、震耳欲聋的喧嚣声。直到他走过去，看见房间被一道铁丝网隔成两半，而人们则像苍蝇落在糖上一样紧紧贴近铁丝网时，他才明白是怎么一回事。原来这个在后墙上开着几个窗洞的房间不是由一道铁丝网，而是由两道铁丝网隔成两半，铁丝网都是从天花板一直垂到地板上。铁丝网那边是囚犯，这边是探监的人，几个看守在这两道铁丝网之间来回巡视。两道铁丝网之间有三俄尺的距离。因此别说要递什么东西，就连看清对方的脸，特别是对近视眼来说，也是不可能的。说话也很困难，人必须拼命叫嚷，才能使对方听见。两边的人都把脸贴在各自的铁丝网上：妻子、丈夫、父亲、母亲、孩子，大家都竭力要看清对方的脸，说出要说的话。但是，正因为每个人都想让对方听得见，旁边的人也希望这样，结果他们便相互干扰，每个人都想极力盖过别人的声音。这样就形成了一片大呼大叫的喧嚣声。聂赫留朵夫一踏进房间就被这种喧嚣声惊呆了。要听清楚他们说的话，根本不可能。只能从他们的脸部表情去判断他们说什么，他们之间是什么关系。挨近聂赫留朵夫的是一个扎着小头巾的老太婆，她贴着铁丝网，下巴抖动着，正在对一个脸色苍白、剃了阴阳头的青年大声说话，那犯人扬起眉毛，皱着眉头，用心地听她说话。老太婆旁边是个穿农民外衣的青年，双手遮住耳朵边，在听一个面貌与他相似、脸色疲惫、胡子花白的男犯说话，时而摇摇头。再过去一点站着一个衣衫破烂的人，挥着一条胳膊，在嚷嚷什么，并笑了起来。他旁边的地板上坐着一个戴一块上等毛料头巾、怀里抱着婴儿的女人，她在大声哭泣，显然她是头一回见到对面那个头发花白的男人穿着囚衣、剃了阴阳头并戴着脚镣的样子。在这个女人的上方，就是那个同聂赫留朵夫谈过话的银行看门人，他用尽全身力气向对面一个头顶光秃、两眼明亮的男犯喊叫着。当聂赫留朵夫明白了自己要在这种条件下说话时，他对规定并实施这种办法的人产生了满腔的愤恨。他感到惊讶的是，这种可怕状况，这种对人类感情的嘲弄，竟没有使任何人感到屈辱，那些士兵也好，监狱长也好，探监人及犯人也好，都照这样办，似乎认为这样做是天经地义的。

聂赫留朵夫在这个房间里待了大约五分钟，产生了一种奇怪的苦恼心情，感到自己无能为力，感到自己同整个世界无法协调。于是一种像晕船一样的恶心感控制了他。

四十二

“但是我到这里来是要办该办的事，不能畏难而退，”聂赫留朵夫鼓励自己说，“可是该怎么办呢？”

[1] 这里是人物肖像和语言描写。肖像描写突出了狱警的人物形象，语言描写则表现了聂赫留朵夫紧张和谦恭的态度。

他用眼睛找寻长官，看见一个狱警，佩军官肩章，留着小胡子，身材不高，面容消瘦，在人群后面走来走去，就对这狱警说：

“您能不能告诉我，先生，女犯关在什么地方？在什么地方才可以同她们见面？”他非常紧张而又谦恭地问。[1]

这个长官就是副典狱长，他问聂赫留朵夫：“难道您要探望女监吗？您要见什么人？”

“是的，我想见一个关在这里的女人。”他仍旧那么紧张而又谦恭地答道。

[2] 这里是神态描写。因为聂赫留朵夫有求于狱警，所以他表现得有些过于恭顺，有一种害怕得罪狱警的感觉。

“先前在‘聚会室’的时候，您就应该这样说明。那么您要见什么人呢？”

“我要见叶卡捷琳娜·玛丝洛娃。”

“她是政治犯吗？”副典狱长问。

“不，她只不过是……”

“哦，她判决了吗？”

“是的，她前天判决了。”聂赫留朵夫恭顺地回答，生怕破坏这个似乎同情他的副典狱长的情绪。[2]

[3] 这里是心理描写。聂赫留朵夫对于自己对监狱长和看守长谦恭的态度感到奇怪，因为他对他们在监狱里所干的残酷勾当并不认同，甚至表示愤怒。

“既然您要探女监，那就请往这边走。”副典狱长说，显然他从聂赫留朵夫的外表上看出为他效劳是值得的。“西多罗夫，”他吩咐胸前挂着几个奖章、留小胡子的军士说，“把这位先生带到女监探望室去。”

这个军士是看守长，他回答说：“是，长官。”

这会儿，铁丝网那边传来了一阵撕裂人心的痛哭声。

聂赫留朵夫觉得这一切都非常奇怪，而最奇怪的是，他竟然需要而且不得不谦恭地感谢监狱长和看守长，竟然觉得很领他们的情，而他们却是在这所房子里干种种残酷勾当的人。[3]

看守长把聂赫留朵夫从男监探望室领到走廊里，随即打开对面的房门，又把他领进女监探望室。

这个房间也像男监探望室一样，由两道铁丝网隔成三部分，但地方要小得多，来探监的人和女犯人也都少些，不过里面的喧闹声同男监完全一样。在两道铁丝网中间也有个长官在来回踱步，不过这里的长官是一个女看守，穿着制服，袖口上镶着丝绦，滚着蓝边，也和男看守一样拦腰系着宽腰带。这里也和男犯探望室一样，在铁丝网的两边挤满了人：这一边是本城的居民们，他们穿着各式服装；另一边是女犯人，她们有的穿白色囚衣，有的穿着自己的衣服。整个铁丝网前都挤满了人，有的踮起脚尖，以便从别人的头顶上传话过去，另一些人则坐在地板上，同对方交谈。

一个头发蓬松、身材瘦削的吉卜赛女人在所有的女犯中最引人注目。她的叫声和外貌也特别异常。她站在铁丝网那边，几乎就在房间中央，挨近柱子，头巾从卷发上落下来，正在对一个穿蓝色上衣、腰间紧束皮带的吉卜赛男人喊话，并且快速地比划着手势。吉卜赛男人的旁边有一个士兵蹲在地上，同一个女犯在谈话。再过去，贴着铁丝网，站着一个年轻、矮小的农民，留着浅色的胡子，穿着树皮鞋，脸涨得通红。他显然好不容易才忍住眼泪。同他谈话的是一个模样好看、浅色头发的女犯人，一双明亮的蓝眼睛瞧着对方。这就是费多霞和她的丈夫。在他们的近旁站着一个衣衫褴褛的男人，他在同一个头发蓬乱的宽脸女人谈话。再过去是两个女人，一个男人，又是一个女人，他们各自都在同对面的女犯谈话。在这些谈话的女犯中，没见到玛丝洛娃。但在那一边，在那些女犯后面，还站着一个女人。聂赫留朵夫立刻感到那个女人就是她。他的心怦怦直跳，气都快喘不过来了。决定性的关头已经近在眼前，他走到铁丝网旁边，认清了是她。她站在天蓝色眼睛的费多霞的后面，笑吟吟地听她说话。她不像前天那样穿着囚袍，只穿着一件腰带紧束的白上衣，高耸着胸部，头巾里溜出一绺鬈曲的黑发，就像那天在法庭上一样。[4]

[4] 这里是人物神态、外貌描写，表现了此时的玛丝洛娃已经接受了关于自己的判决结果，不再那么惊恐和激动了。

“马上就要摊牌了，”他暗自想，“我该怎么称呼她呢？也许她会自动过来吧！”

但她并没有走过来，她根本没有想到这个男人是来找她的。

“您要找谁？”那个在铁丝网中间踱步的女看守走到聂赫留朵夫跟前问。

“叶卡捷琳娜·玛丝洛娃。”聂赫留朵夫好不容易才说出口。

“玛丝洛娃，有人找你！”女看守叫道。

四十三

玛丝洛娃转过身，抬起头，挺起胸部，带着聂赫留朵夫所熟悉的温顺表情，走到铁栅栏前，从两个女犯中间挤过来，惊讶地盯着聂赫留朵夫，但却没有认出他来。

不过，她从穿着上看出他是个有钱人，就嫣然一笑。

“您找我吗？”她问，把那眼睛斜睨的笑脸凑近了铁栅栏。

“我想见……”聂赫留朵夫不知称呼“您”还是“你”好，但随即决定称“您”。他的声音并不比平时高，“我想见见您……我……”

“你别跟我耍嘴皮子，”旁边一个衣衫褴褛的男人喊道，“你到底拿了还是没有拿？”

“我跟你说，他人都快要死了，你还要干什么？”对面有一个人嚷道。

玛丝洛娃听不清聂赫留朵夫在说些什么，但他说话时脸上的那副神情使她突然想起了他。但她不相信自己的眼睛，笑容消失了，眉头痛苦地皱了起来。

“您说什么，我听不见！”她叫起来，眯细眼睛，眉头皱得更紧了。

“我来……”

“对，我要做我应该做的事。我要认罪。”聂赫留朵夫暗想，他刚想到这儿，眼泪就夺眶而出，喉咙也哽住了。他用手指抓住铁栅栏，说不出话，竭力控制住感情，免得哭出声来。

“我说，你干吗要去管闲事……”这边有个人喊道。

“老天在上，我的确不知道。”那边一个女犯嚷道。

玛丝洛娃看到聂赫留朵夫激动的神情，认出他来了。

“您好像是……但我不敢断定。”玛丝洛娃叫道，眼睛没有看着他，她那涨红的脸突然变得阴沉了。

“我来是要请求你饶恕。”聂赫留朵夫大声说，但音调像背书一样。

他大声说出这句话后，便感到害臊，往四下里张望了一下。但他立刻想到，要是他觉得羞耻，那倒是好事，因为他理应承担这种耻辱。于是他继续大声说话。

“请你饶恕我，我在你面前是有罪的……”他再次大声喊出这句话。

她一动不动地站着，斜睨的目光盯住他不放。

他再也说不下去了，就离开了铁栅栏，他内心如焚，千头万绪在胸膛里不住地翻腾，差点放声大哭，可是极力忍住了。

容许聂赫留朵夫到女监来探监的副典狱长，显然对他产生了好奇，这时走到了女监来。他看见聂赫留朵夫暂时离开了铁栅栏旁边，就问他为什么不同他要探望的女犯谈话。聂赫留朵夫擤了擤鼻涕，提起精神，竭力让自己平静下来，回答说：

“隔着铁栅栏没法说话，什么也听不见。”

副典狱长沉思了一下。

“嗯，好吧，把她带到这儿来一下也行。”

“玛丽雅・卡尔洛夫娜！”他转身对女看守说，“把玛丝洛娃带到外边来。”

过了一分钟，玛丝洛娃从边门走出来。她踩着徐缓的步子走到聂赫留朵夫眼前站住，皱着眉头，不信任地看了他一眼。她的黑头发也像前天一样，卷成一个个小圈，飘落在额头上。浮肿苍白的脸有点病态，却显得很可爱，而且十分安详，只有那双乌黑的斜视的眼睛，在浮肿的眼皮下闪着特别的光辉。

“可以在这里谈话。”副典狱长说完就走开了。

聂赫留朵夫走到靠墙的长凳旁边，坐了下来。玛丝洛娃狐疑地看了副监狱长一眼，然后像是感到吃惊似的耸耸肩膀。她也走到长凳那儿，理了理裙子，在他的旁边坐下。

“我知道，要您饶恕我很困难，”聂赫留朵夫开口说，但又停住，觉得喉咙哽住了，“过去的事既已无法挽回，那么现在我愿尽最大的努力去做。您说说……”

“您是怎么找到我的？”她不理他的话，径自问道。她那双斜睨的眼睛又像在瞧他，又像不在瞧他。

“我的主啊！帮助我，教我该怎么办吧！”聂赫留朵夫望着她那张大大变样、如今已经不好看的脸，自言自语地说。

“前天您受审的时候，我在做陪审员，”他说，“您没有认出我来吧？”

“没有，没有认出来，我没有工夫认人，当时我根本没有看。”玛丝洛娃说。

“不是有过一个孩子吗？”聂赫留朵夫感到脸红了。

“感谢上帝，他当时就死了。”她气愤地简单回答，转过眼睛不去看他。

“真的吗？是怎么死的？”

“我当时病了，差一点也死掉了。”玛丝洛娃说，没有抬起眼睛来。

“姑妈她们怎么会放您走呢？”

“谁还会把一个怀孩子的用人留在家里呢？她们一发现这事，就把我赶出来了。说这些干什么呀！我什么都不记得，全都忘了，那事早完了。”

“不，没有完，我不能丢下你不管，哪怕到今天我也要赎我的罪。”

“没有什么罪可赎的，过去的事都过去了，全完了。”玛丝洛娃说。接着，完全出乎他的意料，她忽然瞟了他一眼，既不友善、又有诱惑力、又诉怨似的微微一笑。

玛丝洛娃怎么也没想到会看见他，特别是在此时此地，因此他出现的最初一刹那，她很震惊，不禁回想起从来也不去回想的往事。她开始模模糊糊地想起那个充满感情和理想的新奇天地，这是那个热爱她并为她所热爱的迷人的青年给她打开的。但随后她想到了他那难以理解的残忍，想到了接二连三的屈辱和苦难，而这些都是紧跟在那种令人心醉的幸福之后，并且是从那里面源源不断地产生出来的。她感到痛苦，可是她又无力理解这种事，因此她现在也照往常那样去做，以往她总是把这些回忆从心中驱除，极力用堕落生活这种特殊迷雾来盖住那些回忆。眼下她也是这样做的。在最初的一刹那，她曾把这个坐在她面前的人同她曾经爱过的那个青年合成一个人，但后来她看出，这样做太痛苦了，就不再把两个人连在一起了。如今，这个衣冠整洁、养尊处优、胡子上洒着香水的老爷，对她而言，已不是她爱过的那个聂赫留朵夫，而是一个截然不同的人：这种人在需要的时候可以玩弄像她这样的女人，而像她这样的女人也总是要尽量从他们身上多弄到些好处。就因为这个缘故，她向他妩媚地笑了笑。她沉默了一会儿，考虑着怎样利用他弄到些好处。

“那事早就完了，”她说，“如今我被判决，要去服苦役了。”

她说出这句悲痛的话，嘴唇都哆嗦了。

“我知道，我相信，您是没有罪的。”聂赫留朵夫说。

“我当然没有罪，又不是小偷，又不是强盗。大家都说，一切全在于律师，”她继续说，“大家都说应该上诉，可是得花很多钱……”

“是的，一定要上诉，”聂赫留朵夫说，“我已找过律师了。”

“别舍不得花钱，得请一个好律师。”她说。

“我一定尽力去办。”

接着是一阵沉默。

她又像刚才那样微微一笑。

“我想请求您……给些钱，要是您答应的话。不多……只要十个卢布就行。”她突然说。

“行，行。”聂赫留朵夫窘态毕露地说，伸手去掏皮夹子。

她急促地瞅了一眼正在屋里踱步的副典狱长。

“当着他的面别给，等他走开了再给，要不然他会拿走的。”

等副典狱长转过身去，聂赫留朵夫就掏出皮夹，但他还没来得及把十卢布钞票递给她，副典狱长又转过身来对着他们，他把钞票攥在手心里。

“这个女人的精神人格已经死了。”他心里想，同时望着这张原来亲切可爱、如今饱经风霜的浮肿的脸，以及那双妩媚的乌黑发亮的斜睨眼睛——这双眼睛紧盯着副典狱长和聂赫留朵夫那只紧捏着钞票的手，他的内心刹那间发生了动摇。

昨天晚上同他说话的那个诱惑者又开始在聂赫留朵夫的灵魂里说话了，他总是竭力阻止他去思考应该做的事，而是让他去考虑他的行动会有什么后果，怎样才能对自己有利。

“您对这个女人已毫无办法，”诱惑者说，“您只会把一块石头吊在自己的脖子上，这块石头会让您活活淹死，无法去做对别人有益的事。给她一些钱，把您现在身边的钱都给她，同她告别，从此一刀两断，岂不更好？”他心里想。

但他立刻又感到，此时此刻，在他的灵魂里正在发生一种最重大的变化，他的精神生活此时好像正被放在摇摆不定的天平上，只要稍稍施加一点力量，就会使天平朝这一边或那一边倾斜。他真就使出他的力量来，向昨天他感到存在于自己心灵里的上帝呼救，上帝果然响应了他。他决定此刻把所有的话向她说出来。

“卡秋莎！我来是要请求你的饶恕，可是你没有回答我，你是否饶恕我，或者什么时候能饶恕我。”他说，忽然对玛丝洛娃改称“你”了。

她没有听他说话，却一会儿瞧瞧他那只手，一会儿瞧瞧副典狱长。等副典狱长一转身，她连忙把手伸过去，抓住钞票，把它塞在腰带里。

“您的话真怪。”她鄙夷不屑地冷笑说。

聂赫留朵夫感到她身上有一种直接敌视他的东西，这种东西在维护着她现在的样子，不让他深入她的内心。

但是，说来奇怪，这种东西不仅没有使他疏远她，反而变成一股特殊的新的力量使他去亲近她。他感到，他必须去唤醒她的心灵，也感到这非常困难，但是唯有困难才更吸引着他。他现在对她的感受是过去无论对她还是对别人都从来没有感觉过的，里面没有一点私人的东西：他对她没有任何要求，只希望她不要再像现在这个样子，希望她能清醒过来，能恢复过去的样子。

“卡秋莎，你为什么这样说？要知道，我是了解你的，我记得以前你在巴诺沃的时候是什么样子……”

“何必提那些旧事。”她冷漠地说。

“我回忆这些是为了改正错误。我要赎我的罪，卡秋莎。”聂赫留朵夫开了头，本来还想说要同她结婚。但接触到她的目光，发觉其中有一种粗野可怕、拒人于千里之外的神色，便不敢开口了。

这时候，探监的人开始走出去，副典狱长走到聂赫留朵夫跟前，说探望的时间结束了。玛丝洛娃站起来，顺从地等待人家把她带回牢房。

“再见，我还有许多话要对您说，”聂赫留朵夫说，对她伸出一只手去，“我还会再来的。”

“好像，话全都说了……”

她伸过一只手去，不过只是碰一下而没有握他的手。

“不，我还要设法找个可以谈话的地方跟您见面。到时候我要告诉您非常重要、必须告诉您的事。”聂赫留朵夫说。

“好的，那您就来吧。”她说着，又做出一种要讨男人喜欢的媚笑。

“您对我来说，比姐妹还要亲。”聂赫留朵夫说。

“这话可真稀奇！”她反复说着“稀奇”这个词，接着摇摇头，向铁丝网的另一边走去。

四十四

[1] 这段话揭示了一种错误的人生观，即不管一个人的处境如何，他要想心安理得地做某事，就必须认为自己所做的事是重要的和有益的，这其实是一种自我欺骗，是一种病态的人生观。

[2] 这几句介绍了小偷、妓女、凶手等人对自己身份的观点，他们并不为自己的身份而感到羞愧，反倒认为自己的地位是上等的、正当的，并通过依附赞同他们的人来保持这种观点。这是作者对这种病态社会现象的揭露，是对这种行为的嘲讽。

探监回来后，聂赫留朵夫心情复杂，他既感到惊奇，又十分恐惧。

对这第一次重逢，聂赫留朵夫本来抱有希望，以为卡秋莎见到他，知道他要为她出力并且感到悔恨，一定会高兴，一定会感动，一定又会恢复原来那个卡秋莎的面目。他万万没有料到，原来的那个卡秋莎已经不存在了，只剩下一个现在的玛丝洛娃。

使他感到惊奇的主要是玛丝洛娃不仅不为自己的处境感到羞愧①，甚至还好像感到满意，几乎为此自豪。但是话又说回来，也不可能是别的样子。每个人，为了要心安理得地做某事，都必须要把自己的活动看作是重要的和有益的。因此，一个人，不管他的处境怎样，都必须对人生形成一种观点，这种观点使他觉得他的活动是重要的和有益的。[1]

一般人都认为，小偷、凶手、间谍、妓女会承认自己的职业很坏，会为这种职业感到羞愧。情况却完全相反。由于命运的安排或自己造了孽而堕落到这种地位的人，不论这种地位是多么不正当，他们对生活往往也会抱有这样一种观点，仿佛他们的地位是上等的、正当的。为了保持这种观点，他们总是本能地依附于那些赞同他们对生活和所处地位的看法的人。[2] 当问题涉及小偷夸耀他们的机灵、妓女夸耀她们的淫荡、凶手夸耀他们的残忍时，这会使我们嗤之以鼻，感到惊讶。之所以会使我们惊讶，无非是因为这些人的生活圈子狭小，生活习气特殊，同时主要也因为我们是局外人。君不见，富翁夸耀他们的财富，也就是他们的巧取豪夺，军官夸耀他们的胜利，也就是他们的血腥屠杀，统治者夸耀他们的威力，也就是他们的强暴残忍，这不也是同一类现象吗？我们看不出富翁、军官和统治者等歪曲了生活

① 不是指她的犯人处境，她对做囚犯是感到羞愧的，而是指她身为妓女的处境。

概念，也看不出他们为自己的地位辩护而颠倒善恶，这无非是因为这几类人的圈子比较大，人数比较多，而且我们自己也属于这个圈子罢了。

玛丝洛娃对自己的生活和自己在世界上的地位所抱有的看法就是这样形成的。她是一个妓女，被判决去服苦役。尽管这样，她也有自己的世界观。根据这种世界观，她可以自我赞赏，甚至在别人面前以自己的身份而自豪。

这种世界观就是：所有的男人，不论是年老的，年轻的，中学生，将军，受过教育的和没有受过教育的，无一例外，都认为同漂亮的女人性交是人生的最大幸福。因此，所有的男人，虽然装出在忙别的事，其实都只巴望着这件事。她就是一个漂亮的女人，她可以满足，也可以不满足他们的这种欲望。所以她是一个重要的、社会中必不可少的人。她过去和现在的全部生活都证明了这种看法的正确性。

在这十年里，不论她在什么地方，她都能看见，所有的男人，从聂赫留朵夫到老警察局长直至监狱的看守，都需要她。她还没有见过和没有发现过有不需要她的男人。因此，在她看来，整个世界无非是一伙好色之徒的渊薮，他们从四面八方窥伺着她，不择手段地用欺骗、暴力、金钱收买、狡猾伎俩等，极力想占有她。[3]

[3] 这里用一句话对玛丝洛娃的世界观做了总结，并揭露了有钱人想要占有她的伎俩和方法。

玛丝洛娃就是这样理解生活的。根据这样的观点，她不仅不是微不足道的人，而且是极其重要的人。玛丝洛娃把这种人生观看得重于世界上的一切。她不能不重视它，因为要是改变了这样的人生观，她就会失去自己生活在世人中的重要性。为了不失去她在生活中的重要性，她本能地依附那些同她具有同样观点的人。当她感觉到聂赫留朵夫要把她领到另一个世界去时，她就反对他了，因为她已经预见到，在他引她去的那个世界里，她一定会丧失自己在生活中的这种地位，以及这种地位赋予她的自信和自尊。她就是出于这个原因，才回避年轻时的那些往事及与聂赫留朵夫的最初的关系。这些往事同她现在的世界观是格格不入的，因此她已经把它们从她的记忆中完全抹去了，或者不如说，已把它们原封不动地埋藏在她记忆的某个地方了，而且锁得很严、封得很紧，就像蜜蜂把可能毁掉蜜蜂的全部劳动成果的一窝螟虫封起来，不留一点点出口。所以，现在的聂赫留朵夫对于她来说，已不是那个她曾带着纯洁的爱情爱过的人了，而仅仅是一个她可以而且也应当加以利用的阔老爷而已，她和他只能维持一种她和一切男人那样的关系。

“没有，我没有把主要的话说出来，”聂赫留朵夫同人们一起走到大门口时想，“我没有告诉她我要和她结婚。没有说，但我以后要这样做的。”[4]

[4] 这里是心理描写。为聂赫留朵夫和玛丝洛娃的下一次见面埋下了伏笔。

站在门口的两个看守又是一边放人，一边伸出两只手数着探监人，以免多放一个人，或者多留一个人在监狱里。这一次他们拍打聂赫留朵夫的背，不仅没有使他生气，他甚至根本没有注意到这件事。

四十五

聂赫留朵夫本来想改变生活方式——退掉这座大住宅，遣散用人，自己搬到旅馆去住……但是阿格拉费娜又竭力劝说他，没有任何理由在冬季以前改变生活方式，因为夏季谁也不会租大住宅，再说他自己也总得有个地方居住和存放家具杂物。所以，聂赫留朵夫虽然想改变生活方式，像大学生那样过简朴的生活，可是他的全部努力都落空了。家里不仅一切如旧，而且又紧张地忙起家务事来——把全部毛料和皮衣服拿出来晾、吹风、掸灰尘……扫院子的仆人、这仆人的助手、厨娘以及听差柯尔涅尔本人都参加了。起初，他们把一些军服和没有穿过的式样古怪的皮货都搬出来，晾在绳子上，然后又把地毯和家具也都搬出来。扫院子的人就带着他的助手卷起衣袖，露出肌肉发达的胳膊，合着节拍，用力地拍打这些东西，于是所有的房间都散发着樟脑味。聂赫留朵夫从院子里走过，或者从窗口望出去，不禁感到惊讶：这些东西多得吓人，而且无疑都是毫无用处的。"这些东西的唯一用处和意义，"聂赫留朵夫想，"就在于它们可以为阿格拉芬娜·彼得罗芙娜、柯尔涅尔、扫院子的仆人、他的助手以及厨娘提供一个锻炼身体的机会。"

"此时此刻玛丝洛娃的事还没有眉目，暂时用不着改变生活方式，"聂赫留朵夫想，"再说改变生活方式也实在困难。等她得到释放或者被流放，我也跟着她去，到那时生活方式就自然改变了。"

在同法纳林律师约定的那一天，聂赫留朵夫坐上马车去看他。律师的私人住宅里摆着各种高大的盆景，窗上挂着非常精致的窗帘，总之，布置得富丽堂皇，说明主人发了横财，也就是得了不劳而获的钱财。这种阔气铺陈只在暴发户家里才会有。聂赫留朵夫走进这个房子，接待室里已有许多要求接见的人，就像在医生的候诊室里等着排队拿号一样，大家沮丧地在几张桌子旁边坐着，桌子上放着供大家翻阅的消遣画报。律师的助手也在这里，挨在一张很高的斜面办公桌旁边坐着。他认出了聂赫留朵夫，便走过去向他打招呼，并说他马上去报告律师。但还没有等助手走到办公室的门口，房门就自动打开了，并传来了响亮而活泼的声音，那是一个年近中年、矮胖身材、脸色红润、留着浓密的唇髭、穿着全新衣服的男人，正在同法纳林谈话。从他们两人脸上的表情来看，他们刚办完一件有利可图却又不太正当的事。

"您自己也有罪啊，老兄。"法纳林微笑着说。

“我本愿意进天堂，那多好，只是罪孽深重，上天无门。”

“得了，得了，我们彼此心知肚明。”

两人都不自然地笑了笑。

“啊，公爵，请进。”法纳林看见了聂赫留朵夫后说，再一次对走出门的商人点点头，便把聂赫留朵夫领进他那陈设庄重的办公室。“请吸烟吧。”律师说，在聂赫留朵夫的对面坐下来，极力收住由于刚才那件成功的交易而浮现的笑容。

“谢谢，我是为玛丝洛娃的案子来的。”

“好，好，我们马上就谈……嘿，这些大财主都是大骗子！”他说，“您瞧见刚才这个家伙了吧？他有一千二百万的资本。可他还说什么‘上天无门’。哼，他雁过拔毛，只要能从您身上捞到哪怕是一张二十五卢布的钞票，那他就是用牙齿咬也要把它咬到手的。”

“他说‘上天无门’，而你也说什么‘二十五卢布钞票’。”聂赫留朵夫这时暗想，对这个态度嚣张、肆无忌惮的人产生一种不可遏止的憎恶。律师说话的腔调是想说明，他同聂赫留朵夫是同一个圈子里的人，而那些来找他的顾客及其他一些人则属于另一个圈子，同他们截然不同。

“他把我折磨得够呛，这个坏蛋。我真想喘口气了。”律师说，好像在为没有立即谈聂赫留朵夫的事情做辩护。“好，现在就来谈谈您提的案子……我已经仔细查阅了案卷，可是正如屠格涅夫说的，‘它的内容可不乐观’[①]，就是说，那个该死的辩护律师糟透了，没有给上诉留下任何余地。”

“那您决定怎么办？”

“等一等，您告诉他，”他转身对进来的助手说，“我怎么说的，就怎么办，他认为可以——这很好，如果不同意，那就算了。”

“可他不同意。”

“那就算了。”律师说，他的脸色从快活、和善顿时变为阴沉、恼恨。

“人们都说律师是白拿钱的，”他说，脸色又显出了原先那种快活的神色，“不久前我救了一个遭诬告的破了产的债务人，而现在大家都纷纷找上门来了。可是每办一个这样的案子，都要付出不少心血。须知，我们也像一位作家说的那样：我们把自己身上的肉一块块留在墨水瓶里了。好吧，现在就来谈谈您的案子吧，或者说是您感兴趣的那个案子吧，”他继续说，“情况很糟，没有充足的上诉理由，但试一试还是可以的。您看，我写了这样一个状子。”

接着法纳林就将他写好的状子，跳过那些枯燥的套话，向聂赫留朵夫宣读一

① 引自屠格涅夫短篇小说《多余人日记》。

遍。他一本正经地念道：

谨呈刑事案上诉部，等等，等等。上诉事由，等等，等等。该案经某某判定，等等，等等，已裁决，等等，等等。某某玛丝洛娃犯有用毒药毒死商人斯梅里科夫罪。根据《刑法》第一四五四条，等等，判该犯服苦役，等等。

他念到这里停住了。尽管他已长期习惯于办这种事，但看得出来，他还是津津有味地读自己的作品。

"'此项判决乃是严重违反诉讼程序以及诉讼上的种种错误所造成的，'"他郑重其事地继续念道，"'理应予以撤销。第一，在开庭审讯中，斯梅里科夫的内脏检查报告刚开始宣读，就被庭长阻止。'这是第一点。"

"不过，要知道，这是公诉人要求宣读的呀！"聂赫留朵夫惊奇地说。

"反正一样，辩护人照样有理由要求宣读这份报告。"

"但是，说实话，宣读毫无必要。"

"这毕竟是个上诉的理由。然后：'第二，玛丝洛娃的辩护人，'"他继续念道，"'在发言时有意说明玛丝洛娃的个人情况，谈及她堕落的内在原因，但被法庭阻止，理由是似乎这些话与案情无直接关系。然而，根据枢密院的多项指示，在刑事案件中，查明被告的性格以及一般精神面貌，具有重要的意义，至少有利于正确判断罪责问题。'这是第二点。"他说，瞧一眼聂赫留朵夫。

"可是，他说得很糟，大家根本听不懂。"聂赫留朵夫说，感到更惊讶了。

"那小子是个十足的笨蛋，他当然说不出有什么道理的话来，"法纳林笑着说，"但毕竟也是个理由。好吧，再往下念。'第三，庭长在总结发言中，违反了《刑事诉讼法》第八百零一条第一款的明确规定，没有向陪审员解释清楚，根据什么法律因素才能构成犯罪的概念，也没有告诉他们，即使他们裁定玛丝洛娃对斯梅里科夫下毒的事实确凿，也仍然有权根据她并非蓄意谋害而不把她的这种行为看成有罪，从而裁定她没有犯刑事罪，而只是一次过失、一时疏忽而已。商人之死，是出乎玛丝洛娃意料之外的。'这是主要的一点。"

"可我们自己也应该能够理解这一点。这方面是我们的错误。"

"'最后，第四，'"律师继续念下去，"'陪审员们对法庭所提出的关于玛丝洛娃犯罪问题的答复，在形式上有明显的矛盾。玛丝洛娃被控纯粹出于图财的目的而蓄意毒死斯梅里科夫，可见她犯杀人罪的唯一动机就是图财。然而陪审员们在答复中却否定她有掠夺钱财和参与盗窃贵重物品的目的。由此可见，他们本来就打算否定被告有谋害性命的意图，只是由于审判长总结发言的不完善，引起了误解，致使陪审员在答复中没有用适当的方式表明这一点，因此，针对陪审员们的答复，绝对要援引《刑事诉讼法》第八百一十六条和第八百零八条，即审判长应当向陪审员们解释他们所犯的错误，退回其答复，责成他们重新商议，对被告犯罪问题做出新的答复。'”法纳林念完了这一段，停下来。

“那么，庭长为什么不这样做呢？”

“我也想知道这是为什么。”法纳林笑着说。

“那么，枢密院会纠正这个错误吗？”

“这就要看到那时审理这个案子的是哪些老废物了。”

“怎么是老废物呢？”

“都是来自养老院的老废物啊。嘿，就是这么一回事。下面，我们是这样写的：‘陪审员们做出这样的裁决，'”他很快继续念道，“‘使法庭无权判定玛丝洛娃的刑事处分。对她的案子引用《刑事诉讼法》第七百七十一条第三款，是对我国刑事诉讼的基本原则的明显而严重的破坏。根据上述理由，谨呈请某某、某某根据《刑事诉讼法》第九百零九条、第九百一十条、第九百一十二条第二款和第九百二十八条，等等，等等，撤销原判，并且将本案移交该法院另组法庭重新审理。'这样一来，凡是能做的，我们都已经做了。”法纳林又补充说：“不过恕我直言，成功的希望是很小的。但话要说回来，关键在于枢密院里审理这个案子的是哪些人。要是有熟人，您可以去奔走。”

“我倒真有一些熟人。”

“那可得抓紧，要不他们都出去医治痔疮等小病痛，就得等上三个月了……嗯，万一不成功，还可以向皇上告御状，这也要靠幕后活动。这方面我也愿意为您效劳，不是指幕后活动，是指写状子。”

“谢谢您，那么您的酬劳……”

“我的助手会给您一份誊清的状子，他会对您说明的。”

“我还有一件事要向您请教。我得到一张检察官允许我到监狱探望这人的许可证，可是监狱官员对我说，要在规定日期和地点以外探监，还得经省长批准。真的需要这个手续吗？”

“我想是的，不过现在省长不在，由副省长管事。可他是个十足的笨蛋，您找他是什么事也办不成的。”

“您是说马斯连尼科夫吗？”

“是的。”

“我认识他。”聂赫留朵夫说着，站起来，准备告辞。不料这时一个相貌很难看、生着狮子鼻、又黄又瘦的女人快步闯进律师办公室里来，这人是律师的妻子，分明一点也不因为生得丑而难过。她打扮得十分别致，丝绒和绸缎材质的衣服十分讲究，有淡黄色的，也有绿颜色的，甚至她那稀疏的头发也卷过了。她扬扬得意地闯进接待室。尾随她进来的还有一个面色如土的作家，此人身材细长，满脸堆笑，穿着缎子翻领的礼服，系着白领带。聂赫留朵夫以前见过他。

“阿纳托里，”她推开门就说，“到我那里去吧。瞧，谢苗·伊万诺维奇答应朗诵他的诗，而你呢，务必念一下迦尔洵[①]的作品。”

聂赫留朵夫正打算走，可是律师的妻子凑近丈夫小声说了几句话，便立刻转身对聂赫留朵夫说：

“别见怪，公爵，我认得您，我想就不必介绍了。请赐驾光临我们的文学晨会。那是很有趣的。阿纳托里的朗诵好极了。”

“您瞧，我有多少杂事要办啊。”阿纳托里说，摊开两只手，微笑着，指一指妻子，表示无法拒绝这样一个千娇百媚的女人。

这两人死乞白赖地邀请聂赫留朵夫参加他们的文学晨会，听他们朗读诗歌。聂赫留朵夫脸色忧郁而严肃，谢绝他们的邀请，他表示承蒙邀请，不胜荣幸，然而无暇奉陪，说完便走出办公室，到接待室去了。

“好一个装模作样的家伙！”律师的妻子等他出去以后，这样说他。

在接待室里，律师助手交给聂赫留朵夫一份抄好的状子。谈到报酬问题，他说阿纳托里·彼得罗维奇定了一千卢布，并且解释说他本来不接受这类案件，这次是看在聂赫留朵夫的面子才办的。

“这个状子该怎样签署，由谁签名？”聂赫留朵夫问。

“可以由被告自己签名，但要是有困难，那么阿纳托里·彼得罗维奇也可以接受她的委托，由他出面签名。”

“不，我去一趟，叫她自己签个名。”聂赫留朵夫说，因能有机会在预定日期之前见到玛丝洛娃而感到高兴。

---

① 迦尔洵（1855—1888），俄国作家。

四十六

监狱里，每天一到规定的时间，监狱看守就在走廊里吹响哨子。于是，铁锁哐啷啷地响着，走廊门和牢房门相继打开，便听到一片犯人的脚步声——光脚板走路的啪哒啪哒声和棉鞋后跟发出的咯噔咯噔的响声。倒便桶的男犯在走廊里来回操作，弄得空气中充满大小便的恶臭。男女犯人都在洗脸和穿衣服，然后到走廊上集合点名，点名完毕，就去取开水，冲茶喝。

今天喝茶的时候，各牢房的犯人有一个共同的话题，就是今天有两个男犯人要受到用树条抽打的惩罚，为了这件事，气氛活跃，群情激愤。这两个受罚的男犯人当中，有一个是店员瓦西里耶夫，年纪很小，文化程度不低，一时醋劲发作，杀死了自己的情妇，因而入狱。牢房里的犯人们都喜欢他，因为他乐观开朗，性情慷慨，对监狱里的长官态度强硬。他懂得法律，总是要求按法律办事。因此监狱长官不喜欢他。三个星期以前，有一个看守殴打了倒便桶的犯人，因为这个犯人把粪水溅到了他的新制服上。瓦西里耶夫出头为这个倒便桶的犯人鸣不平，指出没有一条法律允许殴打犯人。“我要让你看看什么叫法律！”看守说着并臭骂了瓦西里耶夫一顿。瓦西里耶夫同样地回敬他。看守想要打他，瓦西里耶夫眼明手快，抢先抓住他的手，紧紧捏了三分钟左右，然后拧着他的手让他转过身去，并把他推出门外。看守告到上边去，典狱长便下令把瓦西里耶夫关进单人牢房。

单人牢房是一排阴暗的小屋，从外面上锁。在又黑又冷的单人牢房里，既没有床，也没有桌子，更没有椅子或板凳，因此被关在里面的人只能坐在或躺在肮脏的地板上，任凭老鼠在他们身上窜来窜去。这里的老鼠不仅很多，而且胆子很大，因此在黑暗中的囚犯连一块面包也无法保存，老鼠常常从囚犯的手里抢面包吃。如果囚犯不动弹的话，老鼠甚至要咬他的身体。瓦西里耶夫说自己没有罪，所以不肯到单人牢房去。看守们要强拉他进去，他进行挣扎。有两个犯人帮他从看守的手里挣脱了身子。看守们就一起来了，其中一个是有名的大力士彼得罗夫。犯人们干不过他，都被关进单人牢房去了。省长当即接到报告，说是发生了一件类似暴动的事件。典狱长接到公文，命令对两名主犯——瓦西里耶夫和流浪汉涅波姆尼亚希，各用树条抽打三十下。

这项刑罚将在女犯的探监室里执行。

从昨天晚上起，监狱里的所有犯人就已知道这件事。各个牢房都热烈地议论着这一将要执行的刑罚。

柯拉勃列娃、“美人儿”、费多霞和玛丝洛娃都坐在自己的角落里，她们都喝了酒，个个脸色通红，精神振奋。玛丝洛娃现在经常买酒喝，而且慷慨地请她的伙伴们喝。此时此刻，她们已喝过茶，也在谈论着这件事。

“难道他造反了还是怎么的？”柯拉勃列娃谈论着瓦西里耶夫，一边用她那结实的牙齿一小块一小块地咬着糖，“他只不过是替伙伴们打抱不平罢了，因为如今不兴随便打人了。”

“听说，他是个挺好的人。”费多霞也说了一句。她没有扎头巾，露出盘在头上的长辫子，坐在板床对面的柴堆上。板床上放着一把茶壶。

“喏，你应当告诉他，米哈伊洛芙娜。”铁道看守员的妻子对玛丝洛娃说。这个“他”指的是聂赫留朵夫。

“我会说的。他为我什么都肯做。”玛丝洛娃回答说，微笑地晃晃脑袋。

“可他什么时候才来呢？听说现在就要去鞭笞那两个人了，”费多霞说，“这真吓人！”她叹口气又说。

“有一次，我在乡公所看见一个庄稼人被打。当时我公公打发我去找乡长，我就去了，我一到那儿，抬头一看，他呀……”铁道看守员的妻子开始讲一个很长的故事。

铁道看守员妻子的故事被楼上走廊里的说话声和脚步声打断了。

女人们都静下来，留心听着。

“他们抓人来了，这些魔鬼，”“美人儿”说，“他们就要把他们活活抽死。看守们可恨死他了，因为他总不肯向他们低头。”

楼上渐渐沉寂下来，铁道看守员的妻子又接着讲她的故事，讲她在乡公所的板棚里看见那个庄稼人怎样被毒打，她如何害怕，被吓得魂飞魄散。但“美人儿”却讲述谢格洛夫挨鞭子抽打时，如何一声不吭。后来费多霞收起了茶具，柯拉勃列娃和铁道看守员的妻子也做起了针线活，玛丝洛娃则抱住双膝，在板床上坐着，感到烦闷。她正打算躺下睡觉，可是女看守跑过来了，叫她到办公室去，说有人要见她。

“我们这儿的事一定要告诉他。”老太婆明肖娃对她说。此时玛丝洛娃正在照着剥落了一半水银的镜子整理她的头巾。“火不是我们放的，是那个坏蛋自己放的，有个工人看见了，他不会昧着良心不说的。你告诉他，叫米特里出来作证，他会把一切都讲给他听，要不然，这算怎么一回事啊，我们平白无故被关起来，而他，那个坏蛋，却霸占人家的老婆，坐在酒店里逍遥自在。”

“这真是无法无天了！”柯拉勃列娃肯定地说。

“我说，一定对他说，”玛丝洛娃答道，“要不就再喝一点壮壮胆也好。”她补充说，挤挤眼睛。

柯拉勃列娃给她倒了半杯。玛丝洛娃喝了，把嘴一抹，带着极其畅快的心情，把她刚才说过的话再说一遍：“壮壮胆也好。”然后摇摇头，微笑着，跟着看守顺着长廊走去。

四十七

为了上诉的事，聂赫留朵夫第二次探监，这一次，他在监狱的前屋里等了好久。

他一来到监狱，就在大门口拉了门铃，然后把检察官的许可证交给值班的看守。

“您要找谁？”

“探望女犯玛丝洛娃。”

“现在不行，典狱长正忙着呢。”

“他在办公室里吗？”聂赫留朵夫问。

“不，他在探望室里。”看守回答，聂赫留朵夫觉得这个看守有点心神不安。

“难道今天是探监的日子吗？”

“不，今天有一件特殊的事。”他说。

“怎么才能见到他呢？”

“等他出来，您就可以跟他谈您的事了，您先等一会儿。”

这时，司务长从边门出来。他穿着一身丝光闪闪的制服，容光焕发，小胡子上满是烟草味，厉声对看守说：“怎么把人带到这儿来？带到办公室去……”

“他们对我说，典狱长在这儿。”聂赫留朵夫说，看到司务长也露出惶惶不安的神情，不禁感到纳闷。

这时，里面的一扇门也打开了，满头大汗、神情激动的看守彼得罗夫走了进来。

“他以后就会记住了。”他转身对司务长说。

司务长用眼睛暗示他聂赫留朵夫在这里，彼得罗夫就不作声了，皱皱眉头，从后门走了出去。

“谁会记住？他们为什么都如此慌张？司务长为什么给他使眼色？”聂赫留朵夫想。

“您不能在这里待着，请您到办公室去吧。”司务长又转过身去对聂赫留朵夫说。聂赫留朵夫刚要出去，典狱长正好从后门进来，他的神色比他的部下更慌张，不停地叹气。他一看见聂赫留朵夫，就转身对看守说：

“费多托夫，把五号女牢的玛丝洛娃带到办公室去。”

“您请到这里来。”他对聂赫留朵夫说。他们沿着陡峭的楼梯走到一个小房间里，里面只有一扇窗，放着一张写字台和几把椅子，典狱长就坐了下来。

“这差事真苦，真苦。”他对聂赫留朵夫说，掏出一支很粗的香烟来。

“看样子，您很累了。”聂赫留朵夫说。

“这种差事我腻烦了，真是苦差事。我想减轻他们的苦难，结果却更糟。我现在只想离开这里，这差使真苦，真苦呀！”

聂赫留朵夫不知道是什么事使典狱长觉得难办，但他看出他的心情特别沮丧，很令人同情。

“是的，我也认为在这儿当差很不容易，”他说，“可您为何要担任这种职务呢？”

“我没有家产，可有一家子人。”

“不过，既然您觉得苦……”

“唉，我还是跟您说吧，我在尽我的能力做些好事来减轻他们的苦难。要是换别人，决不会这样做的。要知道，在这儿做点好事谈何容易啊，这里有两千多人，都是些什么人啊！得懂得怎样对付他们才成。他们也是人，也应可怜他们，但是放纵他们也不行。”

典狱长给他讲起不久以前发生的一件事：几个犯人打架，结果闹出了人命。[1]

这时，看守领着玛丝洛娃进来，把他的话打断了。

玛丝洛娃走到门口，聂赫留朵夫就已经看见她了。她脸色红红的，精神抖擞地跟着看守走来，摇头晃脑，不住地微笑着。她一看见典狱长，脸上露出惊惶的神色，但立刻镇定下来，大胆而快乐地向聂赫留朵夫打招呼。

“您好！”她拖长声音，脸上挂着微笑，使劲握了握他的手，这跟上次大不一样。

“喏，我给您带来了状子，请签个字。”聂赫留朵夫说，对她今天见到他时表现出来的那副活泼样子，感到有点奇怪。“律师写了个状子，您签个字，我们就把状子送到彼得堡去。”

“行，签个字也行，干什么都行。”她眯缝着一只眼睛，笑嘻嘻地说。[2]

[1] 这里是细节描写，谜底被解开了：监狱里“出了人命”，至于是不是几个犯人打架导致的，作者没有明示，但看守、司务长等人的语言、神态则透露了真相。

[2] 这里是语言和神态描写，玛丝洛娃的语言中流露出一种无所谓的消极态度，神态则表现出一种想要奉承对方的感觉，和她妓女的身份及喝了酒的状态十分贴切。

聂赫留朵夫从口袋里掏出一张折好的纸，走到桌子旁边。

“可以在这里签字吗？”聂赫留朵夫问典狱长。

“你到这儿来，坐下，”典狱长说，“给你笔，识字吗？”

“以前识过。”她微笑着理了理裙子和上衣袖子，坐到桌子旁边，用她有力的小手笨拙地握住笔，笑起来，瞟了聂赫留朵夫一眼。

他指给她该签什么名字，在什么地方签。

她认真地蘸了一下墨水，抖抖水笔，写上了自己的名字。

“没有别的事了？”她问道，忽而望望聂赫留朵夫，忽而望望典狱长，随后把笔插在墨水缸里，接着又放在纸上。[3]

“我有些话要跟您说。”聂赫留朵夫接过她手里的笔。

“好，您说吧。”她像是忽然想起了什么心事或是困倦了，脸色变得严肃了。

典狱长站起来，走了出去，屋子里只剩下聂赫留朵夫和玛丝洛娃两个人。

[3] 这里是动作描写，玛丝洛娃的行为表现出她内心的忐忑和矛盾，她其实害怕从对方那里得到肯定的回答，因为她自己有话要对聂赫留朵夫说，而自己又不好意思开口。

四十八

带玛丝洛娃来的看守坐在离桌子稍远一点的窗台上。对聂赫留朵夫来说，决定性的时刻到了。他不断地责备自己在头一次见面时没有把主要的话告诉她，即他打算跟她结婚。现在他下定决心，一定要把这话告诉她，她坐在桌子的这一头，聂赫留朵夫坐在她对面。屋子里很明亮，聂赫留朵夫第一次近距离看清楚了她的脸——眼角和嘴边都已有皱纹，眼睛浮肿。于是他比以前更怜悯她了。

他把两个胳膊肘支在桌子上，免得让那个脸型长得像犹太人、留着花白连鬓胡子、坐在窗台上的看守听见他的话，而只让她一个人听见。他说：

"要是这个状子不管用，那就去告御状。凡是办得到的事，我们都要去办。"

"唉，要是当初有个好律师就好了……"她打断他的话说，"可是那个辩护人却是个十足的笨蛋。他就会对我献勤，"她说，并笑了起来，"要是当时他们知道我跟您认识，情况就会大不一样了。而现在呢？他们把所有的人都看成贼了。"

"她今天变得好奇怪。"聂赫留朵夫暗想，刚要说自己要说的话，可她又说开了。

"我还有一件事要跟您说。我们那儿有个老婆子，人品挺好。大家甚至感到惊奇，这么好的老太婆，竟然也叫她坐牢，而且连她儿子也一起坐牢，可是大家都知道，他们是无罪的。好像有人控告他们放火，就被关起来了，知道吗，她听说我认识您，"玛丝洛娃说，转动着脑袋，不时地瞟他一眼，"就对我说，'你告诉他，让他把我儿子叫出来，我儿子会把所有的事情都讲给他听。'他们姓明肖夫。怎么样，您肯做这件事吗？要知道，她真是个好老婆子，分明是受了冤枉。好人儿，您就给她帮个忙吧。"她说着，看了他一眼，垂下眼睛，微笑着。

"好的，我先去了解一下，"聂赫留朵夫说，对她的态度那么随便，越来越感到惊奇，"但我自己有事要跟您谈谈，您还记得我那次对您说的话吗？"

"您说了好多话，上次说了些什么呀？"玛丝洛娃一面说，一面不停地微笑，脑袋时而转向这边，时而扭向那边。

"我说过，我来是为了求您的饶恕。"聂赫留朵夫说。

"嘿，何必呢，老是饶恕饶恕，用不着来那一套……您最好还是……"

"我要拿出实际行动来，我决定跟您结婚。"

她的脸上突然出现了惊骇的神色。她的斜视眼发直了，像是瞧着他，又像没有瞧他。

“这又是为什么呀？”玛丝洛娃愤愤地皱起眉头说。

“我觉得我应该在上帝面前这样做。”

“怎么又弄出个上帝来了？咳，当初您要是记得上帝就好了。”她说了这些话，又张开嘴，但没有再说下去。

聂赫留朵夫现在才闻到她嘴里的强烈的酒味，才明白了她为什么会如此激动。

“您安静点儿。”他说。

“我可用不着安静点儿。你当是我喝醉了吗？我确实喝了酒，可是我明白我在说什么，”玛丝洛娃突然很快地讲起来，脸涨得通红，“我是个苦役犯，是个窑姐儿……您是老爷，是公爵，你不用来跟我惹麻烦，免得辱没你的身份。还是找你那些公爵小姐去吧，我的价钱是一张红票子。”

“不管你说得怎样尖刻，也说不出我心里是什么滋味，”聂赫留朵夫浑身哆嗦，低声说，“你不会懂得，我觉得我对你犯了多大的罪……”

“我觉得我对你犯了多大的罪……”玛丝洛娃恶狠狠地学着他的腔调说，“当初你并没有感觉到，却塞给我一百卢布。瞧，这就是你出的价钱……”

“我知道，我知道，可如今我该怎么办呢？”聂赫留朵夫说，“如今我决定再也不离开你了，”他重复说，“我说到一定做到。”

“可我敢说，你做不到！”玛丝洛娃说着，大声笑起来。

“卡秋莎！”聂赫留朵夫一面说，一面摸摸她的手。

“你给我走开！我是个苦役犯，你是位公爵，你到这儿来干什么？”她尖声叫道，气得脸都变色了，从他的手里抽出手来。“你想利用我来拯救你自己，”玛丝洛娃继续说，迫不及待地把一肚子怨气都发泄出来，“你今世利用我作乐，来世还想利用我来拯救你自己！我讨厌你，讨厌你那副眼镜，讨厌你这副又肥又丑的嘴脸。走，你给我走！”她猛然站起来，嚷道。

看守走到他们跟前。

“你闹什么！怎么可以这样……”

“不，请您不要管她。”聂赫留朵夫说。

“叫她别忘乎所以了。”看守说。

“不，请您等一等。”聂赫留朵夫说。

看守又走到窗子那边去了。

玛丝洛娃又坐下去，垂下眼睛，把她那双小手的手指紧紧地交叉在一起。

聂赫留朵夫站在她前面，不知道该怎么办才好。

“你不相信我。”他说。

“您说您想结婚，这永远办不到，我宁可上吊！这就是我要对您说的。”

“我还是要为你出力。”

“哼，那是您的事，我什么也不需要，我对您说的是实话，”玛丝洛娃说，“唉，我当初为什么没死掉呀？”她说到这里伤心得痛哭起来。

聂赫留朵夫也不能说下去了。她一哭，使得他也要哭了。

过后，玛丝洛娃抬起眼睛，瞧了他一眼，仿佛感到惊奇似的，接着用头巾擦擦脸颊上的眼泪。

这时看守又走过来，提醒他们该分手了，玛丝洛娃站了起来。

“您今天有点激动，要是可能，我明天再来。您考虑考虑吧。”聂赫留朵夫说。

玛丝洛娃一句话也没有回答，也没有瞧他一眼，就跟着看守走出去了。

“嘿，姑娘，这下子你可要走运了，”玛丝洛娃回到牢房里，柯拉勃列娃就对她说，“看样子，他被你迷住了。趁他来找你，你别错过机会。他会把你救出去的，有钱人什么事都有办法。”

“这倒是真的，”铁道看守员的妻子用唱歌般的音调说，“穷人要结婚，那就有说不尽的难处，有钱人则想怎么样就怎么样，要什么都能办到。好姑娘，我们家乡就有这么一个体面的人，他呀……”

“怎么样，我的事你提了没有？”那个老婆子问。

玛丝洛娃没有回答同伴们的话，却在板铺上躺下来。她那双斜睨的眼睛呆呆地望着墙角，她就这样一直躺到傍晚。她的内心展开了痛苦的活动，聂赫留朵夫那番话使她回到了那个她无法理解而又对之满怀仇恨的世界。在那个世界里她受尽了折磨，并且已逃离出来了。现在她已经不能再照原先那样忘掉一切，浑浑噩噩地生活下去，可是清醒地记着往事活下去又实在太痛苦了。傍晚，她就又买了些酒，跟同伴们一起痛饮起来。

四十九

“唉，真没想到会弄得这么糟，这么糟！”聂赫留朵夫一边想，一边走出监狱。直到现在，他才了解自己的全部罪孽。要不是他决心赎罪，也不会发觉自己罪孽深重。同时，她也不会感觉到她被伤害到什么地步，直到现在，这一切才暴露无遗，使人触目惊心。直到现在，他才看到自己怎样摧残了这个女人的心灵，她也才懂得这个男人怎样伤害了她。以前聂赫留朵夫一直孤芳自赏，连自己的忏悔都很得意，如今他觉得这一切非常可怕。他觉得再也不能把她抛开不管，但又无法想象他们的关系将会有怎样的结局。

在正门出口，一个看守走近聂赫留朵夫，此人胸前戴满十字架和奖章，带着一副令人厌恶的曲意奉迎的面容，诡秘地递给聂赫留朵夫一个便函。

“这是一个女人写给您公爵大人的短信……”他说着，递给聂赫留朵夫一个信封。

“哪个女人？”

“您看一下就知道了。一个遭监禁的女人，女政治犯。我奉命监管她们。于是她一再央求我。即使这是违禁的，但秉着人的善良本性……”看守不自然地说。

聂赫留朵夫感到惊讶，一个负责监管政治犯的狱卒居然以这种方式传递便函，而且就在这所监狱里，几乎在众目睽睽之下。他当时并不知道，这人既是一名看守，又是一个密探，但是他还是接了这封便函，走出监狱后，展纸阅读。信上是用铅笔写的利落的笔迹，没有用旧字母。信上写道：

> 我听说，您在查访这所监狱，对其中一个刑事罪犯很感兴趣，因此我想和您见一面。请您去求监狱官吏准许您和我见面。如果他们批准您的请求，我将转告您许多重要的事情，既有关您所庇护的那个人的，也有关我们的小组的，感谢您的薇拉·波戈杜霍芙斯卡雅。

薇拉·波戈杜霍芙斯卡雅原先是诺夫哥罗德省一个偏僻地方的女教员。某次，聂赫留朵夫和他的同伴们坐车到那儿去猎熊。这个女教员趁机向聂赫留朵夫诉苦，求他施舍一笔钱，使她能圆了到城市读培训班的梦想。聂赫留朵夫当时二话不说，就给了她一笔钱，也很快将她忘却。可现在这位女士突然成了政治犯，落到这所监狱里来了，她在这儿自然听到了他生活中的事情，所以自荐愿意为他服务。当时打发掉这个女子既容易又简单，而现在怎样对待这名女政治犯可是一件复杂而棘手的事。聂赫留朵夫欢快地回忆起当年自己和波戈杜霍芙斯卡雅认识的经过。那是谢肉节[①]前的某天，在一个密林深处，离铁路线有六十俄里远。这次狩猎是圆满的，杀死了两只大熊，大家一起欢宴了一番。正准备驾车离去，他们曾停留过的一个木房的主人来了，对他们说，有一个教堂执事的女儿想见聂赫留朵夫公爵。

“长得好看吗？”有人问道。

“啊，得了！”聂赫留朵夫摆出一副严肃的面孔说，从桌旁站起，擦净嘴唇，心里感到好奇：一个教堂执事的女儿需要他干什么？他进入了这家农舍里。

房间里有一个姑娘，头戴毡帽，身穿小皮外套，瘦骨伶仃，一张瘦削的脸不算美丽，但她那双带着两道竖眉的眼睛还是顶动人的。

“这就是薇拉·波戈杜霍芙斯卡雅，同他谈话吧，这是公爵本人，我走啦。”作为女主人的一个老太婆说。

“我能为您做些什么事呢？”

“我……我……您要明白，您是位富豪，挥金如土，将大把钱财花在打猎等无用的事情上面，这我理解，”姑娘羞羞答答地说，“而我希望的仅仅是一件事：我想给民众做点有益的事情，同时我什么也不能做，因为我什么也不懂。”

她一双眼睛是诚实、良善的，脸上果断又胆怯的表情那么动人，以致聂赫留朵夫依据他往常为人的习惯，顿时设身处地替她着想，理解她，并产生了怜香惜玉之心。

“我能做些什么呢？”

“我是一名女教师，想去上培训班深造，可条件不许可，不是乡亲们阻拦我，他们倒让我去，但这需要一笔钱。给我一笔钱吧，我上完培训班，就偿还给您。我想，富人猎杀熊，男人们酗酒，干的都是坏事，为什么他们不做善事，我需要的仅仅是八十卢布，您不给我，我也无所谓。”她愤愤不平地说。

“和您料想的相反，我十分感谢您，您给予我一次机会……我马上取来。”聂赫留朵夫说。

他走出来，在穿堂里遇到一个同伴，那人在偷听他们的谈话。他不理睬同伴的玩笑话，从钱包里取出钱给了她。

“好的，好的，您不必感谢我。我应当感谢您。”

现在他十分惬意地回忆起这件事的全部经过，他愉快地想起，当时他几乎和一个军官发生争吵，因为这个人打算将这件事炮制成桃色事件，而另外一个同伴

---

① 基督教节日，在大斋前的一星期内。

替他辩护，这件事促使他后来和这个同伴成了莫逆之交。他还想起这次狩猎是如此幸运和欢乐，当他们趁着夜色回归到原来的铁路车站时，他的身心是多么舒畅。一队双套马的雪橇无声息地鱼贯前进，马儿在森林中的狭路上用快碎步小跑前进，树丛有时高，有时低，还夹杂着一些云杉树。眼前是一片被碾压成饼状的白茫茫的雪。在黑暗中，有个红光一闪一闪，这是某人在吸着气味很香的烟卷。一个围猎者，踩着深到膝部的雪，从一个雪橇跑到另一个雪橇，他的声音已变得嘶哑，当他的位置和你齐平的时候，他就向你讲述眼下在深雪中行走、啃着白杨树皮的驼鹿，还讲到此刻躺在密林深处的窝里的熊，它们在洞口旁呼出温暖的粗气。

聂赫留朵夫记起这一切，尤其是那种感到自己健康、有力、无忧无虑的幸福心情。人们都感到轻松，紧裹着短皮大衣，呼吸着严寒的空气，树枝上被马轭碰下来的雪落在人脸上，全身温暖，容光焕发，心中既没有烦恼，也没有自责，也没有恐惧，也没有愿望。那是多么好啊！而现在呢，天哪，一切都是如此痛苦和艰难。

很明显，薇拉·波戈杜霍芙斯卡雅成了一个女革命者，眼下因革命事业落入了监狱。应当与她会面，特别是因为她答应为改善玛丝洛娃的境况提供建议。

五十

第二天早晨，聂赫留朵夫回想起昨天的种种事情，心里不由得感到害怕。

不过，虽然害怕，他还是更坚强地下定了决心，一定要把开了头的事情做下去。

他怀着强烈的责任感走出家门，乘车去找马斯连尼科夫，要求准许他到牢房里探望玛丝洛娃，以及玛丝洛娃托他帮忙的明肖夫母子。此外，他还想顺便要求探望薇拉，因为她可能帮玛丝洛娃的忙。

聂赫留朵夫在团里服役的时候就认识马斯连尼科夫。马斯连尼科夫当时任团的司库，忠心耿耿，奉公守法，除了军团和皇室以外，天下什么事也不关心，什么事也不过问。聂赫留朵夫发现，他现在已当上了行政长官，所管辖的已不是一个团，而是一个省和省政府。[1] 他娶了一个既有钱又泼辣的女人，那女人逼得他脱离军队，改任文职。

[1] 一个行政长官管辖着一个省和省政府，手中权力很大，揭示了沙俄政府权力的高度集中是产生绝对权力和滋生腐败贪污的主要原因，这是作者对政府机构权力过度集中的否定和批判。

她一会儿讪笑他，一会儿又爱抚他，把他当作她驯养的一头野兽。聂赫留朵夫去年冬天到他们家里去过一次，可是他觉得和这对夫妇打交道索然无味，以后再也没去过。

马斯连尼科夫一看见聂赫留朵夫就满面笑容。他的样子和当初担任军职时差不多，脸颊还是又胖又红，肥胖的体格也差不多，装束还是很考究。当年他全身总是很干净整齐，穿款式最新的军服或制服，把肩膀和胸膛裹得紧紧的。现在他穿的却是最时兴的文职服装，仍旧把他饱满的身体和挺起的宽胸脯裹得紧紧的。今天他穿的这身文官制服真有气派，足可令来客目眩。他们两人虽然年龄悬殊①，但彼此还是不拘礼节，以你我相称。

“啊，你来了，真是太感谢了，一起到我妻子那里去吧。我

---

① 马斯连尼科夫已近四十岁了。

此刻正好有十分钟时间，过后要去开会。我们的上司出门了。省里的事现在由我管。”他说着，露出掩饰不住的得意神色。

“我是有事来找你的。”

“什么事啊？”马斯连尼科夫忽然用惊恐的、有点严厉的声调说，仿佛有所戒备似的。

“监狱里有一个人我很关心①，并很想探望她，但不要在普通探监室里。最好在办公室里，并且不限于规定的日子，要多探望几次——听说这事要由你决定。”

“行，我亲爱的，我随时准备为你效劳，”马斯连尼科夫说着，双手摸摸聂赫留朵夫的膝盖，仿佛要表示自己平易近人，“这可以，不过你也看到了，我只是个临时皇帝。”

“那么你能给我开一张证明，让我同她见面吗？”

“你说的是一个女人？”

“是的。”

“那么她为什么事坐牢？”

“毒死人命罪，但她是被错判的。”

“你瞧，这就是所谓的公正审判，他们干不出别的事来，”他说，不知什么缘故讲起法语来。[2]“我知道你不会同意我的意见，可是有什么办法呢，我是坚定不移地这样认为的，”接着他又补充了一番话，把他一年来从顽固的保守派报上看到的各种文章的观点说了出来，又添上说，“我知道你是个自由派，爱打抱不平。”

[2] 这里是语言描写，马斯连尼科夫的感叹表示出他对法庭的公正性的质疑。

“我可不知道我是自由派还是什么派。”聂赫留朵夫笑嘻嘻地说。他经常暗自惊讶：人们老是把他归到一个什么派去，而人们之所以说他是自由派，无非是因为他主张在审判人的时候，先要听完人家所说的话，在法庭面前人人平等，并且主张不应当虐待人，拷打人，特别是对那些还没有定罪的人。“我也不知道我是不是自由派。我只知道当前的审判制度不管多坏，都比以前的好。”

“那么，你请的律师是哪一个？”

“我找过法纳林。”

① 马斯连尼科夫一听见“监狱”两个字，脸色变得更严厉了。

"嗨，法纳林！"马斯连尼科夫皱着眉头说，想起去年他在法庭上作证的时候，这个法纳林盘问过他，带着极其恭敬的态度，一连捉弄了他半个钟头，引得人们哄堂大笑，"我劝你别跟他打交道，法纳林是个名誉扫地的人。"

"我另外还有一件事要拜托你，"聂赫留朵夫不理睬他的话，径自说，"有一个当教员的姑娘，我很早以前就认得。她原先当教员。她是个很可怜的人，如今也关在监狱里，希望跟我见面。你能不能再给我开一个条子，好让我去探望她？"

马斯连尼科夫稍稍侧着头，考虑着。

"她是个政治犯吗？"

"是的，据说是个政治犯。"

"不瞒你说，凡是政治犯，只能同他们的家属见面，不过我可以给你开一张特别通行证，使你随时可以和你要探望的女刑事犯以及另一个女政治犯见面。这样的通行证哪儿都可用。我知道你不会滥用它……她，你要庇护的这个女政治犯，叫什么名字？……薇拉·波戈杜霍芙斯卡雅？她长得好看吗？"

"很丑。"

马斯连尼科夫不以为然地摇着头，走到桌子跟前去，在一张印着头衔的公文纸上很快地写道："兹特准许来人德米特里·伊万诺维奇·聂赫留朵夫在监狱办公室会见小市民玛丝洛娃以及医士薇拉·波戈杜霍芙斯卡雅，请洽办。"他写完信，又以潦草的字迹签了名。

"你将会看到那边的秩序是个什么样子。要维持好那里的秩序真是太难了，因为那儿人满为患，实在关不下这么多人，特别是等候解送的解犯太多。不过我依旧管理得很好，很严，我爱上了这份工作。你将会看到那边一切都很好，他们都挺满意。只是应当有对付他们的技巧。前几天发生了一件不愉快的事——犯人们不服管理。换上另一个人，会将其称为暴动，会使许多人遭到不幸，而我们将此事处理得很好，太平无事地过去了。重要的是，一方面要关心他们，另一方面又要建立权威。"他说着，从衬衫浆得笔挺、扣着金纽扣的白袖子里伸出一只又白又胖的拳头，手指上戴着绿松石戒指，"要做到恩威兼施。"

"嗯，这些大道理我不懂，"聂赫留朵夫说，"我到那儿去过两次，那里的情况使我感到很难受。"

"我和你说实话，你非得跟巴赛克伯爵夫人见一次面不可，"马斯连尼科夫继续滔滔不绝地说下去，"她为了改善犯人的处境，真是费尽了心思。她做了许多好事。多亏了她，或许，我可以冒昧地说，也多亏了我，一切才都起了变化，消灭了以前种种可怕的现象，他们在那边确实过得挺好。这一点你会看见的。至于法纳林，我跟他没有私交，再者按我的社会地位来说，我和他走的不是一条路，不过他确实是个坏人，而且在法庭上居然说出那样的话来，居然说出那样的话来……”

“好，非常感谢你！”聂赫留朵夫接过通行证后说。他没有听完这位老同事的话，就向他告辞了。

“那你不到我妻子那儿去了？”

“不去了，原谅我，眼下我没有空。”

“嗯，说真的，她不会原谅我的。”马斯连尼科夫说，把他旧日的同事送到楼梯的第一个梯台上。他每次送客，如果不是头等重要而是次要人物，他总是送到这里为止。看来，他把聂赫留朵夫归在次要人物里。不过他又请求说：“劳驾你还是去一趟吧，哪怕去一分钟也是好的。”

可是聂赫留朵夫还是打定主意不去。这时，听差和看门人跑到聂赫留朵夫跟前来，给他送来大衣和手杖，并推开了有警察在外边把守的大门，他便对老同事说，今天他实在不能从命。

“哦，那么星期四千万要来。那天是她的会客日。我会告诉她的！”马斯连尼科夫在楼梯上对他喊道。

五十一

从马斯连尼科夫家里出来，聂赫留朵夫乘车直接赶到监狱，到了他已经熟悉的典狱长的家里。和上次一样，他又听到了那架质量很低劣的钢琴的声音，不过今天弹奏的不是狂想曲，而是克莱曼蒂[①]的练习曲，也弹得非常有力、明快、急速。开门的还是那位包扎着一只眼睛的女仆，她说，上尉在家，随即把聂赫留朵夫领进一个小客厅里。客厅里有一张沙发、一张桌子和一盏大灯，那盏灯放在一块用毛线织成的小方巾上，粉红色的灯罩已经有半边烧焦了。典狱长走进来，脸上现出惊讶和阴郁的神色。

“请问有何见教？”他一面说，一面扣上制服中间的纽扣。

“我刚才到副省长那边去了一趟，这就是他开的许可证，”聂赫留朵夫把证件交给他，说，“我想看看玛丝洛娃。”

“啊，玛尔柯娃？”典狱长反问道，由于音乐声太响而没有听清楚。

“玛丝洛娃。”

“哦，有的！哦，有的！”

典狱长站起来，往一个门口走去，克莱曼蒂的“华彩乐段”[②]就是从那个门里传出来的。

“玛露霞，你就稍停一下吧，”他说道。从其口气听来，这种音乐已成了他生活中的一种苦恼，“什么都听不见了。”

钢琴不响了。从那边传来不痛快的脚步声，有个什么人往房门里看了一眼。

典狱长仿佛因为音乐声中止而松了一口气似的，点上一支很粗的、味道很淡的纸烟，而且敬聂赫留朵夫一支，聂赫留朵夫谢绝了。

“现在，我急于要见一见玛丝洛娃。”

“玛丝洛娃今天不便会客。”典狱长说。

“为什么？”

“没什么，这得怪您自己，”典狱长微微地笑着说，“公爵，您不要把钱直接交给她。要是您乐意，可以交给我，她的钱还是属于她的。您昨天一定给了她

① 意大利钢琴家和作曲家。他的钢琴练习曲是当时初学钢琴者的必修课。

② 音乐术语。

钱，她弄到了酒。犯人喝酒，这是一件我们无论如何也没法根除的坏事。今天她喝得烂醉，醉得发酒疯了。”

“真的吗？”

“那还有假，我只好采取严厉措施，把她搬到另一间牢房里。这女人本来安分守己，您今后再别给她钱了。他们那些人就是这样的……”

聂赫留朵夫清楚地想起昨天的情形，心里又感到他面对的事情真可怕。

“那么政治犯薇拉·波戈杜霍芙斯卡雅可以见吗？”聂赫留朵夫沉默了一会儿，问道。

“这倒可以，”典狱长说，“喂，你来干什么？”他对一个走进房间里来的五六岁的小女孩说。这女孩歪着头，目不转睛地望着聂赫留朵夫。“瞧，你又要摔倒了。”典狱长说，瞧着小姑娘的眼睛不看地，脚底下绊着地毯，往她父亲这边跑过来，不由得微微一笑。

“那么，要是可以的话，我就去了。”

“好，可以。”典狱长抱起那个小姑娘说，而她老是好奇地瞧着聂赫留朵夫。典狱长站起来，温柔地把小姑娘放下，走到前室里去了。

典狱长接过眼睛包纱布的侍女递给他的大衣，还没有穿好，就走出门去。克莱曼蒂练习曲的“华彩乐段”声又清楚地响了起来。

“她原先在音乐学院里学习，可是学院里秩序太乱。她天分很高，”典狱长走下楼梯说，“她打算在音乐会上演奏。”

典狱长同聂赫留朵夫一起往监狱里走去。典狱长刚刚走到一道小门跟前，那道小门就立刻打开了。看守们把手举到帽檐上，目送典狱长走过去。在前室里，他们遇到四个剃光半边头发的人，抬着盛满了污秽东西的便桶，一瞧见典狱长就吓得缩起身子。其中有一个人特别把身子向下弯，阴沉地皱起眉头，那双乌黑的眼睛闪闪发亮。

“子女有才能，就应该培养，这是不用说的。但是，不瞒您说，在一个小小的住宅里练琴，是很容易惹人烦恼的。”典狱长自顾自地讲下去，根本没有理睬那些犯人。他拖着疲乏的步子往前走去，同聂赫留朵夫一起走进聚会室里。

“您想见什么人？”典狱长问。

“薇拉·波戈杜霍芙斯卡雅。”

“她关在塔楼里。您得等一下，才能见到她。”

“那么，我能趁这个时候去看一看犯人明肖夫母子吗？他们被控犯了纵火罪。”

“明肖夫关在二十一号牢房。行，可以把这犯人叫出来。”

“我不能到明肖夫的牢房里去看他吗？”

"你们还是在这儿见面安静些。"

"不，我觉得到牢房里去有趣味。"

"您居然觉得这种事有趣味呢。"

这时候，穿着笔挺的警服的副典狱长从边门里走出来。

"您来得正好，您领着这位公爵到牢房里去探访犯人明肖夫吧，此人关在第二十一号牢房，"典狱长对他的副手说，"然后再把公爵带到办公室去。我去把那女政治犯叫来。她叫什么名字来着？"

"薇拉·波戈杜霍芙斯卡雅。"聂赫留朵夫说。

副典狱长是个青年军官，头发淡黄，唇髭上抹了油膏，浑身散发出一股花露水的味道。

"请吧，"他对聂赫留朵夫说，现出愉快的笑容，"您对我们这个机构产生了兴趣吗？"

"是的。再者我也关心这个人，听说他完全没罪而关在这儿。"

副典狱长耸了耸肩膀。

"是的，这种事是有的，"他平静地说，有礼貌地让出路来，请客人在前头走，进了一条略微宽敞而臭气熏天的走廊，"但有时他们也会撒谎。请！"

牢房门都没有上锁。有几个男犯待在走廊里。副典狱长向看守点点头，眼睛瞟着犯人。那些犯人，有的身体贴着墙，溜回牢房里，有的双手贴住裤缝，像士兵那样目送长官走过去。副典狱长带着聂赫留朵夫穿过走廊，把他领到由铁门隔开的左边一条走廊里。

这条走廊比刚才那条更狭、更暗、更臭。走廊两边的牢房都上了锁。每个牢门上都有个小洞，称为门眼，直径不到一寸。走廊里，除了一个神色忧郁、满脸皱纹的老看守，一个人也没有。

"明肖夫在哪个牢房？"副典狱长问看守。

"左边第八个。"

五十二

“我可以往牢房里看一眼吗？”聂赫留朵夫问。

“可以，请看吧。”副典狱长赔着笑脸说，接着就向看守问了些什么。聂赫留朵夫凑近一个小洞往里看：牢房里有一个高个子的年轻人，只穿着衬衣衬裤，留着稀疏的小黑胡子，在迅速地来回踱步。他一听到门外窸窸窣窣的声音，就瞧了一眼，皱起眉头，又继续走来走去。

聂赫留朵夫从另一个小洞往里望，不料他的眼睛正碰到另外一只惊恐的大眼睛从小洞里望出来，聂赫留朵夫就慌忙避开了。他凑近第三个小洞，看见床上躺着一个身材极其矮小的人，蜷缩着身子，盖着囚袍，把头也蒙上了。在第四个牢房里坐着一个宽脸盘的人，脸色苍白，低垂着头，两个肘臂支在膝盖上。听到脚步声，这个人便抬起头来，张望了一下。他的整张脸，特别是那双大眼睛都流露出一种绝望悲伤的神色。显然，他对谁在洞口看他都不感兴趣。不论谁来看他，他都不指望会给他带来什么好处。聂赫留朵夫心里害怕起来，就不再看其他的牢房了，一直来到第二十一号明肖夫的牢房。看守“哐啷”一声开了锁，推开牢门。一个身体结实强壮、生有细长脖子的青年男子在一张小床边垂足而立，他脸上长着一双和善的圆眼睛，留着一把稀疏的小胡子，他见有人进来，脸呈惊恐之色，连忙穿上大衣。特别使聂赫留朵夫动了怜悯之念的是他那双和善的圆眼睛，带着疑问和惊恐的神情先是瞧着他，随后瞧着看守，再瞧着副典狱长，然后又回过头来瞧着他。

“这位先生打算了解一下你的案情。”

“多谢，老爷。”

“是的，有人给我讲了您的案子，”聂赫留朵夫走到牢房里，站在装有铁栅栏的肮脏的窗子旁，“很想听您自己谈一谈。”

明肖夫也走到窗前，立刻讲起他的事来。他先是怯生生地瞧瞧副典狱长，随后胆子渐渐大起来。而当副典狱长走出牢房门外，到走廊上去交代一些事情时，他就完全没有顾虑了。这个故事，就其语言和格调来说，都该是一个最淳朴、最优秀的农村青年讲的故事，可如今这个故事竟是由一个在监狱里穿着耻辱的囚衣的犯人讲出来，聂赫留朵夫觉得这真是件怪事！聂赫留朵夫一面听着他讲，一面四下打量，看了看铺着草垫的低矮的床铺，看了看钉着粗铁栅栏的窗子，看了看涂抹得一塌糊涂的又肮脏又潮湿的墙壁，看了看这个穿着囚衣囚鞋、变得畸形的不幸的农民，以及他那可怜的面容和体态，心里越来越难受了。他不愿意相信这个心地善良的人所讲的是真话。他想到一个人只是因为有人要羞辱他一番，就无缘无故地被抓了起来，给穿上囚衣，关进这个可怕的地方，他不禁感到心惊胆战。不过，想到万一这个相貌和善的人所讲的事只是欺骗和捏造，他就更加感到心惊胆战。事情是这样的：明肖夫婚后不久，一个酒店老板把他的妻子拐带走了。他到处申诉告状，可是酒店老板却买通了法官，一直逍遥法外。有一次明肖夫把妻子硬拉回家，可是第二天她又跑了，于是他上门去追回他的妻子。酒店老板说他的妻子不在[①]，喝令他走开。他不走。酒店老板就伙同一名雇工把他打得头破血流。第二天，酒店老板的院子起火了。明肖夫连同他的母亲被指控放火，其实他当时在他的教父家里，根本不可能放火。

"那你真的没有放过火吗？"

"老爷，我连这样的念头都不曾有过。这一定是他，那坏蛋，自己放的火。据说，他刚刚给他的房子保过火险。他们口口声声说我和我妈去过他家，还吓唬过他。不错，我那次是把他大骂了一顿，我实在气不过。至于放火，我压根儿就没干过。再说，起火的时候，我人也不在那里。可是他硬说我和我妈在那里，这是说谎呀。他贪图保险费，自己放的火，还把罪名硬栽在我们头上。"

"事情真的是这样吗？"

"老爷，我可以当着上帝的面说一句，这都是真的。老爷，我认您做我的亲爹，救救我吧！"他说完，要跪下去，聂赫留朵夫费了很大的劲才把他拦住，"您把我救出去吧，我就要蒙冤困死在这牢里了。"他接着说。

他的脸颊忽然颤动起来，眼泪直流。他卷起囚袍的袖口，用脏衬衫的衣袖擦泪。

"你们讲完了吗？"副典狱长问。

"讲完了。您别灰心，我们会尽力想办法。"聂赫留朵夫说着，跨步走出牢门。明肖夫在门口站住，依依不舍，因此看守关上牢门时，那门正好撞在他身上。等到看守在门外上锁，明肖夫就凑在门眼上往外看。

---

① 可是他走进去的时候，明明看见她在里面。

五十三

聂赫留朵夫顺着宽阔的长廊徐徐往回走[①]。长廊里满是犯人，他们穿着浅黄色大衣和短而肥的裤子，脚上穿着棉鞋，都睁大眼睛瞅着聂赫留朵夫。他从他们当中穿过去，心里生出种种奇怪的感情：既怜悯这些关在监狱里的人，又对那些把他们拘禁在这儿的人感到恐惧和困惑，也为他自己竟冷眼旁观这种不合理的事而感到惭愧。

在一条长廊上，有一个人穿着棉鞋啪哒啪哒地跑过，他一溜烟儿跑到牢房的门里去了。随后就有些人从牢房里走出来，拦住聂赫留朵夫的去路，对他鞠躬。

"求您行行好，老爷，不知道该怎样称呼您，求您把我们的事好歹解决一下吧。"

"我不是长官，我什么也不知道。"

"不是长官也可以。求您跟他们，跟那些当官的说一声，"一个人愤慨地诉苦，"我们什么罪也没有犯，却已经被关了一个多月了。"

"这是怎么回事？为什么会这样呢？"聂赫留朵夫问。

"您瞧，他们就这样把我们关在监狱里。我们已经受了一个多月的折磨，连自己也不知道是为什么。"

"不错，这样做也是不得已，"副典狱长说，"这些人是因为没有身份证而被捕的，本来应该把他们遣送回他们的省里去，可是那边的监狱遭了火灾，他们的省政府就跟我们接洽，请求我们不要把这些人送回去。因此，其他各省里的人我们都已经遣送回去了，就剩下他们这批人。"

"怎么，就因为这一点小事吗？"聂赫留朵夫问，在门旁站住。

这一群人有四十名左右，全都穿着囚大衣，把聂赫留朵夫和副典狱长团团围住。同时有几个抢着说话，七嘴八舌。副典狱长制止道：

"由一个人说。"

人群中走出一个五十多岁的农民，身量很高，相貌端庄。他对聂赫留朵夫解释说，他们从当地被驱逐和被关在牢里，罪名是他们没有身份证，其实身份证他们是有的，只是已经过期大约两个星期了。这种身份证过期的事年年都有，从没有

---

① 已经到了吃午饭的时间，牢房都开了门。

因此法办过人，可是现在他们却在这儿关了一个多月，像罪犯一样。

“我们都是泥瓦匠，是同一个作坊的。据他们说，省里的监狱烧掉了。可是这又不能怪我们。看在上帝的分儿上，您大发慈悲，给我们做主吧。”

聂赫留朵夫听着，但简直没听明白那个相貌端庄的老者在说些什么，因为他的全部注意力都被一只有许多腿的深灰色大虱子吸引过去了，它正在这个泥瓦匠的络腮胡子缝里爬着。

“这怎么会发生呢？难道就因为这点事吗？”聂赫留朵夫问副典狱长。

“是的，这是长官们的疏忽，应该把他们遣送回乡，使他们回到他们的居住地点。”副典狱长说。

副典狱长的话音刚落，人群中走出一个身材矮小的人，也穿着囚袍，怪模怪样地撇着嘴，控诉他们平白无故在这里受尽折磨的情况。

“我们过得比猪狗还不如……”他说。

“得了，得了，别说废话，闭上你的嘴，不然要你知道……”

“要我知道什么？”那个矮小的人不顾死活地说，“难道我们有什么罪吗？”

“闭上你的嘴巴！”长官吆喝一声。矮小的人就吓得不敢作声了。

“这到底是怎么回事呢？”聂赫留朵夫从牢房里走出来，自言自语地说。那些从牢门里往外看的犯人们和迎面走来的犯人们用成百只眼睛紧紧地盯住他，他感到很难堪，仿佛在穿过一个棒阵①似的。

“难道真的把一些没有罪的人关起来了？”聂赫留朵夫跟副典狱长说，这时，他们一块儿走出了长廊。

“可是请问，还有什么其他更好的办法吗？不过，刚才他们也有许多话是胡说。真要听信他们的话，那就谁也没有罪了。”副典狱长说。

“可是，要知道，刚才遇见的那些人确实没犯什么罪。”

“关于那些人，就姑且这么说吧。不过人到了这儿，都变坏了。不严加管束是不行的。有些家伙简直天不怕地不怕，动不动就闹事。喏，昨天就有两个人闹翻了天，如果我们不惩罚一下，就无法管了。”

“怎样惩罚呢？”聂赫留朵夫问。

“按照上头的命令，用树条赤身抽打……”

“体罚不是已经废止了吗？”

“褫夺了公权的人不在其内。对这种人还是可以施行体罚的。”

聂赫留朵夫回想起昨天他在前室等待的时候所看见的紧张忙乱的情景，此刻

① 帝俄军队中的惩罚方法，使受罚的人穿过一个举棒乱打的队形。

才明白那场惩罚恰好就是在他等待的时候进行的。于是他心中一时交织着好奇、感伤、困惑等感情，这种混杂心情使他体验到一种精神上的恶心感觉，逐渐又变成近乎生理上的恶心，这种感觉以前虽然也有过，却远不如现在这样强烈。

他不再听副典狱长讲话，也不再四下张望，就急忙离开这令他难受的长廊，径直往办公室走去。典狱长本来在长廊上忙别的事，忘了派人去把薇拉·波戈杜霍芙斯卡雅找来。一直到聂赫留朵夫走进办公室，他才想起他曾答应过，得把她找来才行。

“我马上打发人去把她找来，您坐一会儿。”他说。

五十四

这个办公室有两个房间。头一个房间里有一个炉膛凸出、灰泥剥落的大炉子和两扇肮脏的窗子。一个墙角上立着一把给犯人量身高的黑色尺子，另一个角落挂着一幅巨大的基督像——凡是折磨人的地方总有这种摆设，仿佛是对基督教义的嘲弄。头一个房间里站着几个看守，另一个房间里则靠墙坐着二十多个男女，有的几人聚在一起，有的两人一对，低声交谈着。窗口旁边放着一张写字台。

典狱长在写字台旁就座，也请聂赫留朵夫在旁边一把椅子上坐下。聂赫留朵夫坐下来后，就开始观察那些待在房间里的人。

首先吸引他注意的是一个男青年，长得挺帅，穿着短上装，那青年站在一个年纪不轻、眉毛浓黑的女人面前，情绪激动地对她讲着什么，一面比着手势。他们旁边坐着一个戴蓝眼镜的老人，将一个穿囚衣的年轻女人的纤细的手握在自己的大手中，专心致志地听她对他讲话。一个念实科中学①的男孩，脸上现出凝滞的惊惧神色，眼睛一刻也不放松地瞅着那个老人。离他们不远的角落里坐着一对情侣。女的是个十分年轻的姑娘，留着淡黄色的短发，容光焕发，面容俊俏可爱，身穿一件时髦连衣裙。男的是个很帅的小伙子，生得眉清目秀，留着波浪式的头发，身穿橡胶短上衣。他们两人坐在屋角喁喁私语，显然已陶醉在爱情里了。离写字台最近的地方坐着一个头发花白的女人，身穿黑色连衣裙，显然是一个母亲。她睁大眼睛瞅着一个也穿橡胶上衣、样子像害痨病的青年。她想说话，可是哽哽咽咽说不出口，刚开口，就说不下去了。那青年手里拿着一张纸，显然不知道该怎么办才好，带着气愤的神色不停地折叠和揉搓那张纸。他们旁边坐着一个身材丰满、脸色红润的美丽少女，生着一双富有表现力的眼睛，身穿灰色连衣裙，外加一件短披肩。她坐在哭泣的母亲旁边，温柔地摩挲着她的肩膀。这少女全身都充满美感：那白净的大手、鬈曲的剪短的秀发、线条清楚的鼻子和嘴唇。不过她脸上最迷人的地方却是那双像绵羊一样温顺的诚挚善良的深褐色的眼睛。聂赫留朵夫一进去，她那双美丽的眼睛就从母亲的脸上移开，同他的目光相遇，但她立刻又扭过头去，对母亲说了些什么。离那对情人不远的地方，坐着一个肤色发黑、头发蓬松的男人，他脸孔铁青，情绪激愤，正对着一个像是阉割派教徒的没有胡子的②探监人说话。

---

① 这种学校不教拉丁语和希腊语，主要教自然科学、现代语言和绘画。

② 阉割派教徒的相貌特征就是没有胡子。

聂赫留朵夫和典狱长并排而坐，怀着强烈的好奇心观察着周围的一切。令他感到有趣的是，有个剃光头的男孩走到他跟前，尖声问他道：“您在等谁？”

聂赫留朵夫听到这问话感到惊奇，可是，当他对男孩仔细打量了一眼，看见他那严肃而伶俐的面容和活泼专注的眼睛后，就客气而认真地回答说，他在等一个熟识的女士。

“那么，她是您的妹妹吗？”男孩子问。

“不，不是妹妹，”聂赫留朵夫惊讶地回答道，“那么，你是跟谁一起到这儿来的吗？”他问那孩子。

“我跟妈妈在一起。她是政治犯。”男孩骄傲地说。

“玛丽娅·帕甫洛芙娜，您把柯里亚带去。”典狱长说，他可能认为聂赫留朵夫同小孩说话是违背规章的。

玛丽娅·帕甫洛芙娜就是那个刚才使聂赫留朵夫怦然心动的、眼睛像绵羊一样温顺的漂亮姑娘。这时候她站起来，挺直高大的身躯，迈开几乎像男人一样有力的阔步，往聂赫留朵夫和男孩这边走过来。

“他问过您什么话吗？问过‘您是谁’吗？”她问聂赫留朵夫，微微笑着，信任地瞧着他的眼睛，神情是那么坦然，令人很难怀疑她的真诚，似乎她对待一切人素来抱着，现在仍然抱着，而且也不能不抱着这种朴实、亲热、兄弟般的态度。“他什么事都想知道。”她说，对着小孩的脸莞尔一笑，笑得那么善良而可爱，招得那个男孩和聂赫留朵夫两个人都不由自主地用微笑回报她的微笑。

“是的，他问我是来找谁的。”

“玛丽娅·帕甫洛芙娜，不可以跟外人讲话。这一点您是知道的。”典狱长说。

“好，好。”她说，伸出白净的大手来拉住柯里亚的小手，而柯里亚的眼睛也一直盯住她。他们回到那个害肺痨病的青年的母亲身边去了。

“这是谁家的孩子啊？”聂赫留朵夫问典狱长。

“他是一个女政治犯的孩子。他就是在监狱里生下来的。”典狱长说，口气有点得意，仿佛要显摆一下他在监狱里的稀奇事。

“真的吗？”

“是的，不久他就要跟他母亲一块儿到西伯利亚去了。”

“那么，这个姑娘是什么人呢？”

“我不能回答您的问话了，”典狱长说着，耸了耸肩膀，“瞧，薇拉·波戈杜霍芙斯卡雅来了。”

五十五

薇拉·叶弗列莫芙娜步履蹒跚地从后门走进来，她身材矮小，头发很短，生得消瘦，肤色发黄，睁着善良的大眼睛。

“哦，您来了，谢谢，”她握着聂赫留朵夫的手说，“您还记得我吗？我们坐下吧。”

“我没想到您今天会落到这步田地。”

“啊，我倒觉得挺好！这样太好了，太好了，我都不指望还有比这再好的了。”薇拉·叶弗列莫芙娜说，像以前那样，惊恐地睁着一双善良的、滚圆的大眼睛，腼腆地望着聂赫留朵夫，同时她那非常瘦的、露出青筋的黄脖子在她难看的、揉皱的、肮脏的上衣领口里不住地转动。

聂赫留朵夫开始问她是怎样落到现在这种地步的。她在回答他的时候，一点也不气馁，反而兴致勃勃地讲起自己的工作。她的话里夹着许多外来语，例如宣传、解体、团体、小组、基层小组等。显然，她充分相信这些外来语是人人都懂的，可是聂赫留朵夫从来也没有听说过。

她对他讲个不停，不让他说话，显然充分相信他很想知道，而且也乐于知道民意党的全部秘密。然而聂赫留朵夫瞧着她那细得可怜的脖子，瞧着她那稀疏蓬乱的头发，却暗自惊讶，不明白她为什么要做这种事，要讲这种事，他觉得她可怜，但绝不像他可怜庄稼汉明肖夫那样，因为明肖夫完全是被冤枉的，他没有犯任何罪而被关在臭烘烘的监狱里，而她们这一群民意党最可怜的地方在于其所作所为是天下本无事，庸人自扰之。薇拉头脑里充满了糊涂思想，自认为是个女英雄，为了事业成功不惜牺牲生命。其实她未必能说清楚她们的事业究竟是怎么一回事，事业成功又是怎么一回事。

薇拉·叶弗列莫芙娜请求聂赫留朵夫出力帮忙的是这样一件事：她有一个女性朋友，叫舒斯托娃，据她说，甚至并不属于她们的基层小组，可是五个月前她跟薇拉·叶弗列莫芙娜一起被捕，关在彼得保罗要塞，只因为在她家里搜出别人交给她保管的书籍和文件。薇拉·叶弗列莫芙娜认为舒斯托娃被囚禁，她要负一部分责任，因此恳求交游广阔的聂赫留朵夫设法把舒斯托娃保释出狱。薇拉求聂赫留朵夫的另一件事，是设法替关押在彼得保罗要塞的古尔凯维奇说个情，让他同父母见一次面，并且弄到必要的参考书，使他可以在狱中进行学术研究。

聂赫留朵夫答应说，将来他到彼得堡以后，一定努力去办。

关于自己的事，薇拉·叶弗列莫芙娜是这样述说的：她从小读书识礼，在乡下当教员，自从得到聂赫留朵夫的慷慨资助后，她就进了助产学校，毕业后，开始接近十分激进的民意党，参加他们的活动。起初一切都顺利，写传单，到工厂里宣传，但后来一个重要人物被捕，搜出了文件，抓了许多人。

“我也被捕了，现在被判处流放西伯利亚……”她讲完自己的事说，“不过，这没有什么，我觉得很好，心里感到很踏实。”她说着，脸上带着凄惨的笑容。

聂赫留朵夫问起那个生着绵羊般温顺眼睛的姑娘。薇拉·叶弗列莫芙娜说她是一个将军的女儿，早已加入革命党，她被捕是因为她承担了枪击宪兵的罪名。她住在地下工作者的寓所里，那儿有一台印刷机。有一天夜里，警察来搜查，住在这个寓所里的人就决定自卫，他们熄掉灯火，开始消灭罪证。警察们破门而入，于是在那些密谋家当中有人开枪，使一个宪兵受了致命的重伤。宪兵队审问是谁开的枪，她就说是她开的，其实她手里从来也没有拿过手枪，她连一只蜘蛛也没有弄死过。她的供词始终不变。现在她也要去做苦工了。

“一个利他主义的好人啊……”薇拉·叶弗列莫芙娜称赞地说。

薇拉要说的第三件事是关于玛丝洛娃的。她知道监狱里的一切事情，也知道玛丝洛娃的身世和聂赫留朵夫同她的关系。她劝聂赫留朵夫为玛丝洛娃说情，把她转移到政治犯牢房，或者至少让她到医院里去当一名护士。现在医院里的病人特别多，很需要护士。聂赫留朵夫表示谢谢她的好意，并说要努力照她的话去做。

五十六

他们的谈话被典狱长打断了，典狱长站起来宣布，探监的时间到了，在场的人都必须分手。聂赫留朵夫起身向薇拉告别。走到门口又驻足不前，原来他想观察一下眼前的种种景象。

“各位先生，时间到了，时间到了。”典狱长说，一会儿站起来，一会儿又坐下。

典狱长的要求只是使整个屋里的人，犯人也好，探监的人也好，都更加紧张。他们谁也不想分手。有些人站起来，但还是说个不停。有些仍坐着说话。有些在那里洒泪告别。特别叫人感动的是那个害肺痨病的青年同他母亲会面的情景，他一直摆弄着那张纸，但脸色越来越激愤难看。他做出了最大的努力，使自己心硬如铁，免得受他母亲的伤感情绪的影响。而做母亲的呢，一听说分手的时间到了，就伏在他肩膀上，放声痛哭，不住地抽泣着。那个生有一双绵羊眼睛的姑娘——聂赫留朵夫不由得注意着她——站在哀哭的母亲旁边，劝慰着她。那个戴蓝眼镜的老头儿，拉住女儿的手站着，一面听她说话，一面连连点头。那对年轻的情人站起来，手拉着手，默默地瞧着对方的眼睛。

“瞧，只有这一对是快乐的。”一个穿短上衣的青年，站在聂赫留朵夫的旁边，也像他那样冷眼旁观着，这时指着那对相爱的人说。

这对情人[①]发觉聂赫留朵夫和那个青年在看着他们，就手拉着手，伸直胳膊，身子向后仰，一面笑，一面旋转起舞。

“今天晚上他们在这儿，在监牢里结婚，然后她跟他一起到西伯利亚去。”那个青年说。

“这男的是什么人？”

“是个苦役犯。就让他们俩快活快活吧，要不然听着这儿的声音实在太难受了。”穿短上衣的青年听到患痨病青年的母亲的哭声，又补充了一句。

“各位先生！请吧，请吧！别逼得我采取严厉的措施，”典狱长再三说，“请吧，是的，请吧！”他用衰弱而迟疑的声调说，“你们这算什么呀？时间早就到了。这样可不行啊。我最后一次对你们说。”他没精打采地重复说，一会儿点上马里兰香烟，一会儿又把它熄灭。

---

① 穿橡胶上衣的小伙子和浅黄头发、模样可爱的姑娘。

事情很明白，无论怎样巧言粉饰，或者说这样做由来已久，司空见惯，都不能成为容许一些人危害另一些人而又觉得自己无须为作恶负责的理由，典狱长不能不承认，对于呈现在这个房间里的种种悲惨场面，他是罪魁祸首之一，很明显，他的心情是十分沉重的。

最后，犯人和探监的人纷纷走散：犯人往里走，回到牢房，探监的人向外面的门走去。男犯人们，包括穿橡胶短上衣的，患痨病的和肤色发黑、头发蓬松的，都陆续走了；玛丽娅・帕甫洛芙娜带着在狱里出生的男孩也走了。

探监的人也陆续离去。戴蓝眼镜的老头儿迈着沉重的步子走出去，聂赫留朵夫也跟着他出去。

“是的，这种会见场面倒是值得惊叹的，”那个健谈的青年跟聂赫留朵夫一起下楼时说，仿佛他的话头刚被打断，此刻继续说下去，“还得谢谢上尉，他真是个好心人，不死扣规章制度，让大家痛痛快快地谈一谈，心里也好过些。”

“难道在别的监狱里不能这样探监吗？”

“嗐，根本不行。真糟糕透了，得一个一个分开来谈，还得隔一道铁栅栏。”

聂赫留朵夫同那个自称梅顿采夫的健谈青年一边谈，一边走进了前室。这时，典狱长带着疲惫的神色走到他们跟前。

“您要见玛丝洛娃，请明天来吧。”他说，显然想对聂赫留朵夫表示殷勤。

“太好了。”聂赫留朵夫说，匆匆出去了。

可怕呀可怕，在监狱里巡视一番后，令聂赫留朵夫惊骇莫名的景象有很多，就拿明肖夫无缘无故坐牢饱受煎熬这件事来说吧，此事最可怕的地方与其说是肉体上的痛苦，不如说是由于明肖夫眼看那些无故折磨他的人的残忍，心里产生困惑，因此对善和上帝不再相信。令聂赫留朵夫感到惊骇的还有那一百多个人没有一点罪，只因为身份证上有几个字不对，就受尽屈辱和苦难，还有那些看守的麻木不仁，他们折磨同胞兄弟，还自以为在做一件重大有益的工作。不过，聂赫留朵夫觉得最可怕的还是那个年老体弱、心地善良的典狱长，他不得不拆散人家的母子和父女，而他们都是亲骨肉，就同他和他的子女一样。

“这究竟是为什么呀？”聂赫留朵夫问着自己，同时精神上感到极度恶心，又逐渐发展成为生理上的恶心。他每次来到监狱都有这样的感觉，但问题的答案始终没有找到。

五十七

第二天，聂赫留朵夫坐上马车去找律师，把明肖夫母子的案件讲给他听，要求他替他们辩护。律师听完他的话，就说他要看一下案卷，如果事实确实像聂赫留朵夫说的那样[①]，那么他可以担任辩护律师，而且分文不取。聂赫留朵夫还向律师讲了那一百三十个人因身份证过期而被冤枉坐牢的事，并问他这事该由谁负责，是谁的过错。律师沉吟了一下，显然在考虑怎样做出正确的回答。

“这是谁的过错？谁的也不是，”他干脆地说，“您去跟检察官说，他就会说这是省长的过错。您去跟省长说，他就会说这是检察官的过错。谁都没有什么过错。”

“等一会儿我去找马斯连尼科夫，对他去说。”

“算了吧，这不会有什么益处，”律师含笑反驳道。“他简直是个……他不是您的亲戚或者朋友吧？……请您容许我放肆说一句，他简直是个蠢货，同时又是个狡猾的畜生。”

聂赫留朵夫记起马斯连尼科夫提到这个律师时所说的话，因此对律师的建议不置可否，匆匆告辞，径自坐车到马斯连尼科夫那儿去了。

聂赫留朵夫有两件事要求马斯连尼科夫：一件是把玛丝洛娃调到医院去，一件是解决那一百三十名囚犯身份证过期而坐牢的事。这是去央求一个他不怎么看得起的人，他感到勉为其难，但这是达到目的的唯一手段，他必须走这道后门。

聂赫留朵夫乘车来到马斯连尼科夫家，看见门廊附近停着好几辆车，有四轮轻便马车，有四轮弹簧马车，还有轿车。他这才想起今天正好是马斯连尼科夫夫人会客的日子。而且马斯连尼科夫约过他来参加这个盛会。聂赫留朵夫的马车驶近这家门口时，正好有一辆轿式马车停在门前，一个帽子上配着帽章的、身穿短披肩的听差正在扶着一个太太走下台阶，准备上车，她略微提起衣裾，露出穿着黑袜子、套着浅口鞋的瘦脚踝。聂赫留朵夫眼尖，他在停在门口的马车当中认出了柯察金家的扯起篷的四轮马车，那个头发花白的马车夫恭敬地脱掉帽子，他只有见到特别熟识的老爷才这样做。聂赫留朵夫还没来得及向看门人问一声米哈依

---

① 这是非常可能的。

尔·伊凡诺维奇[①]在什么地方，他本人就已经在铺着毡毯的楼梯上露面了，他在送客，客人是一个颇为显要的人物，因此这一回他不是送到梯台上，而是一直送到楼梯底下来了。这个显要人物来自军界，全身披挂，他一面走下楼来，一面用法语讲起为了在这个城里筹办几个孤儿院而要举行的摸彩会，发表意见说这对太太小姐们倒不失为一种很好的工作："这个工作既可以使她们玩乐一番，又可以募集到钱。"

"让她们快活快活，愿上帝保佑她们……啊，聂赫留朵夫，您好！怎么好久没见到您了？"那个客人招呼聂赫留朵夫说，"您去向女主人问个好吧。柯察金一家也来了。还有娜津·布克海夫登也来了，全市的美人都来了，还有许多贵族名流，高朋满座，仙姿玉色，目不暇接。"他一面说，一面微微耸起他那穿军服的肩膀，让他那个身穿金绦制服的阔气的跟班替他穿上军大衣。"再见，老兄！"他又握了握马斯连尼科夫的手，就坐上豪华的马车走了。

"好，我们上楼去吧，你能光临我真高兴！"马斯连尼科夫兴致勃勃地开口说，挽住聂赫留朵夫的胳膊，尽管他身体肥胖，但还是敏捷地把聂赫留朵夫带上了楼。

马斯连尼科夫之所以特别兴奋，是因为那位显要人物对他另眼相看。马斯连尼科夫在近卫军团任职，本来就接近皇室，经常同皇亲国戚交往，可是，不断的交往反而加强了他的卑贱心理，上司的每次垂青总弄得马斯连尼科夫心花怒放、受宠若惊，就像一只温驯的小狗得到主人拍打、抚摸和搔耳朵那样，它会摇摇尾巴，缩成一团，扭动身子，垂下耳朵，疯疯癫癫地乱转圈子。马斯连尼科夫此刻正处在这种状态，他根本没有注意聂赫留朵夫脸上严肃的神色，没有听他说些什么，依然沉浸在得意忘形的欢乐中。

聂赫留朵夫来此是为了办事，想约马斯连尼科夫到他书房里去单独谈话，特别是，他知道柯察金一家也来了，他想回避他们。没想到马斯连尼科夫只顾死命地把他拉到客厅里去，弄得聂赫留朵夫没法拒绝，只好跟着走。

"有什么事以后再说，只要你吩咐，我一定照办，"马斯连尼科夫引领着聂赫留朵夫进入客厅说，"去向将军夫人通报一声，聂赫留朵夫公爵来了。"他一面走，一面对一个仆人说。那仆人一个跨步，抢到他们前头，跑去通报。"你有事只要吩咐一声就行。但你一定得去看看我的太太。我上次没有带你去，挨过一顿骂了。"

等他们走入客厅中心，仆人已经通报过了。安娜·伊格纳季耶夫娜，这位自称将军夫人的副省长夫人这时坐在长沙发上，夹在许多客人的脑袋当中，笑容满面地向聂赫留朵夫点头致意。客厅的另一头有一张桌子，桌上摆着茶具，几个太

---

① 即马斯连尼科夫。

太坐在桌旁，男人们则围着桌子站着，他们或穿军服，或穿文官制服，都是有身份的人。这些男女的说话声、喧闹声，不断从那边传过来。

“您到底来了！您怎么不愿意跟我们来往了？我们哪方面得罪您了？”

安娜·伊格纳季耶夫娜说出这些话来招呼来客，用意在于向众人表明她和聂赫留朵夫之间有暧昧关系，其实他俩任何暧昧关系都未有过。

她又招呼柯察金公爵家的小姐米西说：“米西，您到这一桌来吧，您的茶，她们会给您送过来的……还有您……”她对正跟米西谈话的军官说，显然忘记他的名字了，“请到这边来。公爵，您要茶吗？”

“我说什么也不同意，说什么也不同意！她就是不爱他嘛！”一个女士的声音说。

“那么，她爱什么？难道她爱的是油炸包子？”

“您总是爱说些荒唐的玩笑话。”另一个戴着高帽子的太太笑着插嘴说，她身着发亮的绸缎衣服，浑身珠光宝气。

“这东西真好，这种华夫饼干，又薄又松。您再给我一块。”

“怎么样，你们快登舟启程去乡下了吗？”

“今天是最后一天了，因此我们特地跑来。”

“春光可美啦，现在去乡下真是再好不过了！”

米西今天的打扮很漂亮，头戴帽子，身上那件深色条纹连衣裙紧裹着苗条的腰肢，没有露出一点皱褶，仿佛她生下来就穿着这样的衣裳。她一看见聂赫留朵夫，脸就红了。

聂赫留朵夫和玛丝洛娃的事，已经满城皆知，米西一定有所耳闻，所以她对聂赫留朵夫说：“我还以为您已经去西伯利亚了呢。”

“差一点走了，”聂赫留朵夫说，“因为有事耽搁了，我到这儿来也是为了接洽事情的。”

“您到我家去看看我妈妈吧，她很想见见您呢。”她嘴里这么说，心里明白这是在撒谎，而且他也懂得这一层，因此她的脸更红了。

“恐怕来不及了。”聂赫留朵夫冷冷地回答，竭力装作没有发觉到她脸红。

米西气恼地皱起眉头，耸耸肩，转身面向那个英俊文雅的军官。这军官接过她手里的空茶杯，即使他的军刀不时钩在圈椅上，他还是毅然决然地将杯子送到了另一张桌上，表示他俩即将转移到那儿。

“您也应该为孤儿院捐点钱哪！”

“我又没拒绝，不过我想将自己的慷慨激情留到摸彩会上使用。到那时我一定要竭尽全力以显示自己的热心。”

“嗨，那您可得记住哇！”接着就听到一阵装腔作势的笑声。

这次会客日十分圆满，安娜·伊格纳季耶夫娜兴高采烈，她对聂赫留朵夫说：“我丈夫对我说过，您在忙监狱里的事。我很理解您的一片热心。米卡[①]可能有其他的缺点，但您知道，他是心地善良的人。他身为父母官，全省所有不幸入狱的囚犯都是他的儿女。他从来就是这样看待他们的。他是多么善良啊……”

她停住了，想不出适当的字眼来形容她那个下令鞭打犯人的丈夫的善良。接着她笑眯眯地招呼一个走进房来的满脸皱纹、头上扎着淡紫色花结的老太婆。

聂赫留朵夫为了不失礼，说了一些照例应该说的客套话，当然也是毫无内容的话。然后起身向马斯连尼科夫那儿走去。

“对不起，你能听我说几句吗？”

“哦，当然！你有什么事啊？我们到这儿来吧。”

他们走进一个日式小书房，在窗边坐下来。

① 指她的胖丈夫马斯连尼科夫。

五十八

“那么，我愿为你效劳……你想抽烟吗？只是要等一下，我们别把这地方弄脏了，”他说着拿来一个烟灰碟，“怎样？”

“我有两件事要麻烦你。”

“原来你是有求我才来的。”

马斯连尼科夫的脸立刻显露出阴暗和沮丧之色，那种像一条哈巴狗因主人搔着耳后的毛而产生的激动心情完全消失了。从客厅里传来了谈话声。一个女客说：“无论什么时候，无论什么时候我都不会相信。”而客厅的另一端，另一个男客在谈论着什么，反复提到伏伦佐娃伯爵夫人和维克托·阿善拉克辛。从客厅的第三个方面听到的只是谈话的喧闹声和笑声。马斯连尼科夫一面留心倾听着发生的一切，一面听着聂赫留朵夫的谈话。

“我还是为了那个女人的事来找你。”聂赫留朵夫说。

“哦，就是那个被冤枉判罪的女人吗？我知道，我知道。”

“我求你把她调到医院里去工作。据说，可以这么办。”

马斯连尼科夫抿紧嘴唇，考虑起来。

“恐怕不行，”他说，“不过，我去同他们商量一下，明天给你答复。”

“我听说那里病人很多，需要护士。”

“好吧，好吧，不管怎么样，我都会给你答复的。”

“那么，费神了。”聂赫留朵夫说。

从客厅那面传来一阵甚至很自然的哄堂大笑声。

“这全是维克多引起的，”马斯连尼科夫说，笑了笑，“当他精神好的时候，出奇地机敏。”

“还有一件事，”聂赫留朵夫说，“现在监狱里还关着一百三十个人，他们没有什么罪，只是因为身份证过期了，已经关了一个月了。”

聂赫留朵夫讲了一下他们为什么被关押。

“你怎么知道这件事的？”马斯连尼科夫脸上突然现出烦躁和不满的神情。

“我去探望一名被告，在监狱走廊里这些人忽然围着我，向我申诉。”

“你去探望一名什么样的被告？”

“一个农夫，他没有犯罪却遭到了控告，我打抱不平，替他请了一名律师。这件事且不说。难道那些人什么罪也没有犯，关在监狱里仅仅因为他们的身份证过了期……”

“这是检察官的事，”马斯连尼科夫恼怒地打断聂赫留朵夫的话说，“这就是你平素所说的：法庭办事是快捷而公正的。本来，副检察长的职责是访问监狱，弄清楚关押在里面的犯人是否通过了合法程序。可他们什么也没有做，在打牌玩。”

“那你就毫无办法吗？”聂赫留朵夫想起律师说过，省长会把责任往检察官身上推，不高兴地说。

“不，我会管，马上就去处理。”

“对她来说，就更坏了。这个苦命的女人。”从客厅里传来的一个女人的声音，显然，她对所说的这件事漠不关心。

“这样就更好，我把这个也取走。”从另一边传来一个男人调皮的说话声和一个女人的嬉笑声，她没有把什么东西递给他。

“不行，不行，怎样也不行。”那女人说道。

“好吧，那些事让我去办吧，”马斯连尼科夫用戴绿松石戒指的白手熄掉香烟，重复说，“现在我们一起到太太们那儿去，陪她们聊聊吧。”

“哦，我这儿还有一件事要向你反映，”聂赫留朵夫说，没有步入客厅，在门口驻足不前，“听说，昨天在监狱里有些人受了体罚，是真的吗？”

马斯连尼科夫的血往上涌，脸都红了。

“你连这种事也要过问？不行啊，老兄，真不该把你放进监狱里去，你什么事都要管。我们走吧，我们走吧，安奈特在呼唤我们呢。”他搂着聂赫留朵夫的肩膀说，他这会儿又显得很激动，像刚才受到那位显要人物赏识时的样子，不过此刻他并不高兴，而是局促不安。

聂赫留朵夫从他的手中挣脱了自己的肩膀，没向任何人点头告别，也不说什么话，脸色阴沉地穿过客厅，走过大厅，又从那些赶紧跑来伺候他的听差们的身边走过，一直走到大街上。

“他怎么了？你怎么得罪他了？”安奈特问她丈夫说。

“这是法国人的派头。”有人说。

“这哪是法国人，这是祖鲁人。”

“哎，要知道他这人总是这个样子。”

有人起身告辞，但随即又有新的客人来到，叽叽喳喳的谈话按惯例进行着。话局里的人利用聂赫留朵夫的插曲作为眼下的白昼聚会的一个信手拈来的话题。

聂赫留朵夫走访马斯连尼科夫后的第二天，就收到他的来信。马斯连尼科夫在一张印有官衔、打有火漆印的光滑厚信纸上字迹奔放地写道，关于把玛丝洛娃调到医院一事他已写信给医生，估计可以如愿以偿。信末署名是“热爱你的老同事马斯连尼科夫”，末一笔顺势描了一个极其优雅有力的大花笔道。

“笨蛋！”聂赫留朵夫情不自禁地说道，他之所以这样说，是因为他从“同事”这个词体会到马斯连尼科夫对他有屈尊俯就的意思，也就是说，即使马斯连尼科夫目前担任的职务从道德方面来说是肮脏卑鄙的，但他仍认为自己是一个了不起的人物，因此他觉得自称是聂赫留朵夫的同事，即使不是向故友讨好，至少也足以表示他毕竟没有因为自己品位显赫而过分骄傲。

五十九

一种最常见且普遍的迷信，是认为每一个人都有固定的天性：有的善良，有的凶恶，有的聪明，有的愚笨，有的热情，有的冷漠，等等。其实人并不是这样的。我们可以说，有些人善良的时候多于凶恶的时候，聪明的时候多于愚笨的时候，热情的时候多于冷漠的时候，或者正好相反。但要是我们说一个人善良或者聪明，说另一个人凶恶或者愚笨，那就不对了。可我们往往是这样区分人的。这是不符合实际情况的。人好比河流，每一条河流都是有的地方河道狭窄，水流湍急，有的地方河道宽阔，水流缓慢，有的地方河水清澈，有的地方河水浑浊，有的地方河水冰凉，有的地方河水温暖。人也是这样。每一个人都具有各种人性的胚胎，有时表现这一种人性，有时表现那一种人性。他常常变得面目全非，和往昔判若两人，但其实还是他本人。有些人身上的这些变化特别明显。聂赫留朵夫就是这一类人。这些变化之所以在他们身上发生，既有生理方面的原因，又有精神方面的原因。聂赫留朵夫现在就处于这样的剧烈变化之中。

在法庭审判之后，特别是在第一次探望卡秋莎以后，他体会到一种获得新生的庄严而欢乐的心情。可如今这种心情已完全消失了，代替它的是最近一次探监后产生的恐惧，甚至是对她嫌恶的心情。他决定不再抛弃她，如果她愿意就同她结婚的初衷也没有改变，不过这对他来说是痛苦和烦恼的。

在走访马斯连尼科夫后的第二天，他又坐车到监狱去，为的是同玛丝洛娃见面。

典狱长准许他同她会面，但不在监狱办公室，也不在律师办事室，而是在女犯人的探望室里。典狱长虽然心地善良，但这次对待聂赫留朵夫的态度不如上次热情。显然，聂赫留朵夫同马斯连尼科夫的两次谈话产生了负面的后果，上级指示典狱长对这个探监人要加以提防。

“见面是可以的，”典狱长说，“只是有关钱的事，请您千万照我要求的那样做才好……至于阁下提出要把她调到医院里去，那是可以的，医生也同意了。只是她自己不愿意，她说：‘要我去给那些病鬼倒便壶，我才不干呢……’您瞧，公爵，她们这号人就是这样的。”他补充说。

聂赫留朵夫什么也没回答，只要求让他进去探望。典狱长打发了一个看守带他去，聂赫留朵夫就跟着他走进一间空荡荡的女犯人的探望室。

玛丝洛娃已经在那里了，她从铁栅栏后面走出来，模样文静而羞怯。她走到聂赫留朵夫跟前，眼睛不看他，低声说："请您原谅我，德米特里·伊凡诺维奇，前天我说了些不中听的话。"

"用不着道歉，怎样也轮不到我来原谅您……"聂赫留朵夫开口说，但没有说完就停住了。

"不过，您还是别管我的好。"玛丝洛娃补充说，用可怕的目光斜睨了他一眼，聂赫留朵夫在她的眼睛里又看到了紧张而愤恨的神色。

"为什么要我不管您呢？"

"就该这样。"

"为什么就该这样？"

她又用他认为愤恨的目光瞅了瞅他。

"嗯，说实在的，"她说，"您还是离开我吧，我对您说的是实话。我受不了，您把您那套想法丢掉吧。"她嘴唇哆嗦着说，接着沉默了一下，"我这是实话，要不我宁可上吊。"

聂赫留朵夫觉得，她的这种拒绝，是对他的一种憎恨，因为她不能饶恕他对她的凌辱，不过此外还有点别的东西，也就是夹杂着一种美好而重要的因素。现在她是在十分平静的心情下肯定她原先的拒绝，这就一下子消除了聂赫留朵夫心里的种种猜疑，使他恢复了原先那种严肃、庄重和爱怜的心情。

"卡秋莎，我原先怎么说，现在还是怎么说，"他特别认真地说，"我求你同我结婚。要是你不愿意，暂时还不愿意，我也和原先说的那样，要跟您在一起，你被发配到哪里，我也跟到哪里。"

"那是您的事，我没有别的话要说了。"她说，嘴唇又哆嗦起来。

聂赫留朵夫也不作声，觉得说不下去了。

"我现在先到乡下去一下，然后到彼得堡去，"他终于振作精神说，"我将为您的事……为我们的事去奔走，甚至告御状。上帝保佑，他们会撤销原判的。"

"不撤销也没有关系，我就算不为这事，也该为别的事受这个罪……"玛丝洛娃说，他看见她好不容易才忍住眼泪。"那么，您看到明肖夫了吗？"她突然问，以此掩盖自己的激动，"他们没有犯罪，是吗？"

"我想是的。"

"那个老太婆可好了！"她说。

聂赫留朵夫把从明肖夫那儿打听到的情况都告诉了她。他问她还需要什么，她回答说什么也不需要。

他们又沉默了。

“哦，至于医院的事，”她忽然用斜睨的眼睛瞅了他一眼，说，“要是您要我去，那我就去，我也不再喝酒了……”

聂赫留朵夫默默地瞧了瞧她的眼睛，她的眼睛在微笑。

“那很好。”他只能说出这样一句话来，说完就同她告别了。

“是啊，是啊，她简直换了一个人。”聂赫留朵夫想。他消除了原来的种种疑虑，产生了一种全新的感觉，相信爱的力量是不可战胜的。

玛丝洛娃在同聂赫留朵夫见面以后，回到臭气熏天的牢房里，脱下囚袍，坐到铺上，两手支住膝盖。牢房里只有几个人：那个原籍弗拉基米尔省、带着奶娃娃的患痨病的女人，明肖夫老太婆，以及铁道看守员的妻子和她的两个孩子。诵经士的女儿昨天诊断有精神病，被送进了医院，其余的女人都洗衣服去了。老太婆躺在铺上睡觉，牢房门开着，几个孩子都在走廊里玩。弗拉基米尔省的女人手里抱着孩子，铁道看守员的妻子拿着一只袜子，一面手指灵敏地编织着，一面走到玛丝洛娃跟前。

“嗯，怎么样，见到了？”她们问。

玛丝洛娃没有回答，坐在高高的铺上，晃动着两条够不到地的腿。

“你哭什么呀？千万别灰心，哎，卡秋莎！说吧！”铁道看守人的妻子说，她双手敏捷地编织着。

玛丝洛娃没有回答。

“她们都洗衣服去了。据说，今天来了一大批捐献物品，送来的东西可多啦！”弗拉基米尔省的女人说。

“菲纳什卡！”铁道看守人的妻子对着门外叫道，“这淘气鬼不知跑到哪儿去了。”

她说着抽出一根针，把它插在线团和袜子里，来到走廊里。

这时候，走廊里传来一阵脚步声和女人的说话声。住在这里的女犯都光脚穿着棉鞋，走进牢房，人人手里拿着一个白面包，有的还拿着两个。费多霞立刻走到玛丝洛娃跟前。

“怎么样，有什么事不顺心吗？”费多霞问，她那双明亮的浅蓝色眼睛亲切地瞧着玛丝洛娃。“瞧，这是给我们当点心吃的。”她说着把白面包放在架子上。

“怎么，是不是他变卦了，不想同你结婚了？”柯拉勃列娃问。

“不，他没有变卦，是我不愿意，”玛丝洛娃说，“我就这样对他说了。”

“你这个傻瓜！”柯拉勃列娃声音沙哑地说。

“是啊，既然不能住在一起，结婚还有什么意思呢？”费多霞说。

“可是，你的丈夫不就是跟你一块儿走吗？”铁道看守人的妻子说。

“那又怎么样，我跟他结过婚了，”费多霞说，“可他们不能住在一起，那又何必结婚呢？”

“你自己才是傻瓜！‘何必结婚？’要是他娶了她，就会让她过上富日子了。”

“他说：‘你被发配到哪里，我也跟到哪里。’”玛丝洛娃说，“他去就去，不去就不去，我可不求他。现在他去彼得堡奔走，那边的大臣全是他的亲戚，”她继续说，“不过我还是不需要他。”

“这个当然！”柯拉勃列娃忽然表示同意，理着她的袋子，同时显然在想别的事，“咱们来喝点酒怎么样？”

“我不喝了，”玛丝洛娃回答，“你们喝吧。”

第二部

一

玛丝洛娃的案子可能过两个星期后由枢密院审理。在这之前，聂赫留朵夫打算先去彼得堡，一旦在枢密院败诉，那就得听从起草申诉书的律师的主意，将禀帖直接呈给至高无上的沙皇。那个律师认为，枢密院对这次上诉不予照准的可能性是很大的，对此必须有思想准备，因为上诉理由不够充分。[1]一旦这样的情况发生，玛丝洛娃就可能随同一批苦役犯在六月初出发。聂赫留朵夫既已决定跟随玛丝洛娃去西伯利亚，在出发以前得做好准备工作，现在就需要先下乡一次，把那里的事情安排妥当。

[1] 细节描写，交代了律师已经预测到玛丝洛娃的案子在枢密院上诉的结果，为最终上诉被驳回做了铺垫。

聂赫留朵夫首先乘火车到最近的库兹明斯科耶去，他在那里拥有一大片肥沃的地产，也是他收入的主要来源。他在那里度过了童年和少年，成年后又去过两次。有一次，他奉母亲的命令把德籍管家带到那里，同他一起检查农庄的经营情况，因此他很早就熟悉了地产的位置，对农民依附收租账房，也就是依附地主的关系了如指掌。关于农民依附地主的关系，说文雅一点，是一种完全的人身依附，说直白一点，农民就是账房的奴隶。这不是赤裸裸的奴隶制，那种一些人受一个主人奴役的奴隶制已经在1861年废除了①。但无地和少地的农民仍处于普遍的被奴役的地位，他们多半受大地主的奴役，有时个别的也受到住在农民中间的某些人的奴役。聂赫留朵夫知道这个真相，他也不可能不知道，因为地主的庄园经济就是建立在这种奴役之上的，他曾参与这种庄园经济的管理。但聂赫留朵夫不仅知道真相，他还进一步认识到这种制度是不公正的和残酷的，早在大学求学时代他就有了这样的认识，当时他信奉和宣扬亨利·乔治的学说，以实施这种学说为由，将父亲留给他的田产分给了农民。他这样做的时候，深信在自己这个时代拥有土地和五十年前拥有农奴一样，都是一种罪恶。不错，自从他

① 指1861年俄国沙皇政府颁布农奴解放令，进行自上而下的农奴制改革。

投笔从戎，到军队里当军官以后，他已习惯了每年花掉两万卢布的奢侈生活，而他头脑里原有的各种学说，对于他一掷千金的生活来说，不再是非有不可的了，因而被抛之脑后。他不仅从不扪心自问：他现在对待私有制的态度如何？他母亲给他的大把金钱是从哪儿来的？而且竭力不去思考这些问题。但是母亲死后他继承了遗产，他必须管理自己的产业，也就是土地，新的情势把他对待土地私有制的态度这个问题又重新推到他的面前。几个月以前，聂赫留朵夫还常常对自己说，改变现行制度是他力所不能及的事，而且直接经营管理土地的又不是他本人——这样他多多少少安心一点，既然自己生活的地方离田产很远，那就暂且靠田产的收入生活吧。可现在呢，他却下了决心，虽然他不久就将去西伯利亚，而且处理监狱里的各种棘手的问题都需要花钱，但他却不能再维持残酷剥削农民的现状，而一定要加以改变，宁可自己吃亏。因此他决定不再自己经营土地，而是以低廉的租金出租给农民，使他们大体上不必依赖地主。

聂赫留朵夫多次将土地拥有者的状况同奴隶拥有者进行对比，他发现将土地租给农民耕种以取代驱使奴隶般的农人耕种，这和奴隶主将农人的劳役改为代役租是一码事。这不是解决问题的根本方法，但朝向根本解决迈出了一步，也就是从相当粗暴的形式过渡到不太粗暴的形式。两害相权取其轻，因此他打算这样做。

聂赫留朵夫乘火车来到库兹明斯科耶时，已将近中午。他要求自己的生活，包括衣食住行都尽量简朴化，因此这一回没有向自己的庄园拍电报，让那儿派车来接，只是在火车站雇了一辆双驾四轮马车。马车夫是一个年轻的小伙子，穿着由黄色土布缝制的腰部带褶的男款外衣，在瘦长的腰身下面沿着褶线束着腰带。他按驿差①的习惯，稍稍侧着身子，坐在马车前部。他很乐意找坐车的老爷攀谈，当他们说话的时候，那匹衰弱的、瘸腿的白色辕马和那匹拉边套的、害气肿病的瘦马就可以用它们平素十分喜欢的步伐慢吞吞地行走。

赶车的讲起库兹明斯科耶的总管，不知道他的马车上坐着的就是这儿的主人。聂赫留朵夫故意没有告诉他。

这个马车夫在城里住过，见过世面，还会读长篇小说，他提起这个总管，就感叹地说：“好一个阔气的德国佬！”他坐在那儿，扭过一半身子对着这位雇马车的乘客，长长的马鞭在他手中耍弄得很纯熟，他一会儿握着马鞭柄，一会儿又握着马鞭梢，显然想说些文雅的话来炫耀他的知识：“他置办了一辆三套马车，拉车的马都是毛色浅黄、鬃尾色淡的百里挑一的好马，用这样的车载着自家的女主妇出外旅行——再合适不过了！”他继续说，“冬天，逢上圣诞节，他在宽敞的

① 给政府服劳役赶车的农民。

屋子里摆上圣诞树，我也曾载运客人到过那儿；屋里还装了电灯。走遍全省，都没见过如此富丽堂皇的宅院！他搜刮的钱，多得吓死人！他有什么办不到的？他手中有权，这儿的一切农民都得听他的。听说，他置办了一份好田产，自己当起地主来了呢。”[2]

聂赫留朵夫认为，他实在用不着去查清这个德国人是如何管理田庄以及如何利用它来谋私利的。但是这个有瘦长腰身的赶车人讲述的事情令他不愉快。他欣赏着美丽的白昼风景，看着天上浓密的发黑的云团，有时这些云把太阳也遮住了。他放眼春播作物的田野，田野上到处有庄稼汉在忙碌，他们跟在木犁后面翻耕燕麦地。他还观赏一片片浓绿的小树林，云雀从那儿飞上天空。他发现森林已经披上了新鲜的绿装，唯有橡树林的绿芽萌发较迟。他看到牧场上有一群群的牛羊，还有在吃草的马儿。他的眼睛又转向田野，那儿显现出一个个勤劳的耕地人的身影。不好，他心头升起了某种不愉快的感觉，他问自己：这是怎么一回事？于是他记起了赶车人讲述的这个德国人在库兹明斯科耶如何经营发财的事情。

来到库兹明斯科耶后，因事务缠身，聂赫留朵夫忘记了这些不愉快的感受。

聂赫留朵夫查阅过账目，同管家谈了话。当时那些少地的农户的田土都被地主的肥田包围了。管家不了解东家的心思，天真地把这种情况说成是可从中取利的好事。聂赫留朵夫听了他的话，更打定主意，不再经营农庄，而把全部土地分给农民。他知道如今和过去一样，三分之二的好耕地是由自家雇佣的工人直接用改良农具耕种的，其余三分之一的土地则雇农民耕种，每俄亩付五卢布，也就是说农民为了挣到这五个卢布，就得把一俄亩土地犁三遍，耙三遍，播下种子，然后收割，打捆，或者收割后送到打谷场。如果雇廉价的自由工人来做这些农活儿，每俄亩至少也得付十卢布工钱。如果农民要从账房那儿取得必需的东西，都要按最高价折成工役来支付。他们要使用牧场、在树林里打柴和取得喂猪的番薯茎叶，都得付工役，因此农民几乎个个都欠账房的债。这样，田野外围的那些土地由雇来的农民耕种，地主每俄亩所得的收入比用五分利计算的地租收入还多

[2] 德国管家贪婪地利用聂赫留朵夫的土地捞钱，还用这些钱买了一些地产，自己做了地主，这样的社会现实揭示了生活在底层的农民不仅要遭到地主阶级的奴役，还要受到管家的剥削。

四倍。

聂赫留朵夫对这一切情况早就了解，可今天他又将其当作一个新事物来重新认识，令他感到惊讶的仅仅是，他和许多和他处于同等地位的人如此麻木不仁，对这些雇佣关系的各种不公正的地方竟熟视无睹。总管提出种种理由，认为一旦把土地交给农民，全部农具和生产设施都会损失掉，连四分之一的本钱都收不回来，又说农民会糟蹋土地，总而言之，聂赫留朵夫交出土地会吃大亏。但这些理由反而使聂赫留朵夫坚定了自己的信念，即把土地交给农民，使自己丧失大部分收入，正是做了一件好事。他决定趁他这次来到此地，马上办妥这件事。收割庄稼，出卖已经播种的谷类作物，把农具和不必要的房屋设施卖掉，这些事他让总管在他走后处理。现在他要求总管明天召集邻近库兹明斯科耶庄园的三个村的农民来此聚会，以便他宣布自己的决定和谈判出租土地的价格。

聂赫留朵夫走出账房的时候，心情颇为愉快，因为他意识到自己坚定的决心已经战胜了管家的种种反对理由，而他自己也做好了充分准备，要为农民做出牺牲了。他思考着即将要处理的事务，一面信步绕着宅院转了一圈，他走过那些因缺少照料而荒芜了的花坛，而管家房屋的对面却新开辟了一个花坛。他还走过丛生着菊苣的网球场以及一条椴树覆盖的小径，往昔他常在这些地方散步吸烟，三年前漂亮的基里莫娃到他母亲家来做客，还在这里同他调过情。聂赫留朵夫考虑了一下明天要对农民大致讲些什么话，然后去找总管，同他一面喝茶，一面再次商讨如何清理庄园经济的问题，一切谈妥后，他才走入给他安排好的房间，平日里这间房是为了接待客人用的。

在这个不大而清洁的房间里挂着一些画，画上展现出意大利威尼斯的风景，还有一面镜子，挂在两个窗子中间。房间里放着一张清洁的弹簧床，床旁有一张小桌，桌上放着一个玻璃水瓶、一盒火柴和一个灭烛器。镜子旁有一张大桌子，桌上放着他那只盖子打开的皮箱，一眼就可看出那里面装有他的化妆盒和随身带着的几本书：一本是俄文书，内容为刑法的研究；德文书和英文书各有一本，内容大同小异。这次下乡，他想在旅途中抽空阅读这几本书，但今天已经没有时间了。他得上床休息，明天早点起来，向农民说明他的计划时得胸有成竹。

这个房间的墙角上，放着一把老式的圈椅，是用红色的木头制作的，上面还雕了花。这把圈椅好眼熟哦！聂赫留朵夫记起来了，它原来是放在他母亲的寝室里的。此时此刻，他触景生情，心中陡然升起一种完全出乎意料的伤感。他忽然舍不得这所房子，哪怕它破旧得快要倒塌；舍不得那个园圃，哪怕它日益荒芜；舍不得那一片树林，哪怕它不断遭到砍伐；舍不得那些畜厩、马房、库房、农业机具、牛羊驴马。虽然那些东西不是由他积攒和购置的，然而却都是长辈辛辛苦苦置办起来，维持下来的。以前他觉得放弃这些身外之物轻而易举，可是现在他不但留恋这些东西，甚至也留恋他的土地。他更舍不得他目前很可能急需的那一半收入。而且立刻就有一种说法来帮他的忙，根据这种说法来判断，把土地交给农民，毁掉长辈交给他经营的产业，是不合理的，不应该做的。

他心里的一个声音说："耕者有其田，我不劳动，就不应当占有土地。如果我不占有土地，那么，我也就无法维持这份产业。再者，我就要到西伯利亚去了，所以不论是这所房子还是这个庄园，对我都毫无用处，不需要了。"但心中的另一个声音说："这话固然不错，不过这事还得从长计议。第一，你不会在西伯利亚住一辈子。要是你结了婚，你可能有子女。没有田园，子女靠什么生活？你从先辈手里得到这份田产时是完整无缺的，以后你就得把它照原样传给子孙。作为人子，对祖传的土地要负责任。积家犹如针挑土，败家好比水推沙。把它交出去，毁掉一切，这都很容易，可是要重新建设一个庄园，那就很难了。目前最重要的是应当考虑一下你自己的生活，想一想你以后靠什么来过活，再根据这一点来处理你自己的财产。你目前做出来的毁灭家产的决定是坚定不移的吗？再者，你是本着你的良心在不计得失、我行我素呢，还是为了做给人家看，为了在人家面前卖弄自己？"聂赫留朵夫问自己。他不得不承认：别人对他做的事会说些什么话，这对他做出这个决定是有影响的。他越是考虑，冒出来的问题就越来越多，而且越发不容易解决。他为了摆脱这些想法，干脆就在那张干净的床上躺下来，眼下不妨沉入梦乡，等到明天头脑清醒时，再来解决这些目前搅得他心乱如麻的问题吧。可是他很久睡不着觉。敞开的窗口那儿，既有新鲜的空气涌入，也有溶溶的月光泻入，远处传来青蛙的聒噪声，其中还夹杂着夜莺的啾鸣声和呼哨声。夜莺的叫声来自远处的花园，但有一只却近在窗前，就在盛开的丁香花丛里。聂赫留朵夫听着由夜莺的啼叫声和蛙鸣声组成的交响乐，就想起典狱长女儿的弹琴声。他想起了典狱长，就想起了玛丝洛娃，想起她说"您还是死了这条心吧"时，嘴唇不断地哆嗦，简直像鸣叫时的青蛙一般。然后，那个日耳曼总管走下坡去捉青蛙。应当拦住他才行，可是他不但下了坡，而且变成玛丝洛娃，开口责备他说："我是苦役犯，您是公爵。""不行，我不能就此了结。"聂赫留朵夫想着，猛然惊醒过来，自问道："那么我做的事究竟对不对呢？我不知道。再者，这对我来说反正都一样。反正都一样。不过我得睡了。"于是他自己也走下坡去，顺着先前总管和玛丝洛娃的路走下去，于是一切就在那儿完结了。

二

第二天早晨，聂赫留朵夫醒来时已经九点钟了。账房派来伺候老爷的年轻的听差，一听见他在床上有了动静，就给他送来一双从没有擦得这么锃亮过的皮鞋和一杯清凉的矿泉水，并向他报告说，农民们正在陆续到来。聂赫留朵夫一骨碌从床上爬起来，他记起昨晚他曾有舍不得交出土地和不愿毁掉这份产业的念头，可现在这种心情已消失得无影无踪了，此刻想到那种心情，反而觉得奇怪。他一想到他目前要办的事就高兴，不由自主地为这样的壮举感到自豪。他从房间窗口望出去，看见蒲公英丛生的草地网球场。农民们遵照总管的命令，正往那儿聚集。昨天黄昏青蛙拼命聒噪不是没有来由的，今天天气果然阴晦。一早就下着不刮风的温润的蒙蒙细雨，树叶上、树枝上和青草上都挂满小雨珠。他站在窗前，除了闻到草木的气味外，还闻到久旱盼甘霖的泥土的气味。聂赫留朵夫穿衣服的时候，几次三番往窗外张望，看见来到网球场的农民越来越多。他们三三两两地走来，遇见熟人，便脱掉各自的软帽和便帽，互相致意，在球场上围成一个圆圈，手里还拄着拐杖呢。总管有一副丰满的福相，肌肉发达、年轻力壮，穿着一件安有绿色竖领和大纽扣的短上衣。他走来告诉聂赫留朵夫，人都到齐了，但可以让他们等一下，聂赫留朵夫尽可以先喝点咖啡或红茶，这两样东西都已准备好了。

“不，我还是先去同他们见面为好。”聂赫留朵夫说，此时此刻他体验到一种完全意料不到的心情，面临与农民讲话的场面，既有几分胆怯，又有一点愧疚。

他要满足农民们的愿望，以往农民们做梦也想不到这种愿望会实现——以低廉的地租分给他们土地。换句话说，他要赐给他们恩惠，可他要施恩于人时，自己反而感到惭愧。聂赫留朵夫一走到群集的农民面前，农民们便一个个脱下帽子，露出他们淡褐色的、鬈曲的、花白的头发或者秃顶的脑袋。他忽然觉得很不好意思，手足无措，半天说不出话来。他觉得，自己在他们面前是有罪的。下着蒙蒙细雨，细小的雨滴落在农民的头发上、胡子上和长袍绒毛上。农民们站在雨中，望着老爷，等他开口，可是他却继续发窘，一句话也说不出来。这种难堪的沉默由镇定沉着而又刚愎自用的德国总管打破了，他自认为摸透了俄国农民的脾气，并且他讲起俄国话来流畅而正确。这个身强力壮、因营养过剩而脑满肠肥的人，也像聂赫留朵夫一样，同长着满脸皱纹的瘦削的脸、清瘦的肩胛骨从袍子里凸出来的农民形成了强烈的对比。

“听我说，现在公爵少爷打算为你们造福，要把土地交给你们自己种，可是说实在的，你们不配。”总管说。

“我们怎么不配，华西里·卡尔雷奇？难道我们没有替你干过活儿吗？我们一向很感激先夫人，愿她在天上平安。我们也很感激公爵少爷，他没有扔下我们。”一个喜欢饶舌的红头发农民说。

“我们对主人没什么抱怨的。我们的苦处就是缺地。”另一个宽肩膀的农民说。

“地不够，没法活呀。”

“我约你们来就是为了这件事，只要你们乐意，我打算把全部土地都交给你们。”聂赫留朵夫终于开口说。

农民们都不作声，仿佛没有听懂他的话，或者是不相信。

“不过，把土地交给我们，您这话是什么意思？”一个穿长大褂的中年农民说。

“就是租给你们，你们只要稍微付些租金就可以耕种。”

“这倒是满顺心的事啊。”一个老农民说。

“不过这个租价我们要出得起才成。”另一个老人说。

“给土地还会不要吗？”

“种地是我们的本行，我们就是靠土地吃饭的！”

“这样您也省事得多，只管收钱就成了，不然的话，不知要酿成多少罪过！”一些人众口同声地说。

“罪过都是你们犯的，”德国人说，“要是你们好好干活儿，能守规矩……”

“遵守你定下的规矩？我们这些种庄稼的人可办不到，华西里·卡尔雷奇，”一个尖鼻子的清瘦老汉说，“你问我为什么把马放到田里吃青苗，可谁存心这样做呀？我从早忙到晚，整天抡镰刀收割庄稼，干一天活儿有干一年那么累，夜里放马，免不了打个盹儿，马溜到你的燕麦[①]田里，你就要剥我的皮！”

“你们应该守规矩。”德国总管说。

“你说得倒轻巧——守规矩，可我们实在没有本事做到。”一个头发乌黑、满脸都是胡子的高个儿中年农民反驳说。

“要知道我早就对你们说过，你们应该把你们的地段用栅栏围起来。”

“那你给我们木材，”一个长相丑陋的小个儿农民说，“去年夏天我想建造栅栏，可你却把我关进牢里，喂了三个月虱子。嘿，这就是造栅栏的结局！”

---

① 在俄国，燕麦是马的饲料。

“他说的是怎么一回事？”

“村子里的头号小偷。”总管用德语说，“他每年都在树林里偷树，被人逮住。你得学会尊重别人的财产才成。”总管说。

“难道我们还不尊敬你吗？”一个老头说，“我们不能不尊敬你，因为我们都被你牢牢掌握住了，你要我们长就长，要我们短就短。”

“得了，老乡，谁也不会欺负你们。你们别欺负旁人就行了。”

“说得倒好听，‘谁也不会欺负你们。’去年夏天你就打了我一记耳光。打了就打了，我能到什么地方评理？跟有钱人没法讲道理，这是明摆着的事。”

“那么你做事就得遵纪守法。”

看样子，这儿在进行一场唇枪舌战，参战的双方都不太清楚自己为什么要争吵，也不太明白自己说的话的意义。能够看得出来的只是：一方被激怒了，但仍心怀恐惧，不敢过分发作；另一方则意识到自己的优越地位和权力是不容侵犯的。聂赫留朵夫痛心地听着这场舌战。他要努力将大家拉回到正事上来：商定租价和交款的期限。他大声说话了：

“那么，关于土地的事该怎么办？你们愿意不愿意？要是把全部土地交给你们，你们出什么价钱？”

“土地原来是您的，价钱得由您定。”

聂赫留朵夫就定出一个价钱来。好像往常谈生意一样，尽管聂赫留朵夫所定的价钱比附近一带的租价低得多，农民们却讨价还价，认为价钱太高。聂赫留朵夫原本指望他提出来的价钱会被农民们高兴地接受，可是现在他从他们的脸上根本看不出满意的表情。聂赫留朵夫只能从一件事来断定他提出的价钱对他们有利，那就是后来话题转向由谁来承租土地的问题，要确定究竟是由整个村社来承租还是另外由一个共耕社来承租的时候，农民们竟激烈争吵起来，这说明他们争着要参与承租，但分成两派：其中的一派打算把劳动力弱和交不起租金的农民排除在承租土地之外，另一派就是他们打算排挤出去的那些农民。最后，全赖总管出面压场，一锤定音，讲定了价钱和交款期限。于是农民们一边喧闹地交谈着，一边走下山坡，往村子里走去，而聂赫留朵夫则走到账房里去，跟总管一起拟定租约。

一切都按聂赫留朵夫所设想的和所期望的那样安排下来：农民得到了土地，付的租金比附近一带要低三成。他自己从土地上所得的收入几乎减少了一半，然而这对聂赫留朵夫来说仍是一笔能使手头很宽裕的收入，特别是他通过出卖森林和出卖农具还会有额外的进项。看来，一切事情都顺顺当当地办完了，应该皆大欢喜才对，可是聂赫留朵夫整段时间都感到有点问心有愧，觉得自己没有按良心办事。他看得出来，尽管有一些农民对他说出感激的话，可是农民们并不满足，而是指望得到更多的好处。结果是他自己损失了很多利益，却没有为农民们做到他们所期望的事。

第二天，大家在写成的租约上签了字。聂赫留朵夫在几个受众人推选而特意来此的老年农民的护送下，怀着事情没有办妥的惆怅心情，坐上一辆由三匹马拉着的四轮马车，原来，它就是先前在火车站听马车夫讲起过的总管的那辆阔气马车。他向那些带着困惑的脸色和不满意地摇着头的农民们告别，直奔火车站而去。聂赫留朵夫对自己所做的并不满意，他不满意的究竟是哪一方面，他也不知道，然而整段时间他都感到有点愁闷，有点惭愧。

三

聂赫留朵夫坐车从库兹明斯科耶动身，到两位姑妈让他继承的庄园去，那儿也就是他认识卡秋莎的地方。他很希望依照他在库兹明斯科耶用过的办法处理那片田产的土地，此外他还打算在那儿认真打听一下卡秋莎的事，以及他们孩子的情况。那个孩子是不是真的死了？他是怎么死的？他一早就来到了姑妈们的庄园所在地巴诺沃。使他大吃一惊的头一件事是，他的马车驶进庄园的院子时，他看到全部建筑物，特别是正房，都已衰败荒凉得不成样子，当年的富丽已荡然无存。原来的绿铁皮屋顶，好久没有油漆过，已锈得发红，还有几块铁皮卷了边，多半是被暴风雨掀起的。正房的四周原本都用护墙板包起来，钉得严严实实，如今有些地方的护墙板已经被当地乡民撬走，那种人专挑容易拆和钉子生锈的地方下手。门廊本有两个：正门的门廊和后门的门廊，特别是那后门的门廊使他记起许多往事，可现在两个门廊都已朽烂倒塌，只剩下梁架。房屋有些窗子缺了玻璃，钉上了木板。正房以外，无论管家住的厢房，还是厨房和马棚，都已陈旧失色。唯独花园没有衰败，更加葱茏繁茂，树木的枝条紧密连接在一起，眼下所有的草木都开了花，盛开的有樱花、苹果花和李子花等，从墙外望去，只见一簇簇的花团好像天上的云彩。做篱笆用的丁香花也像十二年前一样盛开，那年聂赫留朵夫曾和十六岁的卡秋莎一起玩捉人游戏，他就在这丁香花丛后面跌了一跤，被荨麻刺伤了手。当年性格和善的姑妈索菲亚·伊万诺芙娜在正房旁边种过一棵落叶松，矮得像是个短木桩，如今却长成一棵适合做梁木用的大树，枝子上满是绿里带黄而又像绒毛那么柔软的松针。那条河的河水依旧在两岸之间奔流，磨坊的水闸上的河水仍然哗哗响地往下冲。河对岸的草场上，仍旧有农民们放牧的五颜六色的牛马在吃草。管家是个没有毕业的神学校学生，他笑吟吟地在院子里边迎接聂赫留朵夫。他一直没有敛去笑容，恭请聂赫留朵夫到账房里去，然后仍旧满脸堆笑地走到隔板后面去了，仿佛他用这样的笑容向周围的人预报就要发生一件什么特别的事似的。马车夫收到车钱后，赶着车离开院子走了，响起一阵由近渐远的铃铛声，随后就完全沉寂了。过了一会儿，有一个穿着绣花衬衫的赤脚的姑娘从窗外跑过去，她耳朵上挂着绒毛球，也算是耳环吧。有一个成年的男子跟在那个姑娘后边跑过去，他那双大靴子上的钉子踩在一条被人们踏得很硬实的小路上，发出叮叮的响声。

聂赫留朵夫在窗旁坐下，瞧着花园，听着周围的动静。春天的新鲜空气和新垦过的土地的泥土香从双扉小窗的窗口飘进来，微微吹动他出汗的额头上的头发，吹动布满刀痕的窗台上放着的一叠纸张。河那边，农妇们在用洗衣棒捶打衣服，噼里啪啦，这些声音互相打岔，后发的盖过先发的，这一片混响散布在被水闸拦截的河面上，在这段阳光照射下闪闪发光的水域里消散。磨坊那边，流水从高处落下来，发出均匀的响声。一只苍蝇惊恐而响亮地嗡嗡叫着，从他耳畔飞过。

忽然，聂赫留朵夫回忆起很久以前的某个时候，当他还年轻纯洁的时候，他也是在这儿，在磨坊流水的有节奏的喧闹声中，仍听得见河边那些洗衣棒捶打湿衣服的响声，春风也是像这样吹动他湿润的额头上的头发，吹动那布满刀痕的窗台上放着的一叠纸张，恰好也有一只苍蝇像那样惊恐地从他耳畔飞过。他不光是回忆起当初自己是个十八岁的青年时的那种样子，而且感觉到他现在仍像那时候那么朝气蓬勃、心地纯洁，要实现伟大的抱负。可是同时，他又觉得往事像梦境一样不可能重现，他心里顿时感到十分凄凉。

“请问，您什么时候用餐？”管家含笑问道。

“随您的便好了，我不饿。我要到村子里去走一趟。”

“不过，您愿意到正房里去看看吗？房子里我都收拾得整整齐齐了。请您费神去看看吧，如果外观上还过得去……”

“不了，以后再看吧。现在，劳驾，请您告诉我，你们这里有没有一个叫玛特廖娜的女人？”

玛特廖娜就是卡秋莎的姨妈。

“有，当然有，就住在村子里。我真拿她没办法。她在卖私酒，我知道这事，揭发过她，训斥过她。可是到官府告她，我又不忍心——年纪大了，妇道人家，又有孙儿孙女要养活。”管家说，脸上一直挂着微笑，既想讨好东家，又完全相信东家看问题都同他一样。

“她住在哪里？我想去找找她。”

“住在村子尽头，从村边数起第三家。左边是一所砖红色的农村木房，她的简陋小屋就在砖红色的木房后面，最好还是让我送您去。”管家快乐地笑着说。

“不用了，谢谢您，我自己找得着的。倒是要请您通知那些农民，叫他们来开个会，我要同他们谈谈土地的事。”聂赫留朵夫说。他打算也像在库兹明斯科耶那样，在这里同农民们处理好事情，而且最好今天晚上就办好。

四

聂赫留朵夫走出大门，沿着生满车前草和除臭虫草的牧地行走，在一条被人们踏得很硬实的小路上，又遇见了那个农家姑娘，她耳朵上挂着绒毛球，身上系着大红大绿的围裙，快速地迈动两只厚实的光脚走来。她刚才出门了，现在是往回走，左胳膊很快地挥动着，其挥动方向和行走方向相逆，右胳膊搂住一只红公鸡，把它贴近她的肚子。那公鸡长着一副不断抖动的血红的冠子，似乎一点也不惊慌，不知道自己即将进入人们的腹中，只是不断翻白眼，时而把一条黑腿伸直，时而将其举起，它的爪子常常钩住那个姑娘的围裙。姑娘走得离东家很近时，就放慢脚步，把小跑改成走路。她走到他跟前的时候，停住脚步，把头往后一仰，对他一鞠躬。直到他走过去了，她才抱着公鸡往前走去。聂赫留朵夫走下坡去，又在水井那儿碰见一个老太婆，她伛偻的背上披着一件肮脏的粗布衬衫，挑着一担沉甸甸的、装满水的木桶，老太婆见到公爵东家，立刻放下水桶，也像刚才那个女孩那样把头往后一仰，恭敬地向他鞠躬。

走过这口水井，就进了村子，那天天气晴朗、炎热，早晨十点钟就闷热得厉害。一团团的浮云只偶尔遮住太阳。整条街道上弥漫着浓烈刺鼻而又并不难闻的畜粪气味，这种气味来自一些装粪的大车，它们正顺着碾平的、坦荡的道路爬上山坡去，但更多的是来自各家院子里，那儿的畜粪堆刚刚耙松，气味四散，而聂赫留朵夫正好从那些院子敞开的门口走过。有些农民在赶大车上坡，光着脚，布衫和裤子上都粘满粪汁；他们不时回过头来看这个又高又结实的老爷，看见他头上戴着灰色礼帽，他的缎子的帽箍在阳光照射下闪闪发亮，看见他沿着村子往上走，每走一步路就用有光泽的多节的手杖点一下地面，那根手杖还带着亮晃晃的镶头呢！有些农民正从田野里赶着空车回来，因马儿一路小跑，他们在赶车座位上颠个不停。他们的目光追随着这个沿着他们的村街走动的非比寻常的人，心里暗暗吃惊，连忙脱掉帽子表示敬意。村妇们纷纷走到大门外边来，站在房外的门廊上，指点着他提醒别人注意，目送他走过去。

聂赫留朵夫走到第四个人家的院门口时，几辆四轮大车吱吱嘎嘎地响着，从大门里驶出来，堵住了他的去路，这些大车都装满畜粪，堆得很高，拍打得很结实，粪上面铺着一小张席纹布供人坐。有一个焦急地等待乘车游玩的六岁男孩，跟着一辆大车走出来。一个穿树皮鞋的青年农民迈着大步追赶一匹马，从院门里出来。一匹淡蓝色的长腿小马驹从大门里跳出来，但是被聂赫留朵夫吓到了，急忙向一辆大车旁退去，腿在车轮上碰疼了，便蹿到前边它母亲那儿去，它的母亲已经拉着一辆沉重的大车走出院门，正心神不定，轻声哀鸣。随后又跑出一匹马，由一个清瘦的、精神矍铄的老汉牵着。那老汉光着脚，穿着有条纹的裤子和肮脏的长衬衫，背上隆起尖瘦的肩胛骨。

这些马儿，经过一番周折，终于走到车辆压出的道路上去了，路上都撒满了灰色的好像火烧过的小曲棍一样的粪块，到这时，老汉才转向院门口，朝聂赫留朵夫鞠躬致敬。

“你就是我们那两位老小姐的侄子吧？”

“对了，我就是她们的侄子。”

“欢迎欢迎。怎么样，你是来看我们的吧？”老人口齿流利地讲起来。

“对了，对了。怎么样，你们过得好不好？”聂赫留朵夫说，不知道说什么好。

“我们过的是什么生活呀！我们的生活糟透了。”健谈的老人仿佛感到说话很投机，唱歌似的拖着长音说。

“为什么这样糟呢？”聂赫留朵夫一面说，一面走进大门。

“可是还能有什么别的活法呢？只有这种糟透了的生活。”老人说，跟着聂赫留朵夫走进院子里。他来到一个敞棚底下，在一块已经铲掉畜粪而露出地皮的空地上站住。

聂赫留朵夫跟着他走到那个敞棚底下。

“瞧，我全家老少总共有十二口人。”老人接着说，指了指正在干活的两个女人。她们把裙裾掖在腰里，系着的头巾已经从头上滑下来，裸露的小腿肚子上有半截溅满了粪汁，手里拿着草叉，站在台阶上，那儿的畜粪还没清理干净，因而忙得满头大汗。“无论哪个月，家里都得买六普特粮食，可是这笔钱打哪儿来呢？”

“怎么，你们自己打的粮食莫非不够吃？”

“自己打的粮食?!”老人说着，冷笑了一声，“我的地只能养活三口人。这一回我们总共收了八垛粮食，还不够吃到圣诞节。”

“我们怎么办？把一个孩子打发出去做长工，另外蒙您老人家府上恩典，借了点钱给我们。那点钱没到大斋就用完了，可是税款还没交上。”

“税款要交多少？”

“我这一户每四个月要交十七个卢布。唉，上帝啊，日子得过下去，可我自己也不知道该怎么过了！”

“我可以到你们的小屋里去吗？”聂赫留朵夫说着，沿着那个小院子往前走去，从铲净畜粪的地方走到那些还没动用过的和刚用大叉翻过而正在冒出浓烈气味的红里透黄的畜粪上。

“那有什么不行的，去吧。”老人说，他那两只光脚快速地走着，脚趾窝里涌出粪汁来。他绕到聂赫留朵夫前边去，给他推开小屋的房门。

那两个女人理好头上的头巾，把毛织裙子的裙裾放下来，带着好奇的惊恐神情瞧着这个袖口上有金纽扣的装束整洁的老爷，居然走到他们的屋里去了。

有两个穿着粗布衬衫的小姑娘从小屋里蹦蹦跳跳地走出来。聂赫留朵夫略微弯下腰，脱掉帽子，走进门道，就到了弥漫着发酸的食物气味的小房间，房间又脏又窄，还摆着两架织布机。房间的炉灶旁边站着一个老太婆，卷起衣袖，露出一双瘦削的青筋暴起的晒黑了的手。

“瞧，我们的东家到我们这儿做客来了。”老人说。

“哦，多承赏光。”老太婆亲切地说，把卷起的衣袖放下来。

“我想要看一看你们在怎样生活。”聂赫留朵夫说。

“喏，我们在怎样生活，就是眼下你看见的这副样子。这个小屋摇摇欲坠，随时都会坍塌下来，眼看着就要压死人了。可是老头子倒说这个小屋挺好。我们就这么过下来了，瞧，跟皇帝那么神气，”口齿利落的老太婆说，神经质地摆动着脑袋，“我马上就要收拾好饭桌开饭了。干活的人要喂饱肚子。”

“那你们午餐吃些什么？”

“午餐吃什么？我们的吃食好得很。头一道菜是面包加克瓦斯，第二道是克瓦斯加面包。”老太婆笑着说，露出已经蛀掉一半的牙齿。

“不，您别开玩笑，让我看一看你们现在吃些什么。”

“吃什么？”老人笑着说，“我们的吃食没有什么奥秘。你就给他看吧，老婆子。”

老太婆摇摇头。

“你想瞧一瞧我们庄稼人的吃食？我看你啊，老爷，真是爱刨根问底的人。他什么事都要知道。我说过吃的是面包和克瓦斯。不过另外还有点汤，昨天那些娘儿们送来的羊角芹菜。喏，这就是汤。喝完汤就吃土豆。”

“没有别的了？”

“另外还能有什么呢，最多往汤里加点牛奶。”老太婆笑着说，瞧着门口。

房门是开着的，门道里挤满了人。男孩、女孩、抱着婴儿的女人在门口挤成一团，瞅着这个古怪的老爷考察庄稼人的吃食。老太婆分明因为善于跟老爷周旋而感到得意。

“说起我们的生活，那就是糟得很，老爷，真的，糟得很，”老人说，“你们跑到这儿来干什么！”他对站在门口的人嚷道。

“好，再见吧。”聂赫留朵夫说，觉得别扭、惭愧，他也说不出这是什么缘故。

“多谢你来看我们。”老人说。

过道里的人互相挤紧，好空出一条路来让他过去。他走出去，到了街上，顺着斜坡往上走。他身后有两个从门道里走出来的赤脚男孩。一个年纪大些，穿着一件很脏的白衬衫；一个较小的穿一件窄小的褪色的粉红衬衫。

“眼下您要到哪儿去？”穿白衬衫的男孩问他。

“去找玛特廖娜，”聂赫留朵夫说，“你们认识她吗？”

穿粉红衬衫的男孩无缘无故地笑起来，而岁数大些的那个则一本正经地反问道：

“哪一个玛特廖娜？岁数大吗？”

“对，岁数大。”

“哦哦，”他拖长声音说，“那就是谢梅尼哈，她住在村子尽头。我们带你去，走，费吉卡，我们带他去。”

“可是那些马匹呢？”

“那不要紧！”

费吉卡同意了，他们三人就一起沿着街道往坡上走。

五

同孩子们在一起无须拘礼，聂赫留朵夫觉得跟他们在一起比同成年人打交道要自在得多。他一路上跟他们随便聊天。穿粉红色衬衫的小男孩不再嬉笑了，他说起话来，跟那个大男孩一样，懂事而有条理。

“那么，你们村里数谁家最穷呀？”聂赫留朵夫问。

“谁家穷？米哈伊拉穷，谢苗·玛卡罗夫，还有玛尔法，都穷得很。”

“还有阿尼霞，她更穷。阿尼霞连母牛都没有一头，她一家靠讨饭为生呢。”小费吉卡说。

“她没有牛，可算起来他们家总共才三个人，但玛尔法家有五个人呢。”大孩子反驳说。

“可阿尼霞终究是个寡妇啊！”穿粉红色衬衫的男孩坚持自己的意见。

“你说阿尼霞是寡妇，人家玛尔法也同寡妇差不多，”大孩子接着说，“简直一样，她丈夫不在家。”

“她丈夫在哪里？”聂赫留朵夫问。

“在监牢里喂虱子。”大孩子用大人们惯常的说法回答。

“去年夏天因为他在东家树林里砍了两棵小桦树，就将他抓去坐牢，”穿粉红色衬衫的男孩赶紧补充说，“到如今都关了五个月了，他老婆玛尔法只好到处要饭，以养活三个孩子和一个害病的婆婆。”他说得很详尽。

“她住在哪儿？”聂赫留朵夫问。

“就住在这个院子里。”男孩指着一所房屋说。面对着这所房屋，有一个很小的、浅色头发的男孩站在聂赫留朵夫正走着的小路上，他的两条罗圈腿摇摇晃晃，站都站不稳。

“瓦西卡，你这淘气鬼，跑到哪儿去了？”一个从小屋里跑出来的女人大声叫喊着，她穿着一件肮脏的、灰色的、仿佛沾满草木灰的衬衫，神色惊恐地扑到聂赫留朵夫跟前，抱起那个孩子就往小屋里跑，好像生怕聂赫留朵夫会对她的孩子做出什么坏事来似的。

这就是刚才说过的那个女人，她的丈夫因为砍伐聂赫留朵夫的树林里的小桦树而被关在监牢里。

“喂，你们说，玛特廖娜是穷人吗？”聂赫留朵夫问，这时他们已走近玛特廖娜的小屋。

“她算什么穷人？她在卖酒。”穿粉红衬衫的瘦男孩理直气壮地回答。

聂赫留朵夫走到玛特廖娜小屋跟前，把两个带路的孩子打发走，自己走进门廊，又来到屋子里。玛特廖娜老婆子的小屋只有六俄尺长，要是高个子躺在炉子后面的床上，就无法伸直身子。聂赫留朵夫心里想：“也许卡秋莎就是在这张床上生了孩子，后来又害了病的。”玛特廖娜的整个小屋几乎被一架织布机占满，聂赫留朵夫进门时，头在低矮的门楣上撞了一下，而这时老婆子和她的孙女正在埋头修理织布机，没太注意他。另外两个孩子紧跟在东家身后，飞似的跑进小屋，在他身后的房门口站住，小手抓住门框。

“你找谁？”老婆子因织布机出了毛病，正处在心情烦躁的状态中，便怒气冲冲地问。同时，她因贩卖私酒，见了陌生人就害怕。

“我是这儿土地的主人，我想跟您谈谈。”

老婆子不吭声，仔细对他瞧了瞧，脸色顿时变和缓了。

“哎呀，我的乖乖，我这个傻瓜可没认出你来呀，还当是一个过路人呢，”玛特廖娜装出亲热的口气说，“哎呀你，你是我的健美的雄鹰哟……”

“我想跟您单独谈谈，最好不要有外人在场。”聂赫留朵夫望着打开的门说。门口站着几个孩子，孩子后面站着一个瘦女人，她手里抱着一个非常虚弱却又始终带着笑脸的娃娃，由于有病，娃娃脸色苍白，头上戴着用碎布缝成的小圆帽。

“有什么好看的，我来让你们知道厉害，把拐杖给我！”老婆子对站在门口的人嚷道，“把门关上，听见没有！”

孩子们都走了，抱娃娃的女人把房门关上。

“我正在琢磨，这是谁来了？原来是老爷，是我们的金子宝贝，百看不厌的美男子！”老婆子说着，“你怎么光临我们这个穷地方了？也不嫌这儿脏。你是金刚钻一样的贵人呀。来吧，大贵人，这儿坐，就坐在这个矮柜上吧。”她说着用围裙擦擦矮柜，“我还以为是哪个乌龟王八溜进来了，原来是我们的大贵人，好老爷，恩人，养活我们的好人。你可得原谅我这老糊涂，是我瞎了眼。”

聂赫留朵夫坐下来，老太婆在他面前站着，用右手托住脸颊，左手抓住尖尖的右胳膊肘，像唱歌一样地讲起来：

“你也见老了，大人。想当初，你好比鲜嫩的龙芽草，可现在这副样儿！看起来，你准是太操心了。”

“我是来向你打听一件事的，你还记得卡秋莎·玛丝洛娃吗？”

“叶卡捷琳娜吗？怎么不记得，她是我的外甥女……怎么不记得，我哭呀，我为了她不知哭过多少回！她的事情我全都清楚。我的老爷，谁在上帝面前没有作过孽？谁在皇上面前没有犯过法？年轻人嘛，就是这样的，再加上喝了咖啡、红茶，就让魔鬼迷了心窍。要知道，魔鬼可厉害了，有什么办法呢！但愿你把她扔掉，可你还赏了她钱，给了她整整一百卢布。可她干了什么啦？她就是不能按理智行事。她要是听了我的话，也就会过日子了。她虽是我的外甥女，我得直说，这姑娘不走正道。我后来给她安排了一个多好的差使，可她不听话，竟然骂起东家来了。难道我们这等人可以骂老爷吗？嗬，人家就把她辞掉了。后来她又到一个林务官家里去做工，本来可以过得好好的，可是她又不乐意。”

“我想打听一下那孩子的情况，她不是在您这儿生了个孩子吗？那孩子在哪儿？”

“当年为了那娃娃我费了不少心思，我的好老爷。产妇那时病得厉害，挺折磨人的，我料想她再也无法痊愈了。我就自作主张，照规矩给孩子受了洗，把他送到育婴堂。嗯，做母亲的眼看就不行了，何必叫这小宝贝的灵魂受罪呢？换了别人，就会把娃娃撂下不管，也不会喂他，这么一来，娃娃就会马上死去。可我想还是花点力气，把他送育婴堂吧。好在还有几个钱，就打发人把他送去了。”

“有登记号码吗？”

“号码是有的，可他当时就只是一个号码。那女人说，刚把娃娃送到，娃娃就死了。”

“那女人是谁？”

“就是住在斯科罗德诺耶村的那个娘儿们呗。她专干这个行当。她叫玛拉尼雅，但现在她已归西天了。这个娘儿们挺机灵——要知道她是怎样做的啊！人家把娃娃送到她家里，她就收下来，留在自己家里养着，用食物喂他。她一边喂这个娃娃，我的老爷，一边做送他去育婴堂的准备。等到凑足三四个孩子，她就一股脑儿送去。这种事她办得巧妙而周到：先做好一个大摇篮，像是双层床，上层和下层都放着娃娃。摇篮上还安着把手呢。瞧，她把四个娃娃统统放进去，小脑袋儿朝着不同的方向，免得磕碰，小脚则对着小脚。她就这样一回送四个。她在那些娃娃的小嘴里塞进几个小橡皮奶头，他们，这些可怜的小宝贝儿，就不哭闹了。”

“后来怎么样？”

“后来，叶卡捷琳娜的娃娃就这么被送走了。她在家里面养了他两个礼拜，那娃娃在她家里就害病了。”

“那娃娃长得好看吗？”聂赫留朵夫问。

“好看极了，再也找不着比他更好看的娃娃了，长得跟你一模一样。”老太婆一只眼睛眨了眨，说。

“他怎么会这样弱？多半是喂得很差吧？”

“哪里谈得上喂！只不过做做样子罢了。这也难怪，又不是自己的孩子，只要送到的时候活着就行。那女人说刚把他送到莫斯科，他就断气了。她连证明都带回来了，手续齐备。她是个聪明的娘儿们。”

关于他的孩子，聂赫留朵夫就只打听到这些。

六

出去的时候，聂赫留朵夫的头在门框上又接连碰了两次，一次是在出房间时，一次是在出门道时，然后他才走到街上。有三个孩子在等他：除了原先穿白色衬衫和穿粉红色衬衫的孩子外，还有一个穿灰色衬衫的孩子。另外还有几个新来的孩子凑到他们身边来。有几个抱着吃奶的婴儿的女人也在等他，其中就有那个瘦女人，手里毫不费力地抱着面无血色、头上戴着用碎布缝成的小圆帽的婴儿。[1]这婴儿的两只痉挛的大拇指不停地抖动着，同时他衰弱得像老年人的小脸上总是露出一副古怪的笑容。聂赫留朵夫知道这是痛苦的怪笑。他就打听这个女人是什么人。

[1]这里是细节描写，刻画出孩子身后的瘦女人和她手中面无血色的娃娃的贫苦形象。

“这就是我对你说过的阿尼霞。”年纪较大的男孩说。

聂赫留朵夫转过身去对阿尼霞说话。

“你过得怎么样？”他问，“你靠什么养家糊口？”

“我过得怎么样？我在要饭哟。”阿尼霞说着便哭了起来。

那个面容像老年人的娃娃笑得更厉害了，一面扭动他那蚯蚓般的瘦腿。

聂赫留朵夫取出他的钱夹来，施舍给那个女人十卢布。他还没有来得及走出两步去，就有另外一个抱着娃娃的女人追上他，随后又来了一个老太婆，过后又来了一个女人。每个人都诉说自己怎样穷苦，恳求他周济她们。聂赫留朵夫把他钱夹里所有的六十卢布纸币统统散发出去，心里怀着可怕的忧郁，走回家去，也就是回到管家的厢房里。

管家笑眯眯地迎接他，告诉他农民将在傍晚集合。聂赫留朵夫对他道过谢，可是没有走进卧房里去，却转身走进花园，在撒着白色苹果花瓣和长满草的小路上走来走去，思索他刚才看见的种种情形。

起初，厢房的周围静悄悄的，可是后来聂赫留朵夫听见管家的厢房里传出两个女人愤懑的说话声，此起彼伏，其中偶尔夹杂着笑面虎管家恬然的说话声。聂赫留朵夫仔细听着。

“我本来就没一丝力气了。你为什么还要从我的脖子上扯掉十字架呢？[①]”一个女人气愤地说。

“其实我家的奶牛只跑进去一会儿，”另一个声音说，“我求求你，把牛还给我吧。你何必折磨牲口呢？这样一来，连我的孩子也没牛奶吃了。”

“你们得赔钱，要不然你们就做工来抵偿。”管家用无动于衷的声音回答说。

聂赫留朵夫走出花园，来到厢房的门廊跟前，那儿站着两个头发蓬乱、衣衫不整的女人，其中有一个显然怀着即将出生的胎儿。管家在门廊的台阶上站着，悠闲地把两只手插在他帆布大衣的口袋里。那两个村妇见到东家，就不再开口，动手整理从头上滑下来的头巾。管家连忙从他的口袋里抽出手来，堆出笑脸。

事情是这样，据管家说，农民们常常故意把他们的小牛甚至奶牛赶到主人的草场上吃草。现在，这两个女人院子里的两头奶牛就在草场上被当场捉住，牵到这儿来了。管家要求她们每个人赔三十戈比，或者做两天工来抵偿。可是这两个女人坚持自己的理由：第一，她们的奶牛只是无意中走到草场上去的；第二，她们没有钱；第三，即使要她们答应做工来抵偿，她们也要求把那些奶牛立刻放还，它们从早晨起就一直站在那儿干熬着，一点饲料也没有吃，如今正在悲惨地叫唤。

“我多少次客客气气地要求过你们，”面带微笑的管家说，回过头来看了聂赫留朵夫一眼，仿佛请他来做见证似的，“如果你们在吃午饭的时候把牛从田野里赶回来，你们就得照看好你们的牲口。”

“我刚跑去找我的孩子，那些畜生就走掉了。”

“你的责任既然是看牛，就不能离开。”

“那么谁去喂孩子吃奶？你总不会拿你的乳房喂他吧。”

“要是奶牛真的吃了许多青草也就罢了，那它也就不会因没有吃饱而受熬煎了，可是它刚刚跑进去一会儿。”另一个女人说。

“整个草场的青草都喂了这些牲口了，”管家对聂赫留朵夫说，“要是不处分她们，将来就一点干草都收不到了。”

“哎，别造孽了，”怀孕的女人叫起来，“以往我的牲口可是从来也没让人捉住过。”

“可是这一次捉住了，你就得付罚款或者做工。”

“好，我做工就是，可你倒是把牛放了，别害得它挨饿呀！”她凶狠地嚷道。

---

① 这句话的意思是：“你为什么还要逼着我死呢？”基督教徒经常戴着十字架，直到死的时候才脱下来。

“就是没有这些麻烦，我也已经白天黑夜地操劳，不得消停。我婆婆害着病，我丈夫只知道灌酒。我一个人样样事都得急着干好，力气都使完了。你动不动就要我做工，只求‘做工’两个字卡在你的嗓子眼里，把你活活地噎死才好！”

聂赫留朵夫要求管家把奶牛放还，他自己又走到花园里去把自己的思想推敲成熟，然而现在已经没有什么可推敲的了。现在依他看来，一切事情都明明白白，因此他止不住地惊讶，不知道这么清楚明白的事情人们怎么会没有看出来，他自己怎么也很久都没有看出来。

“民众正在接连不断地死亡，他们对自己亲人的死亡已经见惯不惊，在民众中间已经形成了一些适应这种死亡的生活方式，这就是听任儿童纷纷夭折，让妇女担负无法胜任的工作，容忍食品普遍不足，特别是不给老年人东西吃。于是民众渐渐麻木，以致落到这样的一种状况里来：他们自己已经看不见这种状况的种种惨痛，也不抱怨这种状况了。就是因为这个，我们才认为这种状况是自然的，是理应如此的。”可此时此刻聂赫留朵夫已恍然大悟，猛然惊醒，依现在的他看来，事情如同白昼一样明白：民众贫困的主要原因就在于民众的土地都被地主们夺去了，但民众只有依靠土地才能养家活口。对于土地是民众的命根子这一点，民众自己有痛切的感受，而且经常说出来。同时，事情十分清楚：孩子们和老人们之所以纷纷死亡，是因为他们没有牛奶喝。之所以没有牛奶喝，是因为他们没有土地来放养牲口，收割粮食和干草。事情昭然若揭：民众的全部灾难，或者至少是导致民众灾难的最主要、最直接的原因，就在于他们赖以生存的土地不在他们的手里，却在那些玩转土地所有权、依赖这些民众的劳动维持奢侈生活的人们手里。土地对民众来说是迫切需要的，因为缺了土地人们就会饿死，而土地也正是由这些被弄到赤贫状态、濒临饿死的人们耕种的，结果呢，从地里打下来的粮食却拿到国外去出售，好让地主们去买帽子、手杖、马车、青铜工艺品等。现在这一真相他已看得十分清楚，犹如他十分明白另一个道理：如果把许多马关在一道围墙里，那些马吃完脚下所有的青草后，就会消瘦，就会纷纷饿死，除非让它们使用土地，让它们能够在土地上找到饲料……这真是可怕，万万不可以再继续下去，也不应该再继续下去。务必要想出一些办法来使得这种情形不再存在，或者至少让自己不再参与其事才行。“我一定会找到这些办法。”他在附近一条桦树覆盖的小径上走来走去，思索着。“在诸学术团体里，在各色政府机构里，在各种报纸上，我们反复讨论民众贫困的原因和提高民众生活水平的办法，然而单单没有谈到唯一可靠的、必然提高民众生活的办法，那就是停止从民众手里夺取他们所不可缺少的土地。”于是他清楚地想起亨利·乔治的基本原理，想起以前他对那种原理的钦佩，想到他居然把这些原理忘得一干二净，不由得感到惊讶。“土地是不可以成为私有制对象的，它不可以成为买卖的对象，如同水、空气、阳光一样。一切人，对于土地，对于土地给予人们的种种好处，都有同等的权利。”现在他才明白为什么他想起在库兹明斯科耶处置土地的办法就感到羞愧。他在欺骗自己。他明知人不可以拥有土地的所有权，却又认可他自己享有这种权利。他把土地的一部分收益送给农民，可是在他的心灵深处，他知道他对土地的任何收益都是没有享用权利的。现在他不打算这样做，他要改变他在库兹明斯科耶的做法。他就在他的头脑里拟出一个方案，大意是把土地交给农民，收取租金，然后把租金定为那些农民的财产，由他们支配，用来缴纳税款，并且用在村社事业上。这不是单一税[①]，然而这总算是在现行制度下最有可能做到的接近单一税的办法。不过主要的是他放弃了他享有的土地所有权。

等到他回到屋里，管家就带着特别高兴的笑容请他去吃午饭，而且表示担忧说，他的妻子由那个耳朵上挂着绒毛球的少女相帮做出的菜也许煮得过了火候，或者烤得过了火候。

饭桌上铺着粗糙的桌布，上面放着一块绣花的布巾，算是餐巾。桌上摆着一个撒克逊古瓷汤盆，汤盆上的柄已经断了，盆里盛着土豆汤，汤中还有那只公鸡的精华。刚才此公鸡还能时而伸出这一条黑腿，时而伸出那一条黑腿，可转眼间它已经被开膛破肚，甚至剁成小块，许多鸡块上还带着鸡毛。喝完汤以后，下一道菜还是那只公鸡的肉，只是肉上的鸡毛已烤焦了，还有主食乳渣馅饼，加了大量的牛油和白糖。这些菜虽然都不大可口，聂赫留朵夫却都胡乱吃下去了，囫囵吞枣似的，也没理会他自己在吃什么。他的心思一直专注于自己的思想，这种思想把他从村子里带回来的愁闷一扫而光。

每当耳朵上挂着绒毛球的、诚惶诚恐的少女端着菜送到饭桌上，管家的妻子就从门里露脸偷看。而管家本人却为他妻子的烹饪手艺扬扬得意，脸上的笑容越来越欢畅。

饭后，聂赫留朵夫费了不少劲才使得管家安静地坐下来。他为了检验自己的想法是否正确，同时也为了把他的那些令他废寝忘食的、胸有成竹的想法说给外人听，就对管家讲述了把土地还给农民的方案，征求他对这个方案的意见。管家不住地微笑，装出这种方案他自己早已想到过，如今听得很高兴的样子，然而实际上他根本不理解这个方案。这显然不是因为聂赫留朵夫讲得不清楚，而是因为照这个方案办起来，聂赫留朵夫势必要为别人的利益放弃他自己的利益。可是在生活中有一条真理，那就是每一个人都一心一意地损害别人的利益来成全自己的利

---

① 即美国亨利·乔治为反对大规模土地所有制而主张实行的土地税，以便使地租归到国家手中。

益，这条真理在管家的头脑里已经牢牢扎下了根，所以等到聂赫留朵夫讲起土地的全部收入都应当成为农民的公共资本的时候，管家就以为有什么地方他自己没有听明白。

“我懂了。这是说，这笔资本的利息是由您收去吧？”他说着，一副喜笑颜开的样子。

“根本不对，您要明白，土地不可以成为个人财产的对象。”

“这话当然不错！”

“所以土地上出产的一切东西就是属于一切人的。”

“那么这样一来，您岂不是就没有收入了吗？”管家收敛他的笑容，问道。

“我就是要放弃一切收入。”

管家沉重地叹一口气，然后又开始微笑。现在他懂了。他这才明白聂赫留朵夫原来是一个神智不十分正常的人。于是他立刻开始在聂赫留朵夫的这个放弃土地的方案里动脑筋，看能不能找到合乎他个人利益的东西，他顿时计上心来：也许这个方案是他可以从放弃的土地上捞到好处的方案呢。

不过，等到他明白这也不可能，他就发愁了，对方案再也不发生兴趣，他继续微笑也只不过是为了向东家讨好罢了。聂赫留朵夫看出管家不理解他，就让他离开，他自己在一张布满刀痕和被墨水染污的桌子旁边坐下，着手在纸上起草他的方案。

太阳已经落到刚刚开花长叶的椴树后面，蚊子成群地飞进宅院的里间来，不住地叮咬聂赫留朵夫。他刚写完方案草稿，就听见村子里传来牛羊群的咩咩的叫声、农户大门开启的吱吱嘎嘎的声音、为参加村社成员大会而聚集在一起的农民的谈话声。聂赫留朵夫就吩咐管家说，用不着把农民们招呼到账房这儿来，他决定由他自己到村子里去，到他们集合的院子里去。聂赫留朵夫赶紧喝完管家端给他的一杯茶，步行到村子里去了。

七

农民们都集合在村长的院子里，人声鼎沸，但聂赫留朵夫一到，农民们就停止谈话了。那些农民都像库兹明斯科耶的农民那样，一个个脱掉了帽子向他致意。这个地区的农民比库兹明斯科耶的农民的面色苍白得多。如同姑娘们和村妇们耳朵上都挂着绒毛球一样，男人们也几乎都穿着椴树皮或草绳编成的鞋子、自己缝制的衬衫和长外衣。有些人刚干完活回来，光着脚，只穿着衬衫。

聂赫留朵夫打起精神，开始讲话，他向农民们宣布，他打算把土地全部交给他们。农民们沉默着，他们的面部表情丝毫没有发生变化。

“因为我认为，”聂赫留朵夫涨红了脸说，“土地不应当归不种地的人所有，每个人都有权使用土地。”

“这是不消说的，这话说得对极了。”传来农民的说话声。

聂赫留朵夫接着讲到土地的收入应该大家均分，因此他建议他们接受土地，并为其付出一笔价钱，价钱多少由他们自己议定，土地的价钱进入公共资本，他们也就将享用这笔公共资本。随即可听到一些称赞和附和的声音。但农民们的脸色却越来越严肃了，原来瞅着东家的眼睛都垂了下去，仿佛他们不愿使他难堪似的，因为他们已经看穿了他的诡计，谁也不愿上当。

聂赫留朵夫讲得相当明白，农民们也都是懂事的，但他们不理解他的话。他们这会儿无法理解他的话，和管家当时好久无法理解他的话出于同一种原因。他们深信，任何人都本能地维护自己的利益。他们通过祖祖辈辈的经验已经看透了地主，知道地主总是以损害农民的利益来维护自己的利益。因此，如果地主把他们召集起来，向他们提出一个什么新的办法，那就显然是为了设法更加狡诈地欺骗他们。

“好，那么，你们打算给土地定一个什么价钱呢？”聂赫留朵夫问。

“为什么要由我们来定？我们不能定，土地是您的，权柄在您的手里。”人群里有人回答说。

“啊，不是这样，你们自己将把这笔钱用在村社的公益事业上。”

“我们不能这么办。村社是一回事，这又是一回事。”

“你们要明白，”跟着聂赫留朵夫一起来的管家为了把问题解释得更清楚，含笑说道，“公爵老爷把土地交给你们，要你们出一笔钱，但这笔钱又算作你们的资金，供村社使用。”

但这里的农民不信任聂赫留朵夫，甚至对他抱有敌意。

“这类事我们太明白了，”一个牙齿脱落的老头儿怒气冲冲地说，他说话时没有抬起头来，“这跟银行的那套办法差不多，到时候就得交钱。我们可不愿意这么办，因为我们本来就已经够苦的，再这么一办，我们就倾家荡产了。”

“这一套用不着，我们还是照老规矩办吧。”有几个不满意的、甚至粗鲁的声音说。

临到聂赫留朵夫提出要立一个契约，由他签字，然后大家也得签字时，他们反对得更激烈了。

“签字干什么？我们不签。往常我们怎么干活，以后我们还是怎么干活。要这一套干什么？我们可是什么也不懂的人啊。”

“我们不同意，因为这一套我们弄不惯。以前怎么办，以后也怎么办。只要种子法能取消就好了！”几个人异口同声地说。

所谓取消种子法，就是说，照现行规矩，庄稼收成平分，应由农民出的播种的种子由地主出。

“这么说，你们拒绝这个办法，你们不愿接受土地？”聂赫留朵夫说，同时面对着一个身穿破旧的长外衣、年纪不老、面呈喜色的赤脚农民。这人用弯曲的左手把他那顶破帽子举得特别直，就像士兵听到脱帽的口令拿着帽子那样。

“的确如此。”这个显然还没有改掉士兵一听到口令就进入催眠状态的习惯的农民说。

“那么，你们的土地已经足够了吗？”聂赫留朵夫说。

“无论怎么说都不够，老爷。”这个旧日的士兵装出快乐的神情回答说，极力把他那顶破帽子举在他的胸前，仿佛谁愿意戴这顶帽子，他就奉送给谁似的。

“那么，你们还是把我的话好好琢磨琢磨吧。”惊讶的聂赫留朵夫说，然后把他的建议重述了一遍。

“我们用不着再想，我们说的话算数。”牙齿脱落的闷闷不乐的老人生气地说。

聂赫留朵夫说：“我明天还要在这儿待一天。你们要是改变主意，就派人来同我说。”

农民们没有答话。

因此，聂赫留朵夫简直是一无所获，走回账房里去了。

“我要跟您回禀一声，公爵，”管家在他们回到屋里以后说，“您同他们是谈不拢的，民众犟得很。而他们的犟脾气就表露在村社成员大会上——他们总是很固执，谁也说服不了他们。因为他们对什么事情都怕。要知道，这是些地道的庄稼汉，尽管某个白头发的或黑头发的不同意你的办法，可庄稼汉是明白道理的。每当有庄稼汉来到账房里，你只要请他坐下来喝杯茶，”管家笑嘻嘻地说，“攀谈一阵子，他非常机灵，赛过诸葛亮，品评人事，头头是道。可是在村社成员大会上，就像换了个人，咬定一点，死不改口……”

“那么，能不能把那些最通情达理的农民叫到这里来呢？只要几个就成，”聂赫留朵夫说，“我想给他们详细地讲个明白。”

“这可以办到。”笑容满面的管家说。

“那么就请您约他们明天来一下。”

“这完全办得到，我叫他们明天来就是。”管家说着，微笑得越发欢畅了。

“瞧，他是个多么精明的人啊！”一个肤色发黑的庄稼人评论道，这人留着蓬松的、从没梳理过的胡子，此时正骑在一匹肥母马上，身体不住摇晃。他这话是对另一个庄稼人说的，那个庄稼人也骑着马，跟他并排走着，他生得又瘦又老，身上穿一件破的长外衣，其坐骑腿上的铁链叮当地响。

这两个庄稼人赶着马到大路上去吃夜草，而且打算偷偷地把它们送进地主的树林里去。

“‘我把土地白白地送给你，你只要签个字就成。’他们愚弄咱们这帮兄弟的事，还嫌少吗！不行啊，老兄，你办不到，如今我们自己也开始觉悟了，”他接着说，然后他开始呼唤一匹剪了鬃毛刚满周岁的小公马，它离开马群独自走了。“小驹子，小驹子！”他叫着，停住马，回过头去看，可是剪了鬃毛的小马没有在他身后，已经往旁边溜走，到草场上去了。

“你瞧，这个小坏东西，养成了不良习惯，跑到东家的草场上去了。”留一把蓬松胡子、肤色发黑的庄稼人说，那匹离群的小马正嘶鸣着，从沾满露水、飘散着沼地清香的草场跑到酸模丛里，踩得酸模咔嚓咔嚓响。

“你听见没有，草场上长满杂草了，等到过节，应该打发娘儿们到我们那些收成平分的庄稼地里去拔杂草，”穿着破旧的长外衣的瘦庄稼人说，“要不然我们就要去割草，这会把我们的镰刀弄毁。”

“他说，‘签字吧’，”胡子蓬松的庄稼人继续对东家的话发表意见，“你要是真签了字，他就把你活活地一口吃掉。”

“这话一点不假。”老庄稼人回答说。

他们没有再谈下去。只有马蹄踏着坚硬道路的响声在空中飘荡。

八

聂赫留朵夫回到屋里。账房已经收拾好供他过夜的东西，他看见那儿摆着一张高大的床，床上铺着几床绒毛褥子，放着两个枕头，还铺着一条供双人盖的深红色绸被子，针脚细致而且织有花纹，并且厚得卷不起来，这分明是管家的妻子的嫁妆。管家邀请聂赫留朵夫去吃今天午饭所剩下的可口的菜，可是聂赫留朵夫谢绝了。管家为饮食起居方面的怠慢告了罪，走出去，留下聂赫留朵夫独自一个人待在房间里。

农民们的拒绝没有使聂赫留朵夫感到丝毫困惑。在库兹明斯科耶那边，农民们接受了他提出来的办法，从始至终他听到的都是道谢声，而在这儿农民们虽然对他表示不信任，甚至敌视他，可是他仍然感到心情平静而欢畅。账房里闷热，不干净。聂赫留朵夫就走出房间，到了院子里，打算到花园里去，然而他想起了那个夜晚，那个女仆房间的窗子，那个后边的门廊——于是，对他而言，现在去重游那些被犯罪的回忆玷污了的地点是不愉快的。他就又在门廊上坐下，吸着温暖的空气，闻到空中弥漫着的桦树嫩叶的浓烈香气，眼睛久久地瞧着漆黑的花园，谛听着磨坊和夜莺的声响，还听到有一只什么鸟就在门廊附近的灌木丛中一成不变地啼啭。管家的窗子里，灯光已熄灭。东边，在谷仓的后面，初升的月亮洒下一片银光。天空的闪电越来越亮，开始照见了百花盛开、郁郁葱葱的花园和衰败的宅院。远处的雷声依稀可辨，天空有三分之一被乌黑的雨云遮住。夜莺和众鸟都沉默了。从磨坊哗哗的流水声中还可分辨出鹅的嘎嘎叫声，村子里和管家的院子里醒得早的公鸡纷纷啼叫起来，遇到天气炎热而有雷雨的夜晚，公鸡照例是啼得早的。常言道，每到快活的夜晚，公鸡就啼得早。这个夜晚对聂赫留朵夫来说还不止是快活而已。这在他看来是一个欢乐而幸福的夜晚。想象力将发生在那个夏天的种种幸福往事重现在眼前，当时他是一个纯洁的青年，在此地欢快地度夏，他感到此时此刻他又回到了当年的那个时刻，不仅如此，而且回到了他一生中一切最美好的时刻。他不但回忆往事，而且感到自己又变得和当年一模一样了，现在他已恢复童身，又是个十四岁的孩子，天真无邪，向上帝祷告，祈求上帝对他揭示真理，他又像小时候那样，扑在母亲的膝头上，向她告别，向她保证永远做一个善良的人，绝不惹她伤心。他感到自己又恢复到当年的纯朴，那时他和好友尼科连卡·伊尔捷涅夫一起，决心永远互相支持，共创美好生活，竭力为所有人谋求幸福。

他这时想起在库兹明斯科耶诱惑是怎样迫近他的，让他忽然对那所房子、那片树林、那些农具和设备、那些土地恋恋不舍，现在他扪心自问：此刻他还舍不得那些身外之物吗？现在他记起自己居然会留恋那些令人丧志的财物，甚至觉得奇怪。他回味今天看见的种种情景：一个女人失去了丈夫并养活着几个孩子，而她的丈夫就是因为在聂赫留朵夫的树林里砍伐才被关进监牢里去的。还有令人大吃一惊的玛特廖娜，她认为，或者至少她口头上说，处在她们那种地位的女人应当甘心做主人的情妇。他记起她对孩子们的态度，把孩子们送到育婴堂去的办法，还有那个不幸的、衰弱的、面带笑容、由于食物不足而濒于死亡、头上戴着小圆帽的娃娃。他还想起那个怀孕的、虚弱的女人，她不得不在逼迫下为他做工，只是因为劳动得筋疲力尽的她没有管好她那头饥饿的奶牛。这时候他还想起监狱、剃光头发的脑袋、牢房、惹人恶心的气味、镣铐，和这些做对比的是他自己和京都大邑的所有老爷们的无节制的穷奢极欲的生活。贫富悬殊的情况一目了然，不容怀疑。

一轮差不多滚圆的明月从谷仓后面露出脸来，但乌黑的阴影仍铺满整个院子，只有正房的破铁皮房顶在月光的照耀下开始闪闪发亮，夜莺仿佛不愿意辜负月光似的，又啼啭起来。

聂赫留朵夫想起先前他在库兹明斯科耶的时候，一开始就为他自己的生活着想，然后才着手解决要怎样去做的问题，想起他怎样被这些问题困住，没法解决，因为每一个问题都引起那么多的顾虑。现在他又对自己提出这些问题，却发现所有问题都很简单，容易解决，不由得暗自惊讶。之所以会变得简单，是因为他现在不考虑有什么后果在等着他，个人得失甚至引不起他的兴趣了，他所考虑的只是他应该做什么事。这真是一种奇怪的现象，一考虑到他自己的需要，他就怎么也拿不出主意来，一想到他必须为别人做些什么，他就心中十分明朗，问题迎刃而解。关键在于去掉私心，私心去除，一切次要问题都好解决。现在他确切地知道必须把土地交给农民，因为留下土地是不对的。他确切地知道他不应该丢下卡秋莎不管，应该帮助她，应该准备用各种方式赎他对她所犯下的罪。他确切地知道他必须研究、分析，让自己明了、理解所有关于审判和刑罚之类的事情，他觉得从这类事情中可以看出一些别人没有看出来的东西。这样干下去会得出什么结局，他无意多考虑，然而他确切地知道不论是第一件事，第二件事，还是第三件事，都是他非做不可的。正是这种坚定的信念，才使得他满心高兴。

乌黑的雨云已经完全聚拢。眼前所见已不再是远处的电光，而是明晃晃的闪电，每道闪电都照亮了整个院子、破败的正房和朽坏的门廊。雷声已经在他的头上隆隆地响着。所有的鸟雀都屏声静息，不再出声，取而代之的是树叶的飒飒声和风声，风一直刮到聂赫留朵夫坐着的门廊上，吹拂着他的头发。一颗雨点落下来，随后又是一颗，接着就有许多颗雨点一齐敲打牛蒡的叶子和铁皮房顶。一道闪电突然照亮了整个空间，于是瞬间一切声音都归于沉寂，但聂赫留朵夫还没有来得及从一数到三，就当头来了一声可怕的霹雳，接着雷声在天空连续翻滚。

聂赫留朵夫走进房里去。

“对了，对了，”他想，“上帝正在运用我们的生命成就一项事业，这整个事业，这事业的全部意义，是我这凡夫俗子所不理解，也不可能理解的：为什么世界上有过我的姑姑们？为什么尼科连卡·伊尔捷涅夫死了，而我还活着？为什么有一个卡秋莎？为什么我为了她会进入疯魔状态？为什么有过那一次战争？为什么我后来过那种放荡的生活？理解这一切，理解上帝的全部事业，是我的智力所不能及的。不过，执行那铭刻在我良心上的上帝的意志，我却能办到，这是我确切地知道的。我这样做的时候，我的良心就平静，这也是毫无疑问的。”

滴滴答答的小雨已经变为倾盆大雨，雨水从房顶上流下来，哗哗地灌进下面的小木桶里。照亮院子和房屋的闪电少多了。聂赫留朵夫回到房间里，脱掉衣服，在床上躺下，他有点担心臭虫，破旧而肮脏的壁纸使得他怀疑那儿藏着臭虫。

“是的，应该感觉到自己不是主人，而是仆人，真正的主人是上帝。”他暗想，而且为这个想法高兴。

他的顾虑得到了证实。他刚熄灭蜡烛，那些虫子就从四面八方爬到他的身上，开始叮他。

“把土地还给农民，到西伯利亚去——那儿到处是跳蚤、臭虫、肮脏……就算是这样吧，又有什么特别不好的呢？如果必须遭受这些，我也将忍受。”可是尽管他抱着这样的愿望，他还是受不了那些臭虫。他就到敞开的窗子旁坐下，欣赏着退到远方去的乌云和重新出现的月亮。

九

聂赫留朵夫一直到将近早上五点才睡熟，所以第二天他醒得很晚。

中午，经管家的约请，有七个被推举出来的农民走进苹果园，来到苹果树下。管家已经派人在那儿把一些木桩打进地里，上面钉了木板，布置出一张简陋的小桌和几张小凳。他们费了不少唇舌，连劝带拖，才使得那些农民戴上帽子，在凳子上就座。特别固执的是那个当过兵的农民，他十分恭敬地把他的破帽子举在胸前，一丝不苟地按照“出殡礼”的规矩行事。他今天裹着整洁的包脚布，穿着干净的树皮鞋。他们当中有一位相貌受人尊敬、宽肩膀的老人，花白的胡子里有些卷毛，活像米开朗琪罗①笔下的摩西②，他那光秃的前额被太阳晒成棕色，周围生着浓密鬈曲的白发。其他人都跟着他，等他戴上他的大帽子，紧了紧身上的土布新外衣，走到桌子跟前，在凳子上坐下，别人也就都学着他的样子做了。

等到大家分别坐好，聂赫留朵夫就在他们的对面坐下，把胳膊撑在桌上，面前摆着一张纸，上面写着他的方案的概要，他开始叙述这个方案。

不知道是因为今天农民的人数比较少，还是因为聂赫留朵夫觉得不是为了他自己而忙碌，而是要成就一项事业，总之这一回他一点也不觉得心慌。他说话时，不由自主地把脸多次朝向那位肩膀很宽、胡子里夹着白色卷毛的老人，等着他表示赞成或者反对，然而聂赫留朵夫却看错了人。这位端庄文雅的老人虽然也赞许地点几下他那族长气派的、华而不实的头，或者当别人反驳的时候就皱起眉毛摇头，可是显然费很大的劲才能理解聂赫留朵夫所说的话，而且要到别的农民将其翻译成他们自己的语言后，他才能听明白。对聂赫留朵夫的话听懂了不少的是另外一个几乎无须的独眼小老头，他坐在摆出族长气派的老人身旁，身上穿一件打着补丁的土布紧腰碎褶长外衣，脚上是一双穿歪了的旧皮靴，事后聂赫留朵夫听说，他是一个砌炉匠。这个人很快地动着眉毛，聚精会神地听着，每逢聂赫留朵夫讲完话，就立刻按他自己的说法转述一遍。此外有一个身材不高却很壮实的老人也能很快领会他的话，这个人留着白胡子，闪着炯炯有神的、聪明的眼睛，利用一切机会在聂赫留朵夫的发言中插进几句开玩笑的或者讥诮的评语，分明想借此

---

① 意大利画家、雕塑家、建筑师、诗人。

② 基督教《旧约全书》中的先知。

卖弄一下。那个老兵看样子也能够理解这桩事业，可惜长期的兵士生活使他头脑迟钝，而毫无意义的士兵习惯用语使他说起话来颠三倒四。对这项事业抱着最认真态度的是一个声音深沉、留着一撮山羊胡子、鼻子长的高个子，他穿着干净的土布衣服和新的树皮鞋。这个人听懂了所有的话，非到必要的时候绝不开口。余下还有两个老人，一个就是那个牙齿脱落的老人，昨天在会场上他对聂赫留朵夫的所有建议一概反对；另一个是高身量、白头发的瘸腿老人，面容和善，两只瘦脚上紧紧地裹着白色包脚布，外边套着一双农民的桦树靴。他们两个人虽然也专心听着，却始终没有开口。

聂赫留朵夫首先说明他对土地所有制的看法。

“依我看来，”他说，“土地既不能买，也不能卖，因为，如果可以出卖土地的话，有钱人就会把土地一股脑儿买去，到那时候，他们就会随心所欲地掠夺没有土地的人的东西，以这样的苛刻条件，才准许没有土地的人们有权使用土地。哪怕你要在土地上站一下，他们也要你出钱。”他引用斯宾塞的论点补充了一句。

“他们有一个法宝——把你的翅膀捆住——飞吧。”白胡子的老人说眼里含着笑意。

“这话是实在的。”长鼻子农民用深沉的低音说。

“一点也不错。”老兵说。

“有个娘儿们正在为她的奶牛割草，就给人抓住，送进监牢里去了。”面容和善的瘸腿老人说。

“我们自己的地在五俄里以外，要租地吧，又租不起，租价定得那么高，付了租钱，本儿都捞不回来，”愤懑的没牙老人补充道，“我们像根绳子一样，让人家随便搓。这比劳役租制还要糟。”

“我跟你们的想法是一样的，”聂赫留朵夫说，“我认为占有土地是罪过。所以我才要把土地交出来。”

“嗯，这是好事，”留着摩西般的卷毛胡子的老人说，显然把聂赫留朵夫的话理解为他要把土地租出去。

“我到这儿来就是为了这个目的，我不打算再占有土地了。那么，现在我们得好好地想一想，土地应该怎样分。”

“把它交给庄稼汉就完了。”愤懑的没牙老人说。

聂赫留朵夫起初心里发慌，感到这句话里含有怀疑他的意图是否真诚的味道。不过他马上恢复了常态，利用这个话头，索性把他要说的话全说出来。

“我是乐意把土地交出来的，”他说，“可是交给谁呢？怎样交法？交给哪些农民？再说，为什么交给你们的村社而不交给杰敏斯克耶村社[①]呢？”

大家沉默了。只有老兵说了一句：“一点也不错。”

“好，那么，”聂赫留朵夫说，“请你们告诉我，假定沙皇说把地主的土地拿过来，分给农民……”

“莫非有这样的小道消息吗？”牙齿脱落的老人问道。

“不是的，沙皇什么也没说。这不过是我自己这样说：假定沙皇说把地主的土地拿过来，交给农民，那你们会怎么办？”

“怎么办？那就把全部土地按人口平分给大家。农民有份，地主也有份。”砌炉匠一上一下地快速动着眉毛说。

“不这么办还能怎么办呢？按人口分好了。”性情和善、裹着白色包脚布的瘸腿老人表示赞成。

大家都赞成这个决定，认为这个办法是可以满意的。

“可是怎样按人口分呢？”聂赫留朵夫问，“地主家的仆人也有份吗？”

“绝对不行。”老兵说，极力在他的脸上显出快活的勇敢神情。

然而深明事理的高身量农民不同意他的话。

“既要分，那就人人有份。”他一边思索着，一边用深沉的低音回答说。

“不行，”聂赫留朵夫说，已经事先准备好他的反驳，“如果由大家平均分配，那么所有本身不劳动和不耕地的人，那些老爷、听差、厨师、官吏、文书员、所有的城里人，就都领下他们自己的一份地，再把它卖给财主。财主们重新兼并土地。至于那些靠自己的那份地过活的人，他们生下大批儿女，那么土地就会被儿女们分成小块拿光。财主就又把那些缺土地的人牢牢控制住。”

“一点也不错。”那个兵赶紧表示附和。

“那就禁止卖土地，只准自己种地。”砌炉匠生气地打断老兵的话说。

对于这个意见聂赫留朵夫反驳说，很难看清楚一个人究竟是在为自己还是为别人种地。

这时候，洞明事理的高身量农民建议安排大家按劳动组合的方式耕种土地。

“谁种了地，就能分收成。谁不种地，就什么也得不着。”他用果断的低音说。

对于这种共产主义的方案，聂赫留朵夫也准备好了意见。他反驳说，要做到这一点就得大家都有犁，大家都有一样多的马，谁也不能比谁少；或者一切东西，不论马也好，犁也好，脱谷机也好，所有的经营设施也好，都归公用。不过，为了这样做，就得大家商议好才成。

---

① 那是附近的一个村子，份地极少。

“我们这班人一辈子也商议不好。”愤懑的老人说。

“那可就有打不完的架了，”眼睛里含着笑意的白胡子老人说，“那些娘儿们准会把彼此的眼睛都剜出来完事。”

“再者，土地有肥有瘠，该怎样分呢？”聂赫留朵夫说，“凭什么有的人能种黑土地，有的人就得种黏土地和砂地呢？”

“那就把地划成小块，由大家平分。”砌炉匠说。

对于这种意见聂赫留朵夫反驳说，问题不是单独在一个村社里划分土地，而是普遍地在各省划分土地。如果土地是无代价地交给农民，那么凭什么有的人得好地，有的人就得坏地呢？大家都是要好地的。

“一点也不错。”那个兵说。

其余的人都沉默。

“所以这件事不像看起来那么简单，”聂赫留朵夫说，“关于这种情形，不单是我们，另外还有许多人也都想到了。有一个美国人，叫乔治，他倒想出了一个主意。我同意他的办法。”

“反正你是主人，你就把地交出来吧。谁能拦住你？这件事本来就是由你做主嘛。”愤懑的老人说。

这几句插话使得聂赫留朵夫感到扫兴和发窘。不过使他暗自高兴的是，他发现不单是他一个人不满意这几句插话。

“等一下，谢苗大爷，让他把话说完。”那个洞明事理的农民用他那庄严的低音说。

这几句话使聂赫留朵夫又气壮了，他开始按照亨利·乔治的理论对他们解释单一税方案。

“土地不是属于任何人的，它是属于上帝的。”他讲起来。

“是这样的。这话不错。”有好几个人同声响应说。

“全部土地都是大家公有的。人人对土地都有同等的权利。可是土地有肥有瘠。大家都想得到好地。那么，该怎样分才能做到平均呢？应该这样办：凡是拿了好地的人，就该把他的土地估价付钱给那些没有土地的人，”聂赫留朵夫自问自答地说，“可是，究竟谁应该给谁钱，那是很难按计划分派好的，再者为了公共的需用也要筹一笔款子，所以就该这样办：凡是有了土地的人都应当把他们的土地估价付钱给村社，供各种需用。这样一来，大家就平均了。你要有土地，那你就得出钱，领到好地的多出钱，领到坏地的少出钱。你不要土地，你就一个钱也用不着出，由有土地的人替你交钱供应公用。”

“这才对，”砌炉匠活动着眉毛说，“谁的地好，谁就多出钱。”

“这个乔治倒是个有头脑的人。”仪表端庄，胡子里有卷毛的老人说。

“不过那个价钱要大家出得起才成。”高身量的农民用低音说，分明已经看出这个办法会造成什么后果。

“钱数应当定得合适，既不太贵，也不太便宜……要是太贵，大家就会出不起，经营就会亏损。要是太便宜，大家就会互相买卖，拿土地做生意。这就是我打算在你们这儿办的事。”

“这样合理，这样对。好吧，这个办法还可以。”农民们说。

“嘿，这个人的头脑可不坏，”肩膀很宽的卷毛胡子老人又说一遍，“这个乔治！他想出一个办法来了。”

“哦，要是我希望得着一块地，那怎么样？”管家笑吟吟地说。

“如果能腾出一块地来，你就拿去自己种。”聂赫留朵夫说。

“你要地干什么？你就是没有地也吃饱肚子了。”眼睛里含着笑意的老人说。

会议到这儿就结束了。

聂赫留朵夫把他的建议又说了一遍，不过没有要求农民们现在就做出答复，而是劝他们同村社里的人商量一下，商议好了再来把答复告诉他。

农民们说他们会去同村社里的人商量，然后再做出答复。接着他们起身告辞，怀着激动的心情走掉了。他们走了很久从大路上还传来他们响亮的谈话声。农民们的谈话声一直响到深夜，从村子里沿着河道传过来。

第二天，农民们没有干活，都在讨论东家的建议。全村分成两派：一派认为东家的建议对他们有利，没有危险；另一派认为这个建议中有诡诈的成分，但他们无法看穿这种诡诈的实质，因此特别害怕这种诈术。不过到第三天，大家都同意东家的条件，走来向聂赫留朵夫宣布整个村社的决定。在意见达到一致的过程中，有个老太婆的一番话起了作用。她说东家在考虑他的灵魂，这样做是为了拯救灵魂。老农们认可了她的见解，这就打消了对东家行为有诈的忧虑。聂赫留朵夫住在巴诺沃的这段时期里，施舍过很大的一笔钱，这就证实了老太婆的那种解释。不过，聂赫留朵夫在此地施舍钱财，却是起因于他生平第一次在此地看清农民们的生活已落到何等贫困和艰苦的程度。他被这种贫困程度所震惊，虽然也知道大把撒钱不合乎理性，却不能不把囊中饱和的钱散发出去，因为他收到了去年卖掉库兹明斯科耶的一片树林的钱，另外他出售农具也得到一笔钱。

人们刚刚听说东家对求告的人都给了钱，顿时就有成群的人，主要是妇女，从附近各地区赶来，向他要求周济。他根本不知道该怎么应付他们，该遵循什么标准来解决施舍问题，该把钱给谁，该给多少。他感到，对那些低头求告、分明贫穷的人一毛不拔，是不应该的，何况这时他手头有很多钱。不过，出于一时心血来潮就把钱随意散发给那些求告的人，炫富摆阔，这却是没有意义的。摆脱这种局面的唯一办法就是一走了事，三十六计，走为上计，他也确实赶紧这样做了。

在巴诺沃逗留的最后一天，聂赫留朵夫来到正屋，清理房子里的杂物。在清理时，他在姑妈那个配着狮头铜环的大肚红木旧衣柜里翻寻旧物，结果，在底下抽屉里找到许多信件，里面夹着一张几个人合拍的照片，上面有索菲亚·伊万诺芙娜姑妈、玛丽亚·伊万诺芙娜姑妈、大学生时候的自己和卡秋莎。卡秋莎显得纯洁、娇嫩、美丽、生气勃勃。从正房的杂物中，聂赫留朵夫只取走了信件和这张照片，其余的东西都留给了廉价买下这套住宅的磨坊主，这个人听从满脸堆笑的管家的请求，按照原价的十分之一买下那些东西，准备把巴诺沃的正房拆掉，连同全部家具一起运走。

聂赫留朵夫想起他在库兹明斯科耶经历过的那种舍不得失去财产的心情，不由得暗自惊讶：他怎么会生出那样的心情来呢？现在他所体验到的，是一种无穷无尽的、摆脱羁绊的欢乐，是旅行家发现新大陆的时候必然会体验到的那种新奇感。

十

聂赫留朵夫这次下乡回来，城市在他眼里显得特别奇怪，具有崭新的面貌，使他颇感吃惊。天近黄昏，他不必像在乡下那样摸黑，而是在一片光亮的街灯下从火车站回到寓所。这儿没有乡村的鸟语花香，每个房间里都有卫生球的气味，阿格拉费娜和柯尔涅尔两人都感到自己被工作折磨垮了，心烦意躁，甚至为收拾衣物吵架，而那些衣物的用处就在于挂出来晾一晾，透透风，再藏起来，无疑是一堆废物。聂赫留朵夫的房间没有被占用，但也没有收拾好。许多大箱子堵住通道，使他进入房间很不方便。因此聂赫留朵夫这时回来，显然妨碍了由于某种奇怪的惰性而在这个宅子里进行着的工作，聂赫留朵夫以前也加入一起干，但近来农村的贫困在他头脑里留下深刻印象，使他觉得干这类活显然是荒唐的、无意义的，心中十分反感，他决定第二天就搬到旅馆去住，听凭阿格拉费娜收拾衣物——她认为这是必要的——直到他姐姐来了，再由她最后清理房子里的全部东西。

聂赫留朵夫第二天一早就离开这所房子，在监狱附近随便找了一所简陋、肮脏的带家具的公寓，要了两个房间，并吩咐仆人把他从家里挑出来的东西搬到这里，自己就去找律师。[1]

外面很冷，雷雨过后，春天常有的那种寒气来了。天那么冷，风那么刺骨，聂赫留朵夫穿着薄大衣觉得身上发冷，就不断加快步伐以温暖身子。

在他的脑海里时时涌现出那些乡下人的面貌：妇女、儿童、老人，还有他仿佛生平第一次看到的贫困和痛苦现象，尤其是那个老是在笑、模样像小老头、没有腿肚的细腿乱蹬的孩子——他禁不住拿他们和城里人做比较。他路过肉铺、鱼铺和成衣铺时，心中十分惊骇，好像头一次看到这些怪物似的。那些衣饰一尘不染、肥头胖脑的店老板竟有这么多，这样的肥佬在乡下可一个也没有。这些人坚信，他们为了欺骗那些不识货的人所做的种种努力，并不是什么无聊的勾当，而是一种非常有益的

[1] 聂赫留朵夫在回城的第二天就离开自己的大住宅，搬到了监狱附近的公寓里，这时的他已经看到过农民贫苦的生活状况，已经能体会到农民的疾苦了，对自己高贵、优越的生活也有了一定的思考，这些都是他精神复活的体现。

事业。同样因营养富足而发胖的还有那些臀部肥大和背上钉着大纽扣的贵族家庭的马车夫，那些制帽上镶着金银丝绦边饰的富贵人家的看门人，那些公侯府内系着围裙的鬈发侍女，尤其肥胖的是那些备有快车好马的出租马车夫，他们将后脑勺剃得精光、懒洋洋地坐靠在轻便马车上，鄙夷而放肆地打量着过往行人，神气十足。聂赫留朵夫一眼就能看出这些人其实都是乡下人，由于丧失了土地才被迫进城的。在这些人当中，有的善于利用城市的条件，开始过上流人那样的生活，暗自为他们的地位庆幸。可是有的却在城里过着比乡下还糟的生活，因而也更加可怜。聂赫留朵夫感到，他从一个地下室窗口看到的那些正在做活的制靴工人，就是这样的可怜人。他从窗口看到的那些身体瘦弱、面色苍白、披头散发的洗衣女工，也是这样的可怜人，她们裸露着精瘦的胳膊，在敞开的窗子跟前熨衣服，从窗口冒出一股股带肥皂味的蒸汽。聂赫留朵夫迎面遇见的两个油漆工人也是这样的可怜人，他们系着围裙，从头到脚沾满油漆，脚上没穿袜子，趿着破鞋。他们把袖子卷到胳膊肘上面，瘦弱的胳膊晒得发黑，暴起一根根青筋，手里提着油漆桶，不住地对骂着。他们脸上的表情除了痛苦和烦躁，再没有别的。那些路过的出租运货马车的车夫的脸上也是这样的表情，他们坐在大板车上，颠得摇摇晃晃，身上沾满尘土，满脸乌黑。街头那些衣衫破烂、全身浮肿的男人和妇女的脸上也是这样的表情，他们带着孩子站在街角上，央求施舍。聂赫留朵夫路过一家小饭铺，从敞开的窗口望进去，也看见了一些带着同样表情的人的脸。那儿有些肮脏的小桌，上面放着酒瓶和茶具，穿着白衣服的跑堂在小桌中间来回穿梭，身子晃来晃去，靠着小桌坐着的人们都神情呆滞，一副昏昏沉沉的样子，不住嚷叫，或扯开嗓子唱歌，流着臭汗，脸上通红。有一个人坐在窗子跟前，扬起眉毛，努出嘴唇，瞧着前面呆呆地出神，仿佛在极力回想着什么事。

“他们都聚集在这儿干什么呀？”聂赫留朵夫暗想，无奈地吸着由凉风刮过来的灰尘和空气中弥漫着的新油漆的刺鼻气味。

在一条街上，一长串载着某种铁器的运货马车队从他后边追上来，车上的铁器在坎坷不平的道路上发出震耳的响声，震得他的脑袋和耳朵都疼痛起来。他就开始小跑，想跑步超过这列运货马车队，可是，在那些铁器的轧轧声中，忽然听见有人在叫他的名字。他停住脚步，端目一瞧，只见前面不远的地方有一个军人的身影，此人面相不凡，嘴唇上的小胡子涂着香蜡，两端尖尖地翘起来，且容光焕发，肤色滋润。他端坐在一辆轻便的四轮马车上，在对他摆手打招呼，微微地笑着，露出一口异常洁白的牙齿。

“聂赫留朵夫！是你吗？”

聂赫留朵夫的头一个感觉是高兴。

“啊！申博克！”他快活地说，不过他立刻明白过来，这根本就没有什么可快活的。

这个人就是当年到他姑姑家里去过的申博克，聂赫留朵夫好久没有见到他了，不过仍听到过他的消息，他尽管一身是债，从步兵团调到了骑兵队，却不知凭什么法术始终待在有钱人的圈子里。[2] 他那志得意满的神态肯定了这一点。

[2] 这里体现了申博克爱慕虚荣的性格特征。

“碰上你可真是太好了！我眼下在城里一个熟人也没有了。哎，老兄，你可见老了，”他说着，从那辆轻便马车上下来，挺挺胸，舒展开两个肩膀，“我是从你走路的样子认出你来的。哦，怎么样，咱们一块儿去吃饭？你们这儿哪家馆子的菜还不错？”

“我不知道我能不能抽出工夫来陪你。”聂赫留朵夫回答说，一心想着怎样才能躲开这个朋友而又不得罪他。“你到这儿来干什么？”他问。

申博克说，他现在当上了监护人，给一个老贵族管理庄园，归他管理的土地有五万四千俄亩，他可以从中捞到很大一笔油水。申博克眉飞色舞地吹嘘说：“我在此地有事干啊，老兄。一件看管财产方面的事。要知道，我做监护人了。我在管理萨马诺夫的家业。你知道，一个财主，又是个精神痴呆的人。可是他有五万四千俄亩的土地呢。”他说，露出一种特别骄傲的神情，倒好像是他自己置办了这些土地似的。“好好的一大片地，他竟弃之不管，任其荒芜，真可怕。土地全部租给了农民，可是他们一个钱也不交，欠缴的租税就达八万多卢布。我去了一年就改变了这种局面，让东家增加了百分之七十的收入。你说怎么样？”他得意扬扬地说。

聂赫留朵夫想起，他听人说过，申博克因为花光了所有财产，还欠下无法还清的债，生活没有着落，全凭某种特殊的私情关系，他被委任为一个挥霍成性的老财主的产业监护人，现在他就靠这种监护工作过活。

“怎样才能摆脱他而又不至于得罪他？”聂赫留朵夫想道，他一面打量着他那张胡子涂满油膏的容光焕发的脸，一面听着他以老朋友的口气和善地谈论哪家饭馆的菜好等废话，也听他吹嘘他搞监护工作的本领。

“喂，我们到哪里去吃饭呢？”

“可我没有工夫。”聂赫留朵夫看看表说。

“你听我说，今晚有赛马。你去不去？”

“不，我不去。”

“你去吧！我已经没有马了。不过我要赌格里沙的马。你还记得吧，他有几匹很好的马。你就去吧。我们一块吃晚饭。”

“晚饭我也不能吃了。”聂赫留朵夫笑了笑，说道。

申博克问道：“这是怎么一回事？你现在到哪儿去？要不我用马车送你去？”

聂赫留朵夫回答说：“我去找律师，他住在这儿，拐个弯就到了。”

“噢，对了，你在忙监狱里的事吧？你在替坐牢的人说情，是吗？柯察金家里的人告诉我了，”申博克笑着说，“他们已经出城游玩去了。到底是怎么回事？你讲给我听听。”

“对，对，这都是真的，”聂赫留朵夫回答说，“可是大街上怎么好讲这种事。”

“是的，是的，你向来是个怪人。那么你去看赛马吗？”

“不，我没法去，也不想去。你，请你别生气。”

“瞧，生气，哪儿的话。你住哪儿？”他问，脸忽然变得严肃起来，眼神发呆，眉毛扬起。他显然是想回忆什么事。于是聂赫留朵夫在他脸上看到一种呆滞的表情，同在小饭铺窗口那个扬起眉毛、撅着嘴唇的人的表情完全一样。

“天气真冷！啊？”

“是的，是的。”

“我买的东西在你的车上吗？”他转过脸去问马车夫。

“好吧，那就再见吧。遇见你，我非常高兴。”申博克说，紧紧握一下聂赫留朵夫的手，跳上那辆豪华轻便马车，把他那只戴着白色麂皮新手套的大手举到他红润的脸庞前面，挥一挥，像素常那样微笑着，露出一口异常洁白的牙齿。

“难道我以前也是这个样子？”聂赫留朵夫想，继续往律师家里走去，“是的，虽然不完全是这样，但也曾希望做这样的人，并想一辈子这样过。”

十一

聂赫留朵夫来到律师的住所，律师没有按照次序，提前接见了他，并且立刻谈到明肖夫母子一案，他看过案卷，对控告他们缺乏根据表示愤慨。

“这个案子真叫人气愤！”他说，“火很可能是房东自己放的，目的是要捞到一笔保险费。我查对了案卷，发现明肖夫母子一案完全是冤案，连一点罪证也没有。这都是侦讯官过分卖力，副检察官粗心大意弄出来的。这个案子只要在本市审讯，不转到县里去，我愿为他们辩护，担保会赢，而且分文不取。”

律师还谈到了费多霞的案子，说这也是一桩冤案，他已经替费多霞写了一份呈给皇帝的诉状。他嘱咐聂赫留朵夫说：“如果您到彼得堡去，您就自己把这份诉状带去，亲自往上递，再托一下人情。要不然他们随便问一下司法部，那边敷衍了事，一下子把它推了出来，也就是把诉状驳回，弄得事情没有结果。您要设法托一托高层的人才行。”

“去见皇上吗？”聂赫留朵夫问。

律师笑了笑说：“那可是最高一级，高到无法再高了。我说的高层指的是上诉委员会的秘书或主任。那么，没有别的事了吧？”

“有，我这里还有某教派信徒写给我的信，”聂赫留朵夫从口袋里掏出一封信，说，“要是他们写的都是事实，那可真是怪事了。我今天一定要同他们见个面，了解一下到底是怎么一回事。”

“我看您已经变成一个漏斗或者瓶口，监狱里的冤案都要通过您一个一个流出来了，”律师笑嘻嘻地说，“实在太多了，您应付不了的。”

“不，这可真是一桩令人吃惊的事情。”聂赫留朵夫说，接着就简要地讲了讲案情。有一个村子，老百姓聚在一起读《福音书》。长官走来，把他们驱散了。下一个礼拜日他们又聚在一起。长官就唤来了管事的低级警官，写了个公文，把他们送交法院。法院侦讯官审问他们，副检察官拟好起诉书，高等法院批准起诉，他们就被送进法庭审判。副检察官宣读起诉书，桌上放着物证——《福音书》，他们就被判处流放。“这真是骇人听闻，”聂赫留朵夫说，“难道真有这样的事吗？”

律师听到教派案，以不屑一顾的神情说：“这有什么好奇怪的？”

聂赫留朵夫说：“一切都很怪。我理解警察，他是奉命捕人，可是副检察官拟好起诉书，他总是受过教育的吧？”

“错误就在这里：我们总是习惯地认为检察官和一般司法人员都是些新自由派。他们过去是这种人，可是现在完全是另一种人了。这是一批官僚，只关心每月二十日[①]。他们领薪水，并想领得更多些。他们的全部信念就在于这一点，也仅限于这一点。他们想控告谁就控告谁，想审判谁就审判谁，想定谁的罪就定谁的罪。”

“一个人只是因为同别人一块读了《福音书》就被判流放。难道真有这样的法律吗？”

“只要能够证明这种人读《福音书》的时候敢于不按照规定向别人讲解《福音书》，因而违背了教会的解释，那就不但可以把他流放到不那么远的地方去，而且可以把他送去服苦役[②]。当众诋毁东正教的信仰，按照第一百九十六条，就要判处流刑，而且在流放地永久落户。”

“这不可能。”

“我跟您说的是实话。我平素总是对那些法官老爷说，”律师接着讲下去，“我一见到他们就不能不感激涕零，因为如果我，您，我们大家，没有被关进监牢里去，那都多亏他们仁慈。褫夺我们每一个人的特权，流放到不那么远的地方去，那是最容易不过的事情。”

“但如果是这样，一切都取决于检察官和那些可以运用或不运用法律的人，那么还要法院干什么？”

律师快活地哈哈大笑起来。

“瞧，您提的是什么问题！喂，老兄，这已经是哲学了。当然，就是哲学问题也可以谈一谈。就请您礼拜六来吧。您会在我家里遇见一些学者、文学家、艺术家。到那时我们也可以谈谈各种具有普世价值的严肃问题。”律师在说“各种具有普世价值的严肃问题”时，带有某种讥讽的口吻。“你已经认识了我的妻子。你来吧！”

“好，我会尽量想法子来的。”聂赫留朵夫回答说。他觉得自己说的不是真心话，他内心的真实想法是，他会想法子不来参加律师家里的晚会，不同聚集在他家里的那些徒有虚名的学者、文学家和艺术家周旋。

每当聂赫留朵夫义正词严地讲到，如果司法人员可以随心所欲地运用或者不运用法律，那么法院就没有意义了时，律师就会发出鄙夷不屑的嗤笑声。而当律

---

① 官衔每月发薪的日子。

② “不那么远的地方”指西伯利亚以外的地方。服苦役通常是在西伯利亚和更远的地方。

师谈及“哲学”和“各种具有普世价值的严肃问题”时，他一直带着那种大不敬的口吻，这一切都向聂赫留朵夫表明，他同律师对事物的看法是完全不同的，至于律师的那班朋友，则更不用说了。而且他觉得，他现在跟申博克一类的旧友们已经有了距离，但他跟律师以及律师圈子里的人的距离则更大得多。

十二

告别律师后，聂赫留朵夫便去探监。

到监狱去的路可不近，而且时间已不早了，聂赫留朵夫就雇了一辆马车，坐车去探监。车夫是个中年人，面相聪敏而善良。车行驶到一条街上，他向聂赫留朵夫转过身来，向他指了指正在修建的大楼。

“您瞧，他们在盖一座多阔气的大楼！”他说，那副神情仿佛像他多多少少也参与了这项破坏环境的工程，因而以此为傲。

的确，正在盖的这座楼很大，结构复杂，风格别致。用大松木搭成，再用铁钩扣紧的坚实的木质材料[①]，围绕着这座正在兴建的建筑物，由一道薄板制成的栅栏把它同街道隔开。身上溅满石灰浆的工人像蚂蚁一样在脚手架上走来走去，有的在砌墙，有的在凿削石头，有的把沉甸甸的抬架和小木桶运上去，然后再把空了的抬架和木桶吊下来。

一个体格健壮、穿戴华丽的老爷，大概是建筑师，站在木材架子的旁边，指着上面什么地方，同一个毕恭毕敬听他指挥的弗拉基米尔籍的小包工头说话。有些卸空了的马拉的载货大车从建筑师和包工头身边驶过并从大门里驶出来，另一些满载的马车则从大门开进去。

“那些干活儿的人，还有那些指使他们干活儿的人，怎么全都相信这一切是理所应当的，怎么在这种时候，当他们怀着身孕的妻子在家里做着繁重的家务，当他们那些戴碎布帽的孩子像老人般地苦笑着、乱蹬着小腿快要饿死的时候，他们还在给一个愚蠢的对社会无用的人添造新屋，此人属于那个掠夺他们、让他们赤贫如洗的阶层的一员，可他们还心甘情愿地给他修建这座愚蠢无用的宫殿。”聂赫留朵夫瞧着这座楼房，心里想。

“是的，一座荒谬可笑的房子。”他大声说出了自己的心里话。

“怎么是荒谬可笑的呢？”马车夫不高兴地说，“多亏这房子，大家才有活干。这项工程完全合理，一点也不荒谬可笑。”

“可是要知道，这是无用的劳动。”

“既然人家在建造，那就是有用的，”马车夫反驳说，“老百姓靠它吃饭哩。”

---

① 脚手架。

聂赫留朵夫没有再说话，况且车轮辘辘响，交流也很困难。在离监狱不远的地方，马车从石子铺的马路拐到一条标准公路上，交流也容易多了。马车夫继续跟聂赫留朵夫聊起来。

“如今涌进城里来的人有多少啊，真不得了。”他说，从车座上转过身来给聂赫留朵夫指了指一群从农村里来的工人。他们背着锯子、斧子、短皮袄和口袋，正迎面走来。

“难道比往年还要多吗？”聂赫留朵夫问。

“多得多！如今处处都有那么多人，真要命。老板根本不珍惜老百姓，像刨花一样随便扔，到处都塞满了人。”

“怎么会这样？”

“人越来越多，没有去处。”

“为什么会越来越多呢？他们干吗不待在农村里呢？”

“农村里没有活干，没有地。”

聂赫留朵夫经历到凡是受伤的人经常遇到的那种情形。这种人觉得别人仿佛老是故意来碰他疼痛的地方。之所以会有这样的感觉，无非是因为只有疼痛的地方才能使人感到别人在碰他。

“难道到处都是这样？”他暗自想道。他就开始问马车夫，他们的村子里有多少土地，马车夫家里有多少土地，为什么他到城里来混生活。

“我们家里的地，老爷，合一口人一俄亩。我们家里有三口人的地，”马车夫兴致勃勃地谈起来，“我家里有父亲，有弟弟，另外还有一个弟弟外出当兵去了。他们干地里的活。可是那一点点活一干就完。所以，我那个弟弟也想到莫斯科来。”

“那么不能租点地来种吗？”

“如今上哪儿去租地呢？原来的那些地主都已经把家业卖光了。商人们把所有的地都抓在手里。你可休想从他们手里租到土地，他们自己经营土地。我们那儿有个法国人，独霸一方，把我们旧东家的地全买下了。他不肯把地租出来，谁也没办法。”

“那是个什么样的法国人呢？”

“那个法国人姓杜法尔，您也许听说过。他在一家大戏院里给演员们装假头发。那是个好差使，所以发了财。他把我们女东家的田产都买下了。现在他压在我们头上，由着性儿卡着我们的脖子。谢天谢地，他本人倒还是个好人。可是他那个俄国老婆是一只母老虎，我的上帝啊。她搜刮老百姓，可厉害了。得，监狱到了。您在哪儿下车？在大门口吗？我看他们不会放我们过去的。”

十三

聂赫留朵夫一步步走近监狱门口时，带着惴惴不安和恐惧的心情，他心中有双重顾虑，一是他不知道玛丝洛娃今天情绪好不好，如果难以对付就糟了；二是她和同监都对他守口如瓶，仿佛保守着什么秘密，他担心因此吃亏上当。他到了监狱大门口，拉了拉铃，他向出来开门的看守说明要见玛丝洛娃。看守回去打听了一下，告诉他玛丝洛娃在医院里。聂赫留朵夫径直朝医院走去。医院看门的是个和善的小老头儿，立刻放他进去，问明他要见什么人，就把他领到儿科病房。

有一个青年医生走出来，周身发散着石炭酸的气味，在过道上走到聂赫留朵夫跟前，厉声问他有什么事。这个医生良心还算好，处处体恤犯人们，因而经常同监狱当局，甚至同主任医师发生不愉快的冲突。他担心聂赫留朵夫会对他提出什么不合规章的要求，此外他还有意表明他对任何人都不做破例的事，于是装出一副铁面无情的样子。

"这儿没有女人，这儿是儿童病房。"他说。

"我知道，不过这儿有一个从监狱里调来担任杂差的女助理护士。"

"对，这样的人这儿有两个。那么您有什么事？"

"我跟其中的一个，跟玛丝洛娃熟识，"聂赫留朵夫说，"现在我想跟她见一见面，我就要到彼得堡去为她的案子上诉。喏，我还想把这个东西交给她。这不过是一张照片。"聂赫留朵夫从衣袋里拿出一个信封来说。

"哦，这倒可以，"医生说，态度缓和下来，转过身去吩咐一个系白围裙的老太婆把担任杂差的助理护士玛丝洛娃叫来，"您要不要先在这里坐会儿，要不去候诊室等待也行。"

"谢谢您。"聂赫留朵夫说，趁医生态度好转的有利时机，向他打听医院是否对玛丝洛娃满意。

"还好，要是考虑到她以前的生活环境，她工作得就挺不错了，"医生说，"这不，她来了。"

从一扇门里走进那个当助理护士的老太婆，她身后是玛丝洛娃。她穿着一件条纹连衣裙，外面系着白围裙，头上扎着一块三角巾，盖住了头发。她一看见聂赫留朵夫，脸唰地红起来，似乎停住脚步犹豫了一下，接着又皱起眉头，垂下眼睛，踏着走廊里的长地毯快步向他走来。她走到聂赫留朵夫跟前，本不想同他握手，但后来还是向他伸出手，而脸涨得越发红了。自从上次他们谈话时她发了脾气又道了歉以后，聂赫留朵夫还没有见过她，他料想她今天的心情同上次一样。但今天她完全不同，脸上出现了一种新的表情——拘谨羞怯，而且聂赫留朵夫觉得她对他很反感。他对她说的话同刚才对医生说的话一样。他告诉她自己将去彼得堡，并且把装着他从巴诺沃带来的照片的信封交给她。

“这是我在巴诺沃找到的，一张很旧的照片，说不定您会喜欢。”

她扬起黑眉毛，用那双斜睨的眼睛惊奇地瞅了瞅，仿佛在问这给她做什么。然后默默地接过信封，把它插在围裙里。

“我在那里看到了您的姨妈。”聂赫留朵夫说。

“看到了？”她冷冷地说。

“您在这儿好吗？”聂赫留朵夫问。

“没什么，挺好。”她说。

“不太苦吧？”

“不，不算什么。可我还没有过惯。”

“我很替您高兴，总比那边好一些。”

“‘那边’指什么地方？”她问，顿时脸上泛起了红晕。

“那边就是牢里。”聂赫留朵夫赶快回答。

“这儿好在哪儿呢？”她问。

“我想，这儿的人好一点。他们跟那边的人不一样。”

“那边好人多得很。”她说。

“明肖夫母子的事我奔走过了，但愿他们能得到释放。”聂赫留朵夫说。

“求上帝保佑，能这样才好。她真是一个很好的老太婆。”她说，又讲起她对那个老太婆的看法，微微一笑。

“我今天要上彼得堡去，您的案子很快就会受理，希望能撤销原判。”

“撤销也好，不撤销也好，如今对我都一样。”她说。

“您说‘如今’是什么意思？”

“我这是随便说的。”她说着，用探问的眼光瞧一眼他的脸。

聂赫留朵夫把这句话和这种眼光理解为她想知道他是仍旧坚持他的决定呢，还是接受她的拒绝而改变了他的决定。

“我不知道为什么对您都一样，”他说，“不过对我来说，您无罪释放也好，不释放也好，倒确实是一样。不管情况怎么样，我都将照我说过的话去做。”他坚决地说。

她抬起头来，那双斜睨的黑眼睛又像是瞅着他的脸，又像是瞅着别的地方。

她整个脸上洋溢着快乐的神情，不过嘴里所说的同她眼睛所说的截然不同。

“您何必说这种话呢！”她说。

“我说这话是要让您明白我的心意。”

“这事您已经说够了，用不着再说了。”她好不容易忍住笑说。

病房里不知为什么喧闹起来，传来孩子的哭声。

“他们好像在叫我。”她不安地回头望望。

“好吧，再见了。”他说。

她假装没有看见他伸出手来，没有跟他握手就转过身，极力掩饰她的欢乐心情，沿着走廊的长地毯快步走去。

“她究竟起了什么变化？她在想什么？她有什么样的心情？她是打算考验我呢，还是真的不能原谅我？她是没法把她所想的和所感觉到的都说出来呢，还是不愿意说出来？她是心肠软下来了呢，还是怀恨在心？”聂赫留朵夫问他自己，可是无论如何也没法回答。只有一点他是知道的，那就是她变了，她正在发生对她的灵魂来说很重大的变化。这个变化不但把他同她连接在一起，而且把他同促成这个变化的人[①]联结在一起。这样的联结使得他欢乐而激动，心里充满了温情。

玛丝洛娃回到病室里，那儿有八张儿童小病床。她听从护士的吩咐，开始整理一张床上的被褥。她铺床单的时候腰弯得太厉害，脚底下一滑，几乎跌了一跤。有一个病后正在复原、脖子上扎着绷带的男孩瞧着她，笑起来，玛丝洛娃再也忍不住，就往床边上一坐，扬声大笑，笑得那么感染人，惹得好几个孩子也哈哈大笑。那个护士生气地对她嚷道：

“你笑什么？你以为你还待在你以前待过的地方吗！去取饭来。”

玛丝洛娃没有说话，拿起餐具，就去端饭，但她同那个缠着绷带、被医生禁止笑的男孩互相看了一眼，又扑哧一声笑了出来。这一天，玛丝洛娃有好几次在独自一人时，把照片从信封里稍稍抽出一点欣赏一下，等到了晚上，下班后回到她与另一个助理护士合住的房间里的时候，才把照片从信封里完全取出来，含情脉脉地仔细察看着照片上的那几个人，观赏他们的脸、他们的衣服、阳台的台阶、灌木丛以及这些背景前面的他的脸、她的脸和两个姑妈的脸。她看着这张褪了色的发黄的照片，老是看不够，特别是对她自己，对她那年轻、漂亮、额上飘散着头发的脸庞看不够。她看得专心致志，连那个跟她同住的助理护士走进屋子时，都没有发觉。

“这是什么？是他给你的吗？”身体肥胖、心地善良的助理护士弯下腰来看照

---

① 即上帝。

片，“难道这是你吗？”

“不是我又是谁？”玛丝洛娃笑吟吟地瞧着同伴的脸说。

“那么这是谁？就是他？这是他母亲吗？”

“是姑妈，难道你认不出来？”玛丝洛娃问。

“怎么认得出来？一辈子也认不出来。整个模样都变了，我看离现在都有十年了吧！”

“不是十年，是一辈子。”玛丝洛娃说。她的活泼模样顿时消失，脸色变得阴郁，眉毛之间凹进去一条皱纹。

“怎么样，那边[①]的生活准是很轻松吧。”

“哼，轻松，”玛丝洛娃重复一句，闭上眼睛，摇了摇头，“比服苦役还坏。”

“怎么会这样呢？”

“就是这样。从晚上八点忙到早晨四点。每天都是这样。”

“那她们[②]为什么不抛弃这种生活呢？”

“她们倒是想丢开，可是办不到。不过，说这些有什么意思！”玛丝洛娃说着，霍地站起来，把照片丢在小桌子的抽屉里，勉强忍住气愤的眼泪，跑到外面过道上，猛地带上身后的门。起初，她瞧着照片，觉得自己就是照片上的那个人，梦一般地想着她那时多么幸福，想着现在跟他在一起也还是能够幸福。她的同屋人的话却使她想起她现在是个什么样的人，想起在妓院里她做过什么样的人，总之使她想起过去生活中的可怕情景，而这以前她只是隐约地感觉到，却不容许自己去清楚地领会。直到现在，她才清楚地想起所有那些可怕的夜晚，特别是想起一个谢肉节的夜晚，她在等一个应许给她赎身的大学生。她想起当时她穿着一件沾了酒迹的、敞着领口的红缎子连衣裙，蓬松的头发上扎着一个红花结，身子疲乏，衰弱无力，喝得醉醺醺的，到深夜两点钟才把客人们送走。趁跳舞休息下来，就在为小提琴伴奏的女钢琴师身边坐下，那女人生得精瘦，皮包骨头，脸上长着紫疱。她开始对女钢琴师抱怨她的生活多么苦恼，那女钢琴师也说她厌恶她自己的地位，打算改变一下。正在这个时候，一个名叫克拉拉的同事走到她们跟前来，她们三个就突然决定一起丢开这种生活。她们以为今天这个夜晚的工作已经结束了，刚要走散，不料前厅里忽然来了些醉醺醺的客人，声音嘈杂。小提琴师就奏起舞蹈的序曲，女钢琴师就使劲按响琴键，弹着卡德里尔[③]舞曲的第一节，用的是一个极其欢畅的俄罗斯歌曲的曲调。有一个身材矮小、脸上冒汗的男人，嘴里喷出酒臭

---

① 指妓院。

② 指妓女。

③ 由四人组成两对，包括六个舞式的舞蹈。

气，身上穿着燕尾服，扎着白领结，不住打嗝，等舞曲奏到第二节，就脱掉燕尾服，走到她跟前，搂住她的腰。另一个留着大胡子的胖子，也穿着燕尾服[①]，搂住克拉拉。于是他们跳舞，旋转，嚷叫，喝酒，闹了很久……就这样，一年又一年，一年又一年过着同样的日子。她的容颜怎能不变！归根结底这一切都是他造成的。对他的旧恨顿时又涌上她的心头。她真想把他训斥一番，痛骂一顿。她后悔今天错过机会没有再对他说：她知道他是个怎样的人，她决不受他欺骗，不让他在精神上利用她，就像从前在肉体上利用她那样，也不让他借她来显示他的宽宏大量。她又是怜惜自己，又是徒然责备他。她很想喝点酒来浇灭心头的痛苦。要是她此刻在监狱里，她就会不遵守诺言，喝起酒来。在这里要喝酒，除了找医士，没有别的办法，可是她害怕医士，因为他老是纠缠她。现在她厌恶同男人来往。她在走廊长凳上坐了一会儿，然后回到小屋子里，没有搭理同伴，而为自己坎坷的身世哭了好半天。

① 他们刚从一个舞会上出来。

十四

聂赫留朵夫在彼得堡至少有三件事要办——向枢密院提出上诉，要求重新审查玛丝洛娃案；把费多霞的诉状提交上诉委员会；受薇拉之托到宪兵司令部或第三厅去请求释放一些政治犯，如舒斯托娃，并让一个做母亲的同关在要塞的儿子古尔凯维奇见面。关于让母子见面的事薇拉还特地给他写过信。他把这两件事并在一起，看成第三件事。第四件事就是教派信徒的案子，他们因为诵读和讲解《福音书》而被迫离开家人，流放高加索。他与其说是答应了他们，不如说是自己下定决心，一定要使这个案子真相大白。

自从聂赫留朵夫上次拜访过副省长马斯连尼科夫以后，特别是他到乡间去旅行过一次以后，他倒不是做出了什么要和过去告别的决定，而是全身心地感觉到他憎恶到目前为止一直在其中生活的那个圈子里的人，因为他们尽心竭力地掩盖千千万万人为了保证少数人过上舒适安乐的生活而在受苦受难的真相，以致那个圈子里的人没有看见，也不可能看见这些苦难，因而也不可能看见他们自己生活的残酷和罪恶。现在要同那个圈子里的人来往，聂赫留朵夫已经不能不觉得别扭，不能不责备自己。可是另一方面，他由于过去的生活所养成的习惯却把他吸引到那个圈子里去，他的亲戚关系和朋友关系也在把他吸引过去。不过主要的是，他为了做他目前唯一关心的事，也就是为了帮助玛丝洛娃以及他所愿意帮助的一切受难者，就不得不求助于那个圈子里的人，尽管那些人不但不能引起他的尊敬，反而常常唤起他心里的愤慨和轻蔑。

聂赫留朵夫来到彼得堡，住在姨妈察尔斯基伯爵夫人家里，他的姨父做过大臣。他一到姨妈家，就落到同他格格不入的贵族社会核心里。这使他很反感，但又无可奈何，要是不住姨妈家而住旅馆，就会得罪姨妈。他知道姨妈交友甚广，对他要奔走的各种事可能极有帮助。

“啊，关于你，我听到那些事啦，真是太奇怪了，”姨妈等他一到，立刻请他喝咖啡，并对他说，“你变成了霍华德了！[①] 你帮助罪犯，视察监狱，平反冤狱。”

“不，我的行为没有这样高尚。”

“那也好。不过，这里面好像还有什么风流韵事吧。嗯，你倒说说！”

---

① 约翰·霍华德（1726—1790），英国慈善家，为改良监狱制度进行过活动。

聂赫留朵夫把他同玛丝洛娃的关系从头到尾讲了一遍。

"我记得，记得，可怜的爱伦[1]对我说起过，当年你住在那两个老太婆家里，好像要同她们的养女结婚，"察尔斯基伯爵夫人一向瞧不起聂赫留朵夫的两位姑妈，"……原来就是她！她现在还漂亮吗？"

他的姨妈卡捷琳娜·伊万洛芙娜是个六十岁的女人，健康、快活、精力充沛、谈锋甚健。她又高又胖，嘴唇上长着黑唇髭。聂赫留朵夫喜欢她，从小受到她那精力充沛和快活开朗的性格的影响。

"不，姨妈，这一切全部结束了。对我而言，现在只想怎样能帮助她，因为，第一，她被判刑是受了冤枉；第二，她这辈子弄到如此地步，我更是罪责难逃，觉得应该尽一切力量替她奔走。"

"可我怎么听人说你要同她结婚呢？"

"是的，我有过这样的想法，可是她不愿意。"

卡捷琳娜·伊万洛芙娜扬起眉毛，垂下眼睑，惊讶地默默瞧了瞧外甥。她的脸色顿时变温和了，还显出高兴的样子。

"嗯，她比你精明多了。唉，你简直是个傻瓜！你真要跟她结婚吗？"

"当然。"

"她干过这种营生，你还想娶她？"

"越发要娶了。要知道我是那一切的罪魁祸首。"

"哼，你纯粹是个傻瓜，"姨妈忍住笑说，"你是个傻透了的傻瓜，不过呢，我倒正因为你是这么一个傻透了的傻瓜才喜欢你。"她反复说着，分明特别喜欢"傻瓜"这个词，因为在她的心目中这个词准确地表达了他外甥的智力状态和精神状态。"你要知道，真也是事有凑巧，"她继续说，"阿林办着一个出色的抹大拉[2]收容所。我去过一次。她们简直叫人恶心。事后我把我周身上下洗了个够。不过既然阿林全心全意办这件事，那我们就把她，你那个姑娘，交给阿林好了。真要是有谁能改造人，那就是阿林了。"

"你要知道，她已经被判决去做苦工了。我到此地就是为了撤销这个判决而奔走。这就是我求您的头一件事。"

"原来如此！那么她的案子归哪里管呢？"

"枢密院。"

"枢密院吗？对了，我那个亲爱的表弟廖伏什卡就在枢密院，不过他是在那儿

---

① 指聂赫留朵夫的母亲。

② 原指基督教经书《新约·路加福音》中一个从良的妓女，此处泛指妓女。

的傻瓜部里办事务，当承宣官。至于真正的枢密官我可一个也不认识。天知道他们是些什么人。要么是德国人，什么盖啦，费啦，德啦——无奇不有，要么就是什么伊凡诺夫啦，谢苗诺夫啦，尼基丁啦，再不然就是什么伊凡宁科啦，西蒙宁科啦，尼基丁科啦，五花八门，都是另一个世界的人。好吧，我对丈夫说一下就是了。他认识他们，什么人都认识。我会对他说的。不过你得对他解释清楚，因为他从来都不专心听我的话。[1] 我的话他总是听不懂。不管我说什么，他总是说什么也不明白。存心装不懂，人家个个听得懂，就是他听不懂。"

[1] 这里是语言描写，从姨妈的这段话中，可以看到她在丈夫那里其实是没有地位的，丈夫从来都不会专心听她说话。

这时一个穿长袜子的男仆端来一个银托盘，上面放着一封信。

"正好是阿林写来的信，这下子你就可以听见基泽维特的讲话了。"

"基泽维特是什么人？"

"基泽维特吗？你今天晚上来吧，你就会知道他是个什么人了。他讲得那么动人，就连死不改悔的罪犯也会跪下来，痛哭流涕，诚心忏悔。"

不论这事有多怪，也不论这事同察尔斯基伯爵夫人的脾气多么格格不入，她狂热地信奉一种学说，按这种学说，基督教的精神在于信仰赎罪。她常到宣传这种当时很时兴的学说的聚会场所，有时还把信徒召集到家里。这种风行一时的学说不仅否定一切宗教仪式和圣像，而且否定圣礼，但察尔斯基伯爵夫人却在每个房间里挂着圣像，甚至连床头上都有圣像，她还参与一切教会仪式，并不认为这同赎罪学说有什么矛盾。

"对了，应该让你的抹大拉听听他的讲道，她会皈依的，"伯爵夫人说，"你今天晚上一定要待在家里，你听听他的讲道。这是一个了不起的人物。"

"我对这种事不感兴趣，姨妈。"

"可是我告诉你，这是很有趣的，你一定要来。好，你倒说说，你还有什么事要我办？把你的口袋倒空吧①。"

"还有一件牵涉要塞的事。"

---

① 意思是"把一切要求都提出来吧"。

“要塞吗？行，我可以给你写封信，你拿着信到那儿去见克里格斯穆特男爵。他是个德高望重的人。不过你自己也认识他，他是你父亲的同事。他爱好招魂术。哦，这也没关系。他是个好心人。你在那儿要办什么事？”

“我要请求他们许可一个母亲去探望她那关在要塞里的儿子。不过我听说这种事不归克里格斯穆特管，而归切尔维扬斯基管。”

“切尔维扬斯基，我可不喜欢，不过要知道，他是我的好友玛丽爱特的丈夫。倒不妨托一托她，她会给我出力的。她是个挺可爱的人。”[2]

[2] 从这几句对话中，足以看出姨妈的交友甚广。

“另外我还要为一个名叫舒斯托娃的女士请托你。她在监狱里关了好几个月，谁也不知道那是为什么。”

“哼，不对，她自己一定知道那是为什么。她们心里有数。这也是她们活该，这班剪短发的家伙。”

“我们不知道是不是活该。可是她们在受罪。您是位基督徒，相信《福音书》，可是心肠这么硬……”

“这可两不相干。《福音书》是《福音书》，令人憎恨的人就是该当憎恨的人。比如说，我恨虚无党，特别是那些剪短头发的女虚无党，要是我假装喜欢他们，那就不好了。”

‘你到底为什么恨他们呢？“

“既然出了三月一日的事①，你怎么还要问为什么？”

“可是话说回来，并不是所有那些女人都参加了三月一日那件事。”

“那也还是一样，她们为什么去过问那些跟她们不相干的事，那不是女人的事嘛。”

“那么，为什么您认为玛丽爱特就可以过问那种事呢？玛丽爱特也是个女人。”

“玛丽爱特吗？玛丽爱特是玛丽爱特。可是那个女人，上帝才知道是什么路数。那么一个轻狂的女人，倒打算来教训大家。”

“她们倒不是要教训大家，只不过是有心要帮助人民罢了。”

“没有她们，人家也知道该帮助谁，不该帮助谁。”

“不过话说回来，人民贫困得很。喏，我自己最近下乡，看

① 指沙皇亚历山大二世在 1881 年 3 月 1 日被彼得堡民意党人刺死。

见农民的确穷得没饭吃。难道这种极不平等的事是应该的吗？让农民们去劳动得筋疲力尽而吃不饱肚子，却让我们这些王侯贵族穷奢极欲地生活。”聂赫留朵夫说，不由自主地受到他姨母的好心的吸引，有意把他心里所想的事统统说出来。

姨妈说：“那你是不是要我也去做工而不吃饭呢？”

“不，我并不是要您不吃东西，”聂赫留朵夫回答说，不由自主地微笑，“我只是要人人工作，个个有饭吃。”

他的姨母又扬起额头，低下眼睛，好奇地瞅着他。

姨妈感叹说：“我的好外甥，你的心太好，但不会有好结果。”

“那是为什么？”

这时候，一个身量很高、肩膀宽阔的将军走进房间里来。

这就是察尔斯基伯爵夫人的丈夫，一位退休了的大臣。

“啊，德米特里，你好，”他说着，把他刮得光光的脸颊让聂赫留朵夫亲吻，“你几时来的？”

他又默默地吻了一下妻子的额头。

“是啊，他这人真少见，”卡捷琳娜·伊万洛芙娜伯爵夫人对丈夫说，“他吩咐我们参加劳动，到河边洗衣裳，而且光吃土豆，不吃肉。他是个十足的大傻子，不过他求你的事，你还是帮他办一下吧。十足的大傻子。”她把这个评语又重复了一遍。“哦，你有没有听到，据说卡敏斯卡雅伤心得不得了，大家怕她的命会保不住，”她对丈夫说，“你该到她家里去一趟才是。”

“是啊，这真可怕。”她丈夫说。

“喏，你去那边同这个大傻子谈一谈，我现在要写信了。”卡捷琳娜·伊万洛芙娜伯爵夫人说。

聂赫留朵夫刚走进客厅旁边的房间里，她又对他叫道。

“要给玛丽爱特写信吗？”

“劳驾写一封吧，姨妈。”

“那么我就在信纸上留空白，你可以把那个剪短发的女人的事写上，玛丽爱特会交代她丈夫去办的，他会照办的。你别以为我这人心眼儿很坏。她们，就是你所庇护的那些人，都很可恶，可是我不希望她们遭罪。让上帝保佑她们吧！[3]你去吧。不过

[3] 虽然姨妈不喜欢舒斯托娃这类人，把她们称为“剪短发的女人”，但她还是愿意帮聂赫留朵夫给玛丽爱特写信，并称自己虽然认为她们可恶，但也不希望她们遭罪，这是姨妈善良本性的表现。

今天晚上你一定要待在家里。你可以听听基泽维特的讲道。我们一块儿做祷告。只要你不反对，这对你大有好处。我知道，爱伦也好，你也好，在这方面都很落后。那么再见了。”

十五

伊凡·米哈洛维奇·察尔斯基伯爵是位退休大臣，并且是一个有坚定信念的人。

伊凡·米哈洛维奇伯爵从青年时代起就抱定一种信念不放，他认为，正如鸟儿天生要吃昆虫，要披羽毛和绒毛，要在空中飞翔一样，他天生就该吃名厨烹调的山珍海味，该穿轻暖舒适的华贵衣服，该坐最快最稳的马车，因此所有这一切东西，社会都得为他准备好。此外，伊凡·米哈洛维奇伯爵认为，他从国库支取的现款越多，他获得的勋章，包括钻石勋章，就越多，他同皇亲国戚的交往和谈话越多，他的官运就越红火，越光明，一帆风顺，步步高升。同这种基本宗旨相比，伊凡·米哈洛维奇伯爵认为其他一切都微不足道，毫无价值。其他一切事情，可以这样，也可以完全相反，都无所谓。本着这种信念，伊凡·米哈洛维奇伯爵在彼得堡生活了四十年，活动了四十年，而在四十年届满时当上了大臣。

伊凡·米哈洛维奇伯爵能够谋到这种职位的主要品质在于，第一，他有本事看懂公文和法规的含义，有本事起草虽然不流畅却还可以使人看懂的公文，而且不至于写出错字来；第二，他的仪表非常严肃，他在必要的场合不但能装出傲慢的样子，而且能够显得高不可攀，威风凛凛，不过在另一些必要的场合，他又能够向人献媚取宠，达到肉麻和卑鄙的地步；第三，不论是在私人道德方面还是在国务活动方面，他都没有总的原则或是标准，因而在必要的情况下，他可以对一切举措点头同意，在另一些必要的情况下又可以一概不同意。他在这样做的时候，所要努力的只是维持一种表演风格，不要显出露骨的自相矛盾就成了，至于他的行为本身究竟合不合乎道德，他的行为对于俄罗斯帝国乃至全世界究竟会产生极大的好处还是极大的坏处，他是根本不放在心上的。

在他当上大臣以后，不仅所有仰仗他的人（仰仗他的人和仰仗他的亲信是很多的），而且所有的局外人，甚至他本人，全都相信他是一个非常英明的国务人员。然而，一段时间过后，由于他上不能匡主，下不能益民，毫无建树，政绩平平，尸位素餐，于是按照生存竞争的法则，一些同他一样会书写和能看懂公文、仪表堂堂和没有原则的官僚把他排挤下来，他只好退休。这时，大家才明白，他不是一个非常英明和思想深刻的人，尽管他常常自命不凡，却只是一个目光短浅、胸无点墨的庸才，他的见解未必能超过最庸俗的保守派报纸社论的水平。原来，他同其他那些胸无点墨、自命不凡、把他排挤下来的官僚相比，没有任何优异之处，这一点他自己也明白，不过这丝毫不能动摇他的信念，他依然认为他应该每年从国库领取大量的金钱，年年获得新的装饰物挂在他的礼服的前襟上。这一信念表现得那么强烈，以致没人能毅然决然地否决他的要求，于是他照常每年领取几万卢布，一部分算作养老金，一部分算作酬劳费，因为他在最高国家机关里挂了个名，又身兼各种各样的委员会主席。此外，他还年年得到他十分看重的新权利，即把新的丝绦缝在肩上或长裤上，把新的绶带和珐琅星章戴在礼服上。因此，伊凡·米哈洛维奇伯爵在各方面的关系更加广阔了。

伊凡·米哈洛维奇伯爵听聂赫留朵夫讲话就像以前听办公室主任报告什么事一样。他听完以后说，他答应为聂赫留朵夫写两封信，其中一封是给上诉部枢密官沃尔夫的。

伯爵说沃尔夫品行端正。“人家对他有种种说法，但不论怎么说，他是个正派人，”他说，“他欠了我的情，会尽力去办的。”

伊凡·米哈洛维奇伯爵交给聂赫留朵夫的另一封信，是写给上诉委员会里一个有势力的人物的。

伯爵对聂赫留朵夫所说的费多霞一案很感兴趣，当聂赫留朵夫告诉他，打算把这个案子写个呈文给皇后时，伯爵也说这的确是一件很动人的事，有机会时，他可以在那边提提这件事，但还不能说定。上诉的程序还是按手续办为妥。他想，如果有机会，当他们叫他去参加星期四的碰头会时，他也许会谈一谈这个案子。

聂赫留朵夫拿到伯爵写的两封信和姨妈写给玛丽爱特的信，立刻就到那几个地方去了。聂赫留朵夫为了帮助被压迫者，不得不与这些压迫者握手言欢，向他们求情。

他先去找玛丽爱特。聂赫留朵夫认识她的时候，她还是个并不富裕的贵族家庭的十几岁少女，后来他知道她嫁给了一个官运亨通的人。不过关于这个人，他听到过一些不好的议论，主要是说他对千百名政治犯残酷无情，折磨他们乃是他的专业职责。这时候聂赫留朵夫像往常一样，心头沉重，痛苦难熬，他想到他的本意是为了帮助被压迫者，可现在却不得不站到压迫者那一边去，这就仿佛承认了压迫者的行为是合法的，因为他得去请托他们，要求他们至少对某几个人克制一下他们那种习以为常、多半连他们自己也没觉察的残酷行为。在这类情况下，他总是感到内心的矛盾，对自己不满意，而且举棋不定，究竟该去求情还是不该去求情呢？不过最后他决定应该去求情。要知道，事情的关键在于，他去同这个玛丽爱特和她丈夫周旋，固然会使他感到别扭、羞愧、不愉快，可是同时却有好的期望，也许那个关在单人牢房里受苦的不幸女人就会被放出来，不论是她还是她的亲人都不至于再痛苦了。除此之外，他还感到自己在这种状况下跑到那班人家里去向他们求情的做法未免虚伪，因为他已经不认为那班人是自己人，而那班人倒把他看作自己人，在这个圈子里，他感到他走进了以前那种习以为常的轨道，不由自主地被那班人当中盛行的轻浮和不道德的作风所降伏。这一点他在姨母卡捷琳娜·伊万洛芙娜家里就已经感觉到。今天上午他跟她谈到极其严肃的问题时，就已经用玩笑的口吻说话了。

他很久没有来过彼得堡了，总的说来，这座大城市还是和以往一样，使他产生一种刺激肉体和麻痹精神的印象：一切都是那么干净舒适，设备完善，主要的是人们在道德方面没有什么要求，因而生活显得特别轻松。

一个服装整洁、十分恭敬的漂亮的马车夫给他赶着马车，从英俊、有礼貌、制服整齐清洁的警察面前经过，沿着华丽的、洒过水而干净的街道，经过许多富丽堂皇、打扫清洁的房屋，终于来到河滨玛丽爱特住的房子跟前。

大门口立着两匹戴着护眼罩的英国马。一个英国人模样的马车夫坐在马车前部的赶车座位上，他的下半截脸上留着络腮胡子，穿着整齐的仆役制服，手里拿着马鞭，露出一副傲慢的神情。

看门人穿着异常干净的制服，打开通到前厅去的大门。前厅里站着一个跟班的听差，穿一身更加干净的仆役制服，而且镶着金银丝绦边饰，他的络腮胡子梳理得整齐好看。另外还有一个佩军刀的值班勤务兵，身上穿着干净的新军服。

聂赫留朵夫被值班的勤务兵挡驾，无法进入这房子里面。

“将军不会客。将军夫人也不会客。他们马上就要坐车出去了。”勤务兵说。

聂赫留朵夫拿出卡捷琳娜·伊万洛芙娜伯爵夫人的信，取出他的名片，也不济事。然后，他走到一个放着来宾留言簿的小桌，开始写道：来访不遇，甚为怅惋。他刚写到这儿，听差就往楼梯口走去，看门人就走出大门外，吆喝一声：“把车赶过来！”勤务兵就挺起身子，把两只胳膊贴在裤缝上，一动也不动，两只眼睛迎接从楼上走下来的太太，而且紧跟着她，她身量不高而苗条，脚步却快得同她的显贵身份不相称。

她正是玛丽爱特，真的要坐车出去。

她的装扮雍容华贵，头戴一顶插有羽毛的大帽子，身穿黑色连衣裙，外披黑斗篷，手上戴着一副崭新的黑手套，脸上遮着面纱。

她一看见聂赫留朵夫，就撩起面纱，露出她那非常俊俏的脸和亮晶晶的眼睛，疑惑地对他瞅了一眼，认出他来了。

“啊，德米特里·伊凡诺维奇公爵！”她用愉快动听的声音叫道，“我应该认得您……”

“怎么，您连我的称呼都还记得吗？”

“可不是，我跟我妹妹当年还爱上了您呢，”她用法语说，“唉，您的模样可变多了。可惜我现在要出去。要不，我们回到楼上去吧。”她说着，迟疑不决地站住。

她瞧了瞧墙上的挂钟。

“不，我不能陪您了，我要到卡敏斯卡雅家去参加丧事礼拜，她伤心透了。”

“卡敏斯卡雅是谁呀？”

“难道您没听说吗？她的儿子在决斗中被人打死了。他跟波森决斗，又是独生子，真是可怕，他母亲伤心死了。”

“对的，这件事我已经听说了。”

“我不能久待了，我还是去一下好，您明天或者今天晚上来吧。”她一面说，一面迈着又轻又快的步子向大门口走去。

“今天晚上我不能来，”他回答说，跟她一块儿往外面门廊上走去，“要知道，我是有事来找您的。”他说，瞧着那两匹栗色马往门廊这边靠拢来。

“什么事啊？”

“这是我姨妈的亲笔信，信上讲的就是那件事，”聂赫留朵夫说，递给她上面印有很大花体姓氏字母的狭长信封，“您看了信就明白了。”

“我知道，卡捷琳娜·伊万洛芙娜伯爵夫人以为我在公事上可以左右我丈夫。她错了，我无能为力，也不愿过问他的事。不过，当然，为了伯爵夫人和您，我可以破一次例。那么，究竟是什么事？”[1]她说，用那只戴黑手套的小手摸索她的口袋，却没有找到什么东西。

“有个姑娘被关在要塞里，可是她有病，吃了冤枉官司。”

“她姓什么？”

“舒斯托娃。全称莉吉娅·舒斯托娃，信上写了。”

“好吧，我去试试。”她轻盈地跳上马车，马车上蒙着柔软的皮子，她打开了阳伞，马车的挡泥板上的油漆在太阳的照射下闪闪发亮。跟班在驭座上坐下来，示意车夫赶车。马车刚一移动，她就用阳伞碰碰车夫的脊背，那两匹细皮嫩肉的漂亮英国种母马就被马衔铁勒住缩回好看的头，站住，有节奏地活动它们的细腿。

[1]这里是语言描写，玛丽爱特先阐明自己无法左右丈夫的事实，然后又说破例帮聂赫留朵夫，这其实是一种欲擒故纵的手段，是为了让聂赫留朵夫对自己产生愧疚。

“您明天或者今天晚上务必要来，但，当然，不光是为了您那些私事来麻烦我。”她说着嫣然一笑，而且很懂得这一笑的力量。接着，仿佛演完戏放下幕布，她把面纱放下，说：“好，我们走吧。”又用阳伞碰碰车夫。[2]

[2] 这里是细节描写和动作描写，展现了玛丽爱特虚伪的一面。

聂赫留朵夫举起帽子。那两匹纯种棕黄色母马喷着鼻子，蹄子踩出一片清脆的响声，于是，这辆轻便马车飞快地奔驰起来，仅仅在道路坎坷的地方，马车的新橡胶轮胎会偶尔轻轻跳动一下。

十六

聂赫留朵夫回想起他竟同玛丽爱特相对微笑，就不禁摇摇头，对自己感到很不满意。

“还没来得及扭回头看一眼，就又陷入这种生活里去了。”他想，内心感到矛盾和疑虑，每逢他不得不向他不尊敬的人谄媚讨好时，总会产生这种矛盾心理。这会儿，聂赫留朵夫思忖了一下，应该先到哪里，然后再到哪里，免得走冤枉路，结果首先去了枢密院。他被领到办公室，在那富丽堂皇的大房间里，他看见数不胜数的衣冠楚楚、彬彬有礼的文官。

那些文官告诉聂赫留朵夫，玛丝洛娃的上诉状已收到，并交给枢密官沃尔夫审查和呈报，聂赫留朵夫姨父的信正好就是写给他的。

“枢密院本星期要开庭审案，玛丝洛娃一案未必能在这次审理。但要是活动一下，请托要人，本星期三开庭时便有希望审理。”一个文官说。

聂赫留朵夫在枢密院办公室等他们查询案情，又听见他们在谈论那场决斗，他们具体谈到了年轻的卡敏斯基被人打死的经过。他在这里第一次获悉了这个轰动全彼得堡的事件的详情。事情是这样的：几个军官在饭店里吃牡蛎，照例喝了许多酒。有个军官对卡敏斯基所属的那个军团说了几句难听的话，卡敏斯基说他造谣污蔑。那个军官就动手打卡敏斯基。第二天两人进行决斗，卡敏斯基腹部中了弹。两小时后就死了。凶手和两个副手都被捕，但据说关了两星期又都被释放了。

聂赫留朵夫从枢密院办公室出来，乘车到上诉委员会，拜访在委员会里很有影响的官员沃罗比约夫男爵，这位男爵在公家的房屋里占有一套豪华的住宅，门房和听差都十分生硬地对聂赫留朵夫说，除了会客日之外都见不到男爵，今天他在皇上那里，明天还要进宫去禀报。

聂赫留朵夫把信留下，又坐上车到枢密官沃尔夫家去。

沃尔夫刚吃过早饭，照例吸着雪茄在房间里散步，以帮助消化。他接见了聂赫留朵夫。弗拉基米尔·瓦西里耶维奇·沃尔夫的确是十分正派的人，他把这种品德看得高于一切，并从这种品德的高度看待一切人。他不能不高度评价这种品德，因为全凭它，他才如愿以偿地发财致富，在官场青云直上，也就是说以结婚为手段，获得一笔财产，使他每年有一万八千卢布的收入，又靠自己的努力当上了枢密官。他认为他自己不但是一个十分正派的人，而且是具有骑士的正直品格的人。他所谓的正直就是不在暗地里接受私人的贿赂。至于他向国库请领各式各样的出差费、旅费、房租费，还有不论政府要他办什么事，他无不像奴才一样照办不误，他却不认为是不正直。当初他在波兰王国[①]某一个省里担任省长的时候，竟然干出了这样的事：那里的百姓都是良民，只因为眷恋他们的民族和祖辈的宗教，他就大开杀戒，剥夺他们的全部财产，又将好几百个无辜的民众判处流放和监禁，然而他非但不认为这是不正直，反而认为这是高尚、勇敢、爱国精神的表现。他将热爱他的妻子和他姨妹的财产骗取一空，他同样不认为是不正直。刚好相反，他认为这是对他家庭生活的合理安排。

弗拉基米尔·瓦西里耶维奇的家庭生活包括他那个没有个性的妻子和他姨妹。他侵占了姨妹的财产，把她的田地卖掉，把钱存在他自己名下。他还有一个温顺、胆小怕事、不好看的女儿。女儿过着孤独、苦闷的生活，为了消愁解闷，信奉了福音教派，常去阿林和卡捷琳娜·伊万洛芙娜伯爵夫人家里聚会。

他的儿子本来是个心地善良的孩子，可是十五岁长出胡子后，开始喝酒、放荡，到二十岁仍恶习不改，这时他被撵出了家门，因为他没有读完任何一个学校，乱交朋友，欠下债务，丢了老子的脸。父亲有一次替儿子还了二百三十卢布的债，另一次还了六百卢布的债，并对儿子声明，这是最后一次，如果他不思悔改，就把他赶出家门，断绝父子关系。儿子不仅没有悔改，而且又欠下一千卢布的债，还放肆地对父亲说，他住在家里本来就是活受罪。于是，弗拉基米尔·瓦西里耶维奇向儿子宣布，他爱去哪儿就去哪儿，他不再是他的儿子。从那以后，沃尔夫装出没有儿子的样子，家里人谁也不敢在他面前提起儿子的事，弗拉基米尔·瓦西里耶维奇因而有了充足的理由相信，他以最好的方式安排妥了自己的家庭生活。

沃尔夫面带亲切而又微带讥诮的笑容[②]，停止在书房里踱步，同聂赫留朵夫打招呼，读了聂赫留朵夫带来的信。

“敬谢光临，请坐，不过请您原谅我的怠慢。要是您不介意，我还得走走。”他说，双手插进短外衣口袋，迈着轻缓的步子，沿着格调古雅的大书房的对角线，来回走起来。“同您认识我很高兴，当然我也愿意为伊凡·米哈洛维奇伯爵效劳。”他说着，吐出一口很香的淡蓝色烟雾，小心翼翼地从嘴上取下雪茄，免得烟灰落下来。

“我只要求早一点审理这个案子，因为如果被告非去西伯利亚，那还是早一点

---

① 波兰一部分地区的称呼，按照维也纳会议的决定，归并于俄罗斯帝国。

② 这是他的习惯，也是一种情不自禁表露优越感的体现：他觉得自己在举止文雅方面要超过大多数人。

去好。”聂赫留朵夫说。

“对，对，可以从下诺夫哥罗德搭第一批轮船动身，我知道。”沃尔夫露出宽容的微笑说，只要别人一对他开口讲话，他总能预先知道人家的意思。“被告姓什么？”

“玛丝洛娃……”

沃尔夫走到写字台旁，看了看一张纸，那张纸和其他的法院审理案卷放在一块硬纸板上。

“是的，是的，玛丝洛娃。好吧，我去跟同事们商量一下。我们星期三办理这个案子。”

“我可以打电报通知律师来吗？”

“您请了律师？为什么？不过您愿意的话，这随您的便。”

聂赫留朵夫说：“上诉理由可能不充分，不过，我认为，从案卷上也可以看出，这个判决是出于误会。”

“是的，是的，也许是这样。不过枢密院不可能根据案情的实质来审理案件，”弗拉基米尔·瓦西里耶维奇瞧着烟灰，口气严厉地说，“枢密院只审查在法律引用和解释方面是否得当。”

聂赫留朵夫坚持说：“我感到，这个案子是特殊情况。”

沃尔夫不耐烦地说：“我知道，我知道，所有的情况都是特殊的，我们将照章办理。就是这样。”烟灰还在雪茄上，但已出现裂缝，马上就有掉下来的危险。“您不常来彼得堡吧？”沃尔夫转换话题说，尽量拿稳雪茄，不让烟灰掉下来。烟灰还是开始晃动，沃尔夫小心翼翼地把它往烟灰缸送去，烟灰到那儿一下塌落了。“卡敏斯基家的事多么可怕啊！”他说，“一个优秀的年轻人，独生子，他母亲目前太难了。”他说，几乎把最近在彼得堡全城流传的有关卡敏斯基家的事逐字逐句又复述了一遍。

弗拉基米尔·瓦西里耶维奇另外讲起卡捷琳娜·伊万洛芙娜伯爵夫人，讲起她热衷于新的宗教思潮，他对这种宗教思潮既不责难，也不袒护，显而易见，既然他要保持贵族的礼节，这种事物对他来说分明是多余的。说完这些话，他拉了拉铃。

聂赫留朵夫起身告辞。

“要是您方便的话，请来吃便饭，”沃尔夫说着，伸出手去握手，“星期三来就好。到那时我也可以给您一个确切的答复了。”

天色已经不早了，聂赫留朵夫就坐上马车回家去，也就是回到姨母家里去。

十七

卡捷琳娜·伊万洛芙娜伯爵夫人家七点半开饭，而且这次晚餐采用聂赫留朵夫从未见过的新方式上饭菜：把食物摆在桌子上，仆人就立刻走开了，吃饭的人得自己动手取食。男人们作为强有力的一半，责无旁贷，不应让妇女们过分操劳，勇敢地承担起了给妇女们和给自己分发食物、切肉和斟酒的全部烦琐事情。第一道菜吃完后，伯爵夫人便按一下桌上的电按钮，仆人便安静平和地走进来，迅疾收拾一下桌子，换上餐具，端上了第二道菜。菜肴很精细讲究，酒也是上等的。在宽敞明亮的厨房里，一名法国厨师带着两个穿白衣服的助手在忙个不停。有六个人吃饭：伯爵和伯爵夫人；他们的儿子，这是一名脸色阴沉的近卫军军官，双肘搁在桌子上；再加上聂赫留朵夫，法国女教师和从乡下来的伯爵家的总管。

在晚餐的餐桌上，大家谈起了有关决斗的新闻。皇上对这件事的态度，正引起大家的议论。据说，皇上为死者的母亲感到难过，于是，大家也为那个母亲难过。不过大家又知道皇上虽然表示哀怜，但为了维护这种贵族的决斗陋习，不打算严办凶手，理由是凶手是为了维护军人名誉才犯事的，因此，大家也就宽容了凶手。只有卡捷琳娜·伊万洛芙娜伯爵夫人敢想敢说，无所顾忌，她对那个凶手提出了谴责。

“他们这样喝醉酒胡闹，会把上流社会的循规蹈矩的青年一个个都打死的，这是说什么也不能原谅的。”她说。

“这话我就不懂了。”伯爵说。

“我知道你素来听不懂我说的话，”伯爵夫人说，转过身来对着聂赫留朵夫，“人人都听得懂，只有我的丈夫听不懂。我是说我怜惜那个母亲，我不愿意让凶手杀了人还心安理得。”

他们的儿子本来一直沉默着，这时候却出头为凶手辩护，抨击他的母亲，语气相当粗鲁地和她争论说：军官不能不这样做，否则军官法庭就会把他从军团里赶出去。两人各说各理。聂赫留朵夫听着，没有插嘴讲话，他以前做过军官，对年轻的察尔斯基的理由虽然不能认可，却是能够理解的，不过由于他最近访问过监狱，便不由自主拿这个杀人的军官和监狱里的一个年轻英俊的农民杀人犯加以对比，那个犯人就是因为在斗殴当中误伤人命而被判决去做苦工的。两个人都是因为喝醉酒在气头上杀人，那个农民一时兴起，打死了人，便从此告别了一家老小，同他的妻子、家人、亲属分离，戴上镣铐，剃光半边头，要在西伯利亚终身服苦役。而这个军官呢，却坐在禁闭室的一个漂亮的房间里，吃着上等饭菜，喝着上等名酒，阅读书籍，杀人血迹未干，关上一两天，就会被放出来，又过上原先的优裕生活，从此更使人敬畏。他认为，这种“刑不上大夫”的规约要不得。

他就把他心里所想的讲出来。卡捷琳娜·伊万洛芙娜伯爵夫人开始同意外甥的话，过后又沉默了。别人也都沉默不语。于是聂赫留朵夫觉得，他这番话在这儿讲是不合时宜的。

傍晚，那是在吃过饭后不久，大厅里摆放着特意为讲演而排好的几排雕花高背椅子。而在一张大桌子前面放着一张安乐椅，旁边有一张小桌，上边放着一个盛水的长颈玻璃瓶，供传教士饮用。人们渐渐聚齐，从国外来的基泽维特预定在这个会场上讲道。

大门口停着许多高贵的马车。在装饰华丽的大厅里坐着许多身穿绸缎、丝绒和有网状花纹衣服的太太，她们的头发是假的，还有勒得过紧的假细腰；在太太们中间坐着一些男人，其中有军人也有文官，还有五个普通人：两个扫院子的、一个小铺老板、一个仆人和一个车夫。

基泽维特，一个身体强壮、头发花白的人，讲的是英语，有一个戴夹鼻眼镜的瘦个儿年轻姑娘流利地替他翻译。

他说，他们的罪恶极为深重，为此受到的惩罚也极为严厉，而且无法避免，终日生活在惩罚的恐惧中是不行的。

“亲爱的兄弟姐妹们，我们只要想一想我们自己，想一想我们的生活，想一想我们在做什么事，我们在怎样生活，我们在怎样触怒满心仁爱的上帝，我们在怎样驱使基督受苦，我们就会明白我们不可能得到宽恕，不可能有出路，不可能得到拯救，我们大家都注定了要灭亡。可怕的毁灭，永恒的磨难正在等着我们呀，”他用颤抖的哭声说，“怎样才能得救啊？兄弟们，怎样才能摆脱这场可怕的烈火[①]而得救啊？烈火已经围住房子，没有出路了。”

他沉默了一会儿，眼泪真的沿着脸颊滚滚而下。八年来，每当他讲到这个得意的地方时，总会感到喉咙哽塞，鼻子发酸，眼泪夺眶而出。眼泪一出来，他自己就更加感动。房间里响起了一片哭声。卡捷琳娜·伊万洛芙娜伯爵夫人坐在一张细工镶嵌的小桌旁，两手抱住脑袋，肥胖的肩膀不住抖动着。马车夫惊奇地瞧着这个德国人，仿佛他正赶着一辆车，车杠眼看就要撞到德国人身上，而德国人却不肯让开。多数人坐的姿势跟卡捷琳娜·伊万洛芙娜伯爵夫人一样。沃尔夫的女

① 按基督教的传说，罪恶深重的人死后会在地狱里受到永不熄灭的烈火的焚烧。

儿，相貌很像父亲，穿着一件时髦的连衣裙，双手捂住脸，跪在地上。

传教士的脸突然开朗起来，像演员表现欢乐一样，脸上出现了一个似乎很真实的微笑，并用一种甜蜜而又温柔的声音说：

“现在得救了。瞧，多么轻松、愉快，之所以能得救，是因为上帝的独生子为我们流了血，他甘愿为我们受苦。他的苦难，他的血拯救了我们，兄弟姐妹们，”他又含着眼泪说，“我们感谢上帝吧，他为拯救人类而献出了自己的独生子。他的圣血……”

聂赫留朵夫的心中感到十分难受和厌恶，他悄悄地站起来，皱起眉头，压抑着像受到侮辱的感觉，踮起脚尖离开大厅，回到自己的房间去了。

十八

[1] 律师法纳林的到来，一下子使玛丝洛娃的案子变得紧迫起来。从而也为读者留下了疑问：律师是为了聂赫留朵夫来彼得堡呢，还是为了帮助玛丝洛娃而来？

第二天，聂赫留朵夫刚穿好衣服，准备下楼时，姨母家的听差给他送来了莫斯科律师法纳林的名片。原来法纳林为自己的事到彼得堡来了，如果玛丝洛娃的案子在枢密院能很快得到审理，他也打算顺便出庭。聂赫留朵夫曾给他发过电报，他恰好因为上了路而没有收到。[1] 聂赫留朵夫和法纳林见面后，就告诉他玛丝洛娃的案子在星期三开庭，据估计，参加会审的枢密官可能有沃尔夫、斯科沃罗德尼科夫、贝老头等。法纳林听了，微微一笑。

"他们正好是三种类型的枢密官，"律师法纳林分析参审的枢密官的阵营说，"沃尔夫是一个彼得堡的官僚，斯科沃罗德尼科夫是一个有学问的法学家，贝老头是一个务实的法学家，他是其中最有生气的一个。希望主要寄托在他身上。"

"上诉委员会那边的情况怎样呢？也应该去活动啊！"律师说。

聂赫留朵夫答道："我昨天去了沃罗比约夫男爵家，此人是上诉委员会中最有权势的官员，可惜他昨天不在家，进宫见沙皇去了。今天我又得去拜访他。"

"您知道沃罗比约夫怎么会做男爵的吗？"律师听到聂赫留朵夫用带点滑稽的口气说出那个纯粹俄罗斯的姓氏以及跟它结合在一起的外国爵衔的时候，就回答说，"这是保罗①由于某种缘故把这个爵衔赐给他祖父的。他祖父似乎是宫中的一个听差。他不知怎的博得了皇上的欢心。皇上就说：'让他做男爵好了。我要这么办，谁也不准拦着。'就这样冒出来一个沃罗比约夫男爵。他还为此很得意呢。不过他是个大滑头。"

"我现在就是要去找他。"聂赫留朵夫说。

"哦，那正好，我们一块儿走。我用车子送您去。"

---

① 指俄皇保罗一世，1796—1801 年在位。

在他们出门之前，一个听差在前厅把玛丽爱特的一封信交到聂赫留朵夫手里，信上写着：

为了让您满意，我不惜违反了自己的原则，在丈夫面前替您庇护的人说了情。此人可能很快获释。我丈夫已经给要塞司令官写了信。请您放宽心。那么您就潇潇洒洒地来看我吧，我等着您光临。玛丽爱特。

聂赫留朵夫不看则已，看了之后，不禁怒火直冒，对律师说："真是太可怕了！翻手为云，覆手为雨。被他们在单人牢房里关了七个月的那个女士，原来什么罪也没有。只要一句说情的话，就可以把她释放。"

"这是常有的事。不过，至少您的愿望达到了。"律师安慰他说。

"不错，然而这种成功反而使我心里难过。是啊，他们究竟在那儿干了些什么？他们为什么把她关起来？"

"算了，这种事还是不要深究的好。我送您去吧。"律师说，这时他们已走到大门口的台阶上。律师所雇的那辆漂亮马车来到门前。"您不是要到沃罗比约夫男爵家去吗，上我的车吧，我送您去。"

法纳林律师告诉车夫到什么地方。儿匹骏马就把聂赫留朵夫送到了男爵的豪华府邸前。

男爵在家。聂赫留朵夫走入第一个房间，见到一个穿文官制服的青年军官。他的脖子特别细长，喉结突出，步子迈得特别轻巧。另外还有两位太太。

"您贵姓？"喉结突出的青年军官异常洒脱地从两位太太那里走到聂赫留朵夫跟前，问道。

聂赫留朵夫自报姓名。

"男爵说起过您，您稍等一下。"

上一个来访者是个穿着丧服的太太，青年官员走进一个房门关着的房间，从那里领出那个满面泪痕的太太。这位太太用瘦削的手指放下随便卷起的面纱来掩饰泪痕。

送走她后，年轻的官员对聂赫留朵夫说："请进！"他轻捷地走到书房门前，打开门，站在门口。

聂赫留朵夫走进书房就看见一个中等身材的壮实男子，头发剪得很短，穿着礼服，坐在大写字台后面的圈椅里，眼睛快活地望着前方。一看见聂赫留朵夫，他那脸颊特别红润、长着白胡子的和善的脸便显出亲切的微笑。

"见到您很高兴，我跟您母亲早就认识，而且是老朋友了，您小的时候我就见过您，后来您做了军官我也见过。好，请坐吧，您说一说，我哪方面能为您效劳。"

“是的，是的。”他一面听聂赫留朵夫讲费多霞的事，一面摇摇他剪短了花白头发的头说，“您说吧，说吧，我全听懂了。是的，是的，这确实很令人感动。怎么，您已经提出上诉了？”

“我已经写好上诉书了，”聂赫留朵夫说，从口袋里取出上诉书来，“不过，我想拜托您，希望您能对这个案子特别关照一下。”

“您做得很好。我一定亲自去向皇上奏明这个案子，”男爵说，脸上的表情却一点也不像有怜悯的样子，“这个案子很动人。显然，她还是个孩子，丈夫对她很粗暴，使她很厌恶，但过了一段时间，他们又相爱了……是的，我会去奏明沙皇的。”[2]

[2] 这里是语言描写，话语中流露出男爵对费多霞的案子感兴趣的真正原因——这个案子很动人，可以去向皇上奏明。

“伊凡·米哈洛维奇伯爵说，他打算向皇后求情。”

聂赫留朵夫还没说完这句话，男爵的脸色就变了，他不希望谁事先不和他商量或不通过他就向皇上或皇后启奏。

“那么，您把上诉书送到办公室去吧，我将尽力而为。”他以冷漠的口气对聂赫留朵夫说，再不提面禀皇上了。[3]

[3] 这里是细节描写，男爵突然改变态度，显然是因为察尔斯基伯爵侵犯了他的权益。

这时候，青年官员又轻轻地走了进来，显然有意卖弄他那种潇洒的步态。

“那位太太要求再谈几句话。”

“好，请她来吧。唉，老弟，你在这儿会看到很多眼泪，要是能把大家的眼泪都擦干就好了！但也只能尽力而为。”

那位太太走了进来。

“我忘记求您，可不能让他把女儿抛弃，因为他已经铁了心……”

“我不是说过我会尽力而为吗？”

“男爵，看在上帝的分儿上，您救救我这个做母亲的吧！”

她抓住他的一只手，吻了起来。

“一切都会办到的。”

等那位太太走后，聂赫留朵夫也起身告辞。

“我们一定尽力而为。我们要同司法部联系一下。他们会给我们答复的。到那时我们再努力吧。”

聂赫留朵夫走出房间，然后穿过一个办公室。如同在枢密院里一样，他在这个漂亮的房间里又看到许多相貌堂堂的官员，个个整齐清洁，彬彬有礼，从装束到谈吐都规规矩矩，说起话来既清楚又严肃。

“这种人怎么这么多，真是多得要命！他们的身子保养得多么好呀，他们的手和衬衣洗得多么干净呀！皮鞋擦得多亮呀！且不说同犯人比，就是同乡下人比，他们的生活是何等优越啊！”聂赫留朵夫又情不自禁地想。[4]

[4] 这里是心理描写，突出官员们生活的优越和乡下人生活的贫苦的社会状况。

十九

主宰着彼得堡要塞中犯人的厄运的人是一位德国男爵出身的老将军，他立过战功，获得许多勋章，但平时只在纽扣孔里挂一个白十字章。据说现在他的头脑已经糊涂了。他在高加索服务时，获得了这枚他特别引以为荣的十字章。当时他统率剪短头发、身穿军服的俄国农民，手持步枪和刺刀，屠杀了一千多名保卫自由、家园和亲人的人①。后来他在波兰服务时，又驱使俄国农民犯下种种罪行②，为此他又获得勋章和军服上新的饰品。再后来他又在别的地方工作过。如今他已是一个老态龙钟的老人，但获得了这个重要职位，再加一座好房子、一笔可观的年俸和尊贵的地位。他认真执行上司的各种命令，特别卖力地完成派给他的任务。他非常重视上司的命令，认为天下万事都可以改变，唯独上司的命令不能改变。他的职责是把男女政治犯关在特别囚室或单人牢房里，并且要把这些人关得十年之内死掉一半，使他们一部分人发疯，一部分人死于传染病，一部分人自杀。自杀的人中有的是绝食而死，有的用玻璃片割破血管，有的上吊，有的自焚。

老将军知道这一切，这一切都是在他眼前发生的，但所有这些事都没有触动他的良心，就像雷击和洪水等天灾造成的苦难不会触动他的良心一样。这些事故都是由于执行以帝国皇帝的名义从上边交下来的命令而造成的。可是这类命令理当执行，无可避免，因此考虑这类命令的后果是完全无益的。老将军甚至不容许他自己考虑这些事，认为他的爱国军人的责任就在于不考虑这些事，免得在执行依他看来极其重大的职责的时候心慈手软。

老将军按照规定的职责，每星期到各监狱巡查一次，询问囚犯有什么要求。囚犯们向他提出各种各样的要求。他不动声色地听着，一声不吭，但对他们的要求总是置之不理，认为这些要求都是非法的。

当聂赫留朵夫坐车来到老将军的住所时，钟楼上的自鸣钟正发出尖细的声音，奏出《上帝多荣耀》的乐曲，然后响两声。聂赫留朵夫听到这种钟声，不由得

① 指19世纪上半叶高加索山区少数民族反抗沙皇的斗争，绵延近四十年，遭到沙皇军队的残酷镇压。

② 指1830年沙皇军队镇压波兰人民起义的罪行，波兰当时是帝俄属地。

想起他读过的十二月党人[①]的札记，里面谈到这种每小时响一次的愉快音乐是如何激荡着那些终身监禁的囚徒的心。

老将军在办公室里做召唤亡灵的实验。聂赫留朵夫来的时候，他正坐在阴暗的会客室里，挨着一张嵌花小桌，跟一个年轻人一起在纸上转动一个小碟。那年轻人是他部下的弟弟，是个画家。画家潮润的细弱手指嵌在老将军皮肤发皱、瘦骨嶙峋的僵硬手指中。这两只合在一起的手一起按住一个倒扣的茶碟，茶碟在那张写有全部字母的纸上转动。那个茶碟正在解答将军的问题：人死后灵魂怎样才能相互认识？

当传令兵拿着聂赫留朵夫的名片进来的时候，贞德[②]的灵魂正在通过小碟子说话。贞德的灵魂用一个个字母拼成字句说："他们相互认识是……"这几个字已经记在一张纸上。传令兵一进来，茶碟刚拼完"通过"两字，正在滑来滑去地转动。茶碟之所以这样游移不定，是因为老将军认为下一个字应该是"清"，也就是贞德要说，人的灵魂只有通过清除一切尘世杂念，才能相互认识。然而画家却认为下一个字应当是"灵"，认为灵魂会说，他们后来相识是借了灵魂的透明体射出来的光。将军阴沉地拧起浓密的白眉毛，凝神瞧着茶碟上面的两只手，把茶碟往拼成"清"的字母上推去，却以为茶碟自己在动。可是脸上没有血色的青年画家，把稀疏的头发撩到耳朵背后去，一双无神的淡蓝色眼睛瞧着客厅里一个阴暗的墙角，急躁地努动着嘴唇，把茶碟往拼成"灵"的字母那边推过去。

将军由于正在进行的实验被打断，便皱起了眉头，沉默片刻后，接过名片，戴上夹鼻眼镜，由于粗壮的腰部酸痛"哼"了一声，站起来，挺直高大的身躯，揉揉发麻的手指，说：

"把他请到书房里去。"

"大人，您让我一个人来把它弄完吧，"画家站起来说，"我觉得灵魂还在这儿。"

"好的，您把它弄完吧。"老将军果断而严厉地说，迈开僵直的腿，刚毅而均匀地大步向书房走去。

将军在书房中接见聂赫留朵夫。"欢迎，欢迎！"将军用粗糙的声音亲切地对聂赫留朵夫说，指指写字台旁那张圈椅请他坐。问道："来彼得堡好久了吗？"

聂赫留朵夫说来了没多久。

"您母亲，公爵夫人，身体好吗？"

---

① 指 1825 年 12 月在俄国发动武装起义，企图推翻沙皇专制制度的贵族革命家。起义失败后，他们中有很多人遭到监禁和流放。

② 法国的人民女英雄，在百年战争时期领导法国人民抗击英国侵略者。

“母亲去世了。”

“请您原谅，我很难过。我儿子对我说，他遇见过您。”

将军的儿子像父亲一样官运亨通。他在军事学院毕业后，就进了侦查局工作，并为这个差事扬扬得意。他的工作就是管理暗探。

“我跟您父亲共过事，是朋友、同事。那么，您在哪里供职呢？”

“我没有担任职务。”

将军不以为然地低下了头。

“我有点事求您，将军。”聂赫留朵夫说。

“很高兴，我在哪方面能为您效劳呢？”

“要是我拜托您的事不当，那就请您原谅。但那件事我不得不来麻烦您。”

“什么事啊？”

“您这里关着一个姓古尔凯维奇的人。他的母亲想请求跟他见一面，或者，至少能够把一些书籍转交给他。”

将军听到聂赫留朵夫的问题，既没有表示高兴，也没有表示不高兴，只是侧着头，眯缝着眼睛，仿佛在考虑似的。其实他根本不在思考，对聂赫留朵夫的问题也毫无兴趣，因为他明白他将照章回答。他只是在闭目养神，根本没想什么。

“这，您知道吗，我做不了主，”他稍微休息后说，“关于探监，有经最高当局批准的条例，凡是法令许可的探监，我们都不加阻挠。至于书籍，我们有图书馆，凡是允许看的书，都可以借给他们。”

“是的，不过他要的是学术性的书籍。他想从事研究工作。”

“您不要相信这些话，”将军沉默了一会说，“这不是为了研究，而是别有用心。”

“可是，他们处境很艰难，也需要消磨时光。”聂赫留朵夫说。

“他们总是要抱怨的，”将军说，“我们可是了解他们的。”他在谈及他们时，就像在谈论特别恶劣的人种似的。“其实这里已给他们提供了很舒服的环境，这种环境在别的监狱是很难碰到的。”他接着说。

他仿佛要证实自己的话，就详细列举为囚犯提供的优越条件，仿佛他们的宗旨就是为囚犯安排舒适的居留地。

“以前确实相当艰苦，但现在他们在这儿得到很好的照顾。他们经常吃三道菜，而且总有肉吃：不是牛排就是肉饼。每逢礼拜天还要添一道菜，就是甜点心。啊，上帝保佑，但愿个个俄国人都能吃到这样的饮食。”

将军如同一切老年人一样，显然，一旦讲起他所熟悉的事情，总要把他反复说过许多次的话原原本本再讲一遍，借以证明那些囚犯怎样贪得无厌，怎样不知感激。

“他们都可以看到宗教方面的书，又有旧杂志可看。我们的图书馆里有许多适合阅读的书，只是他们很少翻看。起初他们似乎还有兴趣，不过到后来，新书倒有一半没裁开书页，旧书索性没有人去翻了。我们甚至做过试验呢，”将军说到这里脸上现出稍稍近似笑容的神情，“我们故意在书里夹了一些纸片。结果那些纸片始终也没有被抽出来。再者这儿也不禁止他们写字，”将军接着说，“这儿发石板，也发石笔，所以他们尽可以写字消遣。他们可以擦净了石板再写嘛。可是他们也不写。不，他们很快就会完全定下心来的。他们只不过是起初心烦意乱罢了，过后甚至会胖起来，而且变得很安分。”将军说，没有意料到那些话里所包含的可怕的意义。

聂赫留朵夫听着他那沙哑的声音，瞅着他僵直的四肢，瞅着他白眉毛下边那双暗淡无光的眼睛，瞅着他军服的硬领上边那两块苍老的、刮光了胡子的、皮肉松弛的颧骨，瞅着他那由于大规模屠杀而得来的、使他特别引以为荣的白色十字章，心里明白：反驳他的话或者揭穿他这些话的实质，都是毫无意义的。但他还是强打精神，问到另一个案子，即女犯舒斯托娃的事，说他今天得到了有关上面下令释放她的消息。

“舒斯托娃？舒斯托娃……我记不住她们所有犯人的名字。要知道，他们人太多。”他说，显然是在责怪犯人太多了。他按了一下铃，吩咐把办事员叫来。

趁办事员还没有来的时候，将军劝导聂赫留朵夫到官府去谋个差事，说诚实高尚的人[①]都是沙皇……“和祖国”所特别需要的，他加上“和祖国”三个字，显然是为了把话说得动听罢了。

“我现在老了，可还是尽全力供职。”

办事员瘦小而结实，生有一双聪明灵活的眼睛，走来报告说，舒斯托娃关在一个警卫森严的很不一般的特殊工事里，关于她的公文还没有收到。

“一旦收到公文，我们当天就把她释放。我们不会留下他们，我们并不特别喜欢他们的光顾。”将军说，又试图现出调皮的微笑，结果只是使他的脸显得更丑。

聂赫留朵夫起身告辞，竭力克制自己，免得流露出对这个可恶的老头儿既嫌恶又怜悯的复杂心情。老头儿呢，他则认为对老同事的这个轻浮而分明不走正路的儿子不必过分严厉，只要顺便教诲他几句就是了。

“再见，老弟，请勿见怪，我这是爱护您才说这话的。不要跟关在我们这里的人打交道。他们没有一个是无罪的，都是些道德败坏的人。我可了解他们了。”他用不容怀疑的口气说。他对这一点确实毫不怀疑，倒不是因为这是事实，而是因

---

① 他把自己也算在这种人当中。

为不这样想，他就无法肯定自己是一位可敬的英雄并心安理得地过优裕的生活，而成了个出卖过良心，到了晚年还在继续出卖良心的无赖。“您最好还是去担任些差事，”他继续说，“皇上需要正直的人……祖国也需要正直的人，”他补充说，“嗯，要是我们这些人都像您那样不当差，那怎么得了？叫谁来干呢？我们动不动批评现在的制度，可自己又不愿帮政府的忙。”

聂赫留朵夫深深地叹了一口气，深深地鞠了一躬，握了握仁慈地向他伸来的那只骨瘦如柴的大手，走出了房间。

将军不以为然地摇摇头，揉揉腰，又走到会客室里。画家已把贞德灵魂的答复记录下来，正在那里等将军。老将军戴上夹鼻眼镜，念道：“他们相互认识是通过灵魂本身发出来的光。”

“啊，”将军赞许地说着，闭上眼睛，“不过如果大家的光都是一样的，那怎么认得清谁是谁呢？”他问道，又在小桌旁坐下来，把他的手指头同画家的手指头交叉在一起。

这时候聂赫留朵夫雇的出租马车驶出了大门。

“这儿可真叫人气闷啊，老爷，”马车夫回过头来对聂赫留朵夫说，“我本来想走掉，不等您了。”

“是的，这地方是叫人气闷。”聂赫留朵夫同意道，张开整个胸膛吸进一口气去，带着如释重负的心情凝神瞧着灰色的云在天空浮动，瞧着涅瓦河上木船和轮船搅起的银光万点的涟漪。

二十

第二天，玛丝洛娃的案子就要开审了，聂赫留朵夫乘车来到枢密院。在枢密院大楼庄严的大门口，他遇见了坐着马车到来的法纳林律师，这时候门外已经停着好几辆马车。他们沿着富丽堂皇的楼梯登上二楼。法纳林律师熟悉这里的一切通道，往左一拐，就走进一扇上面刻着诉讼条例制定年份的木门。法纳林在第一个长方形的房间里脱了大衣，露出燕尾服、白胸衬和白领带，从门房那里打听到枢密官都已到齐，便快活自信地走进第二个房间。在这个房间里，右边放着一个大橱，旁边有一张桌子，左边是一道旋梯。这时候，一个身穿文官制服风度翩翩的官员，腋下夹着皮包从楼梯上下来。房间里有一个像家长模样的小老头，留着很长的白发，穿着短上衣和灰长裤。他身旁站着两个毕恭毕敬的听差。

这位白发苍苍的小老头儿钻进充作更衣室的大橱，关上橱门。这时法纳林看见一个同行——跟他一样穿燕尾服、系白领带的律师，立即跟他热烈交谈起来。聂赫留朵夫乘机打量了一下房间里的人。大约有十五个人来旁听，其中有两个是女的：一个年轻的戴一副夹鼻眼镜，另一个头发花白。今天要审理一个报纸诽谤案，因此旁听的人特别多，主要是新闻界人士。

民事执行吏是个漂亮的男子，脸色红润，制服精美，他手里拿着一张纸，走过来问法纳林办哪个案子，听说是办玛丝洛娃的案子后，在纸上写了几个字，就走开了。这时充作更衣室的大橱的门打开了，像族长模样的小老头从里面出来，现在他穿的已不是短上衣，而是换上了一身镶满丝涤的新装，胸前挂满各种金属章，使他变得活像一只大鸟。

这身可笑的衣服分明弄得小老头本人也发窘，他就迈着比平时快的步子，走进入口处对面的一扇门里。

“这就是贝老头，一个德高望重的人。”法纳林对聂赫留朵夫说，然后他介绍他的同行跟聂赫留朵夫认识，接着就讲目前要审理的案子，依他看来那个案子是很有趣味的。

不一会儿，案子开审了，聂赫留朵夫同旁听群众一起往左走进法庭。他们，包括法纳林在内，走到栅栏后面的旁听席上去。只有彼得堡的那个律师走到栅栏前面的斜面写字台旁。

枢密院的法庭比地方法院的法庭要小一点，布置也简单些，唯一的区别是枢密官面前桌上铺的不是绿呢，而是镶有金边的深红色丝绒。不过，凡是行使审判职能机关的标志：守法镜、圣像、皇帝御像等，这里也无不具备。民事执行吏也那样庄严地宣布："开庭了。"所有的人也那样站起来，身穿制服的枢密官们也那样纷纷走进法庭，也那样在高背扶手椅上坐下，也那样用臂肘支在桌上，竭力装出泰然自若的样子。

一共有四名枢密官：首席枢密官尼基丁是一个脸庞狭长的男士，不留胡子，生有一双银灰色的眼睛。其次是沃尔夫，他煞有介事地撅起嘴唇，伸出白净的小手翻阅案卷。再次是斯科沃罗德尼科夫，一个有学问的法学家，身体壮实笨重，脸上有麻子。第四个是贝老头，也就是那个族长模样的小老头，他最后一个走进来。跟枢密官一起走进来的还有书记长和副检察官。副检察官是个年轻人，中等个子，身材瘦削，剃光了胡子，脸上的肤色很黑，生有一双忧郁的眼睛。尽管聂赫留朵夫有六年没有见到他了，却一下子认出他就是大学时代的一个最好的朋友。

"副检察官姓谢列宁吧？"聂赫留朵夫问法纳林律师。

"是的，怎么啦？"

"我跟他很熟，他是一个很出色的人。"

"也是一个很好的副检察官，办事很有能力。对了，您本来应该将此案拜托他。"法纳林说。

"他在任何情况下都是凭良心办事的。"聂赫留朵夫说，想起了自己同谢列宁的亲密关系和友谊，想起谢列宁的种种优秀品质，如纯洁、诚恳和正派。

"可是现在没有时间了。"法纳林聚精会神地倾听着案情报告，低声说。[1]

[1] 法纳林似乎对枢密院里的每个人都很了解，而且他无时无刻不在抓住任何一个可以委托的人。在这种不良风气下，律师的职业道德遭到了严重的质疑，司法的公正性也无法得到维护和保证。

法纳林对目前正在审理的案子很感兴趣。这个案子涉及报纸上登载的一篇文章，文章揭发了一个股份公司董事长的舞弊行为。该董事长上诉地方法院，以诽谤罪控告那家报纸。地方法院的判决驳回该董事长的上诉，认为那篇文章有一定依据，不够诽谤罪。董事长不服，又上诉高等法院，但高等法院的裁定结果并没有改变地方法院的判决。董事长的代理律师又上诉枢密院，要求撤销高等法院的裁定。

聂赫留朵夫留神倾听，竭力想弄明白目前开审的这个案子究竟是怎么一回事。然而像在地方法庭上一样，使他无法理解的主要原因在于他们所讲的都不是问题的关键，而是些枝节琐事。[2]

按照聂赫留朵夫的观点，股东公司的董事长侵犯股东利益，营私舞弊，这是很普遍的社会现象，作为代表社会公正的司法机构，应该调查该董事长是否真的侵占了股东利益，应该怎样做才能制止他侵占。可是枢密院的枢密官不是把关注的焦点放在这个问题上，而是错误地扭转关注的方向。他们在法庭上讨论的仅仅是那家报纸的发行人按照法律有没有权利刊登这篇文章，现在既然已经刊登了，那么他犯的是什么罪，究竟是诬蔑还是诽谤，是诽谤中含有诬蔑，还是诬蔑中含有诽谤。此外他们还纠缠于某个总署所颁布的各种法令和决议，那是普通听众更难理解的。

令聂赫留朵夫深有感触的只有一点，那就是报告案情的枢密官沃尔夫不公正，虽然昨天他在聂赫留朵夫的面前强调说，枢密院不可能过问案情的是非曲直，可是现在报告这个案子的时候，他却分明偏袒那个董事长，诱导枢密院撤销高等法院的裁定。素来稳重的谢列宁听了心中火起，拍案而起，陈述了一番和沃尔夫针锋相对的意见，大扫沃尔夫的面子。[3]一向老成持重的谢列宁如此激愤，使聂赫留朵夫感到吃惊，但其中大有原因：谢列宁早就知道这个董事长在财务方面手脚不干净，而且沃尔夫几乎就在这个案子开审的前一天晚上还参加了那个商人的豪华宴会。现在，沃尔夫报告案情时，虽然十分谨慎，但还是露了马脚：明显地偏袒一方，谢列宁一听就炸了，用对一件普通的案子来说显然过于冲动的语气，表达了自己的意见。沃尔夫听了谢列宁的激烈发言，涨红了脸，身子不住地抖动，默默地做出惊讶的神态，但没有和他争论，只是带着威严而又受到冒犯的样子，随同其他枢密官、检察官、书记长等到议事室里去了。

“请问，您来办哪一个案子？”民事执行吏等枢密官们走出庭外，就走过来，又问法纳林道。

“不是对您说过了吗？是办玛丝洛娃的案子。”法纳林说。

“对，对，今天要审理这个案子，不过……”

“怎么回事？”

[2] 枢密院作为比高等法院更高一层的司法机关，本来应该更权威、更公正，可枢密院的枢密官们却跟地方法庭的法官们一样，尽是讲一些枝节琐事，这样一来，枢密院的存在就没有太多的社会意义了。

[3] 这里是细节描写，揭示了这个董事长的罪行，讽刺了官商勾结的社会现象。

“不瞒您说，这个案子本来是不公开辩论的，因此枢密官先生在裁定完刚才那个案子以后，未必会再出来。但我可以去通报您的意见……”

“怎么个通报法？”

“我会去通报您的要求，会去通报的。”民事执行吏又在纸上记了些什么。

枢密官们果然打算在宣布完诽谤案的裁定后，不再离开议事室，而是在那里一边喝茶吸烟，一边办完其他案子，包括玛丝洛娃一案。[4]

[4] 细节描写，枢密官们随意的态度，表现了他们对案子并不重视，他们丝毫没有把与案件有关的人的命运放在心上。

二十一

枢密官们在议事室里刚围桌坐下，沃尔夫就滔滔不绝地说出必须撤销本案原判的种种理由。

首席枢密官尼基丁为人一向刻薄，今天心情格外恶劣。在审案的时候，他听着案情报告，就有了主意。此刻他坐在那里听沃尔夫发言，心里却在想自己的事。他在回想昨天写在备忘录上的一件事，那就是他垂涎已久的一个肥缺，没有委派给他，却委派给维梁诺夫。尼基丁深信，凡是在他任职期间接触过的形形色色的一二等文官，他对他们的评述将成为重要的历史资料。昨天他写了一章节的备忘录，猛烈抨击几个一二等文官，说他们阻挠他拯救俄国，而他却要使俄国避免被当今那些统治者摧毁。事实上，他们只是阻挠他领取更多的薪俸罢了。此刻他正在思考，应该怎样写，才能使子孙后代对这些事有个全新的认识，他认为，他的备忘录是会在子孙后代中流传的。

“是啊，那当然！”他回答沃尔夫说，其实他根本没有在听。

贝老头脸色忧郁地倾听着沃尔夫的陈述，同时在面前的一张纸上画着花环。贝老头是个彻头彻尾的自由派，他忠心耿耿地捍卫六十年代的传统[①]，即使有时他放弃严格的公正立场，那也只是为了偏袒自由派。对这个案子，他主张驳回上诉，这除了因为那个提出上诉、控告诽谤的股份公司董事长是一个卑劣的人外，还因为控告报刊工作者犯诽谤罪就是压制出版自由。等沃尔夫报告完毕，贝老头就撂下没有画完的花环，露出闷闷不乐的神色[②]，用柔和悦耳的声调，简明扼要而又有力地说明上诉是缺乏根据的，然后他就低下生满白发的头，把他的花环画完。

斯科沃罗德尼科夫在沃尔夫的对面坐着，时时刻刻用粗手指头把胡子和唇髭塞进嘴里去咀嚼。

贝老头刚刚停止发言，斯科沃罗德尼科夫立刻不再咀嚼他的胡子，用响亮的声音说，尽管股份公司董事长以往有经济问题，名声不好，但要是有法律根据，他就赞成撤销原判，可是，他说，既然没有那样的根据，那他就同意伊凡·谢苗诺维

---

①19 世纪 60 年代，俄国在沙皇亚历山大二世的领导下大力改革，废除农奴制，因而产生了各种自由主义思潮。

② 他之所以闷闷不乐，是因为他竟然不得不向他们说明这个人所共知的真理。

奇①的意见。他说完，暗暗高兴，因为他这番话等于对沃尔夫放了一支冷箭。首席枢密官赞同斯科沃罗德尼科夫的意见，这个案子就被否决了。

沃尔夫露出不满意的神色，仿佛他的不正当偏袒被人当场揭穿了似的。为了掩饰，他翻开下一个由他做报告的玛丝洛娃的案卷，专心阅读起来。这时候，枢密官们按铃叫服务员送茶来，纷纷谈起在当时同卡敏斯基的决斗一样轰动整个彼得堡的另一件事。

这是关于某局长的一个案子，他犯了第九百九十五条所列的同性恋罪行，经人发现，遭到了检举。

“多么下流。”贝老头嫌恶地说。

“可是这有什么不好？我可以在我们的文献里找出一个德国作家的文章给你看。他直截了当地认为这种事不算犯罪，男人同男人也可以结婚。”斯科沃罗德尼科夫说，拼命吸着一支夹在指根中间揉皱的香烟，声音洪亮地哈哈大笑。

“这不可能！”贝老头说。

“我可以拿给您看。”斯科沃罗德尼科夫说，说出那本著作的全名，甚至还说出出版年份和地点。

“据说他已被调到西伯利亚某城当省长去了。”尼基丁说。

“太好了。主教准会举着十字架去迎接他。应该找一个同他一样的主教。我倒可以给他们推荐一个。”斯科沃罗德尼科夫说，把烟蒂丢进茶碟，然后竭力把上下胡子都塞进嘴里咀嚼。

这时候，民事执行吏进来报告说，律师和聂赫留朵夫希望在审理玛丝洛娃一案时出庭作证。

“这个案子啊，”沃尔夫说，“倒是一件风流韵事呢。”他就把他所知道的聂赫留朵夫跟玛丝洛娃的关系讲了一遍。

枢密官们就这事谈了一阵，吸好烟，喝够茶，然后回到法庭，宣布了对上一个案子的裁决，接着开始审理玛丝洛娃案。

沃尔夫用尖细的嗓子详细报告了玛丝洛娃要求撤销原判的申诉，他的措辞不是很公正，听得出是希望撤销法庭的原判。[1]

“您有什么要补充的吗？”首席枢密官转身问法纳林。

[1] 这里是细节描写，沃尔夫作为做报告的枢密官，措辞竟然不妥，这是他职业素质低下的表现。

---

① 即贝老头。

法纳林站起来，挺起穿着白胸衬衣的宽阔胸膛，措辞庄重而准确，逐条证明法庭有六点背离法律本义。此外他还扼要提了一下本案的实质，指出原判的不公正令人发指。从法纳林简短而又有力的发言听来，他是在表示歉意，因为他所坚持的理由，诸位法官凭他们敏锐的眼光和渊博的法学知识一定看得比他更明白，理解得更透彻，他之所以这样做，无非是因为他所承担的责任要求他这样做罢了。法纳林这一番话似乎使人觉得，枢密院无疑会撤销原判。法纳林发言完毕后，微微一笑。聂赫留朵夫望着自己的律师，看见这种笑容，相信这场官司一定会打赢。不过，他向枢密官们瞅了一眼，才看出只有法纳林一人在笑，在扬扬得意。枢密官们和副检察官都没有笑，也没有得意之情，而是露出厌烦的神色，仿佛在说："你们这种人的发言我们听得多了，毫无意思。"直到律师发言完毕，不再耽搁他们了，他们才感到满意。

律师发言刚结束，首席枢密官就转身请副检察官谢列宁说话。谢列宁发言简短而明确，认为要求撤销原判的各种理由都缺乏根据，主张维持原判。于是枢密官们又纷纷起立，去开会商议。在议事室里，意见产生分歧，沃尔夫主张撤销原判。贝老头了解本案的症结所在，也坚决主张撤销原判，并且根据他的正确理解，给同事们生动地描摹当时开庭的情景和陪审员们发生误会的经过。尼基丁主张严格办事，赞成严格的形式主义，反对撤销原判。这样，本案就取决于斯科沃罗德尼科夫的态度。他也主张驳回上诉，主要理由是聂赫留朵夫出于道德要求决定同那个姑娘结婚，实在是可恶之至。[2]

[2] 枢密官们和副检察官对玛丝洛娃的案件都有自己的意见，体现了不同人物不同的性格特征和不同的思维方式。

斯科沃罗德尼科夫是个唯物主义者和达尔文主义者，认为抽象道德的一切表现，不但是可鄙的疯狂，而且简直是对他本人的侮辱。在斯科沃罗德尼科夫眼里，由这个妓女而引起的这场麻烦，再加上替她辩护的名律师和聂赫留朵夫本人都到枢密院来出庭，都是可恶之至。他不住地把胡子塞到嘴里，做出一脸苦相，极其天真地装作一点也不了解这个案子，只知道申请撤销原判的理由不充分，因此他同意首席枢密官的意见，不批准本案上诉。

上诉就这样被驳回了。

二十二

“岂有此理！”聂赫留朵夫同收拾好皮包的律师一起走进接待室时说，“这样明明白白的案子，他们还要把它驳回，真是岂有此理！”

“这个案子是在原来的法庭上弄糟的。”律师说。

“连谢列宁都主张驳回，岂有此理，真是岂有此理！”聂赫留朵夫反复说，“现在怎么办呢？”

“向皇上告御状，趁您在这里，亲自把状子递上去，我来给您起草。”

这时候，身着制服、胸佩星章的沃尔夫走进接待室，朝聂赫留朵夫这边走过来。

“有什么办法呢，亲爱的公爵，没有充足的理由啊！”沃尔夫说着，耸耸肩，闭上眼睛，接着就走开，到需要他去的地方了。

谢列宁也跟着沃尔夫出来了，他从枢密官们那里得知他的旧友聂赫留朵夫也在这里。

“哦，真没想到会在这儿遇见你，”他走到聂赫留朵夫跟前说，唇边露出笑意，但眼睛仍旧显得很忧郁，“我根本不知道你来彼得堡。”

“我也不知道你当上了检察官……”

“副检察官，”谢列宁更正说，“你怎么会来枢密院的？”他忧郁而颓丧地瞧着朋友，问，“我听说你在彼得堡，可你怎么会到这儿来？”

“我到这儿来是希望伸张正义，营救一个无辜判刑的女人。”

“哪一个女人？”

“就是刚才裁决的那个案子里的女人。”

“啊，玛丝洛娃的案子，”谢列宁想起来了，说道，“那个上诉状是完全缺乏根据的。”

“问题不在于上诉状，而在于那个女人没有犯罪却被判了刑。”[1]

[1] 这里是人物对话，同样的案子，不同的人看到的重点不一样，谢列宁看到的是上诉没有根据，聂赫留朵夫在乎的是玛丝洛娃明明没有罪却被判了刑。

谢列宁叹了一口气。

“这很可能，但是……”

“不是可能，而是确实……”

“你怎么知道？”

“因为我是审理那个案子的陪审员，我知道我们在什么地方犯了错误。”

谢列宁沉思起来。

“你当时就应该声明的呀。”他说。

“我声明过了。”

“应该把它笔录下来，上诉时一起送上来就好了……”

谢列宁一向公务繁忙，很少参加社交活动，对聂赫留朵夫的风流韵事显然不太了解。即使了解，他也对这种儿女之情不屑一顾。聂赫留朵夫注意到这一点，决定不提他同玛丝洛娃的关系。

他说：“是的，我如果事先向您申诉就好了，不过，即使无人申诉，这个案子的问题也很明显，原判是错误的。”

谢列宁替枢密院辩护说：“枢密院没有权利随意说那个原判是错误的，枢密院没有权利说这样的话。假如枢密院根据它自己对原判是否公正的看法来撤销原来法庭的判决，那么姑且不提枢密院会失去一切立足点，不能维护正义而反倒有破坏正义的危险，”谢列宁回想刚才的案子，重复说，“现在姑且不提这一点，首先陪审员们的裁决就会丧失它的全部意义。尊重陪审员的裁决，是我们首先要考虑的。”

“我只知道，那个女人是完全无辜的。现在，拯救她，使她免遭冤屈的最后一线希望也没有了。最高机构竟批准完全非法的行为。”

谢列宁强词夺理说：“枢密院没有批准什么，因为枢密院不会，也不能去审查案子本身的是非曲直，”[2] 谢列宁眯细了眼睛说，“你大概住在姨妈家里吧。”他添了一句，显然想换个话题。“我昨天听她说你在此地。伯爵夫人约我跟你一块儿参加一个外国传教士传教的集会。”谢列宁说，唇边露出一点笑意。

“是的，我去听过，可是我厌恶得走掉了。”聂赫留朵夫气愤地说，由于谢列宁改换话题而懊恼。

[2] 面对聂赫留朵夫的指责，谢列宁强词夺理地为枢密院辩护，甚至干脆岔开话题，这都表现了昔日亲密好友早已不再亲密。

“哦，这又何必厌恶呢？这毕竟是宗教感情的一种表现，虽然它有点偏颇，有点教派的味道。”谢列宁说。

“那是一种荒唐的胡闹。”聂赫留朵夫说。

“哦，那倒不能这样说。只有一点说来奇怪，我们对教会的教义知道得太少了，因此往往把一些基本的道理错看成某种新启示了。”谢列宁说，仿佛急于要向他的老朋友表白他以前所没有的新见解。

聂赫留朵夫惊奇地对谢列宁瞧了瞧。谢列宁没有在他的目光下垂下眼睛，但此刻他的眼神不仅忧郁，而且含有恶意。

“难道你相信教会的教义吗？”聂赫留朵夫问。

“当然相信。”谢列宁回答，直勾勾地盯住聂赫留朵夫的眼睛。

聂赫留朵夫叹了一口气。

“真奇怪。”他说。

话不投机半句多，聂赫留朵夫不想和他谈了。

“好吧，我们以后再谈。”谢列宁说。“我就去。”他转身回答那个毕恭毕敬地走到他跟前的民事执行吏说。“我们一定得再见见面才成，”他补充一句，叹了口气，“不过你什么时候在家？至于我，每天下午七点钟吃饭的时候，我总是在家。我住在纳杰日津街。”他说出他的门牌号数。“我们多少年没有见面了！”他添了一句，嘴唇边又露出笑意，走了。

“要是有工夫，我会去看你的。”聂赫留朵夫说。原来很亲密很要好的朋友，在这次简短的谈话之后，突然变得即使没有成为仇敌，但也已经变得陌生，存在隔膜，而且难以理解了。

二十三

谢列宁还是大学生的时候，聂赫留朵夫就认识他，当时谢列宁是个优秀子弟，忠实的朋友，上流社会里教养有素的青年，待人接物很有分寸，而且相貌俊美，风度翩翩，又异常正直诚恳。他并不特别用功，也没有丝毫书生气，但书读得很好，所写的论文获得过几次金质奖章。

他不仅在口头上，而且在实际行动上把为人们服务作为生活目标。他认为要为人们服务没有其他途径，只能进政府机关工作，因此一毕业，就把凡是能贡献力量的公务活动都做了一次系统研究，断定到立法办公厅二处工作最有益，就进了那个机关。可是，尽管他极其准确而勤恳地完成要求他做的所有事情，却无法从这一职务中得到做一个有益的人的满足，也无法产生他是在做他应当做的事的感觉。这种不满足的心理，导致他和非常庸俗而虚荣的顶头上司经常发生冲突，后来变得越来越强烈，结果他离开了二处，调到枢密院来。他到了枢密院，觉得好一点，但不满足的感觉还是经常使他苦恼。

他时时刻刻感到一切都跟他所期望的迥然不同，跟所应该有的情形迥然不同。在这儿，在枢密院任职期间，他的亲戚为他奔走，替他谋得宫中侍从的职务。于是他只好穿上绣花制服，戴上白麻布胸衬，乘车挨家登门道谢，因为他们让他当上了皇帝的听差。他左思右想，也不能解释这种差事的意义。他觉得这种类似弄臣的差事比在政府机关任职更加“不对头”。可是，一方面，他不能拒绝这一任命，生怕亲戚们伤心，因为他们相信这是为他做的一件大好事，而另一方面，这一任命也迎合了他天性中的低劣品质，当他在镜子里看到自己穿着绣金制服的样子，当这一任命得到了某些人尊敬的时候，他心里又感到一种莫大的愉悦。

在婚姻问题上他也遇到同样的问题。人家为他撮合了在上流社会看来很美满的婚姻。他之所以结婚，主要是因为如果拒绝这门亲事，他就会得罪和伤害巴望亲事成功的新娘和撮合的亲戚，同时也因为同这个年轻貌美、门第显贵的姑娘结婚，他的虚荣心得到了满足。不过这门婚事很快就证实比机关里的工作和宫廷里的职位更加“不对头”。他的妻子生过第一个孩子以后，不愿意再有子女，开始过奢侈的社交生活，而且不管愿意不愿意，他也得参加。她长得并不特别美，但对他是忠实的。不过，姑且不说她这种生活方式严重影响丈夫的生活，就是她自己除了浪费大量精力，换得过分疲劳以外，可以说一无所得。虽然如此，她还是竭力维持这种生活。他千方百计想改变这种生活方式，但她在亲戚朋友的支持下，相信生活就该这个样子，结果他的努力如同碰在石头墙上一样，撞得粉碎。

他们生的那个孩子是个女孩，长着一头长长的金色卷发，光着两条腿，在父亲的眼里完全是个陌生的小东西。他不喜欢她，主要因为她不是按他所希望的那样照看和培养的，因此夫妇之间经常发生隔阂，甚至双方都不愿意互相了解。于是，一场不动声色、瞒过外人耳目、碍于礼节而保持一定分寸的暗斗使他的家庭生活变得十分痛苦。这样，他的家庭生活就比机关职务和宫廷差事更加“不对头”。

不过，最“不对头”的却是他对宗教的态度。他也像所有同时代和同圈子里的人那样，随着智力的增长，毫不费力就挣脱了他在其中受到熏陶的宗教的枷锁，并且不知在什么时候得到了解脱。在他年纪很小，还在大学里读书，同聂赫留朵夫交往的时候，他作为一个严肃认真的人，并不隐瞒他摆脱了官方宗教的迷信。然而随着岁月的流逝，随着他的步步高升，特别是随着保守的反动势力在社会上抬头，这种精神的自由开始同他的活动发生抵触。且不说家里的情况，尤其是在他父亲死后做安魂礼拜，他母亲要他持斋，以及社会舆论对他施加的压力，就是在机关里任职，他也不得不参加祈祷、供奉、谢恩等礼拜，简直难得有一天不接触宗教仪式，而且无法逃避。他要对付这些礼拜仪式，就得在两条道路当中选择一条：要么假装信仰他所不信仰的东西[①]，要么承认所有这些宗教仪式都是弄虚作假，然后把他的生活安排得使他无须参加他认为虚伪的事情。然而为了做到这件似乎不那么重大的事，却必须做很多事。不仅要和周围所有亲近的人发生冲突，而且还要失去自己得到的社会地位，放弃公职，牺牲他给人们带来的所有利益，他认为他担任公职期间已经为人们谋得了不少利益，也希望将来能为他们谋取更多的利益。如果他不惜一切代价，坚持要这样做，那么他必须坚信自己的观点是正确的。他有这样的信心，就像当代一切受过教育的人一样，只要稍微知道一点历史，知道宗教的起源，知道基督教的起源和分裂，就不能不相信这种观点是正确的。他不承认教会宣扬的教义是真理，这一点也是完全正确的。

然而在生活条件的压力下，他这个诚实的人却纵容自己生出一点小小的虚伪想法。他对自己说，为了证实不合理的事不合理，就必须先研究这种不合理的事。这是一点小小的虚伪，然而它却把他引到大虚伪里去，目前他就陷在那里面不能自拔了。

他是在东正教的氛围下出生和成长的，周围的人都要他信仰东正教，不承认

① 凭他诚实的性格，这是他无论如何也做不到的。

这个宗教，他就无法继续从事有益于人们和社会的活动。于是临到他对自己提出东正教是不是正确的问题，他已经事先想好答案了。所以为了澄清这个问题，他就没有读伏尔泰、叔本华、斯宾塞、孔德的著作，却读黑格尔的哲学书和维奈、霍密雅可夫的宗教论著。自然，他在那些书里找到了他恰好需要的东西，一种类似宽慰的心境以及对于宗教教义的辩护。他从小就受宗教教义的熏陶，可是他的理性早已把它否定了。然而，没有宗教信仰，整个生活就会充满烦恼，而只要承认它，一切烦恼就会烟消云散。他还学会了当下流行的各种诡辩术，什么一个人的智慧不足以认识真理，什么只有众人智慧的总和才能发现真理，什么认识真理的唯一途径是神的启示，什么神的启示隐含在宗教教义之中，以及诸如此类的东西。从此以后，他可以心安理得地参加祈祷、安魂祭、弥撒和持斋，可以心安理得地对着圣像画十字，可以心安理得地继续在机关里担任能给人们带来益处，同时也给自己缺少欢乐的家庭生活带来安慰的职务，丝毫不觉得是在搞骗人的把戏。他认为他是在信教，但另一方面，整个身心又空前强烈地感到，这种信仰完全“不对头”。

就因为这个，他的眼神总是那么忧郁。也就因为这，他看见聂赫留朵夫，就想起当年他认识聂赫留朵夫时，还没有沾染这种虚伪的习气的时候，他自己原是什么样子。特别是在他向聂赫留朵夫匆匆地暗示了他的宗教见解以后，他比任何时候都强烈地感到所有这些都“不对头”，他的心情就忧郁极了。聂赫留朵夫见到了这个老朋友，在最初的一阵高兴过去以后，也生出了同样的心情。

也就是因为这个，他们两人虽然互相约定了以后还要见面，却都没有寻求会晤的机会，于是聂赫留朵夫在彼得堡逗留的这段时期里，这两个人就此再也没有见面。

二十四

聂赫留朵夫和律师从枢密院里出来，一同沿着人行道走，律师吩咐马车跟在他们后面，开始给聂赫留朵夫讲起方才枢密官们提到的那个局长的事，讲到他怎样被揭发检举，但他非但没有被依法判处服苦役，反而被派到西伯利亚当省长。律师讲完这件事的经过以及种种丑恶的内情以后，还特别津津有味地讲起另一件事：有一笔捐款，原是用作建造他们今天早晨乘车经过的一座未完成的纪念碑的，却被好几个地位极高的人吞没了，因此那座纪念碑一直无法完工。他又讲到某人的情妇在证券交易所发了几百万横财，还讲到性贿赂，某人出卖老婆，由某人买进。此外，律师还历数彼得堡的某几位高官如何营私舞弊，犯下种种罪行，但他们不仅没有坐牢，反而在政府机关里坐着头几把交椅。律师显然有着讲不完的故事。他讲得眉飞色舞，因为这类奇闻充分表明他的清白，表明他赚钱的手段同彼得堡高级官员赚钱的手段相比是完全正当的。但聂赫留朵夫无心听，他心乱如麻、万念俱灰，不等听完高级官员犯罪的最后一个故事，就急忙向律师告辞，另雇马车回河滨街的姨妈家去了，律师感到莫名其妙。

聂赫留朵夫心中十分悲伤。他悲伤的主要原因是枢密院驳回了上诉。这样，无辜的玛丝洛娃就不得不去忍受苦难，而他要与她共命运的决心也就更难实现了。此外，他想起律师那么高兴地讲到的那些为非作歹的可怕丑闻，想到谢列宁——以前是那么可爱、坦率、高尚，可现在呢，他的眼神那么不善、冷漠，拒绝故友的请求于千里之外，充分反映出人情冷暖，世态炎凉，变化莫测，这一切更增加了他的忧伤。

聂赫留朵夫回到家里，看门人多少带点鄙夷的神情交给他一张字条。看门人说这是一个女人在门房里写的。原来这是舒斯托娃的母亲写的一张字条。她写道，她是特地来向她女儿的恩人和救星道谢的，并恳请他光临瓦西里耶夫岛第五马路某号住宅。她还写道，薇拉非常希望他去。还叫他不要担心，她们不会用道谢的话来难为他。她们理解他的高尚情操，纯粹是想见见他。可能的话，希望他明天早晨光临。

另一张字条是聂赫留朵夫的旧同事，宫廷侍从武官鲍加狄廖夫写的，聂赫留朵夫曾请他把自己替教派信徒写的状子亲手交给皇上。鲍加狄廖夫用粗大豪放的笔迹写道，他将信守诺言，把状子面呈皇上，不过他想起一个主意：聂赫留朵夫先去拜访那个可以左右案子的要人，当面托他，是否更好一些。

聂赫留朵夫经过最近几天在彼得堡停留期间所得到的种种印象，生出了一种无论什么事情也办不成的全然绝望的心境。他那些在莫斯科拟定的计划，依他看来，像青年人的梦想，人们带着那样的梦想走进生活，就不可避免地大失所望。不过既然已经来到彼得堡，他还是认为自己有责任去做要做的事，于是决定明天先到鲍加狄廖夫那儿，然后按他的意见，去拜访那位能左右案子的要人。

他正一个人待在房间里愁肠百结，又从皮包里取出教派信徒的状子，想重新斟酌一下，不料听差来敲门，说卡捷琳娜·伊万洛芙娜伯爵夫人请他去喝茶。

聂赫留朵夫说马上就来，便把状子叠好放入皮包，遵命上楼陪姨妈。上楼时，他看了一眼窗外的街道，发现了玛丽爱特那对棕红色的马，他心中不由得一喜，人处于绝望之时最盼望友情的慰藉。这时他禁不住想笑。

玛丽爱特头上戴着一顶帽子，身上穿的已经不是黑色连衣裙，而是一件浅色的花花绿绿的连衣裙，手上端着一只茶杯，在伯爵夫人的安乐椅旁坐着，叽叽喳喳地说着什么，笑盈盈的美丽眼睛闪闪发亮。聂赫留朵夫进来的时候，玛丽爱特刚巧说了一句什么可笑的话，而且是一句逗笑的粗话，这是聂赫留朵夫凭笑声的性质听出来的，那句话招得好心肠的、生着唇髭的卡捷琳娜·伊万洛芙娜伯爵夫人扬声大笑，整个发胖的身体不住地摇晃。玛丽爱特显出特别调皮的神情，微微撇着带笑的嘴，扭过她那张精神饱满、容光焕发的脸，默默地瞧着同她谈话的女主人。

聂赫留朵夫凭他所听到的几个字，猜到她们谈的是彼得堡的第二号新闻，西伯利亚新省长的故事，玛丽爱特正是讲了一句这方面极其逗笑的话，才招得伯爵夫人很久都忍不住笑。

“你要叫我笑死了。”她说，笑得咳嗽起来。

聂赫留朵夫打过招呼，在她们旁边坐下。他刚要批评玛丽爱特举动轻浮，她就已经察觉他脸上严肃和略带不满的神情，于是，为了讨他的欢心，她不但立刻改变了自己脸上的表情，而且马上调整了自己的整个心境。自从她同他见过面以后，她就有意要引得他喜欢她。此刻为了迎合他，和他保持一致，她忽然严肃起来，似乎她也不满意自己的生活，像是在寻找什么，追求什么了。这倒不是她假装出来的，而是她的心里确实恰好生出了聂赫留朵夫当时的心境，不过要用话语表达出来那究竟是一种什么样的心境，她却是无论如何也办不到的。

她问他的事办得怎么样。他就讲了上诉枢密院失败的经过，还讲到他遇见了谢列宁。

“啊！他可真是一个纯洁的灵魂！简直是一个十全十美的骑士。纯洁的灵魂啊。”两位太太用了上流社会对谢列宁的惯用外号。

“他的妻子是个什么样的人？”聂赫留朵夫问。

“她吗？哦，我不想说她的坏话。可是她不了解他。怎么，莫非他也主张驳回上诉吗？”玛丽爱特带着真诚的同情问他，“这真可怕，我多么替她难过啊！”她补充道，叹了一口气。

聂赫留朵夫皱起眉头，想改变话题，就谈起那个关在要塞里、经她说情才放出来的舒斯托娃。他向玛丽爱特道谢，感谢她在丈夫面前说了情。然后她打算说明这件事想起来多可怕，这个女人和她的一家人之所以受苦，只是因为谁都没有想起她们罢了，然而她没有容他说下去，她自己倒先表示了她的愤慨。

“别对我说啦，”她说，“丈夫刚告诉我，说她可以释放，我就大吃一惊。既然她没有罪，为什么要把她关起来呢？”她正好说出了聂赫留朵夫想说的话。“这真是岂有此理，可恶至极！”

今天她更进一步向他卖弄风情。在场的卡捷琳娜·伊万洛芙娜伯爵夫人也看出来了，暗暗觉得有趣。

“你听我说，”伯爵夫人等他们沉默下来，对自己的外甥说，“你明天到阿林家去，基泽维特在她那儿讲道，”她转身对玛丽爱特说，“你也去吧！”

“他注意到你了，”她对外甥说，“我把你说的话全对他说了，他告诉我说，你所说的那些话是好兆头，你一定会走到基督身边的。你务必到阿林家去。玛丽爱特，你叫他一定要去。你自己也去。”

“我呢，伯爵夫人，第一，我没有任何权利敦促公爵大人做任何事情。”玛丽爱特说。瞧着聂赫留朵夫，用她的目光表示他和她之间在对待伯爵夫人的这些话方面，一般地说在对待福音派的态度方面，已经建立了一种充分的默契。“第二，您知道，我不大喜欢这个……”

“你干什么事都顶牛，总是有自己的主张。”

“我怎么会是有自己的主张呢？我是像普通的农妇那样虔诚信教的。”她含笑说道。“而且第三，”她接着说，“我明天要去看法国戏……”

“啊！你已经看过那个……哦，她叫什么名字来着？”卡捷琳娜·伊万洛芙娜伯爵夫人说。

玛丽爱特说出那个著名的法国女演员的姓名。

“你务必要去看一下，她演得好极了。”

“那我先去看谁好呢，我的姨妈，先去看女演员呢，还是先去看传教士？”聂赫留朵夫笑吟吟地说。

“请你别找我的碴儿。”

“我想还是先看传教士，再看法国女演员的好，要不然就根本没有兴致去听讲道了。”聂赫留朵夫说。

“不，最好还是先看法国戏，然后再去忏悔。”玛丽爱特说。

“哼，你们别拿我取笑了。讲道是讲道，做戏是做戏。要拯救自己的灵魂，可不用把脸拉得两尺长，哭个没完。人只要有信仰，心里就快活了。”

“您呐，我的姨妈，传起教来可不比随便哪个传教士差呢。”

“我看这样吧，”玛丽爱特笑了笑说，“您明天到我的包厢里来吧。”

“我怕我去不了……”

一个听差进来通报有客来访，把他们的谈话打断了。那是伯爵夫人主持的慈善团体的秘书。

“哦，那是个很乏味的人，我还是到那边去接待他吧。我回头就来。您给我倒点茶，玛丽爱特。”伯爵夫人说着，迈开她那急促而摇摆的步子往大厅里走去。

现在他俩单独在一起，这时聂赫留朵夫真想在玛丽爱特面前大哭一场，哭诉自己为了这个玛丝洛娃所受到的冷眼和委屈。

玛丽爱特脱下手套，露出一只强壮扁平、无名指上戴着戒指的玉手。

“要茶吗？”她说，拿起酒精灯上的银茶壶，古怪地翘起小手指。

她见他哭丧着脸，她的脸色也变得严肃而忧郁。

“有些人的意见我是尊重的，可是他们却常常把我同我所处的地位混淆起来。我一想到这一点，心里就非常难过。”

她说到最后几个字时，好像就要哭出来了。其实，如果分析一下，这话并没有什么意思，或者说并没有什么特殊意思，但是他觉得她的话语异常深刻、恳切、善良。这是因为这个年轻美丽、装束考究的女人讲这些话的时候，她那双亮晶晶的眼睛射出来的目光，把他完全迷住了。[1]

聂赫留朵夫默默地瞧着她，没法叫自己的眼睛离开她的脸。

[1] 这里是细节描写。在聂赫留朵夫最忧伤的时候，玛丽爱特表现出理解他、支持他的样子，这个细节足以使他的心感到温暖，从而被玛丽爱特迷住了。

“你以为我不了解您，不了解您心中的想法。其实您做的事人人都知道。这是公开的秘密。我钦佩您的做法，我赞成您。”

“我没有什么可以叫人钦佩的，我做的事还很少。”

“那也还是一样。我了解您的感情，也了解她……哦，好吧，好吧，我不再提这件事了。”她发现他脸上露出不愉快的神情，就打断了自己的话。“不过，此外我还了解一件事，”玛丽爱特说，一心一意要把他迷住，而且凭她女性的敏感已经猜出他认为重要和宝贵的一切东西是什么，“那就是您见过监狱里发生的种种苦难和种种惨状以后，您打算帮助那些受苦受难的人，他们在另一些人的支配下，受到他们的冷漠和残忍的折磨，痛苦得要命，痛苦得要命啊……我明白，人是能够为这种工作献出自己的生命的，我自己就愿意这样。”

一句话，她表明自己是他的同志，她谈到了监狱的苦难，谈到世上有许多受苦受难的人，为了这些人，她可以献出宝贵的生命。

聂赫留朵夫所从事的事业，被周围的人嘲笑，他们说他是个大傻瓜。他像堂吉诃德一样，孤军奋斗。可唯独这个美女玛丽爱特赞赏他，而且积极帮助他，促成当局将无辜被捕者释放，无怪乎这时聂赫留朵夫要把玛丽爱特当成知音了。[2]

[2] 这里是细节描写，解释了聂赫留朵夫为什么会迷上玛丽爱特并把她当成知音。

她最后又说：“不过各人有各人的命运……”

“难道您不满意您的命运吗？”

“我？”她问，仿佛居然有人提出这样的问题，她不由得感到惊讶。“我不能不满意，所以也就满意了。不过，我心里也有一种不安的东西在苏醒……”

“那就不应该让它再沉睡，要相信心灵的这一呼声。”聂赫留朵夫说，完全落进她的圈套里去了。

事后，聂赫留朵夫曾多次羞愧地想起这次同她谈话的全过程，想起她那些与其说是虚伪的，不如说是有意讨他欢心的话，还有当他讲到监狱的惨状和农村的印象时，她那深受感动和关切的神情。

等姨妈回到客厅时，他俩已经如此融洽和亲密无间，不仅像一对老朋友，而且像一对心心相印的恋人了。好像在一群不了解他们的人当中，唯独他们是能够互相了解的。

从表面看来，他们谈论的都是些严肃的社会大问题：政府当局的不公正啦，不幸的人的苦难啦，老百姓的贫困啦，等等，可实际上呢，在谈话的时候，他们的眼睛却在互相看着，不断地问道："你能爱我吗？"而且回答说："我能。"性的感觉采取最意外、最快活的方式把他们两个人互相吸引到一块儿了。

她临走的时候对他说，她永远准备尽她的能力为他效劳，并且要求他明天傍晚一定到剧院去找她，哪怕只去一分钟也是好的，说是她还有一件要紧的事要跟他谈。

"是啊，要不我什么时候才能再见到你呢？"她补充了一句，叹了一口气，并小心翼翼地把手套套在戴着好几个戒指的手上。"那么您说，您一定来吗？"

聂赫留朵夫答应了。

那天晚上，聂赫留朵夫独自待在房间里。他在床上躺下，灭了蜡烛，可是好久都睡不着。他想起玛丝洛娃，想到枢密院的裁决，想起他决心跟她一起走，想起他放弃了土地所有权……这本是近来这段时间他致力的目标。可突然，仿佛同这些目标作对似的，他眼前出现了玛丽爱特的脸，现出她说"我什么时候才会见到您呢？"的时候她那种叹息和目光，还现出她的笑容，那么真切，倒好像亲眼看见她了，他自己也微微一笑。

他开始动摇了。"我要到西伯利亚去，这样好不好呢？"[3]"我要放弃财产，这样又好不好呢？"他问着自己。他觉得这一切都是无法实现的梦想，他怎么也无法坚持做下去，因为这一切都是人为的，不自然的。

[3] 这里是心理描写，表现了聂赫留朵夫内心的挣扎，为后文埋下伏笔。

他觉得自己应该回到上流社会去，他骨血里含有上流社会的基因，无法和下层社会的人共呼吸、共命运，他和那些监狱里的囚徒是格格不入的，他们不理解他，拒绝他的一番好意。正如他在巴诺沃的遭遇一样，他自我牺牲，要将富庶的土地无偿交给农民，可遇到的是猜疑和不信任。[4]

[4] 这里是细节描写，充分分析了聂赫留朵夫质疑自己所从事的事业的原因——得不到底层人民的理解和信任。

青春不再，好景不长，人生重要的是及时行乐。别做傻事了，回归上流社会吧，回到玛丽爱特的怀抱中吧。

在这明亮的彼得堡的夜晚，月亮从遮得不严实的窗帘里照进来，但他对自己今后究竟何去何从这个问题的答案依然是不明确的。他脑子里乱糟糟的。他呼唤过去的心情，追忆过去的思路，但是那些思想却已经没有过去那种说服力了。

“万一这一切都只是我的胡思乱想，将来我无法过那样的生活，我对我的行为感到后悔，那怎么办？”他问自己，却无法回答。心里产生一种好久没有过的烦恼和绝望。剪不断、理还乱，他理不清这些问题，就像以前打牌输了一大笔钱以后的情况一样，他渐渐进入了痛苦的梦乡。

二十五

聂赫留朵夫第二天早晨醒来，第一个感觉就是他昨天做了一件卑劣的事。

他开始回想：卑劣的事没有做过，坏的行为也没有，但有过一些想法，一些坏的想法，那就是认为他当前的一切打算，例如同卡秋莎结婚，把土地交给农民等，都是不能实现的梦想，认为这一切他都坚持不下去，认为这一切都是人为的、不自然的，他应该像以前那样生活下去。

坏行为确实没有，但有比坏行为坏得多的东西，那就是引起种种坏行为的思想。坏行为可以不再重犯，并为此感到后悔，但坏思想却经常产生坏行为。

一切坏行为只是为其他各种坏行为铺平道路而已，可是坏思想却拖着人顺着那条路走下去，一发不可收拾。

这天早晨，聂赫留朵夫重温昨天的那些想法，不禁感到惊讶：他怎么能相信那些想法呢？哪怕是只相信一分钟。不论他近来下决心要做的事情是何等困难，何等不合流俗，他既已开头，就要坚持到底。他知道目前他所能过的只有这样的生活，唯有过下层民众的苦日子，他才能问心无愧，精神得到解脱。不论回到先前的生活中去是多么合乎习惯，多么轻松，然而他知道那是一条死路。昨天的诱惑，今天已成过眼云烟。现在依他看来，那种诱惑是种习惯性的堕落，好比一个睡过头的人，他已经不想再睡，却还是赖在床上，迷糊一会儿，虽然明明知道，他该起床去做那些等着他去做的重要而快活的事情。他必须振作起来，去帮助苦难的玛丝洛娃，去帮助许多在监狱里和在西伯利亚的苦役犯和流放犯。[1]

这天是他在彼得堡逗留的最后一天，一早起来，他就乘车前往瓦西里耶夫岛第五马路某号住宅，看望刚被释放的舒斯托娃。

舒斯托娃家住在二楼。聂赫留朵夫为避开耳目，按照看院子的人的指点，找到了后门。他从后门进去，顺着陡直的楼梯上

[1] 聂赫留朵夫对自己的所作所为感到羞愧和后悔，并且决定要帮助更多受苦的人，这是他精神得到解脱、灵魂得到救赎的一种方式，也是他获得新生的一条生路。

去，一脚踏进了厨房，那儿闷热，食物气味很浓，一个上了年纪的妇女在做饭菜，她卷起袖子，系着围裙，戴着眼镜，站在炉灶旁，在一口热气腾腾的锅里搅拌什么东西。

“您是谁？”她从眼镜上边瞧着进来的人，严肃地问道。

聂赫留朵夫来不及通报姓名，那个女人的脸上就现出惊喜交加的神色。

“哦，公爵！”那个妇女惊叫起来，用围裙擦干净手。“您怎么走后楼梯呀？您是我们的恩人！我就是舒斯托娃的母亲，本来他们会把我家姑娘完全毁掉的，您真是我们的救星啊！”舒斯托娃的母亲说着，抓住聂赫留朵夫的一只手，极力要吻它。“昨天我到您那儿去过一趟。我妹妹特意要求我去的。她就住在这儿。这边走，这边走，请您跟着我。”舒斯托娃的母亲说着，领着聂赫留朵夫穿过一道狭窄的门和一条黑暗的过道，向另一个房间走去，一路上时而把她掖在腰里的连衣裙底襟放下来，时而理理她的头发。“我的妹妹姓柯尔尼洛娃，您大概听人说起过吧，”她在门口站住，轻声加了一句，“她被牵连到政治事件里去了。她是个非常聪明的女人。”

聂赫留朵夫从舒斯托娃母亲的口中得知舒斯托娃的姨妈是个十分有头脑的女人、著名的社会活动家、民意党人，一生多次坐牢。

舒斯托娃的母亲打开一扇走廊门，领着聂赫留朵夫来到一个小房间里，房间里放着一张桌子，后面的长沙发上坐着一个身材微胖、个儿不高的姑娘，身穿条纹布上衣，一头淡黄的鬈发围着一张苍白的圆脸。[2] 她就是舒斯托娃，相貌很像她母亲。她对面的单人沙发上坐着一个男青年，腰弯得很低，穿一件领子绣花的俄式衬衫，嘴唇上方和下巴上都留着黑色的胡子。他们两个人谈得津津有味，直到聂赫留朵夫进门，才回过头来。做母亲的对舒斯托娃说：

[2] 这里对房间里的摆设和舒斯托娃的外貌做了描写，既突出了舒斯托娃的形象，又介绍了底层人家的屋内摆设。

“丽达，聂赫留朵夫公爵来了，他就是……”丽达是舒斯托娃的小名，她的正式名字叫莉吉娅。

脸色苍白的姑娘神经质地跳起来，把一绺从耳朵后面披下来的头发撩回去，睁着她那双灰色的大眼睛瞪着来客。

“这就是薇拉·叶甫列莫芙娜托我营救的那个危险的女人

吗？”聂赫留朵夫微笑着说，伸出一只手。

“是的，就是我，”莉吉娅说，微微一笑，露出一排好看的牙齿。她的笑是和善的、孩子般的，“我的姨妈很想见见您。姨妈！”她用温柔悦耳的声音对着门口喊了一声。

“薇拉·叶甫列莫芙娜因你被捕心里很难过。”聂赫留朵夫说。

“请这儿坐，或者坐这儿更舒适些，”莉吉娅说，指了指那张柔软的破沙发，那个青年刚从沙发上起来，“这是我的表哥扎哈罗夫。”她发现聂赫留朵夫正在打量那位青年，就说。

青年也像莉吉娅那样和善地微笑着，同客人打招呼。当聂赫留朵夫坐在他的位子上时，他就到窗前搬了一把椅子在旁边坐下来。从另一扇门又进来一个浅黄色头发的十六岁中学生，一声不吭地在窗台上坐下来。

“薇拉·叶甫列莫芙娜是我姨妈的好朋友，可我几乎不认识她。”莉吉娅说。

这时从隔壁房间里进来一个女人，生有一张非常讨人喜欢的聪明的脸，身穿白色短上衣，腰里束一根皮带。她就是舒斯托娃的姨妈，叫柯尔尼洛娃。

“您好，谢谢您能来这儿，”姨妈挨着丽达在长沙发上刚一坐下，就开口说，“薇洛琪卡[①]怎么样？您见到她了吗？她受得了吗？”

“请您放心，她不抱怨，”聂赫留朵夫说，“她说她心里有一种庄重安详的感觉。”

“唉，薇洛琪卡，我了解她，”姨妈笑着摇摇头说，“应当了解她。这人身上有一种了不起的个性，一心一意为别人，从来不替自己着想。”

聂赫留朵夫说：“是的，她没有为自己提出任何要求，只为您的外甥女操心。令她心里感到痛苦的事情，正如她所说的，您的外甥女是无缘无故被捕的。”

舒斯托娃不是民意党人，从未参加过他们的活动。但她给姨妈保管文件，姨妈自己没有房子，所有秘密文件都寄放在她那儿，有一次遇上了搜查，搜出了文件，宪兵就把她带走了。

这会儿姨妈评说这件事：“事情的真相就是这样的，这是一件可怕的事啊！说实在的，她，我的外甥女，是在替我受苦受难。”

“完全不对，姨妈！”莉吉娅说，“即使您没托我，我也该保管那些文件。”

“关于这件事的来龙去脉，你得承认，我比你知道的多一些，”姨妈接着说，然后她转过脸去对聂赫留朵夫复述这事的详细经过，“这都是因为有一个干革命工作的同志，他东奔西跑，联络同志，身上不方便携带大批文件，因而郑重委托我替他

---

① 薇拉的爱称。

暂时保管一些文件，可我一生为了革命，耗尽了积蓄，弄得现在连住处也没有，只好把那些文件带到她这儿来了。也太不幸了，就在当天晚上，这儿遭到宪兵的搜查，宪兵搜出了文件，于是把文件和她本人一起带走了。革命者们千方百计要救她出狱，但无能为力。她一直被监禁到现在，人家逼着她讲出她是从谁手里拿到这些文件的。”

“我可没有说，”莉吉娅很快地说，神经质地撩一下她的头发，其实那绺头发没有碍她的事。

“我没说你说了嘛。”姨妈反驳说。

“如果他们抓了米丁，那也决不是我说出来的。”莉吉娅说，涨红了脸，不安地环顾四周。

“不过，你就别提这事了，丽朵琪卡[1]。”母亲说。

“为什么不提，我偏要提嘛。”莉吉娅说，已经收起笑容，涨红了脸，也不理她的头发，只是把一绺头发缠在手指上，不住地朝四周张望。

“你昨天一提这件事，不就弄得自己心里十分难受吗？”

“根本没有……你别管我，妈妈。我什么也没有说，一直都沉默着。当时他们审问我两次，问起姨妈，问起米丁，我什么也没有说，我还向他们声明，我什么都不回答。于是那个……彼得罗夫……”

“彼得罗夫是暗探，是宪兵，是大坏蛋。”姨妈插话说，向聂赫留朵夫解释她外甥女的话。

“于是他就，”莉吉娅又气又急地说，“开始劝我：‘凡是您对我说的，’他说，‘都不会损害任何人，相反……您要是告诉我，我们就可能放了那些也许被我们冤枉而受折磨的人。’哼，我还是告诉他我不说。于是他就说：‘好吧，那您就什么也别说。只是您不要否认我说的话。’于是他就举出一个名字来，也提到了米丁。”

“你就别说了。”姨妈说。

“哎，姨妈，您别打岔……”她不断地拉扯她的一绺头发，老是往四下里看，“忽然，您猜怎么着，第二天我听说，人家敲着墙通知我说，米丁被捕了。唉，我想这是我把他出卖了。我难受极了，难受得简直都快疯了。”

“后来，事实证明，他被捕跟你完全不相干。”姨妈说。

“可我当时不知道，我还以为是我把他出卖了。我从这边墙跟前走到那边墙跟前，走过来，走过去，脑子里静不下来。总以为是我把他出卖了。我躺下睡觉，盖上被子，就听见有人在我耳边说：‘你把米丁出卖了，你把米丁出卖了，米丁是你

---

① 莉吉娅的爱称。

出卖的。’我知道这是幻觉，可是又无法克制。我想睡，睡不着；我要不想，又办不到。哦，这真是可怕！”丽达越说越激动，把一绺头发缠在手指上，再把它松开，不住地往四下里望。

“丽朵琪卡，你冷静一下吧！”母亲又说，碰了碰她的肩膀。

可是丽朵琪卡已经管不住自己的嘴了。

“这种事之所以可怕，是因为……”她又开口说话，可是没有讲完就“哇”的一声哭了，从长沙发上跳起来，衣服钩了一下圈椅，跑出房门外去了。她母亲跟着她走出去。

“恨不得把那些坏蛋统统绞死才好。”坐在窗台上的中学生说。

“你说什么？”母亲问。

“我没说什么……我随便说的。”中学生回答说，拿起桌子上放着的一支纸烟，吸起来。

二十六

“是啊，对年轻人来说这种单人牢房真是可怕！”姨妈说着摇摇头，也点上一支烟。

随后，聂赫留朵夫和舒斯托娃的姨妈在一起谈论了社会上的不平等现象，还有各种和革命活动有关的事情，他们俩在思想上有共鸣。最后，他们又谈到了沙皇迫害进步人士的牢房。

“我想，坐牢对所有人来说都是很痛苦的。”聂赫留朵夫说。

“不，不是所有人坐牢都是苦的，”姨妈回答说，“人家对我说过，对真正的革命者来说，这却是一种休息、一种解脱。地下工作者永远生活在恐慌之中，物质生活也极其困难，终日为自己、为别人、为事业担惊受怕，而一旦被捕了，这一切也就结束了，全部责任也解除了，你就坐下来休息吧。人家对我说，他们被捕时还感到高兴呢。可是对于无罪的年轻人——像莉吉娅那样无罪的人总是首先被捕的——对于这些人来说，第一次的精神上的打击是很可怕的。这倒不是因为被剥夺了自由，受到粗暴的对待，吃得很坏，空气污浊，这一切艰难困苦都算不了什么。只要没有像初次被捕时的那种精神上的打击，那么，即使是再加两倍的苦难，也容易挺过来。”

“难道您也有这样的经历？”聂赫留朵夫问道。

“我吗？坐过两次牢，”姨妈忧伤而动人地笑着说，“在第一次被捕——无缘无故地被捕时，”她接着说，“我才二十二岁，我有一个小孩，而且又怀了孕。尽管我失去了自由，离开了孩子和丈夫，感到很痛苦，但是，比起我明白我不再是一个人，而是一件任人摆布的东西时，这一切又都算得了什么。我想同女儿告别，他们却逼我快上马车。我问他们把我带到什么地方去，他们回答说，等我到了就知道了。我问他们我犯了什么罪，他们不理会我。我受审以后，他们就要我脱掉原来的衣服，换上带编号的囚衣，把我领到彼得保罗要塞的拱门下面的走廊上，打开门，把我推进去，再把门锁上，他们就走了，只留下一个带枪的哨兵。哨兵默默地走来走去，时而从门缝里张望一下。我痛苦极了，我记得，当时有一件事使我特别惊讶。有一个宪兵军官在审问我的时候，递给我一支烟。可见，他知道人是喜欢吸烟的，那么他也应该知道，人喜欢自由和光明，知道母亲爱孩子，孩子爱母亲。而他们又为什么要无情地把我同我所珍爱的一切拆开，把我当野兽一样锁起来呢？一个人经过这样的遭遇后是不会没有反应的。如果有谁相信上帝和人，相信人们彼此相亲相爱，那他在经历了这一切后，也就不再相信了。我从那时起，再也不相信人了，心肠变硬了。”她说完后笑一笑。

莉吉娅的母亲从莉吉娅出去的那个门口走进来，说莉吉娅很不舒服，不再来了。

“为什么要毁掉这样一个年轻的生命呢？”姨妈说，“使我特别难过的是，我不由自主地成了这件事的罪魁祸首。”

“求上帝保佑，她吸一下乡间的空气会复原的，”母亲说，“我们就要把她送到她父亲那儿去了。”

“是啊，要不是您出力的话，她就完全断送了，”姨母说，“谢谢您。不过我打算跟您见面，却是为了托您把一封信转交给薇拉·叶甫列莫芙娜。”她说着从衣袋里取出一封信来。“这封信没有封口，您可以把信上的话看一遍，然后把它撕毁也成，把它转交也成，总之，这要看您觉得怎样做才比较符合您的信念，”她说，“这封信上没有什么损坏人的名誉的话。”

聂赫留朵夫接过信来，答应转交这封信，然后他站起来告辞，走出去，来到街上。

他没有看那封信的内容，把信口封上，决定按照委托，把这封信交给薇拉·叶甫列莫芙娜。

二十七

聂赫留朵夫留在彼得堡的最后一件事，就是解决教派信徒案。他准备通过军队旧同事、宫廷侍从武官鲍加狄廖夫把他们的状子呈交给皇上。他一早乘车来到鲍加狄廖夫家，碰到他还在吃早饭，但马上就要出门。鲍加狄廖夫是一个身量不高、筋肉壮实的男子，生来具备罕见的体力，能够把马蹄铁扭弯。他为人善良，诚实，直爽，甚至有自由主义思想。他虽然有这些品质，却是一个同宫廷关系密切的人，热爱沙皇和皇族。他有一套惊人的处事绝招，使得他在这个最高层的社会里生活的时候，只看到这个社会里好的一面，而且他自己绝不参与任何坏事和不正派的活动。他从来不指摘什么人，也不批评什么措施。他要么是一言不发，要么就勇敢地、大声地，用叫喊一样的声音说他所要说的话，有时还同样地纵声大笑。他这样大声说笑倒不是装腔作势，而是出于他的性格。

“啊，你来了，太好了。你不吃点早饭吗？要不你就坐下来。这煎牛排可真是妙极了。我吃饭素来是这样，开头和收尾都得吃点扎实的东西。哈，哈，哈！那么，你来喝点酒，”他指着一瓶红葡萄酒，大声说，“我一直在想你呢，你最好还是先到托波罗夫那儿去一下。”

他一提到托波罗夫，聂赫留朵夫就皱起眉头。

“这件事全都由他做主，不管怎样总归要去问他。说不定他当场就会满足你的要求的。”

“既然你这么说，我就去一下。”

“那太好了。嗯，彼得堡给你的印象怎么样？”鲍加狄廖夫大声说，“你说说，好吗？”

“我觉得我仿佛中了催眠术。”聂赫留朵夫说。

“中了催眠术？”鲍加狄廖夫重复着他的话，哈哈大笑，“你不想吃，那就随你，”他用餐巾擦了擦唇髭，“那么，你去找他吗？呃？要是他不干，你就把状子交给我，我明天递上去就是。”他又大声说，从桌旁站起来，在胸前画一个大大的十字，显然，他做这件事就像擦嘴那么漫不经心。他开始佩上军刀。“现在，再见，我得走了。”

“我们一块儿出去吧。”聂赫留朵夫说，高兴地握了握鲍加狄廖夫有力的大手，并且像每次看到健康、自然和新鲜的人物或事物那样，脑子里留下一种愉快的印象，在大门口同他分手了。

聂赫留朵夫虽然估计去一次不会有什么结果，但他还是听从鲍加狄廖夫的劝告坐车去拜访托波罗夫，也就是那个能左右教派信徒案的人。

托波罗夫担任的职务，就其使命来说，本身就是自相矛盾的。只有麻木不仁和丧失道德感的人才看不到这一点。托波罗夫就具有这两种消极的品质。这种矛盾在于，他的职务的使命是用一切外部手段，包括暴力手段来维护和捍卫教会。而教会，就其教义来说，乃是上帝自己建立的，它决不会被地狱之门或任何人类力量所动摇。而这一由上帝创立的、任何力量所不能动摇的神的机构却不得不由托波罗夫这类官僚们主管的机构来维护和保卫。托波罗夫没有看到这种矛盾，也许是不愿看到，因此他百倍警惕，唯恐有哪个天主教教士、耶稣教牧师或者教派信徒破坏地狱之门都无法征服的教会。托波罗夫也像一切缺乏基本宗教感情和平等博爱思想的人那样，确信人民，也就是老百姓是一种跟他截然不同的生物，有一种东西[①]老百姓非有不可，而他即使没有也毫无关系。他自己在灵魂深处没有任何信仰，并且觉得这样精神上无拘无束，十分惬意，但唯恐老百姓也百无禁忌，因此照他自己的说法，把老百姓从这种没有信仰的精神状态中解救出来是他的神圣职责。

有本烹调书说，龙虾天生喜欢被活活煮死。同样，托波罗夫也充分相信老百姓喜欢成为迷信的人，不过，烹调书里用的是转义，原意是龙虾活煮味道才鲜美，而托波罗夫是在直接的意义上这样想和这样说的。

他对于他所维护的宗教的态度宛如养鸡的人对于用来喂鸡的腐肉的态度。腐肉很招人讨厌，然而鸡喜欢它，吃它，因此就应当用腐肉来喂鸡。

不消说，他认为，所有那些伊维利亚圣母像啦，喀山圣母像啦，斯摩棱斯克圣母像啦，都是非常鄙俗的偶像崇拜，不过老百姓既然喜欢这些东西，信仰这些东西，所以也就应当支持和维护这种迷信活动。但是他没有考虑到，老百姓之所以喜欢迷信，只是因为历来就有，而且现在还有像他托波罗夫这样的残忍无情、没有心肠的人。他们自己虽然获得了知识的光明，却没有把这种光明运用到应该运用的地方去——帮助老百姓从愚昧的黑暗当中解脱出来，反而用来加强平民百姓的愚昧的黑暗。

聂赫留朵夫走进托波罗夫的接待室的时候，托波罗夫正在他的办公室里同一个女修道院院长谈话。这位女院长是一个活跃的贵妇，在俄国西部地区那些被迫

---

① 即信仰。

改信东正教的合并派[①]信徒们中间传播和维护东正教。

在接待室里，值班官员问聂赫留朵夫有什么事。聂赫留朵夫告诉他打算为教派信徒向皇上呈送状子，值班官员就问能不能先让他看一看。聂赫留朵夫把状子交给他，他接了状子走进办公室。女修道院院长头戴修道帽，脸上飘着一块面纱，身后拖着黑色长裙走出来。她拿着一串黄玉做的念珠，雪白的双手合抱在胸前，手指甲剔得干干净净，往出口处走去。聂赫留朵夫没有被请到办公室里。托波罗夫在里面看状子，一边看一边摇头。他读着这个叙述清楚、行文有力的状子，心里感到惊奇和不快。

“万一状子落到皇帝手里，那就会引起一些不愉快的问题，造成好多误会。”他读完状子，心里暗想。于是他把状子放在桌上，拉了拉铃，吩咐请聂赫留朵夫进来。

他想起这些教派信徒的案子，他早就收到过他们的状子。案情是这样的：那些脱离东正教的基督徒先是受到告诫，后来被送到法院里受审，可是法院判决他们无罪释放。于是主教就和省长一起，以他们的婚姻不合法为由，把那些丈夫、妻子、儿女流放到不同的地点去。那些儿女的父亲们，还有那些做妻子的都要求不要拆散他们。托波罗夫记得当初这案子落到他手里时的情形。他当时犹豫了一下，不知道该不该制止这种事。但他知道，批准原来的决定，把这些农民家庭拆散分送到各地去，对现存秩序是不会造成任何危害的。倘若让他们留在原地，那就会影响其他居民，使他们也脱离东正教。再说，主教对这事特别关注和热心，因此他就听任这个案子按原来的决定处理。

可是现在，这个案子有了像聂赫留朵夫这样的辩护人，而这个人在彼得堡交友甚多，人事关系复杂，那么这个案子就可能当作一件暴行提到皇帝面前去，或者在国外的报纸上登出来，因此他当机立断，做了一个出人意料的决定。

“您好！”他装出十分忙碌的样子，站起来迎接聂赫留朵夫，马上开门见山地谈起案子来。

“我了解这个案子。我一看到这些名字，就想起了这个不幸的案子，”他说，手里拿着状子，对聂赫留朵夫晃了晃，“我很感谢您，您提醒我想起了这个案子。这是省里的当局做得过分了……”聂赫留朵夫沉默不语，嫌恶地瞅着那张假面具一样毫无表情的苍白的脸。“我要下命令撤销这种做法，把这些人送回原来居住的地方去。”

---

①16 世纪末在波兰占领下的乌克兰和白俄罗斯某些地方，实行东正教与天主教的合并。波兰被瓜分后，1839 年俄国统治者在这些地方废除教会合并，强迫他们改信东正教。

“那我就不用把这状子递上去了？”聂赫留朵夫问。

“完全用不着。这事我答应您了，”他说时把“我”字说得特别响，显然充分相信他的诚实，他的话就是最好的保证，“我还是现在就写个命令的好。麻烦您坐一下。”

他走到写字台旁，坐下来写。聂赫留朵夫没有坐下，居高临下地瞧着他那狭长的秃头，瞧着他那只迅速挥动钢笔的青筋毕露的手，心里感到惊奇，不懂这个分明对一切人都漠不关心的人为什么肯做他目前所做的这件事，而且做得那么热心。这是什么缘故呢？

“好，写完了，”托波罗夫说着，封上信口，“您拿这个命令去通知您的那些当事人好了。”他补充说，撇了一下嘴唇，做出微笑的样子。

“可是，那些人为什么受折磨呢？”聂赫留朵夫接过那个信封来说。

托波罗夫抬起头来，淡淡一笑，仿佛觉得聂赫留朵夫的问题很有趣。

“这一点我无法跟您解释。我只能说：我们所捍卫的人民的利益是极其重大的，因此对宗教信仰问题的过分热心，总没有目前普遍存在的对这种问题的过分冷淡那么可怕而有害。”

“可是怎么能用宗教的名义来破坏善的最基本的要求，竟然拆散人们的家庭呢？”

托波罗夫仍然照原来那样宽厚地微笑着，显然觉得聂赫留朵夫所说的话很天真可爱。托波罗夫自以为他是立足于国家立场的高度上看问题的，因而不论聂赫留朵夫说什么，他一概认为它天真偏颇。

“从私人的观点来看，事情可能是这样的，”他说，“不过从国家的观点来看，事情就有所不同了。可是，对不起，我要说再见了。”托波罗夫说着，低下头，伸出他的一只手。

聂赫留朵夫握了一下那只手，然后，一句话也没说，匆匆地走出去，后悔同他握了手。

“人民的利益，”他学着托波罗夫的话说，“其实是你的利益，纯粹是你的利益。”他走出托波罗夫的房子，心里想道。

聂赫留朵夫头脑里逐一回顾被这些标榜伸张正义、维护信仰和教育老百姓的机关处理过的人们：因贩卖私酒被监禁的农妇、因偷盗被监禁的小伙子、因流浪被监禁的流浪汉、因纵火被监禁的纵火犯、因侵吞公款被监禁的银行家。他还想起不幸的莉吉娅，她受到监禁仅仅是因为可以从她嘴里套取到必要的情报，此外还有因反叛东正教而受到惩罚的教派信徒们、因要求制订宪法而被监禁的古尔凯维奇。聂赫留朵夫想来想去，心里形成了一个异常清晰的想法：所有这些人被抓、被关押或者被流放的原因，不是他们破坏了正义或者触犯了法律，而只是他们妨碍了那些官僚和财主们占有他们从老百姓身上搜刮来的财富。

妨碍他们这种剥削行为的包括贩卖私酒的农妇，在城里闲荡的小偷，藏匿传单的莉吉娅，损害东正教迷信的教派信徒和要求制订宪法的古尔凯维奇。因此聂赫留朵夫觉得事情的真相再清楚不过了：所有那些官僚，从他的姨父、枢密官们、托波罗夫，到各个部里靠着办公桌坐着的、官卑职小、装束干净整齐的老爷们，他们对于无辜的人遭殃根本无动于衷，他们关心的无非是消除一切妨碍他们剥削的危险的人而已。

因此，他们不但不遵守宁可宽恕十个有罪的人而决不冤枉一个无辜的人这个信条，正好相反，他们宁可惩罚十个没有危险的人，以便除掉一个真正的危险分子，甚至于宁可错杀一千，不可放走一个，就像为了挖掉腐烂的皮肉，不惜把好的皮肉也一起挖掉。

这种对当前发生的种种事情的解释，在聂赫留朵夫看来，是很简单清楚的，可是唯其简单清楚，聂赫留朵夫反倒犹疑不定，不敢接受这种解释了。这种复杂的现象总不可能用这样简单而可怕的理由来解释吧。所有那些关于正义、善、法律、信仰、上帝等等的说法，总不能只是用一些空话来掩盖最野蛮的贪欲和暴行吧。

二十八

聂赫留朵夫原来打算在这天傍晚动身离开彼得堡，然而他答应过玛丽爱特到剧院去看她，虽然他明明知道不该去，但他还是违背理性的指引，以说过的话应算数作为理由，到戏院去了。[1]

[1] 这里是细节描写，主要突出了聂赫留朵夫说话算话的品质。

“我抵得住这种诱惑吗？”他内心斗争着，“姑且最后试一次吧。”

他换上礼服，来到剧院。这时候，久演不衰的名剧《茶花女》刚演到第二幕。此时此刻，一个从国外来的女演员在舞台上，再一次用新的演技表现害肺结核病的女人怎样渐渐地死去。

剧院满座。聂赫留朵夫问起玛丽爱特的包厢在什么地方，就有人立刻恭敬地指给他看。

过道上站着一个穿号衣的听差，就像见到熟人那样对聂赫留朵夫一鞠躬，给他推开了包厢的门。

对面一排排包厢里那些坐着和站在后面的人，那些坐在包厢附近靠墙的座位上的人，那些白发苍苍的、头顶光秃的、头顶半秃的、涂着发蜡的、头发鬈曲的正厅观众，总之，全体看客无一不在凝神观看那个裹着绸缎和花边，打扮得花枝招展，忸怩作态，用不自然的声调念独白的瘦得皮包骨的女演员。包厢的门推开的时候，有人嘘了一声，同时有两股气流，一股凉的和一股热的，吹到聂赫留朵夫的脸上来。

包厢里坐着玛丽爱特和一个他不认识的女人。那个女人披着红披肩，头上盘着又大又重的发髻。另外还有两个男人，一个就是玛丽爱特的丈夫，他是将军，相貌英俊，个子很高，脸色严峻而莫测高深，生着钩鼻子。他挺起雄赳赳的胸脯，可是那胸脯是用棉花和土布做成的胸衬垫高的。另一个男人头发淡黄，头顶半秃，两腮长着威武的络腮胡子，下巴剃得精光。玛丽爱特娇媚、苗条、雅致，身着晚礼服，领口开得很低，裸露着两个从颈部斜溜下去的饱满结实的肩膀，在肩膀和脖子相连的地方有一

[2] 这里是外貌描写，充分揭露了玛丽爱特的丈夫具有高高在上的虚伪的官架子。玛丽爱特身穿华丽、高贵的礼服，这是上流人士的标志。

颗黑痣。[2] 聂赫留朵夫一走进包厢，她就立刻回过头来看了他一眼，拿扇子向他指一下她身后的一把椅子，对他微微一笑，表示欢迎和感激，而且依他看来，这笑容似乎还隐含着深意。她的丈夫像平时办一切事情一样，平静地看了聂赫留朵夫一眼，点了一下头。凭他的姿态，凭他同妻子交换的目光，谁都可以一下子看出来他就是那个美丽的妻子的主人和占有者。

女演员的独白一念完，全场掌声雷动，这一幕演完了。这时，玛丽爱特站起来，提着窸窣作响的绸裙，走到包厢的后半部分，介绍聂赫留朵夫同她丈夫认识，将军不住地让眼睛露出笑意，说了一句"幸会幸会"，就平静而莫测高深地沉默了。

"我本来今天要走，可是我答应过您。"聂赫留朵夫转身对玛丽爱特说。

"您要是不愿来看我，那么您就看看那个出色的女演员吧！"玛丽爱特针对他话中的话说。"她在刚才那一幕里演得多好啊，是吗？"她转过身对丈夫说。

丈夫点了点头。

"这戏打动不了我，"聂赫留朵夫说，"我这几天看到的不幸太多了，所以……"

"那您坐下来，讲一讲。"

聂赫留朵夫向将军反映监狱里囚犯的苦况，以及被抓捕和囚禁的舒斯托娃的惨况。

玛丽爱特的丈夫听着，眼睛里流露出越来越多含有讥讽意味的微笑。

"我去过那个女人家里，她被关押了那么长的时间，完全被折腾垮了。"

"是的，她能够获得自由，我非常高兴。"他说，点了点头。聂赫留朵夫觉得他唇髭下面的微笑也完全是讥讽性的。"我去吸支烟。"

聂赫留朵夫在玛丽爱特身旁坐下来，等着玛丽爱特向他讲昨天讲的那些知心话，如社会不公平、囚犯可怜等。可是她什么话也没对他讲，甚至也没有要讲的意思，只是说一两句笑话，谈谈剧情。她认为这出戏一定会特别打动聂赫留朵夫的心，因为《茶花女》中男主角同一个妓女恋爱的故事，很像聂赫留朵夫同玛丝洛娃的关系。

聂赫留朵夫看出她根本没有什么话要对他讲，无非是要他看一看自己穿着的晚礼服，露出的香艳的肩膀和那颗美人痣罢了。这使他神魂飘摇，可同时又有几分厌恶。

她那艳丽的外表，以前遮盖了一切，现在对聂赫留朵夫来说，尽管还不能说已经揭开，不过毕竟可以看到那里面隐藏着的是什么东西了。他瞧着玛丽爱特，欣赏她的艳丽，然而他知道她是个弄虚作假的人，知道她昨天所说的都是假话，像她这样靠千百万人的眼泪和生命来维持她丈夫的高官厚禄的贵妇人，绝不可能同情下层民众，她昨天做些虚伪的作态，只是为了迎合他，博得他的好感，使他一心爱上她。至于她为什么一味要把他迷住，他就不得而知了，再者连她自己也不知道。他对她又迷恋又嫌恶。他几次拿起帽子想走，却又留下了。最后，她丈夫回到包厢里，浓密的小胡子散发着烟味，他居高临下、鄙夷不屑地对聂赫留朵夫瞧了一眼，仿佛不认得他似的。聂赫留朵夫没有等到包厢门关上就走出去，来到过道上，找到他的大衣，走出了戏院。

他沿着涅瓦大街步行回家，不由自主地注意到前边有一个身材修长、体态很美、装束妖艳的女人在宽阔的沥青路面上悄悄地走着。从她的表情及整个体态上可以看出，她明白自己具有一种淫荡的力量。凡是迎面走来或赶过她的人都要打量她一番。聂赫留朵夫走得比她快，也不由自主地朝她的脸看了一眼。那张抹了脂粉的脸很诱人。这个女人朝聂赫留朵夫微微一笑，眼睛闪着亮光。说来奇怪，聂赫留朵夫立即想起了玛丽爱特，因为他又像刚才在戏院里一样，产生了一种既入迷又嫌恶的感觉。聂赫留朵夫不由得生自己的气，匆匆地赶到她的前头去，转一个弯，走到莫尔斯卡雅街，然后又走到滨河街上，在那儿来回地走来走去，惹得一个警察暗暗诧异。

“先前在戏院里，我走进包厢里的时候，那个女人也是这样对我嫣然一笑，”他暗想，“不论是那个女人的微笑还是这个女人的微笑，它们的含意都是一样的。区别仅仅在于这一个直截了当地说：‘你需要我，我就由你摆布。你不需要我，那就自管走你的路。’而那个女人却装模作样，仿佛生活在高尚的感情生活中，其实骨子里都是一回事。这个女人至少老实些，那个女人却一味装假。何况这个女人是因为穷才落到这步田地，而那女人玩味的是既美妙又可怕的情欲。这个街头女郎是一杯肮脏的臭水，是供那些口渴得顾不上恶心的人喝的。剧场里那个女人却是掩盖在美丽外表下的一剂毒药，谁接触她，谁就不知不觉地被毒死。”

女色不可近，美人不可亲。聂赫留朵夫终于明白：玛丽爱特之所以力促丈夫释放舒斯托娃，并非她支持革命党人，而是以此来讨他的欢心，使他向她靠拢，最后成为她的情人。她的生活太优越、太无聊，需要猎取情人来取乐。聂赫留朵夫想起自己跟某县首席贵族的妻子的关系，可耻的往事就涌上了他的心头。他不能再犯这样的错误。

“人身上的兽性是可憎的，”他想，“然而它以赤裸裸的面目出现的时候，你可以从精神生活的高度看清它并鄙视它。因此，你不论是上了当还是站稳了脚跟，你都还是原来的那个人。然而当这种兽性披上了一层虚假的美和诗意的外衣，弄得你神魂颠倒时，你就会对这种兽性敬之若神，分不清好坏，完全陷了进去。这才可怕哩。”

聂赫留朵夫现在对这一点看得如此清楚，就像清楚地看见皇宫、哨兵、要塞、河流、木船、交易所一样。他终于战胜了玛丽爱特的诱惑，避开了这个陷阱。

今天夜里大地上没有使人安心、催人安眠的黑暗，只有不知来自何处的朦朦胧胧的奇怪亮光[①]。聂赫留朵夫的灵魂里也不再存在愚昧的黑暗，使他昏然入睡了。聂赫留朵夫已经清醒过来了。一切在他的眼里，都清清楚楚。事情很明白，凡是世人认为重要和美好的事物，往往是卑鄙龌龊、不值一提的。所有那些光辉夺目、富丽堂皇的外衣，往往掩盖着司空见惯的罪行。这些罪行不但没有受到惩罚，反而风靡一时，被人们想出的种种办法加以美化。

聂赫留朵夫有心忘掉这些，不去看它，然而他再也不能视而不见了。虽然他还看不出为他照亮一切的光是从哪里来的，犹如看不出照着彼得堡的光是从哪里来的一样，虽然这种光给他的感觉是不清晰、不鲜明、不自然的，可是他已经不能不看见这种光为他照亮的东西了。于是他的心里既高兴又不安。

① 指彼得堡白夜时期的光。彼得堡地处北方，夏夜极短，不那么黑，通常称为“白夜”。

二十九

聂赫留朵夫回到莫斯科后，第一件事就是到监狱医院，把枢密院决定维持法院原判这一不幸的消息告诉玛丝洛娃，并要她做好去西伯利亚的准备。

他对那份由律师起草、此刻带到牢里让玛丝洛娃签字后呈交皇上的状子所抱的希望很小，但也奇怪，他现在倒不希望这事成功。他已经做好思想准备到西伯利亚去跟流放犯和苦役犯一起生活。因此，如果玛丝洛娃无罪释放，他很难想象将怎样安排自己的生活和玛丝洛娃的生活。他想起美国作家梭罗①的话，梭罗在美国还有奴隶制度的时候说过，在一个奴隶制度合法化并且维护奴隶制度的国家里，正直的公民的唯一去处就是监狱。聂赫留朵夫也有同样的想法，特别是在他去了一趟彼得堡，在那儿访问了各种人，见到种种情况以后，这样的想法便更强烈了。

“不错，在现代俄国，一个正直的人的唯一出路就是监狱！”他想。他坐车来到监狱，走进监狱的围墙时，这种感受愈加深切。

医院看门人一认出聂赫留朵夫，就立刻告诉他，玛丝洛娃已经不在他们这里了。

“她到哪里去了？”

“又回牢房了。”

“怎么又把她调回去了？”聂赫留朵夫问。

“她本来就是那种人，老爷，”看门人鄙夷不屑地笑着说，“她同医士勾勾搭搭，被主任医师打发走了。”

聂赫留朵夫万万没有想到玛丝洛娃和她的精神状态竟同他这么密切相关。他听到这个消息，不由得愣住了，仿佛突然知道大难临头，感到难受极了，第一感觉就是羞愧。他首先觉得自己很可笑，因为他竟曾扬扬得意地认为她的精神状态起了变化。现在他认为她拒绝接受他的牺牲，还有她的责备和眼泪，这一切都是一个堕落女人的诡计，想尽量从他身上多捞到点好处罢了。他此刻觉得，上次探监时从她身上看出的那种不可救药的品性，如今更显得一清二楚。当他随手戴上帽子走出医院时，头脑里掠过这样的想法。

“可是现在怎么办呢？”他问自己，“我还要跟她拴在一起吗？现在她既然有了

---

① 梭罗（1817—1862），美国作家。1849年他在《论公民的违抗》一文中写道：“在不公正地把人监禁起来的政府下，一个正直的人的真正出路就是监狱。”

这种行为，我岂不是自由了吗？”他问自己。

他一时想抛弃她不管了。不过，他刚对自己提出这个问题，又转念一想，就立刻明白了过来：他认为自己已经自由而抛弃她，那他所惩罚的并不是他想要惩罚的她，而是他自己。一想到这里，他就心惊胆战。是的，这样做绝对不可能伤害她分毫，她对他的努力帮助本来就看得很淡，他帮不帮她，她都无所谓，但这么一来，会使他自己在精神上受到更大的折磨。于是他决心坚持初衷。[1]

[1] 这里是心理描写，反映出聂赫留朵夫并未真正了解过玛丝洛娃。他之所以帮助玛丝洛娃，是为了拯救自己。

“不！她那件事不能改变我的决心，只能使我的决心更坚定。她的精神状态促使她想怎么做就怎么做好了，要跟医士勾勾搭搭，就让她去勾勾搭搭吧，那是她的事……我要做的是良心要我做的事，”他自言自语，“良心要我牺牲自己的自由来赎罪。我要同她结婚，哪怕只是形式上的结婚。我要跟她走，不论被流放到哪里——我的决定绝不改变。”他固执地自言自语，走出医院，向监狱大门大踏步走去。

他来到监狱门口，要值班的看守通报典狱长，说他希望同玛丝洛娃见面。值班的看守认识聂赫留朵夫，像朋友那样告诉他一件监狱里的重要消息——原来的上尉免职了，由另外一个严厉的长官接替。

“现在办事严格多了，严格得要命，”那看守说，“他就在这里，我这就去通报。”

典狱长果然在监狱里，不一会儿就出来同聂赫留朵夫见面，这位新典狱长是个瘦骨嶙峋的高个子，颧骨突出，脸色阴沉，动作很缓慢。

“只有在规定的日子才能同犯人在探监室里见面。”他眼睛都不看聂赫留朵夫。

“我要她在呈交皇上的状子上签个字。”

“可以交给我。”

“我要见一见这犯人，以前一向允许我探望的。”

“那是以前的事了。”典狱长瞟了聂赫留朵夫一眼，说。

“我有省长的许可证。”聂赫留朵夫坚持说，同时掏出了皮夹子。

“您让我看看。”典狱长说，仍旧没有看他的眼睛，伸出瘦长白净、食指上戴着金戒指的手，从聂赫留朵夫手里接过文件，慢吞吞地读了一遍。“请您到办公室来。”他说。

这次办公室里一个人也没有。典狱长坐到办公桌后面，翻阅着桌上的文件，显然想在他们会面时留在这里。聂赫留朵夫问他能不能同政治犯薇拉见面，典狱长干脆地回答说不行。

“政治犯不准探望。”他说着，又埋头看文件。

聂赫留朵夫口袋里藏着一封柯尔尼洛娃给薇拉的信，他觉得自己好像一个犯罪企图被揭穿了的人。

等玛丝洛娃走进办公室，典狱长并没有抬起头来。他既不看玛丝洛娃，也不看聂赫留朵夫，只是说：

“你们可以谈了！”他说完继续埋头看文件。

玛丝洛娃又像从前那样穿着白上衣，围着白裙子，头上包了一块白头巾。她走到聂赫留朵夫跟前，一看见他那冷若冰霜、极度气愤的脸色，顿时涨得满脸通红，一只手揉着上衣底边，垂着眼睛。她的窘态使聂赫留朵夫相信医院看门人的话是真的。[2]

[2] 这里是神态和动作描写，突出表现了玛丝洛娃在聂赫留朵夫跟前窘迫的状态。

聂赫留朵夫很想像上次那样对待她，但不能像上次那样同她握手，此刻他对她反感极了。

“我给您带来了一个坏消息，”他呆板地说，眼睛不看她，也不向她伸出手去，“上诉被枢密院驳回了。”[3]

[3] 这里是语言描写和神态描写，生动地表现了聂赫留朵夫对玛丝洛娃的厌恶和反感。

“我早就料到了。”她音调古怪地说，仿佛在喘气。

要是从前，聂赫留朵夫准会问她怎么会料到，但此刻他只是看了她一眼。她的眼眶里饱含着泪水。

然而，这不仅不能感动他，使他心软下来，反而更加重了对她的反感。

这种场面，使得典狱长也无心看文件了，他站起来，在房间里踱来踱去。

尽管聂赫留朵夫此刻对玛丝洛娃十分反感，但还是觉得应该为这事向她表示遗憾，毕竟他自己也为这事不够努力。

“您不要灰心，”他说，“向皇上递的状子可能有结果，我希望……”

“我又不是在想这件事……”她用泪汪汪的眼睛凄苦地斜睨着他。

“那您在想什么？”

“那您去过医院了，他们大概向您谈到过我了……”

“哦，那是您的事。”聂赫留朵夫皱紧眉头，冷冷地说。

他那由于自尊心受到触犯而产生的强烈反感原本已平息了下去，此刻她一提起医院，这种反感就变得更强烈了。“像我这样一个有财有势的人，上流社会随便哪个姑娘都会觉得嫁给我就是幸福，自己却情愿去做这样一个女人的丈夫，而她偏偏又迫不及待地去跟一个医生调情。”他恼火地瞧着她，心里想。

“喏，您就在这状子上签个字。”他说着从口袋里掏出一个大信封，把信封里的状子摆在桌上，她用头巾角擦去眼泪，在桌旁坐下来，问他写在哪里，写什么。

他指给她在哪儿写和写什么，她坐在桌子旁边，左手理理右手的袖子。他站在后面，默默地俯视着她那伏在桌上、不时因为忍住呜咽而颤动的弓起的脊背。在他的心里，恶与善、受屈辱的自尊心与对这个受苦女人的怜悯心，斗争得很激烈，结果后者占了上风。[4]

[4] 这里是细节描写和动作描写。玛丝洛娃那因为忍住呜咽而颤动的弓起的脊背，充分展现了玛丝洛娃内心的委屈。

他记不得首先产生的是哪一种心情：究竟是先从内心怜悯她呢，还是先想起了自己、他自己的罪恶、他自己的卑劣行径，而如今呢，她最多只是做了同样的卑劣事，而他竟过分责备她。总之，他忽然感到自己有罪，同时也就怜悯她了。

她签了字，把沾了墨水的手指在裙子上擦擦，然后站起来，瞧了他一眼。

“不管结局如何，不管会出现什么样的情况，我的决定是怎么也改变不了的。”聂赫留朵夫说。

他一想到他原谅了她，他对她的怜悯和柔情就越发强烈，他一心要安慰她。

“我怎么说，就怎么做。不论他们把您发配到哪里，我一定跟您去。”

“这可用不着。”她慌忙地打断他的话，脸色顿时开朗起来。

“您想一想您在路上需要些什么东西吧。”

“好像也没有什么特别需要的东西了，谢谢您。”

典狱长走到他们跟前，聂赫留朵夫不等他发话，就同玛丝洛娃告辞，走出了监狱。他产生一种从未有过的快乐平静的心情，觉得一切人都很可爱。不论玛丝洛娃的行为怎样，他对她的爱都不会改变。这种思想使他高兴，精神升华到空前的高度。让她去同医士调情吧，那是她的事，聂赫留朵夫爱她不是为了自己，而是为了她，为了上帝。

不过，聂赫留朵夫信以为真的关于玛丝洛娃同医士调情而被逐出医院的事，其实是这样的——玛丝洛娃有一次奉女医士派遣，到走廊尽头药房里去取润滑汤药[①]，在那里碰到那个满脸粉刺的高个子医士乌斯基诺夫。乌斯基诺夫一直对她纠缠不休，她非常讨厌。这一次玛丝洛娃为了摆脱他，使劲推了他一把。乌斯基诺夫撞在药架上，有两个药瓶从架上掉下来碎了。

这时候，主任医师正好从走廊上经过，听见瓶子碎的声音，看见玛丝洛娃脸红耳赤地跑出来，就生气地对她嚷道：

"喂，小娘们，你要是在这里跟人家胡搞，我就请你开路。这是怎么回事？"他转过身去，严厉地瞧着医士。

医士赔着笑脸为自己辩白。主任医师没有听完他的话，抬起头来，透过眼镜对他瞧瞧，就到病房里去了。当天他就让典狱长另派一个稳重些的女助手来接替玛丝洛娃。所谓玛丝洛娃同医士调情，就是这么一回事。玛丝洛娃背着同男人调情的罪名被逐出医院，这使她感到特别难堪，因为她早就讨厌跟男人发生什么关系。自从她同聂赫留朵夫重逢以后，就更加憎恶这种事。所有的男人，包括那个满脸粉刺的医士在内，都根据她过去的身份和现在的处境，认为有权侮辱她，这次竟然遭到她的拒绝，还不禁感到惊奇。这使她觉得极其委屈，不由得为自己的身世伤心落泪。刚才她从牢房里出来同聂赫留朵夫见面，猜想他一定已听到她的新罪名。本来要开口辩白，但觉得他不会相信，只会更加怀疑，于是便哽住喉咙，说不下去了。

玛丝洛娃仍然认为并竭力让自己相信，正像第二次见面时她对他说的那样，她没有原谅他，她恨他。其实她早已重新爱上他了，而且爱得那么深，凡是要她做的，都不由自主地去做。她戒了烟酒，不再卖弄风情，还到医院里做杂务工。每次他提出要同她结婚，她总是断然拒绝，不肯接受这样的牺牲。这固然是由于她有一次高傲地对他说过这话，不愿再改口，但主要却是由于她知道，同她结婚，他就会遭到不幸。玛丝洛娃下定决心不接受他的牺牲，但一想到他瞧不起自己，认为自己还是原来那样的人，而没有看到她精神上的变化，便觉得十分委屈。他现在可能认为她在医院里做了什么丑事，这个念头比听到最后判决服苦役的消息还要使她伤心。

---

① 一种治咳嗽气喘的草药。

三十

玛丝洛娃可能随第一批犯人一起上路，因此聂赫留朵夫积极做着动身前的准备工作。但要做的事太多了，他觉得无论有多少时间都来不及。现在的情形，和以前完全相反了。以前他得考虑应该做什么事，而且他所做的事情的利益，永远集中在一个人身上，集中在德米特里·伊万诺维奇·聂赫留朵夫身上。不过尽管那时候他的生活的全部利益都集中在他自己一个人身上，可是所有事情都枯燥无味。现在一切事情都关联到别人，而不是关联到他自己，一切倒都变得有趣味，吸引人了，而且这类事情多得数不清。

再者，以前专为他自己办事，却老是在他的心里引起烦恼和气愤。现在这些外人的事情倒让他心情欢畅。

聂赫留朵夫现在要做的事可分为三类。他按他一贯的严谨作风分了类，并据此把相应的文件分别放入三个皮包里。

第一类事是为了玛丝洛娃和帮助她解决困难。这方面主要就是为告御状奔走，争取支持，以及为西伯利亚之行做好准备。

第二类事是处理地产。在巴诺沃，土地已交给农民，由他们缴付地租，作为农民的公益金。但为了使这件事在法律上生效，必须立下契约和遗嘱，并且在上面签字。在库兹明斯科耶，事情仍像他原先安排的那样，就是他得收地租，得规定交租期限，并且确定从这笔钱中提取多少作为生活费，留下多少给农民做福利。他还不知道西伯利亚之行需要花多少钱，因此这笔收入还不敢全部放弃，只是减去了一半。

第三类事是帮助囚犯，因为来求他的人越来越多了。

刚开始接触向他求助的犯人的时候，他立即为他们奔走，尽力减少他们的不幸遭遇。可是后来求助的犯人实在太多，他感到无法帮助他们每一个人，于是他又不由自主地担负起第四类事情，这一类事情近来使他倾注了更多注意力。

第四类事情就是要解答这样一个问题：所谓刑事法庭这种奇怪的机关究竟是什么东西？有什么必要存在？它是怎么产生的？有了这种机关，也就产生了监狱——因而使得他同关在其中的一部分囚犯相识——以及从彼得保罗要塞起到萨哈林岛止的种种监狱，而成千上万的人由于有了这么一部莫名其妙的刑法正在那里受尽磨难。

聂赫留朵夫通过他同囚徒的私人关系，通过他同律师、监狱牧师和典狱长的谈话，以及被监禁人的种种犯罪经历，把囚徒，也就是所谓的罪犯，归纳为五种人。

第一种人是完全无罪的，是法庭错判的受害者。例如被诬告的纵火犯明肖夫，又如玛丝洛娃和其他人。这种人不是很多，据神父估计，大约占百分之七，他们的遭遇特别引人同情。

第二种人是在狂怒、嫉妒、酗酒等特殊情况下做了什么事而被判刑的。那些审判他们的人，要是处在同样的情况下，多半也会做出同样的事来。这种人，据聂赫留朵夫估计，大概超过全体罪犯的半数。

第三种人被惩处的原因是他们做了自认为极其普通，甚至是好的事情，可是这些事情在那些和他们持有不同观点的制定法律的人看来，就是犯罪。属于这一种的有贩卖私酒的，有走私的，有在地主和公家大树林里割草打柴的。还有盗窃成性的山民[①]、不信教的和打劫教堂的也属于这一种。

第四种人是那些由于道德品质高于社会一般水平而被列入罪犯的人。这种人有教派信徒，有为独立而暴动的波兰人[②]、契尔克斯人[③]，还有政治犯——因反对政府当局而被判刑的社会主义者[④]和罢工者。这种社会优秀分子的比例，据聂赫留朵夫估计，是相当大的。

最后，第五种人，是这样的一些人：社会对他们所犯的罪要比他们对社会所犯的罪大得多。他们都是被抛弃的人，在不断的压迫和诱惑下变得精神麻木，就像那个偷粗地毯的男孩一样。像这样的人，聂赫留朵夫在监狱内外还见过几百个，他们的生活条件似乎一步步逼得他们不得不做出所谓犯罪的事情来。有很多盗贼和凶手，据聂赫留朵夫观察，就属于这种人，他在这段时期里同他们当中的某些人有过接触。至于那些道德败坏、腐化堕落的人，聂赫留朵夫通过深入了解，认为也可归到这一种里。然而犯罪学的新学派[⑤]却称之为“犯罪型”，认为他们在社会上

---

① 据俄文本编者注，盗窃成性的山民特指高加索山区的少数民族。本书作者托尔斯泰在那一带做军官的时候在一封信上写过，高加索的山民把盗窃看得同唱歌和酗酒一样平常，认为善于盗窃是勇敢的表现。另外，本书英译者莫德夫人和她的丈夫同托尔斯泰关系密切，她在此处加注说，可能是指高加索当地人，虽然他们的国家早已被征服，他们仍旧打劫大队的客商，尽量抢劫俄国人的大群牛羊，并且以此为荣。

② 当时波兰被俄、奥、普三国瓜分。

③ 在俄国高加索的阿第盖和契尔克斯克居住的一个部族，在19世纪上半叶他们的国家被俄国征服和吞并。

④ 主要指俄国民粹派的成员。

⑤ 指龙勃罗梭创立的意大利刑事人类学派，龙勃罗梭认为犯罪是从有人类以来长期遗传的结果，提出“先天犯罪说”。

的存在就是刑法和惩罚之所以必不可少的主要证据。但聂赫留朵夫认为，社会对这些人所犯的罪，其实超过他们对社会所犯的罪，不过，社会不是对他们本人犯了罪，而是以前对他们的父母和祖先犯了罪。

在这些人中间，惯窃犯奥霍京特别吸引聂赫留朵夫的注意。奥霍京是妓女的私生子，从小在夜店里长大，活到三十岁也没有见过一个道德比警察更高尚的人。他从小就混迹于盗贼中间，却又天生有滑稽和幽默的才能，招人喜爱。他向聂赫留朵夫求助，同时却又嘲笑自己，嘲笑法官们，嘲笑监狱，嘲笑一切法律，不但嘲笑刑法，甚至嘲笑上帝的戒律。另一个人是费多罗夫，相貌英俊，带领一伙人劫掠一个年老的官吏，并且把他打死了。费多罗夫原是农民，父亲的房屋被人完全非法地霸占了，后来他自己当了兵，在军队里因为爱上一个军官的情妇而吃了很多苦头。这人具有招人喜欢的活泼热情的天性，喜欢结交狐朋狗友，到处寻欢作乐。在他的心目中，天下没有一个人会克制欲望，放弃享乐。他也从来不知道，人生在世除了享乐还有其他目的。聂赫留朵夫明白，这两个人天资聪颖，只是像无人照管的植物一样，畸形生长，变得不成器了。他还看见了一个流浪汉和一个女犯人，他们的麻木迟钝和表面的残忍使人望而生畏，可是他无论如何也看不出他们就是意大利学派所说的犯罪型，只认为他们是一些他个人所厌恶的人，就跟他在监狱外面见过的一些穿着礼服、戴着肩章的男人和装饰着花边的女人一样。

因此，研究上述这些形形色色的人为什么被关在监狱里，而另外那些一模一样的人为什么行动自由以至审判前面那些人的问题，就成为聂赫留朵夫那时很感兴趣的第四类工作。

起初聂赫留朵夫希望在书本里找到这个问题的答案，就把一切涉及这个题目的书都买来了。他买来了龙勃罗梭、嘉罗法洛、费利、李斯特、摩德斯莱、塔尔德的著作，用心阅读，但越读越失望。有些人研究学问，目的不是在学术方面做点什么事，例如写作、辩论、教书等，而是在寻找一些简单的生活问题的答案，但结果往往令人失望。聂赫留朵夫现在碰到的就是这样的情况：学术给他解答了成百上千个同刑法相关的极其深奥的问题，可是独独没有解答他要寻求答案的那个问题。他所提的问题是很简单的。他问：为什么有些人可以把另一些人关押起来，加以虐待、鞭挞、流放、杀害，而他们自己其实是跟他们所虐待、鞭挞、杀害的人完全一样的人？他们凭什么可以这样胡作非为？然而回答他的却是各种议论：人究竟有没有意志的自由？能不能利用测量头盖骨之类的方法判明人是犯罪型？遗传在犯罪当中起什么作用？有没有天生道德败坏的人？究竟什么是道德？什么是疯狂？什么是退化？什么是气质？气候、食物、愚昧、模仿、催眠、情欲对犯罪有什么影响？什么是社会？社会有哪些责任？诸如此类，不胜枚举。

这些议论使聂赫留朵夫想起一个放学回家的男孩曾回答他的问题。聂赫留朵夫问男孩是否学会了拼写。“学会了。”男孩回答说。“那好，请拼一下爪子。”“什么爪子——狗爪子吗？”男孩一脸狡黠地回答。聂赫留朵夫从那些学术著作中为他的那个根本性的问题找到的，就是类似这样的反问式的答案。

这些著作中有许许多多精辟、深奥和有趣的内容，然而却没有解答最根本的问题：凭什么一些人可以惩罚另一些人？书本不仅仅没有对此做出解答，而且所有的议论都归结为一点，那就是替惩罚做辩解，认为惩罚必不可少，这是天经地义的公理。聂赫留朵夫看了很多书，但断断续续，这样他就把找不到答案归咎于钻研不足，希望以后能找到答案。

当然，前面已经说过，近段时间来，对于这个问题，他自己有一个答案，而且这个答案越来越频繁地在头脑里盘旋，这就是：所有这些人被捕、被关或者被流放，绝对不是因为他们有什么不义行为或者犯法行为，而只是因为他们妨碍官僚和富人占据他们从人民头上搜刮来的财富。但因为他又读了许多书，所以他还不能肯定这个答案是准确无误的。

三十一

包括玛丝洛娃在内的那批犯人，出发的时间定在七月五日。聂赫留朵夫也准备在那天跟她一起走。在动身前一天，聂赫留朵夫的姐姐和姐夫一起进城来，要同弟弟再见一面。

聂赫留朵夫的姐姐娜塔丽雅·伊万诺芙娜·拉戈任斯卡娅，比弟弟大十岁。他的成长多少受到她的影响。他小时候，姐姐很疼爱他。后来，在她快出嫁时，他们特别谈得来，简直像同龄人那样亲密，其实当时她已是个二十五岁的大姑娘了，可他还是个十五岁的少年。当时她爱屋及乌，和弟弟的朋友尼科连卡·伊尔捷涅夫也很亲密，后来尼科连卡不幸夭折，姐弟俩都很难过，他们之所以都热爱尼科连卡，是因为他们都具备博爱精神。

后来他们俩都变质了：他到军队里服务，沾染了不良习气，而她嫁了人，但她只在肉体上爱丈夫，在思想上和丈夫并不同道。她的丈夫不仅不喜爱她和弟弟德米特里以前认为最神圣最宝贵的一切东西，甚至不理解他们的一片诚心。按他的理解，她原来的生活目标，追求道德完善和为人们服务的志向，都可归结为纯粹是虚荣心在作怪，想在人家面前出风头。

娜塔丽雅的丈夫伊格纳契·尼基佛罗维奇·拉戈任斯基既没有名望，也没有产业，但是个手腕灵活的官场老手。他周旋于自由派和保守派之间，随机应变，左右逢源，尽量利用在一定时机和一定场合下能给他的生活带来最大利益的那一派。不过，他在司法界创下辉煌前程，步步高升，主要是依靠某种能博得女人欢心的特殊本领。他在国外认识聂赫留朵夫一家时，已经不是很年轻了。他使年龄也不算太小的姑娘娜塔丽雅爱上他，并几乎违背她母亲的心意同他结了婚。她母亲认为这门亲事是门不当户不对。聂赫留朵夫憎恨姐夫，虽然竭力克制这种情绪，避免想到这一点。聂赫留朵夫之所以对姐夫反感，是因为姐夫感情猥琐，目光短浅而又刚愎自用。不过，他对他反感的主要原因却是他姐姐居然会那么热烈、自私、充满性感地爱上这个精神贫乏的人，并且为了顺从他而不惜摒弃自己的一切美德。聂赫留朵夫每次想到，娜塔丽雅就是这个浑身汗毛、秃头发亮而刚愎自用的人的妻子，心里总是难过极了。他甚至对这个人的孩子都按捺不住心头的嫌恶。每次听说娜塔丽雅要生孩子，他就会产生一种痛惜的感情，仿佛她从这个同他们格格不入的人身上又感染上了什么脏东西。

拉戈任斯基夫妇有两个孩子，一男一女，但这次没有带来。他们在一家最好的旅馆里开了一套最好的房间。娜塔丽雅·伊万诺芙娜立刻乘车到他母亲的故居去，但在那里没有碰到弟弟。聂赫留朵夫母亲的女仆阿格拉费娜·彼得罗夫娜告诉她，弟弟已搬到一个带有家具的公寓里。娜塔丽雅到那里去找他。在光线昏暗、气味难闻、白天也点着灯的走廊里，一个服饰肮脏的杂役迎着她走过来，告诉她，公爵不在家。

娜塔丽雅·伊万诺芙娜说她希望到弟弟房间里，给他留一张字条。杂役就领她去了。

娜塔丽雅·伊万诺芙娜走进他的两个小房间，仔细观察了一下。她看到的一切东西都像她所熟悉的那样整齐清洁，但是房间的简朴陈设却使得她暗暗吃惊。这在她看来是一种全新的现象。她看见写字台上放着她所熟悉的那个镶有铜狗的镇纸和吸墨的器具，还有几个文件夹，一些纸张和文具，几本《刑法典》，一本英文的亨利·乔治的著作和一本法文的塔尔德的著作，书里还夹着一把她所熟悉的弯曲的大象牙刀。

她靠着桌子坐下，写了一张字条，要他务必到她那里去一次，而且今天就去。她对眼前的景象摇摇头，就回旅馆了。

娜塔丽雅·伊万诺芙娜现在关心弟弟的两件事：一件是他要同卡秋莎结婚，这是她在她居住的城里听到的，那里对此事议论纷纷；另一件是他要把土地交给农民，这事也人尽皆知，而且被许多人看作是一种含有政治意义的危险行为。他要同卡秋莎结婚，娜塔丽雅一方面有点高兴，她欣赏这种果敢精神，因为从这一点看到了她出嫁前那些美好岁月里他们姐弟俩的本来面目，但一想到弟弟竟然要同这样一个下贱的女人结婚，她又感到不寒而栗。后面这种心情要强烈得多，她决定竭力去影响他，劝阻他，虽然她心里也知道，要做到这一点极其困难。

至于他打算把土地交给农民，那件事她并不怎么关心。但丈夫对此却十分愤慨，要她劝阻弟弟。伊格纳契·尼基佛罗维奇说，这种行为是无理取闹、轻举妄动的极端表现，要是这样的行为也能加以解释的话，那就只能解释为他有意标新立异，出风头，招引人家来议论罢了。

“把土地交给农民，租金也归农民使用，这究竟有什么意义呢？”他说，“要是他真想这样做，他尽可以通过农民银行把土地卖出去。这样还说得过去。总之，这种行为近乎神智不正常。”伊格纳契·尼基佛罗维奇心里已经在考虑聂赫留朵夫需要有个监护人。他要妻子务必同弟弟认真谈谈他这个古怪的意图。

三十二

聂赫留朵夫回到家里，发现桌上有姐姐的字条，就立刻坐车去找她。这时已经是晚上了。姐夫伊格纳契·尼基佛罗维奇在另一个房间里休息，娜塔丽雅一个人接待弟弟。她穿一件小腰身黑绸连衣裙，胸前扎着一个红花结，蓬蓬松松的乌黑头发梳成时髦的款式。她刻意打扮得年轻漂亮，显然是要讨年龄相同的丈夫的欢心。她一看见弟弟，霍地从沙发上站起来，快步向他走去，绸连衣裙的下摆发出窸窣的响声。他们接吻，笑眯眯地互相瞧着。他们四目相视的那种目光，充满着真诚，包含着很多的意思，这是一种神秘而无法用言语表达的意味深长的对视。接着他们开始交谈，他们的话就没有那么真诚了。自从母亲去世以后，他们没有再见过面。

“你胖了，显得更年轻了！”弟弟说。

姐姐高兴得嘴唇都皱起来。

“你可瘦了。”

“那么，伊格纳契·尼基佛罗维奇怎么样？”聂赫留朵夫问。

“他在休息。他一夜没睡。”

他们有许多话要说，但一句也没有说出来，倒是他们的眼神说出了他们应该说而又没有说出来的话。

“我到你那里去过了。”

“是的，我知道。我已经从家里搬出来了。房子太大，我住在那里觉得孤独、寂寞。那儿的东西，对我来说都是多余的了，你把东西统统拿去吧，包括那些家具、衣服以及所有的物件，通通拿走。”

“是的，阿格拉费娜·彼得罗夫娜对我说了，我到那里去过，那太感谢你了。不过……”

这会儿，旅馆茶房送来一套银茶具。

茶房摆茶具的时候，姐弟俩没有说话。娜塔丽雅·伊万诺芙娜走到茶儿后面的圈椅那儿坐下，默默地斟茶。聂赫留朵夫也不作声。

“哦，我说，德米特里，你的事情我全知道了。”娜塔丽雅·伊万诺芙娜瞧了他一眼，断然说。

“是吗？你知道了，我很高兴。”

“不过，她经历了那种生活，你还能指望她改邪归正吗？”娜塔丽雅·伊万诺芙娜说。

他挺直身子坐在一把小椅子上，双臂悬空，没有搁在什么地方，聚精会神地听她说话，努力领会她的意思，以便好好回答她的话。自从上次同玛丝洛娃见面后，他的情绪一直很好，心里充满宁静的快乐，看见什么人都很高兴。

“我不要她改邪归正，我只要自己改过自新。”他回答说。

娜塔丽雅叹了一口气。

“除了结婚，也有别的办法帮助她。”

“可我认为这是最好的办法。再说，这个办法可以把我带到另一个世界，我到了那里就能成为一个有益的人。”

“我认为，你不可能幸福。”娜塔丽雅·伊万诺芙娜说。

“我考虑的不是个人的幸福。”

“那当然，但她要是有心肠的话，也不可能幸福，甚至不可能指望这样做。”

“她本来就不指望。”

“我明白，可是生活……”

“生活怎么样？”

“生活要求另一种解决办法。”

“生活没有别的要求，只要求我们做我们该做的事。”聂赫留朵夫说，瞅着她那张还很美丽，只是眼角和嘴边已出现细纹的脸。

“我不明白。”她叹了一口气说。

“我可怜的亲爱的姐姐！她怎么会变成这个样子？”聂赫留朵夫心想，记起娜塔莎出嫁前的样子，无数童年的回忆交织在心头，唤起了他对她的亲切感情。

这时候，伊格纳契·尼基佛罗维奇·拉戈任斯基走进房间里来，像平时那样高高地昂起头，挺起宽阔的胸膛，迈着轻巧柔和的步子。他脸上浮着微笑，他的眼镜、秃头和黑胡子都闪闪发亮。

“您好，您好！”他把重音念得很不自然，矫揉造作地说。

他们握了握手。伊格纳契·尼基佛罗维奇轻快地在一把圈椅上坐下。

“我不妨碍你们谈话吗？”

“不，我说话、做事，从来不瞒着什么人。”

聂赫留朵夫一看见这张脸，一看见那双毛茸茸的手，一听见那种居高临下、自以为是的口气，他对姐夫的温情厚意就顿时消失了。

“是啊，我们在谈他的打算。”娜塔丽雅·伊万诺芙娜说，“要给你倒一杯茶吗？”她拿起茶壶，补充说道。

“好的，麻烦你。那么究竟有什么打算呢？”

“我打算跟一批犯人到西伯利亚去，因为其中有一个女人，我认为自己对她有罪。”聂赫留朵夫说。

“我听说您不只是陪护她而已，还有别的心愿。”

“是的，只要她愿意，我还打算同她结婚。”

“原来如此！要是您不嫌烦的话，您给我解释解释您的动机。我不了解您的动机。”

“我的动机就是这个女人……她堕落的第一步……”聂赫留朵夫想不出恰当的措辞，不由得生自己的气，“我的动机就是，我犯了罪，她却受到惩罚。”

“既然她受到惩罚，那么她大概也不是没有罪。”

“她完全没有罪。”

聂赫留朵夫就带着不必要的激动心情把这事原原本本讲了一遍。

“是的，这是审判长疏忽了，弄得陪审员在答复时考虑不周。不过，这种情况还可以向枢密院提出上诉。”

“枢密院已经把上诉驳回了。”

“枢密院驳回了，这就说明上诉理由不足。”伊格纳契·尼基佛罗维奇说。显然，他完全赞同那种公认的观点：法庭口头辩论的结果就是真理。“枢密院不可能深入审查案情的是非曲直。要是法庭审判确实有错误，那就得上告皇上。”

“已经上告了，但多半是徒劳无功。他们会向司法部查问，司法部会向枢密院查问，枢密院会重述它的裁定。这样，无罪的人还不是照样将受到惩罚。”

“第一，司法部不会向枢密院查问，”伊格纳契·尼基佛罗维奇带着鄙夷的笑容说，“司法部会向法庭直接调卷，如果发现错误，就会加以纠正。第二，无罪的人从来不会受到惩罚，即使有，也是极少见的例外。凡是受惩罚的，总是有罪的。”伊格纳契·尼基佛罗维奇不慌不忙，自鸣得意地笑着说。

“可我相信事实正好相反，”聂赫留朵夫对姐夫抱着反感说，“我相信，被法庭判刑的人，大部分是无辜的。”

“这话怎么讲？”

“我说的无辜就是没有任何罪。例如这个被控犯毒害人命罪的女人根本没有罪。还有我最近认识一个农民，被控犯杀人罪，其实他没有杀过人，什么罪也没有。还有母子两人被控犯纵火罪，其实那场火是主人自己放的，他们却差一点被定罪判刑。”

“是的，审判错误是一种常见的现象，过去有，将来也还会有，这一点不消说。人类的机关不会明察秋毫，不可能十全十美。”

“再说，有大量无辜的犯人，只因为他们是在某种特定的环境里成长的，他们没有受过教育，不懂法律，他们并不认为自己的行为是犯罪。”

“对不起，您这话可没有道理。做贼的个个都知道，偷窃是不好的，不应该偷窃，偷窃是不道德的。”伊格纳契·尼基佛罗维奇说，又露出那种若无其事、自命不凡和略带轻蔑的微笑，这使聂赫留朵夫更加恼火。

“不，他们不知道。人家对他们说：别偷东西。可是他们明白，工厂老板用压低工资的办法来盗窃他们的劳动，政府和政府官员用收税的方式不断地盗窃他们的财物。”

“这是无政府主义理论。”伊格纳契·尼基佛罗维奇平静地说，对内弟的话下了断语。

“我不知道这是什么主义，但我说的都是事实，”聂赫留朵夫继续说，“他们知道，政府在盗窃他们的东西。他们知道，我们这些地主掠夺了应该成为公共财产的土地，一直在盗窃他们的东西。后来，他们在被盗窃的土地上捡了一些树枝当柴烧，我们就把他们关进牢里，硬说他们是贼。但他们知道，做贼的不是他们，而是从他们手里盗窃土地的人，因此，把他们被盗窃的东西物归原主，是他们对自己的家庭应尽的责任。”

“您的话我不明白，即使明白，也不能同意。土地非成为私有财产不可。要是您把土地分给大家，”伊格纳契·尼基佛罗维奇说，他已经带着十足的信心断定聂赫留朵夫是个社会主义者，他认为社会主义的理论就是平分全部土地，而平分土地是很愚蠢的，他可以轻易驳倒这种理论，“要是您今天把土地平分给大家，明天它又会转到勤劳能干的人手里。”

“谁也不打算把土地平分，但土地不应该成为谁的私有财产，不应该成为买卖或者租佃的对象。”

“私有财产权是人类天赋的。没有私有财产权，耕种土地就会毫无兴致。一旦消灭私有财产权，我们就会回到蛮荒时代。”伊格纳契·尼基佛罗维奇振振有词地说，重复着维护私有财产权的陈词滥调。这种论调被认为是驳不倒的，中心意思就是，土地的占有欲就是土地必须私有的标志。

“正好相反，只有消灭土地私有制，土地才不会像现在这样荒废。现在地主霸占土地，就像狗占马槽一样，自己不会种，又不让会种的人种。”

“您听我说，德米特里·伊万诺维奇，这简直是发疯！难道我们今天能消灭土地私有制吗？我知道这是您长期以来的愿望。但恕我直言……”伊格纳契·尼基佛罗维奇说到这里脸色发白，声音发抖，显然这问题击中了他的要害，“我奉劝您在着手处理这问题前，先好好考虑一番。”

"您说的是我的私事吗？"

"是的。我认为我们这些有一定地位的人，应该承担由这种地位产生的责任，应该维护我们的生活水平，那是我们从祖先手里继承下来，并且必须传给子孙后代的。"

"我认为我的责任是……"

"请您让我把话说完！"伊格纳契·尼基佛罗维奇不让对方打断他的话，继续说，"我说这话不是为我自己，也不是为我的孩子们。我孩子们的生活和教育是有保障的，我挣的钱足够我们过了，而且我认为我的孩子们将来也不会过穷日子，因此，老实说，我反对您考虑不周的行为，不是出于我个人的利害得失，我是从原则出发不能同意您的见解。我劝您多考虑考虑，读点书……"

"哦，我的事您让我自己来处理吧，我自己知道什么书该读，什么书不该读。"聂赫留朵夫说。他脸色发白，同时觉得双手发凉，他控制不住自己的情绪，就沉默下来，喝起茶来。

三十三

“哦，孩子们好吗？”聂赫留朵夫略微平静下来，问姐姐说。

姐姐讲起她的两个孩子，说他们跟丈夫的母亲，也就是奶奶住在一起。她看到弟弟跟丈夫的争论总算停住了，很高兴，就讲起她的孩子们怎样玩旅行游戏，就像当年她弟弟用两个布娃娃，一个代表黑人，一个起名叫法国女人，所玩的游戏一样。

“你还记得吗？”聂赫留朵夫笑眯眯地说。

“你看，他们的玩法跟你从前一模一样。”

弟弟跟丈夫的不愉快谈话就此结束。娜塔丽雅感到放心，但她不愿当着丈夫的面讲只有她弟弟才听得懂的话。为了让大家都能参加谈话，她就讲起那件刚传到此地的彼得堡新闻：卡敏斯基决斗身亡，他母亲失去这个独子悲痛极了。

伊格纳契·尼基佛罗维奇表示他不赞成目前这种把决斗致死排除在普通刑事罪之外的处置。

他这种说法受到聂赫留朵夫的批驳，于是两人又辩论，他们争来争去，又回到刚才那个没有说清的话题上。两人都没有把自己的意见讲清楚，但各持己见，谴责对方的想法。

伊格纳契·尼基佛罗维奇觉得，聂赫留朵夫谴责他、蔑视他的全部工作。他想对聂赫留朵夫指出，他的观点是完全错误的。聂赫留朵夫呢，姑且不谈姐夫干预他土地方面的事而使他恼火①，令他感到愤恨的是，有些事现在依聂赫留朵夫看来显然是荒谬和罪恶的，可这个目光短浅的人依然信心百倍和心安理得地坚持认为那是正确和合法的。姐夫这种自以为是的态度激怒了聂赫留朵夫。

“那么，像决斗这类的事，法院应该怎么处理呢？”聂赫留朵夫问。

“法院会判处决斗中的一方服苦役，就像判处普通的杀人犯那样。”

聂赫留朵夫的双手又发凉了，他情绪激动地讲起来。

“嘿，那又怎么样？”他问。

---

① 聂赫留朵夫在内心深处却感到，姐夫、姐姐和他们的孩子，作为他财产的继承人，是有权干预他的事的。

“那就伸张了正义。”

“这么说，法院活动的目的就是伸张正义啰！”聂赫留朵夫说。

“可是除此之外，还有什么别的目的呢？”

“维护阶级利益。依我看来，法院只是一种行政工具，用来维护现存的有利于我们阶级的制度罢了。”

“这倒是一种全新的观点，”伊格纳契·尼基佛罗维奇若无其事地笑着说，“通常，法院是被人认为具有一种稍稍不同的使命的。”

“我看理论上可以这样说，但实际并非如此。依我见到的情形来看，法院的唯一宗旨就是维持社会现状，因此它要迫害和处决那些品德高于一般水平并且有心提高这个水平的人，也就是所谓的政治犯，同时又要迫害和处决那些品德低于一般水平的人，也就是所谓犯罪型。”

“第一，说政治犯被判刑是因为他们的品德高于一般人，这我不能同意。他们大多数都是社会渣滓，跟您认为的品德低于一般人的犯罪型同样堕落，虽然表现方式有所不同。”

“可是我认得一些人，他们的品德比审判他们的法官不知要高多少倍。那些教派信徒个个都品德高尚，意志坚强……”

然而伊格纳契·尼基佛罗维奇有个习惯，说话的时候不许别人打岔，因此他不听聂赫留朵夫说，只管自己讲下去。这使聂赫留朵夫更加恼火。

“再者，说法院的宗旨在于维持现存制度，这我也不能同意。法院有法院的宗旨，那就是要么改造……”

“关在监狱里改造，真是太好了！”聂赫留朵夫插嘴说。

“……要么铲除威胁社会的道德败坏分子以及兽性难驯的暴徒。”伊格纳契·尼基佛罗维奇固执地继续说。

“问题就在于现在的社会既不能做到这一点，也不能做到那一点。现在的社会是无能为力的。”

“这话什么意思？我不明白。”伊格纳契·尼基佛罗维奇勉强装出笑容说。

“我想说的是，合理的惩罚其实只有两种：那就是古代常用的体罚和死刑，但随着社会风气的好转，这些刑罚用得越来越少了。”聂赫留朵夫说。

“哦，这种话从您嘴里说出来真是新鲜得很。”

“是啊，把一个人痛打一顿，使他以后不再做挨打的事，这是有道理的；砍掉一个对社会有害的危险分子的脑袋，这也是完全有道理的。这两种惩罚都是有道理的。可是把一个游手好闲、学坏样而堕落的人关进牢里，使他不愁衣食而又被迫无所事事，并且同极端堕落的人待在一起，这有什么意义呢？还有，为了一点点事情就把一个人从图拉省押解到伊尔库茨克省，或者从库尔斯克省押解到别的地方[①]，而国家要给每人花费五百多卢布，这又有什么意义呢？”

“不过，说实在的，这种公费旅行人家是害怕的。要是没有这种旅行和监狱，我和您就不可能这样安安稳稳地坐在这里了。”

“这种监狱并不能保障我们的安全，因为那些人不是一辈子关在那里，他们会被放出来。结果就正好相反，他们在那种地方变得更加罪恶和堕落，也就是说变得更加危险了。”

“您是说，这种惩治制度必须加以改进。”

“改进是不可能的。改良监狱花费的钱会超过国民教育的经费，这样就会给人民增加负担。”

“不过，即使惩治制度有缺点，也不能因此就废除法院。”伊格纳契·尼基佛罗维奇又不听内弟的话，继续讲他自己的观点。

“那些缺点是无法克服的。”聂赫留朵夫提高嗓门说。

“那怎么办？得把人杀掉，还是像一位政府要人所提议的那样，把他们的眼睛挖出来？”伊格纳契·尼基佛罗维奇得意地笑着说。

“是的，这样做很残酷，但还有点效果。可是现在的办法呢？既残酷，又没有效果，而且极其愚蠢，简直使人无法理解，头脑健全的人怎么能参与像刑事法庭那样荒谬而残酷的工作？”

“可我就参与了这工作。”伊格纳契·尼基佛罗维奇脸色发白地说。

“那是您的事。但我不能理解。”

“我看您不理解的事多着呢。”伊格纳契·尼基佛罗维奇声音发抖地说。

“我在法庭上看到，副检察官怎样千方百计把一个男孩治罪，而那个男孩只会引起一切头脑健全的人的同情。我还知道一个检察官审讯教派信徒，竟然认为读《福音书》触犯刑法。总而言之，法院的全部活动无非就是干这种毫无意义的残酷勾当。”

“我要是这样想，就不会干这一行了。”伊格纳契·尼基佛罗维奇说着站起来。

聂赫留朵夫看见姐夫的眼镜底下有一种古怪的亮光。“难道那是眼泪吗？”聂赫留朵夫想。真的，这是屈辱的眼泪。伊格纳契·尼基佛罗维奇走到窗口，掏出手帕，清了清喉咙，动手擦眼镜，然后把眼镜摘下来，擦擦眼睛。他回到沙发上，点着一支雪茄，不再说什么。聂赫留朵夫看到他把姐夫和姐姐得罪到这个地步，

---

① 指帝俄时代由法院或地方当局判处的流刑。

心里感到又难过又羞愧，特别是因为他明天就要动身，从此再也见不到他们了。他窘态毕露地同他们告了别，便回家去了。

“我说的话多半是正确的，至少他没有驳倒我。不过，我不该用这种态度对他说话。我既然能这样让自己被邪恶的感情支配，能这样得罪姐夫，弄得可怜的娜塔丽雅这样伤心，可见我的改过自新之路只是跨出了很小一步。”他想。

三十四

包括玛丝洛娃在内的那批犯人定于下午三点钟从火车站出发。因此，聂赫留朵夫为了等他们从监狱里出来，随着他们一起到车站去，就打算在十二点以前赶到监狱。

聂赫留朵夫于前一天晚上收拾行李和文件时，看到自己的日记，竟有闲情停下来，翻看其中的几个地方，重新阅读了最近写的几段话，有一段话是他在动身到彼得堡以前写的：“卡秋莎不肯接受我的牺牲，情愿自己牺牲。她胜利了，我也胜利了。我觉得她的心灵在发生变化，却又不敢相信，但很高兴。可是我觉得她是在复活。”后面的日记里还有这样一段话：“遇到一件很痛苦又很快乐的事。听说她在医院里不规矩，我顿时感到十分痛苦。没想到我会这么痛苦。我跟她说话时，又嫌恶又憎恨，但我立刻反省自己，我痛恨她做的那种事我自己也做过许多次，直到现在还有做这种事的念头。我顿时讨厌我自己，同时又可怜她。这样一来，我心里就舒畅了。只要我们总能及时看到自己眼中的梁木[①]，我们就会变得善良些。”他读后，接着写今天的日记：“我到娜塔莎家里去了一趟。我由于自满而变得不善、凶恶，至今心情沉重。可是有什么办法？明天起开始过新生活。别了，旧生活，永别了。”聂赫留朵夫心中百感交集，但理不出一个头绪。

聂赫留朵夫第二天早晨醒来，第一个感觉就是后悔不该跟姐夫吵架。

“就这样走掉不行，”他想，“应该去向他们赔个不是才对。”但他看了看表，发觉已经来不及了。他得赶紧动身，才不会错过那批犯人离开监狱的时间。聂赫留朵夫匆匆收拾好行李，打发看门人和费多霞的丈夫塔拉斯——他随聂赫留朵夫一起上路——把行李直接送到车站去，自己雇了一辆首先遇到的出租马车，直奔监狱。流放犯人的那列火车比聂赫留朵夫搭乘的邮车早出发两个小时，因此他把公寓房钱付清，打算不再回来了。

正是炎热的七月，街上的石头、房屋和铁皮屋顶经过闷热的夜晚还没有凉下来，又把余热发散到炎热而沉闷的空气里。空中没有风，即使偶尔起一阵风，也只会带来充满灰尘和油漆味的又臭又热的空气。街上行人稀少，那少数行人也都竭

---

① 出自《新约·马太福音》第七章第三节：“你自然看到了你兄弟眼中有刺，可你感觉到你自己眼中的梁木了吗？”

力在房屋的阴影里行走。只有皮肤晒得黝黑的修路农民坐在街道中央，脚上穿着树皮鞋，用铁锤把石子砸到滚烫的沙地里去。还有一些脸色阴沉的警察，身穿没有漂过的白制服，挂着橘黄色武装带，没精打采地换动两脚站在街心。还有一些公共马车叮叮当当地在街上川流不息，车厢向阳的一面挂着窗帘，拉车的马头上戴着白布头罩，两只耳朵从布罩孔里露出来。

聂赫留朵夫坐车来到监狱，那批犯人还没有出来。在监狱里，从早晨四点钟起就开始移交和验收出发的犯人，这工作很紧张，到现在还没有结束。这批流放者有六百二十三名男犯和六十四名女犯，都得按名册一个个核对，把有病的和体弱的挑出来，统统移交给押解人员。新来的典狱长、两名副典狱长、一个医师、一个医士、一个押解官和一个文书，都坐在院子里靠墙阴凉处的一张桌子周围，桌上放着公文簿册和办公用具。他们逐个叫犯人的名字，犯人们就一个个走过去，由他们审查，问话，登记。

现在那张桌子已有一半被阳光照着了。这里很热，没有风，站在周围的犯人又不断吐出热气，弄得更加闷热难受。

“怎么搞的，简直没有个完了！”押解官又高又胖，脸色红润，肩膀耸起，胳膊很短，一面不住地吸烟，从小胡子里吐出一团团烟雾，一面说，“可把人累死了。你们这是从哪儿弄来这么多人？还有好多吗？”

文书查了查名册。

“还有二十四个男的和几个女的。”

“喂，你们站着干什么，走过来！”押解官对那些挤在一起还没有验过身份的犯人吆喝道。

犯人们排列成行，等着问话，已经在太阳底下站了三个多小时了。头上太阳直射，又没有地方遮蔽。

这项工作是在监狱里进行的，至于监狱外面，大门外除了荷枪的士兵外，还有大约二十辆大车停在那里，准备装载犯人的行李和体弱的犯人。

街道转角处站着一批犯人的亲友，等待犯人出来再见一面，要是可能的话，再说几句话，递给他们一点东西。聂赫留朵夫就挤在这批人中间。

他在这儿站了将近一个小时，脚都站酸了。门里终于响起了铁镣的碰撞声、犯人的脚步声、长官的吆喝声、起伏的咳嗽声和人群低低的说话声，就这样持续了五分钟光景。在这段时间里，几个看守在小门里进进出出，最后传出了口令声。

大门隆隆地打开来，铁镣的撞击声更响了。一大批穿白军服扛枪的押解兵走到街上，在大门外整齐地排成一个圆圈，显然这是他们干惯的事情。等他们站好队，又传出了一声口令。男犯人头发剃光，头上戴着像薄饼一般的囚帽，背上背着袋子，两人一排，艰难地一步步拖着脚镣走出来。他们一只手扶住背上的袋子，另一只手前后摆动。先出来的是苦役犯，都穿着灰色的长裤和囚袍，囚袍背上缝着一块方布[①]。他们当中有年轻的，有年老的，有瘦的，有胖的，有白脸的，有红脸的，有黑脸的，有留小胡子的，有留大胡子的，有不留胡子的，有俄罗斯人，有鞑靼人，有犹太人，个个都拖着铁镣，拼命挥动一条胳膊，仿佛要走到很远的地方去似的，但走了十步光景就停住了，听话地四人一排，依次站好。随后，大门里又涌出一批剃光头的男犯。他们也穿着囚服，但没有戴脚镣，只是每两人用一副手铐锁在一起，这是流放犯……他们同样快速地走出来后便停下，四人一排，依次站好。然后是各村社判处的流放犯，再后面是女犯，按同样的队列站好，前排是穿灰色囚袍、系灰色头巾的女苦役犯，后面是女流放犯，以及穿城里服装或者乡下服装自愿跟随丈夫一起流放的女人。有几个女犯手里抱着娃娃，用囚袍的前襟包着。

跟女犯一起走的还有一些孩子，包括男孩和女孩。这些孩子像马群里的小马一样，夹在女犯中间。男犯们默默地站在那里，只偶尔咳嗽几声，简短地说一两句话，但女犯的队伍里却话声不断。聂赫留朵夫好像看见玛丝洛娃出来，但后来在人群中又找不到她了。他只看见一群灰色的生物，仿佛丧失了人类的特征。而那些排在男人后面、带着孩子和袋子的女犯，更是丧失了女性的特征。

尽管全体犯人在监狱的围墙里已经清点过，可是押解兵现在又清点一遍，同原先的人数核对了一下。这次清点拖了很久，因为有些犯人走来走去，换了地方，影响了清点工作。押解兵破口大骂，把犯人推来推去。犯人敢怒而不敢言，听凭摆布。于是押解兵又重新点了一遍。等到重新清点完毕，押解官便发出一声口令，人群里顿时骚乱起来。原来押解官发令说：老弱、女人和小孩可以坐大车去火车站，其余一律步行。于是人群大乱，那些体弱的犯人、女人、孩子争先恐后，一齐往大车那边跑过去，把他们的背包放在车上，然后他们自己爬上车。临了，一些抱着啼哭的奶娃娃的女人，兴高采烈地抢着座位的孩子和脸色阴郁、神情沮丧的病弱男犯人都爬上了大车，在车上坐定。

有几个男犯脱下帽子，走到押解官跟前，请求他什么事。聂赫留朵夫后来才知道，他们是要求坐车。聂赫留朵夫只看见押解官一言不发，也不看要求的人，只顾自己吸烟，后来忽然对那犯人挥动他的短胳膊，那犯人怕挨打，慌忙缩起光头，拔腿跑开。

“我要叫你尝尝当贵族老爷的滋味，好让你一辈子记住！走你的路去！”押解官嚷道。

---

① 俄国苦役犯的标志。

只有一个戴脚镣的颤巍巍的高个子老头儿得到押解官的准许。聂赫留朵夫看见他脱下薄饼般的囚帽，画了个十字，向大车走去，可是他那衰老的腿拖着锁链，爬了好久，都爬不上车。幸亏车上有个女人抓住他的一只手，总算把他拉上去了。

等到所有的大车都装满背包，那些得到许可的人都在背包上坐好，押解官才摘下军帽，用手绢擦擦前额、秃头和又红又粗的脖子，然后画了个十字，命令道：

“队伍，开步走！”

那些兵弄得他们的步枪咣咣作响。犯人们脱下帽子，有几个是用左手脱的。他们开始在胸前画着十字。送行的人喊着话，犯人们也喊着答话。有的女人号啕大哭。这批犯人就由穿着白军服的军士们包围着，走动起来，脚上的锁链扬起了尘土。带头走着的是军士们，身后跟着戴镣铐的犯人，每四人一排。他们的后面是流刑犯，随后是由村社判处流刑的农民，每两人用一副手铐锁在一起，再后是女犯人。这后面是走动的大车，车上装满背包和体弱的人。其中一辆车上，有一个女人坐在高处，裹紧衣服，不住地尖叫和号哭。

三十五

这个队伍真长，等到前边的人已经走远，看不见了，后面那些载着背包和体弱的人的大车才刚刚开动。等大车开动后，聂赫留朵夫就坐上那辆一直在等候他的街头马车，吩咐马车夫把车赶到犯人前边去，以便看一看在男犯中有没有熟人，再到女犯人中找到玛丝洛娃，问问她有没有收到送去的东西。天气已经很热了，空中没有风。千只脚扬起的灰尘，一直飘浮在街心走着的犯人们的头顶上。犯人们走得很快，聂赫留朵夫的马车费了好大工夫才赶到队伍前头。一排又一排模样古怪的可怕的生物，迈动上千只穿着同样鞋袜的脚，合着步伐摆动空手，似乎在给自己鼓气。他们人数那么多，模样那么单调，又处在那么古怪的特殊条件下，以致聂赫留朵夫觉得，他们仿佛不是人，而是一种可怕的特种生物。[1] 直到他在苦役犯中认出凶手费多罗夫，在流放犯中认出滑稽家伙奥霍京和一个求他帮过忙的流浪汉，才改变了这种印象。几乎所有的犯人都扭过头来，斜起眼睛瞧着赶到他们前头去的四轮马车和坐在车上不断打量他们的老爷。费多罗夫扬了扬头，表示他已经认出了聂赫留朵夫。奥霍京挤了挤眼。在路上禁止犯人向旁人打招呼，所以他们两人都没有点头致意。聂赫留朵夫的马车赶上那些女犯人，他立刻认出了玛丝洛娃，她在女犯的第二排。这一排边上走着一个女犯，红脸庞、黑眼睛、短腿，模样难看，把囚袍前摆掖在腰里，监狱里的犯人给她取了绰号“美人儿”。她旁边是个孕妇，勉强拖着两腿走着。第三个就是玛丝洛娃。玛丝洛娃肩上背着袋子，眼睛瞧着前方。这一排的第四个人是个年轻漂亮的女人，穿一件短袍，像农妇那样扎着头巾，步伐矫健，她就是费多霞。[2] 聂赫留朵夫跑下马车，向女犯队伍走去，想问问玛丝洛娃有没有收到东西，身体怎样。可是，在队伍这边走着的一个押解军士一发现有人接近队伍，就立刻赶过来。

“不行，老爷，接近队伍是不允许的。”他走过来，大声说。

[1] 这里运用了比喻的修辞手法，把犯人比作一群生物，突出表现了犯人遭受了非人的待遇。

[2] 这里是外貌描写，通过具体介绍玛丝洛娃身边的几个女犯人的外貌，来突出她们身份的多样性。

军士走过来，认出是聂赫留朵夫[①]，就把手举到帽檐上敬了个礼，在聂赫留朵夫身边站住说："现在不行，到火车站就可以了，这儿是不允许的。别掉队，快走！"他对犯人们吆喝着。接着不顾天气炎热，抖擞精神，迈开穿着漂亮新皮靴的脚，快步跑到原来的队伍里去。

聂赫留朵夫转身回到人行道上，吩咐马车夫赶着马车跟在他身后。他自己看着队伍，同它并排往前走。那支队伍不管走到哪儿，总是引起人们注意。大家又同情又恐惧地注视着他们。乘车路过的人都从车窗里探出头来，目送着犯人们，直到看不见为止。过路的行人都站住，又惊又惧地瞧着这可怕的景象。有些人走上前去，施舍一点钱。押解兵就把钱收下。有些人仿佛着了魔似的跟着队伍往前走，不过后来停住脚步，摇着头，只是目送那批犯人走去。人们纷纷从各个门道里跑出来，互相招呼着，也有人从窗子里探出身来，他们都呆呆地望着这支可怕的队伍，默不作声。在一个十字路口，队伍挡住了一辆豪华的马车。马车驭座上坐着一个满脸油光、屁股肥大的车夫，身穿一件背上有两排纽扣的号衣。马车后座上坐着一对夫妻：妻子消瘦，苍白，戴一顶浅色帽子，打一把色彩鲜艳的阳伞；丈夫戴一顶高礼帽，穿一件讲究的浅色大衣。前座上，面对他们坐着两个孩子：女孩打扮得很好看，娇嫩得像朵小花，披着一头浅色头发，也打着一把色彩鲜艳的阳伞；八岁的男孩脖子细长，锁骨突出，戴一顶拖着两条长飘带的水手帽。做父亲的怒气冲冲地责备车夫，怪他没有及时抢在队伍前面穿过马路。做母亲的嫌恶地眯细眼睛，皱起眉头，把绸阳伞放得低低的遮住脸，以挡住阳光和灰尘。大屁股的车夫生气地拧起眉头听着主人毫无道理的责备，因为走这条路，正好是主人吩咐的。他使劲地勒住那几匹一个劲儿往前冲的黑马。这些马的身上也闪着光泽，特别是笼头底下和脖子上，汗光闪闪。

警察一心一意想为豪华的马车的主人效劳，想把犯人拦住，放马车过去，但他发觉这支队伍里有一种阴森肃穆的气氛，不能破坏，即使为了这样一位阔老爷也不能破例。因此，他只把手举到帽檐上敬了个礼，表示他对财富的尊重，然后严厉地瞅着犯人，仿佛决心保护车上的贵客，不让他们受到犯人们的侵袭。因此这辆豪华的马车也不得不等整个队伍走完，直到最后一辆装载行李和坐在行李上的女犯的大车过去，才继续赶路。在那辆大车上，有一个歇斯底里的女人刚安静下来，一看到这辆豪华的马车，就又尖叫和号哭起来。直到这时，车夫才轻轻抖动一下缰绳，那几匹黑鬃骏马就在马路上迈开步子，拉动那辆微微晃动的橡皮轮马车，蹄声清脆地往别墅跑去，把丈夫，妻子，女儿和脖子细长、锁骨突出的男

① 监狱里的人都认识聂赫留朵夫。

孩一起送到那里去消夏享乐。

做父亲的也好，做母亲的也好，都没有向女孩子或者男孩子解释，他们看见的景象是怎么一回事，因此两个孩子只好自己来解答这问题。

女孩子察看父母的脸色后，得出这样的结论：这批人同她的父母和亲友截然不同，他们都是坏人，因此就该这样对待他们。就因为这个缘故，女孩子只觉得心惊胆战，直到那些人看不见了，她才放下心来。

不过，脖子细长的男孩一直盯住犯人的队伍，眼睛一眨也不眨。他对这问题的看法不同。他直接从上帝那里得到启示，极其坚定而且毫无疑问地相信他们也是人，跟他自己一模一样，跟所有的人一模一样，因此必定是有人对他们做了什么坏事，对他们做了什么不该做的事。他们才落到这步田地。他不由地怜悯他们。与此同时，他无论面对这些戴着镣铐、剃光头发的人，或是面对那些硬要给他们戴上镣铐、剃去他们头发的人，都感到十分恐惧。就因为这个缘故，男孩的嘴唇才撅得越来越高，他好不容易忍住眼泪，因为他认为在这种场合哭是丢脸的。

三十六

聂赫留朵夫迈着像犯人们一样快的步子向前走去。他虽然穿得少，只穿一件薄大衣，但还是热得受不了，主要是因为街上灰尘飞扬，空气炎热，停滞不动，使人闷得喘不过气来。他走了四分之一俄里，再坐上马车往前走，可是在街当上，坐在马车上，他觉得更热了。他竭力回想昨天同姐夫的谈话，但这事现在回想起来早已不像早晨那样使他激动不安了。这事已被囚犯们走出监狱和列队出发的悲惨景象盖过去了。当前最主要的感觉是酷热难当。在矮墙旁边的树荫下，有个卖冰激凌的小贩盘脚坐着，他的面前站着两个实科中学的学生，他们热得脱掉了帽子。其中一个孩子正舔着牛角小匙，吃得津津有味；另一个孩子则等待小贩把黄糊糊的东西盛满玻璃杯。

“这儿有什么地方可以喝点解渴的东西吗？”聂赫留朵夫感到口渴得厉害，想喝点饮料，便问他的马车夫说。

“这儿附近有一个挺好的小饭铺。”马车夫说，赶着马车拐过街角，把聂赫留朵夫送到一个挂着大招牌的饭店门口。

肥头胖耳的掌柜只穿一件衬衫，坐在柜台里。几个堂信穿着脏得发黑的白工作服，因为没有顾客，都散坐在桌子旁。这会儿看到这位不寻常的客人，都怀着好奇心打量着他，赶紧迎上前去伺候。聂赫留朵夫要了一瓶矿泉水，在离窗子相当远的地方，挨着一张铺有肮脏桌布的小桌坐下。

另一张桌旁坐着两个人，桌上放着茶具和一个白色玻璃瓶。他们擦着额上的汗，心平气和地算着账。其中一个肤色很黑，头顶光秃，后脑壳上留着一圈黑发，那发型跟伊格纳契·尼基佛罗维奇一模一样。这个印象使聂赫留朵夫又想起昨天跟姐夫的谈话，他很想在动身之前跟姐夫和姐姐再见一面。“恐怕来不及了，”他想，“还是写一封信吧。”于是向店主要来信封、信纸和邮票，开始动手写一封信给姐姐，安排一些事。他一面喝着清凉冒泡的水，一面考虑该写些什么。可是他脑子里千头万绪，信怎么也写不好。

“亲爱的娜塔丽雅！昨天跟姐夫的谈话给我留下沉重的印象，我不能一走了之……”他开了个头。“接下去写些什么？请求他原谅我昨天说的话吗？可我说的都是心里话呀。他会以为我放弃原来的看法了。再说他这是在干涉我的私事……不，我不能这样写。”想到这里，聂赫留朵夫又开始痛恨这个同他格格不入、自以为是、不理解他的人了。他将未写完的信放在衣袋中，付清钱，走出店门，在街上坐上马车，去追赶那批犯人。

天气更热了。墙壁和石头仿佛都在冒热气。如果光脚走在滚烫的石子路上，一定会火烧火燎地疼。聂赫留朵夫没戴手套的手碰到马车的上过漆的挡泥板，就像被火烫着似的。

马没精打采地在街上跑着，蹄子在尘土飞扬的不平坦的路上踩出均匀的马蹄声，慢吞吞地经过一条条街道。车夫不住地打着盹儿。聂赫留朵夫坐在车上，眼睛冷漠地呆望着前方，脑子里什么也不想。在一条街道下坡的地方，一座大房子的门口聚集着一群人，还站着一个持枪的押解兵。聂赫留朵夫吩咐马车停下来。

“什么事啊？”他问扫院子的人。

“有个犯人出了事。”

聂赫留朵夫跳下马车，走到人群跟前。在靠近人行道的倾斜而不平坦的石头路面上，躺着一个上了年纪的男犯人，头在坡下，脚在坡上。这犯人肩膀宽阔，蓄着棕红色大胡子，红脸庞，扁鼻子，穿着灰色囚袍和灰色囚裤。他仰天躺着，伸开两只雀斑累累的手，手心朝下。他睁着两只呆滞而充血的眼睛，望着天空，嘴里发出哼哼唧唧的声音，每隔很长一段时间，他那隆起的胸脯就均匀地起伏一下。他的旁边站着一个皱眉头的警察、一个叫卖的小贩、一个邮差、一个店员、一个打阳伞的老太婆、一个剃着光头手提空篮的男孩。

“他们的身体在牢里关得虚弱不堪了，虚透了，如今又把他们带到这么毒的日头底下来。”店员对走过来的聂赫留朵夫说，显然在责备什么人。

“他恐怕就要死了。”打阳伞的女人哭丧着脸说。

“得把他的衬衫解开。”邮差说。

警察用哆嗦的粗手指笨拙地解开犯人青筋毕露的红脖子上的带子。他显然又激动又紧张，但仍然认为必须把群众呵斥一番。

“你们围着干什么？天气这么热，还要把风挡住。”

“应该先请个医生来检查检查。凡是身体虚弱的就该留下不走。可是现在他们把半死不活的都拉出来了。”店员说，有意夸耀自己通情达理。

警察解开犯人衬衣上的带子，挺直腰板，向四下里扫视了一下。

“对你们说，走开！不关你们的事，有什么好看的？”他说，转过脸来对着聂赫留朵夫，希望得到他的同情，可是他在聂赫留朵夫的眼神里看不到同情，就瞅了一眼押解兵。

可是押解兵站在一旁，只顾瞧着自己踩歪了的靴后跟，对警察的困境不闻不问。

“该管的人都不管。活活把人折磨死，天下有这样的规矩吗？”

“囚犯固然是囚犯，可到底也是人哪！”人群中有人说。

“把他的头枕得高些，给他点水喝。”聂赫留朵夫说。

“已经有人去拿水了。”警察回答，把手伸到犯人的胳肢窝下，好不容易才把他的身体拖到高一点的地方。

“这么多人围着干什么？”忽然传出一个威风凛凛的声音。原来是一名警官，他穿着一身白得耀眼的制服和一双亮得更加耀眼的高筒皮靴，快步向人群走来。“都走开！站在这儿干什么？”他还没有看清楚人群围着干什么，就大声吆喝道。

他走到跟前来，看到奄奄一息的囚犯，肯定地点点头，仿佛早就料到会有这样的事发生似的，接着对警察说：

“这是怎么搞的？”

警察报告说，有一批犯人路过此地，其中一个倒在地上，押解兵吩咐把他留下来。

“有什么大不了的？把他送到警察分局去。叫一辆马车来。”

“有一个打扫院子的人去叫车了。”警察把手举到帽檐上敬了个礼，说。

店员刚说了一句天气太热的话，警官就狠狠地瞪了他一眼，说：“这事轮得到你管吗？呃？走你的路！”店员就不作声了。

“得给他喝点水。”聂赫留朵夫说。

警官对聂赫留朵夫也狠狠地瞧了一眼，但没有说什么。扫院子的端来一杯水，警官吩咐警察端给犯人喝。警察托起犯人的脑袋，想把水灌到他嘴里，可是犯人没有咽下去，水顺着胡子流下来，把上衣前襟和满是尘土的麻布衬衫都弄湿了。

“在他脑袋上泼点水！”警官命令道。警察脱下犯人头上薄饼般的帽子，对准他红棕色的鬈发和秃顶泼了水。

犯人仿佛害怕似的把眼睛睁得更大，不过没有改变姿势。他脸上流着沾有尘土的污水，嘴里仍旧均匀地呻吟着，整个身子不住地哆嗦。

“这不是马车吗？就用这辆车好了！”警官指着聂赫留朵夫的马车对警察说。“过来！喂，叫你过来！”

“我已经拉着客了。”马车夫没有抬起眼睛，阴沉沉地说。

“这是我雇的车，”聂赫留朵夫说，“不过你们用好了。钱我来付。”他对马车夫补了一句。

“喂，你们都站着干什么？”警官嚷道，“快动手！”

警察、扫院子的和押解兵把奄奄一息的犯人抬起来，送上马车，放在座位上。可是那犯人自己坐不住，头老是往后倒，整个身子从座位上滑下来。

“让他躺平！”警官命令道。

“不要紧，长官，我来送他去。”警察说，紧挨着垂死的人在旁边座位上坐稳，用有力的右胳膊插到他的胳肢窝下，抱住他的身体。

押解兵托起犯人没有裹包脚布而只穿囚鞋的脚，放到驭座底下，让两条腿伸直。

警官环顾了一下，瞧见犯人那顶薄饼般的帽子掉在马路上，就把它捡起来，戴在犯人向后倒的湿淋淋的脑袋上。

“走！”他命令道。

马车夫生气地回头看了看，摇摇头，在押解兵的监督下，掉转马头，向警察分局慢吞吞地驶去。跟犯人坐在一起的警察，不断地把犯人滑下去的身体拖起来。犯人的脑袋一直前后左右晃动着。押解兵在马车旁边走着，不时伸手把犯人的腿放好。聂赫留朵夫跟在他们后面。

三十七

马车载着犯人，经过站岗的消防队员[①]身旁，驶进警察分局的院子，在一个门口停下。

院子里有几个消防队员，卷起袖子，大声说笑，正在冲洗几辆不知做什么用的平板大车。

马车一停下来，就有几个警察把它围住。他们七手八脚，或从胳肢窝下抱住犯人没有生气的身体，或抬起他的脚，把他从吱嘎发响的四轮轻便马车上抬下来。

那个送犯人来的警察跳下马车，甩了甩发麻的胳膊，脱下帽子，虔诚地画了个十字。犯人被抬进门，送到楼上。聂赫留朵夫跟着他们上去。他们把犯人抬到一个不大的肮脏房间里，里面放着四张床。两张床上坐着两个穿睡衣的病人：一个歪着嘴，脖子上缠着绷带；另一个是害肺痨病的。另外两张床空着。他们就把那犯人放在其中一张床上。这时有一个矮小的人，身上只穿衬衣裤和袜子，双目闪亮，不停地动着眉毛，蹑手蹑脚地快步走到抬进来的犯人跟前，对他瞧瞧，然后又瞧瞧聂赫留朵夫，接着纵声大笑起来。这是一个被关在候诊室里的疯子。

"他们想吓唬我，"他说，"没门儿，办不到！"

警官和一个医士跟在抬犯人的警察们的身后走进来。

医士走到犯人跟前，摸了摸犯人满是斑点的蜡黄的手，那只手虽然还软，但已呈现出死人的惨白色。他把那只手拿起来，然后又放开，那只手就毫无知觉地落在犯人的肚子上。

"完了。"医士摇摇头说，但显然是为了照章办事，解开犯人身上湿漉漉的粗布衬衫，把自己的鬈发撩到耳朵后面，弯下腰，把耳朵贴在犯人蜡黄的一动不动的厚实胸脯上。大家都不作声。医士直起腰来，又摇了摇头，用一根手指拨开一只眼皮，又拨开另一只眼皮，那两只睁着的、木然不动的淡蓝色眼睛就闭上了。

"别吓唬我，别吓唬我。"那疯子说，不住地往医士那边吐唾沫。

"怎么样？"警官问。

"怎么样？"医士照样说了一遍，"送太平间。"

"您得留点儿神。是不是真的完了？"警官问。

---

① 在当时的莫斯科，消防队和警察机构通常设在一处。

“到这地步，错不了！”医士说，不知为什么拉拉死人的衬衫把他的胸脯盖住。“我打发人去找马特维·伊凡内奇，让他来瞧瞧。彼得罗夫，你去一下！”医士说着，从死人旁边走开。

“把他抬到太平间去，”警官说，“你回头到办公室来一下，签个字。”他对那个一直跟着犯人的押解兵说。

“是。”押解兵回答。

那几个警察抬起死人，又把他抬下楼。聂赫留朵夫想跟他们去，可是疯子把他拦住了。

“您该没有参加他们的密谋吧，那么给我一支烟抽！”他说。

聂赫留朵夫掏出一盒烟，递给他。疯子扬起眉毛，急急地讲起来，他们怎样用种种方法折磨他。

“他们全都跟我作对，用妖术折磨我，把我搞得好苦……”

“对不起，我还有事。”聂赫留朵夫说，没有听完他的话就走到院子里，想看看他们把死人抬到哪里去。

那几个警察抬着死人穿过院子，刚走进地下室的门。聂赫留朵夫想走到他们那边去，可是被警官拦住了。

“您要干什么？”

“不干什么。”聂赫留朵夫回答。

“不干什么，那就走开。”

聂赫留朵夫服从了，向他雇的那辆马车走去。车夫在打瞌睡。聂赫留朵夫把他叫醒，又坐上马车到火车站去。

马车走了不到一百步，聂赫留朵夫看见迎面又来了一辆大车，由持枪的押解兵押送着。车上也躺着一个犯人，显然已经断气了。那犯人仰面朝天地躺在大车上，留着黑色大胡子，剃得光光的脑袋上戴着一顶薄饼般的帽子，那顶帽子已经滑到鼻子上。大车每颠动一下，他的脑袋就摇晃一下，撞在车板上。大车的车夫穿着肥大的皮靴，在大车旁边走着赶车，后面跟着一个警察。聂赫留朵夫拍拍他的车夫的肩膀。

“瞧他们干的好事！”车夫勒住马说。

聂赫留朵夫跳下马车，跟着那辆大车走去，又从站岗的消防队员面前经过，走进警察分局的院子。这时候，院子里的消防队员已洗好平板大车，走开了，只剩下又高又瘦的消防队长，他戴着镶蓝帽圈的帽子，双手插在口袋里，严厉地瞧着一匹由消防队员牵来的颈部膘很厚的浅黄色公马。公马的一条前腿有点瘸，消防队长生气地对站在旁边的兽医说着话。

警官也站在这里。他看见又拉来一个死人，就走到大车旁边。

“这是从哪儿拉来的？”他不以为然地摇摇头，问。

“从老戈尔巴托夫街运来的。”警察回答。

“是犯人吗？”消防队长问。

“是，长官。”

“今天第二个了。”警官说。

“哼，竟有这样的办事章法！不过呢，天气也实在太热了。”消防队长说。接着转身对那个牵着浅黄马的消防队员嚷道：“把它牵到拐角那个单马房里去！我要教训教训你这狗崽子，你把这些好马都弄残废了，它们可比你这混蛋值钱多了！”

这个死人也像刚才那个一样，由几个警察从大车上搬下来，抬到候诊室。聂赫留朵夫像中了催眠术似的跟着他们走去。

“您有什么事？”一个警察问他。

他没有回答，仍旧往他们送死人的地方走去。

疯子坐在床铺上，拼命吸着聂赫留朵夫送给他的纸烟。

“啊，您回来了！”他说着哈哈大笑。他一看见死人，就皱起眉头。“又来了！”他说。

“我都看腻了。我又不是小孩子，是吗？”他带着疑问似的微笑，对聂赫留朵夫说。

聂赫留朵夫瞧着现在没有被人遮住的死尸。死尸的脸原先盖着帽子，此刻也暴露无遗。刚才那个犯人长得很丑，可是这个犯人面貌和体型都长得非常好。这个人体格强壮，正当盛年。尽管他被剃了怪模怪样的阴阳头，他那饱满的天庭和那双如今毫无生气的黑眼睛却显得很美，还有那个不大的高鼻子和短短的黑色小胡子，也都生得很好看。他的嘴唇发青，唇边挂着笑意。他的大胡子只盖住下半截脸，在那剃光头发的半边脑袋上露出一只结实好看的不大的耳朵。脸上的神情平静、严肃而善良。且不说从这张脸上可以看出这个人的精神生活原可以得到长足的发展，如今却被断送了，单从他的双手和套着脚镣的双脚的清秀骨骼以及匀称四肢上的强壮肌肉就可以看出，他是一个优秀、强壮和灵巧的人类动物。作为动物来说，他在同类中也远比那匹由于受伤而惹得消防队长生气的浅黄马完美得多。然而他却被活活折磨死了，非但没有人把他当作人来哀悼，而且也没有人把他当作被活活折磨死的会做工的动物来怜悯。他的死在所有的人心里引起的唯一情绪，就是厌烦，因为他的尸体眼看就要腐烂，必须赶快收拾掉，这样就给大家添了麻烦。

医师带着医士，由警察分局局长陪着，来到候诊室。医师是个矮壮结实的人，穿着一件茧绸上装和一条裹紧粗壮大腿的茧绸裤子。警察分局局长是个矮胖子，红润的脸庞圆滚滚的，像个球。他有个习惯，喜欢鼓起双颊，然后再把气慢慢吐出来。这样鼓着双颊，他的脸就显得更圆了。医师挨着死人坐到床上，也像刚才医士那样摸摸死人的双手，听听心脏，然后站起来拉拉自己的裤子。

“完全死了。”他说。

警察分局局长的双颊鼓得满满的，又慢慢地把气吐出来。

“他是哪个监狱的？”他问押解兵。

押解兵回答了他，又提到要收回死人的脚镣。

“我会叫他们取下来的。感谢上帝，我们这里还有铁匠。”警察分局局长说，接着又鼓起脸颊向门口走去，再慢慢地吐出气来。

“怎么会这样？”聂赫留朵夫问医师说。

医师透过眼镜瞧瞧他。

“怎么会这样？您是说，他们怎么会中暑死掉吗？您看，整整一个冬天蹲在牢里，没有活动，不见天日，今天突然被带到这样的大太阳底下，那么多人挤在一块儿走路，空气又不流通，怎么能不中暑呢！”[1]

“那么，为什么要把他们流放出去？”

“那您去问他们好了。不过，请问您是谁？”

“我是局外人。”

“噢！对不起，我可没闲工夫。”医师说，又恼火地把裤腿往下拉拉，向病人床铺走去。

“喂，你怎么样？”他问那个脸色苍白、脖子上扎着绷带的歪嘴病人说。

这会儿疯子坐在自己的床铺上，不再吸烟，只是朝医师那边吐唾沫。

聂赫留朵夫下楼走到院子里，从消防队的马匹、几只母鸡和戴铜盔的哨兵旁边走过，出了大门，坐上他的马车，向火车站赶去。

[1] 这支流放队伍才刚出发不久，就有人中暑死亡，而流放之路还很长，肯定还会有更多的人死亡，揭露了当权者毫无人性的残暴本性。

三十八

聂赫留朵夫来到火车站，犯人们已全部坐在装有铁窗的车厢里了。站台上站着几个送行的人，但押解兵不准他们接近车厢。押解兵今天特别心烦。从监狱到车站的一路上，中暑倒毙的犯人，除了聂赫留朵夫看到的两名外，还有三个：其中一名也像前两名那样被送到就近的警察分局，还有两名却是在火车站上倒毙的[①]。押解人员感到心烦的，倒不是在他们的押解下死了五个本来可以不死的人。这事他们根本不放在心上。他们操心的只是必须依法办妥在这类情况下所应该办的各种手续：把死人连同他们的文件、衣物送到该送的地方，把他们的名字从押送到尼日尼城的犯人名册中勾销。办这些事很麻烦，特别是在这样的大热天。

押解兵此刻为了这些事正忙得不可开交，因此在这些事没有办理完毕以前，不准聂赫留朵夫和其他人接近车厢。不过聂赫留朵夫还是获得许可走近车厢，因为他给了押解的军士一点钱。这个军士就放聂赫留朵夫过去，但要他快点儿，谈完话就离开，免得被长官看见。车厢总共十八节，除了长官们坐的那一节以外，节节车厢都被犯人挤得满满的。聂赫留朵夫走过那些车厢窗口，留神听着里面的动静。每节车厢里都是一片镣铐声、忙乱声、说话声，其中还夹着毫无意义的下流话，但出乎聂赫留朵夫意料的是，没有一个地方在谈论路上死去的同伴。他们谈的多半是他们的袋子、饮用水和挑座位等问题。聂赫留朵夫从一节车厢的窗口往里张望，看见押解兵在过道上给犯人卸手铐。犯人们伸出双手，一个押解兵用钥匙打开手铐上的锁，把手铐脱掉，另一个押解兵把手铐收集在一起。聂赫留朵夫走完所有的男犯车厢，来到女犯车厢旁边。第二节车厢里传出一个女人均匀的呻吟声：“哎哟，哎哟，哎哟，老天爷！哎哟，哎哟，哎哟，老天爷！”

聂赫留朵夫走过这节车厢，听从一个押解兵的指点，走到第三节车厢的窗口。聂赫留朵夫的头刚凑近窗口，就有一股充满汗酸臭的热气扑面袭来。同时清楚地听见女人们叽叽喳喳的说话声。所有长凳上都坐着满头大汗、脸色通红、身穿囚袍和短袄的女人，她们在大声谈话。聂赫留朵夫的脸凑近铁窗，引起了她们的注意。靠窗的几个女人住了口，向他凑过去。玛丝洛娃只穿一件短袄，没有戴头巾，

---

①19 世纪 80 年代初期，某一天，在犯人们从布狄尔斯基监狱被押送到尼日尼城火车站的路上，有五名犯人中暑而死。——作者注。

坐在对面窗口。皮肤白净、脸带笑容的费多霞坐在她旁边，离这边窗口近一点。她一认出聂赫留朵夫，就推推玛丝洛娃，给她指指这边窗口。玛丝洛娃慌忙站起来，拿头巾包住乌黑的头发，红润冒汗的脸上现出活泼的微笑，走到窗口，双手抓住铁栅栏。[1]

“天气真热呀！”她快乐地笑着说。

“东西收到了吗？”

“收到了，谢谢。”

“还需要什么吗？”聂赫留朵夫觉得车厢里的热气简直像从浴室里冒出来的蒸汽一样。[2]

“什么也不需要了，谢谢。”

“最好能弄点水喝喝。”费多霞说。

“是啊，最好弄点水喝喝。”玛丝洛娃也跟着说。

“难道你们没有水喝吗？”

“他们送来过，都喝光了。”

“我这就去，”聂赫留朵夫说，“我去问押解兵要点水来。我们要到尼日尼城以后才能见面了。”

“难道您也去吗？”玛丝洛娃仿佛不知道这件事，快乐地瞅了聂赫留朵夫一眼。

“我坐下一班车走。”

玛丝洛娃一言不发，过了几秒钟才深深地叹了一口气。

“这是怎么搞的，老爷，说是有十二个犯人被折磨死了，真的吗？”一个神情严厉、上了年纪的女犯人用男人般的粗嗓子说。

她就是柯拉勃列娃。

“十二个，我没听说。我只看见两个。”聂赫留朵夫说。

“听说有十二个。造这样的孽，难道他们就不受罚吗？简直都是魔鬼！”

“妇女中间没有人害病吧？”聂赫留朵夫问。

“娘儿们身子骨硬朗些，”另一个矮小的女犯笑着说，“只是有一个要生孩子了。听，她在那儿哼哼呢。”她指着隔壁的车厢说，那儿不断传来呻吟声。

“您问我们还需要什么，”玛丝洛娃竭力忍住嘴唇上快乐的笑意，“那么，能不能把这女人留下来？要不她太受罪了。哎，

[1] 这里是人物的神态、动作描写，突出玛丝洛娃看到聂赫留朵夫时的喜悦和激动。

[2] 这里把车厢里的热气和浴室里的蒸汽相比，形象地写出了车厢里闷热的现状。

您最好去跟长官说说。”

“好的，我去说。”

“哎，还有，能不能让她同她丈夫塔拉斯见一次面呢？”她瞥了一眼笑盈盈的费多霞，示意聂赫留朵夫说，“她丈夫就要跟您一起动身了。”

“老爷，不可以同她们说话。”一个押解的军士说。这不是放聂赫留朵夫过来的那个军士。

聂赫留朵夫就去找长官，想为临产的女人和塔拉斯求情，可是找了好半天都没有找到，也不能从押解兵那里打听到长官在哪里。他们都很忙：有些正把犯人带到什么地方去，有些跑去给自己买食物，或者把自己的行李搬到车厢里去，有些则要伺候跟押解官一起上路的太太。他们都不愿意回答聂赫留朵夫的话。

聂赫留朵夫找到押解官的时候，已经响过第二遍铃了①。押解官用他那只短手擦擦盖住了嘴巴的小胡子，耸起肩膀，为什么事在斥责司务长。

“您究竟有什么事？”他问聂赫留朵夫说。

“您车上有个女人要生孩子了，我想应该……”

“那就让她生好了。等生出来再说。”押解官说，向他自己那节车厢走去，使劲地摆动他那双短胳膊。

这时，列车长手里拿着哨子走过去了，紧接着响起了最后一遍铃声和哨子声，从站台上送行的人群中和女犯的车厢里传出一片哭泣声和号叫声。聂赫留朵夫和费多霞的丈夫塔拉斯站在站台上，眼看一节节带铁格栅窗户的车厢和车窗里露出的一个个剃光头发的男人脑袋从面前掠过。接着是第一节女犯车厢，从窗子里可以看见那些女犯，有的露着头发，有的扎着头巾。然后是第二节车厢，从里面传出那个临产女人的呻吟，再后面就是玛丝洛娃的那节车厢，玛丝洛娃同另外几个女犯站在窗口，瞧着聂赫留朵夫，对他凄苦地微笑着。[3]

[3] 这里是情景描写，通过聂赫留朵夫的眼睛，揭开了一节节车厢内悲惨的情景。

---

① 在俄国铁路的起点站，列车在开车前十五分钟或二十分钟摇第一遍铃，前十分钟左右摇第二遍铃，开车前摇第三遍铃。在中途站，摇铃的间隔时间比较短。

三十九

聂赫留朵夫所搭的那班客车，离开车还有两个小时。聂赫留朵夫原想利用这段时间到姐姐家去一次，可是今天上午看到的那些景象使他感慨万千，身心疲惫，打不起精神，而一坐到头等车候车室的沙发上，更觉得极其困倦。他刚刚侧过身子，一只手心垫在脸颊下，就立刻睡着了。

一个身穿燕尾服、胸戴徽章、胳膊上搭着餐巾的茶房把他叫醒了。

“老爷，老爷，您是聂赫留朵夫公爵吗？有位太太在找您呢。”

聂赫留朵夫霍地跳起来，揉揉眼睛，这才记起他在什么地方，想到今天上午发生的种种事情。

他头脑里留下的印象是：犯人的队伍，几个死人，有铁格栅窗的车厢和关在里面的女犯，其中一个在临产的阵痛中，无人照料，另一个从铁栅后面向他凄苦地微笑。可是此刻出现在他面前的却是一种截然不同的景象：一张大桌子，上面放着酒瓶、花瓶、大烛台和餐具，几个机灵的茶房围着桌子转悠，伺候客人。候车室深处有个柜台，柜台里面的酒橱前站着一个侍者，柜台上放着各种果盘和酒瓶，几个走过去的旅客背对着站在柜台旁。

这时候，聂赫留朵夫在沙发上已从卧姿改成坐姿，头脑也清醒了许多，便发现房间里所有的人都在好奇地向门口张望。他也往那边望望，看见一伙人抬着一把圈椅，椅子上坐着一位头上包着一块薄薄的纱巾的太太。前面抬圈椅的那个跟班，聂赫留朵夫觉得很面熟，后面一个戴着镶金绦的制帽，是聂赫留朵夫认识的一个柯察金的看门人。圈椅后面跟着一个装束雅致的侍女，她头发鬈曲，身上系着围裙，手里提着一个包裹、一个装着圆滚滚东西的皮盒子和两把遮阳伞，再后面走着的就是柯察金公爵。公爵生着两片厚嘴唇，一个容易中风的肥大脖子，挺起胸脯，头上戴着一顶旅行帽。他后面是米西和她的表哥米沙，还有那个聂赫留朵夫认识的外交官奥斯登。奥斯登脖子细长，喉结突出，脸色和心情总是很快活。他一面走，一面郑重其事地同笑盈盈的米西说话，但带点戏谑的味道。最后是那个一脸怒气地吸着烟的医生。

原来他看见的是旧日女友米西和她的一家子人，也就是柯察金公爵一家，这一家人要搬到别处去居住，所以也在等火车。说具体一点，柯察金一家人正从他们城郊的庄园搬到公爵夫人姐姐的庄园里去。那个庄园坐落在尼日尼城的铁路线上。

这个贵族家庭的抬圈椅的仆人、侍女和医生鱼贯进入女客候车室，所有在场的人都露出好奇和恭敬的表情。老公爵在桌旁一坐下来，立刻把茶房唤到跟前，向他要了酒菜。米西跟奥斯登也在餐厅里停下来，刚要坐下，忽然看见门口走进来一个她熟识的女人，就迎着她走过去。原来这个熟识的女人就是娜塔丽雅·伊万诺芙娜。娜塔丽雅·伊万诺芙娜在老女仆阿格拉费娜·彼得罗夫娜伴同下走进餐厅，不住地向两边张望。她几乎同时看见了米西和弟弟。她对聂赫留朵夫只点点头，先走到米西跟前。不过她同米西互吻以后，就转身对弟弟说话。

"我总算找到你了。"她说。

聂赫留朵夫不敢怠慢，站起身来，首先同米西、米沙和奥斯登打了招呼，站住同他们谈话。米西把他们家在城郊的房子着了火，不得不搬到乡下她姨妈家里去住的事告诉了聂赫留朵夫。奥斯登趁这个机会，开始讲一个同火灾有关的笑话。

聂赫留朵夫没有听奥斯登说故事，却转身同姐姐谈话。

"你来了，我真高兴。"聂赫留朵夫说。

"我早就来了，"她说，"我是跟阿格拉费娜·彼得罗夫娜一块儿来的。"她指了指阿格拉费娜·彼得罗夫娜，那个女管家站在远处，戴着女帽，穿着薄大衣，现出亲切而稳重的神态，对聂赫留朵夫忸怩地一鞠躬，不愿意走过来妨碍他们谈话。"我们到处找你。"

"可是我却在这儿睡觉呢。你来了，我真高兴，"聂赫留朵夫又说了一遍，"我本来已经动笔给你写信了。"他说。

"真的吗？"她有点儿恐慌地说，"你要写什么事？"

米西和她的男伴看见姐弟两人开始谈私事，知趣地走到一边去了。聂赫留朵夫和姐姐在靠窗的小丝绒长沙发上挨着别人的行李、方格毛毯、帽盒坐下来。

"昨天我从你家出来以后，本想再回去赔罪，但不知道姐夫会怎样看待这件事，"聂赫留朵夫说，"我同他谈得不投机，这使我心里很难过。"

"我知道，"姐姐说，"我相信你不是有意的。你也知道……"

姐姐的眼睛里充满了泪水。她碰碰他的手。她这句话的意思不明确，可是他完全了解她，被她的情意所感动。她原来想表示，除了她对丈夫的满腔热爱以外，她对他，对弟弟的手足之情，对她来说也是很重要很宝贵的，他们之间存在任何龃龉都会令她痛苦。

"谢谢，谢谢你……唉，今天我看见什么了！"聂赫留朵夫突然想起第二个死去的犯人，说，"有两个犯人被害死了。"

"怎么被害死了？"

"就这样被害死了。这样的大热天把他们押出来，有两个就中暑死了。"

“那不可能！怎么会呢？今天吗？刚才吗？”

“是的，就是刚才。我看见他们的尸体。”

“可是为什么要害死他们呢？是谁害死他们的？”娜塔丽雅·伊万诺芙娜问。

“就是那些硬把他们押出来的人。”聂赫留朵夫怒气冲冲地说，觉得她也在用她丈夫的那种眼光看待这件事。

“啊，我的天！”阿格拉费娜·彼得罗夫娜走到他们跟前说。

“是的，这些不幸的人遭到什么待遇，我们一点也不清楚，但我们应该知道。”聂赫留朵夫瞧着老公爵说。老公爵这时已围好餐巾，坐在放有一瓶混合酒的桌旁，回过头来瞧了聂赫留朵夫一眼。

“聂赫留朵夫！”他叫道，“要不要喝一点解解暑气？上路之前喝一点再好不过了！”

聂赫留朵夫谢绝了，转过身来。

“那么你究竟打算怎么办呢？”娜塔丽雅·伊万诺芙娜又问。

“我不知道该做什么，但总觉得应该做些什么。也许，我要为监狱的改革做点事情，改善犯人处境，我一定尽我的力量去做。”

“是的，是的，这我明白。那么你跟这一家人，”她微笑着瞧瞧柯察金，说，“难道真的就一刀两断了？”

“一刀两断了。我想，这样双方都不会感到遗憾的。”

“可惜，我觉得很可惜。我喜欢她。嗯，就算是这样吧，然而你为什么又打算同另一个人结婚呢？为什么要作茧自缚？”娜塔丽雅怯生生地添上说，“你何必跟着去呢？”

“那是因为我应该去。”聂赫留朵夫一本正经地冷冷地说，似乎希望不要再谈这事。

不过，他立刻因对待姐姐冷淡而感到羞愧。“我为什么不把心里所想的都告诉她呢？”他想，“索性让阿格拉费娜·彼得罗夫娜也听听好了。”他瞅了一下老女仆，对自己说。有阿格拉费娜·彼得罗夫娜在场，反而鼓励他把自己的决心再对姐姐说一遍。

“你是说我想跟卡秋莎结婚这件事吗？说实在的，我决心这样做，可是她一口拒绝了，”他声音哆嗦着说，每逢他说到这件事，他的声调总要发抖，“她不愿接受我的牺牲，情愿自己牺牲。而就她的处境来说，她牺牲得太多了。我不能接受这种牺牲，如果这只是出于一时冲动的话。所以我现在决心跟她去，她走到哪儿，我就跟到哪儿。我还要尽我的力量帮助她，来减轻她的痛苦。”

娜塔丽雅·伊万诺芙娜什么话也没有说，老女仆阿格拉费娜·彼得罗夫娜见少爷这样胡来，用疑问的眼光瞧着娜塔丽雅·伊万诺芙娜，不断摇头。这时候，原来那一伙人又从女客候车室里出来，仍旧由帅哥跟班菲利浦和看门人抬着公爵夫人。公爵夫人吩咐停下来，向聂赫留朵夫招招手，露出一副疲惫不堪的可怜相，伸给他一只戴满戒指的白手，带着恐惧的模样，祈求他有力的握手，但他没有握她的手。

“真要命！”她说，指的是炎热的天气，“我可受不了。这种天气要把我折磨死了。”接着她谈了一阵俄国气候的恶劣，又请聂赫留朵夫到他们家去玩，然后示意抬圈椅的人继续上路。“那么，您务必要来。”她坐在圈椅上，转过她的长脸，又向聂赫留朵夫说了一句。聂赫留朵夫也没有应允。

聂赫留朵夫走到站台上。公爵夫人的一伙人往右拐了个弯，向头等车厢走去。聂赫留朵夫同搬行李的脚夫和背着袋子的塔拉斯一起向左边走去。

“这是我的同伴。”聂赫留朵夫指着塔拉斯对姐姐说，关于塔拉斯的遭遇他上次已对姐姐讲过了。

“难道你真的坐三等车厢吗？”娜塔丽雅·伊万诺芙看见聂赫留朵夫在三等车厢旁边站住，脚夫拿着行李和塔拉斯一起走上那节车厢，于是问道。

“是的，这样方便些，我和塔拉斯一起走，”他说，接着，他又郑重其事地对姐姐说，“哦，还有一件事要跟你谈一下，到目前为止我还没有将库兹明斯科耶的土地交给农民，所以万一我死了，就由你的孩子继承那些土地吧。”

“德米特里，不谈这些。”娜塔丽雅·伊万诺芙娜说。

“不过如果我把那些土地也给了农民，那我所能说的就只有一点：我其余的东西将来统统归你的孩子所有，因为我未必结婚，纵然结婚也不会有孩子……所以……”

“德米特里，我求求你，别说这些了。”娜塔丽雅说，可是聂赫留朵夫却看出她听了他的话暗暗感到高兴。

前面，在头等车厢旁边，站着一小群人，仍旧瞧着柯察金公爵夫人被抬进去的那节车厢。其余的人都已按座位坐好。几个迟到的乘客匆匆走过，把站台上的木板踩得咚咚直响。列车员砰地关上车门，请旅客就座，请送客的下车。

聂赫留朵夫走进被太阳晒得又热又臭的三等车厢，立刻又走到车尾的小平台上。

娜塔丽雅·伊万诺芙娜头戴一顶时髦的帽子，披着披肩，跟阿格拉费娜·彼得罗夫娜并排站在车厢旁边，显然在找话题，但没有找到。她连说一句“给我写信”都觉得不行，因为她同弟弟早就嘲笑过送人出门那套老规矩了。一谈到财产和继承问题，就破坏了他们的手足之情，他们觉得彼此疏远了。等到火车开动，她只点点头，现出惆怅而亲切的脸色说："嗯，再见，德米特里，再见！"这时她心里反而高兴，但等这节车厢一离开，她就在琢磨应该怎样将弟弟的话告诉丈夫。

尽管聂赫留朵夫对姐姐一向很有感情，也没有对她隐瞒过任何事情，如今同她待在一起却觉得别扭、难堪，巴不得早点分开。他觉得当年同他那么亲近的娜塔丽雅·伊万诺芙娜已不再存在，只剩下一个跟聂赫留朵夫格格不入、面目可憎、胡子蓬松、肤色发黑的丈夫的奴隶。他清楚地看出这一点，因为当他谈到她丈夫感兴趣的事，也就是分地给农民和遗产继承等问题时，她的脸色才显得特别兴奋。而这一点却使他感到伤心。

四十

三等车的大车厢被太阳晒了一整天，又挤满了人，闷热得叫人喘不过气来。聂赫留朵夫索性站在车尾的小平台上，没有回车厢里去，但连这里也呼吸不到新鲜空气。直到列车从周围房屋中开出来，车厢里有了穿堂风，聂赫留朵夫才挺起胸膛，深深地吸了一口气。"是的，他们是被害死的。"他把对姐姐说过的话暗自重复了一遍。他的脑海里充满了今天发生的各种事情，此刻却特别生动地浮现出第二个死去的犯人那张好看的脸，以及他那含笑的嘴唇、严峻的前额、剃了头发的发紫的头皮下那双小巧而结实的耳朵。"最令人寒心和最可怕的是他被害死了，却没有人知道到底是谁把他害死的。但他千真万确是被害死了。他也同别的犯人一样，是遵照马斯连尼科夫的命令被押解出来的。至于马斯连尼科夫呢，公事公办，在印好的公文纸上用他那笔荒唐难看的花体字签上名，他当然不会认为自己该负责任。那个专门检查犯人身体的监狱医生更不会认为自己该负责任。他认真执行自己的职责，把体弱的犯人剔出，绝没有料到天气会这么热，犯人被押解出来又那么晚，而且被迫紧紧地挤在一起。那么典狱长呢？典狱长只不过是执行命令，在某一天把多少男女苦役犯和流放犯送上路罢了。押解官同样不能负责，因为他的职责只是根据名册点收若干犯人，然后到某地再把他们点交出去。他照例根据规定把那批犯人押解上路，可怎么也没有料到，像聂赫留朵夫看到的那两个身强力壮的人，竟会支持不住暑热而死去。谁也没有责任，可是人却给活活害死了，而且归根结底是被那些对死者毫无罪责的人害死的。

"这种事所以会发生，"聂赫留朵夫暗自思索道，"就因为所有这些人——省长、典狱长、警官、警察，都认为世界上有这样一种游戏规则，根据这种规则，人与人之间无须维持正常的关系。说实话，所有这些人，马斯连尼科夫也好，典狱长也好，押解官也好，要是他们不做省长、典狱长和军官，就会反复思考至少二十次：在这样炎热的天气打发人挤在一起上路，行吗？即使上路，中途也会停下来至少休息二十次。要是看见有人体力不支，呼吸急促，也会把他从队伍里带出来，让他到阴凉的地方喝点水，休息一下。万一出了不幸的事，也会对不幸的人表示同情和哀悼。他们之所以没有这样做，并且不让别人这样做，无非是因为他们没有把这些人当作人看待，也没有想到他们对这些人应负的责任。他们的眼里只有官职和规章制度，总是把官职和规章制度看得高于人与人之间的关系和人对人的义务。问题的症结就在这里，”聂赫留朵夫终于想通了，“只要承认天下还有比爱人之心更重要的游戏规则，哪怕只承认一小时，或者只在某一特殊场合承认，那就没有一种损人的罪行干不出来，而在干的时候还不认为自己是在犯罪。”

聂赫留朵夫沉思着，连天气变了都没有注意到。太阳已被前方低垂的乌云遮住了，从西方地平线那儿涌来一大片浓密的浅灰色的雨云。远处，在田野和树林上空，下起了倾斜的大雨。雨云送来湿润的空气。闪电偶尔划破灰云，滚滚的雷鸣同列车越来越急促的隆隆声交响成一片。雨云越来越近，斜飘的雨点被风吹过来，开始拍打着车尾的小平台，也拍打着聂赫留朵夫的薄大衣。他走到小平台的另一边，呼吸着湿润清凉的空气和久旱待雨的土地发出的麦子的清香，望着眼前掠过的果园、树林、开始发黄的黑麦地、依旧碧绿的燕麦地和开着深绿色番薯花的黑色田畦。大地万物似乎都涂了一层清漆，绿的更绿，黄的更黄，黑的更黑了。

“多下一点雨吧，多下一点雨吧！”聂赫留朵夫望着田野、果园和菜园在天降甘霖后又生机盎然，不禁快乐地说。

大雨下了没有多久。雨云一部分变成雨水落下来，一部分飘走了，最后只剩下暴雨后残留下来的蒙蒙细雨，垂直地落到潮湿的地面上。太阳又露了出来，大地万物又闪闪发亮。在东方地平线那儿，出现了一道长虹，位置不高，色彩鲜艳，紫色特浓，但一端却残缺不全了。

“哦，我刚才在想什么呀？”聂赫留朵夫问自己，这时自然界的种种变化结束了，火车正在往下走，已驶入一道山沟。“是啊，我在想，人之初，性本善，所有那些人，典狱长也好，押解官也好，其他官员也好，原来都是温和善良的，他们之所以变得凶恶，是因为他们做了官。”

他想起他讲到监狱里种种情景时马斯连尼科夫那种冷漠的表情，想起典狱长的严厉和押解官的残忍，想起押解官不准病弱的犯人搭大车，也不管临产的女犯在火车上痛苦哀号。“这些人个个都是铁石心肠，对别人的苦难漠不关心，无非因为他们做了官。他们一旦做了官，心里就渗不进仁爱的感情，就像石砌的地面渗不进雨水一样。”聂赫留朵夫瞧着山沟两旁用杂色石头砌成的斜坡想。他看见雨水没有渗进地里去，却汇成一股股细流淌下来。“也许山沟两旁的斜坡非用石头砌不可，但这些土地本来可以像斜坡顶上的土地那样，生长庄稼、青草、灌木、树林，现在却寸草不生。这景象看着真叫人痛心。人也是这样，”聂赫留朵夫暗想，“那些省长啦，典狱长啦，警察啦，也许都非有不可，但看到有人丧失了人的主要本性，也就是人与人之间的友爱和怜悯，那真是可怕！”

“问题的症结在于，”聂赫留朵夫想，“那些人把不能作为法律的东西当作法律，却不承认上帝亲自铭刻在人们心里的永恒的、不可改变的、不能背弃的戒律才是法律。正因为这样，我跟那些人很难相处。”聂赫留朵夫想。“我简直怕他们。他们确实可怕，比强盗更可怕。强盗还有恻隐之心，那些人却没有恻隐之心。他们同恻隐之心绝了缘，就像这些石头同花草树木绝了缘一样。他们可怕就可怕在这里。据说，普加乔夫、拉辛[①]之类的人很可怕。其实，他们比普加乔夫、拉辛可怕一千倍。”他继续想。“如果有人提出一个心理学问题：怎样才能使我们这个时代的人，那些基督徒、人道主义者、本质善良的人，干出罪孽深重的事而又不觉得自己在犯罪？那么，答案只有一个：就是必须维持目前这样的世道，必须让那些人当省长、典狱长、军官和警察。也就是说，第一，要让他们相信，世界上有一种工作，叫作国家公职，从事这种工作可以把人当作物品看待，不需要人与人之间亲如手足的情谊；第二，要那些国家公职人员结成一帮，官官相护，甚至官商一体，官匪勾结，这样不论他们对待民众、犯人的行为有什么后果，都无须由某一个官员单独承担责任。如果没有这些前提条件，在我们的时代，人们就不会干出像我今天所看到的那种可怕的事来。问题的症结在于，人们认为世界上有一种游戏规则，根据这种规则，人对待人不需要有爱心，但这样的规则其实是没有的。人对待东西可以没有爱心，砍树也罢，造砖也罢，打铁也罢，都不需要爱心，但人对待人却不能没有爱心，就像对待蜜蜂不能不多加小心一样。这是由蜜蜂的本性决定的。如果你对待蜜蜂不多加小心，那你就会既伤害蜜蜂，也伤害自己。对待人也是这样，而且不能不这样，因为人与人之间的友爱是人类生活的基本准则。的确，人不能像强迫自己工作那样强迫自己去爱某人，但也不能因此得出结论说，对待人可以没有爱心，特别是你对其他的人们也有所求的时候。如果你对人一点爱心也没有，那你还是安分守己地待着，”聂赫留朵夫对自己说，“你就自己顾自己，干干活儿，就是不要去跟人打交道，免得碰钉子，自讨没趣。只有肚子饿的时候，吃东西才有益无害；同样，只有当你有爱心的时候，去同人打交道才会有益无害。只要你允许自己不带爱心去对待人，就像昨天对待姐夫那样，那么，今天目睹的种种待人的残酷行为就会层出不穷，我一生中所经受的那种痛苦也会层出不穷。是啊，是啊，就是这么一回事。”聂赫留朵夫想通了。“这真是太好了，太好了！”他对自己反复说，感到双重的快乐：一方面是由于酷热之后天气凉快下来，另一方面是由于长期盘踞在心头的疑问忽然得到了澄清。

① 俄国农民起义领袖。

四十一

聂赫留朵夫所乘的那节车厢只有半车旅客。其中有仆役、工匠、工厂工人、肉店老板、犹太人、店员、妇女、工人的妻子，还有一个士兵，两个贵妇人，其中一个年轻，另一个上了年纪，裸露的手臂上戴着几只手镯。另外还有一个脸色严峻的老爷，头戴黑制帽，帽子上佩着帽徽。这些人都已找到了座位，安下心来，温顺地坐着，有的在嗑葵花子，有的在抽烟，有的兴致勃勃地同邻座闲聊。

塔拉斯带着快乐的神色坐在过道右边的长椅上，给聂赫留朵夫留着一个座位。他兴致勃勃地跟对面一个乘客谈着话。那人敞着粗呢上装，肌肉发达。聂赫留朵夫后来知道他是个花匠，正乘车到外地去工作。聂赫留朵夫还没有走到塔拉斯跟前，就在一个仪表体面、神态庄重的老头儿旁边站住了。那老人留着雪白的大胡子，身穿腰部打褶的土布长袍，正在同一个乡下装束的年轻女人交谈。这女人旁边坐着一个七岁的小姑娘。小姑娘身穿一件崭新的无袖长衫，淡得近乎白色的头发扎成一根辫子，她的两只脚离地很远，嘴里不停地嗑着葵花子。老人回过头来瞧了聂赫留朵夫一眼，就掖起长袍前摆，在他自己坐着的、磨得发亮的长椅上腾出一个位子，亲切地说："您请坐吧。"

聂赫留朵夫道了谢，在指定的位子上坐下。聂赫留朵夫刚坐下，那女人就继续讲她的事。她讲到她丈夫在城里怎样招待她，现在她回乡下去。

"上次谢肉节，我就到他那儿去过，这如今，托上帝的福，我又去了一次，"她说，"到圣诞节，求上帝保佑，我还要去一次呢。"

"这是好事，"老人瞅着聂赫留朵夫，说，"你得常去看看他，要不年轻人单独住在城里，容易学坏。"

"不，老大爷，我们当家的可不是那种人。他倒一点也不乱来，规规矩矩的，简直像个大姑娘。挣到的钱全部寄回家，自己一个子儿也不留。他挺喜欢这丫头，别提有多喜欢了。"女人笑眯眯地说。

小姑娘一面吐着葵花子壳，一面听母亲说话，仿佛在证实母亲的话。她那双聪明文静的眼睛瞧瞧老人的脸，又瞧瞧聂赫留朵夫的脸。

"看来他是个聪明人，那就再好不过了，"老人说，"那么，他不来这玩意儿吗？"他补了一句，用眼睛示意坐在过道另一边的一对夫妇。他们大概都是工厂里的工人。

做丈夫的把一瓶伏特加的瓶口对准嘴，仰起头，喝着酒；做妻子的拿着装酒瓶的袋子，眼睛盯住丈夫。

“不，我们当家的不喝酒，也不抽烟，”同老人谈话的那个女人说，抓住机会再次夸奖丈夫，“像他那样的人，老大爷，可以说天下少有。他就是这样的人。”她又转过身来对聂赫留朵夫说。

“那再好不过了。”老头儿瞧了瞧喝酒的工人，又说。

那工人凑着酒瓶喝了好几口，就把酒瓶递给妻子。妻子接过酒瓶，笑着摇摇头，也把瓶口对准自己的嘴。工人发觉聂赫留朵夫和老头儿的目光停在他身上，就回过头来对他们说：

“怎么了，老爷？瞧我们喝酒吗？我们干活儿的时候，谁也不注视我们一眼，如今一喝酒，大家都注意我们了。我干活儿挣了钱，这才喝一口，也让老婆喝一口，没有别的了。”

“是啊，是啊！”聂赫留朵夫说，不知该怎样回答才好。

“我这话不对吗，老爷？我老婆是个规矩稳重的女人！我对她很满意，因为她会疼我。我说得对吗，玛芙拉？”

“喏，拿去吧。我不想再喝了，”妻子把酒瓶递给他说，“你在扯什么闲话呀？”她添了一句。

“瞧，她就是这样的，”工人接着说，“她一会儿挺好，一会儿又嘁嘁喳喳地闹起来，像没上过油的大车。玛芙拉，我说得对吗？”

玛芙拉一面笑，一面带着酒意挥了挥手。

“嗨，他又瞎扯起来……”

“嗯，她就是这样的。好的时候很好，可只是一时的。一旦发起牛脾气来，她能干出你想象不到的事来……我说的可是实话。老爷，请您原谅我说话冒失。我喝了点酒，嗯，可是有什么办法……”工人说着躺下来睡觉，把头枕在含笑的妻子的膝盖上。

聂赫留朵夫又跟老头儿一起坐了一会儿。老头儿向他讲到自己的身世，说他是个砌炉匠，干了五十三年活儿，这辈子砌的炉子数也数不清，想休息一下，可总是没有工夫。这回他到城里，给孩子们找了工作，现在回乡去看看家里人。聂赫留朵夫听完老头儿的话，站起来，往塔拉斯给他留的座位那边走去。

“哦，老爷，您坐。我们把袋子挪到这儿来。”坐在塔拉斯对面的花匠抬起头来瞅了瞅聂赫留朵夫的脸，亲切地说。

“不怕受挤，就怕受气。”塔拉斯笑嘻嘻地用唱歌般的声音说，然后伸出强壮的胳膊把两个特重的袋子像羽毛似的轻轻举起来，搬到窗口去。“地方有的是，站站也可以，钻到椅子底下去躺着也行。这儿可是太平无事，没有人吵架！”他满面笑容，和蔼可亲地说。

塔拉斯讲到他自己的脾性，总是说，他不喝酒就没有话说，一喝酒，话就可以滔滔不绝地说个没完。的确，塔拉斯清醒的时候总是沉默寡言，喝了点酒才谈笑风生，不过他难得喝酒，只有碰到特殊情况时才喝。他一开口，总是讲得很多，都是些好话，而且语言非常质朴，非常真诚，尤其是非常亲切，说话时，他那双善良的浅蓝色眼睛和殷勤含笑的嘴唇总是洋溢着亲切的情意。

今天他就处在这样的状态。聂赫留朵夫走过来，他暂时住了口。但他把袋子放好后，就照原来那样坐下，把两只干惯活的、有力的手放在膝盖上，直率地瞧着花匠的眼睛，继续讲他的事。他向这位新朋友详细地讲他妻子被判刑的始末，讲她为什么被流放，他现在为什么跟她一起到西伯利亚去。

聂赫留朵夫从来没有听过这事的前后经过，因此全神贯注地听着。他听的时候，塔拉斯刚讲到下毒的事已发生，家里人都知道那是费多霞干的。

“我这是在讲我的伤心事，”塔拉斯亲切而友好地对聂赫留朵夫说，“碰到这样一位热心朋友，我们就攀谈起来，我也就和盘托出我自己的事。”

“好哇，好哇！”聂赫留朵夫说。

“嗯，大哥，这件事就这样暴露了。我妈当时拿着那块有毒的饼说：‘我去找警察法办她。’我爹是个通情达理的老头儿。他说：‘慢着，老太婆，这小娘们还是个娃娃，她自己也不知道干的是什么，咱们得原谅她。说不定她会明白过来的。’可是有什么用，我妈一句话也听不进去。她说：‘要是咱们把她留下，她就会把咱们当作蟑螂一样统统毒死的。’大哥，她说完就跑去找警察，警察一下子冲到我们家里……一下子就把证人都传了去。”

“那么，你当时怎么样呢？”花匠问。

“我嘛，大哥，肚子痛得直打滚，嘴里吐个不停，吐得五脏六腑都翻过来，一句话也说不出来。我爹马上套好车，叫费多霞坐上去，就赶到警察局，又从警察局到法官那儿。她呢，大哥，一开头就全部认了罪，后来又向法官一五一十招供了。她从什么地方弄到砒霜，怎样把它揉进饼里。法官问她：‘你为什么要干这样的事？’她回答说：‘因为我讨厌他。我情愿到西伯利亚去，也不愿跟他一块儿过。’她的意思是说，她怎样也不愿跟我一块儿过，”塔拉斯笑着说，“她就这样完全认了罪。当然，她被关进牢里。回来时，只有我爹一个人。这时正好是农忙时节，可是我们家只有一个女人，就是我妈，她身体也不大好，干活没有力气。我们合计了一下该怎么办，能不能取个保把她保出来。我爹去找一个长官，不成，又去找一个，还是不成。他一口气找了五个长官。我们打算不再奔走，不料碰到了一个人，是乡镇里的一名小官。那家伙可机灵了，真是天下少见。他说：‘给我五个卢布，我就把她保出来。’我爹同他讲价钱，结果讲定三个卢布。好吧，大哥，我就把她织的土布押出去，把钱给了他。他拿起笔来这么嚓嚓一写，”塔拉斯拖长声音说，仿佛在形容开枪似的，“一下子就写好了一张证明。我当时已经起床，就亲自驾车去接她。大哥，我这就来到城里。我把我那匹母马拴在客店里，拿起证明，一口气走到监狱。他们问我：‘你有什么事？’我就一五一十地说了一遍，说我老婆关在你们这里。他们问我：‘你有没有证明？’我就马上把证明递给他。他看了一下，说：‘你等一等。’我就在一条长凳上坐下来。太阳已经过头顶了。有个长官走出来问：‘你就是瓦尔古肖夫吗？’我说：‘我就是。’他说：‘好，你把她领回去吧。’他们立刻把牢门打开。她穿着自己的衣服，整整齐齐的，被押了出来。我就说：‘行了，咱们走吧。’她却问我说：‘你难道是走来的吗？’我说：‘不，我是赶车来的。’我们一起走到客店，算清了账，把马套上车，把马吃剩的干草铺在车上，上面再盖一块麻布。我老婆坐到车上，扎上头巾。我们就坐车回家了。她一路上不开口，我也不作声。直到快到家了，她才问：‘那么，妈没事吧？’我说：‘没事。’她又问：‘那么，爹没事吧？’我说：‘没事。’她对我说：‘塔拉斯，我干了傻事，你原谅我吧！我自己也说不出，怎么会干出这样的事来。’我就说：‘还说这些干什么，我早就原谅你了。’我也就不再说什么。我们一回到家里，她就在我妈面前下了跪。我妈说：‘去求上帝宽恕吧！’我爹跟她打过招呼说：‘干什么再提那些旧事。好好过日子吧。眼下也没有工夫说那些，该下地收庄稼了。在斯科罗德诺耶那里，那块上过肥的黑麦地，上帝保佑，长势可好了，镰刀都插不进去，麦穗同麦穗纠结在一起，都倒在地里，得收割了。明天你就跟塔拉斯一起去割吧。’大哥，她就立刻动手干活儿。她干得可卖力了，简直叫人吃惊。当时我们家租了三亩地，上帝保佑，黑麦也罢，燕麦也罢，都是少见的好收成。我割麦，她打捆，要不我们俩就一起割。我干活儿利索，干什么都错不了。她呢，不论干什么活儿，比我还利索。我老婆年轻，手脚灵活，浑身是劲。大哥，她干活儿简直不要命，我只好劝她停一停。我们干完活儿回家，手指头都肿了，胳膊酸痛，该歇一会儿才是，可是她晚饭也不吃，就跑到仓库里，去打第二天用的草绳。她可真是变了样！”

“那么，她跟你亲热了吗？”花匠问。

“那还用说，她对我可真是太贴心了，寸步不离。我心里想点什么，她都清楚。我妈对她原是一肚子气，可连她也说：‘我们的费多霞好像让人掉了包似的，完全变了另外一个娘儿们了。’有一次我们俩赶两辆车去装麦捆，我跟她一起坐前面那辆车。我就问她：‘费多霞，当初你怎么会干出那种事来？’她回答说：‘我怎么会干出那种事来？就是不愿跟你一块儿过。我想，我情愿死，也不愿跟你一起过。’

我就说：‘那么现在呢？’她说：‘现在嘛，现在你可变成我的心上人了，”塔拉斯停了停，现出快乐的笑容，困惑地摇摇头。“我们从地里收割回来，把大麻泡在水里，刚回到家，”他沉默了一下，接下去说，“没想到，传票来了，要开庭审判。可我们已经忘记了这件事，记不起她是为什么要受审了。”

“这准是鬼附上身了，不会是别的，”花匠说，“难道一个人会无缘无故去害死另一个人吗？对了，我们那儿有过这样一个人……”花匠刚要讲故事，可是火车停了下来。

“准是到站了，”他说，“最好下去喝点什么。”

谈话到此中断。聂赫留朵夫跟着花匠走出车厢，来到湿漉漉的木板站台上。

四十二

聂赫留朵夫还没有走出车厢，就看见车站广场上停着几辆豪华的马车，都套有三四匹膘肥体壮的骏马，马脖子上挂着叮当作响的小铃铛。他走到被雨淋得潮湿发黑的站台上，一眼就看见头等车厢旁站着一伙人。其中最惹人注意的是一个又高又胖的太太，她头戴插有珍贵羽毛的帽子，身穿雨衣。再有一个高个子男青年，两腿细长，穿一身骑自行车的服装，手里牵着一只脖子上套有贵重颈圈的肥壮大狗，特别引人注目。阔太太和阔少后面站着几个仆人，手拿雨衣雨伞，还有一个马车夫，都是来接客的。这一伙人，从胖太太起到手里提着自己的长外衣底襟的马车夫止，个个都显得优裕富足，怡然自得。在这伙人四周，像众星捧月似的，顿时围了一批好奇成性、拜金成癖的人，其中包括戴红制帽的站长，一个宪兵，一个穿俄罗斯民族服装、颈戴项链、夏天里每逢有火车到站必定赶来看热闹的俏小的姑娘，电报员和几个男女乘客。

聂赫留朵夫认出那个牵狗的男青年就是在念中学的柯察金家少爷。那位胖太太就是公爵夫人的姐姐，柯察金一家就是搬到她的庄园来住的。列车长身穿金绦闪亮的制服，脚上穿着亮晃晃的皮靴，他亲自拉开车厢门，并且为了表示敬意，一直拉住那门，好让菲利浦和系白围裙的脚夫把长脸庞的公爵夫人坐着的圈椅小心抬下车来。两姐妹相互问好，还听到他们用法语商量公爵夫人坐轿车还是篷车。于是队伍就由手拿阳伞和帽盒的鬈发侍女殿后，向车站出口处走去。

聂赫留朵夫不愿同他们再次见面、再次告别，就站住，等队伍浩浩荡荡地走出车站。公爵夫人带着儿子、米西、医生和侍女走在前头，老公爵和他的妻姐跟在后面。聂赫留朵夫没有走到他们跟前去，只能听见他们用法语交谈的只言片语。在公爵所讲的话中，有一句不知怎的，连同他的腔调和声音都深深印进聂赫留朵夫的脑海里。

"啊！他可真正是个上等人，是个上等人。"公爵用洪亮而自信的声音讲到什么人，一面同妻姐一起走出车站，一群毕恭毕敬的列车员和脚夫护送着他们。

就在这时候，车站拐角处出现了一群不知从哪儿来的工人。他们穿着树皮鞋，背着羊皮袄和袋子，向站台走来。工人们迈着矫健的步子走到最近一节车厢跟前，想上去，可是立刻被列车员赶走了。工人们没有停下脚步，又匆匆向前走去，彼此踩着脚，来到旁边那节车厢门口，试图登上火车。他们背上的袋子不断地撞在车角和车门上。这会儿另一个列车员在车站出口处看见他们试图上车，就恶狠狠地对他们吆喝起来。已经上车的工人连忙下车，又迈着同样矫健的步子，向下一节车厢走去。聂赫留朵夫就坐在那节车厢里。列车员又把他们拦住。他们停住脚，准备再往前走，但聂赫留朵夫对他们说，车厢里有空位，可以上去。他们听从他的话，聂赫留朵夫跟在他们后面上了车。工人们正要各自找位子坐下，可是那个帽子上有帽徽的老爷和两位太太看见他们胆敢坐到这节车厢里来，认为这是对他们的侮辱，一顿训斥，非要把他们驱赶出去不可。这批工人有年纪大的，有年纪很小的，总共二十人光景，个个又黑又瘦，满面风霜。他们受到老爷太太的驱逐，显然觉得自己错了，立刻穿过车厢往前走，他们背上的袋子不住地撞在车座、板壁和车门上。他们的神情似乎准备走到天涯海角，坐到人家吩咐他们坐的任何地方，哪怕是坐到钉子上也行。

"你们闯到哪儿去，鬼东西！就在这儿找个位子坐下！"另一个列车员迎着他们走来，嚷道。

"这倒真是新鲜事儿！"两位太太中年轻的那一位说，自以为她那口漂亮的法国话会吸引聂赫留朵夫的注意。另一位戴手镯的太太只是皱起眉头，嗅个不停，嘴里嘲弄说，跟这批臭庄稼佬坐在一起真是受惠不浅。

工人们却像度过重大危险似的，感到如释重负，心情轻松，停下脚步来，分头找位子坐下，动一下肩膀将背上沉重的袋子卸下，把它们塞到座位底下。

同塔拉斯攀谈的花匠坐的不是他自己的位子，这时就回到自己的座位上去。这样，塔拉斯旁边和对面就空出三个位子来。有三个工人就坐在这些空位子上，可是聂赫留朵夫一走到他们跟前，他那副老爷的装束便使他们手足无措。他们站起来想走，聂赫留朵夫却叫他们坐着不要动，自己在靠近过道座位的扶手上坐下来。

那几个工人中，有一个五十岁的老头儿同一个年轻的交换了一下眼色，露出大惑不解甚至畏惧的神色。聂赫留朵夫不像一般做老爷的那样对他们大声申斥，把他们赶走，反而给他们让座，这使他们感到惊讶，弄不懂是怎么一回事。他们甚至担心到头来会不会产生什么对他们不妙的后果。不过，他们很快看到这其中并没有什么阴谋诡计，聂赫留朵夫同塔拉斯谈话也很随便，他们才放下心来，吩咐一个小伙子坐在袋子上，请聂赫留朵夫坐到自己的位子上去。那个上了年纪的工人坐在聂赫留朵夫对面，起初畏畏缩缩，拼命把穿着树皮鞋的脚缩起来，免得碰到老爷的脚，但后来同聂赫留朵夫和塔拉斯谈得很投机，每逢他想让聂赫留朵夫注意自己的话时，还用手背碰碰聂赫留朵夫的膝盖。他讲到自己的种种情况，讲起出产泥炭的沼泽地里的工作。原来他们在那儿干了两个半月的活儿，每人大约挣了十个卢布，有一部分工资他们在受雇时已经预支了，现在就带着工钱回家去。他讲到，他们干活儿总是在没膝深的水中，从日出干到日落，中午吃饭休息两个小时。

“不消说，那些没有干惯的人，干这活儿当然很苦，”他说，“但干惯了，也就不觉得苦了，习惯成自然嘛。就是伙食要像样。起初伙食很糟，大伙儿都挺不满意，后来伙食有了改进，干活儿也就轻松了。”

接下去他讲到，他在外面做了二十八年工，总是把全部工钱都寄回家，开头交给父亲，后来交给哥哥，现在则交给掌管家务的侄儿。他每年挣五六十卢布，自己只花两三个卢布，要说享受吗，也就是买点烟草和火柴罢了。

“我也有罪过，有时候累了，也喝一点儿伏特加。”他露出负疚的微笑，补了一句。

他还讲到，男人出门后女人怎样当家，今天回家以前包工头怎样请他们喝了半桶白酒，还讲到他们中间死了一个人，另外有一个生了病，现在由他们送回家去。那个病人就坐在这节车厢的角落里。他还是个孩子，脸色灰白，嘴唇发青。他显然在发疟疾，还没有退烧。聂赫留朵夫走到他跟前，但那孩子严厉而痛苦地瞅了他一眼，弄得聂赫留朵夫不敢问什么，只是劝老头儿给他买些奎宁来吃，并在一张小纸片上写了药名交给他。聂赫留朵夫想施舍些钱给他，可是老头儿说不需要，他自己有钱去买。

“哦，我出过多少次门，这样的老爷还没有见过。他不仅不揍你，还让位子给你坐。可见老爷也有各式各样的啊。”他最后对塔拉斯说。

“是啊，这可是一个截然不同的世界，一个崭新的世界！”聂赫留朵夫瞧着他们干瘦而又强壮的四肢、粗糙的土布衣服，以及晒黑了的、疲劳而亲切的脸庞，心里想道。同时他觉得周围这些人，过着真正的劳动生活，他们有严肃的兴趣、欢乐和痛苦，他们才是彻头彻尾的新人。

“瞧，这才是真正的上等社会！”聂赫留朵夫想起了柯察金公爵说过的这句话，同时想起了柯察金之流的那个游手好闲、穷奢极侈的世界以及他们猥琐无聊的兴趣。

他好像一个旅行家，发现了一个陌生而美丽的新世界，为此感到兴高采烈。

第三部

一

包括玛丝洛娃在内的那批犯人，走了将近五千俄里路。在到彼尔姆以前，玛丝洛娃一直同刑事犯一起坐火车或乘轮船。到彼尔姆，聂赫留朵夫才向有关方面疏通好，把玛丝洛娃调到政治犯队伍中，这个主意是同行的波戈杜霍芙斯卡雅①提出的。[1]

到彼尔姆为止的那段路程，对玛丝洛娃来说，不论是在肉体上还是在精神上，都很苦。她肉体上感到苦，是因为环境拥挤、肮脏，还有那些讨厌的虫子②，不容她安宁。她精神上感到苦，是由于有那么多跟虫子一样讨厌的男人，虽然每到一站换一批，但都是一样的死乞白赖，纠缠不清，使她不得安生。女犯人同男犯人、男看守、男押解人员之间淫乱成风。所有的女人，特别是年轻的女人，如果她不愿意牺牲自己的贞洁，那么她就得时时处处提心吊胆。老是处在这种恐惧和挣扎之中，是非常痛苦的。玛丝洛娃，由于她迷人的外貌和众所周知的过去，特别容易遭到这种袭击。现在，那些受到她坚决拒绝的男人觉得受到了侮辱，他们对她更加恼羞成怒。在这方面，多亏她跟费多霞和塔拉斯亲近，才缓和了她的处境。塔拉斯自从知道他妻子不断遭到纠缠以后，情愿加入囚犯的队伍，为的是保护她。他从尼日尼城起就已经以犯人的身份跟囚犯一块儿赶路了。

玛丝洛娃调到政治犯队伍后，处境有所改善。姑且不谈政治犯的住处比较好，伙食比较好，受到的粗暴对待也比较少。玛丝洛娃调到政治犯队伍中去以后，她的处境得到改善，这表现在她不再受到男人的搅扰，可以安心生活，不至于每一分钟都得想起她目前十分希望忘掉的那些往事了。不过这次调动的最大好处在于：她认识了几个人，这几个人对她起了极好的影响，决定了她的前途。[2]

[1] 波戈杜霍芙斯卡雅对玛丝洛娃和聂赫留朵夫的复活起到了不可或缺的作用。波戈杜霍芙斯卡雅是玛丝洛娃、聂赫留朵夫与政治犯亲密接触的桥梁，帮助两人完成了最后阶段的复活。

[2] 玛丝洛娃在聂赫留朵夫的影响下，心灵、精神都已经在慢慢复活，这次和政治犯的接触，是她完成复活的最后阶段。本段直接指出了政治犯对玛丝洛娃带来的积极影响，为她的前途埋下了伏笔，推动了下文故事情节的发展。

① 薇拉。

② 指臭虫和跳蚤。

玛丝洛娃得到许可在沿途的各旅站上跟政治犯住在一起，然而她既是健康的女人，在赶路的时候就得跟刑事犯一起步行。从托木斯克[①]起她就一直这样走路。

跟玛丝洛娃一起步行的还有两名政治犯：一名是玛丽雅·巴甫洛芙娜·谢基尼娜，另一名是流放到雅库茨克省[②]的男犯，名叫西蒙松。玛丽雅·巴甫洛芙娜之所以步行，是因为她把大车上的座位让给一个怀孕的女刑事犯了。西蒙松为什么也步行呢？他出身贵族，本来有享受坐车的权利。可是他觉得享受阶级特权是不合理的，于是也参与步行。这三人同其他政治犯不同，大清早就跟刑事犯一起上路，其他政治犯坐大车，要晚一点出发。在到达大城市前，这种方式一直维持到最后一个旅站。到了大城市，就会有新的押解官来接班。

那是九月间一个阴雨的早晨，天色还早。天空中一会儿下雪，一会儿下雨，不时刮来一阵阵寒风。那批犯人大约有男子四百名和妇女五十名。他们已经出来，待在旅站的院子里，有一部分聚在押解官周围，押解官在把两天的伙食费发给犯人的班长，有一部分人向放进院子里来的女贩们购买吃食。犯人纷纷数钱购买食物，人声嘈杂，女贩们也叽叽喳喳讲个不停。

卡秋莎和玛丽雅·巴甫洛芙娜一块儿，两个人都穿着高筒皮靴和短羊皮袄，扎着头巾，从旅店房间出来，向女贩们走去。女贩们都坐在北面墙脚背风的地方，叫卖各种东西：新鲜面包、馅饼、鱼、面条、麦粥、牛肝、牛肉、鸡蛋、牛奶等，十分嘈杂。有个女贩甚至带了一头烤乳猪来卖。

西蒙松穿着一件橡胶短上衣，脚穿羊毛袜，外套胶鞋，用带子扎紧[③]。他也来到院子里，等待出发。他站在台阶旁，在笔记本里记着刚想到的话：

“假如细菌能观察和研究人的指甲，那么它一定会认为指甲是无机物。同样，我们观察了地球的外壳，也认为地球是无机体。这是不正确的。”

玛丝洛娃通过讨价还价，买了一些鸡蛋、一串面包圈、几条鱼和几个新鲜面包，她把这些食品全装在袋子里。当玛丽雅·巴甫洛芙娜在同女贩算钱的时候，犯人们已经动起来了，大家都纷纷站好队，不再说话。军官走了出来，下达了出发前最后一道命令。

一切事情都照往常那样进行着：清点犯人的人数，检查犯人的镣铐是否牢固，把排成双行走路的犯人们用手铐锁在一起。可是，突然间，大家听见军官威严而震怒的喊叫声、殴打人的身体的响声和小孩的啼哭声。所有的人一下子都静下来，随后人群里传来低声埋怨的声音。玛丝洛娃和玛丽雅·巴甫洛芙娜朝传来吵闹声的地方走去。

---

① 西伯利亚中部的一个城市。

② 在西伯利亚东北部。

③ 他是个素食主义者，不穿戴皮革制品。

二

玛丽雅·巴甫洛芙娜和卡秋莎走到喧闹的地方，看到这样的景象：一个留着很长的淡黄色唇髭的身强力壮的军官，皱着眉，左手揉着因扇犯人耳光而打痛了的右手掌心，嘴里不停地骂着不堪入耳的粗话。他面前站着一个剃阴阳头的瘦长男犯人。这犯人上身穿一件短囚袍，下身穿一条更短的裤子，一只手擦着被打得出血的脸，另一只手抱着一个尖声啼哭的裹着头巾的小女孩。

"我要教训教训你这个……"那军官骂了一句粗话，"叫你懂得顶嘴的滋味……"他又骂了一句粗话。"把孩子交给那些娘儿们。快戴上手铐！"他吆喝道。

原来那犯人是个被村社判处流放的农民，他的妻子在托木斯克得伤寒病死了，给他留下了小女儿，他一路上就得抱着她走，往往没有戴手铐。可这会儿押解官下令给他戴上手铐，他说要抱孩子，拒绝戴手铐。押解官本来就心情不佳，一听这话火冒三丈，便动手毒打这个违抗命令的犯人。①

在这个挨打的犯人的对面，站着一个押解兵和一个留黑色大胡子的男犯。这个男犯一只手戴着手铐，眼睛阴沉地从眉毛底下一会儿看看押解官，一会儿看看那个挨打的抱孩子的犯人。押解官再次命令押解兵把小女孩抱走。犯人们的埋怨声越来越响。

"从托木斯克起，一直走到这儿，从没有叫他戴过手铐。"后排传出一个沙哑的声音。

"她又不是一条小狗，可以跟着跑，她是个娃娃呀。"

"叫他拿这小妞儿怎么办？"

"这样办事，是违反法律的。"另一个人说。

"这话是谁说的？"那押解官仿佛被蛇咬了一口，立即向人群那边扑过去，嘴里嚷道，"我要让你懂得什么叫法律。是谁说的？是你吗？是你吗？"

"大家都在说。因为……"一个矮个儿、阔脸庞的男犯说。

他没有来得及说完他的话，押解官就举起双手朝他的脸打去。

---

① 这事在德·阿·李涅夫所著的《押解》一书中有描写。德·阿·李涅夫（1853—1920）是俄国小说家和政论家，笔名达林，著有许多关于监狱生活的速写和小说。《押解》是他在1886年印行的一本速写集，基本上是描写监狱当局和押解人员对待犯人的残暴态度的，那些犯人正在从一个解犯监狱转到另一个解犯监狱去，有的是奔赴流放地点，有的是去受审。托尔斯泰描写的这件事摘自该书第十八章。

“你们要造反啦！我要给你们一点颜色看，让你们尝尝造反的滋味。我马上开枪，把你们像狗那样统统毙掉。犯人的命，一钱不值，上级知道了，不但不追究，还会感谢我呢。把小妞儿带走！”

人群被吓得不敢再作声。一个押解兵夺下拼命啼哭的小女孩，另一个押解兵开始给犯人戴手铐，犯人顺从地伸出手来。

“把她抱给娘们儿去！”押解官对押解兵嚷道，同时整了整挂军刀的皮带。

小女孩挣扎着从头巾里伸出小手，不停地尖声啼哭，脸涨得通红。

玛丽雅·巴甫洛芙娜从人群里出来，走到押解兵跟前。

“军官先生，这娃娃让我来抱吧。”

押解兵抱着小女孩站住了。

“你是什么人？”押解官问。

“我是个政治犯。”

玛丽雅·巴甫洛芙娜美丽的脸蛋和她那双好看的金鱼眼睛，显然对押解官起了作用[1]。这双眼睛足可使铁石心肠变软。他默默地对她瞧了瞧，仿佛在权衡什么似的。

“我都无所谓，您愿意带她，就抱去好了。您可怜他们不要紧，可是万一跑掉一个人，叫谁负责呢？”

“他抱着娃娃怎么跑得掉？”玛丽雅·巴甫洛芙娜说。

“我可没工夫跟你们磨嘴皮子。要是您乐意，就抱去吧。”

“您说给她吗？”押解兵问。

“给她。”

“你来，到我这儿来！”玛丽雅·巴甫洛芙娜召唤着，努力把小女孩哄到自己身边来。

小女孩却从押解兵的怀抱里向父亲探过身去，仍旧尖声啼哭，不肯到玛丽雅·巴甫洛芙娜那边去。

“您等一下，玛丽雅·巴甫洛芙娜，她会到我这儿来的。”玛丝洛娃从口袋里取出一个面包圈，说。

小女孩认得玛丝洛娃，看见她和面包圈，就向她走去。

一场风波就这样过去了。这时大门已打开，犯人们走到门外排好队。押解兵重新清点人数。大家把口袋和背包放到大车上，捆扎在一起，又让体弱的人上车。玛丝洛娃抱着小女孩，走到女犯队伍里，站在费多霞旁边。西蒙松一直注视着刚

---

① 押解官在接收犯人时已见过她。

刚发生的事，这时迈着坚定的大步，向军官走去。军官刚把事情安排好，准备跳上他的四轮马车。

“您这样做不对，军官先生。”西蒙松说。

“回队伍里去，不关您的事！”

“怎么不关我的事？你们这种做法不对，我就是要说，而且我也说了。”西蒙松紧锁住两道浓眉，盯住押解官的脸，义正词严地说。

“准备好了吗？全体注意，起步走！”押解官不理西蒙松，大声喊道，接着按住赶车士兵的肩膀，钻进马车。

队伍动了起来，拉成长长的一串，穿过茂密的树林，沿着夹在两条水沟中间的坎坷不平的泥泞道路前进。

三

玛丝洛娃在城里过了六年奢侈放荡、花天酒地的生活，又在监狱里同刑事犯一起度过了两个月的囚禁生涯，如今同政治犯待在一起，尽管他们的条件很艰苦，但她觉得心情舒畅。每天步行二三十俄里，伙食也不坏，而且走两天休息一天。这么一来，她的身体也逐渐强壮起来了。再者，结交一批新朋友，使她发现了以前从来不知道的生活乐趣。按她的说法，目前同她一起赶路的人，是些神奇的人，不仅以前从没见过，而且简直无法想象。

“是啊，当初我被判刑的时候，我还放声大哭呢，”玛丝洛娃自嘲说，“其实我倒应该永生永世感激上帝才是。现在我长了不少见识，像这样的见识，按我原来的那种生活，我是一辈子也得不到的。”

玛丝洛娃毫不费力就懂得了这些人从事革命活动的动机。由于她出身贫寒，对他们自然很同情。她明白，这些人站在老百姓一边，是反对上层人的。这些人原来也是上层人，但他们为了老百姓的利益，不惜牺牲特权、自由和生命。这就使她格外敬重和钦佩他们。

她钦佩所有的新朋友，但最钦佩玛丽雅·巴甫洛芙娜。她不仅钦佩她，而且怀着一种特殊的、敬重的、热烈的心情爱她。令她感到惊讶的是，这个富裕将军家庭出身的美丽姑娘，能讲三种外语，却过着最普通的女工似的生活，把有钱的哥哥寄给她的东西全都赠给别人，自己穿戴得不仅很朴素，甚至可以说很粗陋，对自己的外表也毫不在意。[1]玛丽雅·巴甫洛芙娜从不卖弄风情，这个特点使玛丝洛娃感到特别惊奇，因此使她特别着迷。玛丝洛娃看得出来玛丽雅·巴甫洛芙娜知道她自己生得美丽，甚至因为知道自己容貌美丽而感到愉快，可是她非但不为她的容貌给男人们所留下的印象高兴，反而害怕这种事，她对于恋爱是抱着断然厌恶和恐惧的态度的。她的同志们，那些男人，都

[1]这里是细节描写，详细地解释了玛丝洛娃钦佩、热爱玛丽雅的原因。

知道这一点，即使对她产生了爱慕之心，也决不敢轻易表露，对待她如同对待男同志一样。然而那些不熟悉她的人却往往缠住她不放，不过她体力好，这是她特别引以为豪的，据她说多亏她力气大，才救了她的急。她笑着讲道："有一次，有个老爷在街上缠住我，无论如何也不肯放开我，我迫不得已，就抓住他使劲摇晃了几下，把他吓得拔脚就跑。"

她之所以会成为革命者，依她的说法，是因为她从小就对贵族老爷的生活感到厌恶，而喜欢普通人的生活。她经常待在侍女的房间里、厨房里、马房里，却不肯待在客厅里，为了这个怪习惯她没少挨骂。

"我跟厨娘和车夫在一起，总是很快活，可是跟那些老爷太太在一起却觉得无聊，"玛丽雅·巴甫洛芙娜讲道，"后来我懂事了，看出我们的生活真是糟透了。我幼年失去了母亲，又不喜欢父亲，十九岁那年就离开家，跟一个女朋友一起到厂里做工。"

玛丽雅·巴甫洛芙娜离开工厂就住到乡下去了，后来又回到城里，住在一处设有秘密印刷所的房子里，结果被捕，判处苦役。这些事她自己从没讲过，但玛丝洛娃从别人嘴里知道，她被判苦役，是因为那所房子被搜查时，有个革命者在黑暗中开了一枪，她却把开枪的罪名揽到自己头上。

卡秋莎从认识她的那一天起就看出来，不论是在什么地方，也不论是在什么样的环境下，她素来不顾自己，永远专心寻找机会，好在大大小小的事情上为别人出力，帮助别人。在她现在的同志们当中，有一个人姓诺沃德沃罗夫，在讲到她的时候常常开玩笑地说，她热衷于做善事的游戏。这话确实不错。她生活的全部乐趣，就在于像猎人寻找野生的禽兽那样寻找为别人服务的机会。这种游戏已经成为她的习惯，成为她人生的目标和事业。而且她做起这种事来极其自然，使得凡是认识她的人都乐于接受她的帮助，而且还要求这种帮助。

玛丝洛娃刚加入政治犯的队伍时，玛丽雅·巴甫洛芙娜有点嫌恶她。玛丝洛娃注意到这一点了，不过后来又注意到玛丽雅·巴甫洛芙娜极力克制住自己，对玛丝洛娃特别亲切和蔼。这种亲切和蔼出自这样一个不平常的人，使得玛丝洛娃极为感动，结果她把她整个心都交给她，不知不觉地接受她的见解，不由自主地处处模仿她。玛丝洛娃的一片赤诚感动了玛丽雅·巴甫洛芙娜，她也就真心喜欢玛丝洛娃了。

这两个女人还因为对于性爱都感到憎恶而更加亲近。一个痛恨性爱，是因为曾身受性爱的摧残；另一个虽然没有性爱的体验，却总是把它看成是一种神秘的、不可理解的、令人憎恶的、有辱于人的尊严的事情。

四

玛丽雅·巴甫洛芙娜的影响是玛丝洛娃愿意接受的，之所以这样，是因为玛丝洛娃爱玛丽雅·巴甫洛芙娜。另一种影响来自西蒙松，这种影响之所以产生，则是由于西蒙松爱玛丝洛娃。

所有人的生活和行动都部分地受自己思想的支配，部分地受别人思想的支配。人们究竟在多大程度上按自己的思想生活，又在多大程度上按别人的思想生活，这就是人与人之间一个主要的区别。有些人，往往喜欢运用自己的思想玩智力游戏，把自己的理智当作一个卸去了传动皮带的飞轮，让它任意转动，也就是在每天的大部分时间里做白日梦，想入非非，可是他们在行动中依然服从于别人的思想，也就是入乡随俗、继承传统和服从法律。有的人却认为自己的思想就是自己一切活动的主要推动力，几乎永远倾听自己理智的要求，顺应这种要求，只有偶尔，而且是在经过批判的衡量以后，才遵照别人的意见来行动。西蒙松就是这样的人。他不论遇到什么事，总是理智地反复思考，然后做出决定，一旦做出决定，就坚决实行。

还在念中学的时候，他就断定父亲做军需官挣来的钱是不义之财。他要父亲把财产还给老百姓，可是父亲不仅不听，反而把他痛骂一顿，他就离家出走了，从此不用父亲的钱。他断定今天的一切罪恶都是由于老百姓没有受过教育，因此他就离开大学，参加民粹派，到乡下去当教师，大胆地向学生和农民们宣传他认为正确的东西，反对他认为是谬误的东西……[1]

[1] 这里是细节描写，详细地介绍了西蒙松的个人经历，从而突出他勇敢、积极、大胆的人物性格。

他被捕了，受到审讯。

在法庭上，他公然声明法官无权审问他。法官不理他的话，继续进行审讯，他就打定主意不再回答，对问题一概置之不理。他被流放到阿尔汉格尔斯克省，在那里制定了一套宗教性的学说，来指导自己的一切行动。他认为杀生是一种犯罪行为，他反对战争，反对死刑，反对屠杀。他不仅反对杀害人类，而且反对杀害一切动物。他还认为世间万物都是活的，根本没有死的东西。所有人们认为是死的和无机的物体，无非是人们所不能理解的一个宏大的有机体的某些部分而已，因此人作为这个大有机体的一小部分，其任务就在于维护这个有机体以及它那些活着的各个部分的生命。正是因为这个缘故，他才认为消灭活物是犯罪，才反对战争和死刑。关于婚姻，他也有自己的理论，认为人类的繁殖仅仅是人的低级职能，而高级职能却在于为当前活着的人服务。他从血液当中含有吞噬细胞这一事实里，找到了支持他的这种思想的根据。依他看来，独身者无异于吞噬细胞，它的使命就在于帮助有机体的衰弱的、病态的部分。虽然他年轻的时候沉湎于酒色，可是自从做出这个决定以后，就照这样生活下去。他现在认为他自己像玛丽雅·巴甫洛芙娜一样，乃是人间的吞噬细胞。

他对卡秋莎钟情，这不违背他的理论，因为他的爱情是柏拉图式的①，他认为这样的爱情非但不会妨碍他像吞噬细胞那样为弱者服务的活动，反而会越发鼓舞他从事这种活动。

然而除了精神方面的问题他按自己的主张解决以外，就连大部分的实际问题他也按自己的主张来解决。他对一切实际的事情都有自己的理论，他定出种种规则，应当工作几个小时，休息几个小时，吃什么样的伙食，穿什么样的衣服，怎样生火，怎样点灯。

话虽如此，西蒙松同别人相处却是非常腼腆谦虚的。但他一旦做出决定，就什么也不能拦阻他。

就是这样一个人的爱情对玛丝洛娃影响特别大，玛丝洛娃凭着女人的敏感很快察觉到他的爱。她想到居然能在这样一个不平凡的人心里唤起爱情，自信心也就提高了。聂赫留朵夫向她求婚是出于宽宏大量和过去那件事，西蒙松爱的却是今天的她，而且纯粹是因为喜欢她。此外，她觉得西蒙松把她看作一个不平凡的女性，品德特别高尚，跟一般女人不一样。她不太清楚自己究竟具有哪些品德，但不管怎样，为了不使他失望，她就竭力把她认为的自己具有的最好品德表现出来，这样也就促使她努力做一个她所能做到的好人。[2]

[2] 细节描写，突出展现了西蒙松对玛丝洛娃的爱给了玛丝洛娃自信，促使她努力成为更好的人。这样的爱和聂赫留朵夫给她的爱是不同的。

① 指纯粹精神上的、不涉及肉体的恋爱。

[3] 这里是外貌描写，通过玛丝洛娃的眼睛，再次详细地刻画出西蒙松的人物形象，给读者留下深刻的印象。

这种情况早在监狱里就开始了。有一天，那是政治犯共同会见探监人的日子，她发觉他那双纯朴善良的深蓝色眼睛，从突出的前额和眉毛下特别执拗地瞅着她。早在那个时候，她就已经留意到这个人很特别，外表很严肃，令人望而生畏，但目光中有一种稚气，显出他是个好人。[3] 到了托木斯克后，她被调到政治犯队伍中，她又看到了他。尽管他们两人之间一句话也没有说，可是他们四目相视的那种眼光却承认他们都互相记得，而且感到彼此之间是休戚相关的。就连这以后他们之间也没有谈过什么含有深意的话，但玛丝洛娃觉得，只要有她在场，他所说的话总是说给她听的，是为她而说的，并且竭力把话说得明白易懂。他们之间的关系更近一步，是从西蒙松跟刑事犯一起步行开始的。

五

从下诺夫哥罗德到彼尔姆的这段路上，聂赫留朵夫同玛丝洛娃只见过两次面。一次是在下诺夫哥罗德城，在犯人们登上围着铁丝网的驳船之前，另一次是在彼尔姆监狱办公室里。他发现玛丝洛娃沉默寡言，态度冷淡。聂赫留朵夫问她身体怎样，需不需要什么东西，她回答时支支吾吾，神色慌张，而且觉得还带有一种责备的意思，这种责备她以前就已经表露过，这使聂赫留朵夫感到很烦恼，其实那只是因为当时男犯人正在纠缠她。令他担心的是，旅途中她处在艰苦的条件和使人堕落的境况下，又会陷入以前那种自暴自弃和对生活绝望的心境里去，正是那种心境才促使她恼恨他，并且拼命地吸烟喝酒来忘掉一切。可是他又不能在任何方面对她有所帮助，因为在旅途的最初时期里，他没有机会同她见面。直到玛丝洛娃调到政治犯队伍后，他这才相信自己的担忧毫无根据，而且恰好相反，每次看见她，都越来越清楚地看到她内心的变化，而那正好是他所渴望的。在托木斯克第一次见面时，她又变得同出发前一样。她看见他，不皱眉头，也不窘迫，相反还高高兴兴、神态自若地迎接他，感谢他为她出的力，特别是把她调到目前所处的人们中间来。

经过两个月的长途跋涉，她内心的变化在外表上也反映了出来。她消瘦了，晒黑了，仿佛苍老了似的。她的两鬓和嘴角露出细纹，她不再让一绺头发飘到额头上来，而把头发都包在头巾里。于是，不管她的装束也罢，她的发型也罢，她对人的态度也罢，再也没有先前卖弄风情的迹象了，这使聂赫留朵夫感到特别高兴。

他现在对她生出一种以前他从没体验过的心情。这种心情跟最初那种充满诗意的迷恋完全不同，跟他后来所感到的肉欲的魅力更不相同，甚至跟他在法庭审判以后决定同她结婚时所产生的履行责任的思想感情以及其中混杂着的虚荣心理也没有什么共同的地方。这种心情就是最单纯、最朴实的怜惜和同情，当初他在监狱里跟她初次见面的时候就产生过这样的心情，后来他到医院里去过一趟以后，极力克制自己的厌恶，原谅她和医士中间那个虚构的恋爱事件的时候，又更加强烈地产生过那样的心情[①]。这就是先前已经有过的那种心情，只是有一点区别：先前那种心情是暂时的，现在却变成经常的了。现在无论他在想什么事，也无论他在做什么事，他总怀着这种怜惜和感动的心情，而且不但对她一个人如此，对一切人也都是如此。

① 至于她遭到冤枉的那件事，后来已经解释清楚。

这种心情似乎在聂赫留朵夫的灵魂里打开了一道爱的闸门，原先这种爱找不到出路，现在却向他所遇见的一切人涌去。

聂赫留朵夫觉得自己在这次旅行中一直情绪昂扬，不由自主地关心和体贴一切人，从马车夫和押解兵，到与他打过交道的典狱长和省长。

在这段时间里，由于玛丝洛娃调到政治犯队伍中，聂赫留朵夫就有机会接触许多政治犯。先是在叶卡捷琳堡[①]，因为政治犯们在那里很自由地同住在一个大牢房里，后来在路上又认识了与玛丝洛娃一起走的五个男犯和四个女犯，聂赫留朵夫同流放的政治犯接近后，对他们的看法完全改变了。

自从俄国革命运动[②]开始以来，特别是在三月一日[③]以后，聂赫留朵夫一直对革命者抱着恶感，鄙视他们。首先，在反对政府的斗争中他们所使用的残酷而秘密的方法，尤其是他们残酷杀人的行为，使他感到厌恶。其次，他们一般都具有强烈的自命不凡的特点，这也惹得他讨厌。不过等到他更接近他们，他才知道他们常常受到政府莫须有的迫害，他们这样做是迫不得已的。

不论一般所谓的刑事犯遭到多么残酷的折磨，可是在他们判罪之前和判罪之后，毕竟还能多多少少见到一点依照法律办事的影子，然而在政治犯们的案子里却连那一点影子也见不到，犹如聂赫留朵夫在舒斯托娃一案里，以及后来在许许多多他的新朋友的案子里所见到的一样。政府对付这些人无异于用大渔网捕鱼：凡是落网的鱼统统拖到岸上来，然后拣出那些合乎需要的大鱼，至于那些小鱼，就无人过问，听任它们在岸上死掉，晒干。政府就是照这样捉住几百个显然不但没有犯过罪而且也不可能危害政府的人，把他们囚禁在监狱里，有的时候一关就是许多年，于是他们在监狱里传染上肺痨病，或者发了疯，或者干脆自杀了事。他们被囚禁在监狱里，只是因为缺乏释放他们的理由罢了，再者由于他们关在监狱里，近在咫尺，遇到需要他们做证的时候，倒也可以把他们提出来说明某几个问题。所有这些人，甚至从政府的观点来看，也往往是无罪的，可是他们的命运却取决于宪兵、警官、暗探、检察官、侦讯官、省长、大臣等的个人意愿、闲暇和心境。这样的官僚，只要闲得无聊，或者有意邀功请赏，就大肆逮捕，然后

---

① 西伯利亚的一个城市，在彼尔姆东南，在帝俄时期是罪犯的流放地区。

② 指俄国民粹派革命运动。民粹派是俄国革命运动中的小资产阶级派别，主要包括资产阶级自由主义和民主主义知识分子，其宗旨是发动农民向沙皇专制制度进行斗争，发动革命青年到民间去，到农村去，但是没有得到农民的支持。民粹派的革命理论认为俄国可以避免资本主义的发展阶段，认为农民是主要的革命力量，农民公社是社会主义发展的基础。这个革命运动遭到沙皇政府的严酷镇压。

③1881 年 3 月 1 日沙皇亚历山大二世被民意党人刺死。民意党是民粹派在 1879 年建立的革命的恐怖组织，采取个人恐怖手段作为反对沙皇专制制度的方法。这个组织在 19 世纪 80 年代被沙皇警察所摧毁。

根据他自己或者上司的心境，决定把他们投进监狱，或是释放。至于高一级的上司，也要根据他们是否有请功的愿望，或者同大臣的关系如何，来决定是把他们发送到天涯海角去，还是关进单人牢房里或是处流刑，做苦工，甚至处死，再不然，遇到一个什么太太来向他求情，就把他们释放掉。

既然人家用暴力对付他们，他们自然也就要使用别人用来对付他们的同一种手段，因而成了一群暴民。这里不妨拿军人做比喻，军人永远生活在一种舆论的气氛里，这种舆论不但为他们遮盖他们所作所为的犯罪性质，而且把这些行为说成英雄业绩。同样，政治犯恰好也有一种由他们的团体所形成的舆论的气氛，正是由于有这种舆论的气氛，他们冒着丧失自由、生命和人世间一切宝贵东西的风险而做出来的残忍行为，在他们的心目中，不但不是恶劣的行为，而且成了英勇的行为。这也就向聂赫留朵夫说明了一个惊人的现象，为什么一些秉性极为温和的人，平时不要说杀害小动物，就是看着活着的生物受苦也不忍心，现在却满不在乎地准备杀人。他们几乎个个都认定，在某些情况下，以杀人作为自卫和达到全民幸福这个崇高目标的手段，是合法而正当的。至于他们对他们的事业做出崇高的评价，以及因此自视很高，其实那是由于政府把他们看得重要，残酷地惩办他们而自然形成的结果。他们必须自视甚高，不然无法承受得起他们所遭遇的苦难。

聂赫留朵夫接近他们以后，对他们有了进一步的了解，深信他们不像某些人所设想的那样是十足的坏人，也不像另外一些人所认为的那样是十足的英雄，而是些普普通通的人。他们像各处的人们一样，其中也有好人、坏人和中间类型的人。他们当中有些人成为革命者，是因为他们真诚地认为他们有责任与当前的恶势力进行斗争。不过也有一些人，他们选择这种活动是出于利己的动机或虚荣心。然而多数人向往革命，却是出于聂赫留朵夫在战争时期所熟悉的一种追求危险和冒险行动的愿望，以玩弄自己的生命为乐，像这一类的感情原是极平常的、精力充沛的青年所共有的。他们同普通人的区别以及胜过普通人的地方，就在于他们的道德标准高于普通人所公认的道德标准。在他们中间，好多人不但认为节制欲望、生活认真、真诚老实、大公无私是理所当然的，而且认定为了他们共同的事业不惜牺牲一切，乃至牺牲他们的生命，正是他们的本分。就是因为这个缘故，在这些人当中，凡是高于一般水平的人，往往远远地超出一般水平，成为罕见的道德高尚的模范，而凡是低于一般水平的人，往往成为弄虚作假、装腔作势，同时又刚愎自用、高傲自大的人。因此聂赫留朵夫对待他的某些新朋友不但怀着敬意，并且充满热爱，而对待另外一些新朋友则敬而远之。

六

聂赫留朵夫特别喜爱一个害着肺痨病的名叫克雷里卓夫的青年。克雷里卓夫跟玛丝洛娃在同一个队里，被流放去服苦役。聂赫留朵夫早在叶卡捷琳堡就认识他，在途中又同他见过几次面，还同他谈过话，交流思想。夏天有一次，在旅站上，正赶上休息的日子，聂赫留朵夫跟他几乎消磨了一整天。克雷里卓夫兴致勃勃地把自己的身世讲给他听，还讲了他怎样成为革命者。此人入狱前的经历很简单：他父亲是南方一个富有的地主，在他年龄很小的时候，父亲就撒手归西了。他是个独子，由母亲抚养长大。他念中学和念大学都很不费力，大学数学系毕业时名列第一，获得硕士学位。学校要他留校，还要送他出国深造，他犹豫不决。他爱上了一个姑娘，想同她结婚，并且进地方自治会工作。他展望未来，什么事都想做，可就是拿不定主意。这时候，有几个同学要他给公共事业捐点钱。他知道，这种公共事业就是革命事业，但那时他对革命还毫无兴趣，只是出于同学的情谊和自尊心，唯恐人家说他胆小怕事，为了保住面子，就捐了钱。收钱的人被捕了，搜出一张字条，知道钱是克雷里卓夫捐的。因此他也被捕，先是关在警察分局，后来进了监狱。

“我先说关我的那个监狱吧，”克雷里卓夫对聂赫留朵夫开口讲道[①]，“那个监狱不算太严，我们不仅可以敲敲墙壁互通音讯，而且可以在过道里来回走动，随便交谈，相互分送食物和烟草，到了晚上甚至可以齐声唱歌。我原来有一副好嗓子。真的，要不是我妈过分伤心，那么，这样子待在牢里，我觉得也挺不错，甚至很愉快。我在这里长了见识，认识了不少人，其中有赫赫有名的彼得罗夫[②]，还有其他有影响的干革命的人，但那时我还不是个革命者。我还认识了隔壁牢房里的两个人，他们都是因携带波兰宣言[③]一案被捕的，后来他们在被押往车站的途中企图逃跑，于是受到了审判。一个是波兰人，姓洛靖斯基，另一个是犹太人，姓罗卓夫斯基。是啊，那个罗卓夫斯基简直还是个孩子。他说他十七岁，可是看外表，只有十五岁的样子。他又瘦又小，两只黑眼睛亮晶晶的，人挺机灵，也像一切犹太人

---

① 克雷里卓夫胸部凹陷，两肘撑住膝盖，坐在高高的板铺上，偶尔用他那双害热病的聪明、善良、好看的亮晶晶的眼睛瞧瞧聂赫留朵夫。

② 他后来在要塞里用碎玻璃割破喉咙自杀了。

③ 指19世纪60年代起波兰王国反对沙皇专制的运动宣言。

那样赋有音乐才能。他还在变嗓，但唱起歌来很好听。是啊！他们俩被提去受审的时候，我正在监狱里。他们一早被带出去，傍晚回来，说是被判了死刑。这事谁也没料到。他们的案情实在轻得很，只不过企图从押解兵手里逃走，也没有伤什么人。再说，把罗卓夫斯基这样一个孩子判处死刑，实在太不近人情。我们关在牢里的人，个个都认为这只是吓唬吓唬他们，上级是不会批准的。开头大家激动了一阵，后来平静了，又像原来那样过日子。是啊！不料有一天晚上，看守来到我的门边，鬼鬼祟祟地告诉我说，来了几个木匠，正在搭绞架。我开始没弄懂是怎么一回事，什么绞架不绞架的。但看守老头儿十分激动，我瞧了他一眼，心里才明白过来，绞架原来是为我们那两个人预备的。我想敲敲墙壁，把这事告诉大伙，可是又怕被那两个人听见。大伙也都不作声，显然全知道了。那天晚上，过道里和牢房里都是一片死寂。我们没有敲墙壁，也没有唱歌。十点钟光景，看守又走来告诉我说，从莫斯科调来了一名执行绞刑的刽子手。他说完就走开了。我唤他，要他回来。忽然听见罗卓夫斯基从过道对面他自己的牢房里对我叫道：'您怎么了？您叫他有什么事？'我就随便搪塞他说，这看守给我送烟草来了，但罗卓夫斯基似乎猜到是什么事，就问我为什么不唱歌，不敲墙壁。我不记得当时对他说了些什么，但我赶快走开，免得他再问我什么。是啊！那真是个可怕的夜晚。我通宵留神听着各种声音。快到拂晓，忽然听见过道的门开了，进来了好几个人。我站在窗洞旁。过道里点着一盏灯。第一个进来的是典狱长，胖胖的，平时神气活现，行动果断，但这会儿脸色惨白，垂头丧气，仿佛吓破了胆。他后面是副典狱长，皱着眉头，一脸杀气，再后面是一个卫兵。他们经过我的门口，在旁边那个牢房门前站住。我听见副典狱长声音古怪地叫道：'洛靖斯基，起来，穿上干净衣服！'是啊！然后听见牢门吱嘎响了一声，他们走到他跟前，接着就听见洛靖斯基的脚步声。他向过道另一头走去。我只能看见典狱长一个人。他站在那儿，脸色苍白，忽而解开胸前的纽扣，忽而又扣上，还耸耸肩膀。是啊！忽然他仿佛害怕什么似的闪开身子。原来是洛靖斯基从他身边走过，来到我门外。他是个漂亮的小伙子，生有一副好看的波兰人脸型：前额开阔平直，一头细密的淡黄色鬈发，一双美丽的天蓝色眼睛，是个年富力强、血气方刚的小伙子。他站在我的窗洞前面，因此我看见了他的整个脸庞。他的脸瘦削、灰白，怪可怕的。他问我：'克雷里卓夫，有烟吗？'我刚要拿出烟来给他，可是副典狱长仿佛怕耽误时间，掏出烟盒递给他。他拿了一支烟，副典狱长给他划亮火柴，点上烟。他抽起烟来，仿佛在想心事。后来忽然想到什么事似的，开口说：'太残酷，太不讲理了！我什么罪也没有。我……'我的眼睛一直盯住他那白嫩的脖子，看见他脖子上有样东西在抖动，他说不下去。是啊！这当儿，我听见罗卓夫斯基在过道里用尖细的犹太人嗓子嚷着什么。洛靖斯基丢掉烟头，从我的牢门口走开去。接着是罗卓夫斯基出现在我的窗洞口。他那张孩子气的脸涨得通红，冒着汗，一双黑眼睛泪汪汪的。他也穿着一身干净的衬衣，但裤子太大，他老是用两手把它往上提，整个身子直打哆嗦。他把他那张可怜的脸凑近我的窗洞，说：‘阿纳托里·彼得罗维奇，医生给我开了润肺汤，是不是？我觉得不舒服，还要再喝一点润肺汤。’谁也没有理他，他就用询问的目光瞧瞧我，又瞧瞧典狱长。他说这话是什么用意，我始终没有弄懂。是啊！副典狱长顿时板起脸，又尖声尖气地嚷道：‘开什么玩笑？快走。’罗卓夫斯基显然弄不懂有什么事在等着他，急急地沿着过道走去，简直抢在所有人的前头。但接着他站住不肯走了，我听见他尖声大叫和号哭。传来一片喧闹声，还有顿脚的声音。他刺耳地号叫，痛哭。后来，声音越去越远，过道的门哗啦响了一声，接下来就一片肃静……是啊！他们就这样被绞死了。两个人都被绳子勒死了。有个看守看见这景象，告诉我，说洛靖斯基没有反抗，罗卓夫斯基却挣扎了好半天，因此他们只好把他拖上绞架，硬把他的脑袋塞进绳套里。是啊！那看守傻乎乎的。他对我说：‘老爷，人家都说行刑是很可怕的。其实一点不可怕。他们被绞死的时候，只这么耸了两下肩膀，’他装出肩膀猛一下往上耸，然后又耷拉下来的样子，‘后来刽子手把绳子一拉，喏，就是把绳套拉得紧些，这就完了，他们再也不动了。’哼，‘一点也不可怕！’”克雷里卓夫把看守的话又说了一遍，他想笑，没有笑成，却放声痛哭起来。

随后他沉默了好一阵，吃力地喘着气，硬把涌到喉咙里的哭声压下去。

“从那时起我就成了革命者。是啊！”他平静下来说，简短地结束了他讲的故事。

他加入了民意党，还当上了破坏小组的组长，专门对政府官员采用恐怖手段，强迫他们放弃政权，让人民掌权。他为这个目的到处奔走，一会儿去彼得堡，一会儿出国，一会儿到基辅，一会儿到敖德萨，一次又一次取得成功。后来却被一个他十分信任的人出卖了。他被捕了，受审讯，在监狱里关了两年，被判死刑，后来改为终身苦役。

他在狱中得了痨病。在现在这种条件下，看来他只能再活几个月。他知道这一点，但对自己的行为并不后悔。他说，要是让他再活一辈子，他还是会那么干，也就是破坏他目睹的那种罪恶累累的社会制度。

克雷里卓夫的身世以及同他的接触，使聂赫留朵夫懂得了许多以前不懂的事。

七

在押解官同犯人们由于小女孩的事在旅站门前发生冲突的那一天，聂赫留朵夫在客店里正好醒得很晚，起身后又写了几封信，准备带到省城去寄，因此坐车离开客店晚了一点，没像往常那样在途中赶上大队人马。他到达犯人们过夜的村子时，已经黄昏了。聂赫留朵夫借宿的客店是由一个老寡妇开的，她身体肥胖，脖子又白又粗。他在那里烘干衣服，在饰有大量圣像和画片的干净客房里喝够了茶，连忙赶到旅站去找押解官，要求准许他同玛丝洛娃见面。

在走过的六个旅站上，尽管押解官不断更换，但没有一个官员准许聂赫留朵夫进入旅站房间，因此他已有一个多星期没见到玛丝洛娃了。他们之所以管得这样严，是因为有一个管监狱的大官将路过此地。如今，那个长官已经过去，根本没有看旅站一眼。聂赫留朵夫希望今天接管这批犯人的押解官能准许他同犯人见面。

客店女掌柜劝聂赫留朵夫坐四轮马车到村子尽头的旅站去，但聂赫留朵夫情愿走着去。一个肩膀宽阔、体格魁梧的年轻茶房，脚穿一双刚擦过油、柏油味很重的大皮靴，自愿给他带路。空中一片迷雾，天色黑蒙蒙的。领路的茶房只要离开窗口灯光能照到的地方三步远，聂赫留朵夫就看不见他了，只听见他的大皮靴在厚厚的泥浆里咕叽咕叽地响。

聂赫留朵夫跟着带路的茶房穿过教堂前的广场和灯火通明的街道，来到漆黑的村子尽头。但不多一会儿，黑暗中又出现了亮光，那是旅站附近的路灯透过迷雾发出来的。那些淡红色的光点越来越大，越来越亮。栅栏的木桩、走动的哨兵的黑色身影，漆着斜条纹的木柱和岗亭渐渐隐约可见。哨兵看见有人走近，照例吆喝一声："谁？"他发觉来的不是自己人，顿时变得十分严厉，坚决不准他们在栅栏旁逗留。不过，给聂赫留朵夫领路的茶房看见哨兵态度严厉，并不慌张。

"咳，你这小子，脾气倒不小哇！"他对哨兵说，"你去叫你们的头儿出来，我们在这儿等着。"

哨兵没有答话，只对着一道栅栏门喊了一声，然后站住，眼睛盯着那肩膀宽阔的小伙子，看他怎样就着灯光用木片刮掉聂赫留朵夫靴上的泥泞。栅栏里传出来男男女女嘈杂的说话声。过了三分钟光景，铁锁哗啦一声，栅栏门开了，领哨的身披军大衣，从黑暗中来到路灯下，问他们有什么事。聂赫留朵夫把准备好的名片和一张写明有私事求见的字条交给队长，请他转送押解官。那领哨的不像哨兵那样严厉，但好奇心特别重。他一定要知道聂赫留朵夫有什么事要见押解官，他是什么人。显然，他已嗅到有油水可捞，不肯放过机会。聂赫留朵夫说他有一桩特殊的事，要他把字条送上去，办成后他会感谢他的。领哨的接过字条，点点头走了。他走后不多一会儿，栅栏门又哗啦响了一声，从里面走出几个女人，手里拿着篮子、树皮筐、牛奶壶和口袋。她们用西伯利亚方言大声地交谈着，跨过栅栏门的门槛。她们都不是乡下人打扮，而像城里人那样穿着大衣和皮袄，裙子高高地掖在腰里，头上包着头巾。她们借路灯的光好奇地打量着聂赫留朵夫和给他领路的人。其中一个女人看见这个宽肩膀的小伙子，显然很高兴，立刻用西伯利亚的骂人话亲热地骂起他来。

"你这个树林里的妖精，到这儿来干什么？"她对他说。

"瞧，我是送一个客人到这儿来，"小伙子回答，"你送什么东西来了？"

"奶制品，他们要我明早再送些来。"

"那么他们没有叫你留下来过夜吗？"小伙子问。

"去你的，死鬼，烂掉你的舌头！"她笑着嚷道，"咱们一块儿回村子去，你送送我们。"

带路的还对她说了些什么笑话，不仅引得女人们咯咯地笑，就连哨兵也笑了起来。接着他对聂赫留朵夫说："怎么样，您一个人回去找得到原来的住处吗？不会迷路吧？"

"找得着，找得着。"

"过了教堂，从那座两层楼房子算起，右边第二家就是。喏，给您根拐棍。"他说，把随身带着的那根一人多高的棍子交给聂赫留朵夫。然后他踩着咕叽咕叽响的大皮靴，跟那些女人一起在黑暗中消失了。

当栅栏门再次哗啦作响，领哨的请聂赫留朵夫跟他一起去见押解官时，从迷雾里还传来那小伙子的说话声，中间夹杂着女人的声音。

八

这个小旅站的样式和西伯利亚沿途大小旅站大同小异：坐落在一个院子里，四周用一根根尖头圆木桩围住，院子里有三座住人的平房。最大的一座装有铁格子窗户，是供犯人们住的，另一座是押解兵住的，第三座是押解官住的，办公室也设在里面。这三座房子眼下灯火通明，这种灯光，尤其是在这种地方，往往给人造成一种假象，以为这些明亮的房子里面一定很舒服自在。这些房子的门廊前面都点着路灯，顺着墙边还有大约五盏路灯，照亮了院子。一个军士领着聂赫留朵夫走过一条用木板铺成的路，走到最小的房子的门廊前。他登上三级台阶，然后让聂赫留朵夫走在前面，走进点着小灯的前室，那儿弥漫着木炭的浓烟。一个士兵站在火炉旁，穿着粗布衬衫和黑色长裤，系着领带。他只有一只脚上穿着黄色靴腰的高筒皮靴，正伛偻着腰，用另一只靴筒子给茶炊吹风。这个士兵看见聂赫留朵夫，就丢下茶炊，帮着聂赫留朵夫脱掉他身上皮革制的大衣，然后走进里屋。

“他来了，长官。”

“好，叫他进来。”传来一个气呼呼的声音。

“请进去吧。”士兵说，马上又去扇茶炊。

在第二个房间里点的是一盏吊灯，铺着桌布的桌面上放着一些吃剩的饭菜和两个酒瓶，桌子旁边坐着一个留着淡黄色的小胡子、脸色通红的军官，他穿着一件奥地利式的短大衣，大衣紧紧裹着他那宽阔的胸膛和肩膀。在这暖和的房间里，除了烟草味外，还散发着非常强烈的刺鼻的劣等香水味。经过这么多周折，聂赫留朵夫终于见到了这个押解官。军官看见聂赫留朵夫，略微欠了欠身，带着又像讥讽又像怀疑的神情盯着走进来的人。

“您有什么事？”押解官问。还没等对方答话，他又向门口喊了一声，“别尔诺夫！茶炊什么时候才能烧好？”

“马上就好。”

“马上我就揍你一顿，好叫你记住！”军官嚷道，眼睛闪着凶光。

“来了！”士兵应了一声，走进房来。

聂赫留朵夫等着士兵把茶炊放上。军官凶狠的小眼睛盯着士兵，好像要在他身上找准一个地方动手揍他似的。可是茶炊一放好，军官就忙着沏茶了。然后，他从旅行食品箱里取出一瓶盛在方形瓶子里的白兰地酒和一些夹心饼干。把所有这些东西都摆到桌布上后，才转过头来对聂赫留朵夫说。

“那么，我在哪些方面能为你效劳呢？”

“我要求探望一个女犯人。”聂赫留朵夫回答说，没有坐下来。

“是政治犯吗？法律规定，禁止探望。”押解官说。

“这个女人不是政治犯。”聂赫留朵夫说。

“您请坐。”押解官说。

聂赫留朵夫坐下来。

“她不是政治犯，”他又说了一遍，“但经我要求，最高长官批准让她同政治犯一起走……”

“啊，我知道了，”押解官打断他的话说，“就是那个黑头发的小娘们吧？好哇，可以，您抽烟吗？”

他把一盒纸烟推到聂赫留朵夫面前，小心地倒了两杯茶，把一杯送到聂赫留朵夫面前。

“请喝茶。”他说。

“谢谢您，可我想见一见……”

“夜长着呢，您来得及的，我派人去把她给您叫来就是了。”

“能不能不叫她出来，让我到她那里去呢？”

“到政治犯那儿去吗？这是违法的。”

“我去过好几次了。要是您怕我把什么东西带给政治犯，那我通过她也可以转交。”

“哦，不，她要被抄身的。”押解官说，现出不愉快的笑容。

“哦，那你们可以先把我搜一搜。”

“算啦，不搜也罢。”押解官说，把拔了塞子的酒瓶举到聂赫留朵夫身前的杯子上，劝聂赫留朵夫喝一杯，被谢绝了。他又抱怨说：“哦，那么请便。一个人住在西伯利亚这种地方，能见到一个有教养的人，真让人高兴啊。老实说，干我们这一行，苦透了。当一个人过惯了别的生活，要他到这里来是很难受的。要知道，人家对我们是有看法的，一提起押解官，就意味着是粗人，没有教养的人。可他们也不想一想，我们生下来也是能干别的事的。”

这个军官的通红的脸，他身上的香水味，他的戒指，特别是他那令人不快的笑声，都令聂赫留朵夫非常反感。不过就连今天，他也还是像在整个旅行期间一样，保持着严肃的关怀人的精神，不容许自己对任何人采取怠慢和鄙薄的态度，认为同每一个人说话都必须“认真”，这是他给自己定下的规章。他听完军官的话，把军官内心的苦恼理解为他由于同情他管理下的那些人的而感到苦恼，就严肃地对他说：

"我想，您做这种工作，可以设法减轻人家的痛苦，这样您就会比较心安理得了。"

"他们哪里有什么痛苦？他们本来就是这号人：天生的囚犯。江山易改，本性难移。"

"他们怎么是特殊的人呢？"聂赫留朵夫说，"他们是和大家一样的人。有些人还是无辜的呢。"

"当然，什么样的人都有。当然，值得可怜。别人一点儿小事都不放过，可我呢，总是尽量减轻他们的痛苦。宁可让我自己受罪，也不让他们吃苦。别人遇上点儿什么事，就依法处置，要不就干脆一枪毙了，可我总是可怜他们。再喝点茶，吃点东西吧，"他说着，又给他倒茶，"她，您要见的女人，究竟是个什么人？"他问。

"她是个不幸的女人，落到一家妓院里，在那儿遭到诬告，说她毒死了人，其实是一个很好的女人。"聂赫留朵夫说。

军官摇了摇头。

"是啊，这样的事是有的。我跟您说吧，在喀山就有过一个那样的女人，名叫艾玛。她是匈牙利人，生着地地道道的波斯人眼睛，"他接着说，回想往事而忍不住微微地笑，"她长得可真有风度，简直比得上伯爵夫人呢……"

聂赫留朵夫打断军官的话，又回到先前的话题上去。

"我想，既然现在归您管，您就可以减轻他们的痛苦。您要是能这样做，我相信您会感到快乐的。"聂赫留朵夫说，尽量把话说得清楚些，就像是跟外国人或小孩子讲话一样。

军官的眼睛闪闪发亮，瞧着聂赫留朵夫，分明急切地等着他把话说完，好继续讲那个生着波斯人眼睛的颇有魅力的匈牙利女人的故事。显然，此刻那个女人在他的想象里逼真地出现，吸引了他的全部注意力。

"是啊，确实，这话很对，"他说，"我也真的怜惜他们。不过我想跟您谈一谈那个艾玛。您猜她干出了什么事？"

"我对这种事不感兴趣，"聂赫留朵夫说，"我老实告诉您，虽然我自己从前也是那种人，好拈花惹草，不过现在我已经痛恨这种对待女人的态度了。"

军官吃惊地瞧着聂赫留朵夫。

"那么，您要不要再喝点茶？"他说。

"不，谢谢了。"

"别尔诺夫！"军官喊道，"你把这位先生带到瓦库洛夫那儿去。你就说，让这位先生到那个单独由政治犯住着的牢房里去，可以让他待到点名的时候。"

九

聂赫留朵夫由传令兵护送着走出去，又来到黑暗的院子里，路灯射出来的红光朦胧地照着这个院子。

“到哪儿去？”迎面过来一个押解兵，问护送聂赫留朵夫的传令兵说。

“到隔离室去，第五号。”

“这里过不去，锁上了，得绕那个门廊。”

“怎么锁上了？”

“领哨班长锁上的，他自己到村子里去了。”

“哦，那么往这儿走。”

传令兵领着聂赫留朵夫往另一个门廊走去，沿着铺木板的路，来到另一个门口。刚走到院子里就听见嘈杂的说话声和人们活动的声音，好像一群热热闹闹，将要离窝的蜜蜂。聂赫留朵夫走进去，推开门，喧闹声就更响了。听得出有叫嚷、谩骂和哄笑声，还听见哐啷啷的镣铐声。空中弥漫着熟悉的粪便和煤焦油的恶臭味。

镣铐的哐啷声和刺鼻的恶臭，这两样东西合在一起，总是使聂赫留朵夫感到难受，精神上感到恶心，又渐渐变成生理上的恶心。这两样东西混合在一起，相互助长，确实使人觉得特别难受。

旅站门廊里放着一个臭烘烘的大木桶，就是所谓的“马桶”。聂赫留朵夫踏进门，第一眼就看见一个女人坐在便桶边上。她的面前站着一个剃阴阳头的男人，头上歪戴着一顶薄饼般的帽子。他们在聊着什么事。男犯一看见聂赫留朵夫，挤了挤眼，说：“就是皇帝也得撒尿呀！”

那女人放下囚袍下摆，低下头。

从门廊往里走是一条过道，过道两边的牢房门都开着。第一间是带家眷的牢房，第二间是单身犯人的大牢房。过道另一头有两个小间，是关政治犯的。这个旅站的房子原定可关一百五十人，现在却关了四百五十人，十分拥挤，犯人在牢房里住不下，把过道都挤满了。有人在地板上坐着或者躺着，有人拿着空茶壶出去，或者提着装满开水的茶壶回来。塔拉斯也在这些人中间。他赶上聂赫留朵夫，亲切地同他打招呼。塔拉斯那张和蔼可亲的脸显得难看了，因为鼻子上和眼睛底下有好几处乌青紫的肿块。

“你这是怎么了？”聂赫留朵夫问。

“出了一点毛病。”塔拉斯笑眯眯地说。

“他们老是打架。”押解兵鄙夷不屑地说。

“为了婆娘，”他们后面有个犯人说，“他跟瞎了一只眼的费特卡干了一架。”

“费多霞怎么样？”聂赫留朵夫问。

“没什么，身体很好，我这就是打开水来给她沏茶的。”塔拉斯说着走进带家属的牢房。

聂赫留朵夫往门里望了一眼。整个牢房里挤满了男男女女，有的坐在板床上，有的躺在板床下。牢房里晾着湿衣服，弥漫着水蒸气。女人们的叫嚷声此起彼伏，一刻不停。隔壁是单身犯人的牢房。这间牢房更加拥挤，连门口和过道里都站满了一群群喧闹的犯人。他们穿着湿衣服，正在分配什么东西，或者是在解决一个什么问题。押解兵向聂赫留朵夫解释说，监狱里有个开赌场的犯人，专门借钱给别的犯人，谁一时还不出，就用纸牌剪成纸片作为借据，此刻班长正根据纸片从犯人的伙食费中扣下钱来还给赌场老板。那些站得近的犯人看见军士和一个老爷，就住了口，恶狠狠地打量着他们。在分钱的人中间，聂赫留朵夫发现一个他认识的苦役犯费多罗夫。费多罗夫身边总带着一个皮肤白净、面孔浮肿、眉头紧皱、模样可怜的小伙子。另外，他还看见一个麻脸、烂鼻、面目可憎的流浪汉。大家都听说，这人犯事后，逃到原始森林中，没有吃的，就杀死了同伴，吃了他的肉。这时，流浪汉正站在过道里，一个肩膀上披着湿囚袍，嘲弄而大胆地瞧着聂赫留朵夫，没有给他让路。聂赫留朵夫就从他身旁绕过去。

聂赫留朵夫对这种景象十分熟悉，在过去三个月中，他常常看到这四百名刑事犯处在各种不同的场合：大热天，他们在灰沙飞扬的大道上拖着脚镣行进，或者在大路旁休息；遇到天气暖和的日子，男女犯人在旅站院子里公开通奸。虽然如此，他每次来到他们中间，像现在这样，发现他们的目光集中在他身上，还是觉得惭愧和负疚。而使他感到最难受的是，除了这种惭愧和负疚感之外，他还会产生克制不住的嫌恶和恐惧。他知道，处在目前这种环境下，他们只能是这个样子，也就是说，他们处于无可奈何的境地，但他还是无法消除对他们的嫌恶。

“他们过得可舒服了，这些寄生虫！”聂赫留朵夫向政治犯牢门走去，听见背后有人说，“这些鬼东西有什么好苦恼的，反正他们的肚子不会疼。”一个沙哑的声音说，还夹着不堪入耳的骂人话。

人群中响起一阵不友善的、嘲弄的哄笑声。

十

护送聂赫留朵夫的军士经过单身犯牢房时对聂赫留朵夫说，他将在点名前来接他，然后转身走了。军士刚走开，就有一个男犯提起镣铐上的铁链，光着脚，快步走到聂赫留朵夫的跟前，朝他散发出一股浓重的汗酸臭味，然后压低喉咙，用不让外人听见的声音对他说："老爷，您出头管一下吧。那个小伙子已经完全上了圈套，人家把他灌醉了。今天早晨交接犯人的时候，他竟冒名顶替，说自己是卡尔玛诺夫。您出头管一下吧，我们可不能管，不然的话，他们会打死我们的。"那个男犯神色慌张地向四周看了一下，立刻从聂赫留朵夫身边溜走了。

事情是这样的：一个叫卡尔玛诺夫的苦役犯，暗中劝诱一个相貌同他相似的终身流放犯同他互换姓名，这样一来，他这个苦役犯就可以改为流放，轻松自在多了，也容易逃跑，而原本是流放犯的小伙子却要代替他去做苦工。

这件事聂赫留朵夫已经知道，因为那个犯人上礼拜就把这个骗局告诉了他。聂赫留朵夫点点头表示明白，并将尽力去办，然后头也不回地往前走去。

聂赫留朵夫在叶卡捷琳堡就认识这个提起镣铐、偷偷和他说话的男犯人了，他当时请聂赫留朵夫替他说情，请上头批准他的妻子跟随他一同上路。聂赫留朵夫对他的要求感到惊奇。这人中等身材，从外貌看是一个最普通的农民，三十岁左右，因蓄意谋财害命而被判服苦役。他名叫玛卡尔·杰甫金。他犯罪的经过很奇怪。他对聂赫留朵夫说，这罪不是他玛卡尔犯的，而是魔鬼犯的。他说，有个过路人找到他父亲，愿意出两个卢布让他父亲用雪橇把他送到四十俄里外的村子去。父亲就吩咐玛卡尔把他送去。玛卡尔套好雪橇，穿上衣服，就同那过路人一起喝茶。过路人一面喝茶，一面告诉他要回家成亲，随身带着在莫斯科挣到的五百卢布。玛卡尔听了这话，就走到院子里，找了一把斧子藏在雪橇草垫下。

"连我自己也不知道为什么要带斧子，"他讲道，"只听得有个声音[①]对我说：'带上斧子。'我就把斧子带上。我们坐上雪橇出发。一路走去，什么事也没有。我也把那斧子给忘了。直到离村子不远，只剩下六俄里路，我们的雪橇离开乡间土路，走上大道，往山坡上爬去。我就从雪橇上下来，跟在后面，这时他[②]又低声对我说：'你还在犹豫什么呀？你一到山上，大道上就有人，前头就是村子。他就

①②指上文提到的魔鬼。

会带着钱走掉。要干，现在就得动手，还等什么呀？’我弯下腰，装作整理一下雪橇上铺着的草，那斧子仿佛自动跳到我手里。他回过头来看我一眼，说：‘你要干什么？’我抡起斧子，想把他劈死，可他这人挺机灵，霍地跳下雪橇，一把抓住我的手，说：‘混蛋，你想干什么？’他把我推倒在雪地上，我也不还手，任他摆布。他用腰带捆住我的双手，把我扔在雪橇上。他就把我送到区警察局。我就坐了牢，后来开庭审判。我们的村社替我说好话，说我是个好人，从来没有做过坏事。雇我干活的东家也替我说好话。可是我没有钱请律师，我就被判了服四年苦役。”

现在，就是这样一个人要搭救同乡。他明明知道他一讲出那件事，自己就有生命危险，但他还是把犯人当中的这个秘密告诉了聂赫留朵夫，这件事，万一被人家知道了，准会把他活活勒死。

十一

押解队将所有的政治犯关在旅社的两个房间内，门外是一截同外界隔离的过道。聂赫留朵夫来到这里，一走进这个过道，首先看到的不是他急于要见的玛丝洛娃，而是西蒙松。西蒙松身穿短上衣，手里拿着一块松木，蹲在炉子跟前。炉门被热气吸进去，不断颤动。聂赫留朵夫对这个出身贵族的政治犯既无恶感，也无好感，像这样不安分的青年，他见过很多。不料这西蒙松主动找他说话：

“您来了，我很高兴，我正要找您呢。”他凝视着聂赫留朵夫的眼睛，现出意味深长的样子说。

“什么事啊？”聂赫留朵夫以为这个政治犯缺钱用，向他求援，正准备取钱包。

“回头再告诉您，我现在要烧炉子，走不开。”西蒙松诡秘地说。

聂赫留朵夫见西蒙松欲言又止，吞吞吐吐，一时摸不着头脑。

西蒙松继续生炉子，应用他那套尽量减少热能损耗的原理。

聂赫留朵夫刚要从一扇门进去，玛丝洛娃从另一扇门出来了。她手拿扫帚，正在忙着打扫卫生，把一大堆垃圾往炉子那边扫。她身穿白色短上衣，裙子下摆掖在腰里，脚穿长筒袜，头上为了挡灰，齐眉包着一块白头巾。她一看见聂赫留朵夫，就挺直腰，脸涨得通红，神态活泼，放下扫帚，在裙子上擦擦手，笔直地站在他面前。

“您在打扫房间吗？”聂赫留朵夫一面说，一面同她握手。

“是啊，这是我的老行当，原来在您姑妈家就这么干的。”玛丝洛娃微笑着说，并无热情。

出乎聂赫留朵夫意料之外的是，玛丝洛娃同西蒙松热情地谈起话来，谈的虽然只是晾晒衣物的小事，但那种亲密感令聂赫留朵夫惊讶，特别是西蒙松瞅着玛丝洛娃的那种眼神，确实有异样，聂赫留朵夫作为情场老手，对这种眼神很了解，其中既包含着深爱，也包含着欲望。

当下，玛丝洛娃说：“这儿脏得简直不像话，我们扫了又扫，还是弄不干净。怎么样，我那条毛毯干了吗？”她问西蒙松。

“差不多干了。”西蒙松说。

“哦，那我回头来拿，我那件皮袄也要拿来烤烤干。我们的人都在里面，你去见他们吧。”她对聂赫留朵夫说，指指靠近的门，自己却往另一个门走去。

聂赫留朵夫推开门，走进一个不大的牢房。牢房里，板铺上点着一盏小小的铁皮灯，光线微弱。牢房里很阴冷，空气中弥漫着灰尘、潮气和烟草味。铁皮灯只照亮一小圈地方，板铺处在阴影中，有些摇晃的影子在墙上跳动着。

在这个不大的牢房里，除了两个掌管伙食的男犯人出去取开水和食物外，其他人都在。聂赫留朵夫的老相识薇拉也在这里。她的模样更瘦更黄了，穿着灰色短上衣，留着短发。她见聂赫留朵夫来了，睁着一双惊慌的大眼睛，额头上暴起一根根很粗的青筋。她坐在那儿，面前铺着一张报纸，报纸上撒着烟草，她的两只手迅急地把烟草装进纸筒里去。

接着，聂赫留朵夫就忙着和这些政治犯见面，和他交谈的有薇拉·叶甫列莫芙娜、玛丽雅·巴甫洛芙娜·谢基尼娜、克雷里卓夫等，还有许多著名的革命者，这使他心情舒畅不少。

这里还有一个聂赫留朵夫觉得极其可爱的女政治犯——艾米丽雅·兰采娃。她负责掌管内务，给他的印象是，即使在处境极其艰苦的情况下，她也能显示女性持家的本领和魅力。这会儿她坐在灯旁，卷起衣袖，用她那双晒得黑黑的灵巧而好看的手擦净带柄的杯子和茶杯，再摆放到铺在板床上的一块手巾上。兰采娃年轻，其貌不扬，但聪明而温和，而且有一个特点：她每逢微笑，那张脸就突然变了样，显得快乐、活泼和迷人。现在她就用这样的笑容迎接聂赫留朵夫。

“我们还以为您已经回俄国，不再来了呢！”她说。

聂赫留朵夫的目光转向玛丽雅·巴甫洛芙娜。她坐在较远的阴暗角落里，正在为一个淡黄色头发的小女孩做着什么事。那女孩用悦耳的童音说个不停。

“您来了，真是太好了。见到卡佳[①]啦？”玛丽雅·巴甫洛芙娜问聂赫留朵夫，“您瞧，我们这儿来了个多好的小客人哪。”她指指小女孩说。

聂赫留朵夫的目光又转向安纳托里·克雷里卓夫。他盘腿坐在远处角落里的板铺上，脚穿毡靴，面容消瘦苍白，弯腰缩背，双手揣在皮袄袖管里，浑身发抖，用他那双害热病的眼睛瞅着聂赫留朵夫。聂赫留朵夫正想到他跟前去，忽然看见房门右边坐着一个有淡棕色鬈发的男犯。这男犯戴着眼镜，身穿橡胶上衣，一面整理行李袋里的东西，一面跟相貌秀丽、脸带笑容的女犯格拉别茨谈话。这个人就是赫赫有名的革命者诺伏德伏罗夫。聂赫留朵夫匆匆跟他打了个招呼。聂赫留朵夫之所以只是匆匆跟他打个招呼，是因为在这批政治犯中，他不喜欢这个人。诺伏德伏罗夫闪动着浅蓝色眼睛，透过眼镜瞅着聂赫留朵夫，接着皱起眉头，伸出一只瘦长的手来，要同他握手。

---

① 卡秋莎的爱称。

“怎么样，旅行愉快吗？”他说，显然带着嘲弄的口气。

“是啊，有趣的事可不少！”聂赫留朵夫回答，装作没有听出他的嘲弄，把它当作一句泛泛的客气话。他说完，就往克雷里卓夫那边走去。

聂赫留朵夫表面上装得毫不介意，但内心里对诺伏德伏罗夫却绝不是毫不介意的。诺伏德伏罗夫故意说不中听的话，以及他存心要惹他不快的意图，破坏了聂赫留朵夫的情绪。他感到沮丧和气恼。

“您身体怎么样？”他握着克雷里卓夫冰凉而颤抖的手说。

“没什么，就是身子暖不过来，衣服都湿透了，”克雷里卓夫说着，慌忙把手揣到皮袄袖管里，“这里也冷得要死。您瞧，窗子上的玻璃都破了。”他指指铁栅外面玻璃窗上两处破损的地方，“您怎么一直不来？”

“他们不让我进来，长官严得很。今天这一个还算和气。”

“哼，好一个还算和气的长官！”克雷里卓夫说，“您问问玛丽雅·巴甫洛芙娜，他今天早晨干了什么事。”

玛丽雅·巴甫洛芙娜没有站起来，讲了今天早晨从旅站出发前那个小女孩的事。

“照我看来，必须集体提出抗议，”薇拉·叶甫列莫芙娜断然说，同时胆怯而迟疑地瞧瞧这个人，又瞧瞧那个人，“弗拉基米尔[①]提过抗议了，但这还不够。”

“还提什么抗议？”克雷里卓夫恼怒地皱着眉头说。显然，薇拉·叶甫列莫芙娜不自然、不踏实的腔调和神经质的表现早就使他反感了。“您是来找卡秋莎的吧？”他对聂赫留朵夫说，“她一直在干活儿，打扫。我们男的这一间她打扫好了，现在打扫女的那一间去了。就是跳蚤扫不掉，咬得人不得安生。玛莎[②]在那边干什么呀？”他扬扬头示意玛丽雅·巴甫洛芙娜所在的那个角落，问道。

“她在给养女梳头呢。”兰采娃说。

“她不会把虱子弄到我们身上来吧？”克雷里卓夫问。

“不会，不会，我很留神。现在她可干净了。”玛丽雅·巴甫洛芙娜说。“您把她带去吧，”她对兰采娃说，“我去帮帮卡秋莎。给她送块毛毯去。”

兰采娃接过女孩，带着母性的慈爱把她两条胖嘟嘟的光胳膊贴在自己胸口，让她坐在膝盖上，又给她一小块糖。

玛丽雅·巴甫洛芙娜出去了，那两个取开水和食物的男人紧接着回到牢房里。

---

① 即西蒙松。

② 玛丽雅的爱称。

十二

进来的两个人当中有一个是年轻小伙，个儿不高，身体干瘦，穿一件有挂面的皮袄，脚蹬一双高筒皮靴。他有活力，步伐轻快地走进来，手里提着两壶热气腾腾的开水，胳肢窝里还夹着一块用头巾包着的面包。

“哦，原来是我们的公爵来了。”他说着将茶壶放在茶杯中间，把面包交给兰采娃。“我们买到些好东西。”他说着，脱掉皮袄，把它从大家的头顶上扔到板铺的一个角上。“玛尔凯尔买了牛奶和鸡蛋，今天简直可以开舞会了。基里洛芙娜[①]总是把屋子收拾得干干净净、整整齐齐的。”他笑眯眯地瞧着兰采娃说。“来，现在你就来沏茶吧！”他对她说。

这人的外表、动作、腔调和眼神都使人感觉到一种活力和欢乐。进来的另一个人，个儿也不高，瘦骨嶙峋，灰白的脸上颧骨很高，生有一双距离很宽的好看的淡绿色眼睛和两片薄薄的嘴唇。他同前面那个人正好相反，神态忧郁，精神萎靡。他身上穿着一件旧的棉大衣，靴子外面套着套鞋，手里提着两个瓦罐和两只树皮篮。他把东西放在兰采娃面前，对聂赫留朵夫只点了点头，但眼睛仍旧瞅着他。然后勉强向他伸出一只汗湿的手来同他握手，又慢吞吞地把食物从篮子里取出来放好。

这两个政治犯都是平民出身：第一个是农民纳巴托夫，第二个是工人玛尔凯尔·康德拉契耶夫。玛尔凯尔参加革命活动时已是个三十五岁的中年人，纳巴托夫却是十八岁时参加的。纳巴托夫先是在乡村小学读书，因成绩优良进了中学，并靠当家庭教师维持生活，中学毕业时得到了金质奖章，但他没有进大学，还在念七年级的时候他就决心到他出身的平民中间去，去教育那些被遗忘的弟兄。他真的这样做了：先到一个乡里当文书，不久就因向农民朗读小册子和在农民中间创办生产消费合作社而被捕。第一次他坐了八个月牢，出狱后仍受到暗中监视。他一出狱，就到另一个省的一个乡里，在那里当了教员，仍旧搞那些活动。他再次被捕。这次他被关了一年零两个月，在狱中更坚定了革命信念。

他第二次出狱后，被流放到彼尔姆省。他从那里逃跑了。他又一次被捕，坐

---

① 兰采娃的父称。

了七个月牢，然后被流放到阿尔汉格尔斯克省[①]。他在那里又因拒绝向新沙皇宣誓效忠，被判流放雅库茨克区。因此他成年后有一半日子是在监狱和流放中度过的。这种颠沛流离的生活丝毫没有使他变得暴躁，也没有损耗他的精力，反而使他更加精神焕发。他喜爱活动，胃口奇好，永远精力旺盛，生气勃勃，总是做这做那，忙个不停。他对做过的事情，从不后悔，也不天马行空地胡思乱想，而总是把全部智慧、才干和经验用在现实生活中。他出了监狱，总是为自己确定的目标奋斗，也就是教育和团结以农村平民为主的劳动者。一旦坐了牢，他仍旧精力旺盛、脚踏实地地同外界保持联系，并且就现有条件尽量把生活安排好，不仅为他自己，而且为集体。他首先是个村社社员，总是以村社利益为重。他自己一无所求，安贫乐穷，但处处为集体谋利益，并且可以废寝忘食不停地工作，不论是体力劳动还是脑力劳动。他本来是农民，勤劳机灵，干活利落，善于控制情绪，待人彬彬有礼，不但能体贴人家的感情，而且能尊重人家的意见。他的老母亲是个寡妇，不识字，满脑子迷信。纳巴托夫一直照顾她，没有坐牢时常去看她。他每次回家，总是仔细了解她的生活，帮她干活，并且同他以前的伙伴，那些农村青年来往频繁。他跟他们一起吸由劣等烟草卷成的狗腿烟[②]，同他们比武斗拳，向他们宣传，说他们都受了骗，应该从这种骗局中醒悟过来。每逢他思索或说明革命会给人民带来什么好处时，他这个平民出身的人，总认为人民的生活条件将与原来相似，只不过将拥有土地，而且不会再有地主和官僚。他认为革命不应该改变人民的基本生活方式。在这一点上，他同诺伏德伏罗夫和诺伏德伏罗夫的信徒玛尔凯尔的看法不同。照他看来，革命不应该摧毁这座他所热爱的美丽、坚固、宏伟的古老大厦，只要把里面的房间重新分配一下就行了。

对待宗教，他也采取十足的农民态度。他从来不思索虚无缥缈的问题，不考虑万物的本源，也不猜度阴间的生活。他和阿拉哥[③]一样看待上帝是否存在的问题，只是他至今依旧认为没有必要提出这种假设。世界是怎样创造的，究竟是摩西说得对，还是达尔文说得对，他根本不关心。他的同志们认为达尔文学说极其重要，他却觉得这种学说同六天创造世界一样，无非是思想游戏罢了。

他对世界是怎样产生的这个问题不感兴趣，因为他面前总是摆着人怎样才能在世界上生活得更好的问题。关于来世的生活他从不考虑。他内心深处有一种历代祖先流传下来的并为种田人所共有的坚定信念，那就是世间一切动物和植物永远不会被消灭，它们只是经常从一种形式转变成另一种形式，例如粪肥变成谷子，

---

① 在彼尔姆的北边。

② 俄国农民自卷的纸烟，形似狗腿。

③ 法国物理学家、天文学家。

麦粒变成母鸡，蝌蚪变成青蛙，青虫变成蝴蝶，橡实变成橡树，人也不会被消灭，只不过发生变化罢了。他有这样的信念，因此总是无所畏惧，甚至高高兴兴地面对死亡，并且坚强地忍受各种导致死亡的痛苦，但他不喜欢也不善于谈论这一类问题。他热爱工作，总是忙于事务，并且推动同志们也致力于实际工作。

在这批犯人中，另一个来自民间的政治犯玛尔凯尔·康德拉契耶夫却是另一种性格和气质的人。他十五岁当上工人，为了扑灭在他心里隐约出现的屈辱感，开始染上吸烟、喝酒等恶习。他第一次感到这种屈辱，是过圣诞节的时候。当时他们这些做童工的，被带到工厂老板娘装饰好的圣诞树跟前，他和同伴们得到的礼物是只值一戈比的小笛、一个苹果、一个用金纸包的核桃和一个干无花果，可是老板的儿女得到的，都是些奇妙的玩具，依他看来像是仙女的赏赐，后来他才知道那玩具价值五十卢布以上。他二十岁那年，有位著名的女革命家到他们厂里做女工，她发现康德拉契耶夫有杰出的才能，就送书和小册子给他看，并且同他谈话，向他解释他处于这种悲惨境地的原因和改善生活的办法。一旦他明白自己和别人可以从这种受压迫的处境中获得解放，他就越发觉得这种不合理的处境是极其残酷、极其可怕的。他不仅强烈要求解放，而且要求惩罚造成和维护这种不合理局面的人。人家说，实现这个目标需要知识，康德拉契耶夫就废寝忘食地追求知识。他不清楚怎样依靠知识来实现社会主义理想，但他相信，知识既然能使他懂得他的处境是不合理的，那么知识也就能消除这种不合理的现象。再说，有了知识，也可以使他显得比别人高明。他因此戒绝烟酒，一有空就读书，而他自从当上仓库管理员以后，空闲的时间就更多了。

女革命家教他读书，对他如饥似渴地吸收知识的特异能力感到惊讶。两年中，他学会了代数、几何和他特别喜爱的历史，涉猎了各种文学作品和评论著作，特别是社会主义著作。

后来女革命家被捕，康德拉契耶夫一起被捕，因为在他家里搜出了禁书。他坐了牢，后来又被流放到沃洛格达省[①]。他在那里认识了诺伏德伏罗夫，又读了许多革命书籍，并且记在心里，更加坚定了他的社会主义思想。流放期满，他领导了一次大罢工，最后砸烂了工厂，打死了厂长。他再次被捕，判处褫夺公权，流放西伯利亚。

他对宗教也像对现行经济制度那样，抱否定态度。自从他明白自己从小信奉的宗教荒唐无稽之后，他就毅然把它抛弃，起初不免有点顾虑，害怕受到惩罚，后来却觉得轻松愉快了。从此以后，他仿佛要为自己和祖祖辈辈所受的欺骗进行报

---

① 在俄国北部。

复似的，一有机会总要尖刻地嘲笑教士和宗教教条。

长期以来他养成禁欲习惯，对物质的要求极低。他像一切从小劳动惯的人那样，肌肉发达，不论干什么体力活儿都能愉快胜任，得心应手。他十分珍惜时间，在监狱里和旅站上始终努力学习。他现在正在钻研马克思著作第一卷[①]，小心地把这书藏在袋子里，看作无价之宝。他对同志们都比较疏远、冷淡，唯独对诺伏德伏罗夫特别崇拜。诺伏德伏罗夫不论发表什么意见，他都认为是不可争辩的真理。

他对女人抱着无法克制的轻蔑态度，认为女人是一切正经的必要的工作的障碍。不过他同情玛丝洛娃，待她亲切，认为她是下层阶级受上层阶级压迫和欺凌的一个实例。就因为这个缘故，他不喜欢贵族聂赫留朵夫，不同他交谈，不同他握手，除非聂赫留朵夫先同他打招呼，他才伸出手去，让聂赫留朵夫握一下。

---

① 指俄译本《资本论》第一卷，出版于 1872 年。

十三

炉子生好，房间里暖和起来。茶煮开了，倒在玻璃杯和带把的杯子里，加上牛奶，变成了白色的茶。小面包圈、新鲜的细面粉面包、白面包、煮熟的鸡蛋、奶油、牛头和牛蹄都摆了出来。大家凑着那个当桌子用的板铺吃喝，聊天。兰采娃坐在木箱上，给大家倒茶。其余的人都众星捧月似的，围着她，只有克雷里卓夫不在。他脱掉湿漉漉的皮袄，裹上那条烤干的方格毛毯，躺在铺上，跟聂赫留朵夫谈话。

今天大家一路上受了冻，淋了雨，到了这儿，又发现这住处又脏又乱，只好打起精神，不辞辛劳地把这里收拾整齐。如今吃了些好东西，喝了热茶，大家都觉得精神焕发、心情愉快。

隔墙传来刑事犯跺脚、叫嚷和咒骂的声音，仿佛在提醒他们四周是个什么环境似的。然而，这反而使他们感到待在这间小屋里格外舒适。他们仿佛处在大海里的孤岛上，暂时不会受到周围屈辱和痛苦浪潮的侵袭，因此情绪昂扬、兴高采烈。

他们无所不谈，唯独对他们的处境和等待他们的前途避而不谈。除此以外，他们也像一般青年男女那样，朝夕相处，自然产生错综复杂的爱情，有情投意合的，也有勉强结合的，几乎每个人都在谈恋爱。诺伏德伏罗夫迷恋容貌美丽而又笑脸常开的格拉别茨。这个格拉别茨原是个高等女校的学生，很年轻，思想单纯，对革命问题十分冷淡，但她也受到时代潮流的冲击，卷入某个案件，被判处流放。入狱以前，她主要的生活乐趣就是博得男人的欢心，后来在受审期间，在监狱里，在流放途中，这种兴趣始终保持不变。如今在流放途中，由于诺伏德伏罗夫迷恋她，她感到安慰，同时也爱上了他。薇拉·叶甫列莫芙娜是个多情的女人，但没有引起别人对她的爱情。不过，她时而爱上纳巴托夫，时而爱上诺伏德伏罗夫，总是指望对方也能对她动情。克雷里卓夫对玛丽雅·巴甫洛芙娜的态度近似恋爱。他像一般男人爱女人那样爱着她，但他知道她对待爱情的严肃态度，就用友谊和感激来掩盖自己的真情，而他之所以感激她，是因为她怀着特别温柔的感情，对他照顾得特别周到。纳巴托夫和兰采娃之间发生了十分微妙的爱情关系，就像玛丽雅·巴甫洛芙娜是个十分贞洁的处女那样，兰采娃是个对丈夫十分忠贞的妻子。

艾米丽雅·兰采娃十六岁念中学的时候，就爱上了彼得堡大学的大学生兰采夫，十九岁那年就同他结婚，当时他还在大学念书。她丈夫上四年级的时候，卷进学潮，被驱逐出彼得堡，从此成了革命者。她就放弃正在学习的医学院课程，跟丈夫一起出走，成了女革命者。如果她的丈夫在她心目中不是天下最优秀、最聪明的人，她也不会爱上他，如果她没有爱上他，自然也不会嫁给他了。既然她爱上她认为的天下最优秀、最聪明的人，同他结了婚，她自然就按天下最优秀、最聪明的那个人的看法来理解生活和生活的目的。起初他认为生活就是读书，她也就这样看待生活。后来他成了革命者，她也就成了革命者。她能很好地证明，现行制度不合理，人人有责任反对它，并建立一种新的政治和经济制度，在那种制度下，个性可以获得自由发展，等等。她自以为自己确实这样想，这样感觉，其实只是把丈夫的想法当作绝对真理。她所追求的，无非就是在精神上同丈夫和谐一致，水乳交融，只有这样，她在精神上才感到满足。

她对同丈夫离别，同由她母亲领去抚养的孩子离别感到痛苦。但分手时她坚强而镇定，因为她知道自己忍受这种痛苦是为了丈夫，为了事业，而那个事业无疑是正义的，因为她丈夫在为它奋斗。她在精神上永远同丈夫在一起。她以前没有爱过任何人，如今除了丈夫，也不可能爱上任何人。然而人心终究是肉长的，不是永不变的岩石。纳巴托夫对她的一片诚意和纯洁的爱打动了她的心，使她不能平静。他为人正直而坚强，又是她丈夫的朋友，竭力像对待姐妹那样对待她，可是他对她的感情却超过兄妹情谊，这使他们两人都暗暗惊慌，不过同时倒也使他们目前的艰苦生活变得好过一些。

因此，在这个小集体里，同恋爱完全不沾边的，只有玛丽雅·巴甫洛芙娜和玛尔凯尔·康德拉契耶夫两个人。

十四

往常聂赫留朵夫照例要等到大家喝过茶、吃完饭以后才同卡秋莎单独谈话。这会儿，他坐在克雷里卓夫旁边，同他聊天，心里也做着这样的打算。聂赫留朵夫顺便向他说起玛卡尔向他提出的要求，还讲了玛卡尔犯罪的经过。克雷里卓夫目光炯炯地盯着聂赫留朵夫的脸，用心听他讲。

“是啊，”克雷里卓夫忽然说，“我常常这样想：我们同他们一起赶路，肩并肩地一起赶路，可是‘他们’究竟是些什么人？我们不辞辛劳长途跋涉，本来就是为了他们。不过，话说回来，我们不但不了解他们，而且也不打算了解他们。他们呢，比这更糟糕，他们还恨我们，把我们看作敌人。瞧，这有多可怕。”

“这一点也没有什么可怕的，”诺伏德伏罗夫一直听着他们谈话，这时插嘴说，“群众总是只崇拜权力，”他用尖锐刺耳的声音说，“政府掌权，他们崇拜政府，仇恨我们。一旦我们掌了权，他们就会崇拜我们了……”

这时隔墙突然传来一阵咒骂声、撞墙声、锁链的哐啷声、尖叫声和呐喊声。有人在挨打，有人在叫喊“救命啊！”

“您瞧，他们这帮野兽！我们和他们之间怎么谈得上交朋友呢？”诺伏德伏罗夫平静地说。

“你说他们是野兽。可是你听听，刚才聂赫留朵夫讲给我们听的那件事吧，”克雷里卓夫怒气冲冲地说，接着就讲了玛卡尔怎样冒着生命危险营救同乡，“这非但不是野兽干得出来的事，简直是侠义行为。”

“你也真是太自作多情了！”诺伏德伏罗夫挖苦说，“我们很难理解这些人的情绪和他们的行为动机。你以为这是他心肠好，说不定他是在嫉妒那个苦役犯呢。”

“你怎么总是不愿看到人家身上好的地方呢！”玛丽雅·巴甫洛芙娜突然激动地说。

“不存在的东西是无法看到的。”

“人家不惜冒着死的危险，怎么还说不存在呢？”

“我想，”诺伏德伏罗夫说，“我们要是想干我们的事业，[①] 那么，最重要的就是不要抱有幻想，而应该面对现实，按事物的本来面目去看清事物。我们应该尽

① 玛尔凯尔本来在灯下看书，这时放下书，也留神听他的老师说话。

全力为群众工作，这一点并不错，但不要指望从他们那里得到什么。群众是我们工作的对象，但只要他们一天像现在这样浑浑噩噩、冥顽不灵，他们就一天不能成为我们的同志，”他像发表演说似的讲道，“就因为这个缘故，在我们为他们准备好的成长过程还没有发生以前，就指望他们来帮助我们，那纯粹是幻想。”

“什么成长过程？”克雷里卓夫脸涨得通红，说，“我们常说，我们反对高高在上，反对看不起平民百姓，特别是要反对飞扬跋扈和骄横霸道的倾向，可是，你今天的口气难道不就是最可怕的霸道吗？”

“根本不是什么霸道，”诺伏德伏罗夫冷静地回答，“我只是说，我知道人民应该走哪条路，并且能向他们指出这条路。”

“可是凭什么相信你指出的道路是正确的？难道这不就是产生过宗教裁判所和大革命屠杀的那种霸道吗？他们当年也认为那是符合科学的唯一正确道路呢。”

诺伏德伏罗夫说：“他们迷失方向，并不能证明我也迷失方向。再说，在思想家的空想和从实际出发的建立在经济学基础上的论据之间，是有很大区别的。”

诺伏德伏罗夫的声音震动了整个牢房。只有他一个人在说话，其余的人都沉默不语。

“老是争论个没完没了的！”玛丽雅·巴甫洛芙娜在他沉静了一会儿以后说。

“那么您对这事有什么看法呢？”聂赫留朵夫问玛丽雅·巴甫洛芙娜。

“我认为阿纳托里·彼得罗维奇说得对，不该把我们的观点强加到人民头上。”

“那么你呢，卡秋莎？”聂赫留朵夫笑眯眯地问，等着玛丝洛娃回答，但又担心她说出什么不得体的话来。

“我认为老百姓总是受欺负，”她脸涨得通红，说，“老百姓太受欺负了。”

“说得对，米哈伊洛芙娜，说得对，”纳巴托夫叫道，“老百姓受尽欺负，可不能再让他们受欺负了。我们的全部工作就是为了这个目标。”

“这可把革命任务想得太奇怪了！”诺伏德伏罗夫说，接着不再作声，只气冲冲地吸着烟。

“跟他真是谈不拢！”克雷里卓夫低声说，接着也不再作声。

“最好还是别谈政治。”聂赫留朵夫说。

十五

尽管诺伏德伏罗夫受到所有革命者的尊敬，尽管他很有学问，被人认为很聪明，聂赫留朵夫却把他归在这一类革命者里面：他们的品德比不上一般人，甚至低得多。这样的人的智力（好比分子）是大的，但他对自己的认知（好比分母）却大大超过他的智力。

这个人在精神生活方面，同西蒙松正好截然相反。西蒙松是这样的一种人，这种人具有更多的男性气质，他们的行动源自本人的思想活动，并由本人的思想活动所决定。诺伏德伏罗夫却属于另一类人，这类人具有更多的女性气质，他们的思想活动的一部分是要达到由感情所决定的目标，也就是感情用事，有什么样的情感，就有什么样的思想，并且，其思想活动的另一部分是要千方百计地证明由感情引起的行动是正确的。

尽管诺伏德伏罗夫善于运用各种极其动听的理由，把他的全部革命活动描述得头头是道，聂赫留朵夫却认为他只是出于虚荣心，无非是想出人头地，高居于人们头上罢了。起初，凭着他善于领会别人的思想并加以准确表达的能力，他在高度重视这种能力的教师和学生中间名列前茅，出人头地，他感到很得意。可是等他领到文凭，离开学校后，他的出人头地的地位也就丧失了。后来，正如不喜欢诺伏德伏罗夫的克雷里卓夫对聂赫留朵夫说的那样，为了在新的环境里再出人头地，出尽风头，他就突然改变观点，以一个渐进的自由派，摇身一变成一个红色的民意党人。在他的性格中缺乏一些道德和审美方面的品质，这些品质会导致人对事物产生怀疑，不会盲目信仰，而会再三揣度是好是坏。正由于他天生没有这些优秀的品质，他很快就在革命者的圈子里获得领导人的地位，这样他的虚荣心也就得到了满足。他一旦选定方向，就不再怀疑，不再踌躇，所以他相信自己决不会犯错误。他认为一切事情都十分简单明了，从来没有什么疑问。正由于他的见解的狭隘性和片面性，一切事情确实显得简单明了。照他的话说，人只要有合乎逻辑的头脑就行了。他的自信心实在太强，因此人家对他要么敬而远之，要么唯命是从。他的活动是在头脑单纯的年轻人中间开展的，他们往往把他的极度自信当作深谋远虑和真知灼见，称他真有雄才大略。这样，大多数人都听从他的指挥，他在革命者的圈子里也就取得了很高的威信。他的活动就是准备暴动，通过暴动取得政权，然后召开重要会议，并在会上通过由他拟定的纲领。他充分相信这个纲领可以解决一切问题，因此必须执行。

同志们因为他大胆果断而尊重他，但并不喜欢他。他也不喜欢任何人，嫉才妒能，把一切杰出人物都看成是自己的对手，并且总是想用老公猴对待小猴那样的态度来对待他们。他恨不得剥夺人家的一切智慧和一切才能，免得他们妨碍他表现才能。只有对那些崇拜他的人，他才好意相待。现在在流放途中，他对待接受他的宣传的工人玛尔凯尔·康德拉契耶夫，对待倾心于他的薇拉·叶甫列莫芙娜和相貌美丽的格拉别茨就是这样。他虽然口头上也提倡男女同权，主张解决妇女问题，但心底里却认为女人都是愚蠢的、猥琐的，除了他所热恋的女人之外，譬如他现在所爱的格拉别茨。只有那些他爱上的女人才不同凡响，她们的优点也只有他一人能够发现。

他认为两性关系也像其他一切问题那样简单明了，只要承认恋爱自由，就算彻底解决问题。

他有过一个非正式的妻子，也就是和他姘居的女人，还有过一个正式的妻子，但后来同正式的妻子脱离了关系，他认为他们之间没有真正的爱情。现在他又打算同格拉别茨缔结新的自由婚姻。

诺伏德伏罗夫瞧不起聂赫留朵夫，认为他在对待玛丝洛娃的问题上“装腔作势、假仁假义”，特别是因为聂赫留朵夫在看待现行制度的缺点和纠正办法上，竟敢跟他诺伏德伏罗夫不一样，甚至敢有自己的想法，公爵老爷的想法，也就是愚蠢的想法。聂赫留朵夫尽管一路上心情很好，但知道诺伏德伏罗夫对他抱有这样的态度，就感到十分扫兴，只得采取以其人之道还治其人之身的态度，怎么也无法克制对他的极度反感。

十六

隔壁牢房里传来长官的说话声。大家都安静下来，接着队长带着两名押解兵走进房间。原来点名的时间到了。队长伸出手指头，依次指着每一个人，计算着人数。他指到聂赫留朵夫时，就和颜悦色地赔笑说："公爵，点过名以后可不能再待在这了，您得走了。"

聂赫留朵夫懂得这话的意思，走到他跟前，把事先准备好的三卢布钞票塞在他手里。

"嘿，拿您有什么办法呢！那您就再坐一会儿吧。"

队长刚要出去，忽然另有个军士走进来，后面跟着一个又高又瘦的男犯。那男犯留着一把稀疏的胡子，一只眼睛底下有瘀伤。

"我是来看我那小丫头的。"那个男犯说。

"啊，爸爸来了！"忽然响起了孩子响亮的声音，接着就有一个浅黄色头发的小脑袋从兰采娃身后探出来。兰采娃正在跟玛丽雅·巴甫洛芙娜和卡秋莎一起用兰采娃捐出来的一条裙子给小女孩做新衣。

"是我，孩子，是我！"布卓夫金亲切地说。

"她在这儿挺好，"玛丽雅·巴甫洛芙娜说，带着怜悯的神情瞧着布卓夫金那张被打伤的脸，"把她留在我们这儿吧。"

"太太她们在给我做新衣裳呢，"女孩指给父亲看兰采娃手里的针线活儿，说，"可好看啦，真漂亮！"她含糊不清地说。

"晚上你愿意睡在这儿吗？"兰采娃抚摸着小女孩说。

"愿意，让爸爸也留下吧。"

兰采娃微微笑了笑。

"爸爸不能留下，"她说，"您就让她留下吧。"她对小女孩的父亲说。

"我看，你就把她留下吧。"站在门口的队长说，然后他就同军士一起出去了。

押解人员刚走出去，纳巴托夫就走到布卓夫金跟前，拍拍他的肩膀说：

"怎么样，老兄，你们那儿的卡尔马诺夫真的要跟另一个人调包吗？"

布卓夫金和善、亲切的脸突然变得忧郁了，他的眼睛似乎蒙上了一层白纱。

"我们没听说，大概不会吧。"他说话的时候眼睛上仿佛仍旧蒙着一层白纱，接着又对女儿说："哦，阿克秀特卡，你就跟太太她们一起在这儿享福吧！"说完就连忙走出去。

“这事他全知道，的确是调包了，”纳巴托夫说，“那您怎么办？”

“我到城里去告诉长官。他们两人的模样逃不过我的眼睛。”聂赫留朵夫说。

大家沉默着，显然都不愿意在这事上多嘴，怕重新引起争论。

在聂赫留朵夫和这些政治犯热烈谈论之时，西蒙松一直躺在角落里的板铺上，默默无言，待大家都不作声了，他从铺上下来，走到聂赫留朵夫跟前说：“现在您可以听我说几句吗？”

“当然可以。”聂赫留朵夫说着站起来，想跟他出去。

卡秋莎瞟了聂赫留朵夫一眼，似乎有话对他说。聂赫留朵夫遇到她的目光，激动得脸红了，他知道她的目光中含有一种意思，但他无法猜透。

西蒙松将聂赫留朵夫拉到过道里，开口说：“我有这样一件事要跟您谈谈。”在过道里，刑事犯那边的喧嚣和说话声听得特别清楚。聂赫留朵夫皱起眉头，西蒙松却全不在意。

“我知道您跟叶卡捷琳娜·米哈伊洛芙娜的关系，”他继续说，用一双和善的眼睛仔细地瞧着聂赫留朵夫的脸，“所以我认为有责任……”因周围太吵闹，往下的话听不清，但就凭这句听清楚了的话，聂赫留朵夫想道：“我跟叶卡捷琳娜·米哈伊洛芙娜的关系千丝万缕、盘根错节，但我自己会处理，关你西蒙松什么事？你这个判重刑的政治犯，犯得上管这份闲事吗？”

西蒙松此时也不得不闭上嘴巴，因为有两名刑事犯就在牢门口争吵，两个人同时叫喊起来。

“我对你说，笨蛋，这不是我的！”一个声音嚷道。

“巴不得呛死你这魔鬼！”另一个沙哑的声音说。

这时候，玛丽雅·巴甫洛芙娜猜到了西蒙松的用意，也来到过道里。

“这里怎么能谈话呢？”她说，“你们到那间屋里去吧，那儿只有薇洛琪卡一个人。”她说着就在前面带路，把他们带到隔壁一个很小的单身房间里，那房间如今拨给女政治犯住宿，薇拉·叶甫列莫芙娜这时躺在铺上，睡熟了。

玛丽雅·巴甫洛芙娜说：“薇洛琪卡害病了，偏头痛，眼下睡着了，她听不见你们的谈话，我走了！”

“不，你别走！”西蒙松说。他要和这位公爵老爷谈一件触及其内心灵魂的事，一旦公爵听了发火，有一个人在旁解劝也好，所以他又声明说：“我没有什么秘密要瞒着别人，更不要说瞒你了。”

“嗯，好吧。”玛丽雅·巴甫洛芙娜就留下来，她像孩子一般扭动着整个身子，坐到板铺深处，准备听他们谈话。她那双羔羊般美丽的眼睛瞧着远处。

西蒙松重新开始述说："我有一件这样的事，但我知道您跟叶卡捷琳娜·米哈伊洛芙娜的关系，所以我认为有责任向您说明我对她的态度。"

"什么事啊？"聂赫留朵夫公爵问，他欣赏西蒙松跟他说话时那种坦率诚恳的态度，但不喜欢他这样拐弯抹角地说话。

西蒙松见公爵心急，便直说道："就是我想跟叶卡捷琳娜·米哈伊洛芙娜结婚……"

如此唐突、过分的要求，真令公爵一时无法接受，他瞠目结舌，一时说不出话来。

玛丽雅·巴甫洛芙娜即使是天不怕、地不怕的虚无党人，也认为西蒙松的过分要求冒犯了公爵，便指责他道："真没想到！"

"我决定请求她做我的妻子。"西蒙松继续说。

这件事，公爵早就看出了一点苗头，现在他真不好说什么，叶卡捷琳娜·米哈伊洛芙娜是他近来竭尽心力为之奔走的对象，现在这个虚无党徒要动他的奶酪，要分一杯羹，还要他在一旁帮他，做叶卡捷琳娜·米哈伊洛芙娜的思想工作，这岂不是强他所难吗？

"我能帮什么忙呢？这事得由她做主。"公爵说。

"是的，不过这事她不得到您的同意是不能决定的。"

"为什么？"公爵问道。他心想："你心里充满欲念，想要得到这个美女作为凄凉的流放生涯的安慰品，凭你个人的本事就得了，何必要将我扯进你的恋爱中去呢？"

西蒙松恬然地说："因为在您跟她的关系没有完全明确以前，她是不能做什么选择的。"

公爵知道要摆脱他的纠缠，非表态一下不可了。叶卡捷琳娜·米哈伊洛芙娜本是他的禁脔，西蒙松不但想夺去，还要他自愿拱手相送，他作为正人君子，只能高尚对待，他说道：

"从我这方面来说，事情早就明确了。我愿意做我认为应该做的事，同时减轻她的苦难，但我绝不希望使她受到什么束缚。"

"对，可是她不愿意接受您的牺牲[①]。"

"我只不过帮一点小忙，根本谈不上牺牲。"

"不过我知道她这个决定是绝不动摇的。"

"哦，那么有什么必要找我谈这件事呢？"聂赫留朵夫公爵说。

公爵的话说得有理有节，但西蒙松仍不放松，继续提出要求：

---

① 意指她不愿意再接受公爵的帮助。

“她要您也同意这一点。”言下之意是要公爵从此放手，不再管叶卡捷琳娜·米哈伊洛芙娜的事，回到他在彼得堡的安乐窝里去吧，何苦要在这艰苦的地方奔波呢？

公爵只好表白说：“可是，我怎么能同意不做我应该做的事呢？我只能说一句——我是不自由的，可她享有自由。”他用此话告诉西蒙松，他为叶卡捷琳娜·米哈伊洛芙娜奔走是尽自己的义务，这是他的责任所在，谁也不能阻止他从事这种善的事业，他有此责任在身，当然是不自由的，而他服务的对象可享有自由，正如一个奴仆只有服务的份，而无权干涉主人的自由一样。

西蒙松见公爵如此高尚，也感动得沉思了片刻，然后说：“好的，我就这样对她说吧。”又赶紧声明自己的清白：“您别以为我迷上她了。”但又忘乎所以地说：“我爱她，因为她是一个少见的好人。”此外又说了一番冠冕堂皇的话：“她清白无瑕，却受尽了折磨。我对她一无所求，但我真想帮助她，减轻她的苦难……”

聂赫留朵夫公爵听见西蒙松声音发抖，不由得感到惊讶。他想不到此刻的西蒙松心中除了肉欲以外，还有点真正的感情。

只听得西蒙松继续说：“……减轻她的苦难，要是她不愿意接受您的帮助，那就让她接受我的帮助吧。只要她同意，我就要求把我调到她监禁的地方去。四年又不是一辈子。我愿意待在她身边，这样也许可以减轻一些她的苦难……”他又激动得说不下去。

公爵对此听得厌烦，就说：“我还有什么话可说呢？”聂赫留朵夫公爵又含讥带讽地说：“她能找到像您这样的保护人，我很高兴……”

“喏，这就是我所要知道的，”西蒙松继续说，“我想知道，既然您爱她，愿她幸福，您认为她跟我结婚会幸福吗？”

西蒙松这话说得更无理了，明知公爵爱她，他是夺人所爱，却还要被夺爱者祝他幸福，难道他要公爵和他决斗吗？当然公爵不屑于和这个囚犯决斗，决斗是身份很高的人士的行为。于是，公爵将一切都让给这个囚徒了，说：

“一定会的。”聂赫留朵夫公爵斩钉截铁地说。

“这事全得由她做主，”西蒙松又像一个圣者一样说，“我只希望这个受难的灵魂能得到喘息。”这时，他带着孩子般天真的神情瞧着聂赫留朵夫公爵。这样的神情出现在这个平时冷若冰霜的革命党人的脸上，那是很令人意外的。

西蒙松站起来，装模作样地抓住聂赫留朵夫公爵的一只手，把脸凑到他跟前，有点不好意思地微笑着，吻吻公爵的手，用此作为夺去他心中所爱的回报。

“那我就这样去告诉她。”西蒙松说着走了。

十七

西蒙松走后，玛丽雅·巴甫洛芙娜对他如此恬然而唐突地和公爵谈判，颇感不满，说："哦，您看这是怎么搞的？他在谈恋爱了，真的在谈恋爱了！这可真是出乎意料，弗拉基米尔·西蒙松居然用这种最愚蠢、最孩子气的方式谈恋爱。这真是怪事，而且我要说句实话，在如此艰难的环境下谈起恋爱来，苦中寻乐，也是太可悲了。"她叹了一口气说。

"那么，卡佳呢？您想她会怎样对待这件事？"聂赫留朵夫公爵问。

玛丽雅·巴甫洛芙娜理解聂赫留朵夫的失落感，她在思考怎样尽可能恰当地回答他，最后她说："她吗？您要知道，卡秋莎尽管有过去不光彩的经历，人倒是个本分的女人……再者，她的感情也细腻，蛮会替别人着想……她选择西蒙松，而不选择您，也许正是为了您着想……她这样做，并非表明她不爱您，她是爱您的，真心爱您，只要能为您做一件哪怕是消极的好事，使您不再受她的拖累，她就感到很高兴了。您身为公爵，如果跟这个妓女、苦役犯结婚，是大大辱没了您的身份，您将会成为全社会的笑柄，而且您本身也不可能得到任何幸福，试想，您出身于锦衣玉食之家，能受得了做四年苦役吗？她如果和您结婚，便是害了您，这对她本身来说，是一种可怕的作恶，比以前作的任何恶都要恶劣万倍，因此她绝不会同意这门荒唐的婚事。再说，您身为公侯贵胄，老是待在她身边，会使她感到不安。"

玛丽雅·巴甫洛芙娜就是用这番话来反复宽慰他的心。

"那怎么办呢？我得离开这儿吗？"聂赫留朵夫无可奈何地说，他明白自己是一个多余的人了，心里一下子感到十分空虚，一番努力，却是竹篮打水一场空。

玛丽雅·巴甫洛芙娜微微一笑，脸上现出她那可爱而天真的笑容。

"是的，多多少少得这么办。"

"多多少少是什么意思，我怎么放心离开这儿呢？"

"多多少少是个不明确的词，请原谅我胡说。不过关于她，我想告诉您，大概她已经看出他那种荒唐而热烈的爱情来了①，她又感到得意，又害怕这种爱情。您知道，在这些事情上我是不在行的，不过我觉得，从他那方面来说，他那种感情虽然加上了伪装，可仍旧不外乎是最普通的男性感情。他说这种爱情增强了他的精

---

① 其实西蒙松并没有对她说过什么明确的话。

力，又说这种爱情是柏拉图式的。不过我知道，即使这种爱情与众不同，但它的基础必然还是肮脏的肉欲……就像诺伏德伏罗夫和柳芭琪卡[①]之间的爱情一样。

玛丽雅·巴甫洛芙娜离开了本题，谈起她心爱的题目来了。

“可是，我该怎么办呢？”聂赫留朵夫不愿听她的理论，直率地问道。

“我想您应该对她说明一下，把一切事情讲清楚总归是好的。您跟她谈谈吧，我去叫她来。好吗？”玛丽雅·巴甫洛芙娜说。

“那就麻烦您了。”聂赫留朵夫说。他请玛丽雅·巴甫洛芙娜将卡秋莎找来，他要听听她的意见。玛丽雅·巴甫洛芙娜立刻走出去了。

当小小的牢房里剩下聂赫留朵夫一个人的时候，他听着薇拉·叶甫列莫芙娜轻微的呼吸和偶尔发出的呻吟，以及隔着两个牢门从刑事犯那里传来的喧闹声，心中出现了一种异样的感觉。

西蒙松对他说的那席话，可以解除他自愿承担的责任，而这种责任在他意志软弱的时刻，总是令他感到沉重而且难解。但同时他心里又有点不舒服，甚至是痛苦的滋味。在这种心情里还有这样一种东西，即西蒙松的求婚破坏了他的高尚行为，降低了他的自我牺牲在自己和别人眼里的价值。既然有这么一个好人，而这个人本来跟她毫无关系，尚且愿意与她同甘苦、共命运，那么，相比之下，他做出的牺牲也就微不足道了。这里也许还有一种普通的醋意：他已习惯了她对他的爱，所以不能容忍她再去爱别人。还有，这样也破坏了他原先制订的计划，即在她服刑期间同她生活在一起。如果她同西蒙松结了婚，他自然就成了一个多余的人，因此就必须重新制订新的生活计划。他还没来得及把自己的心态分析清楚，房门就开了，传来刑事犯们的一阵嘈杂声，接着卡秋莎走进了牢房。

她快步走到聂赫留朵夫公爵的跟前。

“是玛丽雅·巴甫洛芙娜叫我来的。”她说着，在他身边很近的地方站住。

聂赫留朵夫公爵开口说：“是的，我要跟您谈一谈，您请坐，弗拉基米尔·伊凡诺维奇跟我谈过了。”

她坐下来，双手放在膝盖上，表现得很镇静。可是，聂赫留朵夫刚说出西蒙松的名字，她就满脸通红了。

“他跟您说了些什么？”她问。

“他告诉我，他想跟您结婚。”

卡秋莎的脸顿时皱起来，现出痛苦的神情，这说明她知道自己如果和西蒙松结婚，只会有磨难，不会有舒服日子过。她什么也没有说，只是垂下了眼睛。

---

① 格拉别茨的名字柳鲍芙的爱称。

“他要征得我的同意，或者听听我的想法。我对他说，这事全得您做主，由您决定。”

“哎，这都是怎么回事啊？这都是为了什么嘛？”她用一种奇怪的斜睨的眼光瞧着聂赫留朵夫的眼睛，那种眼光素来特别强烈地打动他的心。他们默默地瞧着彼此的眼睛，过了几秒钟。这种四目相视的目光向双方说出了许多话。

“你必须做出决定。”聂赫留朵夫再说一遍。

“我有什么可决定的？”玛丝洛娃说，“一切都早已决定了。”她明白，她这样的苦役犯，自己无法主宰自己的命运。

“不是的，您应当决定是否接受弗拉基米尔·伊凡诺维奇的求婚。”聂赫留朵夫说。

“像我这样的苦役犯怎么能做人家的老婆？我何必把弗拉基米尔·伊凡诺维奇也给毁了呢？”她皱起眉头说。

“嗯，要是能获得特赦呢？”聂赫留朵夫说。

“唉，您别管我，我没有什么话要说了。”她说完站起来，走了出去。

十八

聂赫留朵夫跟着卡秋莎回到男犯牢房里，看见那边所有的人都心情激动。纳巴托夫原是一个到处走动、同每个人交往、留心观察各种动静的人，这会儿给大家带来一个惊人的消息：他在一堵墙上发现一张字条，是被判苦役的革命家彼特林写的。大家都以为彼特林早已到了卡拉河流域，如今突然发现他不久前才同刑事犯一起路过此地。

“八月十七日我单独同刑事犯一起上路。涅维罗夫原先跟我在一起，可他在喀山疯人院里上吊了。我身体健康，精神饱满，希望万事如意。”他在条子上这样写着。

大家纷纷议论彼特林的处境和涅维罗夫自杀的原因。唯有克雷里卓夫带着聚精会神的样子沉默着，他那双炯炯有神的眼睛呆望着前方出神。

“我丈夫对我说过，涅维罗夫关被押在彼得保罗要塞时就精神错乱，常常说自己看见鬼魂。”艾米丽雅说。

“是啊，他是个诗人，是个幻想家，这样的人蹲单身牢房是受不了的，”诺伏德伏罗夫说，“我蹲单身牢房的时候，就不让自己胡思乱想，而是极有条理地分配我的时间，因此总能很好地熬过去。”

“有什么不好熬的？每次我被抓进监狱，我总是挺高兴的，”纳巴托夫激昂地说，显然想驱散阴郁的气氛，“平时，人总有点提心吊胆，唯恐自己被捕，牵累别人、坏了事业，一旦进了监狱，就什么责任都不用负了，可以歇一口气。你就乖乖地坐下来，抽抽烟吧。”

“你跟他很熟吗？”玛丽雅·巴甫洛芙娜不安地打量着克雷里卓夫那张顿时变色的瘦脸，问道。

“涅维罗夫是个空想家？”克雷里卓夫突然上气不接下气地说，仿佛他刚才叫嚷或者歌唱了好一阵似的。“涅维罗夫这个人哪，就像我们的看门人说的那样，是天下少见的……对了……这是个像水晶一样通体透明的人，一眼就能把他看到底。是啊，他不仅不会撒谎，甚至不会作假。他不仅脸皮薄，而且浑身上下就像被剥掉皮似的，每根神经都暴露在外面。是啊……他的个性复杂得很，可不是那种浅薄的人……唉，现在说这些有什么用！”他沉默了一阵。“我们争论究竟应该怎么办才好，”他气愤地皱着眉头说，“是先教育人民，再改变生活方式呢，还是先改变生活方式，再教育人民？再有，我们争论该怎样斗争：应该开展和平宣传，还是采用恐怖手段？是啊，我们老是争论不休。可是他们并不争论，他们懂得该怎么办。死掉几十个人，几百个人，而且都是那么好的人，但他们不在乎！相反，他们巴不得好人都死掉。对了，赫尔岑说过，十二月党人一被取缔，整个社会的水平就下降了。哼，怎么能不下降呢！后来，连赫尔岑本人和他那辈人也都被取缔了，如今又轮到涅维罗夫这些人……”

纳巴托夫激昂地接口说："有志之士是消灭不完的，总有人会留下来的。"

"不，要是我们姑息他们的话，就不会有人留下来，"克雷里卓夫提高嗓门，不让人家打断他的话，"给我一支烟。"

"抽烟对你可不好哇，阿纳托里，"玛丽雅·巴甫洛芙娜说，"请你别抽了。"

"哎，你别管！"他生气地说，吸起烟来，但立刻开始咳嗽，难受得仿佛要呕吐。他吐了一口唾沫，继续说："我们干得不对头，是啊，不对头。不要光发发议论，应该把所有人都团结起来……去把他们消灭掉。就是这样。"

"不过话说回来，他们也都是人哪！"聂赫留朵夫说。

"不，他们不是人，凡是能干出他们干的那种事的人，就不能算人……嗯，听说有人发明了炸弹和飞艇。我说，我们要坐着飞艇飞上天，在他们头上扔炸弹，把他们像臭虫一样统统消灭掉……是啊，因为……"他正要说下去，可是忽然脸涨得通红，咳得更厉害，接着吐出鲜血来。

纳巴托夫连忙跑到外面去取雪。玛丽雅·巴甫洛芙娜拿来缬草酊[①]给他吃，可是他闭上眼睛，伸出一只苍白的瘦手把她推开，沉重而急促地喘着气。等到雪和凉水使他稍微镇静下来，大家扶他睡好，聂赫留朵夫就向大家告辞，跟那个早就来接他的军士一起回去了。

刑事犯这时都已安静，大多睡着了。尽管牢房里的板铺上和板铺下都睡了人，走路的通道上也睡了人，还是容纳不下所有囚犯，因此有一部分人就头枕着包裹，身上盖着潮湿的囚袍，睡在牢房外走廊的地板上。

牢房门里、走廊里都有打鼾声、呻吟声和梦呓声传出来。到处可以看见一堆堆人的身体，密密麻麻地挤在一起，身上都盖着囚袍。只有在监禁独身未婚的刑事犯的牢房里，有几个人没有睡，他们在墙角围着一个蜡烛头坐着，一看见士兵走过，就把它熄灭。他们大概在赌博。有一个老头儿坐在走廊的灯下，光着身子捉衬衫上的虱子。政治犯牢房里病菌弥漫的空气，同这里臭气熏天的恶浊空气相比，似乎干净多了。那盏冒烟的油灯看上去仿佛在雾中发亮。人在这里呼吸都感到困

① 一种镇静剂。

难。要想穿过这条走廊而不踩着或者绊着睡着的人，必须先看清前面有什么地方可以落脚，然后再找下一步落脚的地方。有三个人显然在走廊里也没有找到空地方，只得躺在门廊里，紧挨着一个从裂缝里渗出粪汁来的臭烘烘的便桶。其中一个是聂赫留朵夫在旅途中常常见到的痴老头儿。另外有个十岁的男孩，他躺在两个男犯中间，一只手托着脸颊，头枕在一个男犯的腿上。

聂赫留朵夫走出大门，停住脚步，挺起胸脯，久久地用力呼吸着冰凉的空气。

十九

户外星光灿烂，聂赫留朵夫沿着上了冻的道路往回走，一路上只有少数几处还有泥泞。他回到客店，敲敲没有灯光的窗子，肩膀宽阔的茶房光着脚出来给他开门，把他让进门廊。从门廊右边的一间黑暗小屋里传来马车夫响亮的打鼾声。前面院子里，可以听见许多马匹咀嚼燕麦的声音。左边有一道门，通向一间干净的正房。这个干净的房间里弥漫着苦艾和汗酸的味儿，房中间立着一道隔板，隔板后面，传来某人强壮的肺部发出的打鼾声，鼾声均匀，每过一会儿就响一下。神像前面点着一盏长明灯，灯上安着红色玻璃罩。聂赫留朵夫脱去衣服，在蒙着漆布面的长沙发上铺开一条方格毛毯，放好他的皮枕头，躺下来休息，头脑里重温着这一天的见闻。在聂赫留朵夫今天看到的各种景象中，最可怕的是那个头枕着男犯大腿、躺在从便桶里渗出的粪汁中的男孩。

今晚他和西蒙松以及卡秋莎的谈话虽然很意外，而且关系重大，但他不再考虑这件事了，他同这件事的关系太复杂了，前景很难预料，因此索性不去想它。然而他越来越生动地想起那些受苦受难的囚徒，可怜的囚徒们在恶浊的空气里喘息，在便桶渗出的粪汁中睡觉，尤其是那个一脸天真的男孩，他睡在一个男犯腿上，那可怜的样子一直萦绕在他的脑海里，挥之不去。同时他预感克雷里卓夫活不长了。

聂赫留朵夫想，如果仅仅耳闻远处某个地方有人在折磨另一些人，使他们受到各种屈辱和苦难，这是一回事。但如果在三个月中连续不断地目睹一些人腐蚀和折磨另一些人，那可完全是另一回事。聂赫留朵夫现在体验到的正是后一种情况。他在这三个月中不断地问自己："到底是我疯了，所以才看到人家看不到的事，还是那些人疯了，所以才做出我所看到的那些事？"不过，既然做出那些惊人和可怕的事的人[①]都心安理得，满心相信他们的行为不仅必要，而且十分重要和有益，那就不能说他们是疯子，但他也无法自认为是疯子，因为他觉得自己的思路是清楚的。就因为这个缘故，他一直感到困惑不解。

这三个月的见闻，使聂赫留朵夫得出这样一个概念：一些人利用法院和行政机关，从自由人中间抓走一批最神经质、最激烈、最容易冲动、最有才气和最坚强的人。这批人同别人相比，往往不那么机智、狡猾和慎重，而且对社会来说丝毫不比

① 他们的人数是那么多。

那些享有自由的人更有罪、更危险。可是，等他们刑满释放出狱时，却被改造成对社会构成危险的一类人了。原因如下：第一，这批人被关在牢里，被迫流放、服苦役，长年累月干不了有意义的事情，虽有最起码的衣食保障，但脱离惊险、离奇、神秘的自然界，脱离有人情味的家庭，脱离有益身心的劳动，也就是脱离人类的自然生活和精神生活，其心理会变态。第二，他们在那里遭到种种莫须有的屈辱，例如戴上镣铐，剃阴阳头，穿上可耻的囚服，也就是让这些弱小的人失去过良好生活的主要动力——失去对他人意见的关注，失去羞耻心和人的尊严感。第三，他们经常有丧命的危险，因为监禁地疫病流行，再加上劳累过度，横遭狱卒和狱霸的毒打，至于中暑、水淹、火灾，那就更不用说了。身处在这样的环境里，就连品德最高尚、心地最善良的人，也会出于自卫的本能而干出残忍的事来，并且会原谅别人干那样的事。第四，他们被迫同那些被生活腐蚀[①]的淫棍、凶手和歹徒朝夕相处，于是那些被极端腐蚀的分子对这些还没有完全被腐蚀的人，就像酵母对面团一样，起了发酵作用，也就是彻底腐蚀的作用。在这种环境中，连最好的人也会变坏。第五，凡是身受这种戕害的人，无不通过各种最具说服力的方式，也就是通过人家强加到他们头上的种种惨无人道的行为，例如虐待儿童、妇女、老人，殴打，用树条或皮鞭抽打，奖励凡是活捉或击毙逃犯的人，拆散夫妻，促使有夫之妇和有妇之夫私通，枪毙，绞刑等方式，总之通过这些最具说服力的方式，明白了一个道理：各种暴行、酷行、兽行，只要对政府有利，不仅不会遭到禁止，反会得到政府的许可，而这类暴行施加在丧失自由、贫困不幸的人身上，那就更是合法的了。于是，人都变得麻木不仁了，从此对暴行熟视无睹，毫无恻隐之心，甚至丧尽天良。

所有这些腐蚀好人的办法仿佛都是精心设计出来的，以便制造在其他条件下不可能产生的、登峰造极的腐化堕落和恶习，并且再把这些登峰造极的腐化堕落和恶习按最广泛的规模传播到全体人民中间去。“简直像规定任务似的，一定要用最有成效的方式尽量多腐蚀一些人。”聂赫留朵夫分析了在监狱里和流放途中的见闻，得出这样的结论。年年都有成千上万的人被极度腐蚀，等他们已经腐败透顶，成为人类中的恶魔后，又被释放出狱，以便把他们在监狱里沾染的恶习传播到全体人民中间去。

在秋明、叶卡捷琳堡和托木斯克等地的监狱里，在流放旅站上，聂赫留朵夫看到这个仿佛由社会本身提出来的目标正在顺利地完成。那些本来具有俄国社会道德、农民道德、基督教道德的普通人，如今都放弃了那些道德规范，反而接受了监狱里所流行的新规范，其主要内容就是：认为一切对人的凌辱、暴行和残杀，只要

① 尤其是身处在这样的环境里所受到的腐蚀。

有利可图，便都是可以容许的。凡是在监狱里待过的人，通过切身体会都深深懂得，基督教会和道德大师所宣扬的尊重人和怜悯人的道德规范，在实际生活中都是行不通的，都早已被废弃，因此现在和今后他都无须遵循。聂赫留朵夫在他所认识的犯人身上看到了这一点，不论是惯犯费多罗夫、玛卡尔还是犯人家属塔拉斯。塔拉斯在流放途中同犯人们一起待了两个月，他那道德沦丧的观点使聂赫留朵夫大为吃惊。聂赫留朵夫一路上听人说，有些流浪汉往原始森林逃跑，还怂恿同伴跟他们一起跑，然后把他们杀死，吃他们的肉。他亲眼看见一个人被控犯了这种罪，而且自己供认不讳。最骇人听闻的是，这类吃人事件并非绝无仅有，而是经常发生的。

只有经监狱和流放地的特殊培养而产生的恶习，才能使一个俄国公民堕落成为无法无天的吃人肉的流浪汉，他们的思想甚至超过尼采的最新学说[①]，对什么事都没有顾虑，真是百无禁忌，并且把这种理论传播给犯人，然后再扩散到全体人民中去。

目前正在发生的种种事情，也就是专政部门使用的种种手段，照书本里的解释，完全是为了制止犯罪，为了惩一儆百，为了改造罪犯，为了依法惩办。但在实际生活中，根本不存在上述这四种作用。这样做不仅不能制止罪行，反而会传播罪行。这样做不仅不能惩一儆百，反而会鼓励犯罪，许多人就像吃人肉的流浪汉那样自愿投狱。这样做不仅不能改造罪犯，反而会把各种恶习系统地传播开去。至于依法惩办的必要，不仅没有因政府的刑罚而减少，反而在原本没有这种必要的民众中间培植了这种必要。政府的处分不仅不能减少报复，反而在人民中间培养了这种情绪。

“那他们究竟为什么要这样做呢？”聂赫留朵夫问自己，但是找不到答案。

最使他感到惊奇的是，这一切不是出于偶然，也不是由于失误，不是偶尔为之，而是几百年来司空见惯的现象，差别只在于以前是对犯人削鼻子割耳朵，后来是在犯人身上打烙印，拴在铁杆子上鞭笞，现在则用脚镣手铐，运送犯人不用大车而用轮船火车。

政府官员对聂赫留朵夫说，那些使他气愤的事都是由于监禁和流放地设备不完善造成的，一旦新式监狱建成，情况就会得到改善。这种解释不能使聂赫留朵夫满意，因为使他气愤的并非是监禁地点设施是否完善的问题。他读过法国刑事学家塔尔德的著作，书中谈到改良的监狱中装有电铃，使用电刑，而那种经过改良的暴行却使他更加气愤。

---

① 指德国哲学家尼采提出的“超人”学说。

使聂赫留朵夫气愤的，主要是法院里和政府机关里坐着一批官僚，他们领取从人民头上搜刮来的高薪，查阅由同一类官僚出于同一类动机所写成的法典，把凡是违反他们所制定的法律的行为归到各种法律条款下面，然后根据这些条款把人发配或流放到他们看不见的地方，于是成千上万的人在残酷粗暴的典狱长、看守和法警的肆意虐待下，在精神上和肉体上死亡了。

聂赫留朵夫进一步了解了监狱和流放旅站的情况后，看出犯人中间蔓延的恶习：酗酒、赌博和其他骇人听闻的罪行，包括人吃人在内，都不是偶然现象，也不像那些头脑僵化的学者为了袒护政府而硬说的那样，是什么退化、犯罪型或者畸形发展，而是"人可以惩罚人"这种莫名其妙的谬论造成的不可避免的后果。聂赫留朵夫看出，人吃人这种事不是起源于原始森林，而是起源于政府各部门、各委员会和各司局，只不过最后在原始森林里完成了而已。他看出，像他姐夫那样的人，以及所有的法官和其他文官，从民事执行吏到各部大臣，他们根本不关心平时挂在嘴上的正义和人民福利，他们人人追求的无非是卢布，那些由于他们出力造成腐化和苦难而应该赏给他们的卢布。这是显而易见的。

"那么难道所有这些都仅仅是由失误造成的吗？能不能想出一个办法来，向所有那些官僚提出保证，只要他们不做他们现在所做的事，就照旧会发给他们个人一笔薪金，甚至另外再发给一份奖金呢？"聂赫留朵夫暗想。他想到这儿，外面的公鸡已经叫过第二遍，尽管他的身体稍稍动弹一下，四周的跳蚤就像喷泉那样纷纷跳到他的身上来，他却还是沉酣地睡熟了。

二十

聂赫留朵夫醒来时，押送囚犯的马车队伍已经上路了。那个胖老板娘也没有及时叫醒他，等她喝够了茶，用手绢擦擦结实的粗脖子，才走进房间说，旅站上有个士兵送来一封信，信是玛丽雅·巴甫洛芙娜写的，她说，克雷里卓夫这次发病比他们预料的更严重。“我们一度想把他留下，我们也留下来陪他，可是没有得到许可。我们就带着他上路了，可是又怕路上出事，请您到城里以后面见高官时费心疏通一下，如果可以让他留下来，不继续向前走，那就让我们当中也留下一个人来陪他。倘使为了达到这个目的需要我立刻嫁给他，我也情愿做此牺牲。”

聂赫留朵夫知道此事很急，就打发小伙子到驿站去叫马车，他自己赶紧收拾行李。他还没有喝完第二杯茶，就有一辆三套马的驿车响着铃铛来到门廊跟前，车轮在结了冰的泥地上滚动，好像在石子路上那样轰隆隆地作响。聂赫留朵夫把店钱付给粗脖子的老板娘，赶紧走出去，在马车的垫子上坐下，吩咐马车夫把车尽量赶得快一些，以便追上那批犯人。在一处牧场的大门附近，他果然赶上了犯人的大车队。那些大车上载着背包和病人以及政治犯，辘辘地响着滚过结了冰的泥地，在走过的地方辗出两条车辙。押解官不在这儿，他坐着车赶到前头去了。兵士们在后面，沿着道路的两边走着，他们分明喝了一点酒，在兴高采烈地聊天。大车不少，押解途中，只有政治犯和体弱有病的刑事犯才有坐车的权利。在前头的几辆车上，每一辆都坐着六名体弱有病的刑事犯，他们紧紧地挤在一起。在后面的三辆大车上，每辆车坐着三名政治犯。在最后一辆车上坐着诺沃德沃罗夫、格拉别茨和康德拉季耶夫。在倒数第二辆车上坐着兰采娃、纳巴托夫和一个害风湿病的身体虚弱的女人，这个虚弱有病的女人是刑事犯，原本没资格坐政治犯的大车，她的座位是玛丽雅·巴甫洛芙娜让给她的。在倒数第三辆车上躺着克雷里卓夫，他枕着枕头，躺在干草上。玛丽雅·巴甫洛芙娜就坐在他身旁赶车人的座位上。聂赫留朵夫吩咐车夫在克雷里卓夫旁边停下来，自己向他走去。有一个带点酒意的押解兵开始对聂赫留朵夫摆手示意，不准他靠近犯人，但聂赫留朵夫没有理会他，径自走到大车跟前，扶着大车边缘上的木杆，并排往前走着。克雷里卓夫身穿土皮袄，头戴羔皮帽，嘴上包着一块手绢，看上去更加消瘦和苍白。他那双好看的眼睛显得更大更亮，他的身子在大车上微微摇晃，眼睛盯着聂赫留朵夫，一

[1] 这里是外貌描写，突出克雷里卓夫苍白、无力的神态。

刻也不肯放开。[1] 聂赫留朵夫问他健康状况，他只是闭上眼睛，没劲地摇摇头。他的全部精力显然因大车颠簸消耗光了。玛丽雅·巴甫洛芙娜坐在大车的另一边，她向聂赫留朵夫递了一个意味深长的眼色，表达她对克雷里卓夫的情况很忧虑，然后立刻用年轻人应有的爽快声调说起话来。

“看样子，那个军官对自己随便殴打犯人的行为感到惭愧了，”她大声喊道，让聂赫留朵夫在车轮的辘辘声中听见她的话，“他们把布卓夫金的手铐取下来了。现在他自己抱着小女孩赶路，卡佳和西蒙松也跟着他们一块儿步行，今天薇洛琪卡顶替我，也跟他们在一起步行。”

坐在车上的克雷里卓夫指着玛丽雅·巴甫洛芙娜说了一句话，可是谁也听不清，然后他皱起眉头，显然在克制咳嗽，摇了摇头。聂赫留朵夫把头凑过去，想听清他的话。这时克雷里卓夫把嘴从手绢里露出来，小声地说：

“现在好多了，只是不要感冒才好。”

[2] 语言描写，表现出克雷里卓夫的幽默乐观。哪怕他病得很重，依然不忘开聂赫留朵夫的玩笑，这是对生命的渴望。

聂赫留朵夫肯定地点点头，并同玛丽雅·巴甫洛芙娜交换了一个眼色。

“哦，三个天体的问题怎样了？”克雷里卓夫又喃喃地说，吃力地苦笑一下，“不容易解决吧？”[2]

聂赫留朵夫不明白他的话，玛丽雅·巴甫洛芙娜就向他解释说，这原是一个确定日、月、地球三个天体关系的著名数学问题，克雷里卓夫开玩笑，把聂赫留朵夫、卡秋莎和西蒙松的关系比作那个问题。克雷里卓夫点点头，表示玛丽雅·巴甫洛芙娜正确地解释了他的玩笑。

“解决这问题的关键不在我。”聂赫留朵夫说。

“您接到我的信了？这事您肯办吗？”玛丽雅·巴甫洛芙娜问。

“我一定去办。”聂赫留朵夫说。他发现克雷里卓夫脸上露出厌烦的神情，就回到自己的马车那里，在凹下去的车垫上坐下，双手扶住马车两侧，因为道路坎坷不平，车子颠簸得很厉害，他的身体不住摇晃，必须用手紧紧扶住车侧，才能坐稳。他的马车开始追上步行的犯人队伍，那些穿着灰色囚衣和短皮袄、戴着脚镣和双人手铐的步行犯人，排成了长达一俄里的队伍。

聂赫留朵夫认出在对面的路边上有卡秋莎的蓝头巾，薇拉·叶甫列莫芙娜的黑大衣，西蒙松的短大衣、绒线帽和白羊毛袜，他的袜子外面还扎着带子，像平底鞋似的。西蒙松和女人们并排走着，正高兴地谈论着什么。

那些女人看见聂赫留朵夫时都向他鞠躬致敬，西蒙松则庄重地举一举帽子，聂赫留朵夫没有什么话要说，就没有叫马车停下来，而是驱车赶到他们的前面去了。马车又上了碾平的道路，跑得更快了，但是又不得不时而从平坦的道路上驶下来，以便抢到道路两旁来来往往的各色大车队前头去。

这条布满深深车辙的道路通向一片幽暗的针叶林。道路两旁的桦树和落叶松还没有落叶，闪现出明亮的土黄色。这段路刚走了一半，树林就消失了，两旁是开阔的田野，出现了修道院的金黄色的十字架和拱顶。天气十分晴朗，云雾散了，太阳升到了树林的上空。潮湿的树叶、池塘、拱顶和教堂的十字架都在阳光下闪闪发亮。右前方，在灰蓝色的远方，遥远的山峦呈现出一道白色。那辆三套马的驿车开进了城郊的一个大村子里，村街上站满了人，有俄国人，也有异族人，戴着古怪的帽子，穿着长袍。其中有醉汉，也有没有喝酒而神志清醒的男人和女人，他们在小店、饭馆、酒铺、大车旁边熙熙攘攘、吵闹不休。可以感觉到城市快到了。

马车夫抽了右边拉边套的马一鞭子，紧了紧缰绳，侧身坐在驭座上，以便缰绳往右边收。他显然想露一手，就赶着马车在大街上奔跑起来，不放慢速度，一直向河边的渡口跑去，过这条河需要坐渡船。渡船这时正从对岸开过来，到了急湍的河心。这边大约有二十辆大车在等着过河。聂赫留朵夫只好在这儿等一会儿。渡船逆流而上，驶到上游，然后顺急流而下，很快就向这边码头的木板靠拢过来。

摆渡工人个个人高马大、膀大腰粗、肌肉发达。他们穿着羊皮袄和高筒靴，不声不响、灵活而熟练地把缆索甩出去，套在木桩上，然后放下船板，让停在船上的货车上岸，再把候船的车辆装上船，让渡船装满板车和见到水就往后退的马匹。宽阔而又急湍的河水拍打着渡船的两舷，把绳索撑得紧紧的。当渡船已经装满，聂赫留朵夫的车子和卸了套的马匹在周围大车的拥挤下在船边站住时，摆渡工人就关上船板，也不理会那些尚未上船的旅客的要求，就解开绳索，开船了。渡船上很安静，只听见摆渡工人沉重的脚步声和马匹倒换蹄子时踏响船板的声音。

二十一

聂赫留朵夫站在渡船边上，望着宽阔而湍急的河水，两个形象在他的头脑里交替出现。一个是垂死的克雷里卓夫，他满脸怒容，脑袋被大车颠得直摇晃；一个是精力充沛的卡秋莎，她同西蒙松一起顺着路边不停地走着。濒临死亡而不愿死去的克雷里卓夫使他沉重而悲伤。生气勃勃的卡秋莎获得了西蒙松这个男人，不会再漂泊无依了，这本是一件好事，但聂赫留朵夫却觉得难受，而且无法消除这样的感觉。

从水面上传来了城里的那口奥霍特尼克大钟洪亮的响声，震颤的钟声在水面上回荡。站在聂赫留朵夫旁边的马车夫和所有的赶车人都脱下帽子，在胸前画十字。只有一个身材不高、头发蓬松的老人没有画十字，他站得比别人都靠近船栏杆，聂赫留朵夫先前并没有注意他。这时候老人抬起头来望着聂赫留朵夫。聂赫留朵夫也仔细看他，这老头上身穿一件打了补丁的褂子，下身穿粗呢长裤，脚上穿一双修补过的长筒靴，肩上背一个不大的口袋，头上戴一顶高高的破皮帽。

“老头子，你怎么不做祷告？”聂赫留朵夫的马车夫说着，一面戴上自己的帽子并扶正它。“莫非你没有受过洗吗？”这问话的意思是，难道你没有受过洗，你不是东正教教徒吗？

“你叫我向谁祷告？”头发蓬乱的老头断然地顶了他一句，说得很快，但每一个音节都说得很清楚。

“那还用问吗？谁都知道应该向谁祷告，当然是向上帝啰。”马车夫含讥带讽地说。

“那你倒指给我看看，他在哪儿？这个上帝在哪儿？”

老头的表情是如此严肃而坚定，因此马车夫觉得，他碰到了一个强硬的人，因而感到有点心慌了，但没有表露出来，极力不让老头把自己噎住，不能当着在场人的面丢脸，就连忙回答道：

“在哪儿？当然是在天上。”

“那你上过天吗？”

“上过也罢，没上过也罢，反正大家都知道凡人应该向上帝祷告。”

“谁也没有在什么地方见过上帝。上帝是由自称是活在父亲心里的独生子编造出来的。”老头皱皱眉头，很快地说。他这里说的“父亲”指上帝，“独生子”指

“耶稣”。

“看样子你是个异教徒，是洞穴教徒，你就向洞穴祷告吧。”马车夫说，把马鞭柄插进腰里，把拉边套的马的马皮套扶正。

有个人笑起来。

“那么，老大爷，你信什么教呢？”一个年纪不小的人问道，他站在船边的一辆大车旁。

“我什么信仰也没有。因为除了自己我谁也不相信，谁也不相信。”老头儿仍旧迅疾又果断地回答。[1]

[1] 这里是语言描写，老头儿的话主要表达了祈祷对底层人民来说并没有实际意义。

“一个人怎么可以只相信自己呢？”聂赫留朵夫插嘴说，他不由得也加入了这场谈话，“这会做错事的。”

“我一辈子没做过错事。”老头儿摇摇头，断然回答。

“那么世界上为什么会有各种各样的信仰呢？”聂赫留朵夫问道。

“世界上之所以会有各种各样的信仰，是因为人们只相信别人，而不相信自己。我过去也相信过别人，却迷失了方向，就像在原始森林里迷了路，我以为再也走不出来了。有信旧教的，有信新教的，有信安息会的，有信鞭身教的，有信教堂派的，有信非教堂派的，有信奥地利教派的，有信莫罗勘教①的，有信阉割派的，所有的教派都夸自己好。其实，他们都像瞎了眼的小狗，到处乱爬。信仰有很多，可是灵魂只有一个。你有，我有，他也有，其实，各人只要相信各人的灵魂，那么所有的人就都能联合起来。只要大家都能保持自己的本性，就能同舟共济。”

老头说话声音很高，并且不住地往四下里张望，显然，希望有更多的人听他讲话。

“看来，你老早就这样进行说教了吧？”聂赫留朵夫问他。

“我？很久了。我已经被迫害二十三年了。”

“怎么迫害你呢？”

“他们就像当年迫害耶稣那样迫害我。他们把我抓起来，送到法院，交给教士，送到读书人那里，送到法利赛人②那里。他们还把我关进了疯人院。可是他们对我毫无办法，因为我是自

①18 世纪俄国产生的一个否认一切宗教仪式的教派。

② 伪君子的意思。

由人。他们说：‘你叫什么名字？’他们以为我会给自己取上一个名字。可我什么名字也不要。我已经抛弃了一切，我既没有名字，也没有住所，没有祖国，什么都没有。我就是我。我叫什么名字？我就叫人。他们问：‘那么你多大年纪？’我就说我没有数过，而且也无法数，因为我永远存在，今后也还将存在。他们说：‘谁是你的父亲、母亲？’我说，不，我既没有父亲，也没有母亲，只有上帝和大地。上帝是我父亲，大地是我母亲。他们说：‘那么沙皇你承认吗？’我为什么不承认呢？他是他自己的沙皇，我是我自己的沙皇。他们说：‘简直无法跟你谈话。’我就说：‘我并没有请你跟我谈话。’他们就是这样折磨我的。”

“那么你现在到哪儿去？”聂赫留朵夫问道。

“上天引我到哪儿，我就到哪儿去。我听天由命，有活就干活，没有活干，我就讨饭。”他看见渡船就要靠岸了，便结束了自己的话，得意地环顾一下所有听他讲话的人。

渡船在岸边停下。聂赫留朵夫掏出钱包，想给老头一点钱。老头拒绝了。

“这东西我不要，我只要面包。”他说。

“哦，对不起。我身边没有面包。”

“你没有得罪我，不要说对不起。再说，要得罪我也办不到。”老头说着，便动手把搁着的口袋往肩上扛。这时聂赫留朵夫的驿车也已经套上了马，上岸了。

“老爷，您还有兴致跟他谈话，”马车夫等聂赫留朵夫给了身强力壮的摆渡工人一些茶钱，坐上车后对他说，“是啊，他不过是一个没出息的轻狂的流浪汉罢了。”

二十二

马车上了高坡后，来到西伯利亚一个大城市，车夫回过头来说：

“您要上哪一家旅馆呢？”

“哪一家好一些呢？”

“最好的是西伯利亚旅馆。不过久科夫旅馆也很好。”

“那就随你便吧。”

马车夫又是侧身坐着，快马加鞭。这个城市跟别的城市一样：同样有带阁楼的房子和绿色房顶，同样有大教堂，有小铺子，大街上有商店，甚至也有警察。只不过房屋都是木头造的，街道上没有铺石子。马车夫把三套马的驿车赶到一条最繁华的街上，停在一家旅馆门前。可是旅馆里已经没有空房间了。只好又到另一家旅馆，这家旅馆还有空房间。这是两个月来聂赫留朵夫第一次又处在他所习惯的比较干净和舒适的环境里。尽管聂赫留朵夫现在住的这个房间并不豪华，但是经历过驿站、客店和旅站的生活之后，在这里他已经感到了莫大的舒适。对他来说，现在最要紧的是要清除一下身上的虱子。

自从他几次出入旅站以后，就一直没有完全摆脱掉这些虱子。在旅馆里安顿好之后，他立即坐车到澡堂去，洗完澡后换上了城里人的装束：穿上浆硬的衬衣、被压在箱底而压皱了的长裤、礼服、大衣。然后，他去拜见城市的长官，一位边区部队的将军。旅馆的看门人给他叫了一辆街头马车。这是一辆四轮马车，套一匹吉尔吉斯种的膘肥体壮的大马，颠颠簸簸、吱吱嘎嘎地把聂赫留朵夫送到一所华丽的大厦门前，门口站着几位岗哨和警察。房前房后都是花园，里面的白杨和桦树叶子已凋落，树枝光秃，而其中的枞树、松树和冷杉等倒是枝叶茂密，一片苍绿。

将军身体不舒服，不想见客，聂赫留朵夫还是要求听差把他的名片送进去。听差回来，带来他满意的答案：“将军有请。”

这里的听差、传令兵、前厅、楼梯以及擦得亮堂堂的镶着木地板的客厅，都和彼得堡差不多，只是稍稍脏一点、古板一点。聂赫留朵夫被领进一间书房里。

将军面容有点浮肿，长着土豆鼻子，额头上鼓起几个紫疱，头顶光秃，眼睛下挂着眼袋，他是一个活跃而敏感的人。他坐在那儿，穿一件鞑靼式绸袍，手里拿着一支烟，正用一只带银托的玻璃杯喝茶。

"您好，阁下！我穿着睡袍见客，请不要见怪，不过总比不见好，"他拉起长袍盖住他那后颈上堆起的粗脖子，"我身体不太好，没有出门，什么风把您吹到我们这个偏僻的小城来了。"

"我是随一批犯人来的，其中有个人跟我关系密切，"聂赫留朵夫说，"我现在来求阁下帮忙，一部分就是为了这个人，另外还有一件事。"

将军吸了一口烟，喝了一口茶，然后把烟放在孔雀石的烟灰碟里捻灭了。他那双浮肿的闪着亮光的小眼睛一直没有离开聂赫留朵夫，认真地听他说话。他只打断一次聂赫留朵夫的话，问他要不要吸烟。

这位将军属于有学识的一类军人，他认为自由主义和人道主义同他们的职业是可以调和的。不过，他生性聪明而善良，很快就发现了这种调和的不可能。为了回避他经常陷入的那种内心的矛盾，便越来越深地沉湎于军人中间十分盛行的酗酒的恶习里。因此，经过了三十五年的军职生活以后，现在他已成了医生们所说的嗜酒成癖者。他全身浸透着酒。他什么酒都喝，只要喝醉就行，喝酒已成了他每天的必需，不喝酒就活不下去。每天晚上他都喝得酩酊大醉，但他已习惯了这种状态，走路并不摇晃，也不会说出特别不成体统的话，不过，即使说点蠢话，由于他身居高位，人家也会把这些蠢话当成聪明的警句。只有在上午，也就是聂赫留朵夫来见他的这个时候，他才近似是一个头脑清醒的人，才能够听明白别人对他说的话，才能够或多或少地在事实上真正应验他喜欢说的那句谚语："喝酒的好处说不尽，越醉反而越聪明。"最高当局知道他是个醉汉，不过他毕竟比别人多受过一些教育①，又知道他胆大，老练，威严，就连在喝醉的状态下也举止得体，所以仍然给他官做，让他一直占据着这个责任重大的显要职位。

聂赫留朵夫告诉他，他所关心的人是个女的，她被错判，而他为她的事已递了御状。

"哦！那又怎么样？"将军说。[1]

"彼得堡方面答应我，有关这个女人命运的消息最迟在这个

[1] 将军听到聂赫留朵夫所讲述的关于玛丝洛娃的案情，只是冷冷地抛出一句"那又怎么样？"显然是在问这跟我有什么关系呢？他对玛丝洛娃一案是否判错完全不在意，根本不关心玛丝洛娃会因此而遭受什么样的命运，他是没有怜悯和同情心的。

① 其实他的学识已经停留在他染上酒癖的时候的水平上。

月通知我，通知书将寄到这里……”

将军依旧盯住聂赫留朵夫，伸出指头很短的手，按了按桌上的铃，然后嘴里喷着烟，特别响地清了清喉咙，又默默地听下去。

“因此我有个要求，如果可能的话，在没有收到那个状子的批复之前暂时把她留在此地。”

这时候，一个穿军服的听差勤务兵走了进来。

“你去问一下，安娜·瓦西里耶夫娜起床了没有，”将军对勤务兵说，“另外再送点茶来。那么，您还有什么事吗？”将军又问聂赫留朵夫。

“我还有一个要求，”聂赫留朵夫说，“涉及这批犯人中的一个政治犯。”

“哦，是怎么回事？”将军意味深长地点点头说。[2]

“他病得很厉害，人都快死了，得把他留在这儿的医院里，有一名女政治犯愿意留下来照顾他。”

“她不是他的亲属吧？”

“不是，但只要能让她留下来照顾病人，她准备嫁给这个人。”

将军那双炯炯有神的眼睛一直盯着聂赫留朵夫，默默地听着，显然想用这种目光逼得对方局促不安。他不住地吸着烟。

等聂赫留朵夫讲完，他从桌上拿起一本书，舔湿手指，翻动书页，找到有关结婚的条款，看了一遍。

“她判的是什么刑？”他抬起眼睛问。

“她判的是苦役。”

“哦，要是判了这种刑，即使结了婚，也不能改善待遇。”

“可是您要知道……”

“请您让我把话说完。即使一个自由人同她结了婚，她照样得服满她的刑。这儿有个问题：谁判的刑更重，是他呢，还是她？”

“他们两人都判了苦役。”

“嘿，那倒是门当户对了，”将军笑着说，“他什么待遇，她也什么待遇，他有病可以留下来，”他继续说，“而且当然会设法尽量减轻他的痛苦，不过她即使嫁给他，也不能留在此

[2] 这里是语言描写，对于聂赫留朵夫的请求，将军既不说答应，也不说不答应，表现出一种高深莫测，让人难以捉摸的神态。

[3] 这里是语言描写，将军的这段话既嘲讽了囚犯崇高的行为，又拒绝了聂赫留朵夫的请求。

地……”[3]

“将军夫人正在喝咖啡。”勤务兵报告说。

将军点点头，继续说：“不过再让我考虑一下。他们叫什么名字？请您写在这儿。”

聂赫留朵夫写下了他们的名字。

“这事我也无能为力，”将军听到聂赫留朵夫要求同病人见面，这样说，“对您，我当然不会怀疑，”他说，“您关心他，关心别的人，您又有钱。在我们这里确实钱能通神。上面要我彻底消灭贿赂。可如今大家都在接受贿赂，怎么消灭得了？官位越小，贿赂收得越多。唉，他在五千俄里外受贿，怎么查得出来？他在那边是个土皇帝，就像我在这儿一样，”他说到这里笑了起来，“您大概常跟政治犯见面吧，您给了钱，他们就放您进去，是吗？”他又笑嘻嘻地说，“是这么回事吧？”[4]

[4] 这里是语言描写，将军这段话属于话里有话，一来表达自己对聂赫留朵夫的尊重，二来巧妙地对聂赫留朵夫的行为进行了批评。

“是的，确实是这样。”

“我明白您非这样做不可。您想见见政治犯，您可怜他，于是典狱长或者押解兵就接受贿赂，因为他们的薪水只有那么几个钱，他们要养家活口，非接受贿赂不可。我要是处在他们的地位或者您的地位，我也会那么办的。可就我的地位来说，我不能容许自己违反最严格的法律条文，要不我也是个人，也会动恻隐之心的。可我是个执法官，凭一定条件才得到信任，我不能辜负这种信任。好吧，这事就到此为止。那么，现在您给我讲讲，你们京城里有些什么新闻？”

于是将军就开始发问，同时自己也发表意见，分明是既想听新闻，又想显示自己的知识和人道主义精神。

二十三

"哦，请问您在哪里下榻？在久可夫旅馆吗？哦，那地方真是糟透了，回头您到我这儿来吃饭吧，"将军一面送走聂赫留朵夫，一面说，"下午五点钟，您会说英语吗？"

"会，会说。"

"哦，那太好了。不瞒您说，我们这儿来了一个英国人，是个旅行家，他在研究西伯利亚流放和监狱的情况。今天他要到我们这儿来吃饭，您也来吧。我们五点钟开饭，我妻子要求严格遵守时间。至于怎样处理那个女人，还有那个病人，我下午给您答复，也许可以留下一个人来照顾他。"

聂赫留朵夫辞别将军，心情特别亢奋，就乘车到邮政局去了。邮局是一个低矮的拱形房间。那儿有一张斜面办公桌，靠里边坐着几个官员，把邮件散发给拥挤的人群。有一个官员歪着脑袋，熟练地把一个个信封拉到他跟前来，不停地在那上面打邮戳。官员们没有让聂赫留朵夫久等，聂赫留朵夫一说出名字，就有一大堆邮件交到他手里。其中有汇款，有几封信，有几本书，还有最近一期的《祖国纪事》[①]。聂赫留朵夫收到这些邮件后，就走到一条长木凳那边去。长凳上有一个士兵坐在那儿，手里拿着一本小册子，正在等着取一件东西。聂赫留朵夫挨着他坐下，翻阅收到的信，其中有一封是挂号信，信封很讲究，上面还盖有字迹清楚的鲜红火漆印。他拆开信封，看到信是谢列宁写的，还附着一份公文，血顿时涌上脸，心脏也紧缩了。这就是关于卡秋莎案的批复，是个怎样的批复？难道是驳回吗？聂赫留朵夫匆匆看了一下，字迹很小，很难辨认，但笔力刚劲，他看了信，不由得高兴地舒了一口气——批复是令人满意的。

"亲爱的朋友！"谢列宁写道，"你上次同我的谈话给我留下了深刻印象。关于玛丝洛娃一案，你的意见是正确的。我仔细查阅了这个案件，看出她蒙受不白之冤，确实令人愤慨，这事只能由你递交状子的上诉委员会来改正。我协助了他们裁决这个案件，现随信寄上减刑公文的副本，你的收信地址是卡捷琳娜·伊万洛芙娜·察尔斯基伯爵夫人给我的。公文正本已送往她当初受审的监禁地，即将转到西伯利亚总署。我赶紧把这个喜讯告诉你，友好地握你的手。你的谢列宁。"

公文内容如下：

---

① 当时俄国出版的一种学术、文学、政治性刊物。

皇帝陛下受理上告御状办公厅。案由某某号，案卷某某号，某某科，某年，某月，某日，奉皇帝陛下受理上告御状办公厅主任令，特通知小市民叶卡捷琳娜·玛丝洛娃，皇帝陛下披阅玛丝洛娃御状，体恤下情，恩准所请，着将该犯所判苦役改为流放，在西伯利亚较近处执行。

这是一个大喜讯。凡是聂赫留朵夫希望为卡秋莎和他自己做的事，如今都已实现了。不错，她的地位发生了变化，他同她的关系也变得复杂了。以前她是个苦役犯，他提出要同她结婚，也只能徒具形式，至多稍稍改善她的处境，如今可没有什么东西妨碍他们生活在一起了。可是聂赫留朵夫还没有做好这样的准备，再说她同西蒙松的关系又怎么办呢？她昨天那番话究竟是什么意思？要是她同意跟西蒙松结合，这究竟是好事还是坏事？这些问题他怎么也搞不清楚，就索性不去想它们。“这一切以后都会清楚的，”他想，“现在得赶快去同她见面，把这个喜讯告诉她，把她释放出来。”他以为凭到手的副本就足以办到这一点。他走出邮政局，吩咐车夫把他送到监狱。

尽管今天早晨将军没有批准他去探监，可是聂赫留朵夫凭经验晓得，在高级长官那里办不到的事情，在下属那里却往往很容易办到。所以他现在决定仍然先到监狱去一趟，把这个好消息告诉卡秋莎，也许就能把她释放出来，同时也可以了解一下克雷里卓夫的健康情况，并把将军说的话转告他和玛丽雅·巴甫洛芙娜。

典狱长身材魁梧，威风凛凛，留着唇髭和一直长到嘴角的络腮胡子。他接待聂赫留朵夫时很严厉，直率地声称，未经长官批准，不能让任何人进去探监。聂赫留尔夫说，他在京城里也常去探监。典狱长听了回答说：

“这很可能，但我不能容许这样做。”他讲这话时的口气仿佛在说：“你们这些京城来的老爷们，以为可以吓唬我们，为难我们。但是，我们虽然位处东方的西伯利亚，却也知道要严明法纪，而且还可以给你们一点颜色看呢。”

皇帝陛下办公厅发的公文副本对典狱长也不起作用，他断然拒绝放聂赫留朵夫进监狱。聂赫留朵夫原来天真地认为，只要亮一亮这个公文副本，玛丝洛娃就会被放出来了，不料，监狱长却嗤之以鼻，声称要释放任何人犯，必须有他顶头上司的命令。他所能答应的只有一件事，那就是他可以通知玛丝洛娃，说她已获得减刑，他一旦接到上级批文，就会立刻把她释放，不会耽搁一个钟头。

关于克雷里卓夫的健康情况，他也拒绝提供任何消息，而且说，他甚至不能告诉他这里是否有这样一个犯人。因此，聂赫留朵夫一无所获，只好坐上车回旅馆去了。

监狱长之所以那么严厉，主要是因为监狱里关进的犯人比平时要多出两倍，而且目前正流行着伤寒病。马车夫在路上告诉聂赫留朵夫说：“监狱里死的人很多，里面流行着一种瘟疫，每天都有二十多人被埋葬。”

二十四

聂赫留朵夫虽然在监狱里碰了壁，但他还是兴奋地乘车去省长办公室，查问玛丝洛娃的减刑公文有没有到达。公文还没有到，因此聂赫留朵夫一回到旅馆，毫不耽搁，立刻写信把这事告诉谢列宁和律师。他写完信，看了看表，已经到了去将军家赴宴的时间了。

在路上，他也在想，卡秋莎将会如何对待减刑的事。她会被指定留在什么地方？他将怎样同她共同生活？西蒙松会怎么样？她对他是什么态度？他想到她内心发生的变化，同时又想到了她的过去。

"应当把这些事忘掉，一笔勾销才对，"他想，又连忙要把关于她的种种念头驱除出去，"到时候一切自会见分晓。"他自言自语地说，并开始考虑对将军该说些什么。

将军家的宴会十分豪华，显示出富豪和大官们的生活排场。这种生活对聂赫留朵夫来说，本是习以为常的，但他不仅很久没有过这种豪华生活，甚至连起码的舒适条件也没有了，因此他觉得特别愉快。

女主人是一位彼得堡老派的贵妇人，过去在沙皇尼古拉宫廷里做过女官，法语说得很好，说俄语反倒不自然。她总是把身子挺直，不论做什么事，两个胳膊都不离开腰部。她对丈夫的态度很平和，尊敬中带点忧伤；对客人却格外亲切，虽然也有一定分寸，但因人而异；对聂赫留朵夫却像对自己人一样，特别殷勤、奉承，但又使人不易觉察。这使聂赫留朵夫重新意识到自己的尊贵，倒十分惬意。她使他感觉到他的西伯利亚之行虽然有点标新立异，却是一个正直的人的举动。总之，她认为他是一个与众不同的人。她的这种微妙的奉承以及将军家里的豪华生活条件，使聂赫留朵夫不由得为那漂亮的陈设、美味的菜肴以及同他所熟悉的那个圈子里的有教养的人们的愉快交往所倾倒，完全沉醉在一种满足的心态之中，仿佛他最近时期的这段生活是一场梦，而现在从梦里醒来重新回到了现实生活似的。

在筵席上就座的除了将军的女儿和女婿以及将军的副官等家里人，还有一个英国人、一个开采金矿的商人和一个从西伯利亚边城来的省长，聂赫留朵夫觉得这些人都和蔼可亲。

那个英国人身体强壮，脸色红润，法语讲得很差，但英语讲得像演说家一般优美动听。他见多识广，讲到在美国、印度、日本和西伯利亚的见闻，使大家都觉得他是个有趣的人。

年轻的采金商人，原来是个农民的儿子，现在他穿着一身在伦敦缝制的燕尾服，衬衣上配着钻石袖扣。他有一个很大的图书馆，为慈善事业捐过许多钱，信奉欧洲自由主义思想，是欧洲文化通过教育移植到健康农民身上的一个新的优秀典型，所以聂赫留朵夫认为他是一个友好而有趣的人。

那位边城的省长，就是当初聂赫留朵夫在彼得堡周旋时听到人们纷纷议论过的某局局长①。这个人身材虚胖，头上有稀疏的卷发，长着一双温和的天蓝色眼睛，下身很胖，两只保养得很好的白手上戴着几只戒指，脸上流露出愉快的微笑。这位省长颇受这家主人的赏识，因为在许多贪污受贿的人当中，唯独他不接受贿赂。女主人则是一个出色的音乐爱好者，她自己也弹一手好钢琴。她之所以看重这位省长，是因为他也是一个很好的音乐家，常常同她四手联弹。由于聂赫留朵夫今天的心情很好，所以就连这个人他也不感到讨厌了。

快活、精神饱满的副官，下巴刮得铁青，他处处为人效劳，温厚的态度讨人喜欢。

最使聂赫留朵夫感到愉快的还是那对年轻可爱的夫妇，将军的女儿和女婿。女儿长得并不漂亮，却是一个纯朴的女青年，她把自己的全部心思都用在两个孩子身上。她丈夫在莫斯科大学毕业后获副博士学位，是个自由主义者，为人谦虚、聪明能干。将军的女儿为了同丈夫恋爱结婚，曾同父母亲做过长期的斗争。丈夫现在在官府里做事，担任统计工作。他特别关心非俄罗斯族人的情况，研究他们，喜欢他们，极力要把他们从被绝灭的危险中拯救出来。

人人对聂赫留朵夫都很亲切殷勤，而且因能同他这样一位有趣的新伙伴结交而感到高兴。将军身穿军服，脖子上挂着白十字章，出来主持宴会。他对聂赫留朵夫像对老朋友似的打了个招呼，立刻邀请客人们吃冷盘和伏特加。将军问聂赫留朵夫从他家出去做了些什么，聂赫留朵夫说他到过邮政局，知道早晨谈起的那个女犯已得到减刑，同时再次要求将军准许他探监。

将军显然不高兴在宴席上谈公事，皱皱眉头，什么话也没有说。

“你要喝点伏特加酒吗？”他用法语对走过来的英国人说。英国人喝完一杯伏特加，说他今天参观过大教堂和一座工厂，还希望参观一所大的罪犯监狱。

“那正好，”将军对聂赫留朵夫说，“你们可以一起去。给他们开张通行证。”他对副官说。

“您希望什么时候去？”聂赫留朵夫问英国人。

---

① 请参看本书第二部第二十一章。

“我愿意晚上去参观监狱，”英国人说，“因为这时所有的人都在监狱里，事先不做准备，一切都保持本来面目。”

“啊，他想看到里面的全部妙处吧？让他去看好了。我给上面写过呈文，可是他们不听我的话，那就让他们从外国报刊上去领教好了。”将军说，然后走到餐桌前。女主人正在这里指点客人就座。

聂赫留朵夫坐在女主人与英国人之间，他的对面是将军的女儿和那个某局前任局长。

吃饭的时候，大家的谈话断断续续，时而是英国人谈到印度，时而是将军严厉谴责法国人远征东京[①]，时而谈到西伯利亚普遍流行的欺诈和行贿风气。聂赫留朵夫对这些谈话都不大感兴趣。

不过，午宴后大家在客厅里喝咖啡时，英国人和女主人开始了有关格莱斯顿[②]的极其有趣的谈话。聂赫留朵夫觉得自己在这场谈话中说了许多聪明的见解，这一点连交谈者也注意到了。聂赫留朵夫好酒好菜美餐了一顿，现在又坐在柔软的沙发上喝咖啡，置身在亲切的受过良好教育的人群中，心里感到越来越愉快了。当女主人应英国人的要求，跟前任局长一起在钢琴上共同弹奏他们很熟练的贝多芬《第五交响曲》时，聂赫留朵夫产生了一种很久以来没有感受过的精神上的自我陶醉，好像现在才意识到自己是一个多么好的人。

钢琴很好，交响乐弹得也很好。至少聂赫留朵夫觉得是这样。他是喜欢和懂得交响乐的人，他听着那段优美的行板，感到鼻子发酸。他被自己及自己的种种德行感动了。

聂赫留朵夫已经很久没有享受过这样的快乐了，他为此向女主人道谢，正打算告辞，这时忽然女主人的女儿决然地走到他的跟前，涨红着脸说：

“您不是问起我的孩子吗，您想去看看他们吗？”

“她以为大家都想去见见她的孩子呢，”母亲说她对女儿的这种可爱而天真的念头微微一笑，“公爵是全然不感兴趣的。”

“恰恰相反，我很感兴趣，很感兴趣，”聂赫留朵夫说，被这种洋溢着幸福的母爱感动了，“好，请您带我去看看。”

“她带公爵去看她的娃娃。”将军笑起来，喊道。他正同女婿、采金商人和副官一块儿围着牌桌打牌。“您去吧，去尽您的义务吧。”

这时，这个年轻的女人想到就要有人对她的孩子们做出评判，显然心情非常

---

① 指 1882 年至 1898 年法国在越南北部进行的殖民战争。“东京”是越南北部的旧称。

② 格莱斯顿（1809—1898），英国政治家，曾任英国首相，推行殖民扩张政策。

激动，领着聂赫留朵夫快步向屋里走去。他们来到第三个房间。这个房间很高，糊着白色墙纸，点着一盏罩着深色灯罩的小灯。房间里并排放着两张小床，中间坐着一个穿白色小披肩的奶妈，她神态温厚，颧骨很高，像是西伯利亚人。奶妈站起来向他们鞠躬。母亲在头一张床边弯下腰去，床上安稳地睡着一个两岁的小女孩，咧开小嘴，鬈曲的、长长的头发披散在枕头上。

“这就是卡佳。”母亲说，理了理带浅蓝色条纹的编织毯，毯子下面露出一只白嫩的小脚。“她好看吗？不过她只有两岁。”

“非常可爱！”

“这个是瓦秀克，他外公给取的名字。他可完全是另一个样子，是个西伯利亚人，对吗？”

“是个了不起的男孩。”聂赫留朵夫说，看了看背朝天睡着的胖娃娃。

“是吗？”母亲说，意味深长地笑了笑。

聂赫留朵夫想起了那些锁链、剃掉半边头发的脑袋、殴打、淫乱、濒临死亡的克雷里卓夫、卡秋莎和她的全部身世，不由自主地产生一种羡慕之情，真希望自己也能享受一下现在的这种优雅、纯洁的幸福。

聂赫留朵夫对这两个小孩赞美了好几次，多少满足了贪婪地听着这种赞美词的母亲，然后跟着她回到了客厅。英国人已经在客厅里等着他了。他们是事先约好一起到监狱去的。聂赫留朵夫同老少一家人告了辞，同英国人一起来到将军府的大门外。

天气变了。下起了鹅毛大雪，已经把道路盖住了，房顶盖住了，花园里的树木盖住了，门前的台阶盖住了，马车和马背也盖住了。

英国人自己有一辆轻便马车，聂赫留朵夫就吩咐英国人的车夫把车驾到监狱里去。他自己坐上四轮马车，因为要去履行一项不愉快的义务，他感到心情沉重。就这样，他坐在柔软的马车上，跟在英国人后面，在雪地上剧烈颠簸着往监狱驶去。

二十五

阴森的牢房，门前站着哨兵，点着街灯。尽管大门、屋顶、墙壁全部都铺上了一层白茫茫的洁净的雪，尽管监狱的一排窗子都亮着灯光，可是聂赫留朵夫却觉得它比早晨更加阴森。

威风凛凛的典狱长走到大门口，看了看聂赫留朵夫和英国人的通行证，困惑不解地耸耸强壮的肩膀，但还是执行命令，邀请这两位来访者进去。[1]沿着楼梯走上办公室，他请他们坐下，问有什么事要他效劳。他听说聂赫留朵夫要跟玛丝洛娃见面，就派看守去把她找来，自己则准备回答英国人通过聂赫留朵夫的翻译向他提出的问题。

[1] 这里是细节描写，看到长官开的通行证，典狱长也很困惑不解，但还是选择执行命令，典狱长也很无奈。

“这个监狱按原建筑计划容纳多少人？”英国人问，“现在关着多少人？男犯多少？女犯多少？儿童多少？多少苦役犯？多少流放犯？多少自愿跟来的人？多少病人？”

聂赫留朵夫翻译着英国人和监狱长的话，并没有去注意这些话的含义。他想到马上要见到卡秋莎，心里不禁有点慌乱。他给英国人翻译到一半，就听见越来越近的脚步声，办公室的门开了，像以往探监那样，先是走进来一个看守，接着是身穿囚服、头包头巾的卡秋莎。他一见卡秋莎，立刻感到心情沉重。

“我要生活，我要家庭、孩子，我要过人的生活。”当卡秋莎没有抬起眼睛，快步走进房间里时，聂赫留朵夫头脑里掠过这样的念头。[2]

[2] 看到玛丝洛娃，聂赫留朵夫的心情立刻变得十分沉重，脑子里产生了“我要生活，我要家庭、孩子，我要过人的生活”的念头，这是他内心对玛丝洛娃的爱情的觉醒。

他站起来，向前迎了几步。他觉得她的脸严肃而且不愉快，又像过去责备他时的那种脸色。她的脸红一阵、白一阵，手指头痉挛地揉着衣服的边角，一会儿看着他，一会儿又垂下眼睛。

“减刑批准了，您知道吗？”聂赫留朵夫说。

“知道了，看守告诉我了。”

“只要等公文一到，您高兴往哪里去就可以往哪里去了。让我们来考虑一下……”

她赶紧打断他的话：

“我有什么可考虑的呢？弗拉基米尔·伊凡诺维奇到哪儿，我就跟他到哪儿去。”

她尽管十分激动，却抬起眼睛来瞧着聂赫留朵夫，这两句话说得又快又清楚，斩钉截铁，仿佛事先准备好似的。这句话究竟是她对他的感恩还是报复呢？谁也说不清楚。[3]

[3] 玛丝洛娃最后选择了西蒙松，但不代表她不爱聂赫留朵夫。为了聂赫留朵夫的自由，为了不给聂赫留朵夫的名誉带来影响，她选择克制了自己的情感，这是她自我牺牲精神的体现。

“哦，是这样！”聂赫留朵夫大失所望，无奈地说。

“嗯，德米特里·伊万诺维奇，倘若他要跟我一块儿生活，”她发觉说漏了嘴，连忙住口，然后纠正自己的话说，“倘若他要我待在他身边，我应该认为这是我的福气。我还图个什么呢？”

聂赫留朵夫端详着她，心中琢磨着：“她断然做出这样的决定，其出发点可能有两个：或者她真的爱上了西蒙松，根本不需要我为她做什么牺牲了，或者她还在爱我，为了我好才拒绝了我，索性破罐子破摔，把自己的命运同西蒙松这个苦役犯结合在一起，在寒冷的西伯利亚了结自己的余生，而让我这样的名人能将自己的热和光发挥在更有意义的事业上，不为她这种人浪费一生。”想到这里，他觉得她仍在为他过得好而做牺牲，羞愧感在他心中油然而生，脸也红了。[4]

[4] 这里是心理描写，详细地剖析了聂赫留朵夫的内心活动，流露出他内心的真实想法。

“要是您爱他……”他说。

“什么爱不爱的！那一套我早已丢掉了。不过，弗拉基米尔·伊凡诺维奇这人确实和别人不同。”

“是啊，那当然，”聂赫留朵夫又说，“他是个非常出色的人，我想……”

她又打断了他的话，好像怕他说出不该说的话来，节外生枝，或者是怕时间短促，她自己不能把话说完似的。

“嗯，德米特里·伊万诺维奇，要是我做的不合您的心意，那您就原谅我吧。”她用她那斜睨的神秘目光瞧着他的眼睛，说：“嗯，看来只好这样办了，您自己也得生活呀。”

她说的正好是他刚才所推想的，但此刻他已不考虑这个问题了，他的思想感情已完全转入了另一个方面。他不仅感到羞愧，而且感到惋惜，惋惜从此失去了她。

“我永远失去她了，也永远失去了家庭、生活和幸福，也不会有孩子了。”他想道，感到他此生和她无缘，而且也从此和幸福无缘了。

“我真没料到事情是个这样的结局。”他说。

“您何必再待在这儿受罪呢？您受罪也受够了。”她说，令人不解地微微一笑。

“我并没有受罪，我过得挺好。要是可能的话，我还愿意为你们出力呢。”

“我们，”她说“我们”两个字时对聂赫留朵夫瞅了一眼，“我们什么也不需要，您为我出的力已经够多了。要不是您……”她想说些什么，可是声音发抖了。

“您不用谢我，不用。”聂赫留朵夫说。

“何必算账呢？我们的账让上帝去算好了。”她说，一双眼睛闪着泪花。

“您是多么好的女人啊！”他说。

“我是好女人？”她含着眼泪说，悲戚的微笑使她的脸亮堂起来。

“您好了吗？”这时英国人问道。

“快了。”聂赫留朵夫答道，接着他又问了一下克雷里卓夫的情况。

分别在即，她镇定下来，平静地把她所知道的情况告诉他：克雷里卓夫路上身体很虚弱，一到这里就被送进医院。玛丽雅·巴甫洛芙娜很不放心，要求到医院去照顾他，可是没有获得准许。

“那么我该走了吧？”她发现英国人在等聂赫留朵夫。

“我现在不同您告别，我还要跟您见面的。”聂赫留朵夫说。

“请您原谅。”她说，声音低得几乎听不见。他们的目光相遇了，从她奇怪的斜睨的眼神里，从她伤感的微笑中，从她说含有请您原谅和永别了双重意义的告别词中，聂赫留朵夫明白，她做出决定的原因是后一种。她爱他，认为自己同他结合，就会毁掉他的一生，而她跟西蒙松一起走开，就可以使他恢复自由。现在她由于实现了自己的愿望而感到高兴，同时又由于要跟他分手而觉得惆怅。

她握了握他的手，慌忙转身走出办公室。

聂赫留朵夫回头看了一下英国人，准备向他走过去，但看见英国人正在笔记本上记录什么事，他不想去打断他，便在一张靠墙的长木凳上坐下来，顿时感到全身极度疲倦。他之所以疲倦，不是因为夜里的失眠，也不是因为旅途的劳顿，更不是由于激动，而是对整个生活感到厌倦了。他坐在这张长木凳上，倚着靠背，闭上眼睛，立即就睡着了，竟睡得像死人一般。

“怎么样，现在想到各个牢房去看看吗？”典狱长问道。

聂赫留朵夫醒来，看到自己竟在这里睡着了，暗自感到惊讶。英国人已记完笔记，想去参观牢房。疲惫不堪、没精打采的聂赫留朵夫也跟着他去了。

二十六

参观监狱的活动开始了。典狱长、英国人和聂赫留朵夫在几个看守的陪同下，穿过门廊来到臭得令人作呕的过道上，正好碰见两个犯人在地板上小便，不禁吃了一惊。然后，他们走进第一间苦役犯牢房。牢房中央放着一排板床，犯人都已睡了，里面大约有七十个人。他们躺在那儿，头挨着头，身子挨着身子。参观的人一进来，个个都从床上跳起来，在床边站定，铁链一阵响。囚犯们新剃过的阴阳头闪着亮光。只有两个人躺着没有起来，一个是年轻人，脸色发红，显然在发烧；另一个是老头，不停地呻吟着。

英国人问到那个年轻的犯人是否害病很久了。典狱长说，他是今天早晨才生病的，那老头则是胃痛很久了，因为监狱医院早就住满了人，病人只好仍旧住在这儿。英国人不以为然地摇摇头，说他想对这些人说几句话，并请聂赫留朵夫把他说的话翻译一下。原来英国人的这次旅行，除了写一篇关于西伯利亚流放和监禁地点的文章外，还有一个目的，那就是宣传通过信仰和赎罪来得到拯救的思想。

"请您告诉他们，基督怜悯他们，爱他们，"他说，"而且是为他们而死的。如果他们相信这个道理，他们就可以得救。"他讲话的时候，全体犯人都挺直身子，双手贴住裤缝，默默地站在板床前面。"请您告诉他们，"他结束自己的话说，"这些道理都写在这本书里了。他们中有识字的吗？"

原来，识字的有二十余人。英国人从手提袋里取出了几本精装的《新约全书》。一听见要发放福音书，有几双肌肉强健、长着坚硬黑指甲的手从粗布衬衣袖口里伸了出来，争先恐后地推搡着，向他要书。他在这个牢房里发了两本福音书，就走到下一个牢房里去了。

下一个牢房也一样，里面也是那样闷，那样恶臭。前面两个窗子中间同样挂着圣像，房门的左边放着一个便桶，犯人也都那样身子挨着身子，拥挤地躺在那里。他们同样从床上起来，站好，听英国人讲道，也有三个人没有起来，其中两个坐在板床上，另一个则依旧躺着，甚至也没有看一眼进来的人。这几个都是病号。英国人在这里讲了同样的话，同样给了他们两本福音书。

第三个牢房里传出来叫嚷声和吵闹声。原来有两个犯人因为一块包脚布大打出手。典狱长敲了敲门，叫一声："立正！"房门一打开，犯人也是一个个直挺挺地站在床边，只有几个病号和两个打架的人除外。那两个打架的人满脸愤恨，互相扭在一起，一个抓住对方的头发，另一个揪住对方的胡子，直到看守跑到跟前制止，才松手。一个被打破鼻子，淌着鼻涕、唾沫和鲜血，不断地用上衣的袖口擦拭着，另一个的下巴被对方拔下好些胡子，此刻他正从胡子里把一根根拔下来的长须摘出来。

“班长！”典狱长厉声喊道。

一个相貌英俊、身强力壮的人走了出来。

“我怎么也管不了他们，长官。”班长说，眼睛里显出快活的笑意。

“那就由我来管管他们。”典狱长皱起眉头说。

“他们为什么要打架？”英国人问。

聂赫留朵夫问班长，他们为什么打架。

“就为一条包脚布，他拿错了别人的包脚布，”班长仍旧微笑着说，“你推他一下，他给你一拳，就打起来了。”

聂赫留朵夫把他的话告诉了英国人。

“我想对他们说几句话。”英国人转身对典狱长说。

聂赫留朵夫翻译了他的话，监狱长说：“可以。”于是英国人掏出一本精装的福音书来。

“请您翻译一下，”他对聂赫留朵夫说，“你们吵嘴打架，可是为我们而死的基督，却给我们提出另一种办法来解决争端。问问他们，他们知不知道，按照基督的戒律，应该怎样对待欺负我们的人？”

聂赫留朵夫翻译了英国人的话。

“告到长官那里去，由长官来发落，对吗？”有一个人斜睨着威严的监狱长，试探地问道。

“好好揍他一顿，他就再也不会去欺负人了。”另一个人说。

有几个人赞同地笑了笑。聂赫留朵夫把他们的回答翻译给英国人听。

“请您告诉他们说，按照基督的戒律，做法恰恰相反：如果有人打了你的这半边脸，那你就把那半边脸也送上去。”英国人一面说，一面做出把脸送上去的样子。

聂赫留朵夫翻译了一遍。

但犯人们不认为这种办法行得通。

有一个犯人说：“说说容易，做起来很难，最好让说教者自己也尝一尝挨揍的滋味吧！”

“要是他两边的脸都挨了揍，那还可以拿什么给人家打呢？”有个生病的犯人躺在床上说。

“那就让人家把你打得稀巴烂。”

“嗯，还是请您老人家示范给我们看。”后面有个犯人取笑说，立刻引起一阵哄堂大笑，就连那个挨了打的人也带着鼻涕和血大笑起来，病人也都笑了。

英国人不动声色，要求聂赫留朵夫转告他们，有些事看起来似乎办不到，但信徒能办到，而且轻而易举。

“请您问一句，他们喝酒吗？”

“老爷，我们喝酒。”一个人说，同时又响起一阵嘻嘻哈哈的笑声。

这个牢房里有四个病人。当英国人问到，为什么不把病人统统安置在同一个牢房里时，监狱长回答说，他们本人不愿意。再者，这些人害的不是传染病，有一个医士照料他们，给他们治病。

“他有一个多星期没有露面了。”有人说。

监狱长没有搭理他们，而是带着来访者到下一个牢房去。又是把门打开，又是全体纷纷站起来，静下来，然后又是英国人散发福音书。到第五、第六个牢房的时候也是这样。不论是在左边还是右边，不论是在过道的这一面还是那一面，处处都是一样。

他们从苦役犯牢房转到流放犯的牢房，从流放犯牢房再转到村社判刑的农民牢房，再到自愿跟随犯人的家属住所，到处都是一个样：全都是一些受冻的人、挨饿的人、无所事事的人、病人、受尽凌辱的人。被监禁起来的人，就像是被喂养的野兽一样。

英国人发完了预定数量的福音书，不再多发了，甚至也不再讲演了。令人难受的场面，尤其是那种令人窒息的空气，显然耗尽了他的精力。他从这个牢房走到另一个牢房，听监狱长介绍每个牢房的犯人安置情况时，他只是随便说一句“很好”就完了。聂赫留朵夫则像梦游似的走来走去，筋疲力尽，无可奈何，但又不好告退离开这里。

二十七

他们来到关押流放犯的牢房里，聂赫留朵夫看见早晨在渡船上见到过的怪老头也被关押在此，不禁暗暗吃惊。这个老头头发蓬松，满脸皱纹，身上穿一件肮脏的土黄色衬衣，肩部已经磨破，下面穿一条同样破旧的裤子，光着脚坐在板床旁边的地板上。他用严厉而疑惑的目光瞧着进来的人。他那枯瘦不堪的身体从肮脏衬衣的破洞里露出来，显得既可怜又虚弱。但是他的脸色却比在渡船上更加专注，更加活跃。别的犯人看见长官来了，也像其他牢房一样，都站起来，挺直站着。唯独这老头坐着不动。他的眼睛炯炯有神，眉毛气愤地皱起来。

"站起来。"典狱长对他吆喝道。

老头儿却一动不动只是轻蔑地一笑。

"只有你的奴仆见到你才站起来，我可不是你的奴仆。瞧你头上还有烙印……"老头儿指着典狱长的前额说。

"什——么？"典狱长向他逼近一步，威胁说。

"我认识这个人，"聂赫留朵夫慌忙对典狱长说，"为什么要逮捕他？"

"警察局因为他没有身份证，就把他送来了。我们要求过不要送这样的人来，而他们还是送来了。"典狱长说，生气地斜视着老头。

"看来你也是一个反基督的家伙吧？"老头儿对聂赫留朵夫说。

"不，我是来参观监狱的。"聂赫留朵夫说。

"哦，你们想来开开眼界，瞧一瞧这些反基督的家伙怎样折磨人吗？好，那就看吧。他们把人抓起来，在铁笼子里关了整整一大批。人应当靠辛勤劳动过活，可他们把人锁起来，像养猪一样养着，不让干活，弄得人都变成畜生了。"

"他在说什么？"英国人问聂赫留朵夫。

聂赫留朵夫告诉他，老头在谴责典狱长不该把人都关起来。

"那么，你问问他，照他看来，应该怎样对付不守法律的人呢？"英国人说。

聂赫留朵夫把这个问题翻译了一遍。

老头古怪地笑了笑，露出一排整齐的牙齿。

"法律！"他轻蔑地重复一句，"那是反基督的家伙先抢劫大家，霸占所有的土地，夺取人家的财产，把所有反对他们的人诛杀干净，然后他们再定出法律来，说是不准抢劫，不准杀人，只准官家放火，不准百姓点灯，其实，他们早就应该定出这样的法律来了。”

聂赫留朵夫把这些话翻译了一遍，英国人微微一笑。

“不过话说回来，究竟应该怎样对付小偷和杀人犯呢，您问问他。”英国人问。

聂赫留朵夫做了翻译，老头儿严厉地皱起眉头说：

“告诉他，叫他先除掉自己身上反基督的烙印，到那时候就不会再有他所说的盗贼，也不会再有杀人犯。你就这样对他说。”

“他疯了。”英国人听完聂赫留朵夫给他翻译的老头的话后说，然后耸耸肩膀，走出了牢房。

“你就干你的事吧，别管别人的闲事，大家都会自己管自己的。上帝知道该惩罚谁，该宽恕谁，我们可不知道，”老头继续说，“你做你自己的长官，管好你自己，那时候也就不需要长官了。走吧，走吧，”他补充了一句，生气地皱皱眉头，闪着亮光的眼睛瞧着在牢房里迟迟不走的聂赫留朵夫，“你已经看够了这些反基督的奴仆怎样拿人去喂虱子了吧。你走吧，走吧！”

当聂赫留朵夫走到过道里时，英国人和监狱长正站在一个房门开着的空房间门口。英国人问这是做什么用的房间，监狱长解释说，这是太平间。

“噢！”聂赫留朵夫翻译，英国人应了一声，并想进去。

太平间是个不大的普通牢房，墙上有一盏灯，微弱地照亮了一个角落里堆放着的口袋和木柴，也照亮了右边板床上的四具尸体。第一具尸体穿着麻布衬衣和裤子，个头很大，留有一小撮尖尖的胡子，并且剃了阴阳头。尸体已经僵硬了，两只灰蓝色的手原来显然是交叉着放在胸口的，现在分开了，两只光着的脚也已分开，脚掌竖起来。和他并排躺着的是一个老妇人，她穿着白衣白裙，光脚，没有戴头巾，头上有稀疏的短辫子。老妇人尸体后面还有一具男尸，穿紫红色衣服。这样的颜色使聂赫留朵夫想起了什么。

他走近去，仔细看着这具尸体。

那个人生着往上翘起的山羊胡子，挺拔好看的鼻子，白净的高高前额，稀疏的鬈发，这些特征是聂赫留朵夫所熟悉的。他简直不敢相信自己的眼睛，昨天还看见这张脸是激愤和痛苦的，今天却变得宁静安详而且美得出奇。

是的，他就是克雷里卓夫，至少是他的物质生命留下的遗迹。

“他受苦受难是为了什么？他活着又为了什么？这些问题他现在明白了吗？”聂赫留朵夫想，觉得这些问题无法解答。除了死亡之外，什么也没有。他感到很难受。

死亡是生者的悲哀，他不知道谢基尼娜眼下多么难过，昨天她还愿意嫁给他。

死亡是生命的解脱，克雷里卓夫从此再也没有痛苦了，他可以安详地待在天国了。

人每天要吃下大量生物，生命本来就靠大量死亡来延续，因此人最后也要死亡。

克雷里卓夫这个带着一伙人在大街上投炸弹、搞暗杀的恐怖分子头目，最后也逃不掉死亡的命运。

人应当“向死而生”，每天，甚至时时刻刻都应意识到他的生命的终点是死亡，唯有这样，无意义的生命才变得有意义。

以上是聂赫留朵夫对死亡的思考。

聂赫留朵夫没有同英国人告别，就请看守把他领到院子里去。他需要单独待一会儿，以便仔细考虑一下今晚所经历的种种事情，之后就坐车回到旅馆去了。

二十八

回到旅馆，聂赫留朵夫没有上床睡觉，而是在房间里久久地来回踱步。他跟卡秋莎的事已经结束，他自作多情，可是她已不需要他。这使他感到伤心和羞愧。不过此刻使他痛苦的倒不是这件事，另外有一件事不仅没有结果，而且空前剧烈地折磨着他，要他有所行动。

在这段时间里，特别是今天在这座可怕的监狱里目睹的骇人听闻的罪恶，那残害令人心疼的克雷里卓夫的罪恶之手，肆无忌惮地主宰着一切，不仅看不到战胜它的可能，甚至不知道怎样才能战胜它。[1]

[1] 在为玛丝洛娃的案子奔波和跟玛丝洛娃一起流放的路途中，聂赫留朵夫经历了很多事，他看到了监狱的残酷、法庭的腐败……这些都使他对整个社会进行了深刻的思考，他想要去战胜这些可怕的东西，但是他不知道要如何去做。

他脑子里重现了那些被冷酷无情的将军、检察官、监狱长关在充满病菌的空气里的千百个受尽凌辱的人。他想起了那个被当作疯子的、怪诞的、自由的、敢于揭露长官的老头，以及尸首堆里那张含恨而死的克雷里卓夫的美丽、安详、蜡黄的脸。到底是他聂赫留朵夫疯了呢，还是那些自以为清醒却又干出所有这些勾当的人疯了？这个过去就已提出过的问题，现在更强烈地摆在他面前，并要求他做出回答。

他来回走得有点累了，脑子也思索得有点累了，就在靠近灯光的沙发上坐下来，随手打开英国人送给他留作纪念的《福音书》，那是刚才清理口袋时丢在桌上的。“据说什么问题都可以在那里找到答案。”他一边想着一边翻开《福音书》，开始读他翻到的一页，那是《马太福音》第十八章：

一、当时门徒上前来，问耶稣说：天国里谁是最大的？

二、耶稣便叫一个小孩子来，让他站在他们当中。

三、耶稣说：我实话告诉你们，你们若不回转，变成小孩子的样子，断不得进天国。

四、所以凡自己谦卑像这小孩子的，他在天国里就是最大的。

“对了，对了，确实是这样”。聂赫留朵夫想到自己只有在谦卑的时候才能领略生活的宁静和欢乐。

五、凡为我的名，接待一个像这个小孩子的，就是接待我。

六、凡使这信我的一个小子跌倒的，倒不如把大磨石拴在这人的颈项上，沉在深海里。

“为什么说‘接待一个像这个小孩子的’？在什么地方接待？‘凡为我的名’又是什么意思？”聂赫留朵夫自问道，觉得这些话没有向他说明什么。“还有，为什么要把大磨石拴在这人的颈项上并沉在深海里？不，这里有点不对头。说得不确切、不清楚。”他想，回忆起自己一生中读过好几次《福音书》，而每次遇到这些不清楚的地方，就读不下去。

他又读完第七节、第八节、第九节和第十节，这几节讲到人常被绊倒，讲到人应当进入永生，讲到把人丢在地狱的火里作为惩罚，讲到孩子的使者常见天父的面。“可惜，这些话不连贯，”他想，“不过还是能感觉出其中有些好的东西。”

十一、人子来，为要拯救失丧的人。

十二、一个人若有一百只羊，一只走迷了路，你们的意思如何？他岂不撇下这九十九只，往山里去找那只迷路的羊吗？

十三、若是找着了，我实话告诉你们，他为这一只羊欢喜，比为没有迷路的九十九只欢喜还大呢。

十四、你们在天上的父，也是这样不愿意这群小子里失丧一个。

“是的，他们灭亡并非出自天父的意志，可是在这儿，他们成百上千地死去，而且没有办法拯救他们。”聂赫留朵夫想。

二十一、那时彼得上前来，对耶稣说：主啊！我弟兄得罪我，我该饶恕他几次呢？到七次可以吗？

二十二、耶稣说：我对你说，不是到七次，乃是到七十个七次。

二十三、天国好像一个王，要和他仆人算账。

二十四、准备算的时候，有人带了一个欠一千万银子的来。

二十五、因为他没有什么偿还之物，主人吩咐把他和他妻子儿女，并把一切所有的都卖了偿还。

二十六、那仆人就俯伏拜他，说：主啊！宽容我，将来我都要还清。

二十七、那仆人的主人，就动了慈心，把他释放了，并且免了他的债。

二十八、那仆人出来，遇见他的一个同伴，欠他十两银子，便揪着他，掐住他的喉咙，说：你把所欠的还我。

二十九、他的同伴就俯伏央求他，说：宽容我吧，将来我必还清。

三十、他不肯，竟去把他丢在监狱里，等他还了所欠的债。

三十一、众同伴看见他所做的事，都甚忧愁，把这事都告诉了主人。

三十二、于是主人叫他来，对他说：你这恶奴才！你央求我，我就把你所欠的都免了。

三十三、你不怜恤你的同伴，要我怜恤你吗？

"难道只不过是这么一回事吗？"聂赫留朵夫读完这些字句，忽然大声说。接着有个声音在他心里回答说："对，只不过是这么一回事。"

于是，聂赫留朵夫也遇到了一切追求精神生活的人常常遇到的情况——那就是他起初觉得古怪、荒诞甚至可笑的思想，不断被生活所证实，有朝一日他忽然发现这原是个极其平凡的无可怀疑的真理。现在他有一种思想也得到了这样的证明：原来，把受苦受难的人从骇人听闻的罪恶中拯救出来的唯一的不可怀疑的办法，就是人们在上帝面前承认自己永远有罪，因此既不能去惩罚别人，也不能去纠正别人。现在他明白了，他在各种监狱里亲眼看到的所有可怕的罪恶，以及制造这种罪恶的人所表现出来的心安理得的自信，都是由于他们想做不可能做到的事，即恶人想去纠正恶，坏人想去纠正坏事，并且想通过机械的方法去达到目的，其结果是，那些缺财而又贪财的人就拿这种无端的惩罚和纠正作为自己的职业。他们自己就极端腐化堕落，同时又去腐化被他们所折磨的人。现在他明白了，他所看到的所有这些罪恶是怎样产生的，怎样才能消灭这些罪恶。他以前不能找到的答案，原来就是基督对彼得所说的那些话，也就是要永远饶恕一切人，要无数次地饶恕，因为根本就没有自身无罪而能够去惩罚或纠正别人的人。

"可是事情总不会是那么简单吧。"聂赫留朵夫对自己说。同时他又无疑地看出，尽管已习惯了相反答案的他起初觉得有点奇怪，但这个解答却是不可置疑的，不仅在理论上，就是在实践中也是这样。"如何对待恶人？难道可以放纵他不加惩罚吗？"这一类经常遇到的诘问，现在也不再使他感到为难了。如若能证明惩罚可以减少犯罪，纠正犯罪，那么这种诘问还有意义，但是当事实证明，情况完全相反，一部分人显然无力改造另一部分人时，那么唯一合理的事，就是停止做那种不仅无益而且有害，甚至是不道德的残忍的事情。"你们几百年来都在惩罚你们认为是有罪的人，结果又怎样呢？他们绝迹了没有呢？非但没有绝迹，他们的人数还增加了，不仅增加了被惩罚而变得腐化的罪犯，还增加了一批审判人和惩罚人的罪犯，也就是那些审判官、检察官、侦讯官和狱吏等。"聂赫留朵夫现在明白了，社会及一般秩序之所以得以维持，不是因为有那些审判和惩办别人的合法罪犯的存在，而是因为，虽然有腐败现象，但人们毕竟还是相怜相爱的。

聂赫留朵夫希望在这同一本《福音书》里找到能证实这种思想的文字，就把它从头读起。他翻到《马太福音》第五章，读着一向使人感动的《登山训众》，今天才第一次看出这段训诫并非抽象的美好思想，文中提出的大部分要求也并不过分和难以实现，而是简单明了、切实可行的戒律。一旦实行了这些戒律①，人类社会就能确立崭新的秩序，到那时不仅让聂赫留朵夫极其愤慨的种种暴行都会自然被消灭，而且人类至高无上的幸福——在地上建立天国——也能实现。

那些戒律总共有五条。

第一条戒律（《马太福音》第五章第二十一节到第二十六节）就是人不仅不可杀人，而且不可对弟兄动怒，不可轻视别人，骂人家是“拉加”②。倘若同人家发生争吵，就应该在向上帝奉献礼物以前，也就是祷告之前，同他和好。

第二条戒律（《马太福音》第五章第二十七节到第三十二节）就是人不仅不可奸淫，而且不可贪恋女色。一旦同一个妇女结成夫妇，就要对她永不变心。

第三条戒律（《马太福音》第五章第三十三节到第三十七节）就是人在允诺什么的时候不可起誓。

第四条戒律（《马太福音》第五章第三十八节到第四十二节）就是人不仅不可以眼还眼，而且当有人打你的右脸时，连左脸也转过来由他打。要宽恕别人对你的欺侮，温顺地加以忍受。不论人家求你什么，都不可拒绝。

第五条戒律（《马太福音》第五章第四十三节到第四十八节）就是人不仅不可恨仇敌，打仇敌，而且要爱仇敌，为仇敌效劳。

聂赫留朵夫凝视着那盏油灯的光，想得出神。他想到生活里的种种丑恶现象，又设想要是人们能接受这些箴言，生活将变得怎样。于是他的心里充满了一种好久没有感受到的喜悦，仿佛经历了长期的劳累和痛苦以后忽然获得了宁静和自由。[2]

[2] 这里是心理描写，主要突出了聂赫留朵夫对生活的期待和他内心所获得的喜悦。

他通宵没有睡觉，像许许多多读《福音书》的人那样，读着

① 这是完全可以办到的。

② 虚无或鄙陋的人。

读着，第一次忽然领会了以前读过多次却没有注意到的字句的含义。他像海绵吸水那样，拼命吸取面前这本书里重要而令人喜悦的道理。他读到的一切似乎都是熟悉的，似乎把他早已知道却没有充分领会和相信的道理重新加以证实，使他彻底领悟。现在他领悟了，相信了。

现在，他不仅懂得和相信人们履行这些戒律能够得到最大的幸福，而且也懂得和相信每个人只要履行这些戒律，就不需再做别的事了。人生唯一合理的意义就在于此。一切违反这些戒律的做法都是错误的，都会立即招来惩罚。这是从全部教义里得出的结论，而关于葡萄园的那个比喻，表现得尤为鲜明和有力。园户本是被派到葡萄园替园主工作的，但他们却把葡萄园看作是他们的私产，认为园里的一切都是为他们而设，他们就该在园里享受生活。他们忘记了园主，并把凡是向他们提到园主、提到他们对园主所负的责任的人都杀害了。[①]

“我们的所作所为也是这样，”聂赫留朵夫想，“我们活在世界上抱着一种荒谬的信念，以为我们自己就是生活的主人，人生在世就是为了享乐——这显然是荒谬的。其实，我们是按某人的意志为着某种目的而被派到世上来的，可我们却断言，我们只是为自己的快乐而活着。我们显然不会有好下场的，就像那些不履行园主的意志的园户一样。主人的意志就表现在这些戒律里，人们只有履行这些戒律，人世间才会建立起天堂，人们才会得到最大的幸福。”

“你们要先求他的国和他的义，这些东西都要加给你们了。”[②] 可是我们却先去求这些东西，而且显然不会求到。

“看来这就是我们一生的事业。一件刚完，另一件又开始了。”

从这天晚上起，聂赫留朵夫开始了一种崭新的生活，不仅因为他进入了一个新的生活环境，还因为从这时起，他所遭遇的一切，对他来说都具有一种跟以前截然不同的意义。至于他生活中的这个新阶段将怎样结束，将来自会明白。

1899 年 12 月 16 日

---

① 这里提到的关于葡萄园的比喻见《马太福音》第二十一章第三十三节至第四十一节：“你们再听一个比喻。有个家主，开辟了一个葡萄园，周围圈上了篱笆，里面挖了一个压酒池，盖了一座楼，租给园户，就往外国去了。收果子的时候近了，就打发仆人，到园户那里去收果子。园户捉住仆人，打了一个，杀了一个，用石头打死一个，主人又打发仆人去，比先前更多，园户还是照样对待他们。后来主人打发自己的儿子到他们那里去，意思说，他们必尊敬我的儿子。不料，园户看见他儿子，就彼此说，这是承受产业的人，来吧，我们杀了他，占了他的产业。他们就捉住他，推出葡萄园外，杀了他。园主来的时候，要怎样处置这些园户呢？他们说，要下毒手除灭那些恶人，将葡萄园另租给那按着时候交果子的园户。”

② 此处引文见《马太福音》第六章：“……所以不要忧虑，说，吃什么，喝什么，穿什么。这都是外邦人所求的。你们需用的这一切东西，你们的天父是知道的。你们要先求他的国和他的义。这些东西都要加给你们了。”

名著导读

【作者简介】

列夫·尼古拉耶维奇·托尔斯泰是俄国19世纪中期批判现实主义作家、思想家、哲学家。托尔斯泰出生于贵族家庭，1845年进入喀山大学学习，1855年11月来到彼得堡，进入文学界，开始了他的创作生涯。代表作有《战争与和平》《安娜·卡列尼娜》《复活》等。他的最后一部长篇小说《复活》是他一生思想的探索和总结。

【内容简介】

单纯善良的玛丝洛娃是一个农家女，她爱上了贵族少爷聂赫留朵夫，但这个堕落腐化的人却诱奸了她，并把她抛弃。之后她遭遇了一系列不幸的事，沦为妓女。悲惨的生活使她身心受到严重摧残，她染上了种种恶习，通过吸烟、喝酒，来麻醉自己。有一次，玛丝洛娃受到诬告，被关进监狱。在法庭上，恰巧遇到了当陪审员的聂赫留朵夫，聂赫留朵夫得知她的遭遇后，良心受到谴责，并进行忏悔。在他的拯救和关怀下，他们消除仇怨，玛丝洛娃心中的美德被重新唤起，她开始复活，走向新生。聂赫留朵夫也放弃贵族生活，把土地分给农民，实现了真正的复活。

【主题思想】

《复活》是托尔斯泰一生思想的总结和探索，被誉为俄国批判现实主义文学的高峰。小说通过玛丝洛娃的苦难遭遇和聂赫留朵夫的上诉经历，广泛而深刻地抨击了法庭、监狱等官僚机关的腐败和黑暗，揭露了贵族统治阶级腐化的生活和反动官吏的残暴昏庸、毫无人性，撕下了教会的伪善面具，反映了农民的极端贫困，勾画出一幅俄国农奴制崩溃前夕的社会图景。

【创作特色】

一、广泛鲜明的对比。《复活》中描写社会生活的画面十分广阔，从法院到教堂，从监狱到流放所，从城市到乡村，等等。通过这些画面，作者把上层贵族生活与底层生活进行对比，把贵族与贫苦百姓进行对比，把统治者与犯人进行对比，给予读者强烈的冲击感。

二、复杂的心理描写。托尔斯泰善于通过人物复杂的心理状态来表现人物的精神世界。作者巧妙地通过描写外界来刻画人物的内心，同时，通过描写聂赫留朵夫不同时期的心理活动，对贵族地主进行了揭露和批判，同时也表现了聂赫留朵夫自我觉醒和复活的全过程。

三、独特的讽刺手法。本文在朴素的叙述中包含着辛辣的讽刺，通过揭露事物的矛盾，造成强烈的讽刺效果。例如作者对整个法庭的陈设以及审判的程序都进行了详尽的描绘，表面上看起来，这个法庭好像很庄严神圣，但通过逐步深入的描写，托尔斯泰揭露了执法者的虚伪和不负责，与这个庄严神圣的法庭形成了强烈对比，产生了讽刺效果。

【人物分析】

聂赫留朵夫　一位有名望的法庭陪审员，贵族地主阶级的形象，受过高等教育，相信上帝，相信良知，用道德观和伦理观衡量一切。他深刻意识到土地私有的罪恶。他善良、热情、充满理想，热衷于西方的进步思想，富有激情，但被上流社会所同化。在与玛丝洛娃相处的过程中，他经历了从纯洁、犯罪、悔恨、精神复活的全过程。

玛丝洛娃　原本是个善良、淳朴、天真的少女，被聂赫留朵夫诱奸和抛弃后沦落为妓女，又不幸被诬告为毒害他人的凶手，陷入冤狱之中。她是俄国下层民众的典型代表，她失去了灵魂，对决心赎罪、帮助她觉醒的聂赫留朵夫充满怀疑，对人生、社会充满厌恶。在聂赫留朵夫的真诚忏悔和关怀下，二人消除前怨，玛丝洛娃内心的美德被重新唤醒，对生活充满希望，获得了”新生”。

巩固训练

一、填空题

1. 玛丝洛娃是一个__________的女农奴的女儿，这女农奴傍着以__________身份给地主__________的母亲住在一个乡村庄园里，这个庄园归地主家的_________所有。

2. 人们给新生儿举行_________，可是做母亲的不愿_______孩子，因为她不希望孩子出生，她不要孩子，孩子会__________她做事，因此孩子很快就死于__________。

3. 老小姐有两个：年轻的那个心肠比较_________，名叫___________，她就是给小姑娘施洗的小姐；年老的那个比较_________，名叫_________。

4. 全场起立，法官们在大厅的高台上露面：领头的是_________，他以其壮实的__________和美丽的__________令人惊羡。尾随其后的是那戴着______________、__________的法官。

5. 栅栏后的门立刻开了，两个戴着__________、手持____________的军刀的宪兵进入大厅，跟在他们的身后，首先出来一个头发___________、脸上有__________的受审的男人，接着出来两个受审的妇女。

6. 她一走入法庭，全场男人的眼神都集中在她的身上，____________，长久地观察着她那张苍白的脸，那张脸上有一双_________、__________的眼睛。

7. 聂赫留朵夫初次遇见卡秋莎是他上__________，为了写好一篇关于__________的论文，而在自己的姑妈们家中度夏的时候。

8. 在姑妈们家度过的这个夏天，聂赫留朵夫体验到一种非常兴奋的情绪，当时，正值______________的他，第一次不受旁人的_________，_________地认识到人生的_______和_________，也认识到人在一生中所应该做的工作的全部意义。他看到__________的无限可能性，也看到全世界变得完美的无限可能，他将献身于这种使____________和____________完美化的工作中，这不仅仅是希望而已，他此时此刻有充分的信心达成他理想中的完美。

9. 在聂赫留朵夫身上，正如在一切人那里一样，有____________，也就是有两个人。一个是____________，他给自己寻求福利，但仅仅寻求在他人那儿也有的福利；一个是____________，他仅仅给自己寻求福利，为了获取这种福利，他准备牺牲全世界所有人的福利。

10. 关押玛丝洛娃的牢房是个长方形的房间，__________长，________宽，有两个____________，房里最显眼的是一个泥灰已经剥落的____________，以及几张床板已经干裂的____________，这些板床占了房间____________的地方。牢房中央，正对着门，有一幅乌黑的____________，上面粘着一支______________的烛，下面挂着一束布满灰尘的____________。房门左面有一块地板已变成黑色，上面放着一个散发着臭气的____________。

11. 聂赫留朵夫在____________至少有三件事要办——向________________提出上诉，要求____________玛丝洛娃案；把费多霞的诉状提交____________；受______________到宪兵司令部或第三厅去请求释放一些______________，如____________等，并让一个做母亲的同关在____________的儿子古尔凯维奇见面。

12. 聂赫留朵夫站在渡船边上，眼睛望着__________的河水，两个形象在他的头脑里____________出现。一个是____________的克雷里卓夫，他____________，脑袋被大车颠得直摇晃；一个是____________的卡秋莎，她同西蒙松一起顺着路边不停地走着。

13. 她爱他，认为自己同他结合，就会____________他的一生，而她跟西蒙松一起走开，就可以使他______________。现在她由于实现了自己的______________而感到高兴，同时又由于要跟他____________而觉得___________。

14. 人应当“____________”，每天，甚至____________都应意识到他的生命的终点是____________，唯有这样，____________的生命才变得有意义。

15. 聂赫留朵夫____________着那盏油灯的光，想得出神。他想到生活里的种种____________，又设想要是人们能接受这些____________，生活将变得怎样。于是他的心里充满了一种好久没有感受到的____________，仿佛经历了长期的__________和__________以后忽然获得了_______________和____________。

16. 聂赫留朵夫帮助玛丝洛娃的狱友____________伸冤，把她调到____________做事来改善她的处境，慢慢地玛丝洛娃又重新爱上了聂赫留朵夫。

17. 聂赫留朵夫决定陪玛丝洛娃一起去西伯利亚服役，在出发以前得做好准备，现在就需要先下乡一次，把那里的事情安排妥当。聂赫留朵夫首先乘火车到最近的____________庄园，他在那里拥有一大片地产，那是他的主要收入来源。他用贱价把土地____________，以改善他们的处境。

18. 聂赫留朵夫接着又来到了他从姑妈那里继承来的__________庄园，在这里他看到农村一副破败景象，农民都在挨饿，他知道这是因为土地不在农民手里。于是，他把土地交给农民，只收取租金，而且租金由农民自己支配，用于交税和____________。

19. 从田庄回来，聂赫留朵夫又去了监狱，把从巴诺沃庄园带回的 ____________给了玛丝洛娃，并告知她不久要去彼得堡为她申请撤销原判。

20. 聂赫留朵夫从彼得堡枢密院回到莫斯科时，玛丝洛娃因被人诬告____________，而被赶回狱中。在监狱的办公室，聂赫留朵夫将上诉被驳回的消息告诉了玛丝洛娃。

21. 聂赫留朵夫在彼得堡朋友谢列宁的帮助下，上告御状，把把对玛丝洛娃的刑罚由____________改为在西伯利亚____________。

22. 在聂赫留朵夫的努力下，玛丝洛娃被调到了＿＿＿＿＿＿的行列中。在这个队伍里既安静又和平，不再受男人的纠缠。

23. 玛丝洛娃感到自己在政治犯队伍里受到了公正的待遇，性情也发生了很大变化，而一名叫＿＿＿＿＿＿的政治犯也爱上了她。在爱的感召下，玛丝洛娃复活了原来纯洁、明朗的天性。

24. 聂赫留朵夫的经历了＿＿＿＿＿＿、＿＿＿＿＿＿、复活三个阶段。

25. 法庭上与玛丝洛娃的巧遇，聂赫留朵夫的心灵受到猛烈冲击。他开始忏悔，对自己十年的堕落生活进行反省，并尽自己的最大努力和牺牲来补偿过失。最后，他在＿＿＿＿＿＿里找到了生活准则，开始过一 种全新的生活，精神得以复活。

二、选择题

1. 下列各项中，对作品故事情节的叙述不正确的两项是（　　）

A. 政治犯的队伍里既安静又和平，玛丝洛娃也不再受男人的纠缠。她感到政治犯都是些”无罪的好人”，知道了他们跟平民站在一边，反对上层阶级。

B. 在故事的最后，聂赫留朵夫成功地为玛丝洛娃改判减刑。聂赫留朵夫也开始了新的生活。

C. 在处理完所有庄园事务后，聂赫留朵夫体会到了一种无穷无尽、摆脱羁绊的欢乐。

D. 聂赫留朵夫在姑妈家遇见玛丽爱特，玛丽爱特极力赞扬他为帮助犯人所作的努力，并表示对自己生活的不满，与聂赫留朵夫成为知己。聂赫留朵夫也因此爱上了她，打消了去西伯利亚的念头。

E. 玛丝洛娃既没有偷窃，也没有杀人的目的，但由于法官及陪审人员玩忽职守，法庭最后判玛丝洛娃去西伯利亚服苦役。这一内容显示了沙俄司法的腐败。

2. 下列各项中，对作品故事情节的叙述不正确的两项是（　　）

A. 玛丝洛娃又重新爱上了聂赫留朵夫，而且爱得那么深，不知不觉间她完全依照他希望她做的去做了：戒了烟酒，不再卖弄风情。但她又想到这种结合，对他是一种不幸。她不能接受所爱的人为她做出牺牲。

B. 卡秋莎对掌班瞧瞧，但接着突然把视线移到陪审员那边，停留在聂赫留朵夫身上，她的脸色变得严肃甚至充满恼恨了。玛丝洛娃认出了聂赫留朵夫，聂赫留朵夫心情非常复杂。

C. “我这就来！”走廊里传来熟识的好听的声音。聂赫留朵夫高兴得心都砰砰直跳。“她还在这儿！”好像太阳从云端里露出脸来。三年前天真可爱的姑娘给聂赫留朵夫留下了美好的印象。

D. 聂赫留朵夫先到库兹明斯科耶庄园把土地按低价租给农民。农民高兴地接受了，并对聂赫留朵夫表示感谢。聂赫留朵夫虽然损失了将近一半的收入，心里也感到满意。

E. 聂赫留朵夫把在巴诺沃找到的一张姑妈家的合照带给了玛丝洛娃，照片上有她和聂赫留朵夫。聂赫留朵夫告诉玛丝洛娃，他要去彼得堡一趟，枢密院将要对玛丝洛娃的上诉案件进行审理了。

3. 下列各项中，对作品故事情节的叙述不正确的两项是（　　）

A. 聂赫留朵夫在陪审员席上认出了玛丝洛娃，使他十分震惊，他相信她在盗窃钱财和毒死人命两方面都没有罪。他回想起勾引玛丝洛娃的经过，认为自己是造成她不幸的罪人。

B. 玛丝洛娃被判刑后，聂赫留朵夫认为法庭做出的判决是不公平的。他去找律师法纳林，准备把案件告到高级法院。

C. 聂赫留朵夫坐在陪审员议事窗前想：“唉，要是他们的关系能保持在那天夜里的感情上，那该多好啊！”这里的“那天夜里”指的是聂赫留朵夫离开姑妈家的前一天晚上，在这个晚上他诱奸了卡秋莎。

D. 玛丝洛娃被押回监狱，犯人们对玛丝洛娃都冷嘲热讽。当他们知道她已被判刑时，一个犯人说：“这年月，真理跑到狗那儿去啦。”

E. 根据陪审员的决定得出的结论是：玛丝洛娃没有盗窃，没有抢劫，却无缘无故毒死了一个人。庭长认为这结论很荒唐，但严厉的法官一定要判玛丝洛娃有罪，庭长怕耽误约会，便匆忙结案。最后法庭宣判将玛丝洛娃押赴西伯利亚服苦役四年。

4. 下列各项中，对作品故事情节的叙述不正确的两项是（　　）

A. 政治犯中的某些人给了玛丝洛娃良好的影响，她毫不费力就懂得了这些人从事革命活动的动机。他们都是平民阶级，为了同阶级的人牺牲他们的自由，甚至他们的生命。这就使得她特别看重他们，佩服他们。

B. 玛丝洛娃那批犯人从监狱里被押解到了火车站。聂赫留朵夫收拾好行李提前到达监狱，见到玛丝洛娃，问了她的情况。理解了她和犯人的恶劣处境，并四处奔波说情。

C. 犯人队伍总是引起人们的注意，还混杂着怜悯和恐惧。有些人施舍了一点钱，有些人目送着犯人，特别是一辆华丽马车上的一位男孩对他们表示了怜惜之情，甚至费了好大的劲才没哭出来。

D. 为了做好去西伯利亚的准备，聂赫留朵夫回到自己的库兹明斯科耶庄园，实行了改善农民生活的措施。他把田地用低价出租给农民，改善农民对地主的依赖关系。

E. 尽管聂赫留朵夫已经尽了自己最大的努力，玛丝洛娃还是决定跟西蒙松走。但他没有痛苦的感觉。他已经尽了自己最大的努力和牺牲去爱她。他付出了足够的代价来补偿自己的过失。于是，他开始过一种全新的精神生活。他的灵魂得救了。

三、简答题

1. 两个老小姐分别是谁？

2. 卡秋莎为什么要将婴孩送到育婴堂抚养?

3. 玛丝洛娃姑妈家的洗衣女工过着什么样的日子?

4. 审判长在宣读陪审员的权利、义务和责任的过程中，用了哪些身体姿势?

5. 三年前那个纯真忘我的聂赫留朵夫，现在是否依然心怀为任何真善美的事业献身的志向呢?

6. 对于聂赫留朵夫来说，为什么认为选择相信自己会活得太辛苦?

7. 当民事执行吏邀请陪审员们重新进入审判厅的时候，聂赫留朵夫的内心是怎样的？

8. 聂赫留朵夫为什么要找审判长？

9. 走出法院后的聂赫留朵夫的心情是怎样的？

10. 当玛丝洛娃认出聂赫留朵夫时，她认为聂赫留朵夫是什么样的人？

11. 聂赫留朵夫第二次探监时，为什么看守、司务长的神态都很慌张？

12. 聂赫留朵夫是在什么时候认识马斯连尼科夫的？

13. 请陈述明肖夫的冤情。

14. 聂赫留朵夫收入主要来源是什么？

15. 到库兹明斯科耶时，聂赫留朵夫从驾车的车夫口中知道了些什么？

16. 聂赫留朵夫到两位姑妈让他继承的庄园去干什么？

四、阅读理解

（一）

玛丝洛娃转过身，抬起头，挺起胸部，带着聂赫留朵夫所熟悉的温顺表情，走到铁栅栏前，从两个女犯中间挤过来，惊讶地盯着聂赫留朵夫，但却没有认出他来。

不过，她从穿着上看出他是个有钱人，就嫣然一笑。

“您找我吗？”她问，把那眼睛斜睨的笑脸凑近了铁栅栏。

“我想见……”聂赫留朵夫不知称呼“您”还是“你”好，但随即决定称“您”。他的声音并不比平时高，“我想见见您……我……”

“你别跟我耍嘴皮子，”旁边一个衣衫褴褛的男人喊道，“你到底拿了还是没有拿？”

“我跟你说，他人都快要死了，你还要干什么？”对面有一个人嚷道。

玛丝洛娃听不清聂赫留朵夫在说些什么，但他说话时脸上的那副神情使她突然想起了他。但她不相信自己的眼睛，笑容消失了，眉头痛苦地皱了起来。

“您说什么，我听不见！”她叫起来，眯细眼睛，眉头皱得更紧了。

“我来……”

“对，我要做我应该做的事。我要认罪。”聂赫留朵夫暗想，他刚想到这儿，眼泪就夺眶而出，喉咙也哽住了。他用手指抓住铁栅栏，说不出话，竭力控制住感情，免得哭出声来。

“我说，你干吗要去管闲事……”这边有个人喊道。

“老天在上，我的确不知道。”那边一个女犯嚷道。

玛丝洛娃看到聂赫留朵夫激动的神情，认出他来了。

“您好像是……但我不敢断定。”玛丝洛娃叫道，眼睛没有看着他，她那涨红的脸突然变得阴沉了。

“我来是要请求你饶恕。”聂赫留朵夫大声说，但音调像背书一样。

他大声说出这句话后，便感到害臊，往四下里张望了一下。但他立刻想到，要是他觉得羞耻，那倒是好事，因为他理应承担这种耻辱。于是他继续大声说话。

“请你饶恕我，我在你面前是有罪的……”他再次大声喊出这句话。

她一动不动地站着，斜睨的目光盯住他不放。

他再也说不下去了，就离开了铁栅栏，他内心如焚，千头万绪在胸膛里不住地翻腾，差点放声大哭，可是极力忍住了。

容许聂赫留朵夫到女监来探监的副典狱长，显然对他产生了好奇，这时走到了女监来。他看见聂赫留朵夫暂时离开了铁栅栏旁边，就问他为什么不同他要探望的女犯谈话。聂赫留朵夫擤了擤鼻涕，提起精神，竭力让自己平静下来，回答说：

“隔着铁栅栏没法说话，什么也听不见。”

副典狱长沉思了一下。

“嗯，好吧，把她带到这儿来一下也行。”

“玛丽雅·卡尔洛夫娜！”他转身对女看守说，“把玛丝洛娃带到外边来。”

过了一分钟，玛丝洛娃从边门走出来。她踩着徐缓的步子走到聂赫留朵夫眼前站住，皱着眉头，不信任地看了他一眼。她的黑头发也像前天一样，卷成一个个小圈，飘落在额头上。浮肿苍白的脸有点病态，却显得很可爱，而且十分安详，只有那双乌黑的斜视的眼睛，在浮肿的眼皮下闪着特别的光辉。

“可以在这里谈话。”副典狱长说完就走开了。

聂赫留朵夫走到靠墙的长凳旁边，坐了下来。玛丝洛娃狐疑地看了副监狱长一眼，然后像是感到吃惊似的耸耸肩膀。她也走到长凳那儿，理了理裙子，在他的旁边坐下。

“我知道，要您饶恕我很困难，”聂赫留朵夫开口说，但又停住，觉得喉咙哽住了，“过去的事既已无法挽回，那么现在我愿尽最大的努力去做。您说说……”

“您是怎么找到我的？”她不理他的话，径自问道。她那双斜睨的眼睛又像在瞧他，又像不在瞧他。

“我的主啊！帮助我，教我该怎么办吧！”聂赫留朵夫望着她那张大大变样、如今已经不好看的脸，自言自语地说。

“前天您受审的时候，我在做陪审员，”他说，“您没有认出我来吧？”

“没有，没有认出来，我没有工夫认人，当时我根本没有看。”玛丝洛娃说。

“不是有过一个孩子吗？”聂赫留朵夫感到脸红了。

“感谢上帝，他当时就死了。”她气愤地简单回答，转过眼睛不去看他。

“真的吗？是怎么死的？”

“我当时病了，差一点也死掉了。”玛丝洛娃说，没有抬起眼睛来。

“姑妈她们怎么会放您走呢？”

“谁还会把一个怀孩子的用人留在家里呢？她们一发现这事，就把我赶出来了。说这些干什么呀！我什么都不记得，全都忘了，那事早完了。”

“不，没有完，我不能丢下你不管，哪怕到今天我也要赎我的罪。”

“没有什么罪可赎的，过去的事都过去了，全完了。”玛丝洛娃说。接着，完全出乎他的意料，她忽然瞟了他一眼，既不友善、又有诱惑力、又诉怨似的微微一笑。

玛丝洛娃怎么也没想到会看见他，特别是在此时此地，因此他出现的最初一刹那，她很震惊，不禁回想起从来也不去回想的往事。她开始模模糊糊地想起那个充满感情和理想的新奇天地，这是那个热爱她并为她所热爱的迷人的青年给她打开的。但随后她想到了他那难以理解的残忍，想到了接二连三的屈辱和苦难，而这些都是紧跟在那种令人心醉的幸福之后，并且是从那里面源源不断地产生出来的。她感到痛苦，可是她又无力理解这种事，因此她现在也照往常那样去做，以往她总是把这些回忆从心中驱除，极力用堕落生活这种特殊迷雾来盖住那些回忆。眼下她也是这样做的。在最初的一刹那，她曾把这个坐在她面前的人同她曾经爱过的那个青年合成一个人，但后来她看出，这样做太痛苦了，就不再把两个人连在一起了。如今，这个衣冠整洁、养尊处优、胡子上洒着香水的老爷，对她而言，已不是她爱过的那个聂赫留朵夫，而是一个截然不同的人：这种人在需要的时候可以玩弄像她这样的女人，而像她这样的女人也总是要尽量从他们身上多弄到些好处。就因为这个缘故，她向他妩媚地笑了笑。她沉默了一会儿，考虑着怎样利用他弄到些好处。

“那事早就完了，”她说，“如今我被判决，要去服苦役了。”

她说出这句悲痛的话，嘴唇都哆嗦了。

“我知道，我相信，您是没有罪的。”聂赫留朵夫说。

“我当然没有罪，又不是小偷，又不是强盗。大家都说，一切全在于律师，”她继续说，“大家都说应该上诉，可是得花很多钱……”

“是的，一定要上诉，”聂赫留朵夫说，“我已找过律师了。”

“别舍不得花钱，得请一个好律师。”她说。

“我一定尽力去办。”

接着是一阵沉默。

她又像刚才那样微微一笑。

“我想请求您……给些钱，要是您答应的话。不多……只要十个卢布就行。”她突然说。

“行，行。”聂赫留朵夫窘态毕露地说，伸手去掏皮夹子。

她急促地瞅了一眼正在屋里踱步的副典狱长。

“当着他的面别给，等他走开了再给，要不然他会拿走的。”

等副典狱长转过身去，聂赫留朵夫就掏出皮夹，但他还没来得及把十卢布钞票递给她，副典狱长又转过身来对着他们，他把钞票攥在手心里。

“这个女人的精神人格已经死了。”他心里想，同时望着这张原来亲切可爱、如今饱经风霜的浮肿的脸，以及那双妩媚的乌黑发亮的斜睨眼睛——这双眼睛紧盯着副典狱长和聂赫留朵夫那只紧捏着钞票的手，他的内心刹那间发生了动摇。

昨天晚上同他说话的那个诱惑者又开始在聂赫留朵夫的灵魂里说话了，他总是竭力阻止他去思考应该做的事，而是让他去考虑他的行动会有什么后果，怎样才能对自己有利。

“您对这个女人已毫无办法，”诱惑者说，“您只会把一块石头吊在自己的脖子上，这块石头会让您活活淹死，无法去做对别人有益的事。给她一些钱，把您现在身边的钱都给她，同她告别，从此一刀两断，岂不更好？”他心里想。

但他立刻又感到，此时此刻，在他的灵魂里正在发生一种最重大的变化，他的精神生活此时好像正被放在摇摆不定的天平上，只要稍稍施加一点力量，就会使天平朝这一边或那一边倾斜。他真就使出他的力量来，向昨天他感到存在于自己心灵里的上帝呼救，上帝果然响应了他。他决定此刻把所有的话向她说出来。

“卡秋莎！我来是要请求你的饶恕，可是你没有回答我，你是否饶恕我，或者什么时候能饶恕我。”他说，忽然对玛丝洛娃改称“你”了。

她没有听他说话，却一会儿瞧瞧他那只手，一会儿瞧瞧副典狱长。等副典狱长一转身，她连忙把手伸过去，抓住钞票，把它塞在腰带里。

“您的话真怪。”她鄙夷不屑地冷笑说。

聂赫留朵夫感到她身上有一种直接敌视他的东西，这种东西在维护着她现在的样子，不让他深入她的内心。

但是，说来奇怪，这种东西不仅没有使他疏远她，反而变成一股特殊的新的力量使他去亲近她。他感到，他必须去唤醒她的心灵，也感到这非常困难，但是唯有困难才更吸引着他。他现在对她的感受是过去无论对她还是对别人都从来没有感觉过的，里面没有一点私人的东西：他对她没有任何要求，只希望她不要再像现在这个样子，希望她能清醒过来，能恢复过去的样子。

“卡秋莎，你为什么这样说？要知道，我是了解你的，我记得以前你在巴诺沃的时候是什么样子……”

“何必提那些旧事。”她冷漠地说。

“我回忆这些是为了改正错误。我要赎我的罪，卡秋莎。”聂赫留朵夫开了头，本来还想说要同她结婚。但接触到她的目光，发觉其中有一种粗野可怕、拒人于千里之外的神色，便不敢开口了。

这时候，探监的人开始走出去，副典狱长走到聂赫留朵夫跟前，说探望的时间结束了。玛丝洛娃站起来，顺从地等待人家把她带回牢房。

“再见，我还有许多话要对您说，”聂赫留朵夫说，对她伸出一只手去，“我还会再来的。”

“好像，话全都说了……”

她伸过一只手去，不过只是碰一下而没有握他的手。

“不，我还要设法找个可以谈话的地方跟您见面。到时候我要告诉您非常重要、必须告诉您的事。”聂赫留朵夫说。

“好的，那您就来吧。”她说着，又做出一种要讨男人喜欢的媚笑。

“您对我来说，比姐妹还要亲。”聂赫留朵夫说。

“这话可真稀奇！”她反复说着“稀奇”这个词，接着摇摇头，向铁丝网的另一边走去。

1. 关于过去的事，玛丝洛娃真的全都忘了吗？

2. 看到聂赫留朵夫，玛丝洛娃想到了什么？

3. 玛丝洛娃为什么阻止聂赫留朵夫当着副典狱长的面给钱？

（二）

一种最常见且普遍的迷信，是认为每一个人都有固定的天性：有的善良，有的凶恶，有的聪明，有的愚笨，有的热情，有的冷漠，等等。其实人并不是这样的。我们可以说，有些人善良的时候多于凶恶的时候，聪明的时候多于愚笨的时候，热情的时候多于冷漠的时候，或者正好相反。但要是我们说一个人善良或者聪明，说另一个人凶恶或者愚笨，那就不对了。可我们往往是这样区分人的。这是不符合实际情况的。人好比河流，每一条河流都是有的地方河道狭窄，水流湍急，有的地方河道宽阔，水流缓慢，有的地方河水清澈，有的地方河水浑浊，有的地方河水冰凉，有的地方河水温暖。人也是这样。每一个人都具有各种人性的胚胎，有时表现这一种人性，有时表现那一种人性。他常常变得面目全非，和往昔判若两人，但其实还是他本人。有些人身上的这些变化特别明显。聂赫留朵夫就是这一类人。这些变化之所以在他们身上发生，既有生理方面的原因，又有精神方面的原因。聂赫留朵夫现在就处于这样的剧烈变化之中。

在法庭审判之后，特别是在第一次探望卡秋莎以后，他体会到一种获得新生的庄严而欢乐的心情。可如今这种心情已完全消失了，代替它的是最近一次探监后产生的恐惧，甚至是对她嫌恶的心情。他决定不再抛弃她，如果她愿意就同她结婚的初衷也没有改变，不过这对他来说是痛苦和烦恼的。

在走访马斯连尼科夫后的第二天，他又坐车到监狱去，为的是同玛丝洛娃见面。

典狱长准许他同她会面，但不在监狱办公室，也不在律师办事室，而是在女犯人的探望室里。典狱长虽然心地善良，但这次对待聂赫留朵夫的态度不如上次热情。显然，聂赫留朵夫同马斯连尼科夫的两次谈话产生了负面的后果，上级指示典狱长对这个探监人要加以提防。

“见面是可以的，”典狱长说，“只是有关钱的事，请您千万照我要求的那样做才好……至于阁下提出要把她调到医院里去，那是可以的，医生也同意了。只是她自己不愿意，她说：‘要我去给那些病鬼倒便壶，我才不干呢……’您瞧，公爵，她们这号人就是这样的。”他补充说。

聂赫留朵夫什么也没回答，只要求让他进去探望。典狱长打发了一个看守带他去，聂赫留朵夫就跟着他走进一间空荡荡的女犯人的探望室。

玛丝洛娃已经在那里了，她从铁栅栏后面走出来，模样文静而羞怯。她走到聂赫留朵夫跟前，眼睛不看他，低声说：“请您原谅我，德米特里·伊凡诺维奇，前天我说了些不中听的话。”

“用不着道歉，怎样也轮不到我来原谅您……”聂赫留朵夫开口说，但没有说完就停住了。

“不过，您还是别管我的好。”玛丝洛娃补充说，用可怕的目光斜睨了他一眼，聂赫留朵夫在她的眼睛里又看到了紧张而愤恨的神色。

“为什么要我不管您呢？”

“就该这样。”

“为什么就该这样？”

她又用他认为愤恨的目光瞅了瞅他。

“嗯，说实在的，”她说，“您还是离开我吧，我对您说的是实话。我受不了，您把您那套想法丢掉吧。”她嘴唇哆嗦着说，接着沉默了一下，“我这是实话，要不我宁可上吊。”

聂赫留朵夫觉得，她的这种拒绝，是对他的一种憎恨，因为她不能饶恕他对她的凌辱，不过此外还有点别的东西，也就是夹杂着一种美好而重要的因素。现在她是在十分平静的心情下肯定她原先的拒绝，这就一下子消除了聂赫留朵夫心里的种种猜疑，使他恢复了原先那种严肃、庄重和爱怜的心情。

“卡秋莎，我原先怎么说，现在还是怎么说，”他特别认真地说，“我求你同我结婚。要是你不愿意，暂时还不愿意，我也和原先说的那样，要跟您在一起，你被发配到哪里，我也跟到哪里。”

“那是您的事，我没有别的话要说了。”她说，嘴唇又哆嗦起来。

聂赫留朵夫也不作声，觉得说不下去了。

“我现在先到乡下去一下，然后到彼得堡去，”他终于振作精神说，“我将为您的事……为我们的事去奔走，甚至告御状。上帝保佑，他们会撤销原判的。”

“不撤销也没有关系，我就算不为这事，也该为别的事受这个罪……”玛丝洛娃说，他看见她好不容易才忍住眼泪。“那么，您看到明肖夫了吗？”她突然问，以此掩盖自己的激动，“他们没有犯罪，是吗？”

“我想是的。”

“那个老太婆可好了！”她说。

聂赫留朵夫把从明肖夫那儿打听到的情况都告诉了她。他问她还需要什么，她回答说什么也不需要。

他们又沉默了。

“哦，至于医院的事，”她忽然用斜睨的眼睛瞅了他一眼，说，“要是您要我去，那我就去，我也不再喝酒了……”

聂赫留朵夫默默地瞧了瞧她的眼睛，她的眼睛在微笑。

“那很好。”他只能说出这样一句话来，说完就同她告别了。

“是啊，是啊，她简直换了一个人。”聂赫留朵夫想。他消除了原来的种种疑虑，产生了一种全新的感觉，相信爱的力量是不可战胜的。

1. 下列对本文相关内容的理解，不正确的一项是（　　）

A. 小说开头以河流的复杂多变作比喻，来说明人性不是固定不变的，交代出聂赫留朵夫的变化，也预示着下文玛丝洛娃会有所改变。

B. 典狱长向聂赫留朵夫转述玛丝洛娃的话，表现了典狱长对在押囚犯的关注与同情，也反映出玛丝洛娃不想接受聂赫留朵夫的帮助。

C. 玛丝洛娃虽然身陷牢狱，遭受折磨，但她仍然请求聂赫留朵夫想办法帮助明肖夫母子，这也体现出玛丝洛娃内心仍存良善的一面。

D. 玛丝洛娃对聂赫留朵夫始终以“您”相称，在表示礼貌的同时也显示她对聂赫留朵夫刻意地保持一定的距离，还不想完全接受他。

2. 下列对本文艺术特色的分析鉴赏，不正确的一项是（　　）

A. 小说在描述玛丝洛娃与聂赫留朵夫会面场景时，主要借助人物对话的形式展开，既深入展现了人物的内心世界，又有力地推动了情节发展。

B. 小说多次写到二人谈话进行不下去，陷入沉默，这如同戏剧中的静场，既给二人关系的变化增加悬念，又以留白的方式增强了读者的情感体验。

C. 小说前半部分主要采用议论和概述的方式，交代聂赫留朵夫的基本情况，与后文二人会面场景的描述相辅相成，让整个故事详略得当，重点情节凸显。

D. 小说始终从聂赫留朵夫的视角来写玛丝洛娃眼睛，如“眼睛不看他”“可怕的”“在微笑”等，在表现玛丝洛娃转变的同时，揭示了聂赫留朵夫的内心世界。

3. 聂赫留朵夫说“她简直换了一个人”，怎样理解这句话？请结合全文简要分析。

参考答案

一、填空题

1. 未出嫁　农奴　饲养家畜　两姐妹

2. 洗礼　喂养　妨碍　饥饿

3. 善　索菲亚·伊万诺芙娜　严苛　玛丽亚·伊万诺芙娜

4. 审判长　肌肉　连鬓胡须　金边眼镜　脸色阴沉

5. 帽子　出鞘　火红色　雀斑

6. 眼球跟着她转　晶莹透亮　楚楚动人

7. 大学三年级　土地所有制

8. 青春年华　指点　独立　一切美好　重要意义　自我完善　自身世界

9. 双重人格　精神上的人　兽性的人

10. 九俄尺　七俄尺　窗子　炉灶　木板通铺　三分之二　圣像蜡制　蜡菊花　便桶

11. 彼得堡　枢密院　重新审查　上诉委员会　薇拉之托　政治犯舒斯托娃　要塞

12. 宽阔而湍急　交替　垂死　满脸怒容　精力充沛

13. 毁掉　恢复自由　愿望　分手　惆怅

14. 向死而生　时时刻刻　死亡　无意义

15. 凝视　丑恶现象　箴言　喜悦　劳累　痛苦　宁静　自由

16. 梅尼绍夫　监狱医院

17. 库兹明斯科耶　出租给农民

18. 巴诺沃　公益事业

19. 一张旧照片

20. 勾搭医师

21. 服苦役　流放

22. 政治犯

23. 西蒙松

24. 纯洁 堕落

25.《福音书》

二、选择题

1.AD　2. BD　3. CD　4. AB

三、简答题

1. 一个是索菲亚・伊万诺芙娜，另一个是玛丽亚・伊万诺芙娜。

2. 因为她在乡下一个卖酒的寡妇接生婆家里分娩，而这个接生婆曾给村里一个患病的妇人出过诊，这个患病的妇人将产褥热传染给了她，重病的她只好暂时将婴孩送到育婴堂抚养。

3. 这些女工面孔苍白、双手干瘦，住在劣等房间里。她们中的一些已经得了肺痨病或其他病症，不管春夏秋冬，她们都待在窗户洞开的房间里，处在三十度的肥皂蒸气中，不停地用肥皂搓洗着衣服，用熨斗熨烫着裤子。

4. 他时而将身子的重心落在左手上，时而落在右手上，时而将身子靠在椅背上，时而将胳膊肘支在椅子的扶手上，时而伸手将一叠纸弄整齐，时而摸摸裁纸刀，时而摸一下铅笔。

5. 当年那个纯真忘我的聂赫留朵夫已经变成了一个堕落的恶毒的利己主义者，所爱所想的仅仅是享受，曾经的志向已经不复存在了。

6. 如果相信自己，就得亲自解决一切问题，而那种解决总是不利于动物性的“我”，而几乎违背这个动物性的“我”，因为动物性的“我”只追求轻松的快乐享受；相信其他人，就没有什么问题需要解决了，因为人家已经把一切问题都解决好了，而这种解决方式都是违背精神的我，有利于动物性的“我”的。除此之外，相信自己，他总是遭到旁人的指责，相信其他人，他能得到周围人们的赞扬。

7. 聂赫留朵夫感到心惊肉跳，好像他不是去审判别人，而是被领着去接受审判似的。他内心深处已经感到自己是个恶棍，像他这样的坏人在众目睽睽之下本应羞愧得无地自容才对。

8. 他想为玛丝洛娃争取翻案的机会，以此解救玛丝洛娃。

9. 开始感到愉悦，后来想起卡秋莎，又感到很沮丧，周围的一切都变得黯淡无光。

10. 她认为眼前这个衣冠整洁、养尊处优、胡子上洒着香水的老爷，已经不是那个她所爱过的聂赫留朵夫了，而是一个截然不同的人。这种人在需要的时候可以玩弄像她这样的女人，而像她这样的女人也总是要尽量从他们身上多弄到些好处。

11. 因为监狱里发生了一件特殊的事，用典狱长的话说便是：几个犯人打架，结果闹出了人命。

12. 聂赫留朵夫在团里服役的时候就认识马斯连尼科夫。

13. 明肖夫婚后不久，一个酒店老板就夺去了他的妻子，他去该酒店说理，不但找不到妻子，反而被一批恶棍打得头破血流。第二天，酒店老板的院子起火，明肖夫连同他的母亲被指控放火，其实他当时在教父家里，根本不可能放火。酒店老板刚刚买了火险，为了贪图保险费，自己放的火。还把放火的罪名硬栽在他们母子头上。

14. 聂赫留朵夫在库兹明斯科耶那里拥有一大片地产，那是他收入的主要来源。

15. 从驾车的车夫口中，聂赫留朵夫知道他雇用的德国管家利用他的土地捞的钱多得吓人，这德国人家中的排场的阔气，在全省都找不出第二家，据说他还利用捞的钱买了一份好地产，自己当起地主来了。

16. 聂赫留朵夫到两位姑妈让他继承的庄园，一是为了处理庄园的地产，就像在库兹明斯科耶那样，二是想尽量打听一下卡秋莎的事，以及他们孩子的情况。

四、阅读理解（答案仅供参考）

（一）

1. 关于过去的事，马丝洛娃没有忘。只是因为那段记忆太过痛苦了，她不想再提及，所以她说自己忘了。

2. 玛丝洛娃在看到他后，想到了过去的自己和自己过去的悲惨遭遇，想到了她是如何一步步变成现在这样的。

3. 因为如果聂赫留朵夫当着副典狱长的面给她钱的话，那些钱都会被副典狱长拿走。侧面体现了副典狱长的贪财和腐败的一面。

（二）

1.B　2.D

3. ①玛丝洛娃由原来排斥、拒绝聂赫留朵夫，变得接受他并愿意改变自己。

②借聂赫留朵夫的感受，写出了玛丝洛娃人性的复苏、精神的觉醒。

③表现了聂赫留朵夫因自己的付出与爱而让玛丝洛娃有所转变的兴奋与惊喜。